我是誰？

胡修之——著
胡禎——整理

序

以下這二十多萬字，純屬天下小事，瑣瑣碎碎，完全沒有必要去寫。然而我居然在從一九六五年到一九七八年近十四個年頭裡，先後寫了四遍，那是因為出於無奈。

我出生於江蘇省無錫縣（今無錫市）一個破了產的有錢人家裡，這不由我自主選擇，但由此得以讀了點書。一九四六年九月，二十二歲，在無錫縣《江蘇民報》社當記者、編輯，尚能稱職。一九四九年四月中國人民解放軍橫渡長江，同年六月由好友中的中共黨員尚祖鈺、王祖瑩、楊錦釗三位先生引導，參加中國人民解放軍華東軍區隨軍服務團南下福建，來到福州，分配在《福建日報》社，處理版面，駕輕就熟，工作也無隕越。當時的何若人社長、孫澤夫總編輯對我比較器重，讓我充任總編輯室祕書、夜班編輯等職務。開頭幾年，倒也一直平安無事。不料到一九五五年「肅反」運動時，一場橫禍從天而降。我以涉嫌參加中國國民黨中央調查統計局，得到一個「以歷史反革命論，不以歷史反革命對待」的審查結論。它的起因是，在「中統」無錫站的檔案裡，發現有一張我親筆填寫的履歷表。

這張履歷表確實是我寫的，但那不是「中統」印發的表，而是我向文具店買來的。我姊夫王浩鏞確是「中統」分子。一九四五年抗戰勝利後，我失業，向姊夫求職。姊夫說：「好吧，拿個履歷表來，有機會我就把你推薦出去。」等了半個月，杳無回音，我就離開無錫，到上海等地自謀出路了，怎能想到十年後，中國共產黨會認認真真追究這一件當年漫不經心、信手揮筆的小事？

《福建日報》似乎實踐了「不以歷史反革命對待」我的結論。一九五六年又提升我一級工資，使我逐漸放下心來，甚至故態復萌，狂妄自大。一九五七年春，福建省文聯刊物《園地》刊出一篇文章，抨擊當時甚囂塵上的「獎章愛情」，認為女性擇偶唯戰鬥英雄、勞動模範是崇的傾向是有害的。文章主張婚姻還是應該以愛情為基礎，而愛情則自古到今都是文藝作品的主題。此文刊出不久，《福建日報》在副刊版發表一篇題為〈不許寫愛情〉的文章，駁斥了「愛情是文藝作品的永恆主題」的資產階級文藝觀，作者署名為「一兵」。

我既故態復萌，自然得意忘形，也不問問「一兵」是何許人也，管自寫了一篇小文逕寄往《園地》，請求惠於發表。我認為爭論雙方都有偏頗之失。如果真以百家爭鳴、百花齊放為重，那麼文藝作品就既可以以愛情為主題或題材，也可以以其他內容為主題或題材，〈不許寫愛情〉之說，未免強凶霸道了些；《園地》提出的「反對獎章愛情」說，則顯得有點不自量力。所謂獎章愛情是當代社會功利主義現象之一，源出於封建的門當戶對、門第閥閱觀念。其實，獲有英雄或模範獎章的男女，相互間可以產生愛情，也可以只產生仰慕、崇敬之心而不產生愛情，他人包括雙方父母在內，必須聽從本人自主，不宜橫加干涉。

如果我謹慎一點，就近打聽到「一兵」就是我的頂頭上司何若人先生，我也就不會如此膽大妄為了。如果我地位再高一些，有上級打招呼，讓我知道偉大領袖毛澤東正在醞釀「陽謀」，「百家爭鳴」實際只有無產階級、資產階級兩「家」，我就更不會如此膽大妄為。然而實際生活裡沒有什麼「如果」。

反右派鬥爭使我長了許多見識。《福建日報》人事科科長陶群女士指斥我是「當然右派」，讓我明白這實際上也就是對我曾經是「歷史反革命」的「再清算」；許多人口口聲聲「據實揭發」實際上是「耳提面命」，並無實事求是之心。牆倒眾人推。一堵牆轟然一聲土崩瓦解，眾人都出了力，怪不得任何一個人。但是最讓我窩著一肚子火的是鬥爭會上只許別人揭發批判，卻不准我辯解反駁。我有的唯一權利是低頭認錯，而別人的權利可以擴大到「有則改之，無則加勉」，只要說你就必須聽，有沒有這回事你且不去管它。

最後給我的處分是「撤銷職務，監督勞動」，月給生活費三十元。一九六二年起，我在福州造紙廠接受處分，其間經歷了「三面紅旗」、「三年困難」，又增加了很多閱歷。一九六五年起，我已經完全適應了體力勞動生活，於是想到，不讓我說，難道還不讓我躲在房子裡寫？我一定要把事實寫下來，以正視聽。福州造紙廠的寫作環境很好，有的是紙，也很安靜，同宿舍的工人從不過問我寫什麼。就這樣，用兩個月業餘時間，寫出了大約二十多萬字，成為了第一次稿。

接著再說說為什麼要一寫再寫，乃至寫了四次。

一九六六年，好鬥的毛澤東先生在同美帝國主義、蔣介石政權、國內地主階級和資產階級、周邊國家的尼赫魯、蘇加諾（編按：又譯蘇卡諾）、赫魯曉夫（編按：又譯赫魯雪夫）之流不絕鬥爭之後，鬥無可鬥，就找中共黨內的「走資本主義道路」的當權派鬥。城門失火，總要殃及池魚。文化大革命一開始，我就「陪」了進去，戴紙糊高帽遊街，掛黑牌示眾，蹲「牛棚」，早請示，晚彙報，抄家。抄家中「紅衛兵」發現了我寫的第一次稿，當即沒收。工廠保衛科戴教超先生對它十分重視，加我一條新「罪」狀，說是「利用小說反黨」。我說：「您看仔細了，我反的是共產黨還是國民黨？」戴先生不答，但也不把稿底還給我。

這一階段，其實忙忙碌碌的是各種各樣的「造反派」，我不忙，而且除「按需出演」外，連班都不必上，閒得慌。趁閒，我重寫了一遍，二十多萬字，成為第二稿。

如此到一九六九年，「造反派」大聯合完畢，進入「清理階級隊伍」階段，首當其衝的，便是我們這號「黑九類」。事有湊巧，一九六八年夏天，正因為閒得發慌，我替福州火柴廠右派分子顏啟興先生介紹一位在紅旗閩劇團擔任化妝師的徐靜小姐做朋友，帶著曾被勞動教養的原福建省人民出版社編輯、著名極右派分子馮度先生一起，在原福州火柴廠副廠長黃護法先生家同徐小姐吃了晚飯。「談笑有鴻儒，往來無白丁。」[1]宴席上，右派分子共有六名。一九六九年四月馮先生被公安局傳訊，他扛不住，信口誣稱我是某一反革命集團重要頭目之一，曾在黃副廠長家中聚宴密謀，但他本人不瞭解詳情。公安局獲悉如獲至寶，一九六九年八月，筵上客被一網打盡。抄家時，我那第二稿再被沒收。

在獄共二十一個月，脫了幾層皮，每根骨頭都經過仔細檢查後，查明福州市從來就沒有過這麼一個「反革命集團」，但也沒有宣告立即無罪釋放，而是由法官張澄溪先生判決管制我三年，發還原單位福州造紙廠執行。造紙廠叫我去劈木段，剝樹皮，以體現與監督勞動有別。這樣做對我的好處是，憑空增加「糧食定量」四斤，與獄囚糧定量比則增加了十斤，使我有節餘可供補貼正在發育長身體的兒女食用；另一個好處是加強了我自己的體格鍛鍊，翻弄幾十斤重的木段易如反掌。每天勞動八小時不變，業餘時間照寫第三稿也不變。

1 「談笑有鴻儒」句：出自唐代劉禹錫〈陋室銘〉。

一九七六年九月，毛澤東在「與人奮鬥，其樂無窮」[2]中，繼他剪除掉的劉少奇、彭德懷、賀龍等先生後壽終正寢。同月，他倚為心腹的王洪文、江青、張春橋、姚文元俯首就擒，是為「四人幫」。出乎我意外的是，一九七七年清查「四人幫」運動又起，我被告知，因我涉嫌與「四人幫」有染，即日起隔離審查。審查我的仍然是戴教超先生等一夥人，也算是老熟人了，所以我問：「請教您，像我這麼種身處地獄十八層底層的人，是怎麼和貴為主席夫人的江青女士混到一起去的？」

戴先生不愧是中共的「馴服工具」，他正色對我說：「這正是我們要調查清楚的嚴肅問題。黨的政策不變，坦白從寬，抗拒從嚴。反戈一擊有功。」審查前，戴先生按程序從我家裡抄走了我寫的第三次稿。隔離審查歷時三個月無聊透頂。戴先生也很傷腦筋，做不出結論，只好叫我繼續劈木頭，剝樹皮。「兩個凡是」[3]還是管用的，一切不變，我自然跟著一切不變。一九七八年，勞動之餘，我再寫了第四次稿。

一九七九年一月，鄧小平、胡耀邦等先生主政，「一風吹」，我才知道我什麼分子也不是，而只是一個讀書讀傻了的書呆子。戴先生在我離開紙廠到新單位報到前，把歷次抄家時沒收的東西還給了我，道歉說：「時過十多年，交給法院、公安局的第一次稿、第二次稿都找不到了，幸虧第三次稿還在，請包涵。」我回答說：「一再添您麻煩，很對不住。其實您不必向我道歉，我手裡還有第四稿。丟掉的，丟掉算了。」於是熱烈握手，依依告別。

---

[2] 「與人奮鬥」句：出自毛澤東寫於一九一七年的〈奮鬥自勉〉詩：「與天奮鬥，其樂無窮！與地奮鬥，其樂無窮！與人奮鬥，其樂無窮！」

[3] 兩個凡是：即指，凡是毛主席做出的決策，我們都堅決擁護；凡是毛主席的指示，我們都始終不渝地遵循。

目次

第二章

第一章

第一節

一九四五年八月十九日，日本侵略者宣布投降後的第四天，我獨自一人，在公園同庚廳後背荷花池邊的茶座喝茶，喝了差不多整整一個下午，倒出來的茶水，後來已同白開水相差無幾。

這座同庚廳，青磚砌牆，方磚鋪地，八柱四樑，露檻花欞，挑簷畫棟琉璃瓦，十分壯觀，它興建於西元一九〇四年，至今已有近四十多年歷史。在它興建的時候，慈禧太后和光緒皇帝尚在其位，宣統皇帝尚未登極，我還沒有出生。據聞，這一年，當地有十二位耆宿名紳，恰好一齊花甲重逢。為了紀念這一罕有盛事，他們特地糾資鳩工，在這裡建起一座廳堂，四周鋪路、築池、栽花，作為詩酒流連的憩息所在，所以題名「同庚」。如此雅舉，不免挑動起當地所有耆宿名紳的豪情逸致。不久之後，那些在這一年已過六十或者還不滿六十的闊人，接著在離同庚廳百來步的地方，也糾資鳩工，興建起一座比同庚廳更大些、更費錢些的兩層建築，一樣飛簷畫棟大屋頂，額之為「多壽樓」，四周大舉鋪路、鑿池、堆石、栽樹、種花、植草，比同庚廳尤勝一籌。

進入中華民國後，耆宿名紳自然成為遺老，但大部分仍是當地的知名人物，又或者他的兒孫，順應潮流，又成為新的耆宿名紳。但是，風氣畢竟在逐漸改變，自從歐風東漸，日本詞彙「公園」兩字進入我國以後，這兩座原來禁止閒人入內的私有建築，最後終於也成了公園的一部分，容許任何人來遊覽盤桓。據說，這是孟子「獨樂樂，與眾樂樂，孰樂？曰：不若與眾」[1]的遺意。就是說，即使公園是一種新事物，但我們先人早已有意及此，正如迫使日本投降的原子彈就與我國先人廣成子的番天印[2]相同，並非外國人獨創的產物。又以後，公園管理處為方便遊客起見，更多的是為取得收入以維持整修整個公園起見，在同庚廳和多壽樓開設了茶座，晴天不妨設在露天，雨天就

---

1 「獨樂樂」句：出自《孟子・梁惠王下》：「（孟子）曰：『與少樂樂，與眾樂樂，孰樂？』（齊宣王）曰：『不若與眾。』」

2 番天印：為明代神怪小說《封神演義》原著中的法寶。是闡教仙人廣成子的鎮洞之寶，後賜予其徒弟殷郊。番天印特點，翻手無情，專拍腦門，被拍死的人死狀奇慘。

設在廳堂裡、二樓上。待到我懂得喝茶的時候，這裡的茶座開設已經多年，桌椅茶具，大都已很陳舊了。

到公園來喝茶的茶客，大別之有兩種：一種是老茶客，即常客；一種是普通茶客，即去來不定的茶客。老茶客細別之又分兩種：一種是以往耆宿名紳中壽命特長的遺老，或是餘蔭未絕的已故遺老的嫡裔子孫。這些人在目前大都仍然占據著縉紳、圖董[3]等顯赫的社會地位，又或是因緣際會，在當下的政界、工商界、財政界、社會上，極為兜得轉，屬於聞人之列，也或是聞人的老太爺等等。總而言之是有財有勢有聲望的闊人。他們理所當然占有茶座中最好的座位。這些人，既有恆產，所以就有恆心，連喝茶也有恆心，可以從早上喝到黃昏，從年初一喝到大除夕，風雨無阻，寒暑不易。他們在茶座上高談闊論，發表政見，抨擊時局，交換新聞，溝通情報，不時也排解糾紛，調停爭訟，間或做點古玩、玉器、珍寶、字畫類的買賣。再一種是投機商人，一般隨身攜帶各種棧單[4]、支票以及袖珍算盤，一面喝茶，一面做金鈔、棉紗、布匹、米麥、雜糧、西藥、木材以及一切可以作為商品的交易，使他們所占有的一片茶座，形成一個市場，當地特用一個專門名詞「茶會」來稱呼之。這些人也有恆心，喝茶的時間也很長，但比起前者來則稍差一些了，通常只從早飯後開始，到中飯時結束。交易一停板，「茶會」也就散了，下午並無行市。一年三百六十五天或者三百六十六天，除大除夕到新正初四，照例不做交易之外，天天如此。至於去來不定的普通茶客，那就種類繁多，不易分清類別。有的是一對青年男女，來此談情說愛；有的是一家老小，遊公園來此歇腳；有的是親戚朋友互相走訪，來此談談心；有的是外地的觀光者或者是一個旅行團體，到此玩一玩，解解渴；有的是鄉下人上城，喝壺茶開開眼界，等等。這一類茶客的喝茶時間，不會很久，喝上一開、兩開，至多三開，就付錢走了。

茶座的茶博士，在民國期間，被稱作茶房，以後又被稱作「僕歐」的，都是一些好客而有耐性的人。茶客只要買下一壺茶，茶博士就按一定間隔時間來沖開水，每次叫「一開」，有時還遞來一塊擦臉用的熱毛巾，絕不轟你動

---

3 圖董：亦稱「圖長」。中國舊時農村基層行政組織的半公職人員。在田賦徵收行義圖制的地區是義圖制的經辦人。起源於明里甲。清南方各省縣以下設鄉，鄉以下又設圖；鄉設鄉董，圖設圖董，總管一鄉、一圖事務。另有圖正，專管本圖魚鱗圖冊。清制，圖下分十莊，每莊有莊首若干人，輪流值年，核收全圖田賦，負責匯交糧櫃。

4 棧單：貨棧收受客戶寄存貨品時，發給寄存貨物者的收據，作為日後的提貨憑證。

身，不管你喝到什麼時候為止。但是有個原則，茶壺旁必須有人。若是沒人，茶博士立刻將茶壺拿走，把座位賣給別人。任何一位茶客包括那些能喝一整天或一整個上午的老茶客在內，都不可能老守著一把茶壺從不離開一步。比如，起碼總要去吃飯、小便。遇到這種不得已的情形時，這裡有一個規矩，就是茶客必須把茶壺蓋反扣在茶壺上。茶博士看到茶壺上反扣著蓋子，知道你還會回來繼續喝，就不收走了。這個規矩，對任何茶客都使用，因為茶博士的口號，向來是「衣食父母，一視同仁」。但是，一般認為在普通茶客中，知道這個規矩的，是並不太多的。

比較少見的茶客，是一類名叫「吃講茶」的茶客。兩個或兩個以上人之間，有了糾紛，發生衝突，可以彼此約一幫人，到此喝茶評理，定出解決辦法。理虧的一方，付出茶錢，按議定解決辦法辦理，糾紛就可告一段落。茶博士在伺候這一種茶客時，原則上當然也是「衣食父母，一視同仁」。但實際上，則也往往具有戒心。因為理總有講不清的時候，最後弄到動武打架，總不能說絕無可能，所以送上去的茶壺、茶杯，都是缺嘴、豁口、有裂痕的，以便在一旦被砸成碎片以後，可以趁機換新。

至於像我這種茶客，單身一人，悶聲悶氣，而又能坐一整個下午的，那就絕無僅有。這一點，茶博士是早就看出來的。他按照一般原則，按時前來替我把茶壺沖滿，有時也遞來一把熱毛巾，但不替我換茶葉。在這方面，他清楚，我絕不會像那些真正的老茶客一樣，逢年過節會掏出一筆賞錢來給他。因此，到後來，我只能喝近乎白開水的茶水，而不能像老茶客那樣，成天可以喝上真正的茶。所謂一視同仁，如若加以細究，那當然也會存在若干細小差別，不獨此地此時而然。

我在今天之所以成為茶客，並非我忽然有了恆產，足以擠入闊人行列；或者發了一筆橫財，足以經營投機事業；也非遊興大發，來此歇腳解渴。從老實裡說，卻是完完全全出於迷信。

我的命運，不那麼好。小時算了個命，排一排「八字」，據卜者認為，月日時三者為壬，寅午戌三者為火，倒是水火相濟，但只是一個聰明之命，卻不是一個富貴之命。大富大貴，自然就更沒有這種福分了。這位卜者讚揚我的話，都沒有兌現，指責我的話，卻很靈驗。我在十五歲時，成了孤兒，依靠姊姊的微薄資助，加上自己努力，讀了點書，十九歲時就跨入社會，東飄西泊，終無定局，「富貴」兩字，連想都不敢去想。這是俗話所說的「時運不佳」，實出於萬不得已和無可奈何，並非我自己不求上進或不爭氣。我孑然一身，無依無靠，在這人情冷暖、世態炎涼的社會裡，處處遭人白眼，受人排擠，不斷失業，走投無路。三個月前，我就又陷入過失業一次。當時在百無聊賴中，來到公園同庚廳後背荷花池邊茶座喝茶，意外遇到了我在大學時代的同窗好友何如柏，他當時在日本投資創辦的中華理化學公司酒精廠當中心試驗室技師。問明情況，把我介紹進廠，當了一名糖化發酵技師。這個職位，工資不多不少，恰恰使我既不能吃飽，又不會餓死，這樣就可以把我拴在發酵槽旁邊轉來轉去。但是人在貧困時候，除非天生具有帝王稟賦，像陳涉、項羽那樣，認為「王侯將相寧有種乎[5]」或者「彼可取而代之也[6]」，一般是並無大志的。就我而言，以我一個大學肄業生的資格，有此職位，也就該滿足的了。因為這種工作，比較安定，也很刻板，不像我過去的工作那樣，要受奔波顛沛之苦；工資雖然不高，卻也相當。人生第一求生存，第二求溫飽，第三再求發展。這是魯迅先生的名言[7]。人的生活，是個有彈性的東西，可伸可縮。像我這種情形，如果要求過高，當然還談不到「溫飽」這種小康局面，但是如果把要求放低一點，那麼要做到一個人穿暖，不餓肚子，還是有可能的。所以，我是滿足的。無如，三個月後，時局驟變，日本無條件投降，日資企業一律關閉，我終於又丟了飯碗。現在又得從求溫飽的第二階段，倒退到求生存的第一階段。

八月十六日這一天，我還比較樂觀。因為我的頭腦從「八字」的角度來看，本應是聰明的，但實際上則是遲鈍的、簡單的。我覺得，作為一個中國人，對侵略者日本終究以投降為結局，總是非常擁護、高興。從而我的失業，也就是我理所當然的義務。何況，我還認為這種失業，只不過是一種暫時現象，國民黨政府光復失地以後，必然百廢俱興，工廠終將復工，那時我自然可以蟬聯。誰想十七日這一天，開來一支部隊，打的旗號是「國民黨先遣軍」，接收了酒精廠。為首的營長姓潘，他在八月十五日這一天，還是汪精衛政府的「和平軍」連長。現在他破口大罵我們這批守在廠裡等待開工蟬聯的職員工人，都是漢奸；好好一個中國，好好一個中華民族，都斷送在我們這些人手裡。而後他把我們一概趕出廠去。為了證明他手裡的槍枝並非一根嚇人的吹火筒，他還朝天打了一梭子彈，把我嚇得膽戰心

5 帝王將相寧有種乎：語本《史記・陳涉世家》，陳勝起事時說的話，意為：那些稱王侯拜將相的人，難道就比我們高貴嗎？

6 彼可取而代之也：語本《史記・項羽本紀》，項羽看見始皇儀仗時說出的話，意為：我可以取代他。

7 「人生第一求生存」句：出自魯迅《華蓋集・北京通信》：「但倘若一定要問我青年應當向怎樣的目標，那麼，我只可以說出我為別人設計的話，就是：一要生存，二要溫飽，三要發展。有敢來阻礙這三事者，無論是誰，我們都反抗他，撲滅他。」

驚。這潘營長既是「和平軍」的連長，那麼論理他該被稱作「漢奸」才是，但是他居然搖身一變，成了抗戰愛國有功的國民黨先遣軍官。這個道理，就因為我的頭腦過於簡單，弄不清「曲線救國」的真諦，所以竟不明白。

十八日，滿街就售出酒精廠的五金零件、原材料、包裝桶等等。同時，潘營長已在指揮拆卸蒸煮鍋、發酵槽、蒸餾塔。到這時候，我才徹底明白，這一回失業，又是失定了的。我從我的自私心理出發，由抗戰勝利所帶來的高興心情，不覺頓時化為烏有，甚至產生了「還不如不勝利」那樣一種「準漢奸」的陰暗心情。人到窮途落魄，總不免算命問卜，求神拜佛，趨於迷信。所以到第四天上，我想到，何不再到公園同庚廳去喝喝茶，碰碰運氣？「守株待兔」，固然常常被用來形容一個人的固執、冥頑、不通，但從情理上來說，既然前次能碰死一隻兔子，那麼下一次為什麼就不能碰死一條牛呢？這種貪圖僥倖的念頭，就是我忽而成為茶客的唯一原因。

如此守株待兔半天，看看實在沒有希望，肚子也很餓，我才準備離開此地去吃飯，打算明天再來。正想付茶錢，忽然從三曲橋邊，走過來一個熟人，看到我，有點又驚又喜，立刻過來同我寒暄。來人是我在小學時代和初中時代的同學，他現在身穿米色條紋凡立丁[8]長衫，內襯潔白如雪的電力紡[9]短衫褲，腳穿黑色短玻璃絲襪，白色拷花麂皮皮鞋。新理的髮，由電吹風[10]吹成一波三折的「霸王號」飛機式，顯得器宇軒昂、春風滿面，同我一身布衣布鞋、頭髮像個雞窩的寒酸相，恰成一個鮮明的對比。

他出生在一個富有的家庭裡。他家在水旱保收的江南，擁有二百來畝田地，還開過一家布莊。父親逝世以後，布莊收歇，財產由母親和他這個長子掌管。因此，他在學校裡，一向以手頭寬裕著稱。他的學業成績，不那麼好，然而也知勤奮，但每到考試，總不免搔頭挖耳，等待我或者其他與他相好的同學，避開監考老師的眼睛，丟一個小紙團給他。只有作文考試我們幫不了忙。因為老師無論如何不肯在事前把題目透露出來，而在一小時內做兩篇文章，總是不可能的。但是他也有他的專長。學生的學費之內有三元錢，名叫「損失準備金」，它是準備在學生損壞

8 凡立丁：是一種薄毛面料，除平紋外，還有隱條、隱格、條子、格子等不同品種，呢面光潔均勻、不起毛，織紋清晰，質地輕薄透氣，有身骨、不板不皺。多數匹染素淨，色澤以米黃、淺灰為多，適宜製作夏季的男女上衣和春、秋季的西褲、裙裝等。

9 電力紡：是一種桑蠶絲生織紡類絲織物，以平紋組織製織。因採用廠絲和電動絲織機取代土絲和木機製織而得名。

10 電吹風：臺灣慣用語為吹風機。

桌椅、打破玻璃、弄破試管、砸碎燈泡有據時，可以由校方酌情照價賠償扣除，之後在學期終了時，把應餘之數還給學生。家長在學生拿錢繳納學費時，絕大多數不見得會注意到學費中有「損失準備金」這樣一個項目。即使注意到，半年之後，也大都忘了。所以，這筆返回的錢無論多少，一般不會回到家長手裡，而是到了各種小吃攤主人手裡去了。我的這位同學，在這筆錢上就充分發揮出他的天才。他規定，任何同學都可以用學費收據，向他預支兩元錢使用。到期還得出，照算利息；如不歸還，應得的「損失準備金」就歸他。人既是猴子變的，所以總帶有一些猴子的遺意，朝四暮三。這樣一來，同他來往的同學，倒也不在少數。這使他在每個學期終了，可以賺到三十到四十元錢不等。這筆錢，從一個窮學生看來自然不是一個小數目，但同他和他媽媽手裡的財產相比，仍屬微不足道。所以，我不能認為，他僅僅是因為貪圖這一點錢，才想出這個生財辦法來，而是因為，他有一種天性，覺得凡是錢，在他手裡，都應該具有增值的使命。一個錢如果從他手裡經過卻不能變成兩個，那麼變成一個半也好。我們常常可以看到，一隻小狗或者一隻小貓，總喜歡去撥弄掉在地上的線團或小皮球。這不是小狗小貓的嗅覺出了毛病，以為線團或小皮球忽然有了魚肉味，而是這隻小動物在為將來長大獨立生活以後捕捉食物做練習、做準備。我這位同學的行徑，恰恰也有這種意思，目的是為了學到將來使錢更大增值的本領。

他的手腕，天生相當高明，雖然我料想他沒有從書上學到過「將欲取之，必先予之」[11]這樣一種哲理，但他已經無師自通地早就按這條哲理辦事。每到學期終了，他總去買一些糖果，分發給同他有來往的同學，使其他同學饞涎欲滴，從而收到以廣招徠的效益。他在待人接物方面，做得也很好。有位同學，向自行車店租來一輛自行車學著騎，風馳電掣之間，樂極生悲，剎了前輪，忘記剎後輪，車子豎著翻倒，把人和車都跌壞了。這位同學，家境欠佳。牙齒跌落一個，膝蓋、手肘鮮血淋漓，這些損失本人還負擔得起，但是車軸跌斷，車輪跌歪，這種損失，就非本人所能賠償，而且絕不容許訴之家長。他知道以後，深表同情，大大方方出錢替這位同學賠了，也不當債務看待，只是約他來年同他立戶往來而已。這樣一來，名聲傳開，同他往來的同學，也就愈來愈多。

他常常慨嘆學校的功課過多，黨義、國文、歷史、地理、物理、化學、數學、英文、動物、植物，還不包括美

---

[11] 「將欲取之」句：語本《老子》三十六章：「將欲奪之，必固與之。」

術、音樂、體育、衛生，簡直連氣都喘不過來。按他的設想，國文學一點還可以，珠算、寫字必須學，但是算學，學到利率，就已足夠，再學下去，那就毫無必要了。例如，「雞兔同籠」這類算題，除了存心折磨人以外，並無任何實用價值可言。誰也不會把兔子和雞養在一個籠子裡，更沒有這麼個傻瓜，會把雞和兔換來換去，故意傷自己腦筋。幸而他不知道天下還有「政治」這樣一種學問，所以他的這種設想，只導致他發發牢騷，而沒有在以後導致到教育改革的宏圖偉業方面去。

初中畢業以後，他實在不願意讀那些毫無用處的代數、幾何、三角等等去折磨自己，而是按他的專長、愛好和天才到一家錢莊去當了練習生。憑他雄厚扎實的家產及父親生前好友的提攜，不久以後，他就由一位世伯帶領，合股開設了一家錢莊，名義上由世伯出面當經理，實際上則由他這個副理負責經營。目前這家錢莊信用卓著，營業十分興隆，在金融界固然尚不能執牛耳，但也已有一定聲望。

他坐下來，同我稍敘家常，而後他告訴了我他緣何春風滿面的緣故。明天，恰好是他頭生兒子滿月，他熱心地邀我明天去喝滿月酒。

「我們多年不見，」他誠懇地說道，「論理，現在就得去喝三杯，以做相見之歡。無奈我今天非常之忙，眼下還有一大堆事等著我馬上去料理，所以只好請你原諒。明天務必來舍下一聚。我定的是中午會親，晚上會友。你既然閒著無事，不如一早就來，也好幫我招呼招呼。我不收禮，你務必不要去破費。另外，你剛才說，你急於找個事做。這一層，我心裡已經有個譜，也等明天談吧。再見，明天見。」

「我理當前來道賀。」聽到他最後那麼說，我不禁大喜過望，同他熱情握別。

朱伯廬[12]先生在著名的《治家格言》中告誡人們「得意不宜再往[13]」，從我目前的心情來說，倒也不能一概而論。這公園同庚廳茶座，對我來說，確確實實就是一個吉利所在。

---

12 朱伯廬：朱用純（一六二七－一六九八），字致一，自號柏廬，江南崑山縣（今江蘇省崑山市），明末清初人。入清後選擇隱居教讀，潛心治學。他以程朱理學為根本，提倡知行並進，躬行實踐。其著作《治家格言》全篇五百二十五字，流傳頗廣，對後世有著深遠的影響。

13 得意不宜再往：無論做什麼事，當留有餘地；得意以後，就要知足，不應該再進一步。

第二節

第二天起來，我所要做的第一件事，就是到姊姊家裡，向姊夫借一套湖絲紗長衫和小紡短衫褲，以便穿了去赴宴。說來慚愧，我在社會上約莫鬼混了兩年，卻因為不斷失業，結果連一身像個樣子的衣服也沒能混到手，在這揮汗成雨的夏天，依舊只有一件洋府綢長衫和一件淡灰竹布長衫可供替換穿著。如用這種起碼的棉織品衣服來應酬出客，未免過於不成體統，實在使人汗顏。對於一個人立志清高，不同凡俗，只講求道德文章，不講求衣著修飾，我當然是相當嚮往且敬仰的，但我自己卻做來做去做不到。因為「衣敝縕袍入羊裘而無羞恥之心[1]」，在孔門三千弟子中，也只有亞聖顏回[2]一人能具有這種修養。至於我，雖常以孔門私淑弟子自居，但我畢竟處在二十世紀四十年代的一個相當洋化的城市裡，深諳「只重衣裳不重人」的時弊。獨力難挽狂瀾，所以我感到如能修養到什麼時候也去買一件凡立丁長衫、一套電力紡短衫褲的地步，就很滿意了。

我要做的第二件事，就是在我手邊所餘無多的款項裡，忍痛拿出一筆來，去買一套充羊毛童帽、童衣、童褲，作為我送給侄兒的小小禮物。雖然我的朋友鄭重申明不收禮品，厚貺敬璧[3]，這使我產生過「恭敬不如從命」、不妨老著臉皮去叨擾的卑鄙念頭。然而轉念細想，這到底是一種不穩妥的做法。因為，如果我已經達到可以和我朋友的地位、財富相埒的地步，那麼反而可以「恭敬不如從命」，空一雙手，登門道賀，飽餐一頓而歸。禮尚往來，我日後也必可找個機會，還請於他。無奈我估計我目前的景況、處境，絕無這種可能，所以只能違背他的囑咐，量力

1 衣敝縕袍入羊裘而無羞恥之心：語本《論語・子罕》。子曰：「衣敝縕袍，與衣狐貉者立，而不恥者，其由也與！『不忮不求，何用不臧！』」子路終身誦之。子曰：「是道也，何足以臧！」

2 這裡應是本書作者記錯了。孔子說的是仲由，即子路。見上注。

3 敬璧：即璧謝，指退還原物，並表示感謝之意。典故出自《左傳・僖公二十三年》：「晉公子重耳出亡，及曹，曹共公不禮，僖負羈之妻乃饋重耳盤飧，內置以璧。公子受飧而反其璧。」

置辦一點禮物，以免空手上門，惹人笑話之羞。

這一切準備妥當，午睡起來，看看日已西斜，路上的暑氣已不那麼逼人，我就安步當車，上我朋友家去。我朋友的家坐落在一條小河的東向，原是前清某閣老的府邸，雖然年代久了些，但堅實雄偉，經過整修粉飾，也還華麗可觀。我走到橋上，遠遠就可以看到我朋友的家門口張燈結綵，六扇櫸木竹皮大門洞開，西斜的太陽，掠過沿河栽著的大榆樹樹頂，把我朋友的家門口照得一片輝煌。走到大門口，一眼望去，院子裡的四株槐樹，披紅掛綠，沿著甬道的兩側，排列著各色盆花，顯示出一片喜氣洋洋。由此向左，是朝南正屋。從大門、二門直到廳堂，所有門窗戶格，都已拆除。地面、門檻，用杉木板鋪成一片平展。杉木板上，又用大紅氈毯鋪蓋，從大門口一直鋪到廳堂門口。門口上面，掛著四隻烏木框絹畫大宮燈。廳堂裡，三面牆壁，掛滿五顏六色的綢緞、綾羅喜幛，正中掛一幅「天官送子圖」。身穿大紅朱砂官服、頭戴兩翅烏冠、腳登粉底朝靴的背部微駝、面部笑容可掬的天官，騎在一隻金碧輝煌的麒麟身上，手裡抱一個只穿一條粉紅繡金肚兜的又白又胖又俊秀、笑嘻嘻、傻乎乎的十分可愛的胖小子。賓客已經很多，冠裳齊整，花枝招展，男女老少都有。我定一定神，壯一壯膽，整一整衣衫，摸一摸腋下的同這種氣派相比寒磣可笑的禮物，毅然走進門去，登上大紅氈毯。冷不防，兩廂一陣絲竹嗩吶聲迎面撲來，不禁使我呆了一呆，旋即明白這是〈迎賓樂〉，它向主人報告，又有新客來到了。這時候，我才看到，在原來是二門的邊上，擺著一副「茶擔」。這種「茶擔」是江南獨有的，專為婚喪喜慶服務。它的主要設備是一隻碩大無比的大錫壺，壺肚裡最少裝得下三四個七八歲的孩子，現在正燒得水氣騰騰，其他的設備是一張長桌子和幾百副蓋碗、幾百條雪白的白毛巾、專門供應客人用的茶湯洗臉水。

果然，隨著〈迎賓樂〉，我的朋友的身影立刻在廳堂門口出現，看到來客是我，老遠拱手笑著大聲說道：「怎麼這個時候才來？快請上座。」我連忙疾趨而進，拱手連聲道賀。他把我讓進大廳正中兩排八張太師椅的座位裡，又說道：「我不是要你一早就來的嗎？」我笑一笑未予解釋，隨手送上了我的禮物。他愣了一愣，看到是童衣、童帽，覺得萬難敬璧，只好說了聲「又去破費」，就把它拿到帳房間去了。趁他離開，我拿「茶擔」送來的毛巾好好擦了一擦額上、臉上、頸上沁出的汗珠，不敢喝那燙得要命的蓋碗茶，只是隨手在送來的水炒玫瑰西瓜子盤裡拈了幾顆瓜子，放到嘴裡。而當我的朋友又回到我的座位旁邊時，對他說道：「今天賓客很多，你我至交，不必客套，你還是在貴客前周旋為好。」他想了想，覺得有理，說了聲：「那就少陪，你請隨意。」就站起來，到別處周旋去了。

我向四周看了一看，意外地發現竟無相識之人，深感奇怪。獨坐無俚[4]，一面嗑著瓜子，一面趁此機會，鍛鍊我不用交談，只憑舉止、氣概，去估計對方是何許人物的本領。坐在我對面的一位身穿淡青香雲紗長衫的先生，嗑起瓜子來，不像我這樣小心翼翼地用手指送向嘴邊，而是像籃球場上的「投籃名手」那樣，一顆顆準確無誤地拋進嘴裡，而且嗑起來又快又俐落。我估計他必定是一個米糧商人，才有把黃豆、小麥之類的東西，一顆顆拋向嘴裡，迅速咬開，以鑑定品質的本領。習慣成了自然，所以他現在嗑瓜子時，也是一顆顆地拋向嘴裡，而不是放向嘴裡。坐在我斜對面的，是一位身穿嶄新派力司[5]西裝、四十歲光景的中年男子，我一時還吃不準他吃哪一個行業的飯，但是可以打賭他必定是一個暴發戶，最近不知從哪裡突然發了一注大財。他臉上浮著一股驕傲自得卻又空虛庸俗的神氣；手腕上戴一隻金手錶，那條金錶帶大約有一兩多重；手指上戴兩隻鑽戒，除開領帶上別著一隻七八錢重的鑲鑽金別針不算外，西服上衣胸袋口還排插三支派克金筆。他不禁使我想起，歷來詩人在寫富貴場面時，總用些「金」、「玉」、「綾」、「羅」等字樣來堆砌，以為這樣一來，富貴就給烘托出來了。這實際上，是因為這位窮詩人，並沒有經歷過富貴的生活。真正經歷過富貴而又會寫詩的，反而只使用「笙歌歸院落，燈火下樓臺」[6]之類的白描手法。而一個「歸」字，一個「下」字，已可以概括出富貴的氣象萬千。坐在我斜對面的這個客人，亦然如此。他如果真的家底雄厚，富足有餘，他就將奉行一種「大賈深藏若虛[7]」的原則，即使留意服飾，也不過略一點綴，而現在他的一身打扮，恰恰暴露出他不過是「貧兒暴富[8]」而已。

4 無俚：指無趣、鬱悶、心煩，無所依託、無所聊賴。

5 派力司：是一種用羊毛織成的平紋毛織品，表面現出縱橫交錯的隱約的線條，適宜於做夏季服裝。由於深色毛纖維分布不勻，在淺色面上呈現不規則的深色雨絲紋，形成派力司獨特的混色風格。

6 「笙歌歸院落」句：出自唐代白居易的五言律詩〈宴散〉。

7 大賈深藏若虛：語本《史記・老子韓非列傳・老子》：「良賈深藏若虛，君子盛德，容貌若愚。」，意為：善於做生意的商人不輕易露出財物。

8 貧兒暴富：語本北宋蘇軾〈與程全父書〉：「抄得《唐書》一部，又借得《前漢》一部，若了此二書，便得貧兒曝富也。」窮人突

我的朋友昨天對我說，他晚上會友。那麼，這些無疑都是他的新朋友。而我和他都相識的老同學、老朋友，又怎麼一個都不來呢？正納悶間，忽然，賓客在從側廂房通向廳堂的附近，圍成一個圈子，人圈子中心，站著我的朋友，抱著一個孩子。我猛然想起，這是我朋友把他的公子抱出來同賓客相見的一個儀式，這個儀式過去之後，酒宴就要開始了。這樣一想，食指大動，納悶也就不驅自散。

男客們對這種儀式，一般是不感多大興趣的，不過走過去看看，禮貌地稱讚幾句，就又退回來，重新三三兩兩拾起剛才被打斷的話頭。女客們的興趣則很大，品頭評足，動手動腳，甚至乾脆把孩子抱過來，吻個不止，結果把那兩個月大的嬰兒逗得「哇哇」地哭起來。於是我又看到，我的朋友，趕緊心痛地然而又是禮貌地把這寶貝兒子抱過去，顛顛晃晃，含含糊糊，安慰「乖乖不要再哭」。聽來賓客們的意見不一，有認為這孩子像爸的，也有認為像媽的，又有認為鼻子像爸、嘴像媽的，卻又有反過來認為鼻子像媽而嘴像爸的。像爸也好，像媽也好，總而言之，這孩子相貌不凡，大起來肯定有出息，必定雛鳳清於老鳳之聲[9]。

由此看起來，我朋友目前的得意情況，已可推知一二，以致他的孩子落地才兩個月，就陷入一片阿諛諂媚之中。出於好奇，也出於禮貌，我在人圈子稍許稀疏了一點之後，也跟著踱進去，挨挨擠擠，想賞鑑一下我的這一位侄兒。一位打扮入時、衣袖只到肩胛為止的相當肉感的太太或小姐，可能是興盡而退，也可能是討厭我在她肥大的臀邊挨來挨去，把她的位置讓給了我，於是我就挨到人圈的最內圈去了。我的朋友發現了我，興沖沖地我說：「看看吧，我的繼承人怎麼樣？」

我為人一向沒有先入之見，兩個月的嬰兒，也還是個赤嬰，一時很難看出到底像爸還是像媽，而且我也沒有見過他的媽，所以我隨口假意稱讚道：「很好，好極了，可能很像你，相貌很好。」

我的朋友，在這一天，大概已經聽過不知多少次類似的廢話，但還是高高興興地聽信了我的言不由衷的奉承。

這時候，在我這一方面，卻自然想去看一看站立在身後的孩子的媽媽，以便核對一下剛才聽到的議論，到底是哪一

9 雛鳳清於老鳳之聲：語本唐代李商隱〈韓冬郎即席為詩相送因成二絕〉：「桐花萬里丹山路，雛鳳清於老鳳聲。」

發大財。比喻學識迅速增長。

種較為準確。而孩子的媽媽，聽到我稱讚她的心肝寶貝，自然不免也要對我看上一眼，認一認我是何等樣人。這樣就恰好四目相對。在這一剎那間，我驟然怔住，憤怒、惱恨、悵惜而又無奈，這各種各樣雜亂無章的心緒，一齊湧上心來。而對方，也驟然露出了驚訝、欣喜、關懷而又害羞的複雜神色。但是我們只用百分之一秒的時間就控制了自己。

「我來介紹一下……」我那位朋友很可能來不及覺察到我們之間的異常神情。

「我認識他，比認識你還早得多呢。」他妻子對他說道。那聲音，和我過去慣聽到的，並無二致，「我們原來就是……就是親戚。」

「這可太巧了。」我朋友十分高興，「我昨天匆匆忙忙，對你說顛倒了。我實際上定的是上午會友，晚上會親。可真想不到你真是我們的親戚。」

這樣一說，我就明白了為什麼竟碰不到一個熟人。現在在這裡的都是他的親戚。

「伯伯和伯母呢？」我趁機敷衍著問他的妻子，以表明她剛才所說的完全可信，「還有亞瑟妹妹？」

「爸爸上上海去啦。亞瑟不巧在發燒，媽媽趕著來坐了坐就回去了。」

我對這一桌酒宴，本來是寄予很大厚望的，指望它來潤澤一下我的久已乾澀的五臟殿。可是看到她，我的食欲就完全消失了，恨不得拔起腳來立即就走。但是絕無酒宴已張，不告而別的道理，又因為我在忽然之間成了她的「親戚」，我朋友竟委託我專門招呼他的趕不上中午前來道賀的錢莊同事。結果這一席酒，賀客們無不吃得觥籌交錯，逸興遄飛，有個貪杯之徒，還不體面地當場「剢」了一個「兔子」[10]。而只有我，無精打采，卻又不能不強賠笑臉，弄得不知所云，也不知吃了些什麼東西。

席散時候，我擠在賀客堆裡，準備告辭。我的朋友首先發現，對我說道：「你怎麼能走？你得留下，我還有話要對你說。」

「你今天忙得要命。」我回答他說，「以後再談吧。叨擾了，謝謝！」

10 剢了一個兔子：指酒喝太多而嘔吐。因為這對喝酒的人來說很丟臉，而「兔」與「吐」諧音，所以用這個間接而委婉的說法。

「昨天說得好好的嘛……」他攔住我。

這時候，他的妻子離開女客，走過來用眼睛命令著我，說道：「你不能走！」

「你不能走！」這簡單的四個字，一個加強語氣的感嘆號，孕育了今後多少歡樂，多少煩惱。我要不聽，拔腳就走，這些歡樂和煩惱，也就都沒有了。但是，我不是一個剛強的人，性格有些粘乎乎的，意志也很薄弱。加上，我雖然一看到她的時候，既憤怒而又惱恨，但也很想弄清一點頭緒。因此，略一躊躇，我竟聽從了。

於是我由一個傭婦帶領，走回廳堂，穿過側廂，進入後軒，走上樓梯，進入臥室。在那裡等候主人主婦送客回來。傭婦請我在長沙發裡坐好，拉亮了金框乳白玻璃罩的枝形吊燈，端來了茶，而後退了出去。臥室裡的陳設，極盡華麗之能事。在這約莫二十多個平方米面積的房間裡，向北一頭，正中放一架西式高矮背紅木大床。這種紅木也叫桃花心木，我國是不出產的，多半要從緬甸一帶運進來。它又沉重又堅硬，入水就沉，放上一千年也不爛不蛀。床上放一條龍鬚席，兩條薄毛毯，兩個淡青緞繡花枕頭。床左床右各放一隻同樣木料的床前櫃，一邊放一隻美國增你智牌十一燈真空管收音機，一邊放一隻玻璃小檯燈和一套鍍克羅米[11]煙具。兩邊各有一道小門，用紫色絲絨門簾遮著，想必是盥洗室和儲藏間。房間正中，是一隻紅木獨腳圓桌和四把紅木靠背椅，式樣大方美觀。圓桌上放一隻雨過天青瓷花瓶，插一束白色優雅的康乃馨。靠西牆壁，放一隻紅木大衣櫥和一隻紅木五屜櫥，五屜櫥頂放一架德國科麗牌臺鐘，這鐘開一次可以走四百天。因為機械過於精密，極怕塵埃，所以被封在一個大玻璃圓罩裡。靠東牆邊，百葉窗前一張紅木梳妝檯，上面放幾十瓶貼著法文、英文以及我所不認識的不知哪國文字商標的香水和化妝品。靠南大窗下，是一套五件紫紅絲絨面沙發椅，東南角是一隻紅木玻璃三角櫃，內放各種瓶酒和飲料。西向、北向牆上的空白處，掛著兩條黑地五彩花蝶圖案的絲絨壁毯。窗和門的簾子，因為是夏天，用的是抽紗製品。估計天冷時，也將換上紫紅絲絨簾。整個房間，就像一隻巨大的首飾匣子，盛放著一個宛如寶石那樣珍貴的女主人。這些陳設在枝形吊燈的柔和光線下，發出和諧然而是刺目的光芒。

11 克羅米：即鉻（chrome），金屬之一，化學符號 Cr。是一七九七年法國化學家沃克蘭（L. N. Vauquelin，一七六三—一八二九）在西伯利亞紅鉛礦（鉻鉛礦）中發現的一種新礦物，次年用碳還原得到。鉻是最硬的金屬。

我冷笑一聲，自言自語地說道：「她到底成了貴婦人了。」

我站起身來，首先看了看掛在牆上的結婚照片框。她身穿白紗兜頭禮服，抱一束鮮花，又純潔，又端莊，又嚴肅。而後看了看結婚證書框，那倒是一篇地道的駢四驪六古文，滿是「宜爾室家[12]」、「螽斯衍慶[13]」、「瓜瓞綿綿[14]」之類的陳詞濫調，落款主婚人、證婚人、介紹人、結婚人八顆印章俱全，充分說明這一張契約文書完全合法。東向牆上兩扇百葉窗之間，掛著一張女主人的大半身照片，看去還是她婚前的留影，微笑間帶著調皮、淘氣、天真的神情，斜睨著我，似乎不懷好意。我忽然莫名其妙地被她這種微笑激怒，回過身來，又看到她抱著花束的結婚照。猛然間，我完全可以肯定，在她那嚴肅的眼色裡，簡直帶著鄙視我的神氣。這一下我可完全被激怒了。我憤然拉熄了吊燈，本能地站在那張貴重的長沙發旁邊，在黑暗中想起了一些往事的片段。

---

12 宜爾室家：語本《詩經・周南・桃夭》：「桃之夭夭，灼灼其華。之子于歸，宜其室家。」

13 螽斯衍慶：語本《詩經・周南・螽斯》：「螽斯羽，詵詵兮。」朱熹《詩經集註》：「螽斯，蝗屬……一生九十九子。」古人常用螽斯比喻多子多福。

14 瓜瓞綿綿：語本《詩經・大雅・綿》：「綿綿瓜瓞，民之初生，自土沮漆。」比喻子孫繁盛、傳世久遠。

第三節

我六歲那年冬天，父親邀一位朋友闔家來吃飯，朋友帶來了妻子和五歲的女兒。五歲的女兒名叫亞琴，粉妝玉琢，伶俐可愛。新來乍到，她自然忸怩作態，繞著媽媽不肯離開半步。但是二十分鐘以後，看看父母並不急著回家，老繞著媽媽也很乏味，所以也就拿出本來面目，漸漸同我接近，最後就一起到院子裡玩去了。

她長大以後，現在就是這個大首飾盒般的房間裡的主婦。

我這一家在那個時候有三個孩子，姊姊九歲，弟弟三歲。小孩子尋找夥伴，最注重的只是年齡相當，什麼門第、貧富、思想、教養之類倒是不放在心上的。姊姊和我玩不到一起去，她寧可找她的同學去玩，我寧可找左鄰右舍五六歲的孩子去玩，因為她的玩法，從我來看，往往過於老氣。我和弟弟也玩不到一起去。他費九牛二虎之力，把一些長凳、方凳排成一行，坐在上面算是坐火車，或者把一些竹椅子弄翻在地，用盡全身力氣推來推去算是開汽車。這對他來說已很了不起了，然而從我看來，這又過於幼稚，簡直不屑與之為伍。前兩天大雪，院子裡積雪有一尺來厚，我和亞琴這個新相識在雪地上印人印、堆雪羅漢、打雪仗，愈玩愈投機，愈玩愈融洽，雖然二十個手指凍得通紅，像一根根小胡蘿蔔，但是一點也不冷，渾身還冒熱氣。我深深感到，如果亞琴不來，那麼這場好雪就算白下了。等到雙方家長想起應該管一管孩子時，我和她穿的嶄新的棉襖棉褲已經半泥半水，作踐得不成一個樣子。

窗外白雪，室內紅爐，華燈焰灺，盤饌味甘。雙方的父親酒酣耳熱，都覺得亞琴一來就同我玩得如此親暱，莫不是天生的姻緣。亞琴媽媽把我抱在懷裡，額頭頂著額頭，問我要不要亞琴做妻子。我以為妻子大約同我左鄰右舍那些小夥伴也差不了多少，所以大聲回答說：「我要！」這個回答引起了一室笑聲，我媽媽甚至笑出了眼淚。她把亞琴抱在膝蓋上，問亞琴說：「你說好不好？」亞琴眨眨眼，說道：「好，我要喝茶。」戲言隨後成了事實，我家行了聘，她家受了茶，送來了亞琴的梅紅八字庚帖[1]。媽媽請算命先生來，把我的八字和亞琴的八字合了一合，沒

1 古代議婚時，男女雙方交換寫明姓名、年齡、籍貫、三代的帖子。因其記載雙方各自的生辰年月，故稱為「庚帖」。

有什麼衝撞扣尅，親事就這樣定了下來。

到我懂些時事以後才明白，那時候我父親是一家銀號的營業主任，她父親是糧行老闆，雙方有銀錢借貸往來，所以雙方都覺得可以通過兒女親事，來鞏固關係。我和亞琴當然不管這種大人間的事，只是從此以後不斷互相找來找去一起玩就是了。說來奇怪，小孩子在一起玩，意見相左、吵嘴打架、忽而斷交、忽而復交，總是免不了的，但是我和亞琴，卻從不這樣，總是玩得很親密，很和諧。我媽媽據此認為，這大約就是前世就註定的姻緣。

我上學以後，過了一年，亞琴跟著也上學。我家在學校和亞琴家之間，我有時在家等候她一起到學校去，有時多走些路，到她家去把她叫出來一起上學校。吃飯時候，我家的丫頭阿菊和她家的傭婦陸嫂，提著飯盒送飯到學校，我們就合在一起吃，吃完以後一起玩，放學以後一起回家。不久後，不知道是陸嫂太忙還是太懶，她和阿菊達成協議，把飯盒提到我家裡就不管了。

學校後面有條小河，河兩邊停放著木排，河心裡有一些零散的木頭。河的對岸是個土阜，土阜之上就是城牆。走上木排，踩著河心裡不會下沉的木頭，跳上對岸的木排，通向城牆之路也就打開。城牆是個好地方，膽大一點，可以俯身在城垛上，把城外的景色看個夠；膽小一點，也可以安安穩穩隔著城堞領略一下城外景色。城牆頂離城牆外的碎石馬路有十來丈高，膽小鬼是不敢俯身在城垛上的，但是像我這種英雄，卻還敢多俯出去一點向城腳吐一口唾沫，好久以後才聽到「拍蹋」一聲落地，那時的快樂就比得上大人中了航空獎券[2]頭彩。城外景色之所以誘人，是因為城外非我輩小孩輕易就能到達而又非常想去的地方，誰又能知道爸爸媽媽會在哪一天大發善心，想起把你帶到城外去玩？所以，能向城外看一眼也是好的。

城牆和土阜好，更重要的原因是那裡有自由。自由是什麼？有人說，是對必然的認識。這種大道理，在我那種年紀，還無從理解起。又有人說：「不自由，毋寧死。」[3]這種視死如歸的大無畏精神，在我那種年紀，也還產生

---

2 航空獎券：抗日時期，國民黨的中央政府發行的一種航空救國獎券。每期五百萬元，頭獎二百五十萬元。月月開獎，共發行了五期。

3 不自由，毋寧死：一七七五年三月二十三日，推動美國獨立革命的政治家派屈克・亨利（Patrick Henry）在維吉尼亞州里奇蒙的聖約翰教堂發表了著名的〈不自由，毋寧死〉（Give me Liberty,or give me Death）演說。這句話在法國大革命及後來各地革命運動中成為常見的口號。

不來。我只是覺得，我的自由實在少得太可憐了，偶爾弄到一點自由，也很不壞。家，提都別去提它，家裡毫無自由可言，什麼都有人管。你最愛吃、最想吃的零食，不給吃，給吃也只一點點，略勝於無，聊以解饞而已。但是你最不想吃的飯，卻拚命要你吃，不多吃不算好孩子。天那麼熱，赤膊穿條褲衩，豈不痛快？不行，非要你穿一件短衫不可，不穿就是不講禮貌。天還不那麼冷，又一定要你穿這穿那，如若不穿，就以一旦受寒鬧病不替你找醫生相威脅。你玩得正痛快，他逼你去睡覺；等你睡得正香甜，他又催你起床，弄不好還會掀被子、擰耳朵，有時還訓上一通大道理：「日高三丈不起床，一日只當半日看。」學校，學校裡的自由也有限得很，比毫不自由的家略勝一籌之處僅僅在於，家裡有十多隻眼睛盯著你兩隻眼睛，你毫無辦法可想；老師大不了只有兩隻眼睛，盯著大幾十隻、上百隻眼睛，那就總有疏漏，所以在不自由之中，偶爾還有少許自由可言。話雖如此，彆扭仍然很多。搖鈴就得進課堂，不能稍遲一點；不搖鈴不許下課，休想早走半步。講話非舉手批准不行，小便要報經同意方可。你答得出的問題，哪怕把手舉痠，他絕不叫你回答；答不出來的問題，儘管你已經把頭埋在課桌裡，他偏要你站起來講一講。他有權任意呵斥，拿戒尺打你手心，但你無權回嘴，更莫說准你還手。城牆和土阜那裡卻完全不同，那裡是真正的自由世界，有絕對自由。在這個世界裡的人一律平等。你可以翻個筋斗，我何妨豁個虎跳；你可以隨手拔草，我不妨到處小便；你敢罵我，我就咒你；你打我一拳，我當然踢你一腳。為此之故，儘管學校和老師三令五申，嚴禁學生跳過木排到城牆上去，因為已經有三個孩子溺死在河裡了。但是言者諄諄，聽者藐藐，膽大的英雄只要有機會還是到城牆上去。等到不得不回到那種扼殺心靈、窒息生機的教室裡去時，無不露出依依惜別神氣。若不是該死的肚子每到一定時候都要「咕咕」直叫使我受不了的話，我甚至產生過何必要回家的念頭。

我想，這種經過冒險而獲得的自由之樂，哪怕比較短暫，也應該和亞琴分享。亞琴一口答應，沒有半點遲疑。這天，等阿菊收拾好飯盒走遠以後，我們立刻溜出校門，來到河邊。這可是玩個痛快的黃金時刻。

我指點亞琴說道：「你看清，這一根不會沉下去。跳上這一根，再跳到那一根，那一根也不會沉。再跳，就上那邊的木排了。我先跳，你看好。」

還沒有三秒鐘，我就到了對岸木排上，而後回過身來，等亞琴照樣跟著跳過來。

她比較緊張，臉色有點發白，但是咬一咬牙，縱身一躍。很可惜，第一根她就選錯了，跳上的偏偏是旁邊一根會下沉的木頭，還沒等我說「你跳錯了」，她腳下一個骨碌，兩手一張，跌進河裡去了。

我想也沒想，連忙跳回不會沉的木頭上。很快，水裡冒上來一團黑頭髮，我連忙揪住，把她的頭拖出了水面。

「別著急，」我著急地說道，「有我呢。」

「我不急，」她帶著哭聲說道，「快拉一把。」

她拚命往上爬，我使勁往上拖，她總算爬上了木頭，把兩隻腳泡在河裡。

「這下好了。」我大為寬慰起來，「叫你跳那根，你偏偏跳這根，這可怪不著我。你現在怎麼辦？現在得站起來，往回跳。」

「我不跳啦。」她哭起來，從頭髮到鞋子全是水，臉上分不清哪是河水哪是淚水。

我跳上了木排，回過身對她惡狠狠說道：「不跳也得跳。不然你就坐著，我去叫老師來抱你上岸。我怎麼抱得動你？」

這一著有效。她不哭了，想了一想，哆哆嗦嗦把腳收上木排，又想了一想，終於哆哆嗦嗦站起來，向我這邊狠命一跳。

要是剛才那一跳和現在這一跳一樣正確，現在我們就可以在城牆邊翻筋斗了。可是說這還有什麼用？講廢話從來就對任何事情都沒有補益。禍已經闖下，打罵無可避免，這些先不想它了，現在讓渾身上下全濕透的亞琴怎麼辦？她上岸後一直發抖，嘴唇也紫了，總不能讓她就此凍死。我連忙把她的濕外衣脫下來，胡亂抹了一下頭臉，脫下我的薄棉襖，替她穿好，而後三腳併作兩步，趕回家去，一疊聲叫媽媽快把姊姊的衣服拿出來。

媽媽一開頭嚇了一跳，以為我碰上了專門攔路剝小孩衣服的強盜，查明情節後又嚇一跳，趕緊打發矮媽媽抱一條氈毯，跟著我趕到學校後面河邊，把那個現在不男不女、半乾半濕的寶貝媳婦接回來。回來以後媽媽和傭婦矮媽媽著實忙了一陣，先把亞琴放在熱湯裡浸到額上發出汗來，問清楚只喝了一兩口水，媽媽覺得問題還不很大，又檢查出在拚命爬上木頭的時候，手肘和腳孤拐[4]都擦傷了些油皮，也沒有大礙，只是凍了一凍，嚇了一嚇，頭上有點

[4] 孤拐：常指踝骨、顴骨。

發燙。媽媽逼著她吃了兩片消炎片、一匙珍珠粉，以預防瀉肚、安定神魄，而後叫她在我姊姊床上睡好。「你現在且上學去，對老師直說，回來時把亞琴的書包帶回來。等你回來，我再慢慢和你算帳。」媽媽囑咐我以後，關照阿菊，傍晚到亞琴家去一趟，就說亞琴給留了下來，今晚不回來睡了，但是絕不許說出跌進河裡這種驚天動地的嚇人事情。

整個下午我神情恍惚，六神無主。「慢慢和你算帳」的內涵，傻瓜也能明白。學校裡的要好夥伴在獲悉這一不幸事件時，一致認為打一頓必然無可避免，他們愛莫能助，只能想法幫我減輕一點痛楚。這樣必得弄清媽媽會用哪一種打法、愛打哪一個部位。根據以往經驗，頭部和內有臟器的胸腹背部，媽媽是不打的；手心和屁股，是要打的，但最可怕的還是「擰腿肉」。議論結果，多數人覺得眼下天氣還冷，衣服穿得多，打屁股和擰腿肉不方便，打手心的可能最大。要是這樣，就好對付得多。回家半小時以前，只要用一種有局部麻醉作用的野荸薺汁塗滿手心，藥效大致可以維持兩個小時，在此期間內挨打，痛楚能夠減輕一大半。隨後，本著有難同當的俠義精神，夥伴們又分頭幫我在河邊挖到足夠的野荸薺，做好一應準備。

我惴惴不安走進房裡時，媽媽正坐在床邊餵亞琴吃粥，亞琴披衣坐在被窩裡，神色已經正常。媽媽看到我，沉著臉，叫我自己把戒尺拿來。聽她這麼一說，我立刻消失了不安感，轉而心花怒放。既有充分準備，當然有恃無恐，我乖乖拿來戒尺，大大方方地攤開了手心。媽媽說：「不忙，等餵完粥再說。你上我房裡去。」

我正要走，亞琴對我媽說：「別打他，要打就打我。」

「這不是他出的好主意嗎？」

「不是他的主意，」亞琴分辯說，「是我想去玩。」

媽媽不信，亞琴又說：「不是，是我叫他帶我去的。」

也不知道是我媽媽的惱火很快就過去了呢？還是我們的友誼感動了我媽媽？又或者她覺得媳婦在場責打她的郎君畢竟諸多不便，她嘆了口氣說道：「也不想想這有多危險！要是你冒上來他沒有揪住你，要是你冒到了木排底下，還有命活嗎？」

媽媽這麼一提醒，我回想了一下，當時確乎是千鈞一髮。這樣我和亞琴都「哇」的一聲哭了起來。這一哭，大事化小，小事化了，媽媽在取得我們今後絕不再到木排上去的口頭保證以後，雖然她明知道這種保證非常空泛，因而不會有太大價值，但也決定不再追究下去，叫我把戒尺放回原處。爸爸回來後，她也沒對爸爸提到這個不幸中的大幸。

晚上做完功課，亞琴上床睡覺，我坐在床邊和她有一搭沒一搭地攀談。亞琴擔心傍晚媽媽真要打上幾板子，那就夠受的了。我說：「別擔心，我手心裡早抹好了野荸薺汁，這是祕密，不能亂說。」她說：「你媽媽很凶。」我說：「我媽媽其實也不凶，打我總是因為我惹她生氣，而且火了就打一陣，打過了，過一會又會走過來，摸摸打的地方，問：『還痛不痛？下次還淘氣不淘氣？』有時還一邊掉眼淚一邊說，以後別惹她生氣，打痛了我，她自己也心痛。這樣一來，該痛也不那麼痛了。」亞琴說：「我媽媽可從來不打我和我妹妹。」我雖然覺得這種事前不動手、事後不懊悔的媽媽，比打了又後悔落手太重的媽媽會好一些，但又不願意自己的媽媽輸於別人的媽媽，所以裝作不屑地說：「這也沒什麼。你是女孩子，我媽媽也從來不打姊姊。」亞琴說：「這是姊姊比你乖，她不惹你媽媽生氣。」我想想這也有道理，就說：「可是我弄不清楚為什麼會惹媽媽生氣。比方爬樹刮破衣服，又不是我愛刮破，那是樹枝刮破的嘛。把尿拉在澡盆裡，尿急了，怎麼辦？身上抹一身肥皂，又不能跑出去拉。」

這時候姊姊坐起身橫加干涉了，她睡在亞琴另一頭：「你明天再講好不好？嘰嘰咕咕吵得我不能睡覺。」

「我坐在這一頭講，又沒在你那一頭對你講。」

「那麼我就聽不見？」

「這我管不著，你可以蒙著頭睡嘛。」

「去睡吧。」姊姊看在亞琴份上沒有加大聲音，「我明天還得早起來，我不能像你那樣睡懶覺。」

「誰睡懶覺了？」

「就是你自己嘛。」

如果照事實的本來面目說，確乎是我愛睡懶覺，但是揭短也要看情況，放屁也得看風向，我就要無賴了。我說：「你才睡懶覺呢。」

「你自己去想想吧，」姊姊不肯讓我，「誰總是叫幾遍才起床？有時還得爸爸揪耳朵？」

揭短到這種地步，太豈有此理了。儘管實有其事，我怎麼能默默承認？我火了瞪起眼睛說：「你誣賴好人！我不睡，偏不睡！」

亞琴看樣子不對，勸解說：「那你就去睡吧，明天再講也來得及。」

既然發了牛性子，勸解也沒有用。我說：「別管她，我們講我們的。」

「你再講，我去叫爸爸來！」姊姊發出了威脅。

「那就別講啦。」亞琴不願意擴大事態。

「叫爸爸就叫爸爸……」我即使已感到內荏，然而還是色厲。人總不能不要點面子。

三個人你一言我一語把聲音吵滿一屋子。爸爸沒有來，媽媽倒來了。她把我拖走，笑著說道：「有話明天講吧，哪有那麼多話好講？往日你總賴在我房裡，今天怎不來？還沒成親就這麼分不開，成了親還不知道是個什麼樣子呢，你可真的會把媽媽忘記了的。」

第四節

離我家不遠，有一個占地超過兩畝的大桑園，不知道主人為什麼在寸土如金的城市裡不用來建房屋，而且不知道為什麼不好好照管，一任桑園裡遍地蓬蒿。這裡是我和亞琴以及附近一帶孩子的樂園，我們爬樹、採桑葉炒茶、摘桑葉餵蠶，採又甜又黑的桑椹吃，夏秋翻磚搬石，捉「叫哥哥[1]」、金鈴子[2]、蟋蟀，下雪更是打雪仗的最佳場地。園主人從不過問、干涉，我們也沒有看見過園主人，干涉反而來自各人的爸爸媽媽。父母總怕孩子在園裡遇「邪」鬧病，又怕給蛇蟲咬了引起麻煩，禁止孩子到桑園去。我的父母自己不管，把禁止權交給了阿菊，倘有違誤，唯阿菊是問，但我和亞琴仍能用軟磨硬泡的辦法，串通好阿菊，偷偷溜去玩一陣，反正只要平安回來，大家也就相安無事。只有一次，我在園子裡翻磚頭找蟋蟀給蜈蚣咬了，痛徹心扉。若在家裡給咬，我是可以大哭大叫的，如今卻無法哭鬧，只能痛得咬牙切齒跑回家去。天幸阿菊是個明白人，她知道我能這麼忍痛有一半是為的她，所以她默不出聲但又見義勇為，抱來一隻大公雞，弄出雞口涎，替我抹上，果然，只過一會兒就不太痛了。阿菊姓什麼、叫什麼，她自己也不是很清楚的。她六歲就被父母賣給別人家，沒過幾年別人又把她賣給別人家，十二歲被買到了妓院。她十四歲時，我四歲，這年街上買枇杷的時候，我爸爸要和一個主顧到妓院去談一筆帳目往來，為了讓我媽媽放心，保證按時回家睡覺，特地帶上了我。爸爸關照，回家以後，不許多嘴，特別不准說起有個女人坐在爸爸腿上，說了會挨打，不說有糖吃。關照完就叫一個女人把我領去，他自己抽大煙、打麻將去了。我感到有個女人坐在爸爸大腿上也沒有什麼大了不起，我自己不也常常坐在爸爸、媽媽、叔叔、阿姨大腿上嗎？所以滿口應承不說，跟著妓院裡的阿姨玩去了。我覺得這裡簡直就是天堂，無論男女老少都很和氣，我才說一聲要吃枇杷，立刻就

1 叫哥哥：即蟈蟈兒，昆蟲名。體長寸許，色綠，腹大，翅短，雄的前翅基部有發聲器，鳴聲短促，常出沒在夏秋田野間。

2 金鈴子：為三大鳴蟲之首，產於江浙一帶，夏季夜間活動為主。體長七至九毫米，寬約三點五毫米，像一隻袖珍型的小蟋蟀。因其身體閃亮如金，鳴叫的聲音清脆，猶如金屬鈴子的響聲。

有人把上等白沙枇杷剝去皮還通去核，塞進我嘴裡，連手都不要動一動。糖果點心隨你吃，不小心打破一隻碟子，本來等著挨罵挨打，這裡卻和家裡的規矩完全不同，阿姨倒過來安慰我說：「小少爺嚇著沒有？不要嚇，不要緊的。」說完就收拾碎瓷片和一地蜜餞，關照旁邊一個男人說：「帳上多開金邊細瓷景德鎮茶具一套。」

但是無意中我又走到了這裡的地獄門口，有個披頭散髮的大女孩子給吊在樑上，一個惡狠狠的男人用細麻鞭在打她，她尖聲呼痛叫「媽媽」。這男人忽然一眼看到我，發怒說：「這小鬼是誰？怎麼跑到這裡來？」我大吃一驚，料想他也會把我吊起來，轉身就跑，絆倒在門檻上，發聲大哭。不管阿姨聞聲趕來一再哄慰，我還是哭到眼淚、鼻涕滿衣襟，而且頗不體面地把尿撒到褲襠裡。爸爸終於出現，我才有了依靠，哽哽咽咽告訴爸爸，有人在吊打女孩子，那個人也要把我吊起來。我爸爸還來不及追問真相，妓院裡的人趕緊聲明：「絕無此事，吃了老虎心、豹子膽也沒人敢動公子一根毫毛的。」隨後所講起的內容，遠遠超過我能夠理解的範圍，我就不去管它，由阿姨帶著洗臉、洗澡、換褲子去了。回去的時候，多了一個人，那個梳洗清楚了的可憐的女孩子跟著爸爸和我一起回到我的家。媽媽很贊成這件事情，把女孩子認作是養女，替她起了個名字叫阿菊。

名為養女，實為丫頭。她一身二任，既是傭婦矮媽媽的助手，又是奉命監護我一切行動的人物，逃過了聽人蹂躪的苦境，卻擺脫不了仰人鼻息的地位。在我家無報酬地操勞了七年。到二十一歲，再不出嫁我媽媽就將有招人議論之虞，這才替她找了一家婆家。我媽媽收下的聘金，扣除陪嫁衣服物件，尚有多餘。這樣算來，我爸爸為她付出的贖身金，大概已經悉數回收，並沒有做虧本生意。

阿菊和我，既有這一番淵源，所以她一直對我很好。她帶我睡覺，不怕我尿濕床鋪，准許我把腳擱在她肚皮上。我只吃蛋白，不吃蛋黃，媽媽卻規定都得吃下去，不許把蛋黃吐掉，實在苦不堪言。阿菊來了以後，幫我悄悄吃掉蛋黃，我也就不再為此挨罵了。她不讓我東奔西跑、爬上跳下，以免跌傷碰破。這不僅僅出於職責所在，有時媽媽打我，她用身體擋我，不少板子最後是她挨的。

俗話說得好，只有千年做賊，不能千年防賊，老虎也有打盹時。儘管阿菊千方百計阻攔我和亞琴上桑園玩，然而我們總能瞅空躲開阿菊，照去不誤。這一次去的目的，是我的蟋蟀鬥輸了，必須另捉一隻好蟋蟀。破屋附近的亂磚堆裡，蟋蟀最多最好。我和亞琴蹲下身子，屏息靜聽，要聽準蟋蟀在哪塊磚頭下叫，眼明手快，才能用小鐵絲籠抓到。

「破屋裡好像有人的聲音。」亞琴對我說。

「別出聲！你一嚷，牠就不叫了。」我還是熱衷於抓蟋蟀。

的確，本來沒有人住的破屋裡有微弱的呻吟聲，模模糊糊地說著什麼話。

「去看看，」亞琴站起來，「好像是病人在呻吟。我一個人不敢去，你陪我。」

「好吧。」

破屋沒有門，窗也不見了，光線很充足。靠牆地下，鋪著一堆亂草，亂草上有一團破棉絮，活像爛泥上掉著一大板塊豬油，被絮裡直挺挺地躺著一個人，臉色黝黑，兩眼無光，滿臉污穢，鬚髮粗亂，張著的嘴像毛草叢裡一個無底洞。破被絮遮不住他的身軀，擱在亂草堆上的小腿，像兩節曬乾的沒有洗去污泥的藕。這樣子本來很可怕，但是我從他那件似是赭色又似黑色的破衣裳，認出他是聞名的絕無害人之心的乞丐呆頭，就一點也不怕了。誰也不確切知道呆頭是哪方人士、姓甚名誰。有人說他姓吳，是個老實農民，給村裡的族長奪走了妻子，奪走了田，逼得母親上了吊。他控告無門，報仇不成，氣得發瘋，給攆出了村子，流浪到這座城市，在中市橋下一個橋堍[3]洞裡安身。他一年四季就穿那一件似赭似黑的袍子，髒得油光發亮，和剃頭理髮用的刮刀布差不多。他不向人求告，白天就坐在橋墩上喃喃自語，不知道說些什麼，也沒有人去注意他在說什麼。有人向他丟一個銅板，他就撿起來；不丟，他也不逼著要。城市範圍裡凡有喜喪紅白事情，他都會不請自來，捧著瓢拿著竹竿站立在大門牆邊，辦事人拿出一海碗麵或飯，倒在瓢裡，他三口兩口吃完，等著第二海碗拿來；吃完第二海碗，等第三海碗倒向瓢裡，他就彳亍而去，也不道謝一聲。這個施捨三海碗麵飯後來似乎成了紅白人家習慣。為什麼他一頓吃兩海碗而不撐死？幾天沒有紅白事又不餓死？夏天穿那件刮刀布袍子不熱死？冬天不加衣服又不凍死？恐怕無人能說明一個究竟。他像一棵被雷劈燒焦的大樹，不求灌溉，無須栽培，卻在根邊還茁生出嫩枝，舒展出綠葉，頑強地活著、活著，不怕烈日，也不畏霜雪，似乎多時以來，閻王爺已忘記把他的名字從生死簿上一筆勾銷，只是到現在才忽然記憶起此事來

[3] 橋堍：橋畔。

了，因而派出了勾魂無常。這名使者可能已經走到城門附近，離這破屋不多路了。

「他快要死了。」我說。

「是的，快死了。」

乞丐呆頭不理睬我們，繼續微弱地呻吟著。現在可以聽出來，他說的是「我—要—吃—肉—」四個字。有不少蝨子，在他嘴邊的鬍鬚叢中，鑽來鑽去。

「你要吃肉嗎？」我問，他不理睬。

「你想吃些別的嗎？」亞琴問他。亞琴是不愛吃肉的，肥的膩嘴，瘦的嵌牙，但是他也不理睬她。

我們都認為，一個人快死去之前，滿足他一點要求，還是應該的。我決定拿一碗家裡燒好的紅燒肉來給他吃。但是這一回家拿著紅燒肉溜出門口的時候，阿菊趕上來抓住了我們。

「你又出什麼新花樣？」阿菊尖起聲音呵斥我，「你從來不替我著想。」

我趕緊把那碗肉拿給亞琴，這樣才好掙扎脫身。我央求說：「你做做好事，快放開我。」

「我做好事做夠了，可是從來得不到好報。」阿菊用兩隻手抱住我，我簡直動彈不得，「這回你別想溜得了，除非你用刀抹死我。」

「我抹死你幹什麼？晚上誰帶我睡覺？」我急著說，「求求你放開我吧，我有要緊事情得去做。」

亞琴把我們的發現告訴阿菊，她想一想，又回頭看看門裡，門裡沒有人，這才鬆開手，從亞琴手裡拿過了碗，說道：「那也該我陪著你們去。快！別讓人看到。」

勾魂的無常先一步進了破屋，我們三個到的時候，乞丐呆頭已經嚥了氣，靜靜地躺在亂草堆上的破被絮裡，黯然無光的眼珠瞪著，好像還在看著這個欺負他、壓迫他、視他如蟲蟻草芥的世界而並不甘心，或者是因為到底沒能吃上肉就死去而不肯閉上眼睛。鬍髮叢裡的蝨子一個都看不見了，蝨子也不喜歡冰冷的屍首。

阿菊默默地把肉放在他頭邊，撩起衣角擦自己眼睛。我生日那天，她多倒一碗麵在他那隻葫蘆瓢裡，關照我不要說給任何人聽。她說：「小少爺，你沒餓著過，我是餓過的。我知道餓是什麼滋味。」

她忽然之間驚覺起來，命令我和亞琴快走開，說道：「要我們來送終，折了他下世的福。跟我一起吐口沫，要吐三口，不然會沾染晦氣。」

「都是你害的。」我埋怨起阿菊來，「要不是你拉扯半天，他本來來得及吃了再死。」

「不是我。」阿菊不承擔這份罪過，「到這種時候，他早不會吃東西了。快走，走！」

也沒有興趣再抓蟋蟀了，我們趕緊離開這個晦氣的桑園。這回輪到阿菊來求我們了，她求我們無論如何不能提到有這麼回事情，她實在擔不了這份干係。我和亞琴一口答應。誰那麼傻？自己把頭伸到老虎嘴裡討一場責罵。

但是亞琴不行，她一直鬱鬱不樂，和平常很不一樣，而且紅燒肉的失蹤也不可能不受到追究。媽媽據此一問，我們就無法不吐露實情了。奇怪的是媽媽概不追究阿菊嚴重失職，也不責備矮媽媽顢頇到管不住一碗肉，反而稱讚我們做得對，還怪自己上回給乞丐呆頭吃麵時沒有多放幾塊肉。

爸爸知道這件事情後覺得乞丐呆頭死了也好，活著對人沒有用處，自己也受苦不淺。他打了個電話給派出所，要他們派地保去驗看一下，收屍埋葬，別讓爛了、臭了害人。

第二天下午地保來我家討賞錢，還空碗，媽媽乾脆把空碗送給了地保，以免帶來不吉利，而後跪倒在觀音菩薩像面前，祈求菩薩把由這一番功德而可能帶來的福祉，都賜給我和亞琴，但是沒有提起還有阿菊的一份。

第五節

一九三七年秋天，我讀初中二年級，亞琴讀女子中學一年級時，抗日戰爭爆發。日本飛機來轟炸我住的城市，國軍既沒有飛機攔截，也沒有高射炮阻擊。空襲過去以後，亞琴媽媽趕來我家，同我神色慌張的媽媽商量到鄉村去逃難的事宜，因為亞琴父親路過炸彈炸中的現場，被血肉模糊、殘壁斷垣的慘狀嚇傻了，打算明天就逃到鄉下去。

一九三一年國民黨政府推行英國爵士李滋羅斯的白銀政策[1]頒行法幣[2]後，我父親的銀號忍受不住擠逼，破產關門。坐吃好幾年後，他在陸軍訓練總監下屬的一個圖書社找到一個會計差使，月薪四十元，可以養活一家五口人，因為這時我又添了一個比我小八歲的妹妹。父親在南京，我媽媽和亞琴媽媽的磋商沒有任何結果，最後兩家只好各奔一方。

直到青陽失守，當地城市的火車站已被炸成一片平地，父親才從南京趕回家，幸好我們五個人倒沒有在空襲下罹難。於是好不容易雇到一條船，裝載細軟以及必不可少的用具物品逃難到了長廣溪邊的一個村子裡。

一九三六年阿菊出嫁後，矮媽媽提出增加工資要求，未能如願，賭氣也走了，我家從此沒有再雇用傭人，標誌著我家的景況在走向衰落。但是管孩子的方法並不因家庭人口、經濟的變化而變化，到鄉下以後，父母依舊不准孩子到處閒逛，仍以讀書寫字為務。父親對新學一竅不通，舊書倒讀過不少，鄉裡沒有茶會可去，沒有朋友可訪，更沒有花花世界可供出入，他就把教書的責任負了起來，並且講些「囊螢映雪」、「鑿壁偷光」、「懸梁刺股」、

1 李滋羅斯（Frederick William Leith-Ross，一八八七—一九六八）：生於模里西斯，是英國政府在一九三二年至一九四五年間的經濟顧問。一九三五年，中華民國黃金十年時期，李滋羅斯曾代表英國前往中國，說服中國進行貨幣改革，並幫助國民政府制定了貨幣改革方案。

2 法幣：即中華民國法定貨幣的簡稱，是一九三五年起由國民政府發行的國幣。法幣的發行，結束了中國歷史上使用接近五百年的銀本位幣制。後來法幣在國共內戰時因中華民國政府軍費上升而大量發行以支付軍費，引發惡性通脹，在一九四八年由金圓券取代。

「劃粥為食」的古聖賢發憤讀書故事，意思是要我們學這些好榜樣，將來變成一個書呆子。幸虧媽媽用煤油是外國貨、斷了來源，價錢愈來愈貴為理由，才免除了挑燈夜讀之苦。我和弟弟覺得農村孩子在溪邊抓魚、在樹林捉鳥、在荒墳堆上打柴、在稻田裡拾稻穀、挖田螺，都很有意義，實在弄不清楚父母為什麼要把我們管到如此「文雅」，連抓一隻鳥都不會。姊姊向來聽話，她倒不以為意，無論《論語》、《孟子》、《幼學瓊林》，讀得都比弟弟好，《女孝經》的專用課本更是滾瓜爛熟。不過我估計她對「觚不觚，觚哉，觚哉」[3]、「上下交征利而國危矣[4]」、「履端為首祚，人日是靈辰」[5]之類的理解，大概也只是同我和弟弟差不多。只有五歲的妹妹不識幾個字，沒有我和弟弟的苦惱。蘇東坡失意時，慨嘆「伶俐不如癡[6]」，我也認為文盲其實比識字人幸福得多。

日本人在城市裡穩定陣腳後，就派小股部隊向鄉下擴展。不久，一支九人小隊來到離我家住著的村子大約五里路的一個村，挨戶搜查，殺豬宰羊，強姦了兩個躲避不及的女人，幸而沒有殺人燒房。這一來爸爸著了急，覺得必須保障我媽媽和姊姊的安全，偏僻的太湖濱汊也不保險，那就只好躲進軍嶂山裡去了。第二天一早，他就叫我作伴進山。雖然一路上麥苗、蠶豆蔥綠一片，農夫三三兩兩在桑地裡打枝，竹梢搖風，湖岸葦荻翻白，我爸爸一心趕路，卻無心賞景，直走得喘氣冒汗。我被爸爸的偉大責任感所感動、感染，也不敢怠慢，只想快找到一個藏身所在，讓一家人都安下心來。九點多，爸爸和我到了地名叫許舍的進山路口重要集鎮，人覺得有點累，肚子也有點餓，爸爸決定找一家茶館坐一坐，吃個燒餅，順便打聽打聽消息，問問山裡的情形。

這才知道軍嶂山也不見得是可策萬全的地方。就在昨天，這裡也來過一支十三個日本兵的隊伍，不光帶著槍，而且帶著擲彈筒。幸虧許舍鎮鎮長胸有成竹，出頭帶領鎮上有聲望的地主、店東，打著用抹嘴唇的胭脂畫起來的太陽旗，點頭哈腰招待了這一批不速之客。結果，十三個日本兵吃了一口豬、幾十斤溪裡抓來的魚、幾隻雞，喝了一

3 「觚不觚」句：出自《論語・子張》。
4 上下交征利而國危矣：語本《孟子・梁惠王上》。
5 「履端為首祚」句：出自《幼學瓊林・時序》。此句翻譯成白話：「正月初一日是元旦稱為首祚；正月初七日是人日稱作靈辰。」年曆的推算始於正月朔日，謂之「履端」。
6 伶俐不如癡：語本宋代朱淑貞古詩〈自責〉二首其一：「悶無消遣只看詩，不見詩中話別離。添得情懷轉蕭索，始知伶俐不如癡。」蘇軾則有〈洗兒詩〉：「人皆養子望聰明，我被聰明誤一生。惟願孩兒愚且魯，無災無難到公卿。」

罐好陳酒，和幾個在鎮上明開門或暗開門的私娼順順當當睡了覺，倒也別無囉嗦，下午進山去了，至今尚未回轉。鎮上從今天起加捐三天，每壺茶漲價一個銅板，每個燒餅也漲了一個銅板，煙酒菜館等等漲得還要多些，為的就是彌補這筆招待費用，還要備下這十三個天殺的回來路過時的花銷。

日本兵已先爸爸和我進了山，我這一家躲到山裡還有什麼意義？爸爸長嘆一聲：「在劫不在數，在數最難逃，一切只好看天意如何。」爸爸離開茶館後，決定回家，回家前，不妨在鎮上觀光觀光，也算沒有虛此一行。

許舍鎮很大，貨物齊備而充足，狹窄的街道在九、十點鐘正是熙來攘往時候，我們甚至在街上看到一家鴉片館。原來凡是城市裡有聲望、有錢和稍有聲望、稍有錢的人家，大都逃難到這一帶，許舍就在兩三個月裡繁榮、擴大到同城郊相仿。我問爸爸搬過來住好不好，這裡不像我們住的那個小村子，買一點花生米吃要走三里路。爸爸說：「好吧。」但那語氣並沒有欣賞、贊同的味道，大概是姑妄應之而已。

還是我眼尖，我一眼看到一家米店門口在賣米的正是亞琴的爸爸。

「真想不到會在這裡相遇！」爸爸上前做了寒暄。

「啊呀呀，什麼風把你吹來的？」亞琴爸爸又是驚訝又是歡喜，「你果然從南京回來了。這一向還好？這一向在哪裡得意？請坐，裡邊坐。」

我跟著高興而不安地叫了他一聲「伯伯」。他連聲應著「好好好」，摸著我的頭說道：「又長大許多了。你媽媽可好？」

米店不大，堆滿了笆斗[7]、斛斗、量斗、麻袋、布袋，掛著大秤、小秤、銅盤秤，經營的品種有大米、粳米、籼米、糯米、蠶豆、豌豆、豇豆、赤豆、綠豆、烏豆、黃豆、麵粉、小麥、芝麻、花生，也有稻穀、米糠、麩皮。爸爸好不容易坐到帳臺後獨一無二的凳子上，我只好坐在帳臺前一隻木錢櫃的邊沿上。錢櫃上方的木板分四塊用四十五度角向裡拼裝，形成一隻方的漏斗，銅元銅錢丟進去時一瀉到底，萬無一失，但是無法當凳子穩穩坐好。設備如此，所以爸爸和丈人都沒有責備我坐沒有個坐相。

[7] 笆斗：用柳條、竹子、木片等編成，可以盛糧食的器物，底為半球形。通常容一斗，大者可容三五斗。也作「巴斗」、「栲栳」。

坐得很累，我只好插嘴說：「媽媽呢？亞琴呢？」

「在後面，」我丈人又要應付門市，又要兼顧同親翁攀談，著實忙得可以，「你自己去找吧。告訴你媽，多做點飯。」

我爸爸說：「不叨擾了，下次來。」我丈人說：「沒有這個禮，也沒有這個理，開著米店還能不管吃飯？」我聽到這麼說趕緊往後面走去。後面先是糧倉，到後是天井。在天井裡，遇見亞琴挽著筲箕[8]正走出來。我大聲叫起來說：「亞琴，我來啦。」

「真的是阿繡來啦！」

木製的邊門下露出了亞琴媽媽的臉，驚喜地問我說：「真的是你？你怎麼找到這裡的呢？」她好像又胖了一點，走出來不費什麼力就把我抱了起來，全不顧我已經是十三歲的男子漢，仍然把我當作六七歲乳臭未乾的毛孩子。一切問清楚以後，她在筲箕裡添了米，關照在旁邊一味傻笑的亞琴洗米前順便先到菜館去叫兩道菜，燙兩斤酒，整十二點送到。

亞琴媽媽要我和亞瑟妹妹去玩，她和亞琴去煮飯做菜。我想亞瑟才九歲，怎麼玩得到一起去？她和我妹妹玩還差不多，所以跟著上廚房去了。廚房裡的活我一樣也不會做，覺得燒火會容易些，哪知燒火也很難。哪怕我一再往灶裡添柴，火苗就是不躥上來，煙熏得我直淌眼淚。亞琴只好放下菜刀坐到灶下來，對我說：「都像你這麼燒火，今天能吃上飯嗎？還是我來吧。」她向灶裡看了看，又說：「哪能塞這麼多茅草？」於是再把灶膛裡的草退了好多出來，用火鉗把草木灰扒出一個通風窩，用細竹筒一吹，火苗立刻躥上來了。她老氣橫秋地教訓我說：「貪多嚼不爛，不是什麼都愈多愈好。茅草要一小把一小把添！」我難為情地說道：「那我就去切菜。」亞琴笑笑說：「安分點坐著吧，何苦把手指頭剁下來鬧亂子？你不來，我家也吃得上飯菜。」

亞琴一面燒火一面告訴我，她下鄉後學會了不知多少事情。家務是不必說的了，上山揹柴草，下地摸田螺，拾松子、榛子，抓狗獾、刺蝟，聽農家孩子說下了雪還可以摸野雞蛋。只有一樣事情沒有學會，那就是爸爸叫她幫著

[8] 筲箕：淘米用的竹器，亦用作盛飯器具。

去一升兩升賣米，一斤兩斤賣豆。她問我下鄉後學會了些什麼，我懊喪地說道：「無休無止地讀書，和城裡差不了多少，只是書本換成了線裝書。當然也出去走走、玩玩，學划船，學放蝦籠，學釣魚，可是玩不痛快也就學不太會。才出去不久，就來拚命叫回去，說：『溪這麼深，淹死了怎麼辦？』『風這麼大，吹頭痛了怎麼辦？』爸爸怎麼知道讀那種書比吹風還要頭痛得多。早上那麼冷，爸爸卻叫我起來寫字，凍得手指也伸不直。他不知從哪裡找來一塊大方磚，天天叫我蘸水在方磚上寫大字，每天一百個，他把手籠起來監督著我寫，少了不行，多了可以。他就不想想前幾天要把冰化開來才能蘸到水。要不是媽媽怕煤油費貴，連晚上也得讀書。」

亞琴聽了也很不平，問我說：「你爸爸大概要存心把你管死。」

「看著又不像要管死我。爸爸只是嘮叨些，什麼『少壯不努力，老大徒傷悲』[9]啦，什麼『書中自有黃金屋、千鍾粟、顏如玉』[10]啦。書裡只有字，連張圖也沒有，哪來屋、粟、玉？誰知道將來有什麼好處在等著我？眼前的苦倒是實在的。」

沒想到亞琴媽在灶上大叫起來，說飯已經有了焦枯氣，再不停火就要變成一鍋炭了。亞琴做了個鬼臉伸伸舌頭說：「都是你害的。你只顧說，我就只顧燒。」她連忙壓住火，說道：「聽起來你是可憐了點，吃完飯我帶你玩玩去。」

吃飯時候輪不到小孩子講話，講話是大人的權利，話又多，酒喝得又慢，真是急死人。亞琴爸爸勸我爸爸搬過來，合起來開米店，日常開銷還是賺得到的。爸爸的意思是志不在此，他想等局勢平靜點，想法重操舊業。於是轉而談局勢，真不知道什麼時候才能吃完飯。我和亞琴早已三口兩口吃完，只等找到機會提出一起出去玩玩的要求。好不容易酒倒到最後一滴，我實在忍不住趕緊插嘴把要求提出來。爸爸說：「不行，吃完飯，坐一會兒，就該回去了。冬天日短，到家還得走兩三個小時。」

我是傷心萬分，亞琴也把嘴噘了起來。幸好天無絕人之路，亞琴媽媽幫了大忙。她說她已多時不見我媽媽，現

---

9 「少壯不努力」句：出自兩漢佚名〈長歌行〉。

10 「書中自有黃金屋」句：語本北宋真宗〈勸學篇〉「富家不用買良田，書中自有千鍾粟；安居不必架高堂，書中自有黃金屋；娶妻莫恨無良媒，書中有女顏如玉。」

今知道了著落，自然該去探望，明天要我帶路，今晚我得住下。亞琴爸爸說理當如此，只是不能撂開這爿店，他就失禮不去了，這要請我媽媽鑑諒。最後我爸爸表示同意，等一會兒他先獨自回去，準備準備。這就簡直同皇恩大赦一樣，我和亞琴立刻飛奔出屋，穿過污穢不堪的街道，越過蔥綠一片的田野，上了鎮背後的軍嶂山。

軍嶂山很大很深，一天是玩不完的，但這也很好了。今天我既找到了多年不見的小夥伴，又和她進了這麼種大山來，實在高興。我們一路上不費多大力氣，栗子、松子、香榧子、榛子，裝滿了所有衣袋、褲袋，回到山腳，太陽已經斜西。差不多走了一整天路，很累了，我找一塊枯黃的草坡躺下來；亞琴也躺下來，頭髮恰好碰到我的脖子。

「你下次再來，我保證會找到野雞蛋。」

「我可不知道這下次是哪一天。」

「怎麼你爸爸剛才說不想搬過來？你不能對他說說，要他搬過來？」

「我說有什麼用？他只要我聽他的話，他從來不聽我的話。我看明天你對我媽媽說一說，也許還管點用。」

「對了，說起爸爸媽媽，我倒要問問你，你知道什麼叫夫妻？」

「夫妻就是夫婦，這有什麼不知道？你讀過《幼學》嗎？《幼學》說得明明白白：『何謂五倫？君臣、父子、兄弟、夫婦、朋友。』」

「那麼什麼叫五倫？」

其實我也不懂，但是我從來不敢向爸爸提問，反正他要你唸我就唸熟。我只好和盤托出實情，回答亞琴說：「爸爸沒講解。」

「虧你還說這有什麼不知道。」亞琴翻身坐起來，「還是我來告訴你，一個男人，一個女人，結了婚，就叫夫妻，比如你爸爸和你媽媽，我爸爸和我媽媽。爸爸是老爺，媽媽就是太太；爸爸是少爺，媽媽就是少奶。這老爺和太太、少爺和少奶，也是夫妻。我只有一點還弄不太懂。以前我聽我們行裡的小夥計把我和你叫做小夫妻，又聽別人叫你小少爺，我想這就對了。可是別人又都叫我小姐，不叫我小少奶。這卻不對了。我就是在這一點上還不太明白。」

「幹麼要弄得那麼明白？你愛別人叫小少奶，我以後就叫你一聲小少奶。」

「這可不要。」她趕緊攔住我，「還是叫名字我聽著順耳些。」

「這也可以。」我採取了無所謂態度。

太陽愈來愈大，愈來愈紅，風大起來，山腳湖邊騰起了暮靄。我恨不得飛上天空把太陽用釘子釘死在天空，無奈這是辦不到的事，也就只好戀戀不捨回家去了。晚飯以後亞琴媽媽本想找我問長問短，看到我的眼皮只是在合攏來，知道我這天確實走累玩累了，只好打發我去睡覺。

第二天清早，我帶著亞琴媽媽、亞琴和亞瑟，踏著霜上我家去。亞琴媽媽和亞琴姊妹都不會走路，走走停停，到家已過十點了。午飯後，爸爸找村裡的地主去下棋，我媽媽和亞琴媽媽搬兩張椅子在大門口曬太陽，從日本鬼子怎麼糟蹋女人、局勢何時才能平靜，到隔壁前天丟了一隻雞、老黑貓上星期下了三個崽，樣樣都是話題。姊姊坐得住，安安靜靜搬張板凳坐在兩親家母旁邊學應對禮節。我和亞琴、亞瑟、我弟弟、妹妹，哪有心思聽這些張家長李家短的事情，上溪邊玩去了。三個小傢伙一路上吃我們帶回的松子，到處亂跑；亞琴身手果然不凡，在楮木叢裡找到一隻縮成一團、滿身硬針的刺蝟。牠天冷跑不快，一下子就被逮住了。亞琴準備帶回家養起來，只是不知道該用什麼東西餵牠。旁邊一個農家孩子介紹說，牠愛吃瓜，愛吃蛇。這就難了。冬天沒有瓜，自料也沒有膽量去捉蛇，所以無奈只好放了，讓牠自己去弄蛇吃。

轉瞬間到了離別時分，我媽媽雇了一隻小船，請農婦和亞琴媽媽與兩個孩子一道橫渡長廣溪直接到許舍鎮濱汊裡，這樣既不要走路，又能花一小時左右就抵家。上船前我媽媽鄭重其事地拿出一隻打成一條鳳形狀的戒指，鳳冠是一顆小翡翠，鳳眼是一粒小鑽石，三綹鳳尾各嵌一顆小紅寶石，頭尾相銜。她對親家母說道：「這是阿繡家傳下來的首飾，當年是婆婆給了我的。老古董，不過是珍貴的紀念品。兵荒馬亂，再也想不到今天能又見面，趁著機會，我趕緊傳給亞琴吧。」

第六節

一九三八年二月，我們一家離開小村子回到城裡，不幸中的大幸是，日本兵進城以後放火燒了幾條街，我那條街卻不在其內。門戶自然已經洞開，但細軟早已隨帶下鄉，木器家具搬動困難，所以損失不大。

父親回城後，蟄居家中無所事事，並沒有如他對亞琴父親所說那樣，去設法重操舊業，辦什麼銀號、錢莊。「子為父隱，直在其中矣。」[1]有些話，做兒子的不便說，但我家正在一天比一天窘迫，那是隱不了的，這個責任，卻又只能歸之於我父親。一九三一年銀號給擠倒以後，一開始，我家的排場並沒有相應地減下來，這種假排場是父親用過去的關係東拉西扯硬撐起來的。撐了三四年，假的就是假的，哪能長久撐下去？所以後來是欠下一屁股債上南京去了。淪陷以後，社會關係來了個大震盪，前帳未清，免開尊口，我父親已到了借貸無門的地步，哪有本領和力量重操舊業？這樣，三個多月後，他只好悄悄告別淚流滿面的母親，轉道上海到漢口去尋找訓練總監部的圖書社，而後又由漢口撤退到重慶。匯兌是不可能的。重慶又使用法幣，淪陷區使用日本軍用老頭票[2]，汪精衛成立政府後使用周佛海發行的中央儲備銀行鈔票。這也就等於我家斷絕了生活來源。於是，我家搬出了原來租用的一宅寬敞房子，變賣了廳堂、書房的家具，改住到一間「六架屋」的房子裡去。媽媽埋怨說：「我早對你爸爸說過，有時要想到無時。他聽不進去。西河頭一宅房子五開間三進，才三千元錢，他不買下來，說寧可過些時候自己蓋更稱心。結果坐吃山空，還抽什麼斷命的鴉片，吃光、抽光了才甘願。那時買了，現在就可以收點房租貼補家用，至少也不要再拿房租出去。」

亞琴的父親倒很實在。他不能在城裡開糧行就在鄉下開小米店，回城不久又恢復了糧行，起初生意還不大，漸

1 「子為父隱」句：出自《論語‧子路》。

2 老頭票：日本侵占朝鮮時期，中國東北地區對同朝鮮流入的日本紙幣的俗稱。因其票面印有一老人像，故名。

漸愈做愈大，一直辦到替日本軍部碾軍米，添了兩臺碾米機。

我家的窘況不可能瞞住人，自然更瞞不住親家。我開始覺察到我丈人對我冷淡起來，架子大了許多，有些愛理不理似的。亞琴和丈母倒沒有什麼，看到我還是親親熱熱的老樣子，和以往不同的是，說什麼也不肯在我家吃飯，這對我媽媽是一個隱隱而又沉重的打擊。從亞琴和丈母說來是寬容的照顧，從我媽媽說來卻是被憐憫者的自慚形穢。真要留來客吃飯，能拿上桌的只有一碗鹹菜。即使是這樣，媽媽仍舊讓我去讀初中，不同意我丈人叫我去當學徒學做米行生意的建議，理由是我成績一直很好，中途輟學很可惜。我丈人為此對我媽媽說了下面一番話：「我們既然是親家，有些話就不能不直說。才有兩種，一種是無貝之才，一種是有貝之才。有才，也無非是為了去換有貝之才。只有無貝之才，那是不能當飯吃、當衣穿的。當然，你說得也對，阿繡初中快畢業了，先讓他讀畢業再說。要是戰局很快結束，重慶和這裡通了，事情也就不一樣了。總之，但願阿繡能上進，將來有大出息，那時候你我就都有了指望。」

一九三九年夏天我初中畢了業，戰局仍是膠著狀態，家裡的經濟困難已到惡化程度，靠媽媽、姊姊四隻手，攬點衣服活來做，工錢少得可憐，於是只能變賣可變賣的一切東西，最初是首飾，接著是木器，而後是皮箱、擺設。繼續讓我上高中根本沒有任何可能，到丈人糧行去學生意一時成了問題。他同我媽媽談不攏以後已經找到了學徒。挨到秋深，媽媽忽然患起病來，肚子一直不好，買了藥沒有錢買米，買了米又沒有錢買藥。正在一籌莫展之際，忽然從江北來了我的表叔，他到江南來採辦貨物，現在是一家著名南北雜貨號的水客[3]先生。在瞭解到表兄家裡目前是這個景況，深表同情，一個丈夫還活著的寡婦，怎麼會有力量撫養四個孩子？他要我媽媽立刻為姊姊找婆家，同意他立刻把我帶到江北去學南北雜貨生意，而後拿出一筆錢來，供我媽媽治病和養活兩個更小的弟妹。

一切只好按表叔的意思去辦。媽媽在表叔離開後對我說道：「阿繡，我對不起你，我早有心願硬著頭皮也要讓你大學畢業，可是眼下這種樣子，我實在完不成我心願的了。我哪能料到我們家會一敗塗地到這種程度？不要過

[3] 水客，販運貨物的行商，歷史上，「水客」也曾用來指代那些販運貨物的流動商人。《金瓶梅詞話》第九四回中提到：「才知道那漢子潘五是個水客，買他來做粉頭。」這裡的「水客」就是指從事貨物販賣的商人。

分責怪你爸爸，他身不由己，都是日本人打進中國來才弄到他有家歸不得。所以，表叔下次來把你帶走，你就跟他去吧。學生意當然很苦，媽媽又不能跟著去照料你，以後就要你自己照料自己了。把生意學好，也是一條出路，將來也可以成家立業。吃得苦中苦，方為人上人。你得有個吃幾年苦的打算才好。亞琴是個好孩子，當年我沒有替你選錯。亞琴媽也不錯，是忠厚人。只是她爸爸，最近一陣，我確實有點心寒，吃不準。不過只要我在，諒他不敢翻悔，庚帖還在我手上捏著，你爸爸當年是好好扶過他一把的。你千萬要爭氣，替我爭氣，替爸爸爭氣，也替亞琴爭氣。至於我的病，那是不要緊的，吃吃藥，過一陣，總會好起來，你倒不必掛念在心。」說著說著，媽媽淚下如雨，帶來了一門哭聲，好像預示著此番生離就是死別。

表叔來通知確切的去江北的日期後，媽媽囑咐我在啟程的前一天去告知亞琴家裡一聲。我到亞琴家的時候，亞琴爸爸照例還在糧行未歸，亞琴媽照舊熱情接待了我，她覺得我這麼小年紀就要離鄉背井，未免可憐，但這又是我將來立身處世的第一步，不能阻攔。藉此機會，她在我口袋裡塞了一筆錢，說明是替我做一身新衣服以表祝賀的意思，有餘剩就在路上買點心吃。而後拿出兩條大羊毛圍巾，要我和亞琴把頭和脖子包得嚴嚴地，到外面去走走，但是冬天日短，至遲五點就要回家吃晚飯，等亞琴爸爸回來告個別。

我和亞琴還是走到了小時候視若樂園的桑園裡。多年過去，桑園還是那個樣子，桑樹落光葉子，只剩一些枝條，赤身露體，在冷風裡颯颯發抖。我們在石條上坐下來，為了親熱也為了暖和些，肩挨著肩靠在一起。

「你能不去嗎？」

「我怎麼能不去呢？」

「學徒幹些什麼呢？」

「這得去了才真正知道，表叔說是說到的，他那家鋪子很大，學徒早起要把地掃清楚，學生意，空下來洗煙袋、搓紙吹，派在門市部的晚上要把秤盤洗乾淨。他說事情不太忙，不要替先生打飯、洗尿壺，還是比較輕鬆的。」

「那麼這個樣子你能當上工程師嗎？你說你將來要當個工程師。」

「命運不由人，沒法可想。媽媽說，學生意也很好，將來一樣可以成家立業。」

「可是當學徒總是很苦的，我看到過爸爸糧行裡的學徒，學徒要等先生吃完了飯才吃飯。」

「媽媽也對我說了，吃點苦也不錯，吃得苦中苦，方為人上人。店裡的先生現在很神氣，可是每個人在學生意時都吃過苦。」

「江北離這裡遠嗎？」

「怎麼不遠？要過了長江才算江北，聽說有兩百里路哩。」

「那你怎麼回來？」

「我想總要三年滿了師才能回來吧。」

「什麼？要三年？那就不要去！」

亞琴這麼一說，我的去志就大大動搖了。誰愛離家遠去？小時候，我討厭過家，沒有自由，沒有平等，什麼都要聽大人管。可是實際上這個討厭的家卻那麼熟悉，那麼可親，特別是現在忽然要離開，更感到哪怕一條板凳、一張簾子也都那麼可親，何況要離開媽媽、姊姊、弟弟、妹妹、亞琴這些朝夕與共、相親相愛的親人。我一直在幻想，媽媽會不會忽然又改變主意，不讓表叔把我帶走呢？但是最後還得回到現實裡來，媽媽無力撫養四個孩子。

「我家裡太窮了。」我無奈嘆了口氣。

「你家裡怎麼會窮得這麼快？」

「誰知道？我只知道，爸爸到重慶去了以後，就一直沒有寄錢回來，就窮了。」

「我家裡也這樣，都得靠爸爸。爸爸順手了，我騎在他脖子上也可以；要不順手，那就糟了，連媽媽也不敢大聲說話，我動不動就挨罵。」

「所以我得自己去掙錢，我媽媽太可憐了。我老坐在家裡怎麼掙錢呢？這樣我就只好跟著表叔去江北。你以為我愛去嗎？那裡一個親人都沒有，全是陌生人。就是表叔，我也是第一次見面。」

亞琴沉默了。她知道，她對我的情誼，在貧窮、掙錢、成家立業這些大題目面前，力量太小了，留我不住。

「那麼就非得明天走不行嗎？」

「表叔說，貨船明天開。我坐貨船去。」

「你怎麼不早點告訴我呢？」

「連我也是今天早上才知道明天走。」
「就非得三年滿師後才能回來嗎？」
在這種情況下，我實在不能不用信口開河來安慰安慰這可憐的小夥伴了。我說：「這倒不一定，說不定去一年半載就回來看看。」
「你去了，會不會想起我呢？」
「怎麼會不想？最好是我做夢見你，你同一天晚上也做夢見我，這就和見著一樣了。」
「最好這樣吧。我倒是常常夢見你的。」
「三年以後，我掙了錢，我們就結婚，這樣以後就不會分開了，好不好？」
「也沒什麼不好。不過，為什麼非結婚不可呢？結了婚，成了夫妻，成了爸爸媽媽了，可是我們還這麼小。我還得讀書。」
「是呀，是呀，你有條件，你就好好讀書吧。但願你將來真能當個醫生。」
「到那時候，你也掙錢了，我也掙錢了，我們再結婚不是更好？」
「那當然更好。」
我們相依相偎，不忍輕易分離。三年，天哪，那是一千零九十五個日日夜夜呀。但是正如亞琴說的，我們還這麼小，所以我們只會採用久久坐在一起的方式來表達惜別，還不會同成年人那樣採用更富有浪漫色彩的接吻方式。

第七節

到江北南通縣後，在表叔所在的南北雜貨鋪當起學徒來。一開始想家自然想得厲害，但回家則絕無可能。去時有貨船，走水路，回時不會有便船，要走旱路。路線是問清了的，從縣城走五里地到天生港，坐木帆船渡長江到達十一圩，再走十里地到新豐鎮，從鎮上坐輪船回我原來住的城市，費時兩天。說說容易，走起來卻困難。這些地方我都沒有去過，而且不知道過夜時該住哪裡。

不安心也要安下心來，幸虧工作和生活倒很快適應了，經理是七十多歲的韓幹臣老先生，虔誠的佛教徒，鑑於我在學徒中學歷最高，是唯一一名初中畢業生，就指派我在批發部學生意，應做的雜差只是掃地、擦桌子、佛前焚香、洗水煙筒、搓紙吹。替先生倒尿壺的雜差，由另一名學歷不高的學徒擔任，使我感到畢竟沒有白白多讀三年書。有次吃早飯，韓經理坐在我對面，吃完後我按媽媽教給我的習慣，用舌頭舔光沾在碗底、碗沿的稀飯粒。早飯後開始營業，韓經理關照批發部領班錢躬盛先生，明天起，蠲除我一切雜差，准許我參與帳房事務，從下月起學徒月支錢由一元加到一元五角錢。生活上的最大不方便是南通不是水鄉，飲水靠井水，泡茶用雨水。長江離縣城五里地，沒法擔水吃。店裡有兩口井，一口微鹹，一口倒是甜井。微鹹的供洗滌用，甜井供煮飯用和飲用。大七石缸[1]積的雨水數量有限，只供大客戶和經理泡茶用。

這樣過了四個多月。一九四二年二月，姊姊打給我一份電報，上面只有四個字：「母亡速歸」。

我無法相信。在這以前姊姊有信來，說的都是一家平安，母親也健康，要我安心。我媽媽這年才四十五歲，說什麼也不到死亡的年齡。

---

1 七石缸一般高約一米，口徑約一點五六米。「七石」一詞，取自容積單位，「石」是古代容積單位。七石缸，是指舊時一種可裝納七石米的缸。「七石缸」的功用較多，也用來蓄水。原先，在沒有自來水設施的年代，人們常常飲用河水、井水或者雨水。住在舊式結構老屋的每戶人家，皆在其屋簷下放置的兩三隻「七石缸」。

但是韓經理和表叔相信。他們叫來一個剃頭師傅，按南通習俗把我按在板凳上剃光了我引以自豪的一頭黑髮，開始守孝，而後韓經理叫帳房支出二百五十元交給我表叔，交代他明天領我回去奔喪。

「母亡」。一點不錯，電報譯文確是這兩個字。是真的嗎？我哭了起來。哭著哭著還是不肯相信。這「亡」會不會是「病」字之誤？或者至多是個「危」字？

從天生港渡長江到十一圩搭小火輪回家，果然用了兩天。家門口還是老樣子，絲毫不變，但是我沒有一點遊子回家的歡樂。我在南通夜深人靜時，往往擬想有朝一日回家去，媽媽會笑著倚門接我，姊姊、弟弟會幫我卸下大包小裹，妹妹會樂得直打跌。然而現在是大門口闃無一人，靜寂得令人犯疑。推門進去，廳堂裡掛著一張青色布幔，正中懸掛著媽媽的遺像，旁邊掛著一對白色紙輓聯，聞聲陸續出來的是姊姊、弟弟、妹妹，迎接表叔和我的只是一片哭聲。我跪倒在靈前，哭了一場，還不願意相信媽媽已經去世。如果她還像我幾個月前到江北去那天那樣，靠在床欄杆上躺在被窩裡強顏歡笑，祝我一路順風順水，那麼現在看到我回家，會高興得穿衣下床。我這一哭，還有什麼意義？當我走到房裡，看到床鋪空著，被子疊得整整齊齊時，這才突然認識到媽媽竟是確定無疑地死去了，頓時撲向床鋪，哭昏了過去。

表叔看到表嫂靈前只有一對署名「甥館王皓鏞」的輓聯，嘆息世情冷暖，往日多少親友，今天卻連送副輓聯的也不來，於是去買了兩副輓聯，署下「大生福記號全體同仁」和「愚表弟」的名字。姊姊講了媽媽的患病經過：瀉肚子本來是時發時癒，因為沒有那麼多錢也沒有重視，所以沒有好好治。轉年過後，懨懨地起不了床，夜裡有微熱，有時說夢話，到天明又好了。無奈請位醫生來，醫生說不出到底是什麼病，只悄悄說「準備後事吧」，沒有收診金就上車走了。姊姊的看法是，媽媽與其說是病死的，還不如說是給窮拖死的。她生前只服了些求來的仙方、佛丹，因為求診買藥都要花錢，所以不敢請醫生、進醫院，以免全家餓肚子。王皓鏞是絲廠的職員，比姊姊大兩歲。表叔提出建議後，媽媽託人找了這個人家，還沒有來迎娶。王家知道我家艱難，拐彎抹角託人替姊姊找了一個小學教員的職位，一個月有二十元收入，這也就是雪中送炭了。

「亞琴呢？」我問。

「你走後，來過幾次。奇怪的是媽死了，她一次也不來。」

「她知道媽媽死了嗎？」
「知道。我還特地打發人去告過喪，可是你看，連副輓聯也沒有。」
「這就奇怪了，媽媽那麼疼她，她怎麼連頭也不來磕一個？明天我去找她。」
「那是不能去的，熱喪怎麼能上別人家亂跑？要去也只能打發個人去。我可不在乎她來磕個頭，算媽媽白疼一場就是了。」
「為什麼？」我急著問姊姊。
「媽媽病了，亞琴是來過的。媽媽看著不行了，她也知道。她還說：『怎麼辦？我得告訴我媽去。』但是她一去到今天都沒有來過。為什麼？你不知道，我知道，為的就是怕我們家花她家的錢。我上過她家，那是老著臉皮、硬著頭皮去找她爸爸媽媽的。我當然不好意思開口借錢，只說起了媽媽久病不癒，爸爸音訊全無。她爸爸要是講一點人情，怎麼不明白我們的困難？可是他只敷衍我一通，七找八找找出一瓶說是治拉肚子的藥，連一個小錢也沒有摸出來。」
「我實在想不到。」我有些發火了。
「媽媽也擔心過，你這門親事遲早會吹的。」
「我不是說親事。我是說，總要有個人情道理。」
「要有錢才有人情道理可講，窮了，不會有人對你講人情道理的。」
表叔幫助姊姊料理好簡單到不能再簡單的喪事後，提早回南通去了。媽媽死後第七天，是回煞[2]的日子，過了回煞，靈柩將被護送到會館暫厝。晚上，姊弟四人，都睡在媽媽靈柩下的草堆上，等候媽媽的靈魂來看望我們。十點以後，弟弟妹妹睡著了，姊姊和我還睡不著。她現在是一家之長，雖然她也不過只有十八歲。
「我看你還得去讀書。這裡有兩個原因，一個，現在辦了一所大學，兩所職業中學，管這事的是我要好同學的

2 回煞：人死後若干日，其靈魂返回家門。《里語徵實・卷中下・回煞》引〈李笠翁回煞辨〉：「人死未卜殯殮之期，先筮回煞之日。」也作「歸煞」。

爸爸，叫孫挺生，他是中央大學校長樊仲雲的親信。我同學考中央大學，對我說，現在學生不很多，我或者你願意去讀書，他爸爸都歡迎，不收學費，也不收膳宿費，每學期出個到南京的來回路費就行了。我得養妹妹，沒有辦法去，那就你去讀職業中學，這總比當學徒強。機會是天上掉下來的，錯過了豈不可惜？另一個原因，弟弟怎麼辦？他也長一張嘴巴，也要吃飯。你得把學徒的位置讓出來給他。不然，誰來可憐他、拖帶他？他今年二月滿十二歲，小是小了點，不過我們徽州人有『十三四歲，往外一丟』的習慣，這就由不得他了。這事情，表叔走以前我對他說過，請他去求韓老先生幫忙，他答應試試看。我現在得把這一家的擔子擔起來，你也要準備擔起來。我比你大，我先擔，你的路費和零用錢我來負擔。但是我只不過是個女孩子，遲早是別人家的人，所以歸根到底要你來擔。」

十二點子時，屋外起了一陣大風，把我和姊姊扣好了的廳堂前的六扇格子都吹開，一片乒乒乓乓聲音，把我和姊姊嚇得不知道如何是好。這陣風直撲靈座，把青色布幔、媽媽遺像相片框和三副輓聯弄得瑟瑟作響，蠟燭搖曳欲滅，但是沒有吹熄。隨後，靈臺上的碗盞發出轉動的瓷器和木器的相擦聲。這些變異同我和姊姊只有一幔之隔。

姊姊和我一起用被子蒙上頭，用顫抖的聲音附著我的耳朵安慰我說：「別怕，是獨腳煞神陪著媽媽來看一看，沒有什麼好怕的。」

「那麼最好不要來嚇唬我們。媽媽就不能再讓我們看上一面嗎？」我顫慄著俯著姊姊的耳朵說。

「不能，有煞，衝撞了煞就糟了。」

於是一切恢復了平靜。

早晨起來，六扇格子還是扣得好好的，靈臺上沒有任何異狀，只有燭臺向後一側堆滿燭淚，表示它曾在空氣不流通的室內被風颳過，風來自木格子方向，但這木格子卻鑲嵌著用貝殼磨成的明瓦，因而不可能進風。

我準備再去南通向韓經理、表叔討一個回音的前一天，亞琴爸爸意外地派學徒來我家，要我跟他到糧行去一趟。我那丈人客氣地讓我坐，親自端茶給我，使我受寵若驚，同時摸不著頭腦。他先說自己如何如何忙，以致既無法來探望，也無法來弔喪，以盡一盡多年友好之誼。而後問起，我父親有沒有音訊？我在南通怎麼樣？有什麼困難？要得到哪些幫助？態度和藹，語氣親切，使我無法表達出半點憤怒心情。我告訴他，好得還有個我本來一面不識的表叔，幫助我家料理了媽媽的喪事，一切困難都已過去，不需要什麼幫助了。

「這就好，很好。」我丈人點頭說道，「不過，你上南京去讀書總該花錢吧。我聽你媽媽說過，她是有心栽培你上大學的。如今她不幸過世，你又有機會去讀書，那麼，這個責任自然落到我身上來了。你每年大概得花多少錢？」

這難道是真的？他怎麼不是我姊姊對我講的那種人？

「這麼說，花費是不算多的。一年裡，火車、零用、衣服鞋襪、紙墨筆硯，一百元，夠了吧。打寬些，一百五。高中二年，大學四年，五七三十五，一七得七，一千零五十。不，乾脆打一千五。我開個存摺給你。你可以隨時到銀行去支。省點用，支利息說不定就夠了。」

「我怎麼用得了這麼多？」我對他的慷慨驚奇萬分。

「可以，可以，完全可以。你用著就是。我還有句話。十年以前，你大概不那麼清楚，我同令尊令堂酒後有句戲言，我把亞琴的庚帖留在你家裡了。你回去找找，去之前，拿來還給我，我開存摺給你。」

原來如此！我姊姊說的才是真話。我一下子勃然大怒起來，斬釘截鐵回答他說：「庚帖，我不給；錢，我不要！」

「你還是好好想一想再回答我，我勸你不要意氣用事。你還小，不能少不更事。」

「你把亞琴找來！我問問她，看她怎麼說。」

「亞琴去了華墅外婆家，我也不清楚她哪天回家。這件事憑我不憑她，當初送庚帖，她知道嗎？憑了她嗎？現在也一樣，我說了算。」

「你把她藏了起來？」

「這你別管，你管不著我家裡的事。我只問你一句，你用什麼娶亞琴？」

「我會來娶的。」

「我可不能等你娶得起的時候才嫁女兒。你得明白，我原是一番好意。庚帖沒有什麼大用處，現在時興新法結婚，庚帖打不了官司。」

「女兒是你的，只好隨你的便。庚帖在我手裡，這得隨我的便。」

「你為什麼放著一大筆錢不要？一千五換一張一文不值的庚帖，還少嗎？你能用那張庚帖讀完大學嗎？」

「我留著看看你的嘴臉，我不稀罕你那幾個臭錢！」

「你不會翻悔吧？」

「不要臉的才翻悔，我絕不翻悔。」

我立起身來就走了。爸爸悔婚，女兒避不見面，上外婆家去了。我還指望她來向疼她八九年的媽媽磕個頭，我太不懂世情了吧。

幸好是其他方面都順利，我到南京進了國立農業職業學校，兩年畢業，學校負責介紹工作。弟弟到南通頂替我去當學徒，姊姊轉到鄉村小學教書，由鄉公所提供膳宿，用二十元錢養妹妹、給我零花錢和假期的旅費。一年半以後，上海江灣開辦上海大學，孫挺生先生認為我在職業學校品學兼優，要校長推薦我到上海大學農學院上一年級去。農學院不僅不收膳宿費，還發給嗶嘰[3]制服和棉布工作服，按月發給零花錢。這樣，我姊姊只要寄旅費就可以了。

讀大學畢竟不容易，因為我實際上只讀了一年半職業學校。靠發奮用功，我不但跟上去而且趕到很多同學前面去了。孫挺生先生從上海大學方面瞭解這一情形後，寫給我一封信，鼓勵我把書讀好，他以後會另眼看待我的。但是我辜負了他的期望。這所高等學府所要培養的是符合日本需要的奴才，所以訓育方面著重鍛鍊奴性，教育方面注意潛移默化，規定在課堂上、集體生活中一律使用日語。畢業生能否去日本深造和所得職位的優劣，首要條件是奴性程度的深淺。我不適應這種環境，最後發展到了正面衝突。一九四四年四月，實驗室失竊了一架四百倍光學顯微鏡，盜竊者是訓育處主任草部英孝的中國乾兒子、三年級學生。憲兵中尉草部追回了顯微鏡，叫乾兒子送還實驗室，宣稱這屬於借用，不是偷竊。學生提問：「借用為什麼沒有借據？出入為何選窗戶不選大門？時間為什麼在黑夜不在白天？」草部拒不回答，一些學生認為應該公布真相，向校長趙正平請願查究，我表示贊成，公告由我負

3 嗶嘰：是一種紡織品的名稱，屬於一種綾布，在布的前後兩面都有兩上、兩落的梭織斜紋，而且表面光潔，質地較厚而軟，通常為素色。這種精紡織物用於製作各種軍服、西裝、風衣和塹壕大衣等服裝。中文譯名來源於法語的「米色」（beige）。

責起草。沒想到這批同學中也有草部手下的密探，結果公告還未張貼就被訓育處沒收，我以煽動學潮罪名被訓育處拘禁，這才驚動趙校長過問此事。趙校長不想擴大事態，做了和事佬處置：偷竊顯微鏡，查無實據，不再追究；我以下犯上，事出有因，應予處分，但也不採納草部提出的開除我的意見，而以自動退學論。另外又給我一封私人書信，信裡說：「司馬溫公有云：『德勝才可以為君子，才勝德不免為小人。』[4]足下才似有餘，德嫌不足。果有志深造，曷來立誓自新，則文學院中尚可容君一席。」

年少氣盛，我沒有好好對待這封信。當時我想，東山老虎吃人，西山老虎也吃人。自動退學就自動退學。「如入鮑魚之肆，久而不聞其臭」[5]豈不更糟糕？其實，司馬溫公這兩句話是放之古今而皆準的至理名言，我只是因為閱歷不足而不能好好體會，等我嘗遍世味，知道君子與小人之差只在一個標準和理解各不相同的「德」字上，為時已經過晚了。

這樣，我就算是讀完了書。書裡沒有黃金屋、萬鍾粟、顏如玉，擺在我面前的，仍然是一條難辨光明黑暗的漫長而又未可知的人生路。

4　「德勝才」句：語本司馬光《資治通鑑・周紀一》：「德勝才謂之『君子』，才勝德謂之『小人』。」

5　「如入鮑魚之肆」句：出自西漢劉向《說苑・卷十七・雜言》：「與惡人居，如入鮑魚之肆，久而不聞其臭，亦與之化矣。」

第八節

「你為什麼要在暗中站著呢？」

亞琴的聲音把我從回想中拉回到現實裡來，她隨手拉亮了房間正中上方的吊燈，突如其來的光亮使我暫時迷濛了眼睛。

「這裡坐。」她指著南向窗下的一對沙發。

「你說你有話要問，那就問吧。」我坐下來，冷冷地說。

「這幾年你到底在哪裡？」她在另一隻沙發裡坐下來，看著我，似乎在打量著我的神情。

「也說不出一定的地方。」我不去看她，而且故意把話岔開去，「孩子呢？」

「奶奶帶去睡了。我的奶水不夠。先不管這些吧。你一家呢？」

「家散了，」我依然冷冷地回答，「媽媽死了。過了一年多，爸爸也死了，死在重慶。姊姊嫁了，妹妹跟著姊姊。不，現在她跟著弟弟，弟弟在南通，在我當過學徒的那家店鋪裡。我沒有個定處，一直東飄西蕩。」

「你媽媽過世，我是知道的。我在旁邊。」

「你在旁邊？」我側過頭去看了她一眼。

「我在旁邊。我剛好去看望你媽媽，前兩天，她就不行了。她拉著我的手，想笑，想說什麼，但是沒有能說出來。我哭了，一房子哭成一團。」亞琴帶著淒涼的神情，「後來我對你姊姊說，我得告訴我媽媽去。」

「你告訴了嗎？」

「當然告訴了。媽媽說：『這可怎麼了得？阿繡家一個大人也沒有。我得看看去，我們去！』」

「可是你沒有來，你媽媽也沒有來。」

「沒有來，不過你別怪我和媽媽。爸爸不讓來，他說：『新喪人家晦氣重，人才嚥的氣怎麼去得？我這一陣連連不順手，你們趕去幹什麼？要去也得等報喪人來，開弔時再去。』媽媽一聽就不敢來了，只說：『那也應該叫人送點錢去。』爸爸說：『這個我知道，我會叫人送去的。』」

「讓我想想。我是媽死後第二天到家的，我帶了點錢回來。」

「這我就不知道了。第二天，我爸爸怕我溜到你家去，叫一隻船把媽媽、我、亞瑟都送到了外婆家。他要我們放心，他會料理這件事的。」

她不像在說謊話。我嘆了口氣說：「你就不怕我罵你？」

「我知道你會罵，你姊姊也會罵吧。我在華墅老是耳朵發熱，知道你在罵我，我都不敢用唾沫去抹耳朵，不忍心讓你肚子痛。可是你該知道，我也罵過你的。」

「我應該挨罵嗎？」

「那是後來的事了。我在外婆家住了不到半個月，一回家就偷偷上了你的家，那裡已經沒有你這一家人了。房東在賣房屋，他說，他不知道你們四個人上哪裡去了。我上你外婆家去過。外婆說，你不到南通去了，上外地讀書去了，姊姊到鄉下教書去了。哪個外地？哪個鄉？外婆又說不清楚。你說我該不該罵你？」

「罵也好，不罵也好，隨你便吧。」

亞琴明白我現在的心情，而且明白我這種心情不見得能一時就轉好。

「我一直等你的信。我想，你總會告訴我你在哪裡。」

「有這麼種必要嗎？」

「你在說什麼？」亞琴忽然尖聲埋怨起來，「連寫封信的必要也沒有？你知不知道，爸爸後來打發我嫁出去，理由就是你這一家已經斷絕了訊息。」

「不見得是這個理由吧。」

「完全對！不是這個理由，但我爸爸說的正是這個理由，而且沒法回嘴。就是我媽媽也說：『論理，你本來是人家的媳婦了，我不好勸你。不過這一家已經毫無音訊，連封信也收不到，你總不能這一輩子不出嫁。』你現在卻輕飄飄地說一句：『有這麼種必要嗎？』」

我心裡很不是味道，她出嫁好像倒是我的不是似的。但是對她現在的埋怨和責問，卻又不好正面回答。這裡不是我的家，我是她丈夫邀來的客人，我總不能當面指責她悔婚背約。

「現在你告訴我，你到底在哪裡？」

「一言難盡。總之，是到處為家。」

「你就一點也不想起我？」

「你問這幹什麼？」我有一點惱火起來，我又想她，又不想她。想她是無可奈何，不想她是被迫如此，她怎麼能理解我的痛苦，光揀我的痛處打？事已至此，又何必如此咄咄逼人？叫我怎麼回答？

「你真是變了，」亞琴嘆了口氣，「你以前不是這種陰陽怪氣的人。」

「我變了？」我冷笑了一聲，「不錯，我變了。一個人怎麼不會變？會變的！你不早變了？」

我以為她會自感慚悪、無詞以對、無地自容，這樣，我就從一個事實上的失敗者，成為一個道德上、精神上的勝利者，懷著已經報復了的心情，告辭而去。但她不是臉紅而是臉色蒼白，不但沒有羞愧的神情，而且連個抱歉的樣子也看不見。她反而似乎因為憤怒、委屈、著急而凶狠起來，尖聲對我說道：「你變了，我沒有變！你看，這是什麼？」

她把她的右手伸在我的面前。

戴在她右手中指上的，是我家的那隻鳳戒指。現在，鳳頭恰好銜著鳳尾，倒像是我祖先當日是比著她手指的大小去鑲製的。這不一定很值錢，除鑲工很精巧外，鑽和寶石都不大，未必貴重，而且樣式還是前清時代的。我想她爸爸應該會在結婚時置辦更貴重的戒指，她丈夫應該會為他妻子的飾物費盡心機，但是她偏偏一直戴著我家的戒指，那就證明她確實沒有變。她懷念我，懷念我媽媽。

這是突如其來的無聲的打擊。從我媽媽去世到現在，五年來，我把她當作她爸爸一丘之貉，是完全錯誤的，不告訴她我的下落，更是完全錯誤的。這個無聲的打擊一下子把我打倒在沙發靠背上，一句話也說不出來，懊悔、抱愧、為自己的輕率憤怒、為她的情意感激，心裡頓時像打翻了各色調味瓶，酸甜苦辣鹹，混雜到一起，不知到底是什麼味道。一著既失，滿盤皆輸，現在還有什麼話可說？

「不！」我還要掙扎一下，「我寫信給你，也是一樣的。我窮了，我娶不起你，後果也是一樣的。」

「怎麼會一樣？」她反駁我，「你娶不起我我就不會來找你？」

「別說了。」我悔恨交加，「你爸爸，我怎麼說好呢？反正，一切都來不及了。來不及了。」

「我爸爸？」

「沒有什麼來不及的。怎麼？你們在談爸爸？」我的朋友站在門口說，他顯然聽到了我們的談話。這把我和亞琴嚇了一跳。

「我還有話要對你說。」他走了進來，看了看腕上金光燦燦的漢密爾頓牌手錶，興致沖沖地說道，「還不到八點半，完全來得及。你不會有急事趕著辦吧？」

我定下心來，搭訕著說道：「晚是晚了點。」

「不晚，不晚。怎麼？你們好像有點不高興。」

「剛才，我們正談到了一些很不愉快的事情。」我承認說。

「這可不該吧。」我朋友爽朗地笑起來，「今天這個時候，地點在我家裡，只准愉快，不愉快的事情留著明天談。怎麼樣？請這邊坐。我可忙壞了，剛才沒吃什麼東西，現在我補一些。我已經關照了，你來陪我喝杯酒。」

「我吃過了的。」

「不管怎麼說，喝杯酒總行吧。來，我藏著好酒哩。」他到三角櫥裡拿出一瓶白蘭地，兩隻酒杯。脫去派力司上裝，解下領帶，要我也寬下長衫。他看到亞琴自己去拿出一隻酒杯，和顏悅色地問她道：「你也喝？」

「你們重逢，該喝；我們重逢，就不該喝？」

「該喝，該喝，來，一起來吧。」他費勁地打開法國產的三星牌白蘭地酒，讀了出廠日期：「一八九五，那麼剛好陳了五十年了。」

「我昨天說，我心裡有個譜。」他和我乾了一杯，「剛才知道我們原來是親戚，這就太好了。我請你上我那家號子去，且不定什麼名義給你，你先熟悉一下。行嗎？」

「很感謝你的好意……」

「先別謝。這一層你不知道，亞琴大約也不知道。目前發展銀錢業，是個好時機。我需要有個妥當的人放在號子裡，這樣我就可以騰出身來到處走走。這個妥當的人不一定好找。所以，不是你謝我，是我謝你。」

「不不，我怕我幫不了你什麼。我對銀錢業一竅不通，無能為力。」

「這你不必客氣，多年好友，我怎麼不知道你、不瞭解你。銀錢業並不特別難，不那麼深奧，八個字，『長袖善舞，信用卓著』。」

「我哪有這八個字？」

「所以，我說，你先熟悉一下。我並不指望你一來就舞，我考慮過的。」

「我心領你的盛情厚意吧。」

「這是什麼回事？」

「我打算去上海。」

「你昨天並沒有這麼說。你說，得找個事做。總不能一晚上就找到了吧？」

「是的，上海並沒有事情在等著我。」

「這就很難明白了。這裡有現成的事情等著你，你不做；上海沒有機會等著你，你偏去。這不是自找彆扭？」

「我正是不想彆扭才有這個打算，你應該瞭解我從來沒有吃過銀錢飯。」

「我已說過……」

「這樣吧，我們先擱著這個不談。你得讓我考慮一下，好不好？我們先說說別的。」

「還是喝酒吧。」亞琴對我們兩個人說。

「很對，喝酒。」我朋友對我說。

「我講個吃滿月酒的故事給你聽。有個人是衝口嘴，講了不吉利話自己還不明白不該講。有一個朋友老年得子辦滿月酒，怕他那張嘴不敢請他。這個人保證只喝酒，不說話。既然這樣也就只好請了。果然，他只喝酒，沒有講一句話。他朋友十分滿意，高高興興送這張衝口嘴出了門。到門口他說話了。他說：『我今天一句話也沒說，這是大家都看到了的。那麼，你兒子要有個三長兩短，別說發燒、拉肚子，就是死掉，和我也不相干。』結果朋友氣個半死，但拿他無法可想。」

亞琴和她丈夫不禁哈哈大笑起來。亞琴丈夫說道：「你儘管喝，儘管說，我不忌諱。」

「不，我吸取這張衝口的教訓，只說吉利話。我向你敬酒，這一杯，祝你事業發達，鴻圖大展。」

「謝謝，依你金口！」我朋友春風滿面，一飲而盡。

「這第二杯，祝你倆瓜瓞綿綿，連生貴子。」

「謝謝，謝謝。」亞琴和他都喝乾了。

「這第三杯，我祝侄兒聰明伶俐，長命富貴。」

「太謝謝了。來，我們喝。」

「現在該我回敬你了。」他吃了點鮑魚過過嘴，「這一杯，祝你前途順利，事業有成。」

「謝謝。」

「這第二杯，祝你早生貴子。」

「這哪裡行？」我笑著說，「沒有結婚可養不下兒子來。」

「管它呢，」我朋友大笑說，「我在這上面有限得很，沒法出口成章，胡謅著要你喝就是了。要不然，祝你早日結婚、早生貴子不就可以了。」

「也還有點問題，早日結婚可以，早生貴子還是沒有把握。俗話說：『做媒不包養孩子。』」

「這就過分挑剔了，反正你得喝，不生兒子生女兒也行。」

「好吧，好吧。」我喝乾了酒。

「第三杯祝你健康，簡單點，喝了就是。」

這一杯下去，我感到有些酒量不勝了，但是他要亞琴也敬我三杯。我說：「這可使不得，我會醉倒的。」亞琴同意只敬一杯。她舉起杯子說道：「我可說不來祝你這樣那樣的吉利話，我只對你說，你要能答應不到上海去，我和你就喝乾了它。」

「對！」朋友大聲附議，「正中我的心意。」

有一隻腳踩在我腳上，不用看，是亞琴在踩我，她敦促我做出決定。

「我不是說，要考慮一下？」我有點遲疑。

「不必考慮了。」朋友勸道，「喝吧。」

「我不是在幫他拉你。你到不到他銀錢號去，那不是我想過問的事。」

「我是誠心誠意地歡迎你來幫忙。喝吧，喝吧。我也陪一杯。」

花力氣兜了一個圈子，喝酒還是轉回到棘手的問題上。怎麼辦？

「我看他未必肯在你手下吃飯。」亞琴對她丈夫說道，「我覺得你可以另打主意，比如說，你同你妹夫商量商量看。」

「哎呀呀，你這麼說就不入耳了。我也想到過我妹夫，這個人恐怕有點靠不住。你不清楚，我還是清楚的。」

我看到他們夫妻有點意見不統一，趕緊起來轉圜，我說：「好，我喝這一杯。」

「太好了。喝！」我朋友自己先喝了。

我喝了一半，朋友吆喝說：「不行，得乾了。」

亞琴不解地看著那半杯酒，沒有說話。

「也得讓我吃點菜，」我笑著說，「這到底是烈性酒。而且，菜太好了，不吃豈不可惜？」

「哪裡！哪裡！」我朋友很表滿意，「我今天辦的都是海鮮。我告訴你，人生在世，無非就是吃點、喝點。吃喝嫖賭，我不信『嫖』字、『賭』字。賭是對沖，嫖是全空。我不是守財奴，但也不想白白把錢丟到水裡去。」

「你說得太對啦。」我連忙附和，慶幸不知不覺間岔開了話題。但是亞琴不附和，說道：「吃喝嫖賭之外，總該有點別的什麼吧？」

「理所當然，首先得有足夠的錢。」我朋友點頭表示同意。

「誰同你說錢來了？沒有錢你就想吃喝嫖賭？」亞琴瞥了他一眼。

「你愛玩，這我知道，所以也要天南地北玩一玩。我一有空，就陪你到處去玩。」

「我是說，你提到人生在世，這是個大題目。這個大題目的答案，就只有『吃、喝、嫖、賭』再加上『玩』五個字？」

又統一不了，我可不愛看到爭論。我插嘴說：「我倒也愛吃，民以食為天，總要吃飽了才喝、才賭、才嫖、才玩的。你們說對不對？我很賞識今天的菜，這盤炒干貝實在太好了。」

「我告訴你，這是真正江瑤柱。」我朋友其實看起來也不愛爭論不休，所以轉過身來和我說話，「我不使用假貨，今天的鯊魚皮是俗話的『沙皮』而不是『明皮』，海參是明玉參而不是烏參，翅是魴翅而不是鯊翅。到我孩子百日，我打算辦山珍席換換口味，到時務請賞光。」

「我當然要來。」我誠懇地敷衍他說。

陳了五十年的白蘭地既冽且烈，我開始覺得眼前迷糊起來，要定睛細看才能才能分辨出坐在我對面的亞琴只有一張臉而不是兩三張臉。我朋友也醉得相當可以，言語漸漸含糊不清，但還是要求妻子再去開一瓶白蘭地。亞琴喝得不多，保持著清醒，不理睬她丈夫的請求。她說為了避免我回去時跌倒在半路上，今晚可以睡到客房去。我說目前還不到分辨不出道路高低的程度，可以回家去的，於是她決定派一個人伴送我回去。我起身告辭，忘記穿上那件向我姊夫借來的湖絲紗長衫，還是她提醒我，而且幫我穿到身上，把我已經無法對準扣攏的中式盤香紐扣一一扣好。於是我向主人告辭，主人已經在靠背椅裡酣睡不醒。

第九節

第二天早上，我在朦朦朧朧中聽到敲門聲。我雖在市區租用一個只有四架半大的小房間，卻較偏僻，平常無人來敲門。「富在深山有遠親，貧居鬧市無人問。」[1]世情如此，未足為奇，這敲門聲我還以為是有人在敲別一家人家的門，與我無關。等我稍微清醒了些，才聽出敲的確實是我的房門，這才披衣下床，睡眼惺忪、滿腹狐疑地取下了門閂。

站在房門口的，竟是面帶微笑的亞琴，對我說道：「把你吵醒了吧？」我趕緊扣上扣子，說道：「對不起，你久等了。我料不到是你。你怎麼知道我住在這裡呢？我沒有對你說起過我的住址。快請進。」

「你真是喝糊塗了，我昨晚不是派個人送你到家嗎？」她這麼一說，我才恍恍惚惚覺得，昨晚好像是有個人陪著我走回家的。

我這間房子，完全不適合招待客人，雜亂無章。地板上滿是煙蒂、煙灰、火材梗，門窗上淨是灰塵、蜘蛛網，桌上的碗筷尚未洗淨，凳子上的書報、雜誌東倒西歪，髒衣服在臉盆裡揉成一團，臭襪子在床底下散發酸味。我連忙把凳子上的東西丟到床上，用嘴向凳子吹了幾口氣，確信大體上已無灰塵之後，招呼她坐下來。她居然能在放滿碗筷碟的桌子上，找到一處空隙，放下了她的皮提包，而後笑盈盈地坐下來。

「喝點開水吧。」我趕緊去找茶杯，茶杯裡還放著點辣椒醬，而且不幸有一隻蟑螂死在醬上。於是轉而找飯碗，飯碗裡也還有稀飯顆粒。昨天早上吃完早飯後，忘記隨手洗乾淨，放置二十四小時後，如今已經發餿。

來客看見我那種誠心誠意的忙亂勁，動了惻隱之心，勸我不要張羅了，她不喝水。並勸我還是先去洗洗臉、刷

---

1 「富在深山」句：出自《平妖傳》第十八回。《平妖傳》是明代羅貫中、馮夢龍根據民間傳說以及市井流傳的話本整理編成的長篇神魔小說。最初元明之際題作「東原羅貫中編次」的只有二十回，經過晚明通俗文學家馮夢龍增補改編又成為自明末以來通行的四十回本，成書於明代萬曆四十八年（一六二〇）。

刷牙，把早飯弄好。

「真抱歉。」恭敬不如從命，「我昨晚喝過頭了，今天這麼遲還起不了床，這房子裡簡直是一塌糊塗。」

她只笑了一笑，可能她認為即使我昨晚不喝酒，今晨早起床，這裡也不見得會比現在像樣多少。但是她也沒有揭穿這一點，而是安慰我說：「這不要緊。他今天也是到這時候還起不了床，你弄早飯吃吧。」

我提起另外一隻熱水瓶，想從中倒出我的稀飯來。這是單身漢煮早飯的通常做法，晚上淘一把米，放在熱水瓶裡，倒進適量剛沸的開水，過一晚，米就成了稀飯。但是昨晚上我應酬去了。這事情沒有做，現在熱水瓶是空的。

亞琴對這種聞所未聞的煮早飯方法表示驚訝。她丈夫起床後先喝一碗冰糖燕窩湯，有時是白木耳湯，漱洗後再吃麵點或者雞蛋、牛奶、火腿夾麵包，有時也吃稠稠的、粘粘的、噴噴香的香粳米粥。她打發我上街去買早飯吃。

「餓一頓不要緊，吃午飯時候多吃點也一樣。讓你一個人坐在這間破房子裡，無論如何不是待客之道。」

「去吧，去吧。」她把我推出了房門，「你別管我，只當我沒有來找你。」

快九點了，早點攤大都已經收歇，想買一碗豆漿、一個夾油條、糯米飯團果腹的打算落空，只好到拱北樓買一籠小籠肉包，把皮吃完，留下包子裡的肉丸，討一張荷葉包好，路上買一把青菜，這樣中午就有了肉丸青菜湯可以下飯。趕著走回家裡，覺得似乎走錯了人家。亞琴在這段時間裡替我收拾清楚了房間，床鋪整整齊齊，毛巾毯疊好，枕頭拍鬆鋪平，書報、雜誌分門別類堆齊在桌子上，原來的碗筷杯碟浸在鐵皮桶裡。地上已經掃清，窗口裡射進的一縷陽光裡，翻騰著揚起的灰塵。她蹲在地上，在臉盆裡揉著我的枕頭巾、髒襯衫、髒汗衫、短褲和臭襪子，手上、腕上都是肥皂泡沫。

「你這是幹什麼來了？」我又感激又不好意思。

「客人不喜歡邋裡邋遢的主人。」她回頭對我說，「應該養成隨手收拾的習慣。這裡是人住的房間，不是狗睡的狗窩。」

「我也來洗。」

「我在洗了，你就不必插手了。去把鐵皮桶裡的碗筷洗乾淨，省得招蒼蠅、惹老鼠；再去打桶水，把桌椅門窗都擦一擦。過冬被褥洗過沒有？等下把被裡拆下來，浸一浸，我回頭再洗。不，不浸了，我帶回去叫人洗，天熱乾得快，我再送過來。」

「不麻煩你了，我自己洗。」

「我根本不相信你會動手洗。要洗，不用時候早該拆下來洗乾淨。」

「我的確很怕洗東西，特別是被單、蚊帳。所以我在這一方面一向抱著多一事不如少一事的態度。」

「這是懶人哲學。」

「問題是，我心裡過意不去，怎麼好叫你來料理我的生活？」

「那好，把碗先洗乾淨，這不費什麼事；擦擦桌子也不費事吧？你把你離開南通後的情形，講點給我聽。好嗎？」

「好的。」

我被上海大學開除或勒令退學以後，謝絕趙校長要我轉院的好意，回到姊姊家裡，請姊夫替我找個事做。姊夫的絲廠當時已給日本絲業擠倒，他改行到汪精衛政府的江蘇省政府當比科員小、比雇員大的辦事員，設法把我介紹到武進縣去當保甲指導員。十戶一甲，十甲一保，我是懂得的，但除此之外，一概不知道。到武進縣一看，保甲早已編得清清楚楚，無須我去指導；若真有什麼問題，我又指導不了。就這樣領了兩個月薪水，計中央儲備銀行票一千六百元，等於四石米錢。兩個月後，不知為什麼，把我調到一個區去當自治指導員，月薪還是八百元，但是只能買五六斗米了。不過實地一看，我覺得還是區公所好。縣政府是大機關，不開飯，不給租房住。八百元薪水用來租房子、買飯吃，剩不下多少錢。縣政府的人，有錢的不少，在酒樓吃飯、旅館睡覺還有漂亮女人陪著的多得是，卻無人向我指教錢從何來。區公所所在地是鎮，空房子多，不要房租；機關雇人煮飯做菜，不要付飯錢。這對我非常合適，五六斗米反而可以淨入口袋了。

我到區公所報到時，前區長捲款潛逃，區裡無人管事，我只好老實不客氣自找一個床鋪攤開被鋪，和留守職員一起吃飯，倒也無人過問。一星期後新區長駕臨接管署事，清點人員，才發現多出我一個。問明來歷，他也無話可說，我就照原樣吃飯、睡覺不誤。又過幾天，新區長看到我老躺在床上看書，不去過問政事，心裡似乎有些不愉快，但我是省派的人，和他不相隸屬，不向他領薪水，他也不好下令，只對我說道：「小夥子也該到各鄉鎮去走走，找點事做。走走總有好處。老躺著看書，要悶出病來的。」聽得出來，這話不僅出於不滿，甚至帶有規勸、箴諫的好意。但是「走走」為什麼「總有好處」，我仍然處在知其然不知其所以然的蒙昧狀態，因此沒有重視他的建議。我覺得胃納和睡眠一直很好，大小便正常，也不傷風咳嗽，沒有悶出病來的跡象，只是有時也會感到無聊，好像一個人今天活著吃飯，就是為了明天繼續活著以便繼續吃飯。從這一點辨別不出人生究竟還有什麼別的意義。

吃飯之餘，也到鎮上一家酒店喝喝酒，買一盤回芽豆或兩三塊豆腐乾做下酒菜，漸漸和店主人熟悉起來。閒聊中，我認為他的出酒率不算高，如果用曲室法讓原料充分糖化、發酵，出酒率起碼可以提高四分之一。他問明曲室不過是用木板、礱糠[2]造成，技術一學就會，央我畫出圖樣，他糾工建造，以後出酒果然多了四分之一。這一來，我經常上他酒坊指點指點，有點事做，才感到人生畢竟還有若干可貴之處，並不全然百無聊賴，而且此後喝酒不須掏錢，店主人有時還會送點錢給我用，使我手頭寬裕了很多。

也是合該有事。鎮上有個日本警備隊，駐有九個到十一個日本兵。一天有個日本兵來買酒，夥計聽不懂日本話，打了瓶黃酒給他。日本兵一看發了火，拔出刺刀就要刺夥計。我恰好上酒店去，看到這種情形，連忙對日本兵喝道：「有話好好講，買東西動刀幹什麼？把刀收起來！」日本兵沒想到有人能講一口日本話，弄不清我的來頭，呆了一呆，把刺刀插進了刀鞘。他說他是來買高粱的，誰知道給了黃酒。高粱貴，他知道，他會給錢，不該把他看成不付錢白喝酒的主顧，所以惱火了。我說：「這好辦，換一下不就得了！」他果然摸出錢來，店主人不敢收下。我說：「還是收下好，不收他又惱了。」我估計不錯。這傢伙扔下錢，臨走前還向我點了個頭。這樣一來，鎮裡傳開了我能講日本話，新區長馬上來拜訪我，他說：「我可不知道你老兄還有這一手。但凡兄弟能學到幾句皮毛，我就絕不止當一個小小區長。」他約我以後如果他要和警備隊打交道，就要我居間幫忙，為表酬謝，他向二十六個鄉鎮長講好，以後每個月要各增加一斗米的指導員費。

[2] 礱糠：磨碾稻穀所除去的外殼。

警備隊有個翻譯，原是鎮上的剃頭師傅，居然威震一方。買高粱的上等兵姓鳥海，回去之後，對小野曹長講起有我這個人，小野就到區公所來找我談天。談到這個剃頭師傅，小野說，他知道這個人時常把圓的說成方的，黑的說成白的，從中撈好處。他不喜歡這種人。他問我，以後若和中國人之間有話說，能不能由我充當翻譯？我說可以。自此以後，這名剃頭師傅在鎮上恢復了原有地位，重新拿起了軋剪和剃刀。

不久後，警備隊據剃頭師傅密報，在海馬鄉農民楊文寶家的水缸邊，找到一顆駁殼槍子彈，把楊文寶抓到警備隊。六十來歲頭髮半白的楊文寶的媽媽哭著來到區公所，說是楊文寶向剃頭師傅討賭債不遂，打了剃頭師傅，子彈是這天殺的偷偷放在她家水缸邊的。區長不在，區長的小太太是善心人，她要我務必去說明實情把人救出來，救人一命勝造七級浮屠。我找到小野曹長，小野說，楊文寶沒有摸過槍，只摸過鋤頭，抓來後一檢查手掌就知道了。駁殼槍子彈是帶路的剃頭師傅發現的，這也有可疑之處。打楊文寶一頓是因為這漢子太倔強，才鬆開他的手，他就咬住鳥海肩膀，差點沒把肉咬下來。這就不像個良民，明天把他送黑田部隊算了。黑田部隊是訓練新兵的部隊，送去的中國人沒有一個活著走出來，都給新兵當靶子捅死了。我對小野說：「罰必當罪，你既然明白他不是游擊隊員，何苦就要了他一條命？倔強一點，你們把他打到半死，不也罰夠了嗎？」小野想一想，要我寫一張保證楊文寶不是游擊隊員的「證明狀」，就把楊文寶交給了我。我提醒小野，剃頭師傅不是可信任的人。小野說：「這我明白，隨他去吧，以後會收拾他的。」他對我講了縣保安大隊長黃聖泉的故事。黃也是無惡不作，日本軍方不予過問，讓他幹盡壞事、搜刮錢財到差不多了，民怨沸騰，就派幾個憲兵把他抓了，一頓打要了他的命，財產全部歸日本軍方，這叫做「採得百花成蜜後，為誰辛苦為誰忙？」[3]而後貼出布告：「大日本皇軍一向愛民如子，黃聖泉無惡不作，滋擾良民，已予處決。」大日本皇軍還做了好人呢。

楊文寶的老媽媽在第二天抱了一隻母雞、提一籃雞蛋來送給我。我說：「我只去講幾句話，不必謝的。」小太太不以為然，說道：「這是賣田賣地、傾家蕩產的事，你連條雞、幾十個雞蛋也不收，人家心裡怎麼過得去？我替你收。」她親自動手殺雞，燉得好好的，和我一人一半分著吃了。區長回來後，小太太把這事告訴他。區長說：

3 「採得百花」句：出自唐代羅隱的詠物詩〈蜂〉。

「橫財不發窮人命。這小子是書呆子，你拿他有什麼辦法？」小太太又把區長的話講給我聽。不過她認為，不賺昧良心錢還是對的，昧心錢用不久。

我畢竟過於簡單、天真，而社會則是複雜、險惡的。什麼是好事？什麼是壞事？各人利益不同，也就沒有統一的標準。人群裡有一種人，不害別人總覺得不痛快，我不想害人恰恰損害了他的利益，因此我認為我做了好事，在他看來卻是做了無可饒恕的惡事。這種人至今尚有，我屢遇不鮮，剃頭師傅只是所遇第一人而已。一九四四年十一月，小野隊長調走，警備隊由青田少尉當隊長。不幾天，一名姓成田的老兵上區公所找到我，對我說，他是借個名義上鎮上來特地通知我的，我必須馬上離開這個鎮，否則就有危險。那個姓孫的剃頭師傅已經向青田告發了我。楊文寶確實在最近參加了章曉光的游擊隊，而楊是我保出去的，「證明狀」是證據。青田隊長覺得有必要把我抓起來。我向成田上等兵道謝後，立即逃到五里路外的火車站，丟下行李、鋪蓋回到我原來居住的城裡。如果我被青田抓去，恐怕難以確定是否還能活在世上。從日本軍方看來，完全可以認定我通敵有據，未必有耐心聽我解釋。可惜我只知道成田上等兵過去在愛知縣務農為生，不知道他的名字，也不知道他為什麼不以大日本皇軍利益為重，放過了我這個和他毫無關係的中國人。或者，這就是俗話所說的冥冥之中自有報應。

這樣也就等於失了業。區長小太太魯雲芳比我大八歲，是個很美麗的人，卻不識字。她覺得我失業的原因是她多了嘴，託她在中央儲備銀行辦事處當營業主任的表哥，把我介紹到辦事處當駐棧員，看守一家紗廠的貨棧。駐棧員的職責是，紗廠將原料、成品抵押給銀行取得貸款後，監督這一部分抵押品不得流入加工和銷售範圍。這同辦廠人必須將貨物和資金不斷投入流通的天性恰恰相反，所以紗廠經理樂於向我發給津貼，以便需要時找我通融辦理。這時米價已漲到八千元一石，一年多漲了十倍。駐棧員的薪水是一月兩萬元，紗廠的津貼與此相等，日子好過了不少。但是六個月後，另一位和辦事主任有關係的先生，奪走了我的飯碗。

無事可做，到公園喝茶，巧遇上海大學農藝化學系的老同學，他把我介紹進他在的酒精廠，讓我當了一名發酵技師，薪水也是兩萬元，津貼卻沒有了。

我依然侘傺蹭蹬，兩手空空，不能替父母爭口氣，也不能替自己和亞琴爭口氣。幾年來東飄西泊，奔走勞碌，幾乎把亞琴忘了，只偶爾迸發出一點回憶的火花，記得起我曾經有過這麼一個相親相愛的小夥伴，然而她於我已成鏡中之花、水中之月[4]。她父親的冷言冷語使我無法忘記：「你用什麼來娶亞琴？」

現在，這個鏡花水月正坐在我旁邊替我洗衣服、漂衣服，乾脆、明快、爽朗，同過去一模一樣。但是不知為什麼，我們之間似乎有了一重隔閡，童年的胡天胡地、少年的心心相印，都已不復存在。

---

4 鏡花水月：語本唐代裴休〈唐故左街僧錄內供奉三教談論引駕大德安國寺上座賜紫方袍大達法師元秘塔碑銘〉：「崢嶸棟樑，一旦而摧。水月鏡像，無心去來。」明代謝榛《詩家直說》：「詩有可解不可解，若鏡花水月勿泥其跡可也。」

第十節

「那麼，這些年來，你的確是飄零得夠苦的。」亞琴替我晾好衣服，「很快會乾，自己收一收，摺一摺，總應該會做吧。」

「看你說的！」我不好意思地笑了，「天熱，其實我自己也洗，不過總要拖到萬不得已才洗。」

「我問你，你昨晚說，早日結婚還可以。你有人了嗎？」

「那是喝多了胡扯。我現在養活自己還很累，誰想去添張嘴自找麻煩？再說，我這種景況也不會有人願意跟我的。」

「昨晚你喝那半杯酒又是什麼意思？」

「我可以去上海，也可以不去上海。哪兒有穀子，麻雀就往哪裡飛。」

「這兒就沒有穀子？」

「我不願意靠你丈夫照應。在我不知道他是你丈夫以前，我本來是很願意和他合作的。」

「這一層我當然明白。我是說，這兒也還有別的機會。」

「這不一定。剛勝利，蔣介石還在重慶，這裡滿街還是汪精衛、陳公博的人，一切都還沒有上軌道，亂得很。機會是有的，忠義救國軍在招人，準備接收。很多人把這看成是發財機會，可是我不想去。」

「不去也罷。你還流浪得不夠？照這樣下去，你會一事無成。」她沉吟了一下，而後誠懇地小心地說道，「我看你還是就在這兒等一等再說。至於你說，你沒有多少積蓄，酒精廠給的遣散費不多，這倒不要緊。這一層我想到過……」

她拿過小皮提包，打開拉鍊，拿出一捆鈔票來，有法幣，也有價值比法幣高二十倍的美金，不知道共值多少，估計上去，用熱水瓶煮稀飯的生活方式來用這筆錢，用上三年五載大概是可以的。「所以，這些錢你先拿著。」她接著說完她的話。

「謝謝，我不需要。」

「這不是別人的錢，是我自己的錢。」

「你哪來的錢？」

「為什麼我就不能有錢？爸爸有陪嫁，他對我在錢財上也很鬆。」

「我不需要，我總有辦法養活自己。我早起不吃燕窩，晚上不喝陳了五十年的三星白蘭地，買一塊山東大麵餅，就可以打發一天了。」

「買大麵餅也是要付錢的。」

「這點辦法我自己來想吧。」

「你太固執。」亞琴有點不愉快，「這樣吧，我們來算筆帳。我聽說，你爸爸是撐過我爸爸的。我爸爸給我的陪嫁裡，也有你爸爸的份，那麼這是我還了點舊帳。」

「帳哪有這種算法？那是生意上的銀錢往來，你爸爸還了本，付了息，早了結清楚，輪不到你來還帳。有帳也是人情帳，不是銀錢帳。總之，我不需要。」不過我心裡明白，她是在千方百計、轉彎抹角說服我收下她的錢。

「那麼，這算是我這隻戒指的代價。」她重新給我看戴在她手指上的鳳戒指。

這一瞬間我卻被惹惱了，我冷笑一聲說道：「我已經不肖到要出賣祖宗的首飾了？這簡直豈有此理！」

「不不，我哪是這個意思？」亞琴急急分辯說道，「我是想，我現在不再是她的媳婦。」

「那你何不還給我？」我陰森森地說道，「而且，你何不乾脆直說，是你爸爸關照你來向我要回你的庚帖的。不錯，我對你爸爸說過，庚帖不還給你，但是亞琴來向我要回，我立即給，不要一個錢。」

「你在胡說什麼？」她迷惘不解，「我是這個意思嗎？」

「我從不胡說。」

「我爸爸向你要回過庚帖？」

「你竟不知道？」

「不知道，一點也不知道。」亞琴瞪大了眼睛，「我爸爸說了些什麼？」

「他說，他要給我一大筆錢，供我去讀書，條件是退還庚帖。我對他說：『錢，我不要；庚帖，我不給！』這是哪一年的事？這還是我媽媽過世那年的事。」

「我向你說過這是贖庚帖的錢嗎？」亞琴也火了。

「你說這是鳳戒指的代價，還不是一個意思？」

亞琴一下子急白了臉，她實在忍受不了她的好心好意被我誤解到這種荒謬的程度，嘴唇哆嗦著，一時卻說不出話。我心裡也很難受，自己也無法回答為什麼偏偏愛去刺激她、揶揄她。我不是不明白，她此來的目的單純而又友好，只是為了留住我不要再去東顛西簸，而留下來必須有錢吃飯而已。但是昨天傍晚意外地看到她抱著她的頭生兒子以後，我是痛苦的、嫉妒的，乃至是仇恨的。我總想報復，哪怕只能小小地刺她一下也好。看到她現在被我激怒了，我很高興。但是在高興裡，又有懊悔。她沒有過錯，尋到我這裡表明她並沒有任何拋棄我的念頭，女人結了婚總會養孩子，我的嫉妒、仇恨沒有理由，痛苦也多半是自己釀就的。又何況，我和她從小到大，從來沒有拌嘴慪氣過，那又有什麼必要偏偏在她婚後重逢時，忽然頂牛吵架？

她當然猜不到我這種複雜奧祕的心理，由著急而轉為大發雷霆。「來的時候，」她開始還想捺住怒氣，「我也估計到，也許你不會收我的錢。但是我怎麼能想到，你會是這麼一個……一個……」

她停頓下來，努力搜索著盡可能恰當的詞彙，一時搜索不到，於是急得把一腔怒火都發洩了出來，狠狠啐了我一口，大聲說道：「一個混蛋！」

她把一捆鈔票丟進提包，「呼」地站起來，快步走出房門，「砰」的一聲拉上了門。

一怒而去？好吧，好吧。這樣也很好，省得囉嗦。

不過，我環顧一下面目一變的房間，看看晾在窗外的衣物，那些本來已經髒到發黃、發黑的枕巾、襯衣、襯褲和又酸又臭的一堆襪子，都已經乾乾淨淨，大體上恢復了原來應有的顏色和模樣，心裡就忽然悵然若失，而且漸漸自譴起來。她有什麼罪過？她對我有什麼不是之處？就是我不想收她的錢，也盡可以把話說得婉轉些，又何必非惹她發這大脾氣不可？

那麼，去向她道歉？人走了，不存在這種可能。所以，一切隨它去吧。

第二天，我想，亞琴說得也對，如果在這裡還能找到工作，那麼也確實沒有必要非要到外地去找工作不可。吃罷早飯，反正無事可做，心想不如再到公園茶座去碰碰運氣。走出房門，劈面看見亞琴挽著一隻菜籃走來，並無一絲怒氣，卻有若干笑意。我不禁喜出望外，陪著小心問道：「是找混蛋來的嗎？」

「正是找你這個混蛋來的。」

結果相對一笑，不必解釋誤會，不須道歉請罪，心照不宣，也就言歸於好。

「今天就在你這裡做飯吃。」她把盛著蔬菜魚肉、大小紙包、油鹽醬醋、搪瓷器皿的籃子放在桌上。

「不能上飯館去嗎？」

「上飯館有什麼意思？自己做才有趣。」

「那麼你最好看一看我的爐灶，一隻煤油爐、一隻鋼精鍋，怕對付不了你那籃子菜。」

「那就置辦起來。你去買一隻炭爐、一隻炒鍋，還有一擔炭。」

「燒這點菜用不了一擔炭。」

「以後你就不吃飯？」

於是我明白，她還是主張我留在這裡不走，提一籃子菜來的目的，是逼我在這裡住得有模有樣些，不要用熱水瓶煮稀飯、用肉包子餡做菜湯下飯。我遲疑地說道：「在這方面是不是也以多一事不如少一事為好？」

「那你就把這些菜洗好整理好，我去一去就回來。」

攔阻是沒有用的，我知道她的脾氣。我還沒有來得及把蝦鬚剪完，她已經帶兩個人回來，一個人提著炭爐和炒鍋，一個人擔著兩簍子炭。「你出來一下。」她大聲叫我，「先支在屋簷下再說，把炭爐生起火。該做的事都得做。這又不難，走一趟不就有爐灶了？」

「我可是不明白，你放著太太不做，顛倒跑來替我洗衣服、理房間、買爐灶、弄飯吃，像個老媽子。」

「做現成太太沒什麼意思，不過飯來張口、衣來伸手，好吃懶做就是了。」

「不是有不少姑娘還在羨慕著做現成太太嗎？」

「那就讓她們羨慕去。的確有不少人說我福氣好，嫁著了好丈夫，不愁吃喝，不愁穿戴，不愁玩樂。不過我自己反而不知足，我總覺得少了點什麼。」

「現在有了兒子，還少什麼？有子萬事足。」

「我不想同你胡扯，我是說正經話，說心裡話。有時，我自己也想，我該滿足了，可是沒有用，還是掩蓋不了自然而然跑上心頭的空虛。為什麼呢？我自己也不知道。」

我和她一面整理菜一面談天，漸漸明白了她空虛的一些原因。

一九四四年初，她爸爸經營日本軍部軍米的生意失敗，幾乎破產。這時候，我這位同窗好友的媽媽，恰好想替他對門親事，及早抱個孫子。多嘴的媒人撮合了這門親事。亞琴爸爸聽說將來的東床是銀錢業初露頭角的好手，自然滿口答應，這樣亞琴就不能按照自己的願望去讀醫科大學，只能穿上白紗禮服做了新嫁娘。他們從認識到結婚，一共只看過四場電影，彼此都摸不著性格脾氣。成了親家，丈人當然向女婿挪借頭寸以便渡過難關。女婿少年得志，不免有些趾高氣揚，固然很愛自己的妻子，不過不得其法，只是一味地錢錢錢，你愛花多少就花多少，以為這就是愛妻之道。他不尊重她，只把她當作自己的裝飾品之一，處處事事要她順從，把她置於從屬地位。偏偏亞琴又認為自己應該有獨立的人格、有自己的個性，與他是平等的夥伴關係，於是難以融洽相處。

「不過我覺得，他其實是善良的，至少並不兇惡。他一看到我就同情我的處境，這也是篤於友情的好品德。你不該抹殺這一點。他處於順境裡，可能會有點驕盈。你是不是可以採取原諒態度，同他交換交換意見，把你的想法直截了當對他說出來。」

「沒料到你是他的辯護士。」亞琴不以我的話為然，「我也說不清楚，我愛過他。他是我丈夫，我是想愛他的，不愛他又怎麼辦？但是不行，我和他總是說不到一起去。我和他的想法差別太大。我問你，你不接受他的邀請，我知道你是出於自尊，因為偏有我夾在裡面。那麼，我應該不應該有我的自尊？」

「夫妻怎麼用得上這種詞彙？」

「那就算我白說。」亞琴輕輕嘆了口氣，「一下子我怎能都告訴你聽？不談了，現在先來對付黃鱔。我炒一味生炒鱔片給你嘗嘗。」

但是她忽然又改變主意，叫我先到屋簷下去看看爐子旺了沒有，不得到她的允許，不許回房裡來。等她允許我回房，桌子上多了小半碗潔白的乳汁。她要我倒掉，我下不了手。這本該是她孩子的食物。我感到內疚，所以對她說：「不。要倒最好是你自己動手。」

鱔魚很不好對付，四隻手二十個手指在臉盆裡撈來撈去，這種滑溜溜的無鱗魚不是哧溜一下往前竄了，就是「噗嗤」一聲往後跑了，休想抓在手裡。最後亞琴好不容易摳住鱔魚腮幫子抓住一條，牠卻又翻來翻去扭動不已，無法下刀，要下刀就得弄破自己的手。

「為什麼上菜館子吃生炒鱔片，從坐下來到菜端上來，還不要半個小時？廚師不也是當面活殺的嗎？」她問我。

「我看就因為我和你都不是廚師，那就只好把牠燙死燒鱔糊吃吧？」

亞琴很可能不是擅於烹調的主婦。她本來估計弄頓飯吃還要不了一個小時，但是實際上能坐下來吃飯已過中午一點，鱔糊不爛，肉片太老，油爆蝦鹹了一些，香菇蛋湯又忘記放鹽，只有金花菜油多火旺，煸得還算出色。我肚子餓了，吃得津津有味，她卻吃得不多，說大概是忙飽了，所以反而不餓。

「我以後會經常來走走，」她關照我說，「你出門時，務必要在門上貼張條子，說明大概幾點回來。」

「這方便嗎？」

「有什麼不方便？才寫幾個字？」

「不是這個意思。我是說你方便嗎？」

「我有什麼方便不方便？我愛來就來，不愛來就不來。」

「也不是這個意思。」

「我懂你的意思，我不怕閒言碎語。就是要讓他看看，我是不是他的附屬品？」

「我怕的是你會像昨天一樣，一怒而去。」

「這些年來，你沒看見我，你就不想我嗎？」亞琴聽到「一怒而去」四個字倒笑了起來。

「有時不想，我還很恨你呢。你知道你爸爸對我說了些什麼。不過有時又想，想得還很厲害。你和我相處得那麼好。」

「你夢見我嗎？」

「那是有的。」

「都做些什麼夢呢？」

「有時夢見你還是揹著那個藍花書包去上學，有時夢見我們在抓蟋蟀、抓知了，有時又夢見你不理不睬我。夢都是這樣的，前後不連貫，本來好好的和你在一起，忽然你又丟了。一著急，醒了，心還是亂跳……」

「你夢見和我結婚嗎？」

「這倒沒有，好像從來沒有做過這麼種夢。」

「那麼我做過。我結婚以後，還夢見和你結婚。大紅轎子把我抬到一家人家，我踏著大紅氈毯和你拜堂，但是再看看，不是你，拜堂的是他。我說，不對，阿繡哪裡去了？他忽然又變成了你。我說：『別騙我，你不是阿繡。』……」

「我們不能說些別的嗎？別說它了。」我既悲哀，又懊惱，還有點無奈。

「我偏要說。你在我家裡，冷冰冰，我是原諒你的。我覺得對你不起。昨天趕到你家裡，你還是冷冰冰，還要惹我發火，這可不是我對不起你。事情總能說得清楚，我想你也應該已經清楚了。」

「昨天是我錯了，你原諒了吧。」

「不原諒我就不再來了。難道我真得掏出心來，你才會相信我從來沒有忘記過你？」

我為她的誠摯的情誼深深感動。我說不出話來，望著她，她也望著我。

我站起來，她也站起來。在這一瞬間我忘了情，忘了一切顧忌，撲向她，抱住她，吻她的頭髮。她沒有抗拒，沒有退避，抬起頭問我：「你愛過女人嗎？」

「愛過！外婆、媽媽、姊姊、妹妹，還有你、你媽媽，我都愛。」

「傻瓜，誰問你這些？你愛過別的女孩子嗎？有別的女孩子愛過你嗎？」

「這沒有。」我有些發抖，「也沒有別的女孩子愛我，好像所有的女孩子都不想愛我。」

「太可憐了。那麼，你不嫌我已經有了孩子嗎？」
「不，你和過去完全一模一樣。」
「那就讓我來愛你，我本來就一直愛你。」
她倒在我臂彎裡，讓我一隻胳膊承擔她的大部分體重，而後閉上眼睛。我本能地俯下頭去吻她。她火熱的嘴唇幾乎融化了我神經裡的所有思想和感覺。這個時候哪怕房子坍下來、火燒過來、水淹上來、身邊有炸彈炸開來、有機槍掃過來，我也會完全置之度外。
後來我們像我去江北前那樣肩並肩坐下來，手拉著手，不需要語言，情感就會通過手指傳達到心房。我感到無比幸福，這是從來沒有過的幸福。恰像一個在大風雪中迷了路的人，又冷又累又餓，本來準備凍死在路上，卻在忽然之間遇到一幢燈火通亮的房子，裡面有沸騰的茶水、旺熾的爐火、滾燙的飯菜。
「我想，我該回去了。」亞琴鬆開手。
「我不願意你就走。」
「我也不願意。那麼，你再出去一趟吧，我不打開房門你別進來。」
我不能再奪走她孩子的食物了，只好讓她走。
「你得答應我兩件事情。」她站起來臨走前對我提出了要求。
「說吧，我答應。」
「不准你離開這個城市，辦得到嗎？」
「辦得到。」
「不准你愛另外的女孩子，辦得到嗎？」
「辦得到。」
「那就收下我昨天那筆錢。」
「好的。」我的口氣柔和到使我自己驚奇萬分，「只是目前我還不需要。」
「昨天我回去，把錢放進了銀行，開了你的戶頭，刻了你的印鑑。這是支票和印章，什麼時候需要就什麼時候支用。」

「好吧。」

同樣一件事情，為什麼昨天那麼倔？為什麼今天又這麼順？這連我自己也回答不出一個所以然來。

第十一節

在小說或其他文藝作品裡，往往有「快樂到幾乎發狂」之類的形容詞。「快樂」和「發狂」如何能相關聯？我本來以為這不過是文學家的誇張手法，大約和「白髮三千丈[1]」、「恰似一江春水向東流[2]」相仿。直到亞琴走後，我的精神狀態在不知不覺中由快樂而亢奮，由亢奮終至失常，這才明白「快樂到幾乎發狂」云云，是生活裡實有之事，是文學家觀察、體驗生活以後的精確提煉，不屬於虛擬的誇張。

我為我收回了自己不慎失去的愛情而快樂到失常，竟在房子裡翻起筋斗來，從地上翻到床上，又從床上翻回地上，把亞琴早上一來就替我鋪得整整齊齊的床鋪糟蹋得像一個草雞窩，而後一陣風似的衝出房門、大門，跑到街上，把恰好躺在大門口睡中午覺的一條大黃狗嚇了一大跳。這隻倒楣而又可憐的畜生弄不清楚我緣何要用這麼大的衝刺速度向牠直衝而來，慌忙起身像箭那樣一下竄出有十多丈遠，而後回過身來，狐疑而不甘地向我齜牙咧嘴狺狺狂吠了一陣，但是似乎心有餘悸，不敢靠近我的身體。

牠這一陣狂吠，引得我也很想當街大叫大嚷一番，說我終於收回了失落的愛情。不過轉念一想，這樣一來，有可能被鄰人或路人當成是個真正的瘋子，那就超過文學家所概括好的社會還能容忍的程度，有被扭送到精神病醫院去之虞。所以我只好勉強壓抑起我那一瀉千里的奔放感情，而決定悄悄地把這一種快樂向我姊姊傾訴，讓同我一直同甘苦共患難、「長姊似母」的她分享我的快樂。

「姊姊，姊姊，我高興極了。」我在姊姊對面一張藤椅裡一屁股坐下來，滿頭大汗，氣喘吁吁地說道：「剛才，我找回了已經失落的愛情。」

1　白髮三千丈：語本唐代李白組詩〈秋浦歌・十七首之十五〉：「白髮三千丈，緣愁似個長。」

2　恰似一江春水向東流：語本五代李煜〈虞美人・春花秋月何時了〉詞：「問君能有幾多愁，恰似一江春水向東流。」

姊姊並不瞭解我的心情，平平靜靜地告誡我說：「你不是個孩子了，你可以去洗洗臉，擦擦汗，倒杯水喝，定一定神再說話。不能老是這麼毛毛糙糙、莽莽撞撞地，不講規矩，不講禮貌，一來就嚷些不倫不類、誰也聽不懂的胡話。」

「你怎麼一點也不明白我的心情？我真的高興極了。」

「高興當然可以，但是不要放到臉上來。一個有教養、有涵養的人，只把高興放在心底裡。你看看謝安，他恰好是榜樣。」

「是呀，」我有點委屈感，「我也是在親人面前才這麼失度的嘛。謝安在他媽媽面前不也高興得忘了門檻[3]嗎？」

「那好，你靜一靜。瓶子裡有冷開水，你慢慢說。」

「剛才，亞琴來找我，同我談了很多。有些事情我全明白了。」

「明白了，自然好；但是弄不明白，也沒有什麼了不起。」

「怎麼能這樣看待呢？所以，我們又愛上了。她還說，你就別去愛另外的女孩了。」

「你要死啦？」姊姊大吃一驚，把放在膝蓋邊的毛線團跌落到地板上。她停下手裡的活計，瞪大眼睛看著我。她的眼睛瞪得那麼大、那麼圓，以致使她的額角似乎猛地縮短了好些：「你在說什麼？她不是早嫁人了嗎？」

「不是她要嫁人，是給她爸爸硬嫁出去的。」

「那還不是一樣嫁了人？」

「怎麼會一樣？」我說，「她和丈夫合不來。」

「你難道忘記了，她爸爸當年是怎麼對待你的？怎麼對待我們家的？」

「她是她，她爸爸是她爸爸，你不能不分青紅皂白的了。」

---

3 「高興得忘了門檻」：典故出自《晉書・列傳第四十九》：「玄等既破堅，有驛書至，安方對客圍棋，看書既竟，便攝放床上，了無喜色，棋如故。客問之，徐答云：『小兒輩遂已破賊。』既罷，還內，過戶限，心喜甚，不覺屐齒之折，其矯情鎮物如此。」

「青紅皂白？那好，看來你是能分青紅皂白的了。我現在就來和你分一分。你先想一想，這樣一來會有什麼後果？」

「這倒沒有想過。」

「那就想一想，她丈夫能就此善罷甘休嗎？他找一幫人打你個半死可以不可以？他上法院告你妨礙家庭可以不可以？你才開始涉世，還沒有個落腳點。你還要不要前程？」

「她說，她一直到處找我，她一直愛我。」

「這我就弄不清楚了，她一直找你，一直愛你，怎麼就忽然間嫁了人？她嫁了個丈夫不愁吃、不愁穿倒不好？反而要跟你這個窮小子風漂浪打才好？她跟你，那你現在用什麼養她？這些你都想過沒有？」

「我還來不及想這麼多。這是突如其來的。」

「看來你不太成熟。按理，只要長著個腦袋，這些本來就應該想到。」

「可是她說，她和她丈夫建立不起感情來……」

「好弟弟，你可千萬要有自己的腦袋。感情、感情，做姊姊的這類事看得多了。一個有錢的女人，有一個沒感情的丈夫，同時又有一個甚至幾個很有感情的情夫，這種事多得是。當然，為了照顧到你的情緒，我姑且不用『姘頭』這兩個不入耳的字眼。那麼，我看你還有必要去想一想是不是值得這麼做。」

這就好像把剛從攝氏五六十度的烘房裡出來，因而難免熱得昏頭昏腦的我，一下子浸到冰點以下的冰窖裡。是的，事情是複雜的、難辨的，姊姊所說，有些是可信，有些是不可信的。亞琴也許不是玩弄我感情的人，但也不排除今後我無非是她情夫的可能。那麼，我的前景是不是真會這麼尷尬、可憐而且可恥？我忽然變得一句話也說不出來，心裡像給姊姊塞進了一團亂絲。

「啞巴啦？好。你既然什麼都不想，都想不到，那就不要去想，只想怎麼樣吃飽肚子。等你自己吃飽了，又有餘力能養家糊口了，再想娶媳婦的事。到那時候還是不想，也行，我會替你想，我會去找一個好弟媳婦來的。」

「那我現在怎麼辦？」

「很好辦，馬上離開她，離開這裡。你到上海去，我寫封信給你帶去，去找爸爸一個朋友，福新麵粉公司的沈先生。我來央求他替你找一隻飯碗。」

「我昨天恰好碰見到姊夫，他說，這些日子，等他安頓好了，他會替我找個差使。」

「要是沒有亞琴這回事，等一陣，看看是個什麼差使，也還可以。現在既然有了這回事，那就絕對不可以。你必須離開這裡，省卻一切麻煩。你那姊夫，不是吃絲廠飯時候的姊夫了。先是跟親戚進了汪精衛的江蘇省政府，抗戰勝利了，搖身一變，又是蔣介石的人。問他這是什麼原因，他說這就叫曲線救國，婦道人家理解不了這種深奧的問題。那麼救什麼國？成天賣鴉片、販嗎啡，王家不積德，出這種子孫，我是毫無辦法的，又不好怪他。絲廠開不了工，嘴巴不能貼個封條不吃飯。但我絕不容許我們家的人幹這種傷天害理的事。爸爸為什麼失敗？根子就敗在吸鴉片上，吸盡了家業，毀壞了名聲。你不一定知道，我知道。」

「但是，」我愁眉苦臉為難地說道，「我剛才才答應亞琴，我不離開這個城市了。」

「又是亞琴！」姊姊忍不住發了火，「正是為了亞琴，你才必須離開！」

「那也得讓我想一想再說。」

「應該你去想的，你想都不想，不必你去想的，你想它幹麼？你馬上回去收拾，信，我馬上寫給你。」

「我有我的難處……」

「踏上火車，什麼難處都沒有了。」

「先別催得這麼急。我有件事得問一問。亞琴說，媽媽臨終前，她在身旁。」

「是的，她在旁邊。」

「那麼你怎麼說她沒有來過我們家？」

「她哪有來過？媽媽過世了她從來就沒有來過，你不趕回來了嗎？你不也罵她怎麼竟不來磕個頭嗎？」

「哎呀呀，」我嘆口氣，「這一切都是陰差陽錯。你就不想想，那年亞琴才十四歲。」

「過去的事，就讓它過去，你還是著眼於將來為好。你什麼時候走？」

「到該走的時候，我會走的。」

「那你準備好明天動身，路費我出。」

我走回家去時垂頭喪氣，沒精打采，和來的時候豈止天壤之別。想想亞琴的話，簡直方寸大亂，六神無主。亞琴不像在欺騙我，姊姊無疑在愛護我，我到底聽誰的好？如果我信守諾言，既不接受我朋友安排好的現成工作，又不跟著姊夫參加到他那一夥神通足以販毒的特務系統中去，那就勢必用亞琴的錢來過活。亞琴不斷來找我，長此以往，會發生什麼事？我是不是終於要以妨礙家庭罪鋃鐺入獄？如果我不守諾言，聽姊姊的話離開這裡，那又怎麼對亞琴做出交代？我以後還要不要同她見面？

事情過於難做決斷，我只好打算等亞琴再來時同她仔細商量一下再說。這一夜，就在輾轉不成寐的情況下度過了。第二天我特地不出門，一心等候亞琴出現。上午十點左右，聽到了叩門聲，滿心高興，趕緊開門，不禁倒抽一口冷氣，來人是平素無事不登三寶殿的姊姊。

「你怎麼什麼也不收拾？行李呢？」

「我還沒有想好走還是不走。」

「車票我已經買了。」

「誰也沒叫你去買。可以退掉，要去我自己買得起。」

「不行，你得走！」

「哪有這麼容易？這裡事情還有一大堆，房子要退租，銀錢要交割，東西要清理。」

「這些事可以交給我做！」

逼人太甚，我就惱火了。我耍賴說：「我就是不走！」

「好弟弟，你還是走吧。看在爸爸、媽媽面上，你走吧。」姊姊換了軟求的口氣，「你和弟弟，現在是我們家剩下的主心骨，世道險惡，出不得半點毛病。你想想你自己有什麼責任。我怎麼能眼看著你走向危險，卻不聞不問？」

軟求比硬逼更厲害，我也只好緩和了口氣，說道：「那麼過幾天再走。」

「想等亞琴來拿個主意是不是？」

「是這樣。不，不對，不是這樣。」

「你留封信給她吧，我得便轉交給她。」

毫無辦法，我坐下來寫信，寫了一張撕一張，一個小時多過去了還是寫不成一封信。怎麼對她說才好？什麼都需要對她說，但是一句真話也不能說。我總不能說是姊姊逼我走的，以免有朝一日成為你的情夫。最後發了狠，才寫成一張字條，三句話：「因故必須離開這裡，去向不定，有著落後再告。」附言是：「支票簿及印章奉還，謝謝。」而後忽然感到精疲力盡，一下子倒在床上，全身骨架好像都散開了似的。

看著開車的時間臨近，姊姊硬把我從床上拖起，和我一起收拾好了被捲、行李，而後像押解人犯一樣，把我押送到火車站。火車將進站時，姊姊掉下淚來，哽咽地說道：「原諒我，別怪姊姊狠心，事情只能這麼辦。總有一天，你會知道我是出於好心好意。見著沈先生，有了著落，就趕緊寫信回來，也好讓我放心。」對於姊姊的心意，我從來就沒有懷疑過，所以回答說：「我不怪你，談不上原諒不原諒。我一時心裡慜不過來，衝撞了你，倒要你原諒才是。不必牽掛我，過些日子，時過境遷，也就不會慜在心裡了。」

從此開始，我又背井離鄉，踏上了茫茫的人生征途。

第十二節

我到上海以後，不敢去住昂貴的旅館，到一個在滬江大學讀物理系的初中同學嵇逢儒處借住。他早出晚歸，平時獨居無俚，很歡迎我去下榻。第二天，找到榮德生、榮宗敬系統的福新麵粉公司，見著了沈先生，呈上信件。他看了以後，微微皺了眉頭，婉轉告訴我，我來得不是時候。錢大鈞市長前天才到上海，當務之急是接受敵偽產業，福新麵粉公司當然不屬敵偽產業，但日本人進占租界以後，在原料、成品兩大環節上，要同日本軍部一點糾葛都沒有，也是不可能的。錢市長已指令暫時凍結帳冊，按實決定是否劃作敵產或把一部分劃作敵產。因此之故，進人是絕無可能之事。再者，沈先生只掌握營業大權，管不到人事，就算將來塵埃落定，可以進人，也還要輾轉相託，不是咄嗟立辦的事。他要我先回，過一段時間再去找他，他方能相機為我出力。傍晚嵇逢儒回家，我說起此行經過，嵇說他姊夫薛某在上海市教育界是兜得轉的人士，也許可以替我弄個教員的位置。他撂開作業替我跑了一趟，回來說：「不行，不行，現在為時已晚。學校開學在即，一個茅坑一條狗，教員位置都已排滿，這要等到明年夏天才有法想。」

我狀如涸轍之鮒[1]，所望是一掬之水藉以活命。沈、薛兩先生恰如好心的莊周老先生，要特地去西江擔一擔水回來救我，無如等水擔來，我早成了魚乾，沒有用了。於是連日買來《申報》、《新聞報》、《大公報》，專找廣告欄的「事求人」閱讀。讀來讀去，適合我的職業機會，竟也沒有。有的要找一名總經理或經理，我顯然無此才具，而且拿不出巨額的合股資金或保證金；有的要找若干掮客，我又缺乏兜攬貨物買賣的本領；有的要找一名祕書，條件和我倒也相當，但注明應徵者必須是女性，我就完全不合規格。閒著無事，也讀讀「人求事」。一讀之後，不免心怯氣餒。原來上海灘上還有這麼多學士、碩士、博士，資格、學歷均勝我多多，竟也失業在家，只希望

---

1 涸轍之鮒：典故出自《莊子・外物》。

覓得一個家庭教師之類的位置而已。如此到九月，看看盤纏即將告罄，求職還是毫無頭緒，心想只好回去再找姊夫，實在非賣鴉片不可，也只好先賣鴉片再說。世上當然需要好人，但一個活活餓死了的好人，於世卻也毫無補益。

也可以說天無絕人之路。這天我在小飯攤買一碗飯、一碟鹹菜炒黃豆苗果腹，正在核算如果再買一塊五香肉吃是否將影響回程路費時，無意間遇到上海大學農藝化學系舊同學顧德明、何世柏兩人，帶著十來個或俊或媸的毛頭小夥子，大包小裹，也坐到小飯攤來吃飯。他鄉遇故知，驚喜交集。顧德明問我景況如何，我說：「在這種地方吃飯，不問可知。」顧德明不以為然，他認為大丈夫能伸能屈，在小飯攤吃炒黃豆芽，不等於這個人註定就潦倒一生。他這次專程來上海，已經攬到一個差使，即將要回武進就任國民黨忠義救國軍江南行動總隊政治工作隊副隊長，不日接收杭州。總隊長蘇沂山內定任杭州市市長，他本人有望任一個局長。那時，吃飯就會到國際飯店七樓燕雲樓或錦江酒家去，進出都坐斯汀別克、雪佛蘭轎車，起碼也有奧斯汀。他歡迎我加入他的政工隊當一名隊員，到杭州後，當然可以攤派到一份差使。開始我還將信未信，要他拿出委任狀來看看。他拿不出來，說剛才才同蘇總隊長談妥，委任狀要回武進湖塘橋總部去拿。他保證絕不騙我，因為騙我對他不會帶來任何利益。何世柏從旁證實，這是千真萬確的事實，並非顧德明吹牛、說大話。他本人以及在座的小夥子，都是政工隊隊員，都是等著分攤差使的。這樣，好比一隻金飯碗從天上自己好好地落到我眼前，我立即答應馬上收拾行李敬附驥尾。

到湖塘橋一看，半絲不假，顧德明確確實實是個副隊長。顧的親舅舅和蘇沂山是至交，託蘇拖帶拖帶他的外甥，蘇就派給這個差使，要他廣收隊員，多多益善，如果人數超過招募到的人，正副隊長可以調換位置。顧德明拚命奔走一陣之後，「實力」很快可以同呂隊長相埒。而比呂隊長更勝一籌的是，顧從舅舅那裡弄到一批短槍，他自己腰前插一把白朗寧，屁股上掛一把快慢機[2]，屬於他的隊員每人一把，我分到的是一把全新法藍的四寸毛瑟。當時言明，這是賒給各人的，目前大家手頭不寬裕，暫時欠著，到杭州後弄到錢再還，不要利息。呂隊長那一幫人比較寒磣，除呂本人有一把日本造左輪槍外，隊員一律無槍。顧德明的評論是：這哪像個游擊隊員？

[2] 快慢機：毛瑟 C96 手槍的別稱。可謂駁殼槍中的衝鋒手槍，可快射、慢射切換的一款型號，故名為快慢機。

在湖塘橋住了十來天，隊伍奉命開往餘杭而不是杭州。顧解釋說，蘇沂山遲了一步，杭州已給別人接收去了，但餘杭縣也是一塊肥肉，很不錯的。他已同呂隊長達成諒解，餘杭縣稅務局長一缺歸他，他會慫恿蘇縣長派給呂隊長其他肥缺。部隊上車以後，我有點懷疑起來。如果我們這一號人竟在一夜之間成了人人歆羨的來自重慶的接收大員，那麼理該坐上花車，至少也該坐三等以上的車輛，怎麼現在坐的卻是裝豬玀的悶罐車，連小便的地方也沒有？這會不會有失身分？再說，從古到今，做官都很不容易。科舉要十載寒窗，由秀才而舉人而進士，才能做官；國民黨不分蔣介石、汪精衛，政府都設考試院，做官須經考試，簽署手續，為什麼顧德明獨獨拿不到副隊長的委任狀卻又忽然去當稅務局長？顧德明對我的懷疑深表不愉快，申斥我全屬神經過敏。大部隊行動哪有那麼多花車可坐？接收迫在眉睫，延誤不得，當然應該權宜行事，簽署手續回頭再辦完全來得及。新官上任最要緊的是圖一個口彩，討一個吉利，像我這麼一張衝口嘴，七懷疑，八懷疑，又要看委任狀，又想坐花車，實在討厭，不是一個做官的胚料。他本來看在同窗好友的面上，有意對蘇縣長說一說，看看能不能委派我去當個教育局長、衛生局長。如果不行，可以在他的稅務局弄個股長、課長當當，現在看來要重新考慮，把我放在他身邊，肯定諸多不便，以後還不如去跟何世柏。何世柏為人謙虛謹慎，對顧德明表示自己沒有做過官，怕勝任不了建設局長的職位。顧德明認為這無關緊要，先做起來再說，有印在手，必定有人前來鑽營，還怕湊不起一套可供差遣的人馬來？

一到餘杭，形勢陡變。這支要去接收別人的游擊隊，不料其實是將被別人接收的整編對象，稍事訓練，就要開赴東北待命。顧德明聞訊連忙找蘇沂山問究竟，蘇已不知下落；問呂隊長，呂也不悉內情。顧德明這一急非同小可，完全亂了分寸。還是我因為早知道做官沒我的份，所以把持得住。我把我們一夥拉到一起，悄悄商定：一，整編就要繳槍，私人所有的槍枝趕緊埋藏好，不然顧德明吃虧不起。二，愛給整編的聽便，不想受整編的要求發遣散費回家。

幾個小時後，果然下令攜帶武器集中待命。部隊裡有少數人騷動，無濟於事，因為小山包、通道口、田野裡全是烏油油的輕重機槍，這支不足一千人的游擊隊已是肉包子裡的餡心。於是一批批被手持上了刺刀的步槍的國軍士兵帶進一個個營帳。整編過程乾脆俐落，一個胖胖的軍官坐著看花名冊，問過姓名，就問何時入伍、會不會打戰、打過幾仗？我說：「我是聽說這支部隊接收餘杭縣有差使可派才來的，前後不到兩個星期，不會打仗。」軍官不屑地回答說：「那是騙騙你們的。他吃空額[3]吃得太多啦，聽到整編，只要不聾不瞎、有手有腳的人他都要。願意上東北嗎？」我說：「不願意。」軍官隨手在花名冊上劃了一下，說：「帶下一個！」我連忙問：「遣散費呢？」軍官頭也不抬，說道：「我不管這事，問你自己的隊長去。」

還好，蘇沂山倒是準備好遣散證、遣散費的。當天晚上，我們這批前政工隊顧副隊長手下的人，持遣散證免費乘火車，攜帶起出的藏槍，各回原籍。我和顧德明、何世柏在上海中途下了車，顧德明住到未婚妻家裡，我和何世柏借住在嵇逢儒家裡。

有此一番周折，顧德明對我刮目相看，認為我遇事有謀，臨變不驚，堪當他的助手了。但他現在已無官可做，助手一時還無用武之地，而飯卻是每天要吃三頓的。三個人一合計，覺得花兩個星期得來的遣散費，白白用掉後不見得還有機會再拿，所以應該利用起來維持生計。本輕利重的營生首推雪花膏，三個人讀的都是化學系，技術自然不成問題，於是說幹就幹。工場就設在顧的未婚妻家裡，顧負責購買原料、燃料和各類雪花膏瓶，我和何世柏按各類瓶標負責製造，而後由顧的未婚妻和岳母負責裝瓶，銷路居然不錯，除去開支、吃飯，略有盈餘。如此大約兩個月，天漸漸冷了，雪花膏本應暢銷才對，但我們的雪花膏卻反而賣不出去。原因是，第一個月貨真價實，裝在各類舊瓶裡的東西幾可亂真，還騙得過用戶；第二個月顧德明下令粗製濫造，填料使用過多，買回去時好好一瓶雪花膏，用到一半下面全是析出來的水。於是歇業，盤點結餘，把整整一臉盆做好的產品送給一老一少的兩位女性使用，使顧德明的岳母和未婚妻在很長一段時間裡，臉孔白得像一道刷後新乾的粉牆。

這一嘗試的更大收穫，在於激發起顧德明興辦實業的雄心。當時槽坊出的醬油，是用黃豆、麵粉做的，但是我們用日本製菌發酵的技術可以用豆餅、麩皮做出質量相同的醬油來。做了一小缽分送鄰居，徵求意見，他們一致認為和槽坊醬油完全相同，只是差了點「太陽香氣」。初試成功使顧德明完全陶醉在夢幻裡，他立即計畫回武進成立一個酵素工業公司，由他出任董事長兼總經理。第一步是買豆餅做，以成本低、生產週期短從而售價低搶占市場，穩穩賺一大筆錢。然後第二步買進大豆，用四氯化碳抽取油脂後油粕供作醬油原料，這樣五年內就能控制江南醬油

[3] 吃空額：公司、組織或者機構中的管理人員以冒名領取其虛構人員的薪酬或者福利的方式，以獲取其個人利益的一種舞弊行為。

市場，成為赫赫有名的醬油大王，把槽坊全部打到。然而問題出在他先天不足身上。他擁有的財產只是不知從哪裡搞來的二十幾枝短槍，加上他舅舅出股兩挺機關槍，賣出後還不到十五兩黃金，租好廠房、豎起小鍋爐、砌好水泥池已無餘款，好不容易做出百來斤醬油後，我們三人身無分文，再要投入資金除非割下自己的腿肉去賣。

面對即將夭折的「赤嬰」，顧德明憂心如焚，何世柏唉聲嘆氣，我義形於色。我問顧德明，醬油大王能否推遲二十年再做？是否可以找真正有實力的人合作，把董事長的位置讓出來？要是能，我就是賠上性命，也會去找出一個能勝任董事長的人來，期限是一個月。我帶著樣品，找遍關係，磨破嘴皮，不到半個月找到了江陰縣一個土財主沙某。他嘗過樣品後不相信這種醬油的成本不及通常的一半，我建議他實地到武進城外去看看工廠、查查帳冊。這樣一來最後他深感投資必獲重利，同意拿出百分之五十一的資金當了董事長，顧德明已投下的部分按實利算折合百分之四十九，當了總經理，何管工務，我管財務。醬油廠一有流動資本，馬上順利開工生產。

按照工藝流程，原料在麴室發酵完畢後，出麴加上鹽水，投入水泥池用蒸汽保溫、攪拌大約兩個星期就能成醬榨汁。第一次投料裝入兩口水泥池，第二次原料尚未發酵成熟，這兩口水泥池裡忽然淺了一半，分明是水泥池底有了漏縫，白花花的銀子無可挽回地漏到地裡去了。追查原因，卻是顧德明督造水泥池時偷工減料所致。按何世柏的設計，池用鋼筋混凝土構築，顧不和任何人商量，改用砌磚，外面抹一層水泥，報帳則是鋼筋混凝土造價。這種磚砌池，耐受不了鹽水的壓力、旁壓力和浸蝕，很快就像紙糊的火柴盒那樣被擠裂了。

只好下令停工，股東面對面談判，我和何世柏對顧德明表示灰心，覺得老是偷工減料，實難共事下去，只好就此分手。沙某提出收購顧德明的股份，條件是重新核實廠房、設備價格，扣除水泥池滲漏損失。顧德明心有不甘，答應不下來，提出可以退還沙某投入的資金，但要拖一下時日，讓他另行找人合作。沙某表示同意，希望儘快在一個月內解決。沙某的資金實際已動用的還不多，十幾天後，顧德明退還了沙某的全部股金，沙某和我、何世柏離開武進，來到我原來居住的城市，打算另建一家醬油廠。我向沙、何二人提出，鍋爐、管道、水泥池，花費太大，新建廠不如採用江南老式「地甏」加七石缸的發酵保溫方法，只要燒燒礱糠就行了，省了設備投資，省了燃料費用，成本還可以降低很多。何世柏認為技術上可行，沙某一聽能省錢自然樂於接受，新廠很快就建起來了，但是新廠的人員中，卻沒有我的名字。沙說，他拉他的小舅子當財務，所以把我介紹到報館去做廣告員。辦廠需要廣告宣傳，才能為產品擴大銷路。但是何世柏不知從哪裡打聽到，沙某不羅致我的真正原因是他不信任我，不想把財權交給他不放心的居心叵測者。何表示出於朋友義氣，要和我共進退。我想了一想，認為不妥，如果沙某堅持己見，結果對三方都不利，沙丟了一筆建廠費，我和何仍然無事可做，又得到處奔波。無錢人和有錢人鬥氣，心理上可能平衡了些，對生計問題卻是毫無裨益的。不如接受他的安排，大家都有好處。

一九四六年九月，我進了一家報館。報社社長問我願意當廣告員還是當記者，反正他都需要我。我說：「我當記者吧。」於是自此以後，我就莫名其妙地開始了記者生涯。

第十三節

我到報館以後，採訪主任陸維志先生打發我到各區署、警察分局、醫院、總工會去跑新聞。後來知道，凡最起碼的小記者，一開頭，所跑的都是這些無關緊要的地方。

這時候，我對什麼叫新聞、如何當記者，確實也是茫無頭緒的。新聞教科書說，新聞有三個要素，即什麼時間、什麼地方和什麼內容，未免過於簡單，說了等於沒說。書上舉例說，狗咬人不是新聞，人咬狗才是新聞。這表示三要素以外，還有離奇的成分。然而登在報上的，不僅僅只有離奇一類，而且狂犬咬人還是當作新聞發表的。我就此向陸先生請教，陸先生說：「很難用一兩句話就向你說得一清二楚。依我看，『新聞』二字，一個是新，要新鮮的，不要陳舊的，別人說過的事你就不必再說；一個是聞，那就是喜聞樂見的聞，你寫的消息讀者要愛看。至於『記者』兩字，要緊的是個『記』字。你記下來就行，不要改，不能添枝加葉，也不許胡編亂造，所貴者真，一就是一，二就是二。新聞有大小，有可登，有不可登，這要靠記者去識別、挑選，而後寫好。一個記者的好壞，就在這上頭。你新來乍到，不要急，慢慢摸索起來就是。有個一年半載時間，你就通了。」

《泰晤士報》以「本報刊登一切適宜刊載的新聞」為口號，但是何者適宜？何者不適宜？這標準它又祕而不宣。我

果然，不久以後，我慢慢地摸到了一些門道。醫院天天死人，死人在醫院裡就不成為新聞，但是如果有人死後又活過來，那就成為新聞。與此理相同，活人在街上走路，不成其為新聞。但是行人忽然被汽車碾死或者被人群毆斃、殺死，立刻就成為新聞。以此類推，汽車在馬路上跑、飛機在天空裡飛、輪船在江河裡開，都不是新聞。然而汽車忽然墜入深溝、火車忽然出軌傾覆、輪船忽然遇難沉沒、飛機忽然失事墜毀，則又成為新聞。在人事方面，普通人今天到東、明天到西都不是新聞，但是蔣介石上廬山、馮玉祥去蘇聯、宋子文到開羅、孔祥熙赴紐約、魏德邁抵張家口、馬歇爾來南京城，乃至梅蘭芳北上、程硯秋南下，卻不僅僅是新聞，而且有時是最重要的一版頭條新聞。吳國楨到美國留學，在上海賣過領帶，從沒有報紙為他發過新聞，然而他被宋美齡看中當上上海市長後，偶爾

陪個美國人到龍華看看桃花會成為「花邊新聞」。商店賣出一隻籃球，毫無新聞價值，但是一場球賽後這隻籃球由電影明星李麗華或者王丹鳳支持拍賣，最後由某名人出鉅資買下，款項移作公益之用，成了「義球」，就又成了極大新聞。不過話無法說得太死、太絕對。一個小人物安分守己、循規蹈矩，本來是不會成為新聞人物的，然而要是他忽然殺人越貨、強姦劫獄，或者服毒上吊、投河臥軌，則將酌情成為大小不等的新聞中的角色。

新聞這麼多，而報紙的篇幅卻有限，登什麼？不登什麼？就要由編者來決定。但是在編者決定以前，記者已擔當了首輪挑選的任務。記者把估計「擠」不進版面的新聞、價值不大的新聞都放棄了。「擠」，當然就是大而重要的擠掉小而次要的，但這也並不一定就是天經地義，小而次要的擠掉大而重要的事，偶爾也會發生。因為新聞的絕大部分都牽涉到人，而人和人總不一樣。有的人有權有勢有錢，有的人有此三者中的一項、兩項，有的人則三者俱無。這樣一來，牽涉到某一類人的新聞，登與不登，要由記者、編輯、主筆、當事人以及與當事人相關各方的人上下縱橫、錯綜複雜的關係來決定，常常發生報社要登、當事人不讓登或者當事人要登、報社又不讓登的情事。偶爾，報社記者、編輯、主筆等人員的稟賦、質地、性格、脾氣甚至當天心情愉快與否，也會影響到某一新聞的登與不登。舉個例說，夫妻睡覺，不屬於新聞範圍，但是夫妻中的一方，姑且假定為女方，同丈夫以外的男人睡覺，不幸被人發覺，捉到警察局，就構成了新聞。這是大而重要還是小而次要的新聞，不取決於這對野鴛鴦睡覺的情節，而取決於野鴛鴦及其本夫是什麼人，權、勢、財的程度如何。刊登與否，也不簡單地取決於當事人三方的願望和報紙的篇幅，而取決於當事人的地位、背景和各方的關係，有時又和報紙方面的金錢利益有關。總而言之，複雜得很，或如陸先生所言，一兩句話無法說得清楚。

決定刊登之後，接著就發生怎麼寫這條新聞的問題。公說公有理，婆說婆有理。同是《春秋》，傳分《左》、《公羊》、《穀梁》三種。官府稱宋江為賊，宋江自稱則是義士，這天下事本來就難說定，寫新聞亦然如此。仍以上例為例，記者可以不偏袒任何一方，做就事論事的純客觀記敘，也可以為本夫鳴不平，或可以為女方做辯解，甚至可以為姦夫開脫，暗示姦夫姦婦睡覺有其必要與必然。到底為誰寫這條新聞，往往不取決於記者的認識和好惡，而要取決於微妙、複雜的各方之間的利害。這裡不妨用畫家畫茶壺做個比喻，同是一把茶壺，畫家以壺嘴為基準，從左面、右面、正中、上方、下方、背面六個角度觀察，可以畫出六個各不相同的畫面。這些畫面都如實反映出這是一把茶壺，觀眾看後也獲得了是茶壺而不是茶杯的印象。

因此這也是一門比較複雜的學問，不是阿貓阿狗都能充當記者的。開始我還想別出蹊徑，獨樹一幟，憑良知來寫新聞，旋即發覺，這根本行不通、辦不到。因為我是作為社會人而不僅僅是自然人而存在的，社會人需要依靠某一集團的利益而生活。良知只對主觀世界亦即自然人起作用，在變幻不定的客觀世界亦即社會人面前，卻一籌莫展。人們常說：「良心值幾個錢？」道理大約就在這裡。

使我在報界初露頭角的是一條罷工新聞。

這家絲廠罷工的原因是資方欠薪，各報對此採取中立觀望態度，只發些短訊，甚至不加標題。罷工持續十多天後，資方開始沉不住氣，派經理乘著轎車來到報館，要求輿論支持資方維持一個開工。社長和採訪主任把我叫去，讓我瞭解一下來龍去脈。經理承認欠薪確已三個月，但是訴了一大通苦，諸如世界市場日絲堅挺、華絲疲軟啦，國內市場不景氣、銷路欠佳啦，從而絲廠頭寸周轉不靈啦，總而言之，他非常困難，欠薪還是有充分理由的。現今他多方奔走，決定按原薪如數發放，以求平息工潮，維持一個開工，庶幾符合「戡亂建國」的上峰命令。

社長和採訪主任對這起罷工似乎沒有多大興趣，他們只向經理表明了一定按公正、客觀的原則辦事的態度，也沒有特別關照我在採訪中要注意哪些關係方面。

我剛到絲廠後看不出有什麼罷工的跡象，煙囪在冒煙，馬達在轉動，機器在運行，煮繭鍋的開水在沸騰，只是不出絲，工人在坐著閒聊天。工人看到我的穿著打扮，懷疑我是社會科官員，既不熱情，更不信任。我問：「為什麼要罷工？」工人眾口一詞反問我：「你看見誰罷工了？政府的『戡亂條例』不許工人罷工，我能罷工？煤照樣燒，電照樣用，水照樣抽，機器照樣轉。不給煮繭鍋下繭子，那是學老闆的樣。人能不吃飯上班，機器就能不用繭繅絲。」

工人們開始相信我只是記者而不是政府官員後，態度緩和了一些，但還是不相信我會替工人說話。我說：「剛才聽經理說，他已經答應發放工資。」工人說：「我們不上這個當，不吃這個虧。他答應的是按本月生活指數一起發給。按經理說的發，那就是要我們白白替老闆做一個月工。」

按「生活指數」發工資，是抗戰勝利以後的事。抗日戰爭期間，物價不斷上漲。抗戰勝利以後，情況不但不見改變，而且變本加厲，無日不漲，有時上午、下午的物價也不一樣。工資薪水大都一月只發一次，跟不上節節上漲的物價，於是政府按米、油、棉、紗、布等等主要消費品價格上漲情況，按月頒發一個「生活指數」，作為發放原工資薪水多少倍的標準。像我這種起碼的小記者，薪水是每月十八銀元，在北伐時期定這個薪水的時候，應該可以養活三到四個人。到民國三十五年（一九四六）時，假定這個月的生活指數是一五二〇，我可以得到二萬七千三百六十元法幣；下個月的生活指數是二〇三〇，我就可以得到三萬六千五百四十元法幣。但是生活指數的上升總落在物價上漲後面，所以我拿兩萬多法幣也好，三萬多法幣也好，卻養不活兩個人。現在老闆所說的按當月生活指數補發，實際上是在生活指數已上升到五千時，仍按當月的三千或四千倍發放，同實際物價相比，工人本來就已經吃了虧，按老闆的說法辦，那就等於做三個月工卻只得到兩個月的工資。因此工人罵罵咧咧說：「這是老闆在吸了我們的血後再敲開骨頭吸髓吃。」

「三個月沒拿到工資，你們現在怎麼過活？」我問一個約莫四十歲的男工，「我可以上你家看一看嗎？」

「沒有什麼不可以。」他打量我一下之後回答我，「不過我管引擎，就是常說的老鬼師傅，機器開著不好隨便走開。你最好指定一個擋車女工，她們人多，走得開。」

我指了指離我們不遠處的一個女工，他把我帶到她面前，對她說明了我的來意。

「我家又不開電影院，有什麼好看？」這位穿著舊藍布夾襖、膝蓋上打了補丁的紫醬色格子布夾褲的女工很不耐煩，但是後來她還是領著我上她家去了。

她的家離絲廠只要走大約十五分鐘，棚戶區，泥土路鋪煤渣，坑坑窪窪，坎坷不平，社會學家把這裡名之為「城市的瘡疤」。一路上，一些雞、鴨、鵝、豬、狗、貓就在路邊或者路中間的積水處、堆放垃圾處覓食，一些衣衫襤褸、滿身污穢的孩子在滾鐵環、打玻璃球或者擲銅板，這就是棚戶區孩子們的娛樂。也有幾個孩子打群架，雖然瘦骨嶙峋，但鬥毆的勁頭很足，頗有尚武精神和英雄氣概。打輸一方中間的一個，約莫八九歲，又哭又罵，一把眼淚，一把鼻涕，口齒不甚清楚，但可以聽出從頭到尾都是入娘操屄的純粹國罵，一口氣罵了大約五分鐘，上下連貫而且流暢生動，可以由此想見棚戶區內的教育程度。一些棚戶人家的門口，有老頭、老嫗在抽旱煙、搖紡車或者聊天，看到四十多歲的繅絲女工和身穿洋裝的我同行，有的人不禁露出詫異或者狐疑的神色。其中一個老嫗大聲問道：「鳳英，開工資了嗎？」鳳英搖搖頭做了否定的回答後，老嫗失望地咕嚕著說道：「這短命老闆真的是不讓人活了，不得好死！」

「你貴姓？」我問鳳英。

她姓陳，丈夫是紗廠清花工，去年死了，家裡還有一個婆婆，兩個男孩子，一個九歲，一個七歲。丈夫如果活著，今年是整四十。她其實只是三十三歲而不是我從她外貌估計出來的四十多歲。丈夫患的是塵肺病。清花間是紗廠塵埃最多的地方，他活著的時候每天有十二個小時吸進的是和著塵埃、棉纖維的空氣。塵埃和棉纖維進入肺泡後沉積下來，不再呼出，占有一定位置。但是人的胸廓因為有肋骨限制而有限度，所以他以後不得不經常咳嗽，以便把肺一點點擠出為塵埃和棉纖維騰出位置。等到胸廓裡裝滿塵埃和棉纖維，他就無法呼吸了。陳鳳英說不出她丈夫患上的這種職業病的病名，但也明白他不當清花工就不會死得那麼早，然而他又只能當一名清花工一直到死。

陳鳳英把我領到一座「混合建築物」前面，這就是她的家。我這樣稱她的家是因為我無法稱它為房屋。它是用木頭、石塊、磚塊、泥土、陶管、鐵皮、木板、木箱、竹篾、瓦片、油毛氈、三夾板乃至馬糞紙等等凡是他和她能收集到就收集起來的各種材料拼湊搭蓋起來的，總面積可能近三十平方米。門口是一片低地，至今積雨未乾，有些地方已長青苔，牆角也滿是苔蘚，主人不得不用十多塊磚頭填好，以免涉泥水而過。陶管做的煙囪緊貼建築物西向外壁，煙囪把它附近熏成一片烏黑。僅有的一扇窗戶是用一隻松木箱敲通了底嵌在牆土裡做成的，總算還使用兩塊玻璃以供採光。我很難想像主人怎麼躲避大伏天的暑熱、梅雨天的潮濕和三九天的寒冷，又怎麼躲避夏秋間的蚊蠅和四季不斷的老鼠、跳蚤和蟲子。

我跟著陳鳳英踮起腳尖，踩著磚塊走進建築物裡，一個六十歲以上頭髮花白的老嫗坐在灶前藉大門洞開的光亮在打草鞋，用狐疑的眼光打量著我和陳鳳英。女主人對婆婆解釋說：「報館的先生，來看看我們怎麼過活。」

「那就看看吧。」老嫗低頭重又搓著刺手的稻草打起草鞋來，「米缸裡跌進一隻老鼠，已經餓死在缸底了。工資開了嗎？沒有？那就都去喝西北風。草鞋不值錢，早起賣了七雙，才買到五斤山芋。這兩個小短命鬼肚子像通了海，總也填不滿。要不是我守在灶邊，早不見了。你吃吧，還熱著，不過只剩兩隻了。」

「我不餓，你吃。」陳鳳英對婆婆說。

「早起餓著出去，現在是下午啦，怎麼會不餓？」
「廠裡有施粥吃。」
我難以斷定陳鳳英說的是真是假，也許是真的。絲廠既然開著機器，老闆就得開飯。但也難說，老闆並不傻。
「媽媽，我餓！」建築裡朝東一頭，有兩架板凳木板支起來的床鋪，掛著略勝於無的有很多小窟窿的夏布蚊帳，顏色灰暗，我進門時站在亮處，一下子沒能看出來。現在看到有兩個小孩子忽然從床鋪上衝了下來。
「滾開！」祖母大聲喝道，「餵不飽的餓鬼！」
孩子聞聲站定，小一點的埋怨說：「媽媽說得好好的，回來帶鬆糕給我吃。」
媽媽忽然怒不可遏，揮手打了她兒子一個耳光。兒子哭了，隔不久，媽媽也哭了起來。
這兩個孩子，一個看上去只有六七歲而不是陳鳳英剛才說的九歲，一個看上去只有四五歲而不是七歲，瘦骨伶仃，陷胸凸肚。營養不良一方面有增添成年人年齡的作用，另一方面又有縮減孩子年齡的作用。這種相反而又相同的奇妙作用，肥頭大耳的絲廠老闆大概不會知道吧。
「你騙我！」被打的小一點的孩子用哭聲數落他的媽媽，沒有被打的孩子則直愣愣地看著媽媽發呆。
陳鳳英抹一抹眼淚，揭開鍋蓋，先拿起一隻大些的山芋，想一想，又換了一隻小些的，一掰兩半，給了孩子，而後把大些的遞給婆婆，說道：「你吃了吧，吃了更太平。」
「我吃過啦。」婆婆推開她的手，「成天坐在這裡彎腰曲背，吃多了反而心口悶。」
這掙扎在飢餓中的一家人都在互相欺騙，媽媽騙孩子領到工資就買鬆糕吃，婆婆騙媳婦多吃了山芋心口會發悶，媳婦騙婆婆絲廠有施粥吃。這種欺騙的目的是在苦難中互相安慰，是多麼善良、真誠的欺騙！真正的騙子是絲廠的老闆，他在購買地皮、廠房、設備、原料時都要付現金，但是在購買工人的勞動力時卻可以拖欠。他只給了工人所創造的價值的一部分，卻騙工人說已經付清了工人應得的報酬，現在又用少發實際工資來騙取已經照發工資的名聲，同時還想用花言巧語來騙取輿論對他的同情。
我決定不受老闆的騙。進出都坐汽車的人的困難，不可能比揭不開鍋、餓死老鼠的人的困難更大。
我拿出身邊的錢，遞給陳鳳英，說道：「給孩子買點鬆糕吃吧。」這筆錢我本打算留著買一雙鞋、兩雙襪。小記者要用腳去跑新聞，鞋和襪很容易破，但是現在必須把它用到更要緊的地方去。

「不，我不能要！」

「這麼一點錢能破壞你的罷工嗎？拿著吧。」

「不，困難的不是我一家，你周濟不完。謝謝你，我不要。」

幸虧她婆婆幫助我擺脫了窘境。她伸出一隻乾枯的、被粗糙的稻草弄得比稻草更粗糙的手把錢接了過去：「別辜負別人的好意了，夜飯還沒有著落哩。」

回報館後我如實寫了一篇新聞、一篇特寫，自己看看還算滿意。稿子拿到採訪主任那裡，主任看著皺了眉頭，而後稿子到了陳其然總編輯那裡。陳先生看了也皺了眉頭。他是仁厚長者，對下屬從不疾言厲色。他叫我過去，問道：「是辛社長的意思嗎？」我說：「不是，辛社長沒有對我做過任何吩咐。」於是稿子到了社長室。

第三天，我的稿子沒有見報，見報的是陳先生寫的一則簡訊，報導說：該絲廠工潮仍未解決，資方已提出按當月生活指數發放工資的辦法，工方尚未接受，云云。客觀公正，不偏不倚，無懈可擊。

我以為由此可能得到申斥，但辛社長把我叫去對我談的卻出乎我意外。他稱讚我寫的思路很尖利，文筆也不錯，不刊登不等於文章寫砸。他已經同總編輯、採訪主任商量過，明天起，改跑法院新聞，薪水從下月起改為二十八個銀元。這是大記者的待遇。而後，辛社長又把一筆獎金給了我。他把我的新聞和特寫請絲廠老闆、經理過了目，經理願意從他那周轉不靈的資金中拿出一筆來，使它不見報。按慣例，編輯部得一半，作者得一半的百分之三十，百分之七十分攤給各同仁。

這就是說，客觀、公正、真理、良知等等抽象的概念，貪婪、僥倖、虛榮、義憤、恐懼等等潛在的心理，都可以化成一筆具體的物質利益。我的無知的善良、正直和同情心，卻不可能為受苦難的一方帶來任何好處。

轉而跑法院後，結識了其他三家日報的法院記者。他們都是老記者，頭腦敏銳，經驗豐富，通曉法律，深明世故，見微知著，不愧是首席記者。我嘴上無毛，初出茅廬，不免為他們所輕視。第二天，其中一位對我說道：「小兄弟，這碗飯不是那麼容易吃的。你得拜拜師，請請客。」

「否則呢？」

「否則總有一天，你會滾回到你原來的位置上。」

請請客不是不可以，無如盛氣凌人、倚老賣老的態度使我無從接受起。於是這三位先輩聯合起來鉗制我，趁我立足未穩、對司法界尚不熟悉之機，對我封鎖消息，甚至串通法警、書記要他們不向我提供新聞線索，使我採訪不到大新聞。辛社長、陳總編、陸主任立刻找我，問我為什麼會漏掉這麼多新聞，我談了這種「同行是冤家」、蓄意刁難我的情況。辛社長覺得請請客也是正常的，要不就把原來跑法院新聞的吳雲駟先生調回來帶我一段時間，我說：「能不能給我十天時間？十天後還是這種局面，我就引咎辭職。」

新聞主要來自刑庭，民庭新聞不多。這三位大記者，對民庭不屑一顧。我看出這是一個漏洞。刑事案件不管是檢察署公訴的還是自訴的，被告往往收押，交保不多，飭回更屬罕見。刑事犯在監牢裡，輿論於他風牛馬不相及。民事案件是「軟新聞」，曠日持久，牽絲扳藤，新聞性不強，但追本溯源起來，仍然上新聞，而且易受輿論影響。十天之內，我把注意力轉向民庭，向法官、書記、律師請教，走訪原被告和關係人，雖然十分辛苦，卻發掘出二十多條「獨項」新聞，有六條占據三版頭條位置。辛社長辦公室由此門庭若市，當事人紛紛前來關說請託，要輿論為他張目。這一來辛社長大為滿意，對我說道：「真難為你了。刑庭、民庭兩頭跑，夠辛苦的。明天起，我請吳先生跑刑庭，你專跑民庭，弄出一個漢奸錢鳳高棉紗糾紛案，比發一百條命案消息有用得多。這是你的獎金，請點一點。」隨後聽說，另三家報館的社長、總編輯天天責備法院大記者為什麼採訪不到這麼好的新聞，使他們有苦難言。幾天以後，三位先輩顛倒過來請我吃飯，要求合作，向他們抄發民庭新聞供改寫之用。飯後我搶著惠了帳，向三位先輩告了罪，從而鞏固了在新聞界當一名大記者的地位。

隨後發生了一起偶然事件。一位卸任小學校長向我談起教育局長楊景航價賣校長職位的貪污行為，我隨手寫了一首打油詩。陳總編覺得不錯，請副刊主編楊晨先生加框夾線發表。不想局長大為震怒，竟派人來要挾我更正道歉。我說：「打油詩不過是文藝，未聞更正之說，當然更無從道歉起。楊局長若未價賣校長，又何必耿耿於懷？」來人不得要領走後，陳總編建議我去採訪那位小學校長，乾脆把這件事弄個水落石出。而後知道，楊局長大約一共賣出了十三個校長職位，價格按城、鄉和學生多寡而不同。辛社長知悉後要我寫一篇詳細的新聞，作為「獨項」消息發表。這一來，楊局長更沉不住氣了。他竟舉止失當，向法院控訴我誹謗，於是引起一場軒然大波。

以後我才明白，卸任小學校長的來訪，無心中把我拖進一場政壇紛爭。辛社長原來是前任教育局長，因前縣長范鐵僧下臺而下臺。這就是我那首詩要加框夾線發表的背景。我不明白這一背景，楊局長卻是明白的，所以派人來提出不通情理的道歉要求，給辛社長看看顏色，以儆來茲。辛不示弱，和范縣長商量，認為正好趁此機會大做文章，先把楊攆下臺去，給現縣長徐淵如一個難堪，而後相機謀求雙雙東山再起。這時，徐淵如還想撐住楊景航，不讓缺口出現。他估計我這一方證據不足，出錢買職缺的人未必敢出頭作證，所以要楊景航向法院提出訴訟。

到這一地步，辛只能慫恿我和楊周旋。他召集去任校長和一些價買職位的現任校長以及知情人座談，表示咎只在楊一人，他一旦再任局長，不管去任、現任，一律妥善安插，而後收集證據，做出筆錄，請好律師，為我出庭應訴做好準備。鑑於縣黨部、縣政府控制的報紙對此貪污案隻字不提，辛社長請編輯部主任孫警世先生另辦一張臨時性的報紙，新聞、特寫、評論、讀者呼聲，萬炮齊發，指出教育界不能容此敗類，楊景航必須立即引咎辭職，檢察署理應立案追究法律責任。

看看紙包不住火，徐淵如立即決定丟卒保帥，出面聲明教育局長價賣校長一事，本縣長未能預聞，確有失察之處，一經查實，必當秉公處理。縣黨部和縣政府的報紙對此做出了不顯著的報導，四號宋體字標題兩欄通欄；我這家報紙和編輯部的臨時性報紙則大肆渲染，反而用作二版和一版頭條新聞，用奎號字標出「徐縣長自責失察，楊景航日暮途窮」的醒目標題。至此，楊景航只能向法院撤回起訴，向縣政府遞了辭呈。

一九四七年一月，楊晨先生另有高就辭職，辛社長聘請我接任副刊編輯，把我的薪水增加到每月四十八個銀元。

第十四節

進入報館以後不久，我去探望姊姊。姊姊第一句話問的是有沒有去找亞琴，我如實回答說沒有。第二句話問的是能賺多少錢，我說目前才跨進門，是個小記者，每月底薪大洋二十四元，按生活指數發給法幣，但是還有「外快」，「外快」是不一定的。姊姊覺得我一個人吃飽了一家就不餓，有這些收入，是可以積些錢下來的，而後鄭重說道：「還是不去找亞琴好，這不管怎麼說都是件麻煩事。我來看看，若有合適的姑娘，品貌、脾氣都好，我會替你介紹的。」我說：「這倒不急，等我立足更穩些，再成家不遲。再說積錢也得慢慢積，急不來。」

從一九四五年八月下旬到一九四六年九月，這十三個月裡，我從上海到武進又到餘杭，再從餘杭回上海而後又去武進，最後返回家鄉，恰像一隻蒼蠅，被一股不可抗拒的力量從原地趕走，「嗡嗡」飛了一圈，結果還是落在原來的地方。我不是不想去找亞琴，有好幾次，甚至已走到離她住所只幾十步的地方，然而還是硬硬頭皮、橫下心腸，強迫自己轉身回去了。心裡非常複雜、矛盾，要絲絲入扣地表達出來是很難的。最淺顯的原因是不好交代，怕挨罵。說得好好的不離開這個城市，第二天卻說走就走，而且在一年多時間裡也沒有能告訴她一個下落。她怎麼能知道我完全是身不由己、迫不得已。如果向她訴說我如何如何想念她、如何如何夢見她，這種無憑無據的甜言蜜語幾乎同廢話相仿，她能聽進去嗎？

深層的原因就說不清楚了。

其一，她成了別人的妻子。這別人，不幸又恰恰是我的好友。這就非常的棘手，人不是生活在真空裡，而是生活在現實裡，在現實裡，那就不僅僅有愛情，而且有法律、輿論、道德、利害。姊姊估計有朝一日她丈夫會尋求法律保護，和我對簿公堂。這並非過慮，但是即使她丈夫不提出訴訟，我也同樣理不直、氣不壯，面對的必然是「千夫所指」局面。

其二，現實還是一個金錢社會，財產和權勢結合在一起。而我偏偏沒有財產和權勢。我和她丈夫相比，劣優弱強一目了然。雖然亞琴說過：「你娶不起我，我就不會來找你？」不過人如果沒有志氣總也要顧個臉面，我若竟想靠女人來養活我，我還有什麼臉見人？還配不配得到這女人的愛？我總得努把力吧，在某些方面勝如她丈夫，這樣才能對得住、配得上她對我的情意，然而我估計，在這一年多時間裡，並不能做到這一點。

其三，姊姊對我的勸誡，也有相當影響。亞琴會是一個「有一個沒有感情的丈夫，卻有一個或幾個很有感情的情夫」那樣的女人嗎？我無法做出肯定的回答。我和她把感情發展下去，那麼遲遲早早必然會發生一場軒然大波。有沒有力量應付，是一個問題；值不值得應付，也是一個問題。值得不值得，取決於她是否真心待我。如果萬一她不幸被我姊姊言中，只想從我這裡取得感情的補償，那麼我的努力即將成為笑柄，還不僅僅止於徒勞而已。我也明白，愛情不同於做買賣，不能指望投下一文本錢就要收回兩文利息，甚至有時會等於施捨，有去無回。但男女雙方既然相愛，就應該彼此真誠，因為相愛就非單方面追求可同日而語了。我是真誠的，她是真誠的嗎？姊姊的勸誡，總不會無道理可言吧。

這種複雜而又矛盾的心理交織到一起，使我困惑不堪，無所適從。結果，我常常夢見她，卻總不敢去找她。

一九四七年陰曆二月的一個晚上，門房掛電話到編輯部，告訴我有一位小姐有要事找我。她白天已經來過一次，那時我還沒有上班。到報館來找我談話的人很多，我說：「你請她在接待室坐一坐，我馬上來。」

走到接待室門口我吃了一驚，來客竟是亞琴。她全身裹在艾爾派克[1]海狐絨長大衣裡，露在大衣外的是一小段肉色玻璃絲襪，腳上是翻毛黑色半長筒紋皮鞋，顯得雍容、華貴、大方。看到我，站起來說道：「沒想到吧？」

「真的沒有想到。」我帶著幾分愧色，「你怎麼會找到這裡的？」

「我不妨礙你吧？」

「怎麼談得上妨礙呢？」我又難受又高興，「這麼說話我就沒有容身之地了。」

「叫你沒有容身之地的話，我還沒有來得及說。」亞琴也是高興的，但也分明帶著責備的神情，「我問你，你為什麼說走就走了。」

---

1 艾爾派克大衣（Puffer Parka）是一種結合了派克大衣和羽絨服特點的外套。

「我曾經留了一封信。」

「那是信？就那麼幾個字，連地址也沒有寫上一個。」

「當時確實沒有確切的地址。」

「而且一年多了也沒有第二封信。」

「請你原諒我吧。」

「為什麼總要別人原諒你，你不原諒別人？你要我原諒多少次？」

「一言難盡。」

「你到這多久了？」

「快半年了吧。」

「很好！半年裡，既不寫信，連上我們的工夫也抽不出來？」

「這也一言難盡。」

「一言難盡可以多說幾句，你慢慢說。」

「一下子也無法說。」

「你不說我替你說。架子大了，現在不是當日的吳下阿蒙了，要刮目相看了。沒說錯吧？你等著我登門求教。」

我確實有了無地自容的感覺，只好把話岔開去：「不，不是這樣。我問你，你怎麼知道我在這裡？」

「我不看報嗎？最近在報上看到了你的大名，我還以為天下總有同名同姓人，後來打聽了一下，才知道真的就是你這個……」

「混蛋。」

「能自己承認是混蛋也不壞。」亞琴莞爾笑了，氣氛就輕鬆多了。

「大概你看到了我給前教育局長的公開信，只有這一次我署的是真姓名。」

「天幸有這一次，要不然你會十年、二十年也不給我一個音訊的。」

「我不寫信，是因為我這一年多來還是東飄西蕩，沒有著落。我當過兵，賣過雪花膏，做過醬油，不久前才當上一個小記者。我沒有著落，沒有根基，不牢靠，你叫我怎麼對你說才好？」
「現在呢？」
「現在也還不那麼牢靠，想要扎得深些才牢靠。我終究會寫信給你的。」
「那就要我等到頭髮白，兩眼昏花。」
「你不懂的我的真心。」
「不那麼難懂。你以為，只有你出人頭地以後，才會有人愛你。所以應該反過來說，你並不懂我的真心。」
我沒有回答，卻忘情地捉住了她的手。春寒料峭，接待室裡沒有備火缸，非常冷，我們都不敢褪下手套。
「今晚來找你，有一件重要事情來告訴你。你知道明天是什麼日子？」
「明天？三月十二日，那麼是中山先生逝世紀念日。」我很奇怪她有此一問。這是什麼重要事情？
「我不會為這個紀念日來找你的。」
「我也感到這樣。」
「明天是我的生日，你最好記一記陰曆。」亞琴看到我瞠目結舌的窘相又笑了，「我邀你上我家去過生日。」
「哎呀呀，我真該死，把這事也給忘了。」
「我早說你忘性大著哩。庚帖還在你家裡，你把我的生日也忘了。」
「我當然來，我和他也是久違的了。」
「你看不著他的。」亞琴若無其事地回答我，「我對他說：『我的生日快到啦。』他說：『對不起，委屈你自己過生日吧。我不巧要去上海，肯定趕不回來。』我說：『一年不才這一天，你偏偏要到上海去？』你猜他怎麼說？他說：『生日年年都過，賺錢的機會可不等你，稍縱即逝。』」
「這好像沒有說錯，這是有作為的生意人的一致看法。」
「那麼，你來慶賀我的生日吧。沒多少客人，我只準備一桌酒，請請知心朋友。」
「我一定來。」

她向我告辭，我送她回家。早春天氣，寒意猶濃，街上已經很靜，只有幾家鋪子還開著門，街邊的夜麵攤子在一團水氣和燈光裡。我們並肩走著，臂挽著臂。我擔心她未必真心愛我，看來是錯了。

「我想，這麼久不告訴你下落，大概我是不對的。」我有點懺悔的意思。

「怎麼是大概？」她立即糾正我，「是完全。」

「我一直很忙。」我無奈詭辯說，「我一點也不懂怎麼當記者，什麼都得從頭學。才學會些，新的事情又擺在面前，於是又得從頭學，我簡直連睡眠也不夠。」

「你有沒有想到另外也有人睡眠不夠呢？」

「流浪的時期，總該過去了吧。」我靠她更緊一些，「報館看來還挺器重我，我不會再離開這裡了，我也不想離開這裡了。」

「一年多以前，我就這麼說的，無奈你聽不進去。」

「你怎能知道我身不由己。我送些什麼禮物好？」

「我什麼都不缺，該知足了。這是你說過的話。」她笑了笑，「要不，你送首詩。」

「秀才人情紙半張，這自然是要送的。除此之外，也得送點別的。」

「那就到冠生園去買隻蛋糕，不要太大，夠十個人吃就行。蠟燭該放多少根？這點總能記得住吧。對了，二十一根。謝謝你還沒有忘得一乾二淨。」

不久就走到她的家門口，她邀我進去坐坐，看看她的孩子。我很想這麼做，不過太晚了些，他又不在家，這是不便造次的。

「那麼，明天早些來。」她從海狐絨手籠中掏出鑰匙，打開六扇大牆門中的一扇，回頭朝我笑笑，輕輕關上了大牆門。

姊姊苦口婆心構築的堤防，給她輕輕一捅就奔潰，我的勉強壓抑著的熱情洪流，一決千里，不可收拾。我明知在我的前面，是一張複雜而又難掙破的網羅，是一個歡樂而又極痛苦的深淵，但我還是縱身一躍，跳了進去。

第十五節

一九四七年三月，當地有一家「中國酒家」開張，邀請社會知名人物參加開張典禮。這類典禮有廣告性質，所以酒家的豐盛腴美是不必說的。酒家主人還特地請來一批歌女侑酒助興，務使賓客滿意而歸。這些歌女小姐一個個打扮得猶如色彩繽紛的鳳蝶，滿頭珠翠，一身香氣，巧笑倩焉，美目盼兮[1]，在席上又吃又喝，有說有笑，不時還到麥克風前去高歌一曲，把飲宴的歡樂不斷推向高潮。

坐在我和另一家報館採訪部主任之間的是一位相當文靜的小姐。她穿一件黑天鵝絨長袖旗袍，領口鎖一隻橢圓形白金鑲鑽別針，一頭烏黑如雲、捲曲有致的秀髮，襯托著膚色如雪的頸項，顯得黑白分明，頭髮上簪一隻自製的用蠶繭殼剪成五瓣的繭花，並不顯出寒傖相，反而使人感到別緻、素雅和聰明。她容貌昳麗，不苟言笑，有時蹙起雙眉，好像心裡有什麼解不開的隱愁，就是採訪主任向她勸酒勸菜時，她也只是在露齒一笑、舉箸舉杯之餘，仍舊把眉頭蹙到一起，但卻像西施捧心那樣，不但不令人討厭，而且使她楚楚動人，更添嫵媚。我這麼描寫，很容易貽人以她像個林黛玉的印象，其實不然。她身材頎修，肌膚豐腴，宛然楊貴妃式的薛寶釵。

不知為什麼，採訪主任慫恿她也去唱一支歌。她微微一笑，推說唱不好，不肯去，然而禁不住闔席除我以外的鼓掌附和，她蹙一簇眉頭之後，終於站起來，婷婷娉娉走向麥克風去了。這時我看到，她穿的是一雙黑色長筒玻璃絲襪，白紋皮半高跟鞋，鞋口裝飾著黑色蝴蝶皮結。這一身對比鮮明的打扮，不同流俗，雍容大方。

「這位小姐是誰？」我悄悄問採訪主任。

「有名的紅歌女張燕，你竟不認識？」

「我本來以為是你帶來的記者。」我有點納罕，歌女怎麼是這種打扮？

1 「巧笑倩焉」句：出自《詩經・衛風・碩人》。

「謔謔謔，」採訪主任笑起來，「我沒這種豔福。」

「哦，她好像和別的歌女小姐有點不一樣。」

「她走紅，就紅在同別的歌女不一樣。你想想吧，虢國夫人[2]越淡掃蛾，李隆基就越想勾引她。」

這時候，樂臺報出：「張燕小姐唱〈天倫歌〉。」隨後，鋼琴首先響起了E大調莊嚴肅穆的前奏曲。

「在這種地方唱〈天倫歌〉？那麼，她的確和別的歌女不一樣。」我想。

唱罷歸來，掌聲一片，採訪主任可能把掌心都鼓紅了，站起身來，迎她歸座，感謝她賞臉。我沒有鼓掌，倒不是因為我已聽到如癡如醉的地步。我覺得她唱得還可以，強似先前去唱的那些打扮得五顏六色的小姐，但是從聲樂藝術鑑賞說，她得到的掌聲，超過了她應得的份額。

「繡兄怎麼不鼓掌？」採訪主任有點不以我為然。

「我唱得不好。」張燕小姐看了我一眼。

「不，唱得很好。」我說，「您有很好的天賦，可是，能不能說，您所受的訓練還微感不足。」

「您說得對。」從神情看，張小姐是同意我對她的評論的，雖然我自感未免老氣橫秋了些。

「張小姐今天可遇到知音啦。」採訪主任從旁說道。

我不去理會他的調侃，管自問張小姐道：「您為什麼選唱這支歌？」

「我喜歡它。」張小姐也不理會他的調侃，「『人皆有父，翳我獨無？人皆有母，翳我獨無？……』您先生不喜歡這支歌吧？」

「不，我也很喜歡。我請問，您是哪個音樂學院的？」

張小姐沒來得及回答我，採訪主任似乎不願意張小姐只和我交談，提議大家向她敬酒，為的是她唱得如此之好。這個提議得到席上其他七位先生贊同，但是張小姐說不會喝酒，按住她的酒杯不讓採訪主任斟上，同時又把眉

2 虢國夫人：即楊貴妃的姐姐。《新唐書》載她與堂兄楊國忠私通，淫亂不止，且放蕩不羈，她成為了唐玄宗的情婦，暗中偷情，為外人所知，不以為恥。

頭蹙到一起。採訪主任說：「這可不好，先乾為敬。」一口就呷乾了自己的酒杯。

名為敬酒，實則猥褻，我對採訪主任也有點不以為然。我於喝酒，有個不逼不勸的原則，主張各盡其量，適可而止。你如能喝，那就不必裝小腳，不妨開懷暢飲，以過癮為度；然而若不能喝，那就不要不自量力，硬充英雄好漢，飲過量之酒。至於硬逼硬灌，強人所難，以別人出洋相為樂，置自己出洋相不顧，我一向沒有這份心腸。所以我說：「張小姐既然不會喝，那就免了吧。」

採訪主任大感掃興，闔席除張小姐外也不贊同。採訪主任挖苦我說：「繡兄何必來當張小姐的保護人？」

「不，」我說，「張小姐的保護人，是大家各位。我想，我們都欣賞她的歌聲，那就有責任保護她的嗓子。這杯不一定大，可是一喝就是九杯，不會喝酒的，有可能倒嗓，那就不妙了。大主任，你說是不是？」

闔席又轉而覺得我說得在理，認為張小姐只喝一杯就可以了。張小姐說她的確力不勝酒，喝一口吧。採訪主任又不依，他是喝乾了的。我這時酒興方來，說：「這樣吧，我代酒如何？」

採訪主任這時大約也被了點酒，問我說：「張小姐委託你了嗎？」

張小姐巴不得能找到一個辦法，使她既無須喝酒，又不致開罪席上人，特別是採訪主任，所以立即說，她同意委託我代酒。

「哎呀呀，」採訪主任索然無味地對我說道，「張小姐今天可真正找到知心人啦。但是，代酒照例加倍。」

「好吧！」我也不想糾纏下去，「加倍就加倍。」

於是我以張小姐的感激眼色為下酒菜，一口氣喝了十六杯酒，把脖子上的青筋都喝得爆了出來。

第二次遇到張燕，是距此大約十天之後，在李元凱將軍的週末派對舞會上。李元凱是國民黨軍四大將領之一，因故失寵，息影在此間一宅花園洋房裡。他的小太太原是舞女，替李將軍生了一個粉妝玉琢般的公子，李將軍愛子猶如拱璧。這位小太太在仿效將軍夫人方面非常成功，不像某些出身寒微的小家碧玉，擺脫不了小老婆氣息。但也無濟於事，人們雖然在面子上給以奉承阿諛，但在心底裡未必看得起這一類角色，因為她歸根到底是如夫人[3]而不

3 如夫人：語本《左傳・僖公十七年》：「齊侯好內，多內寵，內嬖如夫人者六人。」後因而稱他人的妾為「如夫人」。

是夫人。就是李將軍本人，哪怕他對小太太何等寵愛，但在正式的酬酢中，還是不能夠把她抬舉到同他儼若敵體[4]的地位，只能給她一個旁座，或者乾脆不讓她露面。小太太積習難忘，特別喜歡跳交際舞。李將軍既不願拂她的意，又不能陪她上舞廳以防有人密報頂峰，所以每到週末，就在府邸上辦一個派對，讓她跳個痛快。我原是不舞之鶴，但是去了一趟之後，發現他府上的宵夜非常好，甜點心尤其出色，於是效仿南郭先生[5]，週末九點以後，混在賓客堆裡，專等推出宵夜車來。小太太舞伴多得要命，從來沒有和我共舞的念頭，使我可以大膽放心經常吃到免費的各式甜點。這天去的時候，看到張燕也應邀在座，彼此點點頭，算是認識的，而後就按慣例，挑一個不顯眼也不隱蔽難覓的座位坐好，欣賞音樂，等待宵夜車來到。冷不防張燕忽然坐到我身邊來，央我同她跳舞。

「非常抱歉，」我加以推卻，「對您不妨講實話，我是不會跳舞的。」

「我教您。」

「謝謝。但是請您歇一會兒，您額上都沁出了汗珠。」

她朝我笑一笑，從腋下掏出一塊非常之香的手帕來，到額上、鼻凹間按了一按。

這時有一位男客向我們走來，他是榮軍軍官總隊的陳福康，前步兵少校營長，開口閉口「老子為黨為國負過傷」，誰都得讓他三分。據說，以人海戰術取巧的共軍，其實也是有大炮火力的。幸虧炮彈片削去的是他的皮靴後跟，但沒有碰到他的皮肉，他給震昏過去，得了腦震盪毛病，於是完完整整地進入榮譽軍官的行列。張燕看到他走過來，立刻站起身，不由我再分說，像拉一隻皮箱那樣，把我從座位裡拉出來，把手搭在我肩膀上，急急說道：

「快！快同我跳！」

沒有吃過豬肉的人也會看過豬走路。這樣子，我知道她是有意躲避陳少校，於是我裝模作樣攙住她的手，扶住她的腰，在她耳邊小聲說道：「我真的不會跳！」

「別這麼緊張，」張小姐也用小聲說話，「您儘量放自然點。這很容易，三步一停。您跟著我！一、二……」

4 敵體：指彼此地位相等，無上下尊卑之分。語本東漢班固《白虎通・王者不臣》：「諸父諸兄者親，與己父兄有敵體之義也。」

5 南郭先生：戰國時期齊國歷史人物，後比喻濫竽充數、無才而占據其位的人，出自《晉書・劉寔傳》。

我也鬧不清到底是知難行易還是知易行難，三步一停說說容易做起來就未必盡然。我越裝得自然心裡越緊張，好幾次踩痛了張小姐的腳趾頭。我知道，她不是在跳舞或者教跳舞，而是在活受罪，拖著我這個百十來斤的累贅物，在人叢裡東躲西讓，避此閃彼，苦得要命。

「我實在太笨。」我由衷產生了強烈歉意，「如果您同陳福康跳，絕不會這麼辛苦。」

「不，我不同他跳。他糾纏不清，討厭死了。」

「您呢，累了吧？」我看到她額上又有了汗珠。

「很累了。」她趕緊把我拉到一邊，以避開一對正用大轉圈舞步，美妙而又旁若無人地、肆無忌憚地衝向我們的一對男女。

「您為什麼不回去？」我說，「要是我感到累，我就走。」

「不方便。」她朝我一笑，「我不能同您比，我是警察局叫我來的。」

我想一想，表示理解，她不能不辭而別，怕得罪主人。李元凱哪怕已經失寵，他要捉弄個歌女，還是不須費吹灰之力。

「但是如果您帶我走，萬一有人問起，您頂個肩膀，那是可以的。」

「好吧。」我點點頭。

我們向邊門跳去，趁著亂哄哄，溜出了邊門，走下臺階，沿著兩邊栽滿冬青的小水泥路，走向大門。張燕挽住我的胳臂，接受了門衛的敬禮，來到街上，把樂聲甩在身後。

「謝謝您又一次幫助了我。請回去再玩吧。」

「不，我不會跳舞，回不回都一樣。」

於是同道而行。一路上，張小姐使我明白了自己的閉塞。她甚至沒有讀完初級小學，當然就沒有進過音樂學院，她也沒有聽說有什麼歌女進過音樂學院。從音樂學院出來的人叫歌手、歌唱家，和歌女不是一回事情。她坦率地承認，歌女只是高等妓女的別稱，賣嘴不賣身的響亮口號只保證歌女不像下等妓女那樣全無權利選擇客人，所以她還有權利公開表示討厭陳福康的糾纏。

走到鬧市區附近以後我準備告別，她停下來，問我說：「太太在家等您嗎？」

「我還沒有結婚。」

「您還上哪兒去呢？」

「隨便轉轉，而後回報館吃點夜點心，睡覺。」

「那麼，上我那兒坐坐行不行？」

「您不是說您很累了嗎？」這麼深夜，上一個高等妓女的住所去坐坐？我的臉忽然紅了一下，但是在霓虹燈下，也許她不會覺察，「不去了，以後抽空來拜訪。」

「我現在又不那麼累了。」張小姐似乎有些不快，「我常常想，這世界是顛倒的。我不怕您生氣。有許多人，想上我那兒去坐坐，我還不讓他去。這些人我惹不起，要趕他們走，比牽條牛上屋還難得多。現在我誠心誠意請您去呢，看來又很難……」

「也像牽條牛上屋那麼難嗎？」

我們都笑了。於是我自願而不是由她牽著，上了她在中國酒家四樓的香閨。

「誤了李將軍府上的宵夜，全是為了我。我來盡一盡心意。」

她備了一些茶點，煮上一壺咖啡，而後進了盥洗室。大約十五分鐘出來，洗去了脂粉，換上了通常衣著，使我消失了在高等妓女家盤桓的感覺。

她同我一直談到夜深。

張燕小姐的父親是軍閥齊燮元手下的一名軍官，隨後被編入國民黨軍八十八師，於一九三一年淞滬會戰中下落不明。這時候，張燕才五歲。戰火一起，她家所在地閘北一片火海。她媽媽送走丈夫，帶著她和她兩歲的妹妹，逃難到青浦姨媽家裡。不久，她媽媽就染病去世。姨媽沒有生育，很願意撫養這兩個外甥女，但自己沒有田地，丈夫是個泥水匠，收入微薄。在張燕八歲時，姨夫、姨媽只好把她送給一個歌舞團，使她從此開始了流浪生涯。歌舞團團長是個近五十歲的老藝人，沒有家室，很喜歡清秀聰明的張燕，待她像自己的女兒，有空教她識識字、唱唱歌、跳跳舞，演出時叫她當一位魔術師的小助手。歌舞團必須不斷跑碼頭，張燕也就跟著不停地飄泊流浪。她畢竟太小，不瞭解因而也記不清歌舞團在飄泊流浪中遇到的屈辱、欺凌和苦楚，這些都是由團長和男女團員分攤過去的；她想得起的是流浪生活裡有眼淚，有嘆息，但是也有歌聲，也有歡樂。票房收入不好，大家就睡破廟、啃大餅、吃鹹菜；收入好，就住旅館、吃店鋪，生活也還可以。有的女演員，被什麼人邀去吃飯，回來時會從提包裡拿出一點水果、點心來給張燕吃，這裡也包含著人生中最美好的感情。她覺得，歌舞團當然不能說是一個很好的團體，傾軋猜忌、爭風吃醋、吵架慪氣、男女糾爭、詐騙偷摸，都是有的，但它畢竟是一個「家庭」，是一群受苦受難、各有才華的人共同掙扎求生的「營盤」，仍然有很多可供緬懷的往事。她至今還尊敬、追念、愛戴著的老團長，也有不少缺點，好酒、好賭，能騙到錢財就騙，但她認為他是個好人。人總得有錢才能活下去，而且他得維持這樣一群人不讓他們散掉，才能相濡以沫，好歹求個生存。他沒有家室，自然也沒有子女。好像他和一個女演員長期同居，但她時不時又會和另外的男人睡在一起。大概就是因為這些複雜的緣故，他把他本來會有的父愛，毫不吝嗇地施之於喪了雙親的小張燕。

然而這種辛苦而又可資緬懷的生活，只過了六年。張燕十四歲時，一場大病奪走了老團長的性命，歌舞團面臨解體。張燕撲在老團長的屍體上哭得死去活來。她差不多已經忘記了自己的父親是個什麼模樣，她真正看到父親的日子一共不會超過一個月。她不知道父親死了沒有，沒有任何人告訴她確切的消息，她只能想十成中也許有九成九是死去了。所以她沒有為父親哭過，現在就把所有眼淚流向了這個親密相處六年的老團長。

一個女演員把張燕帶走，對她說，她會像對待親妹妹那樣對待她。女演員隨後當了歌女，張燕像丫頭伺候主人那樣跟她生活了三年，逐漸明白她和老團長不是一樣的心地，卻也無法可想。三年以後，張燕出落成一個美麗的大姑娘了，這名歌女把主意打到她身上，向客人賣出她的初夜。張燕發覺她的陰謀，逃回到青浦姨媽家裡。

姨夫、姨媽還是一籌莫展，沒奈何，張燕狠狠心，也當了歌女。她只有這個職業可以選擇，幾年來的耳濡目染，也使她自然而然選擇這一職業。她沒有別的謀生本領。

像任何一個正常的中國姑娘那樣，她開始憧憬有一個男人會來愛她，同她結成終身伴侶，共同打發短暫而又漫長的一生。她煞費苦心地想保持住她的貞操，但是靛青缸裡拿不出白布來。在杭州，一名筧橋空軍學院的教官設計強姦了她。

她憤怒、悲傷到了極點，不顧一切上軍事法庭去控告那個空軍教官，但是說錯了一句話。她訴說這個畜生強姦了她兩次，一次是醉中，一次是醒後，以為這樣一來法庭將給他更重的處罰。不料這位法官本來就覺得一個歌女提出強姦訴訟不過是胡鬧，原告這麼一說更證明他的想法千真萬確，所以笑嘻嘻地對張燕說道：「姑娘，這官司別打了，回去吧，和解去吧。被告沒有罪。強姦是無法實行兩次的，這是和姦的翻悔。不過，本庭當然會責成被告，向你付給金錢上的賠償。」

張燕不服，氣極了，罵法官糊塗、亂判。法官叫法警來把原告拖出去，警告她說：「這是姑念你年輕無知，否則可以藐視法庭判處監禁六個月。」

「這世界怎麼不是顛倒的呢？」她對我說起時還是餘憤難平：「有罪的，沒有罪；沒有罪的，反而要坐牢。」

離開南京後她想到了自殺，吞下了安眠藥。和她住在同房間的另一個歌女把她送進了醫院。她問她：「你把我救活過來，為了什麼？我死了比活著還好。」

「想一想你的妹妹吧。」這個歌女板著臉回答她說，「你死了，你妹妹將來怎麼辦？叫她再走我和你的老路嗎？」

連死都不可能！張燕於是決定活下去，發誓把妹妹培養成人。她妹妹現在已經讀到高中三年級。她要用她的羞辱來堵塞妹妹走向被欺凌的道路。

「我們只有姊妹兩個，我算完了，我妹妹還沒有完。我總得在我見到父母時，對他們說一句：我盡了做姊姊的責任。」

我看看張燕，靜靜地聽她述說，從她美麗的臉上，發現了聖潔的光輝，有些像聖母馬利亞媽媽頭上那圈聖光的光輝。我現在回到了一九三九年冬天，坐在我對面的不是張燕而是我姊姊，旁邊是媽媽的靈柩，靈柩下的草苫上是睡著了的十二歲的弟弟和七歲的妹妹。姊姊用慈愛但是堅定的語調對我說：「我，現在得把一家的擔子擔起來。你也要準備擔起這副擔子。不過你比我小，現在得我來擔！」這年我姊姊只有十八歲。

辭別張燕小姐回家，久久不能入睡，於是乾脆不睡，把她對我說的概括成一首長詩，題名就叫〈張燕曲〉。最後一句我借用了鄭板橋的詩句「明珠未必終塵壤」[6]，來表示我對她將來的祝福。寫完，天也就亮了。

這首詩在報上刊出後，五月底，亞琴來找我時拿著這張報紙，面色像是雷雨前的天氣。「這詩是你寫的吧？」她揚一揚報紙。

我看一下日期就明白了，回答說：「是的。」

「是寫給一個歌女的？」

「是的。」

「她很漂亮吧？」

「很多人都說她很漂亮，我看看也覺得是很不錯。」

我的泰然自若把她激怒了，她冷笑著說道：「這就無怪了，你回來半年我總見不到你人影。」

「你好像還沒有看過這首詩吧？」我平平靜靜地回答說道，「詩前有個小序，說明我是在什麼時候怎麼認識她的。你能不能先看一看再做評論？」

亞琴瞪了我一眼，才仔細把序和詩看了一遍，而後似乎是自言自語地說道：「沒想到你倒用心如日月。」

「很感謝你有這種中肯的見解。」

「別得意！」亞琴應聲豎起了眉毛，「你答應過，不再離開這裡。話音還沒有落人就不見了。能指望你答應過的另一句諾言就真正做得到？」

解釋不會有用。我說，以後有機會，我將介紹她和張燕小姐認識，讓她自己去評一評這位操著賤業的小姐。如果她也信任她、尊敬她，那就不妨聽一聽張小姐在背地裡會怎麼議論我和她的交往。

6 明珠未必終塵壤：出自鄭板橋〈有所感〉其中詩句：「憑寄語雪中蘭蕙，春將不遠，人間留得嬌無恙，明珠未必終塵壤。」載於《鄭板橋集》。

第十六節

五月間，我得到一天難得的假期。早飯以後，上公園走走，路上遇見張燕。稍事寒暄以後，我提起今天天氣格外地好，不熱也不冷，是個適宜郊遊的日子。她說恰好今天她也不上場，若是我想上郊外去，她可以結伴同行，帶點乾糧、飲料，到大自然裡匹克涅克[1]。這就太好了。半個小時後，我雇好了車，她買好了麵包、香腸、罐頭和飲料。

我們先到梅園，而後一路到大箕山、小箕山、蠡園和漁莊。這些都是當地工商巨頭的私人園林，但是任人遊覽，不收門票。為了方便遊覽區和城市間的往來，當地商會籌資在沿湖濱汊修了一座七十二個橋孔的寶帶橋，允許任何人免費通行。梅園盛產梅子，黃熟時主人允許任何人隨意摘吃，只要不裝袋帶走就行。那時民風還很淳樸，園門無人把守，遊人也從沒有違反過園主人的口頭約定，「只吃勿帶」。但我們去的不是時候，枝頭上的梅子又青又小，既酸又澀，無法入口。

到黿頭渚已過中午十二點，飯店老闆殷勤勸客，我勸張燕說，難得到此，不妨吃些才從湖裡撈起的魚鮮。飯罷沿湖岸散步，長橋如虹，垂柳紛披，雜花生樹，草長鶯飛[2]，一派湖光山色，果然盡滌塵慮。黿頭渚對面，有三個相距不遠的蒼翠小島，離渚不過兩里路水面。我介紹說：「那裡叫三山，也叫龜山。你看，它恰好像一頭烏龜，翹頭拱背撅尾，浮在湖裡。那裡也很好玩。那是輪渡。」

「是不是等輪渡開回再去？」

「理所當然。但是今天沒風沒浪，自己租條小船划過去，更有意思。等回來時月亮上來，在這邊沿湖蕩槳，豈

1 匹克涅克：指野餐，英語「picnic」一詞的音譯。

2 「雜花生樹」句：語本《昭明文選》丘遲〈與陳伯之書〉：「暮春三月，江南草長，雜花生樹，群鶯亂飛。」後以「鶯飛草長」形容明媚的春景。」

不有趣？」
當她看到租來的小船頭尾不過長五六尺，無篷無艙，只有一張舵、四把槳，又很不放心，問我有沒有把握用這種一腳就能踩翻的船，划到龜山去。我說：「你放心吧，只要你坐穩，就保證出不了問題。」她懷著既怕太湖過大過深、又充分相信我的矛盾心理，惴惴不安、搖搖晃晃下了船，坐在我對面。我掌舵划槳，不晃不顛，船頭直指龜山。划出幾篙路，她就完全放心了，明白我確是水鄉長大的弄船行家。於是她也拿出一支槳，不熟練地然而是誠心誠意地想助我一臂之力，而且輕鬆地哼起歌來。這歌聲很好聽，似乎比她站在麥克風前唱得更好。我想是不是一個人在自己願意唱歌時，唱得就會比出於這種那種原因被逼著唱歌時分外好聽呢？又想，採訪主任曾嘆息他沒有豔福，是不是他刻意追求才得不到，而我只於無心間得之卻又有了豔福呢？
半小時過去，龜山已在面前，我對她說：「這三座山，其實是一座山的三個峰，平時峰腳沒在水裡，水淺時候，會連成一片，從這個峰可以走到那個峰去。今年水不大，我估計峰間的水，最淺可能不到一槳深。」
「那我來量量看。」她似乎已經徹底解除了翻船的顧慮，果真把槳直插到水裡去探探水深。這樣一來，船立即傾斜到她俯身船舷的那一邊去了。她趕緊縮回身子，向我吐了吐舌頭，說道：「好險啦。」
「不要緊，這種樣子離翻船還遠。你再試試。」
「不試了，不試了，我可不會游水。」
「反正我不騙你，我走過，那還是我七八歲時候。那一年大旱，湖邊還出現了一個沉沒的村落，有磚砌的街、石砌的屋基、倒了的煙囪、破了的瓶瓶罐罐，還有古錢……」
「你小時候很調皮吧？」
「七八歲的小孩怎麼有不調皮的呢？」
「也有。」她說，「我也有七八歲的時候，我沒有辦法調皮。」
說話間，我已經在蘆葦叢裡找到一個可以泊船的所在，我要她先坐穩，讓我跳上岸去，而後將一支槳踩進泥土，權充繫船的樁，再用纜繩繫定小船，挽她跳上岸來。
這裡沒有路，草長沒踝，路要自己去踏出來。一路登高，滿眼是紅黃紫白藍的野花，隨處可見的楮樹叢，舒發著新枝，一片墨綠裡，間雜著草綠色的嫩葉，生意盎然。不時有野兔、野雞從草叢裡竄出來、飛起來，把她嚇一跳之後，又在草叢裡不見了。她興高采烈地採摘各種顏色的野花，不多久就採了一大把。

山頂有樹林成蔭，這裡本是荒山，樹是隨意種下的，榆、槐、榧、櫸都有，甚至有老長不大的銀杏。張燕走不慣路，爬到山頂後，感到腳痠，立刻找一塊石頭坐下來。從這裡遠眺，在我們正前方，水天相接，視野開闊，一望無際。西傾的太陽，照耀得三萬六千頃湖水泛起粼粼金甲；水天相接處的雲彩絢爛瑰麗，光亮炫目。偶爾有幾點遠帆，因為太遠，看去似乎紋絲不動，猶如逆光拍攝的黑影相片，只辨輪廓。這一片寬闊的景色，使我心胸開展，俗念皆消，不由自主產生出大自然如此偉大、宏博而又瑰奇，自己則如此渺小、侷促而又猥瑣的感覺。在我們右邊，樹色蔥鬱的大小箕山宛如一隻隻小小的盆景；在我們左邊，西洋園林式的蠡園和東方園林式的漁莊只像孩子的積木，在這大自然的博大畫面裡，還占不到萬分之一的位置。更遠處，有一條細長直線，那就是七十二橋孔的寶帶橋。現在它在陽光下燦爛生輝，鑲嵌在一派迷濛的由樹色和稻苗構成的綠意裡，確實像一條寶石帶子。

「這裡太美了，」張燕同樣沉醉在大自然景色裡，「要是能住在這裡一輩子，那該多好啊。」

「我也有這種想法。但是再想一想，這是不現實的。景色再美也不能當飯吃，住上七天就會餓死在這裡。」

「那麼還是要回城裡去嗎？」

「只因為我們賴以為生的基礎在城市裡。」

「所以非回到那個燈紅酒綠的地方去不可？」

「我看肯定會是這樣。」

她嘆了一口氣，不再作聲，用剛才採來的野花編起花環來。她編花環倒真有一手，把長花莖拗過來折過去編成一條帶子，在花朵稀的地方，補插一些花進去，不幾分鐘，一個花環就編成了。她把花環戴到頭上去，使她帶上幾分村姑氣息，顯得更加俏麗。

「太好看了。」

「好看嗎？」她嬌媚地笑起來，從肩上掛著的如影隨身的小提包裡拿出了鏡子，「難看死了。」

「你戴著吧，」我制止她把花環拿下來，「真的很好看。」

「戴著有點像瘋婆子哩，」她還是拿了下來，「哪能老戴著？我到底不是七八歲啦。」

划了船，肚子容易餓，我到網線袋裡拿出了食物，請她開始匹克涅克。罐頭盒才打開一半，山腳下響起一聲汽笛，幾個遊客聞聲急匆匆下山去了。一位好心的遊客眼見我兩人不為所動，對我們說道：「怎麼還這麼定心？這是最後一班渡輪啦。」

我回答說：「謝謝關照。我們是自己划船過來的，您先請。」

「那我就占先一步了囉。」他不禮貌地、貪婪地看了張燕一眼，下山去了。

「你看，遊興方濃，它就催客，還是自己租條船好。」我對她說道，「等吃完，我們在這林子裡散散步，再回去，而後在湖邊等月亮上來。」

「回去。」她聽到「回去」兩個字就不很愉快，「回到燈紅酒綠裡去。」她在打開汽水瓶蓋，汽水和她一樣，生著氣，嘶嘶直響。

「不是這樣，是先回到黿頭渚去。」我姑且變著法子勸慰她，不想掃她的興。

胃口很好，我們把汽水喝光，罐頭吃空，只留下些麵包和香腸。在太陽西沉前，拍完了膠捲，看看太陽即將沒入水下去，這才下山，順著來時自己踏出的痕跡，來到湖邊。

小船不見了。

我這一急非同小可，簡直亂了分寸。走錯路是無此可能的，給什麼人偷走的可能是有的。這個惡作劇實在太不該了。「這可怎麼辦？」我一連說了三遍。

張燕倒不像我這麼著急，說道：「怎麼辦？那就只好不回去。」

「這裡哪來旅館？」

「那就坐一晚吧。」

她的鎮靜給我以良好的影響，使我明白了急死也無用的道理。我開始平靜了點，想究明小船的去向，發現原來插槳的地方，泥土翻轉了一大塊。可能是傍晚起了風，小船晃來晃去把泥土搖鬆，最後把槳拖翻，它就順流漂走。天開始一點點暗下來，看不清它漂到哪裡。

「你會游泳嗎？」我說後又感到不妥，「游水不是辦法，這種天氣下不了水，而且天黑了。」

「況且我說過，我不會游泳。世界上什麼都是顛倒的。人死了才浮起來，活著卻沉下去。要顛倒過來就好了。」

直到這時她才告訴我，她說她不上場是隨口說說的，一來不願掃我的興，二來也是對歌場生活感到厭煩，覺得上郊外換換空氣也不錯，現在既然沒有了船回不去，在荒島上賞月，拚上一夜不睡，又有什麼不可以？她這種泰然自若使我焦急大減。但總覺得過錯在我，而且擔心露宿一宿她萬一鬧出病怎麼辦？受風寒啞了嗓子怎麼辦？忽然想起，好多年前，我看到過這裡半山腰是有一座小屋的，那是漁夫為避大風浪驟起而蓋起來暫住的地方，地點選在山坳，天然障風，要是還在，那麼她露宿之苦倒是可以避免的；如果有人留守，那就連晚飯也可以不必發愁了。

結果找到了，小屋還在，但是破敗不堪，闃無一人，而且名副其實地小，長不過七八尺，寬不過五六尺，恐怕是運輸不便，屋主想儘量少運些瓦片、木料的緣故。我大喜過望，簡直有絕處逢生的感覺。進屋一看，藉著天色尚未大暗，看出屋內並無家具，地上只有乾草，嗅一嗅，還散發著清香味而不是黴變味，大概新近有人住過。於是我把乾草的大部分抱到屋外，留一點在屋裡，掏出打火機點著，而後抓些土塊壓住稻草，讓冒出的濃煙熏走可能有的蚊子或者別的什麼蟲子。

「一切唯心造」。回城之心反正已死，焦急之心已歸平靜，遊興倒又上來了。夜色極好，一天星斗，月亮將升，從鼉頭渚那邊的樹梢爬上來，漸漸升向天心。從星星眨眼和泛著粼粼銀波的湖水，可以分辨出水天相接處。不時有幾點漁火，點綴在水天空闊裡。張孝祥過洞庭寫下的「素月分輝，銀河共影，表裡俱澄澈。」、「短髮蕭疏襟袖冷，穩泛滄溟空闊。」、「盡挹西江，細斟北斗，萬象為賓客。」寫得實在高超，用來形容這裡的景和我的情，竟完全適合。「應念嶺海經年，孤光自照，肝膽皆冰雪。」[3]景和情，大自然和人，融合成一體，筆力進入了化境。

草叢裡滿是此起彼伏的蟲聲，山腳下響著節奏分明的濤聲，山頂上應和著時作時歇的樹聲，這些聲音不成為喧鬧，反而更襯托出荒島的僻靜。我和張燕坐在屋外的乾草上，就著月色縱談，但是她談的，和眼前的大好景物未必總相諧和。她談到歌女的收入。看起來，聽客點歌女唱歌的花費是很貴的，但是實際上歌女只能得到很小的一

3 「素月分輝」等句：出自張孝祥〈念奴嬌・過洞庭〉詞。

部分，大部分歸歌場老闆，用來支付營業稅、政府娛樂捐、歌場開支、五花八門的社會惡勢力的需索。歌女如果想得到件裘皮大衣或者一件寶石首飾之類的貴重物品，那就只能依靠特別欣賞她的聽客。結果，「賣嘴不賣身」只能是一句空話。玩弄歌女的人，不只是闊佬闊少。如果身體也屬商品，那麼闊客的作為還在正常交易範圍之內，一方願買，一方願賣。欺凌她們的人，還有有權有勢的惡棍，惡棍甚至一個錢也不出。她說，不久前，一個軍官住在蠡園。從她說的時間和模樣來推測，可能是二十九軍軍長王敬玖。警察局長去拜會他，隨後載送一批歌女去，讓他挑選，他留下了李紅梅。他對李紅梅說：「你可以到警察局去領一筆錢。」李紅梅覺得警察局不去找她麻煩就算萬幸了，她沒有勇氣和必要倒過來去找警察局，到虎口去拔牙。而後她不得不自己掏錢醫治這個惡棍帶給她的風流病。張燕小姐那天重感冒發燒，才因禍得福，躲了過去，然而現在講來依然心有餘悸。

「要想辦法脫離這個環境。」我總算明白了她的厭惡歌場的原因。她討厭燈紅酒綠裡的罪惡。

「說說是容易的，做起來就難了。我要能脫離，當初又何必往裡跳？」

「你為什麼不嫁人？這也是個辦法。」

「嫁給誰？」她反問我，「到歌場去的人，是找老婆去的嗎？他們不過是來調劑調劑口味，誰會和你過一輩子？當然，也有嫁人的，左右是個小老婆吧，這還算好的；多數是上當受騙，不多久又給甩了，再回到歌場來。還有尋死覓活貼上一條命的哩。你不身歷其境，哪裡知道我們的苦處？」

她說得對，我確實無從瞭解起，不知道。

「我看過一本書，《婦女解放的道路》。你看過嗎？它要女人不做家庭奴隸，要經濟獨立，要男女平等，要社會地位。說得太好了，可是行嗎？工廠裡有女工，鄉下有農家女人，她們要死要活賺了錢，平等在哪裡？地位在哪裡？回到家裡還是當家庭奴隸。寫這本書的人不知道天底下還有我們這些女人，連想當個家庭奴隸還當不成。我要是個家庭奴隸，我就心甘情願伺候他一輩子，只要他不拋棄我。」

「我沒看過。不瞞你說，我不是個關心婦女解放的角色。不過我想你剛才說的是有道理的，各人有各人的處境、心情。」

「我們別談這些吧。我可不可以問問你？你為什麼不結婚？」

「很不好回答，」我笑笑說，「一大堆麻煩。她的父親不喜歡我，但是她要我等待。」
「你會等嗎？」
「我答應我將等待她，無休止地等下去。」
「有轉機嗎？有希望嗎？」
「目前還看不出來。她父親是有錢人，不喜歡我這窮小子。」
漸漸感到肚子餓了，我們把麵包、香腸都吃光，但是沒法弄到水喝。誰也想不到會在荒島過夜，汽水買得太少了。
「我想起來了，」張燕對我說道，「我家鄉有種鳥，叫信天翁，又叫長脖老等。牠自己不找魚，一天到晚站在水裡等。要等到天上有鳥飛過，這鳥剛好叼著魚，又剛好不小心掉下來，剛好掉在牠腳邊，牠才去啄來吃。在牠腳邊轉來轉去的魚，牠看都不看一眼。」
「有這種鳥嗎？」
「怎麼沒有？有。」
「你是在說我吧。」我笑了起來。
「你自己看像不像呢？」
「我不知道。我只是想，我答應過等下去，就必須等下去。」
東拉西扯，不知不覺已過午夜一點，月亮行經中天後早已西斜。雖說歌女和記者都過慣夜生活，但是今天微有不同，因為從早上到現在還沒合過眼，所以忍不住打起哈欠來。我看屋裡煙氣已盡，就把乾草再一把把拖進去鋪好，在準備她躺下的牆邊，墊得高些，權充枕頭，而後請她進去憩息。
「你呢？」她問我。
「我就坐在門口守著。」
「那我也不睡。」
「我熬慣夜的，坐著等天亮是常事。」

「你熬到天亮，我就睡得安心？」

「別管這些，你請安歇。」

「要這樣，我只好陪你坐到天亮。」她斷然說道，「要不你一起進屋歇息。黑咕隆咚一間屋，我一個人睡著會害怕。這裡沒有第二個人，不怕別人說三道四。再說，我也不是個黃花大姑娘，我不忌諱你。」

這樣，我遲遲疑疑地和她進了屋子。我可以冠冕堂皇地說，我睡在屋子的這一邊這一頭，她睡在屋子的那一邊那一頭，但實際上，卻是她睡在我的腳邊，我睡在她腳邊，因為屋子就只有這麼大。月光從瓦漏處、蘆葦編的扉門縫隙裡照進來，我看到張燕蜷縮著身體和衣面牆側身睡著。今天早上她穿的是毛質米色短袖旗袍，外罩深綠色細絨線半短袖外套，白天是足夠禦寒的，但是在湖邊島上的夜晚，肯定敵不住夜涼。我估計她採取這種蜷縮的睡姿，和有一個男人同屋需要謹慎自然有關，但和這種姿勢可以比較暖和些更有關係。於是我輕輕脫下西裝夾上衣，替她覆在身上，不小心手指碰到她裸露的臂膀，的確很涼，但是很柔潤，很滑膩。這一瞬間我的心禁不住蕩漾了一下。

「我不要，」她沒有睡著，「你也會冷的。」

「你蓋著吧。我比你好些，我有長袖毛衫，還有馬夾[4]。」

她沒有再堅持，伸手把上裝往肩上裹一裹，照原樣睡好了。

我靠牆坐著，曲起雙腿，盡可能坐得舒服些。我聽得見她平靜而均勻的呼吸，不知道是否已經入睡，但是我一時還睡不著。

我想起一則笑話。小和尚住在與世隔絕的深山裡，能看到的人只是他的師傅。有次小和尚要進城去，老和尚拿出一張女人圖給小和尚看，告誡說：「這叫老虎，吃人不吐骨頭。進城後看到老虎，千萬不要看她、惹她。」小和尚回山後，老和尚問城裡什麼東西你看得最中意，小和尚想也沒想就回答說：「老虎。」

我想起，父親曾經要我有「相在爾室，尚無愧於屋漏」[5]的慎獨功夫。我有嗎？

---

4 馬夾：又寫作「馬甲」，吳語，指背心。

5 「不愧屋漏」句：出自《詩經‧大雅‧抑》。

我想起那個我不認識的空軍教官，並想像著把王敬玖的頭轉放在他空軍制服上。也想起震壞了腦袋的榮軍軍官陳福康的作為、腦滿腸肥的歌場闊佬的嘴臉、油頭粉面的紈絝子弟的醜態。於是我為我剛才的蕩漾於心感到羞恥，感到惱怒。這種惡濁氣質，也許與生俱來，但是我為什麼缺乏擺脫的能力？

我想起來我無法同她結婚的戀人，她對我說：「你要耐心點。我不許你愛另外的女人！」

漸漸地，腦海裡的種種形象融合、交織起來，思維不再連貫，我終於睡著了。

朦朦朧朧中，似乎有條毯子蓋在我身上來，曙光已進入破屋，張燕已經起身，是她把我的上衣覆在我胸前，看到我艱難地睜開眼，說道：「睡下，別看我，我還沒有梳洗，你再好好睡一下。」

原來我沒有好好睡，是靠在土牆上入睡的。這時候才覺得後腦給頂得很痛，頸項發僵，腰也硬了，腿腳都發麻。一條口涎頗不雅觀地流到肩頭，我順從地躺到草鋪上去，無上舒服的感覺立即遍布全身。這不是乾草，這是席夢思。爾後我偷偷地看了她一眼。她頭上粘著乾草屑，絨線外套上也粘著些，但絲毫無損於她的美麗。我又睜開眼的時候，張燕已經打扮得整整齊齊地坐在我的身邊草鋪上。她叫我去洗臉。她剛才在那麼大一個臉盆裡洗臉，實在愉快。這早上的湖邊風光，不該輕易放過。

我一躍而起，走到屋外。清晨的湖島空氣，鮮潔到發出甜味。湖上飄著輕霧，鼋頭渚那邊的山色樹影，像蒙上一層乳白色的薄紗。稍遠的地方，朦朧一片，僅僅隱約可辨。朝陽大約已經升起，城市那邊的上空泛起金色霞光。預計連日又是晴好天氣。

張燕陪著我去洗臉。踏著露草，走到湖邊，真是多麼大的一個臉盆。這個臉盆的面積足足有三萬六千頃。

湖邊蘆葦叢裡，幾寸長的川條魚[6]，搖著灰色的身體，瞪著兩點烏黑的眼珠；寸把長的鰟鮍魚[7]，搖著黑色的鰭，翻著白色的肚皮，游來游去。我用手帕一攪動水，牠們就潑辣一聲竄走了，而後看看別無動靜，重又悄悄游過

6 川條魚：初級性淡水魚。性喜涼溫性水域，廣棲於河川上中外游水域之淺流、淺瀨、深流、深潭，及水庫湖泊與溝渠等多種形態水域。臺灣稱為溪哥、苦槽仔。

7 鰟鮍魚：鰟鮍屬中有兩種中華鰟鮍和高體鰟鮍。高體鰟鮍分布於朝鮮半島以及南盤江、長江、香港、臺灣、福建和海南等。臺灣稱為牛屎鯽仔。

來，悠然自如。張燕無事可做，蹲著身子把手帕沉在水裡，想當網用，結果當然落空了。

「怎麼樣？」我一面用手帕擦眼睛一面說，「魚就在你手邊游來游去，可是你抓不到一條。」

「那就只好等天上掉下來啦。」她站起來，帶著訕笑的神情，「不過，我替你那口子高興，你是個好小夥子。希望你們有朝一日終成眷屬。」

第十七節

離這不久，姊姊有次約我去吃便飯。我去姊姊家時，有客在座，兩人談興正濃。姊姊看到我，向我介紹說：「這位是慧珠先生，我的同事。」而後向客人介紹說：「我弟弟，現在當記者。」慧珠先生欠了欠身，我點了點頭。我對姊姊說道：「既有貴客，必有好菜。你陪客人說話，我幫廚去。」姊姊笑笑說道：「諒你也弄不出好菜來。不如坐下來一起聊一聊。廚房裡就偏勞我婆婆了。」

慧珠先生看上去年齡會大我一些，膚色稍黑。可能是體育老師，日曬風吹所致。姊姊介紹得很簡略含糊，我不便去問也無必要問，亂估計而已。她穿的是八九成新湖色條子凡立丁旗袍，淺棕色戳別丁[1]外套，不燙髮，梳著典型的前劉海、齊耳根「童化」短髮，除戴一隻金殼方形女錶外，別無飾物，大方樸素，一望而知是教育界中人，尤其是一副度數不深的黑邊近視眼鏡，使她帶有幾分學究氣息。

我的到來，打斷了她倆原來的話頭，以致我坐下以後，出現了幾分鐘的冷場，三個人都似乎感到無話可說。於是姊姊先設法打破這一尷尬的場面，向我問道：「最近可有什麼新聞？」

「這同一部二十四史一樣，你叫我從哪裡說起才好？」我感到無法明確回答姊姊的提問，新聞太多了，「我關照發行部以後每天送張報紙來吧。你好像不訂報也不看報。」

「不是不訂不買，是報紙沒有看頭，你自己明白，報上講了多少真話？還不是糊弄老百姓？」

「至少日期、星期幾、社址、電話號碼，這些講的還是真話。你不知道報館也有種種難處。」

「所以我才問你有什麼新聞，我的意思是想知道些真的東西。」

---

1 戳別丁：戳，音同蓋。一種布料，為英語「gabardine」一詞的音譯。是密織的毛、綿或人造絲的防水布料，表面有斜紋，可做雨衣、禮服等。也譯作「軋別丁」。

這樣一來才重新勾出了慧珠先生的話題。她問姊姊說：「令弟在哪家報社？」

「你總這麼客氣，開口令弟，閉口令妹。」姊姊笑著立刻說道，「連我也弄不清他在哪一家哩，這麼個小小鬼地方，辦報的倒有三四家。」

「一共五家，」我說道，「還不算通訊社在內。」接著我答覆了慧珠先生的具體提問。

「我對貴報很有興趣，」客人點點頭說，「也許可以算是忠實讀者。前些時候，有位女記者署名是繡珠的，很替小學界說了話，後來逼得原來的教育局長下了臺。」

姊姊笑起來，對客人說道：「這位女記者現在就坐在這裡。」

我馬上接口說道：「那是我用諧音胡謅的署名。我本來不想在這件事情上出什麼風頭，也不是要為小學界仗義執言，而且後來才知道，我也不過為人利用，當一回槍使而已。但是教育局長貪污有據，辭了職也好。我沒有攻擊錯人。」

慧珠先生似乎感到「女記者」三個字使用錯了而有些不好意思。我這麼一說，她好像釋然於懷了。

姊姊說道：「我可不很贊成你去做什麼出頭椽子。他貪污，是他的罪孽；你攻擊，是你的口舌罪孽。」

「那麼還要不要分是非呢？」我反問說。

「貪污遍地，你分得清這麼多是非？」姊姊不肯轉圜，「善惡到頭總有報，貪污沒有長久之理，你犯不著去費口舌。口舌也是罪孽。」

「你什麼時候又學了小乘教義[2]？」

「報應是肯定有的！」姊姊轉向慧珠先生，想取得她的支持，「你說呢？」

但是客人既不方便得罪故交，也不想得罪新識，只模棱兩可地笑笑說道：「我不太清楚，我可說不上來。」

「那麼我得肯定地說，是有的。」姊姊的固執向為我所知，「旁的我不談，只談我弟弟也知道的。」姊姊壓低

2 小乘教義：其教義主要以自求解脫為目標。乘者，車子、舟船也，引申為教法或通往解脫之道。小乘意即「小車子」、「小船」，即所謂「只顧自利，而無利他精神」。

了聲音：「我有個小叔，如果還活著，該二十八了。他活了二十六年，所做的壞事比該做的好事多得多，於是他得到了報應，給人一槍打死了。死的時間是上午九點多，地點遠離家裡三十多里。這天九點多，婆婆忽然嚷著說滿房間是血腥氣。下午一點，鄉裡來報死訊，血腥氣就消失了。你能否認這是事實嗎？」

「有這回事。」我說，「科學把這現象叫做幻嗅，我們應該相信科學。人主要由蛋白質、水、少量金屬和非金屬元素構成，在物質的基礎上發生精神活動。生命終止，精神活動跟著停止。你認為血腥氣由鬼魂帶來，這沒有什麼科學根據。」

「那麼你用你說的那些蛋白質、元素來造個人試試看？」姊姊立即反駁我，「幻嗅是科學，那麼幻嗅為什麼只在那個時候產生，現在又不產生？科學能做進一步解釋嗎？你聞不到血腥氣，因為你是外人，死者沒有必要告訴你什麼。」

「報應的問題，」慧珠先生開了口，「我想是不可不信，不可全信，寧可信其有。我家裡也有類似現象。我媽媽是患傷寒症去世的，那時是冬天，有五六天沒有收殮，為的是等遠在北平的大哥趕回來看上最後一面。大哥才在床前哭第一聲，媽媽鼻孔忽然淌出來兩道鮮血。如果按照科學，那麼人死去五天以後是不會有鮮血的。」

「所以嘛，肯定有報應。」這下姊姊有了得力的支持，興高采烈，「十多年前，我才十來歲，這裡有個人愛吃烏龜。如果他殺來吃也就罷了，但他卻用一種聞所未聞的殘酷吃法。他把烏龜放在冷水裡，用微火煮。烏龜在溫水裡很難受，把頭伸出水面張嘴喘氣，他就舀一勺佐料餵牠。佐料是涼的，牠喝一口，沉下去了，但是不久又難受起來……」

「我聽說，」我插了嘴，「有一種菜叫炙鵝掌，用的也是類似的殘酷方法。廚師燒紅了一塊鐵板，把活鵝放在鐵板上……」

「打斷別人講話是很不禮貌的。」姊姊瞪了我一眼，「烏龜又得浮上來喘氣，他就再餵一勺。這樣直到烏龜被燙死。據說，這麼做龜肉就特別好吃。以後，這家火燒房，先燒斷了樓梯。他想跳窗，才一探頭，水龍頭就把他推了回去。他換個窗口，也一樣。最後他始終沒能逃出來，給燒死了，死法和他燒烏龜的方法差不多。」

「我可沒有給你說服。」我笑笑說，「你說完了吧？那麼，我說下去。廚師叫鵝在鐵板上走來走去，鵝掌會愈來愈厚，等到一定程度，才殺鵝取掌，據說是天下美味之尤。但是你聽說有什麼廚師死在燒紅的鐵板上嗎？」

「你不要一味『科學、科學』來炫耀你是個新派人物！」姊姊大不以為然，「天下並不僅僅只有科學，也有神學、玄學、佛學。信仰果報的目的是勸人為善，至少不敢作惡。如今惡人太多，就是科學太盛，不信果報的人愈來愈多的惡果。」

「我想，」慧珠先生看到姊弟針鋒相對，試圖採取調和折衷辦法解決，「科學無疑是應該相信的，不過目前確有不少現象用科學還無法做出很好的解釋。不能解釋不等於不該發生這些現象，科學有探究這些現象的責任。如果不探究就斥之為不科學，一筆抹殺，我看也稱不上是科學的態度。而且，科學不去做解釋，人們就用神學、玄學乃至迷信來解釋。」

她似乎站到姊姊那邊去了。我無法也無必要去反駁她這種委婉而又周到的意見，所以說道：「我們不如不談這些，回到那個教育局長去。當官的有幾個不貪污？中國貪官特別多的原因是，西方國家發了財再做官，但是中國幾千年來一直是做了官再發財。當然，我並不特別憎惡楊局長，是他自己把事態弄大的，只好算他倒楣。我不是官，其實也在貪污。所以我的罪孽也許不在口舌，而在一個貪污犯反對另一個貪污犯。」

「你怎麼也會貪污？」姊姊大惑不解，「你算幾品官？你不只是個無冕之王嗎？」

「我在坐地分贓。我還記得，我第一次分到贓是一條罷工新聞帶來的利益。資方不讓這條新聞見報，於是送給報社一大筆錢。這條新聞恰好是我採訪到的，按規定我得到一半的百分之三十。這難道不也是貪污？但是，如果我只靠薪水過日子，那麼，在物價飛漲的今天，我又用什麼錢去做西裝穿？在只重衣衫不重人的社會裡，我又怎麼能不穿西裝？」

「這不是貪污。」姊姊放了心，「這叫什麼來著……好像叫……」

「外快。」慧珠先生替姊姊補足了她一時想不起的詞彙。小學教師沒有什麼「外快」可得，姊姊想不起這種詞彙完全可以理解。

「對了，外快和貪污，不是一回事。」

「性質並無不同，差別只在於，大家反對貪污，卻又承認外快，所以我倒欣賞張燕小姐愛說的那句話，這個世界是顛倒的。」

「怎麼是顛倒的？還不都是好好的？牛吃稻草，鴨吃穀。但是張燕小姐是誰？」

「是一個歌女。」我脫口而出。

「什麼是歌女？」姊姊又不明白起來了。

她的活動僅限於教書、改作業、和願意來訪的家長談話、做家務事、管教兒女，對抗戰勝利以後漸漸由上海擴散到內地的海派社會風氣、流行事物一無所知。

這一問使我覺得說漏了嘴，我本該撒個謊，隨便把她說成是一個什麼別的人就不惹禍了，只好回答說：「簡單些講，歌女就是唱歌的女人的意思。」

「那麼複雜些講呢？」

「複雜些，」我感到有些尷尬，「我想是指那些唱流行歌曲的女人吧。」

「我聽說，」慧珠先生在這種尷尬時候都申明態度，「歌女不能算做正派女人。杜牧詩：『商女不知亡國恨，隔江猶唱後庭花。』[3]商女也就是如今的歌女。」

「那麼你要死啦。」姊姊對我立刻聲色俱厲，「你怎麼和這種女人混到一起去的？」

「職業上的原因吧，」我想了一想才回答姊姊，「我需要從認識縣長、縣黨部書記長、縣參議員開始，一直認識到腳夫、更夫、看守、警察。而且，歌女不一定都不正派。當然，不正派的確實也有。」在這種情況下我沒有膽量說出我居然把張小姐視同我的姊姊。

「哦，」姊姊釋然了，和慧珠先生相對一笑，勸誡我說，「既然這樣，倒也不好怪你。但是以後務必同這號女人少來往。」

我趕緊答應說：「很對，很對。本來，沒有必要，我也不會去同她們認識的。」

談談說說，已到吃飯時分。吃罷，姊姊提議去看一場電影，兩點正開映，完全來得及。這天上映的是《兩地相

3 「商女不知亡國恨」句：出自杜牧〈泊秦淮〉詩。

思》，由著名明星劉瓊、陳燕燕主演，廣告上說是哀感頑豔的文藝巨片，提醒觀眾務必多帶一條手帕以供擦淚。影院前人山人海，黃牛黨以五倍票價出售當場門票也是一搶而空。兩位小學老師深表惋惜、遺憾之際，我逕自登樓找到經理，弄到三張最佳座位。於是姊姊和慧珠先生歡天喜地地由我陪著進了電影院。

故事情節，其實平常，而且有悖常理。大意是，一位鄉村女教師，身穿紫貂大衣，這件大衣大概得花去她三十年全部薪水才能到手，在一座即使是大城市也不會有的漂亮校舍裡，教一群穿戴得猶如公子、千金的農家孩子讀書。她有一位愛人，名門子弟，是個君子人，只是愛打扮些，每出場一次就換一套不同顏色、款式西裝，從來不穿同樣的衣服，包括大衣和帽子，然而正派、瀟灑、風流倜儻而無紈絝氣。他們相愛很深，家長同意，親友贊成，結婚本不會發生任何波折，只是千不該萬不該，不該把某次約會地點定在一家大百貨公司。這家百貨公司有十來道大門好幾層樓，結果兩人互相找來找去，女的從這道門進去，男的從那道門出來，女的上了三樓，男的偏偏在二樓，始終見不了面。女教師於是到馬路上去找，不顧交通規則，而且東張西望，結果給汽車撞翻在地，等她從醫院活著出來，一條腿不見了，不得不拄著拐杖走路。從此她自慚形穢，發誓不再見她愛人的面，躲到另一個鄉村去教書。這家鄉村小學，和先前那座不相上下；這裡的農家子弟，和先前那些也大同小異，一樣穿戴得如同小姐、小少爺。那男人忠貞不二，找遍天涯海角，說得上是「尋尋覓覓，冷冷清清，淒淒慘慘戚戚」[4]，卻無法找到她。最後收到她一封沒有地址的信，說：她還愛他，但是今生今世再也不願相見，為的是要他對她有一個完整的美麗的記憶，云云。所以片名叫《兩地相思》。

兩位主角確有才華，演得認真細膩，不溫不火，絲絲入扣，刻畫入微。很多觀眾被深深打動心弦，影院裡啜泣、唏噓之聲可聞。散場出來，姊姊和慧珠先生的眼圈也紅得可以。

「太好了。」姊姊的聲音好像還有點哽咽。

「我真想再看幾遍。」慧珠先生和我姊姊已經完全一致。

「聽見沒有？」姊姊對我說道，「你能把票包下來嗎？」

---

4 「尋尋覓覓」句：出自南宋李清照〈聲聲慢〉詞。

「這不成問題，」我詫異地說道，「不過值得花這麼多時間嗎？」

我不太理解掉淚一次不夠還要再掉幾回才能過癮的古怪心理，因為我從不為看《三國演義》而掉過一滴淚。我說：「這個影片有很多地方是可以商榷的。別的不說，只說女的不幸截肢以後，如果她還愛他，那麼通常的做法，是通知男方一聲，問一問：『只剩一條腿了，你還要不要我？』要，那就說明這男人是好樣的，靠得住，仍然可以結婚，白頭偕老，生活說不定更加美滿。不要，那就說明這男人所好者在色，並不講人類感情，先前那種正派只是裝出來的，禁不住考驗。這時再離開他也還不遲。現在的做法是，只為了要在別人的追憶裡保持一個虛假的完整而又完美的印象，故弄玄虛，封鎖消息，一走了之，卻又拖個尾巴，藕斷絲連，結果害別人悲悲切切，瘋瘋癲癲，到處亂跑，茶飯不思；自己也哭哭啼啼，愁眉苦臉，唉聲嘆氣，萎靡不振。這種樣子，哪能把書教好？只能誤人子弟。」

對我這種看法，兩位女性一致反對。慧珠先生含蓄地指出，還是原編劇的構思好，這樣才成為文藝。如果用我的構思寫劇本，哪裡還有戲可看？哪裡還有兩地相思可言？

我想了一想，決定不辯。一來對新識要講個禮貌，未必能像老朋友之間容許抬抬槓，二來是照顧到她兩位都是小學教師，以小學教師之眼而看小學教師之戲，自然有偏見，辯也沒有用。

不覺走到半路，時間早過四點，慧珠先生告辭回校，姊姊要我陪送回家，說是還有話要問我。我說：「此時已到我該上班的時間，能不能邊走邊問？」

「你看慧珠先生怎麼樣？」

「一面之交，我最好不去信口雌黃說長道短。」

「誰要你做議論？你只要回答合適還是不合適就行。」

原來如此。我說道：「才見上一面，怎能判斷合適還是不合適。你別急，慢慢來。」

「這當然。今天是初見面，互相看看外表，能不能談下去，再定合適還是不合適。她很漂亮，是吧？」

「還可以吧。」

「我看是滿不錯的了。你不瞭解她，我瞭解。她品格、脾氣都好，又大方，又文靜，應對進退，得體合宜。這麼說來，你是同意談下去的了。那我明天就去探探她的口氣。」

「我什麼時候說過同意的呢？」

「你不是說還可以嗎？」

「哎呀呀，你纏到哪裡去了？『還可以』說的是，她既不像你說的那麼漂亮，又不能說她不漂亮。往實裡說，我是不想使你掃興，才使用這三個字的。這三個字似乎不包括我有好感的成分在內。」

「我看你在姊姊面前大可不必扭扭怩怩。現在還沒有好感，以後可以有起來。好，你上班去吧。等我討到回音，再來找你。」

「你就別費心了。」

「這是我的責任，不是費心問題。回音總是要討一個的，我現在也斷不定她願意不願意談下去哩。這些，你就別管啦。」

姊姊辦事，一向嚴肅認真，而且近於固執。她要我去上海，多耽擱一天也不行，這回也不例外。第二天一早，我還沒有起床，她就打門來了。看到她喜溢眉梢，我就預感到事情有點不妙。

「昨天我回到家裡，坐不住，到慧珠先生宿舍去了。我本來還拿不準。你心直口快，在她面前自輕自賤，又說認識那種不三不四的女人，同她的意見還每每相左，我真擔心她落下印象不會那麼好。哪料到，她說你誠實、坦率，又不那麼傻，有點頭腦，看來同你容易相處。她還說，看不出你有如今那幫青年人的浮華氣，很難得。這只能說，你是時來運轉，要交上好運了。」

我嘆了口氣，無話可說。

「我對她說，我叫弟弟明天就來找你，怎麼樣？她連聲說：『不好，不好，太倉促了，我還要考慮考慮。』我想考慮的時間總該給她吧，可是接下去她又說：『明天有課，還是換個星期天吧。』這下我就安心了。這上一句是假，下一句才是真。姑娘家心理，我還有摸不透的？你說，這個星期天，什麼時候有空？我先告訴她一聲。」

到這步田地，不說話是無此可能的了。我說道：「你怎麼連夜也不過就去了呢？我臨走還關照你不要費心。」

「怎麼著？」姊姊大感意外，「你真的對她沒有好感？她哪裡不好？你說說看。」

「我沒有說慧珠先生有哪點不好。可是，就算她是天上少有、人間絕無的最好的人，也不等於我一定就得去找她。」

「這我明白了，大概你有了人。」

「是的。」

「那麼你怎麼不早挑明了？現在你叫我怎麼向她交代？」

「是不是這麼說？『弟弟不常來我家，所以竟不知道弟弟另有愛人。實在對不起。』」

「她是哪一位？」

我不回答。

「你總得帶給我看看。」

圖窮藏不住匕首，我直截了當地說道：「亞琴，你不想看的人，我也不敢帶給你看。」

「你真的要死了！」姊姊驚呼一聲，一屁股坐到我床上，「我不允許。」

「請你別干涉。」

「這不是我干涉不干涉，是你該不該做、能不能做。」

「我不明白，」我預感到一場衝突已不可避免，「我和你是同個父母生的，但是為什麼你會這麼容不得亞琴？」

「正因為我和你是同個父母生的，我才有擺脫不了的責任。」

「二十二個月以前，你反對我們，你逼我走，我聽從過你，而且都按你的吩咐做。去年八月回來，到今年三月，如果我有幸見到慧珠先生，我又會聽從你的。但是三月以後，亞琴找我來了，我有可能拒之門外嗎？你口口聲聲講責任，只有我才不需要講責任？」

「你忘了她爸爸那副嘴臉？十八個畫師也畫不出來。」

「這不關亞琴什麼事。我愛亞琴，不是愛她爸爸。」

「亞琴那麼好就不會背著你嫁人。」

「我原諒她。我們也是要對此負責的。」

「那麼我是不原諒她的。我得明明白白告訴你，你是娶媳婦，不是續弦，不是討小老婆。你得挑黃花閨女，不能挑破了身的女人。」

「我沒有這種陳腐觀念。我要的是能合在一起過日子的人，要合得來。」

「她離了婚嗎？」

「還沒有。」

「我很少見到像你這樣的傻瓜。你就是癡漢等婆娘的癡漢，還不知道這婆娘哪天才能上你門來。」

「你什麼也不懂。」

「我沒上大學，自然不如你懂。但是我得告訴你，你能等，我可不能等。」

「這就怪了，你怎麼反而不能等？」

「除了你，我還有個弟弟哩。你結了婚，他跟上來。」

「哎呀呀，」聽這一說我倒笑起來，「你從宗法觀念裡跳出來吧，現在都什麼時代了，弟弟先結婚，不就得了？」

「那麼你是鐵了心了？用九條牛也拉不回頭了？」

「一點不錯！」

我原想把話說決絕，激姊姊一怒而去，這事情也就結束了。誰知姊姊今天偏偏有耐心，她要同我磨下去。

「不，事情都要三思而行。我們不妨把這兩個人來比一比……」

「怎麼比？」我一口攔住，「我是和亞琴從小在一起長大的。」

「可以比的，要比現在。論學識，論性格，論人品，慧珠先生不會差於亞琴。論條件，她待字閨中，自己就可以拿主意，這可比亞琴強多了。這是踏破鐵鞋無處覓的人，你白白把她丟掉，豈不可惜？」

「我何嘗不知道。」我嘆了口氣。

嘆氣被姊姊誤認為我已經動搖，所以她馬上說：「這就好了。要你一時三刻撂開一個青梅竹馬的夥伴，當然辦不到。那麼，你能不能這樣？星期天還是去找慧珠先生談談看，以後你再挑定一個？」

「不能！這樣叫做集無義與流氓於一身，我的良心會裁判我的。我現在已經不能背叛亞琴，雖然成功的希望並不太大，但說出去的話無法收回。挑選有一個時期管著，可以從很多人中去挑選某人，這只限於不確定時期。挑選定了，相約好了，還要挑選，這其實是背叛。慧珠先生一旦知道我只是一個背叛諾言的自私小人，她會怎麼想？好姊姊，我們的事情，沒有慧珠先生，就夠複雜難辦的了。她插進來，我更無法應付。你就不能體諒體諒我？」

「恰恰相反。你丟開亞琴，找慧珠去，簡單好辦得很哩。」

「不可以這麼做！……」

要不是報館的勤務員根發哥拿一張請帖來敲門，我真無法想像會同姊姊談成一個什麼樣子。請帖是《導報》總編輯孫翔雲先生發來的，他定今天下午在他住宅為新收張秀蘭小姐做義女辦酒宴客。這正好是一張天賜的擋箭牌。我就此說：「對不起，我馬上去赴席。這事情就這樣算了。」

「你能算了，我不能算了。」

「請想個辦法對慧珠先生說說我的苦衷吧。」

姊姊忽然嗚嗚咽咽哭了起來，非常傷心。她數落我是個沒骨氣、沒志氣的人，丟盡我家的臉面，又數落我強牛脾氣，全不通人情道理，沒福氣。哭了一會兒，憤憤站起，說道：「好！你等亞琴，你去等！但是從今以後你不准上我們門來，我也不上你的門！」

說完姊姊就走了。

這使我既難堪，又悲哀。姊姊是愛我的。她和我的衝突正出於她對我的責任感，對我的愛護，但是她擺脫不了封建觀念，對亞琴家有成見，而且不理解我的為難。

然而我不能攔住她。我退讓一步的結果必然背叛亞琴，那就只好硬起心腸讓她哭著回去，等過了一段時間，她氣平了些，再去謝過吧。

而後，我換了衣服，整頓清楚，到了孫翔雲先生的府上。

第十八節

《導報》總編輯孫翔雲先生，年過半百，寫社論不如張季鸞，寫言情小說不如張恨水，寫武俠小說不如平江不肖生，但是為人圓通，性情隨和，從不開罪方方面面，穩坐總編輯寶座歷有年數，是當地報界知名人物之一。人出名以後，溫飽有餘，難免好色，所幸孫太太是出了名的母老虎，孫先生心存戒懼，不敢做出越軌逾矩之事。但一個場面上人，執輿論牛耳，你不去找女人，女人是會找你的，譬如藝人、歌星、舞星，每到一地，循例都要到報社拜訪，求得一個照應。有女如花，我見猶憐，此情此景，皆有難處。翔雲先生對此又採取圓通辦法，仗著上了歲數，一概認作乾女兒。乾女兒而不過房，仍在規矩之內，孫太太也奈何不得。如此既久，孫先生在娛樂界聲名遠播，我認識他的時候，他已到了「有女必收，叫爺就應」的地步，京劇坤角童芷苓、雲豔霞，彈詞藝人顧汝君、汪靜芬，蘇灘女角筱文豔、張文娟，紹興滴篤班明星徐月蘭、袁桂芳，歌女田影、李紅梅，舞女裴音、侯佩娜，等等等等，都在他乾女兒之列，「乾爹」二字，似乎已成翔雲先生外號。

我到孫府的時候，廳堂裡已經賓客雲集，除新聞界、遊藝界外，翔雲先生的兩位摯友楊素吾、錢起八也應邀在座。遊藝界方面，我認識的，有京劇角色田子文、童芷苓、雲豔霞，灘簧[1]角色筱文豔，彈詞角色顧雪君、黃靜芬，歌舞明星張燕、田影、李紅梅、裴音。其餘還有一些，我不認識，也就不識其芳名了。張秀蘭小姐此時正由仙樂歌場經理陪同，在人堆裡周旋。

秀蘭這年才十八歲，一團稚氣，穿一身白緞洋式連衣裙，束腰挺胸，身材苗條，細眉大眼，長眼睫毛，長得也清秀。特點是大嘴巴，笑的時候，嘴角似乎已經靠近耳根，不笑的時候，和古代仕女圖上畫的櫻桃小口相比，可能

1 灘簧：清朝時流行於江浙地區的一種藝術形式。最初的灘簧受崑曲的影響較大，基本沿用崑曲唱腔，詞白又比崑曲通俗，稱為「前灘」。後期則以民歌小調為主，風格顯滑稽風趣，稱為「後灘」。

會大出三四倍，但弧度適宜，嘴角微微向上，襯著一口潔白整齊的牙齒，不唯不難看，反而可以很耐看。我本來以為她臉的下半，給一張嘴占去這麼多面積，恐怕不會有位置安放酒窩，誰知她笑的時候，雙頰清清楚楚地露出一對迷人的笑靨，使我不由自主產生了老天爺為何對她如此獨厚的感覺。

宴會前舉行見面禮。翔雲先生看到秀蘭穿著洋服，吩咐不要跪拜了，按新法鞠個躬就可以。見過乾爹乾娘，引見人王經理帶秀蘭同各位叔伯相見，這個伯伯，那個叔叔，都很順利，只有輪到我時出現問題。我比秀蘭大不了幾歲，嘴上的毛也沒有出齊，叫聲「叔叔」未免顯得太老，叫聲「哥哥」又絕無此理，倒把引見人難住了。還是秀蘭伶俐，隨口叫聲「小叔叔」，頗為得體地打發了過去。

於是入席，團團坐下，恰好五席。我旁邊排的本是李紅梅，李小姐死活不肯坐，抱著張燕要同她對換，張燕又死命不肯換。翔雲先生聞聲連忙過來，承認是他的疏忽，吩咐兩人對換座位，張燕無奈才在我旁邊坐下。和我同席的楊、錢兩先生感到好奇，翔雲先生解釋說：「這位就是〈張燕曲〉的作者。」

「哦，」楊先生表示意外，「我可沒有想到它出自你這位世兄之手，請教尊姓大名。」

楊素吾先生長一張長馬臉，雙眼圈下輕度浮腫，使我覺得他已有六十上下年紀。他叫我一聲世兄，我倒是不以為忤的。後來才知道，他生於八國聯軍攻占北平那年，才四十八歲，比他看來年輕得多的錢起八先生反而長他四歲。年齡失真的原因是，他無日不醉，酒喝得太多了。

「我本來想，」楊先生對翔雲先生說道，「作者總該是你我輩中人吧。歌行古風，不很好做，沒有點功力，不好落筆。」

我不免心裡暗暗得意，但是嘴裡說道：「楊先生過獎。我不過是一時有感，就像骨鯁在喉，還請多多指教。」

「寫詩本該這樣。」楊先生點頭說道，「不敢動問，貴業師是？」

「敝業師是景溪程濂先生。」

「不敢動問令尊是？」

「先父諱樹嘉。」

「這就難怪了！」楊先生輕輕拍一拍桌子，「名師高徒，將門虎種，不瞞繡世兄說，我同貴業師和令尊大人，都是至好朋友。我比令尊小七八歲，當時他以『小楊』稱我，不想如今先我作古，無怪我也老了，髭黃鬍枯，入土已經半截。來，來，今日奇遇，乾上一杯。」

「先乾為敬。」我站起來，「理當我敬父執一杯。」

「好說，好說。」楊先生呵呵大笑起來。

錢起八先生對我和張燕說道：「這位小姐，看來配得上這首詩。今日幸會，我敬作曲人和曲中人一杯。」

「這不敢當。」我轉身向錢先生點頭行禮，又推推張燕說：「錢老先生提議要向你敬酒。」

「這怎麼當得起？」張小姐連忙把杯子捂住，「謝謝錢老先生，我不會喝酒。」

「論理是該我敬錢老先生。」我說，「還是先乾為敬。」

楊先生說道：「這樣吧，作曲人、曲中人、錢兄、我，自斟一杯，以為相見之歡。席上人陪者歡迎，不陪聽便，如何？」

「這樣最好。」我附議說，「兩位老先生的酒讓張小姐斟上。張小姐量淺，隨意喝一口就是敬意。」

「我真的不會喝，」張小姐站起來斟完輕輕說道，「這杯子這麼大，還是你代喝吧。」

我也輕輕回答說：「別囉嗦，你隨便抿一口不就完了？」

湯炒上完，大菜來到，第一盤是紅燒魚肚。翔雲先生忽然擺出文房四寶，帶著秀蘭，提著酒壺，要三位詩翁為秀蘭題詩。秀蘭在席邊先喝一杯，翔雲先生說這叫催詩。

「對不住賢父女兩位，」錢先生首先推辭，「我一向是『閉門覓句陳無己[2]』，做不來『對客揮毫秦少游』。」

「作詩要搜盡枯腸才有，」楊先生也推卻說道，「翔雲把油膩塞滿了我肚子，叫我到哪裡去把詩搜出來？」

「詩翁原只兩位，我怎麼能算詩翁？」我也連忙推辭。

翔雲先生笑道：「俗話說，不看僧面看佛面。如今僧也來了，佛也來了，三位怎能不賞個臉？」

2 閉門覓句陳無己：出自宋代黃庭堅〈病起荊江亭即事詩〉十首之八：「閉門覓句陳無己，對客揮毫秦少游。」

「這麼說，繡世兄來一首吧。」楊先生對我說。

「放著兩位詩翁在前，哪有我後生小子放肆的地方？」

「我對你實話實說，紅燒魚肚涼了不中吃。這架勢明擺著不寫詩就不好動筷子。你趕緊寫一寫，別讓紅燒魚肚涼了。」楊先生催促我說。

既然如此，我也有心在滿堂賓客前顯一顯捷才，於是不再推辭，走到桌前蘸一蘸墨，寫了「浮世原多一笑逢」七個字，略想一想，又寫了「去來更莫訊匆匆」七個字。看到不少人擠上來看我當眾揮毫，趁蘸墨工夫，又想起「輕裘拚典謀共醉」七個字。這七字寫完，下一句跟著湧出來了，「愛看酒添粉頰紅」。楊先生背著手，說道：「這最後一句，不錯。」錢先生低低說道：「『輕』改成『春』，如何？」楊先生說道：「寫上『贈秀蘭』三個字，可以交卷了，趕緊回去吃魚肚要緊。」

翔雲先生拿起箋紙，高興地說道：「很好，很好，我來發表出去。」

我說道：「一時興起之作，還是留一留吧。」

秀蘭問翔雲先生：「小叔叔寫了些什麼？」

翔雲先生說道：「小叔叔說，在世界上，偶然見面成為朋友的事很多，不要去問什麼時候來相會，也不要去問什麼時候會走開。他想同你喝喝酒，看看你臉上的紅暈，哪怕當掉衣服也不可惜。」

秀蘭說道：「這怎麼行？當掉衣服，出客穿什麼？小叔叔愛喝酒、愛看我，又沒有錢，對我說一聲，我請客就是了。我也愛喝酒哩。」這話把不少人逗笑了。秀蘭又說道：「就是字少了些。張燕姊姊收著一首，有好幾百字呢。」

翔雲先生笑道：「傻丫頭，這也能爭多嫌少？」他轉而對我說道：「繡兄有個毛病，就是只捧張燕，無怪紅梅要讓座。現在替秀蘭寫了點，總算破了例，以後就捧捧紅梅吧，我感同身受。」

我無法回答，只好連連點頭。

翔雲先生趁機向闔堂祝酒，說道：「今日此會，權當約稿，務請各位文壇宿將多多關照我的嬌女，源源賜稿，以光敝報篇幅。」他吩咐秀蘭到各位伯伯叔叔面前，各敬一杯。

翔雲先生是玉祁鎮人，備的是有名的「玉祁雙套酒」。這種酒以酒代水釀製，色黑如不加醬色的醬油，入口雖香甜，後勁卻很大，喝醉了兩三天內還會昏昏沉沉，宿醉不解。秀蘭各敬伯伯叔叔一杯，少算點總有兩斤左右，她能支持得住嗎？我在她走到我席邊時，好心關照她說道：「別逞強，這酒後勁大著哩。」

她笑笑說道：「小叔叔，沒事。敬完酒我陪你跳快三步。」

我說道：「那好，我這杯就免了，我替你寫過詩了。」

秀蘭說：「原是你自己說，想同我喝喝酒，看看我臉上紅不紅。幹什麼又要免了？」

翔雲先生幫著他乾女兒說道：「這杯約的是今後的稿，喝吧。」

張燕說道：「既有連喝十六杯的量，這一杯何必裝小腳？」

我嘆口氣說道：「沒指望你也會逼我，這真是好心沒有好報。」無奈就把酒喝了。

翔雲先生接著要秀蘭敬張燕一杯，張小姐連忙搶過杯子，說道：「我斗大的字還不識一擔，向我敬酒有什麼用？」

翔雲先生笑著勸道：「有用。你是仙樂的頭牌，以後秀蘭要靠你拖帶。」張燕靦腆回答道：「我實在不會喝酒，我保證照顧秀蘭就是了。」

我幸災樂禍地說道：「好好，這就叫請君入甕。」

張燕央求我說道：「還是你代吧。」

我說：「這回我可不代了，省得你以後又說我裝小腳。」

張燕笑笑說：「再代一次，以後不要你代好不好？」

翔雲先生說道：「送佛送到西天，酒還是繡兄代了。張燕先喝一口，表示個意思。」

我說：「不看在翔雲先生面上，我就不代了。」張燕不喝就馬上把酒杯遞給了我。

今天一大早，給姊姊叫醒，睡得不夠，糾纏了半天，也沒有吃早飯。現在空心餓肚喝酒，我感到有點不勝其力，目眩手軟起來，所以酒筵一散，立刻告辭，要回家去睡一睡，以便下午、晚上工作。張燕、秀蘭送出門來，秀蘭說道：「小叔叔走好，晚上來捧我的場。」

我漫應著說：「好，好，我有空就來。」說完揚揚手，急匆匆回家。

第十九節

這天午睡起來，在街上買到一紮稀罕的嶺南掛綠荔枝，回家發現房門未關。我暗暗責備自己疏忽大意，急忙推門進去，意外地看到亞琴帶著她那快近兩足歲的孩子，坐在椅子裡，似乎一臉的不高興，見到我就責備說道：「上哪裡去啦？害我等了這麼久！」

我請她嘗嘗這種用飛機運到上海的珍貴水果，她看也不看，把它推到一邊。我只好剝給孩子吃。孩子既不給我難堪，也不拂我美意，更不假裝客氣，吃了一個，還要一個，吃個不停。

「我要同他離婚。」亞琴說道。

「很好，」我毫不掩飾我的高興，「我們來從長計議一下。」

昨天，夫妻拌了嘴，她家傭婦的丈夫，患有鼓脹病，全身發黃，乏力，不能操勞，但是食欲旺盛，農民把它叫做「吃食懶黃病」，學名是血吸蟲病，流行在水鄉一帶。為了治病，傭婦和主人商量，把幾畝地的冬麥，賣了青苗。最近新麥已收，收成不錯，但丈夫尚未痊癒，所以傭婦和主人商量，賣青苗錢款以外，能不能再找補一些錢給她？主人一口回絕，答覆說：「賣青苗的規矩就是一次買斷，豐收不補，災歉不退，所以並無商量餘地。但可以看在情分上面，先預支幾個月傭人工資給你丈夫治病之用。」

主婦的意見和主人不同。她認為買青苗是斷子絕孫的罪孽勾當，不是正經人該做的事，所以從她看來，當時付出一筆錢去，本意是幫助傭婦籌款替她丈夫治病，農民手裡沒有黃金、美鈔，幾畝麥苗是抵押品的意思。現在既已收成，自該把多餘部分找補給傭婦。主人一出門，主婦就把餘款算還給了傭婦。

這樣一來主人主婦之間起了糾紛，公說公有理，婆說婆有理，越說越僵。主人覺得這事情超出了銀錢得失範圍，一是交易自由原則，合同怎麼訂就怎麼履行，不能變通。二是她自作主張，越俎代庖，他不能允許牝雞司晨。妻子愛花多少錢，儘管花，他不痛心，但妻子不能越權過問只該他做出決定的事情。於是糾紛牽涉到了傷害妻子自尊心的老問題。亞琴認為夫妻原係敵體，男女本來平等，家裡的事主婦當然有權決定。丈夫一時失言，說道：「你成天坐在家裡不洗臉不濕手，哪裡知道生意場裡掙錢的難處。平等，平等，你父親不是我用錢撐著，早垮了臺。你不過是我買來的人，談什麼平等？」這麼一說問題就鬧大了，亞琴認為不堪受辱，只好分手，於是帶著孩子來找我，偏偏我不在，所以由氣而怒，弄到連荔枝也不吃。

「我這麼說你能明白嗎？」她說道，「你替我寫張起訴狀子。」

「我明白的，但是我不能寫。」

「為什麼？」

「這倒不是因為我父親告誡過我，識字人有三種文書不能代寫，賣田賣地契、鬻兒鬻女契、離婚書，而是因為寫了沒有用。」

「那好，我自己寫。」

「我勸你不要寫。」

「你簡直莫名其妙，誰都可以勸我不要寫，只有你不可以。難道你老愛做信天翁？！」

「離婚訴訟，要有具體理由，比如，遺棄、姦淫、虐待、傷害，或者性缺陷，等等。」

「但是報紙上的啟事都只說雙方意見不合。」

「那是雙方協議離婚的措詞，或者判決離婚後，雙方認為有必要通知親友，但是又沒有必要把離婚理由公之於眾，就使用這種含糊的措詞。至於法庭，那麼是不會憑『意見不合』四個字來判決的。法院需要具體的理由、確鑿的證據，才能斷案。」

「那我該怎麼辦？」她有點洩氣。

「你同他談談看，老是合不來，不如離婚好。他同意離婚，就再好不過了。所以，你現在還是先平平氣，吃一點荔枝。我去打洗臉水來，你把眼淚擦一擦，而後回家去。」

「不，我不回家去，我也還有娘家。我一想到他那股驕橫的神氣就膩煩，還有那股唯利是圖的市儈氣。」

「他知道你上我這裡來的嗎？」

「不知道。」

「那麼，還是我送你回家去好。他在家裡看不見你和孩子，可能到你娘家去找，你又不在娘家，他會著急的。」

「我可料不到你這麼關心他。」亞琴帶著嘲諷的口氣。

「我處在一個十分尷尬的地位。他不是從我手裡奪走你的，說不定他完全不知道我和你中間是怎麼一回事，我沒有任何理由把他當個敵人看待。我當然希望你們離婚，但是看來要用另一種適當辦法來解決。你今天來得太唐突了，我一時也來不及多想。等一會兒，報館又有事情等著我去商量。所以，你先平平氣，我就送你回去。我現在只能對你說，由你提出離婚來，恐怕不那麼妥當。」

我那朋友和妻子爭吵一通之後，照例接應生意去了，下午回到家來，妻子連同猶如拱璧的兒子都不見了，問媽媽，問傭婦，都說出門時沒有交代去向，這下才有點著急起來。媽媽責備兒子不該說話不知輕重，樹怕剝皮，人怕傷心，長久下去，要弄出點亂子來，那就難堪了。他聽著也有點懊悔。這時，看到我抱著他的孩子，亞琴跟在身後走回來，立刻放了心，露出鬆了一口氣的神色。我不好說什麼，先把孩子抱給他。孩子撲在他的肩頭，親他的臉，含含糊糊告訴爸爸，他剛才吃了一種了不得的好東西，真好吃。亞琴沉著臉，不睬他，管自上樓去了。他招呼我坐，自己抱著孩子也坐下來，對我聳聳肩，故意裝作若無其事的樣子說道：「你看有什麼辦法？」

「亞琴一五一十告訴了我。清官難斷家務事，我就不評論誰是誰非了。不過我得勸你，你對她不能這麼盛氣凌人，她也會有她的自尊心。」

「怕不對吧？」我朋友為自己辯護，「我實在想不出有哪一點對她不住。我都是按道理辦事。一個丈夫做到我這種地步，我看是滿可以的了。」

「可是她說，你不尊重她，你總是在貶低她。」

「那就除非我看到她就得跪著，我總是這一家的主人嘛。」

不便多講下去，我就以要上班為由向他告辭。他留我吃了飯再走，我說：「今天這種氣氛，適宜留客吃飯嗎？再說，報館正好有事要商量，改日吧。」他笑笑，不再挽留，我就走了。這天是辛社長召集各版主編討論編輯方針。時局不那麼好，國民黨當局卻未必認為就那麼壞。全面進攻、重點進攻相繼結束，剿不完的共軍已轉入反攻，但是有那麼多美國榴彈炮、坦克，防禦總還是綽綽有餘的。甚囂塵上的「反內戰、反飢餓、反迫害」運動，可以依靠《維持社會秩序臨時辦法》來對付，也不見得就是心腹之患，但是在這樣一種局勢之下，討論一下編輯方針總還是必要的。

辛社長在最後談到副刊時，有點憂心忡忡的神色。他說：「繡兄的努力我是深知的，繡兄為副刊出了不少力。」這當然只是開場白，欲取姑予，欲擒故縱，他果真欣賞我的努力，又何必一臉憂心忡忡？果然，他轉口說道：「但是我又不能不說，副刊是我最擔心的一塊陣地，它的文藝色彩太過濃厚。」

我不作聲。

「而文藝這東西，」他繼續說道，「恰恰是最危險的東西。共產黨最善於利用文藝來達到它的政治目的。」

這樣我就無法不作聲了。我說：「從我來看，副刊應該還沒有被共產黨利用的跡象吧。」

「可是你怎麼能保證以後它就不來利用，你就不被利用？」辛社長用盡可能委婉的語氣說話，「所以，希望你立刻取消那個文藝週刊。文史週刊暫時可以保留，但是一定要審慎又審慎，把那些借古諷今、指桑罵槐的東西剔除掉。其餘五天的選稿，也要避免採用這一類稿件。」

「這樣，稿件會有困難。」我闡明我的見解，「再說，不管什麼社會，文藝總該存在的吧。文藝如果不在日報的副刊占一席之地，那麼，請看看如今的文藝刊物出版的情況，你叫文藝到哪裡去存身？」

「可以不管它在何處存身。」辛社長指導我說，「我請你參考一下上海的四開報，《東南日報》也很可以借鑑。這些報紙和文藝無緣，但是也同樣引人入勝。副刊對一張報紙的作用是很大的，你可以把副刊辦成綜合性的、遊藝性的、趣味性的，讓讀者在我們的副刊裡得到休息，得到知識，得到樂趣。這就是我要借重繡兄的地方，我相信你會抓住讀者，擴大銷路的。反過來說，弄得不好，副刊又是最容易惹是生非的一個版，許多麻煩都由副刊某篇文章而起。」

「那麼，我的副刊有哪些是引起麻煩的呢？」我有點不愉快。

「不是說已經惹了麻煩。我是說，按老樣子編下去，遲遲早早要帶來麻煩。共產黨是老練的，無孔不入，而你卻又年輕，缺乏經驗。凡事預則立。所以今天要談一談，變換個方針。不能等著麻煩找上門來。那時候，我也不便，你也不便。」

「能不能說得更明白些呢？」

「比如，燕蓀先生那個長篇。」

「燕蓀先生曾經是個共產黨人，但是已經脫黨。這一點，城防司令部諜報處比我知道得更詳細。我主張君子不黨[3]，所以我只把燕蓀先生看作一位作家。那個長篇只是兒童故事，並沒有宣傳馬克思主義、蘇維埃或者無產階級專政。這些連我也弄不清楚的政治，燕蓀先生不會去講給兒童聽的。」

「我說你少不更事，也許你要生氣。你想想，我們的報紙難道是辦給兒童看的？不登這種故事，有益無害。」辛社長認真起來，「我對報紙，負有全責，報紙出一點毛病，第一個找的就是我。我不能不在出毛病之前，就杜絕出毛病的可能。」

「也就是說，社長的意思是要預防犯罪，那不是對民主的嘲弄嗎？」

討論會的氣氛緊張起來，陳總編輯不以我為然，但還是用他一貫的溫和口氣說道：「我看，文藝還是取消的好，至少在目前要取消。燕蓀先生的長篇以後就不要發表了。繡兄不太清楚背景，不過我覺得繡兄犯不著去做吃力不討好的事情。」

「說到這裡，我就把背景約略說一說。」辛社長接過話茬，「黨部最近通過氣，要在城鄉來一次政治整肅，城防司令部已經在做行動準備。所以，我不希望我們同仁出什麼毛病。」

於是我就不能無動於衷了。

「我相信你是有能力編好一張趣味性副刊的，」辛社長轉向我繼續說道，「然而你要是堅持非採用文藝稿件不可，那麼我只好請你原諒。我只有四個版，不能闢一個第五版來容納這些東西。」

獎掖在先，威脅於後。我若不按辛社長的意見辦事，就只好捲鋪蓋走路。

---

3 君子不黨：語本《論語・述而》：「吾聞君子不黨，君子亦黨乎？」意思是君子要保持自己的節操，能團結大家而不搞小集團。

那麼，為了堅持我覺得「日報不妨刊登點文藝作品」這種不成其為信念的信念，我有沒有必要回到以往那種飄泊流浪、仰面求人、用大餅開水果腹的生活裡去？國民黨磨刀霍霍，共產黨未必好惹，我有沒有必要由此而陷入殺來殺去的黨爭漩渦裡去？

我考慮了一陣。

「這樣一來，稿源會立刻發生問題，撰稿人大部要重新邀請，現存稿件不少要再加處理，問題還是比較多的。」

我這一回答使討論會的氣氛一下子轉為緩和，但是我由此深深體會到了張燕小姐被強姦後的憤怒心情。

「這是可以想見的，」辛社長露出了笑容，「我們大家來設法解決。」

隨後商定，邀請新撰稿人的事情由我來做，包括到上海、蘇州、杭州去一趟，看看那裡的報紙副刊是怎麼辦出綜合性、知識性、趣味性來的，同那裡的撰稿人碰碰頭，建立關係。其餘事宜，例如發表啟事、重擬稿約，由陳總編輯來做。我外出期間，副刊稿件由編輯部孫主任代發幾天。「腰斬」兒童故事，十分棘手，誰也不想傷這種情面。最後由辛社長自告奮勇提出，他自己去同燕蓀先生商量。

說辦就辦，第二天下午，我就奉命登程。

第二十節

我打算先去上海，而後到杭州，坐船過太湖到蘇州，回我的城市。傍晚去火車站時，經過中國酒家門口，恰好張燕和秀蘭從門口出來。秀蘭眼尖，叫住我說：「小叔叔，上哪兒去？」

我要人力車停一停，向兩位小姐說明原委。張燕說道：「請你帶點錢給我妹妹好不好？學校反正你是知道的。」秀蘭說道：「你就下車吧。你自己說不是急事，那就上我們那裡坐坐。上回你答應捧場，等花了眼也沒能等到你。」

「下次一定來。」

張燕說道：「既然不急，上我們那裡坐坐也好。你坐下趟火車還不一樣？」

盛情難卻，我打發走了人力車夫。秀蘭搶著替我提皮箱，提不上七八步就放下來，掏出手帕擦汗，問我說：「都裝些什麼？這麼重。」

「我早說我來提，你偏要搶過去，一滿箱鈔票，怎麼不重？」

「是替小嬸嬸辦嫁妝的吧？」

「對了，替你去買嫁妝哩。」

「我有這福氣嗎？我嫁給你你要嗎？」

不會開玩笑的最好不要開玩笑，我向秀蘭一開玩笑就把話說錯了。

她倆住在一起。秀蘭要我今晚務必去捧場，散了場再走。張燕覺得我還沒有去過仙樂歌場，百聞不如一見，去見識一下也好。這樣，晚七點，我就跟著她倆去了歌場，把提箱寄存在帳房間裡。

我本以為歌場可能是一個歌劇院，孰知不然，它只是設在離中國酒家不遠處的一個原是堆棧、後經翻修的一宅大房子，演唱大廳大約占去不足兩百平方米的面積，滿是四方桌和靠背椅，和開設在茶館裡的說書場差不多，不過地方大些、設備時髦些而已。張燕讓我坐在靠窗一張方桌邊，理由是，開場後嘈雜不堪，煙霧騰騰，靠窗地方通風會好些，離電扇也近些。一名身穿白洋府綢、黃銅紐扣、紅滾邊緊身制服的僕歐迎上前來，問我：「要咖啡還是要牛奶、可可、樂口福？」

張燕代我說道：「沏杯茶來吧。」於是僕歐又問：「要紅茶還是要綠茶、菊花？」我說：「隨便吧，白開水也行的。」僕歐聽我的口氣活像鄉巴佬，但又有兩位小姐陪著同來，弄不清楚我是何等樣人，既不敢蔑視，又無從尊敬，露出一臉躊躇神情。

張燕又說道：「拿一杯菊花來，只要一杯。」而後輕輕向我解釋說：「白開水是不能要的，喝白開水不付錢。」我說：「三個人怎麼只拿一杯？你們喝什麼？」張燕笑笑說：「一杯就貴得要命了。他會拿兩杯白開水給我們的。賣茶是主要進帳，房租、電費、娛樂稅、應酬費、薪水，都攤在茶錢裡。」

這時候，聽眾還很少，僕歐拿茶水來的時候，端來了一碟玫瑰水炒西瓜子。張燕對僕歐說：「瓜子不要了。」我問：「這又是為什麼？」秀蘭說道：「張燕姊姊替你省些錢。這裡的瓜子也是貴得要命。這裡還不到四兩，回頭他向你收一斤的錢。」我說：「這又能值幾何？拿來就嗑了吧。大概把開支又攤到瓜子裡去了。」張燕說道：「這又不是。賣瓜子歸僕歐收入，老闆只開飯，不開僕歐的工資。僕歐靠聽客的小帳按人頭分，還有就是賣瓜子賺來的錢。」我問：「這裡的小帳怎麼付法？」張燕說道：「這裡和到酒家、飯店吃飯一樣，正帳加一，賞錢另給。」

快七點半，兩位小姐準備上場，獨坐無俚，我趁機把歌場瀏覽了一遍。大廳西向一頭，築有一個高出地面一尺多的木壇，放著一套鼓鈸，一架立式鋼琴，一隻低音大提琴。鼓鈸前散放著六七張樂師的座位。壇前樹一隻麥克風，壇的上方掛著三隻玻璃管彎成字樣的霓虹燈，正中一隻是「汪漪波」三個字，左邊一隻是「張燕」兩個字，右邊一隻是「田影」兩個字。壇的左右側，各有一隻長玻璃櫃，玻璃面上從頂到腳用紅漆線畫出二十來個長方框格，每個框格內部有「君點燈」三個按文理解釋不出意思來的紅漆字，不知有何用處。

聽客逐漸多了起來，電扇開始轉動，天花板上忽然發出紅綠藍色的霓虹燈光，使歌場帶上了曖昧的情調。七點半，七名樂師穿著蹩腳的燕尾服登上木壇，有的從皮盒裡拿出樂器，於是大廳裡響起迎賓樂曲。聽得出來，小喇叭手和薩克斯管手的吹奏有相當高的造詣。樂師中間，坐著一位小姐，大約二十四五歲，穿一件白地花綢旗袍，文雅凝重。迎賓曲中娉婷而出的歌女小姐，包括張燕、秀蘭在內，一律盛裝，卻坐在壇前一排椅子上而不坐在樂師中間。迎賓曲奏完幾分鐘，樂師奏出題為〈仲夏夜之夢〉的歌曲前奏，穿白地花綢旗袍的小姐走到麥克風前，木壇上方的霓虹燈隨即亮出「汪漪波」三個紅色字，想必就是她的姓名。

她用花腔女高音唱了這支外國名歌，表現出極高的音樂修養。使我驚奇的是，掌聲零落，欣賞汪小姐的人似乎不很多。

隨後演奏的是題為〈紅燈綠酒夜〉的中國流行歌曲，霓虹燈亮出「田影」兩個紫色的名字，打扮得千嬌百媚的田小姐離座上木壇。她的演唱比汪小姐相差過遠，她的表演則比汪小姐高明多多。田小姐身上似乎裝有一臺微型引擎，一邊唱一邊手舞足蹈，胸部臀部抖動不止，一雙美麗的眼睛向臺下瞟來瞟去，似乎每個聽客都是她的知心情人。結果她還沒唱完，臺下就是一片雷鳴般的掌聲。

掌聲裡，有人拿一枝筆，在玻璃長櫃的框格裡，填出「劉君點田影一百打」的字樣，這樣一來，文理清通，我也就明白了玻璃櫃的用處。於是田影小姐走下木壇，不歸原座，而是坐到劉君那張方桌邊去了。接著是秀蘭去演唱，張燕去演唱，以及別的什麼娟、什麼芳、什麼鶯去演唱，玻璃櫃上的點唱名單逐漸多了起來。冷不防，一位年約四十來歲的婦人，笑盈盈地坐到我桌邊來。她穿著同她年齡未必相稱的火紅色綢旗袍，套一件黑色馬甲，梳著一個又光又滑的愛司髻，髻邊簪一圈茉莉花，清香怡人。如果不是歲月無情，那麼在二十年前，她必定是一位嬌豔迷人的小姐，於今美人遲暮，一雙漸顯滯澀的眼睛帶著閱人多矣的神情。我不認識她，諒必她也不認識我，但是她對我的親熱勁，卻好像她忽然遇到了她的親侄兒或親外甥。

「你多時不來了，」她笑得非常之甜，不過我可以分辨出，這種甜味不是糖也不是蜜，而是孟山都牌糖精，放得太多就帶有苦味，「今晚是什麼風把你吹來的呢？」

我為之愕然，她在哪一天看到我來過這裡呢？所以我只好報以一笑。

「秀蘭一直向我叨唸你。」她管自親親熱熱同我攀談，「她老對我說，小叔叔真好，真關照她。」

「是嗎？」我又愕然。她也知道秀蘭叫我小叔叔？

「怎麼不是呢？」她抿嘴一笑，「你也真是，什麼不好做，要做小叔叔。你大不了秀蘭兩三歲吧！」

我也只好笑笑，感到無從說話起。

「今晚呢，」她壓低一點聲音，「點田影的條子，比點秀蘭的多。你看能不能點秀蘭唱些什麼？」

這麼一說，我就明白了，她是張燕小姐對我講過的專為歌女攬點唱條的場務員。我點點頭，說道：「完全應該。問題是，這事情該怎麼辦呢？不瞞你說，我可是第一回上這裡來。」我跟著她倆人來，心裡早就打定了替她倆人捧場的主意。要不然，我現在大概將離崑山縣不太遠了。

「那得多少打？」

場務員迅速拿出了紙筆，放在我面前，說道：「很簡單，你填上秀蘭，多少打，簽個名，就行了。」

「這個我可不好說。」她又笑得很甜，「總之，小叔叔不能看著大侄女比田影少，對嗎？」

「很對。」我同情地點點頭，「田影小姐現在有了多少打？」我填了秀蘭的名字，簽了名，只空著數字沒有填寫。

「繡先生寫上一千打不就行了？」她是伶俐人，一看到簽名就改了稱呼。

「完全可以。不過汪漪波小姐怎麼連一打都沒有？這不是太不公平了嗎？我再點汪小姐一千打。」

場務員說：「這可不成。汪小姐是歌手，不是歌女，她不接受點歌，也不陪聽客坐。」她認為秀蘭加了一千打，超過了田影，也超過了張燕，不如點了張燕吧。

我只顧和場務員說話，不知道張燕小姐這時正站在我背後。她在我桌前坐下來，聳了聳肩頭，拿過了她的點歌條，問場務員說：「誰要你過來的？」場務員輕輕說道：「秀蘭。」張燕又聳了聳肩頭，對我說道：「我請你來，並不是想替我自己多拉一個客人。」

「我明白的。可是你總知道，入鄉就得隨俗。」

「也許我不該請你來。」

「不，該來看一看。不來看一看，我怎麼能知道這裡的情景。」

「不，我不該多嘴多舌。」她隨手就把她的那張點歌條撕碎了。

這可使場務員急得要命。張燕講過，那裡面有場務員的百分之五的好處。這一撕，場務員的百分之五就沒有了。她責問張燕說：「你怎麼能當著客人的面撕碎他的點歌條？」

「你是我的客人嗎？」張燕不睬她，卻責問我。

「請原諒，我做得不妥當。」

「繡先生可真是好性子，換個別人，不掀翻桌子才怪。」

我聽得出場務員話裡的惋惜而又挑撥的意思，所以對她說：「這樣吧，這一千打，換上秀蘭的名字，你看好不好？」

「這還有什麼好不好？」場務員喜出望外，「請簽名。」

「你丟這種冤枉錢幹什麼？」張燕嘆口氣。

「我這就去把秀蘭找來。」場務員滿心歡喜地瞟了我一眼，站起身來，張燕咕噥著對我說道：「真是何苦！」不一會兒，秀蘭就來了，嚷著說道：「小叔叔你真好，一點就是兩千打。」張燕攔住她說：「靜一點吧，這裡沒有你這麼大聲嚷嚷就夠吵的了。」秀蘭討好地說道：「張燕姊姊你真好，把一千打讓給了我。我今晚就叫田影認輸不可，總有一天我要她把牌子掛在我後面。」

在翔雲先生府上同我有一面之雅的王經理，弄不清楚我今天為何要把得來不易的金錢，大把丟在他開的歌場裡，於是他卻之不恭，到我桌邊來敷衍一陣，免了我的茶錢。他對今晚出現的爭鋒場面相當滿意，至於誰超過誰，倒不一定放在心上，反正他拿走點歌費的百分之七十，在付出歌女房金、雇員飯食後，有餘的都歸他，只分給爭鋒者以百分之二十五。不過他仍然獻媚似的獎掖秀蘭說：「你新來乍到，就有這麼多客人捧場，再加上小叔叔多替你渲染，我敢肯定你很快會大紅大紫的。」看來秀蘭是真心高興，她故意翹起嘴唇埋怨說道：「你說的比我唱的還好聽。大紅大紫，我可連名字燈還撈不著哩。」王經理說：「早定做了，沒空去拿回來。」秀蘭說：「這是真話？我才不信。」王經理笑道：「我不騙人。明天拿回就裝，至晚後天。」秀蘭說道：「這回你說話可要算數。我要能信得過你，肚子早給你弄大了。」王經理拍胸脯保證說道：「你放心，包在我身上。」

從王經理拉拉雜雜的談話中，可以知道追逐張燕、秀蘭、田影的客人確實不少。追逐秀蘭最肯花錢的是裕豐汽油行老闆蔣學文，今晚也來了，是個二十五六歲的矮胖子，穿著一件鐵灰色湖絲縐長衫，點了一千打。追逐張燕的有寅豐毛紡織廠的鄒經理、麗新毛紡織廠的小開程炳章。程炳章今晚也在座，看去二十七八歲，相貌不凡，英俊倜儻，一身淡青色雪克斯汀西服顯示出他極注重打扮，一條大紅色領帶更流露出他的紈絝氣息。追逐田影的是利中紗廠的副董事長兼總經理劉鳴九，和程炳章年齡差不多，戴一副金絲眼鏡，穿白色嗶嘰上裝、黑凡立丁褲子，看去斯文穩重，正在和屈居下風的田影小姐交頭接耳。據說，程炳章本來和田影有過密切的交往，劉鳴九出現在仙樂歌場以後，田影疏遠了程，程就轉而追逐張燕，和劉鳴九、田影還結了怨。蔣學文只迷上秀蘭，公開說秀蘭的那對酒窩叫他失魂落魄，他不把她擺平死了也不閉眼。

可能是出於職業本能，我對這些夠不上新聞標準的消息不太感興趣。我看看錶，九點多，覺得乘十點那班的火車還來得及，於是打算離開。不乘那班車，下一班就要到明晨一點了。

但是秀蘭不讓我走，說道：「我還沒有唱你點的歌。你怎麼能走？走就是不賞臉。」

「我還有事，這你是知道的。」

「那是明天的事，我知道得很。你不要走！對，我就唱〈你不要走〉給你聽。」

〈你不要走〉是電影明星白光唱開的一支流行歌。秀蘭的女低音帶著明顯的磁性，很不錯，歌詞無疑也是帶有磁性的：

你不要走，不要走！
樽裡的酒還未盡，夜又那樣淒清。
你不要走吧，門外有風兒太冷。
我的心兒彷徨，好似迷途的羔羊，
它想找到一塊安靜的地方。
它要向你停留，請你把它接受。
你不要走吧，讓它跟隨你左右
……

秀蘭唱罷，回到我的桌邊，說道：「你真的不要走，散了場我陪你宵夜去。你坐一坐，我到蔣先生那裡去敷衍一下，叫張燕姊姊過來。你一定要等我。」

這樣一種場所，乍來看一看，還覺得新鮮，坐久了，曖昧的燈光、瀰漫的煙氣、嘈雜的聲浪，卻使我有點頭暈目眩起來。張燕從程炳章先生桌邊轉過來的時候，我第一句對她說的就是：「這裡的氣氛，我很不習慣，我想還是讓我乘車去好。」

「是嗎？」張燕微微一笑，「我每天都在這裡挨著呢。你現在就走我看也不好，還是散了場以後我和秀蘭一起送你上火車站。散場是十點半，你就再挨一會兒。」

挨到散場，取回提箱，張燕囑咐秀蘭和我先到火車站對面夜點店等車，她陪程先生吃過夜點再來。我和秀蘭依言而行。一坐下來，秀蘭就去要酒要菜。我說：「好侄女，我帶著那麼多錢，走那麼遠路，喝醉了可不是玩的。我少喝點行不行？」

「行。不過喝醉了，也沒有大不了的事。找個地方睡覺去，提箱有我哩。」

我心頭掠過幾分懷疑，她是不是想撬開這隻提箱？所以換個話題說道：「看來，你和張燕好些，和田影就不那麼好。對不對？」

「也對，也不對。我和誰都不是親姊妹，親姊妹也有結冤家的呢。我只是不服氣。小叔叔評評看，我哪點不如田影？不如她年輕？不如她漂亮？不如她唱得好？」

「剛才我知道，蔣先生、程先生好像和田影小姐也過不去。」

「那是爭風吃醋。兩個都不是好東西，沒嘗到甜頭。田影跟劉鳴九走了，這兩個就恨死了她。」

「所以這兩位先生就來捧你。」

「小叔叔不是外人。我告訴你，程炳章是專門捧張燕姊姊的，有錢只花在她身上。至於我，他看都不看一眼。」

「蔣先生呢？」

「他倒捧我，可是我又看他不上。」

「為什麼？」

「你有沒有看見他那個長相，又矮又胖，活像口豬。」

「那麼你看得上的是誰呢？」

「要我說出來嗎？」

「你可以明說出來。你剛才說小叔叔不是外人。」

「你真是！」秀蘭白了我一眼，「你喜歡我嗎？」

「我喜歡你。你自己說，你比田影年輕、漂亮，歌又唱得比她好，當然討人喜歡。不過我倒喜歡你天真、爽朗，愛說什麼就說什麼。這和張燕不同。」

「你也喜歡張燕的吧？」

「對，她善良，心眼好，有頭腦，說話行事都有分寸。」

「比較起來，你喜歡誰？」

「都一樣。你和田影犯不著爭來爭去，我也很喜歡田影小姐。看得出來，她很能幹，很精明。我還很喜歡汪漪波小姐，她有天賦，有素養。她使我想起珍妮特・麥克唐納[1]。」

「說了半天，算我白說了。」秀蘭嘆了口氣，「你怎麼見一個就喜歡一個？」

「的確，說了半天，我也沒有說出到底看上了誰。」

「我真傻！我本將心向明月，奈何明月照溝渠[2]。你見誰就喜歡誰。」

「你看上了我嗎？」我放下了酒杯。

「你明白就好。」

「我有哪一點給你看上了？」

1　珍妮特・麥克唐納（一九〇三—一九六五）：美國百老匯歌舞劇和輕歌劇的明星。

2　「我本將心向明月」句：出自元代高明的《琵琶記》。

「你年輕有為。我頭一回看到你，乾爹就對我說：你比我大四歲，很有學問，人緣好，前途遠大。」

「還有呢？」

「還有你也很漂亮。」

我不禁啞然失笑，她是在瞎恭維。年輕小夥子都希望自己盡可能漂亮一些，以便博得異性青睞，我又何嘗例外？也曾幾次三番攬鏡自照，顧影自憐，無奈照來照去，平心想想，實在去「漂亮」兩字甚遠。開頭我還埋怨國產鏡子製作不夠平整，以致鏡像失真，待到買來一面世界有名的比利時鏡子，結果還是一樣，這才灰心喪氣，不再顧影自憐了。雖然我五官俱全，有手有腳，中等身材，整個搭配尚不至脫枝失節，但畢竟像王國維評吳夢窗詞：「如七寶樓臺，炫人耳目，惟拆散開來，不成片段」[3]，並無特色可言。據面相家言，我是「河目海口，濁中有清」格局。這種格局言富貴容或有之，言漂亮就相去甚遠了。我也曾想過求助於美容院，後來知道，美容院不過能夠割割眼皮，填填鼻梁，補補兔唇，本領有限，像我這樣要求它同舊屋翻造一般推倒重來，卻不是它所力能勝任的。那麼現在秀蘭居然以漂亮諂我，就可能同鄒忌的賓客相仿，只因為有求於鄒，才把他說成比城北徐公更美[4]。

「我就沒有一點缺點嗎？」

「也有，陰陽怪氣，對人一點不熱情。」

「還有呢？」

「總不能見一個就喜歡一個。」

「我就真像你想的那樣？」

「我想，你喜歡別人是假，喜歡張燕是真。你的心都撲在她身上。只是我得告訴你，她又好幾個晚上沒回來睡，程先生把她找去了。」

我以為秀蘭還小，比較天真，胸無城府，現在看來恐怕是不對的。

3 「如七寶樓臺」句：出自南宋張炎《樂府指迷》。王國維評吳夢窗詞，見《人間詞話》：「夢窗之詞，吾得取其詞中一語以評之，曰：『映夢窗零亂碧。』」

4 鄒忌比城北徐公更美：典故出自《戰國策・齊策一・鄒忌諷齊王納諫》。

「好侄女，人生在世，相識是一種緣分，聚散無常。我和你，和別的小姐，都是為生活奔波的可憐蟲，所以只能像蘇曼殊說的那樣，與人無愛亦無嗔[5]。」

「什麼無愛無嗔？我識字有限，你別考我。」

「就是不喜歡，也不討厭的意思。」

「這是豈有此理的態度。」秀蘭惱的時候也很可愛，「我要麼就是喜歡，要麼就是討厭。我不愛這種溫吞水，又不熱，又不冷。」

「講這句話的是個和尚。」

「那麼你又不是和尚。你總要喜歡一個女孩子的。比如，你該喜歡我。」

「我不是說過我喜歡你的嗎？」

「那不行，我才不上你的當。誰稀罕你那種喜歡？你看，你對著我，酒也不肯多喝；對著張燕呢，搶著替她喝。你想我唱給你聽的那支歌吧。樽裡的酒還未盡，夜又那樣淒清。我可很少看到你這種陰陽怪氣的小夥子。」她簡直是單刀直入，要來撬開我這隻提箱了。

「難道你對張燕也是這麼個樣子……？」

這時候張燕小姐來到了我們面前。她揪住秀蘭的頭髮，說道：「小鬼頭，你在背後說我嗎？」秀蘭連忙閉上嘴。張燕在秀蘭旁邊坐下來，蹙了蹙眉頭，說道：「又喝酒？」

「你也喝一點。」我和解地對張燕說。

「誰陰陽怪氣？」張燕問我，「她說你，還是說我？」

「我們是在胡扯。」

「胡扯什麼？我也聽聽。」張燕看看錶，「還早，還不到十二點。」

「我們在談終身大事哩。」我笑著說。

5 與人無愛亦無嗔：出自蘇曼殊〈寄調筍人〉：「禪心一任蛾眉妒，佛說原來怨是親；雨笠煙蓑歸去也，與人無愛亦無嗔。」

「這才是道地的胡扯。」

「談妥了嗎？」張燕問秀蘭。

「你聽他胡扯。」秀蘭臉有點紅，也許是酒暈，「這才是道地的胡扯。」

「那麼巧極了，我和程先生剛才也在談終身大事，他要我嫁給他。他倒不是欺騙我，說他家裡有老婆。他不說我也明白，我不明白的是，這世界為什麼老這麼七顛八倒？有人有了老婆，還要討小老婆；有人明明沒有老婆，卻不想討老婆。我實在弄不清楚這些人的想法。我對程先生說：『我暫時還不考慮嫁人。』你同他，」她對秀蘭用嘴向我呶了一呶，「最好不去談終身。我比你懂得多些。」

「我們不胡扯了，談些正經事。」我對張燕說道，「我剛才聽你唱那黃色小調，實在無法聽下去。怎麼有人會寫這種下流的歌詞！我知道是客人點的，你不能不唱，不過我還是心煩，連坐都坐不住。我大概要三四天才能回來，我得想想辦法，讓你不再挨在這種地方受罪。」

「琴小姐就不多心？」

「她為什麼要多心？你和她不是談得很好嗎？」

「眼皮裡軋不下灰塵。」

「不至於吧。」

秀蘭茫然不解，瞪著眼看我們。張燕對我說道：「你替我出力的事，最好要守口如瓶。」我說：「當然，我也沒有把握可言。那麼，眼皮裡軋不下灰塵的事，你也得守口如瓶才好。」張燕回答我「這不用你說」後，對秀蘭說道：「小鬼頭，可別把剛才聽到的說出去！」

「我知道你們嘀咕什麼？沒頭又沒尾，我哪裡弄得清楚？」秀蘭朝我笑笑，央求說：「那麼，我剛才說的，小叔叔也得守口如瓶。」

「小鬼頭，剛才到底還是背後說我來了。」張燕伸手擰著秀蘭的臉頰，問我說道：「她對你編排了我什麼？」

「沒編排什麼。」我怕張燕不小心用大了力，把她的嘴巴撕裂，那就將不費事地裂到耳根，「她說你不捨得花錢，是小氣鬼。又說你陰陽怪氣，同你一起住很傷腦筋。」

「恐怕不是，你別護著她。」

「就是說這麼些，你饒了我吧。」秀蘭想扳開張燕擰著嘴不放開的手，「我說你吃個生雞蛋養嗓子就像吃你自己下的崽……」

「不撕裂你的嘴才是怪事哩，你還在罵我。」但是張燕到底放開了手。

「我想，我該走了。」秀蘭理一理頭髮，「我不送小叔叔了，你一個人送吧。」

「誰也別送。我一個男子漢還要你們送上車？」

「不，我先走。」秀蘭狡黠地笑了笑，「也許你們總有些話要背著人說。」

「我可沒有。」張燕也笑了一笑，「繡先生有什麼話要背著人才對我說嗎？」

「我目前還想不起來。所以，都請回去。等我回來，我一定同秀蘭小姐痛痛快快喝上一場。」

但是她倆人還是把我送進了半夜一點的快車車廂。

第二十一節

從上海、杭州、蘇州回來，副刊換成茶餘酒後的面目出現，外界反映不一，有的說好，有的說壞。我的舊交同窗好友，不滿者居多。

我初中畢業那年，歲月壬午，同學們組起一個「壬午級友會」，不定期出版一本《壬午級友》刊物，以供交流、聯繫。這些級友的政治傾向，不很一致。少數是左派，有的是共產黨地下黨員。還有一些是右派，包括地主、資本家子弟，他們日後或成了資本家，或夤緣成了國民黨要員。多數是中間派，不左不右，亦左亦右，對政治不感興趣，熱衷的是當科學家、工程師、醫師、律師、經濟師、作家，對國民黨未必滿意，對共產黨也不信仰，這種人包括我在內。但是級友間並無黨派成見，不以政治異同決定莫逆與否，真正說得上自由民主，各抒己見。例如有個同學當了國民黨中央宣傳部的簡任官，回來度假，壬午級友照例聚餐歡宴，共產黨員沒有點著簡任官的鼻子罵他反動派，簡任官也沒有按《異黨處置辦法》把他的對頭一網打盡。至於中間派人物，對左右兩個極端，更是一視同仁，不分軒輊。

《壬午級友》刊物的編輯常祖蔭，是共產黨地下黨員之一，他經常把刊物上的文章，選出來供我發表在副刊上。這些作品並無政治色彩，只涉及文藝。我的副刊經商定轉向後，一些備用稿件就讓陳總編輯退還給他了。

某天我去上班，恰好遇見常祖蔭下班回家。他當時的職務是電廠辦事處會計。這位地下黨員沒有蓄意掩飾他的政治面目，同學和同事一般都知道他是個赤色分子。他的戀人是比他更激進些的共產黨員。北平發生美軍士兵強姦北京大學女學生沈崇案後，當地學生集會抗議，她竭力主張舉行示威遊行。我好心對她說，城防司令陳大慶的意見是，集會抗議可以容許，示威遊行是不能准許的，軍警憲特早做準備，是不是以慎重為好？她不屑地瞥了我一眼，回答說，怕死也就不示威了。結果遊行沒有遊成，陳大慶打算把她抓起來，給她點顏色看看。她事先得到風聲悄悄轉移了。所以這麼想來，城防司令部諜報處對常祖蔭的身分不會不瞭解。但他沒有行動，不在社會上出頭露面，所以被暫時放過一馬。

常祖蔭父親死得早，家境貧寒，高中畢業後就求職養家。他本來是一個相當堅定的獨身主義者，認為戀愛必然有礙激進，要革命就必須放棄愛情。這使得庸俗的已婚者和我們這些想結婚的人自慚形穢，在他面前不敢提起結婚、愛情或女性之類的話題，一位暗中愛慕他多年的女同學，最終被迫中斷了對他的無限憧憬。然而天下自有姻緣在，他忽然遇見了上述那位女同志。這位女同志原先也是堅定的獨身主義分子，深感革命當頭，怎能婆婆媽媽、兒女情長、英雄氣短？她當年已經二十五歲，比他還長一歲，不革命的女性到這種年齡至少可以有兩到三個孩子了，她卻還是小姑居處尚無郎。這樣，他和她自然志同道合，不但在馬克思主義而且在獨身主義方面，都找到了共同語言，以致愈談愈投機，愈談愈親密，到最後就同普通人那樣戀起愛來，雙雙都偷偷捲起了獨身主義旗幟。

「有沒有空上我家去談談？」他對我說，「我正好有些話要對你說一說。」

我欣然應邀，在他那間放滿各種書籍包括赤色書刊的雜亂無章的小書齋裡坐下來。

「你的副刊，最近忽然明顯改變了面目，使我們深感可惜。」

「我也有這種感覺，明顯地轉向了。」

「難道副刊不歸你編了？」他對我這種淡漠口氣感到驚異。

「不，還是我在編。」

「聽你口氣，我還以為你沒有責任似的。」

「是秉承老闆意旨編的。退稿收到了嗎？」

「收到了，沒有說明退稿理由。」

「這不是我幹的事。我不在幾天，大概是總編輯幹的。社長叫開會，要副刊轉向，別給貴黨利用了。總編輯幫助我料理後事。退稿理由，請參閱副刊上那則啟事。它說得很清楚：『本刊不刊用任何文藝作品。』《王貴與李香香》不登，《天字第一號》也不登。社長的意思說得明明白白，時局不好，別惹禍，以免大家諸多不便。」

「啟事也不是你寫的吧。」

「大概出自總編輯之手。」

「那麼還要你這個副刊主編幹什麼？」
「他們要我們兩個人編些風花雪月的東西，讓讀者休息休息。」
「你不感到可恥嗎？」
「感到一些，但是立刻就轉為麻木不仁。」
「奇怪的說法！我總以為你缺乏的是戰鬥精神。」
「戰鬥精神？我從哪裡去長出戰鬥精神來？報紙不是我的，房子、機器、鉛字、稿酬都是老闆的，我或者聽從老闆的，替他辦事，吃他的飯，或者不聽老闆的，捲起鋪蓋乖乖地滾蛋。我的職業和你的有所不同。你可以一面替老闆算電費，拿他的錢吃飯，一面盤算著如何打倒你的老闆，有朝一日沒收他的財產，只要不把階級鬥爭、清算、專政寫進借方、貸方就行。我辦不到。國民黨的新聞檢察官夜夜瞪大眼睛在雞蛋裡找骨頭。我得吃飯，我就得聽老闆的，所以實際上我是被強姦了，感到有些可恥。」
「我不很明白。蔣介石把地面、航道、天空都賣給了美國，美國佬現在是中國人民的太上皇。美蔣勾結起來屠殺人民，人民到處組織起來反抗。你不起來反抗，卻要人民在刀光裡，在絞架下，在刑場上風花雪月，休息休息。這種行為，只有國民黨反動派向你喝彩。你什麼時候才會覺悟，把你的眼界提升到一個新的高度？」
「你好像沒有半點同情我的意思，這使我遺憾。我同情你的事業，至少我絕不評論你在幹什麼，但同情你不等於我必須同你蹲在一條壕溝裡向你的敵人開槍。我的社長是你的敵人，卻是我的主人。我恨他和你恨他，在內容和程度上都不會相同。副刊轉向，是他強姦我，你作為旁觀者，絕口不談強姦者如何可惡可恥，卻點著被強姦者的鼻子，說她是騷貨、不要臉、不知可恥為何事。我缺乏你這種戰鬥精神。我對被強姦者只會給以安慰、同情，不會去揭她的瘡疤，以免勾起她痛苦的回憶。因為她是弱者。」
「這是不夠的，遠遠不夠的。你應該反抗強暴，這就是戰鬥精神。」
「好吧，我反抗，我捲鋪蓋走路，那麼請問，你會為了我忽然有了戰鬥精神給我飯吃嗎？你知道不知道找一隻飯碗的困難？如果你居然不知道，那麼我是知道的。我從一九四四年找到一九四六年才找到這一隻飯碗，足足花了三年。」

「這是小資產階級知識分子的通病，政治怯懦症。為了一隻飯碗，可以無視真理。」

「你可能是正確的。不過我根據我的經驗，倒過來奉勸你，你最好在成為資產階級以後，再來貫徹你的無產階級主張。沒有資本印不出報紙來。我連小資產階級都不是，進這家報館前，我已經身無分文，是個徹頭徹尾的無產階級。吃飯就是真理，發現偉大真理的偉大人物，都是吃飽了飯才去發現真理的。餓的時候只想找東西吃，不會去找真理。」

「在這方面，我們好像找不到共同點。」他嘆了口氣。

「我深有同感。」

「那麼換個題目好不好？」

「謹遵臺命。」

「我聽說你最近在談戀愛。」

「不是最近，是很久了。」

「那麼，我聽到的消息也許沒有錯。我聽說，你同一個有夫之婦時相往來。」

「從世俗的觀點來說，這沒有錯。」

「難道另外還有什麼不世俗的觀點嗎？」

「從不世俗的觀點說，我還是在設法收回我過去不慎失掉的愛情。」

「每個人都喜好、善於找些美麗的辭藻，去掩飾、辯護自己的缺點、過失、錯誤乃至醜惡。日本人高唱共存共榮，美國人高唱軍事調停。」

「這是個角度問題，從不同角度去看同一樣事情，印象不同，說法也就不同。」

「那麼你首先應該考慮，知其不可為而為之，最後往往釀成悲劇。」

「喜劇不過使人一笑，悲劇往往發人深思。我已經估計過前途也許是悲劇，但我不能推諉去演這場悲劇。」

「我們擔心的是也有可能鬧出一場醜劇。」

「你們？」我不能不姑作鎮定，「很多人都知道這件事嗎？」

「紙包不住火。」他顯然毫無惡意，「而且，她的丈夫是你我的級友，引起我們同學間的關心是正常的。」

我沉默了一會兒，不很愉快地問他：「為什麼要擔心鬧出醜劇？」

「一個天閹者和一個石女是不談愛情的。」

「一個獨身主義者和一個獨身主義者是會談戀愛的。」

「不，你不必嘲笑我。嘲笑我們不解決任何問題。我完全出於好心好意，希望你引以為戒，最好懸崖勒馬。」

「我很感謝你的好心好意，但我沒有忘記你是個唯物主義者。從唯物論者看來，戀愛自然只不過是精子、卵子活動在精神、心理上的反映。但從我這個唯心論者看來，愛情卻並不總同肉欲連接在一起。你看過沙俄時代的小說《石榴石手鐲》嗎？」

「看過，寫得不怎麼樣。」

「我以為寫得不錯。你當然會把這篇小說斥為無稽之談，它不符合你信仰的階級鬥爭學說。一個郵局小職員為什麼要為貴婦人送上一條命？一位剝削者也不可能最終理解一個不相識的窮職員的愛情。但我不僅僅喜歡它，而且為這位公爵夫人接受了死去的窮職員的愛情而深深感動。愛情是靈，肉欲是物。花有香，但花和香不是一回事。愛情是人類高尚的感情之一，但又並不人人都理解，也不人人都理解得一模一樣。因為它不像肉欲那樣是簡單的本能。我同唯心學派老祖宗柏拉圖一樣，對男女之愛偏重於靈的享受，不貪圖肉的享受。死去的那個郵局窮職員，並沒有要求同公爵夫人睡一覺以後才開槍自殺；公爵夫人按照死者遺言，流著淚彈奏某交響曲的某段某節，這就是精子、卵子活動反映論者無從解釋起的人類高尚感情。所以我想起你也許是晏平仲的門生。晏子說過『以其有器也』[1]那句話。」

1 稹按：原文如此。據查晏子沒有說過此類的話。不過，我們可以推測這句話可能與《道德經》中的思想有關。在《道德經》第十一章中，有一句類似的話：「埏埴以為器；當其無，有器之用。」這句話的意思是說，用陶土製作成器皿，正是因為器皿內部是空的（無），所以它才能發揮盛裝東西的作用。

從這個角度來看，「以其有器也」可能是指因為有了器皿的存在，它才能發揮其應有的作用。這種解釋符合道家思想中關於「有」與「無」的辯證關係，即「有」和「無」是相互依存、相互作用的。具體來說，器皿之所以有用，是因為它內部的「無」（空虛）；而如果沒有器皿這個「有」，「無」也無法發揮作用。

「好的，」他笑笑對我說，「那麼你也去開槍自殺。」

「我看大可不必去抄襲模仿。」

「總之我們無法調和。」

「彼此難以說服。」

「看來只能談到這種地步了。」

「我同意你這一說法。」

「一切尚望謹慎。」

「深以厚意為感。」

我起身告辭，相約事態有了進展或者變化，再找機會討論，於是他送我出門而別。一個小時不到我又匆匆趕到他家裡，汗流浹背，神色緊張。辛社長所說城鄉要來一次政治整肅，城防司令部已做行動準備非虛。跑城防司令部的記者費先生剛才看到了準備搜捕異黨分子的黑名單，其中有常祖蔭的名字，時間是午夜零點。費先生自己不便去，知道我是常的好友，要我立即告知一聲，遲了會有麻煩。

「還有誰？」

「侯戊丙。其他人費先生沒有對我說。」

第二十二節

幾天以後，亞琴帶著孩子又來找我，說道：「我非同他離婚不可。」但是問清緣由以後，覺得事情還和半個多月前相仿，無法起訴。

有個投機商薛寅初，以四兩半黃金向亞琴丈夫做抵押拆票，做麵粉期貨多頭，偏偏行情連續看跌，投機失敗，彌補不過來，在日前失蹤，生死存亡不明。失蹤前留下一封信，要他妻子去找亞琴丈夫商量，請他看在朋友一場的情分上，把四兩半黃金還給妻子，讓她能勉強度過一段時光。信的措詞十分淒切，說他虧空共計五十兩黃金左右，這四兩半黃金的債，只好來生變牛變馬償還。如果屬實，那麼大概凶多吉少，十成有九成是輕生了。亞琴丈夫對他妻子說明，這不是私人往來，是店號的營業往來，貸款逾期不還，抵押物已經抵欠沖帳，絕無退還之理。而且結算下來，薛寅初帳上還有一些透支，是亞琴丈夫信用擔保的。這筆欠款顯然要由亞琴丈夫歸還，所以他實在愛莫能助。

薛寅初的妻子轉而求助於亞琴，一把眼淚一把鼻涕地說，這四兩半金子，現在就是三個人的命根子，要沒有了她只好帶著兩個孩子去跳河。亞琴心腸軟，答應問清楚以後能幫忙就幫忙。等丈夫回來，問起丈夫，丈夫說：「這事你別過問，薛寅初死活未定，說不定還是夫妻倆串演的苦肉計，來騙走這項抵押品。」從理來說，丈夫是對的，但是亞琴從情上去想，覺得就算是騙局，也不要緊。薛寅初如果沒有死，總還要做人，不怕他不來了結。萬一死了，這點點錢，就當替朋友料理一場喪事，不要死了一個，再死三個。救人一命，勝造七級浮屠，何況這裡牽涉到三條性命。因為這畢竟只是個小數目，同現有財產相比，一點點，不足掛齒。丈夫以為不然：「錢沒有一點點、兩點點之分，無一不成百，不成千，不成萬。這裡一點點，那裡一點點，合起來就是大數目，做生意一分一厘都得爭，萬萬不可以對一點點掉以輕心。」

理與情對立，就像唯物論與唯心論對立了幾千年那樣，相持不下，無從調和。當天晚上，雙方各自憋著一肚子不愉快睡下了。

一覺醒來，時當午夜，丈夫早把不愉快忘了個精光，把亞琴從夢中弄醒。亞琴沒有那麼快忘記不愉快，於是新的爭執又起。丈夫認為女人只分兩種，一種是公共廁所，誰付錢誰用；一種是專用廁所，禁止丈夫以外的人使用，丈夫想用就用。他說得天花亂墜時，亞琴怒不可遏，翻身坐起，打了他一個耳光，使他好幾分鐘聽不清聲音。

「我實在無法和他再一起生活下去。夫妻主要是精神生活，可是你看，我有個什麼精神生活？」

「但是這仍然不是離婚的理由。」

「你說，你會找出辦法來。找到了嗎？」

「還沒有。」

「這太豈有此理了吧？」她冷笑著說。

「先別責備，我們得估計一下。你提出離婚，後果首先就不可知。」

「多疑就不決。」

「不是多疑，是必須有估計。你們有孩子。」

「孩子是我養的，當然歸我。」

「如果能簡單到當然歸你，那就不存在什麼困難了。問題是，他會不要孩子嗎？這樣，法院就要判決孩子歸誰。我沒有把握說法院就一定會把孩子判給你。」

亞琴顫慄了一下，忽然抱起孩子，抱得緊緊地，就像法院已經把孩子判歸他爸爸了。孩子茫然地看看他媽媽，不明白媽媽為什麼要如此親切地摟著他，隨後把他的可愛的臉龐埋在他媽媽的懷裡，似乎無比幸福。

我倒抽了一口冷氣，也有些顫慄。

「這可叫我怎麼辦？」亞琴的聲音帶著哭聲。

「辦法無非兩個。協議這條路，大約是走不通的，剩下的就只能是訴訟。訴訟理由由你提出來，現在假定他應訴說，可以，條件是孩子歸父親，那麼你接受不接受？」

「我怎麼能接受？」

「最好是讓他提出離婚訴訟……」

「對！我怎麼沒想到？我不管三七二十一，立刻帶上孩子回娘家，從此不見他的面。」

「這不一定妥當。」一陣負罪感湧上我的心頭。他不是我的敵人。

「不，我說要離婚，我就要離婚。像你這麼想前顧後，千考慮，萬思量，離不了婚的！」

亞琴的眉梢間，有一塊黃豆大的疤痕，宛然尚在。看到它，我就回想起我和她的幼年時代。那是我八歲、她七歲的時候，我們和我弟弟一起在我家後園玩。園子裡有一棵老桑樹，結的桑椹又大又烏，我們吃得滿嘴、滿手、滿胸襟都是紫黑色。樹梢高處還有一枝桑椹，引人饞涎欲滴。我爬上樹去，差一點手搆不著。弟弟說不如用竹竿來打。他才五歲，不知道桑椹是一個個結在枝條上的，打一個，破一個，掉在地上就不能吃，只能整枝折下來。我無奈說道：「隨它去吧，留給鳥吃吧。」亞琴不甘心，爬上樹去折，她比我矮，當然折不到。於是她狠狠心，爬到更高的又脆又細的椏枝上去，一伸手，折是折下來了，但是站著的椏枝也斷了，她連人帶桑椹枝條一齊跌下來。桑樹雖是喬木，但椏枝離地不太高，跌下來不是大事情，不過她立腳不穩，撲倒在地，眉梢恰好碰在磚角上，流出了血。我和弟弟嚇得要命，連忙掏出滿是鼻涕痕跡的手帕替她按住傷口，總算很快止住了血。我埋怨說：「叫你不去採你偏不聽，現在跌破了頭，給媽媽知道了，怎麼辦？」她笑笑說：「我才不管呢。我說要採到它，就要採到它。」我們磨磨蹭蹭，玩到吃完飯時分才回到屋去，但是她眉梢間的血痕還是給媽媽看出來了。媽媽心痛地察看傷處，說道：「桑椹是個什麼好東西，值得用性命去拚？這裡要破了相，可就不好辦了。」

十多年過去了，她還是這個脾氣。

「不久前，常祖蔭對我談起，很多同學在非議我們的關係。他說：「紙包不住火。」我覺得恰恰可以利用紙包不住火，讓他知道我們的關係。這樣事情也許反而好辦些。他忍受不了，可能同意離婚，也可能提出離婚。那時，你就有可能帶走你的孩子。」

「我立刻就住到娘家去。不過我得把你管起來，你那個什麼張燕、李燕叫我放心不下。」

「眼皮裡軋不下灰塵。」張小姐說對了。走得正不怕影子歪，我乾脆把近來同張小姐的交往源源本本告訴了她。

從蘇州回來，我專誠去拜訪景溪先生，要求他為張燕小姐覓一枝棲。景溪先生是我同鄉，屬父執一輩，又是我的業師。程氏家族在這個城市擁有協新、寅豐兩家毛紡織廠，他以公司代表名義參加工業協會，當選常務理事，又被選為縣參議員，有相當聲望。看到〈張燕曲〉後，覺得風塵中有此人物，十分難得，表示有機會可以見見她，但是他空閒不多，機會難得，說了以後沒有兌現。這次談起，他毫不推託，一口答應可以辦到，並且約我過一天帶張小姐去見他。

到了這一天，我和張燕小姐滿懷高興，到工業協會求見。景溪先生從會議室出來，抱歉地對我們說，臨時發生了點事，正在商議，還沒有結束，也不必等了，傍晚五點後，到迎賓樓酒家去找他就行。等我們到時，程先生已帶來七八個人，團團坐下，恰好一桌。他不提張小姐枝棲的事情，我也不好提起，只好喝起酒來再說。席間，有位同仁說，景溪先生一向是道學家，今天卻和張小姐噓寒問暖，說長道短，可是從沒見過的事情，大概是前世註定的緣分。景溪先生膝下既無女兒，何不認張小姐做了女兒，「女比兒柔不厭多[1]」嘛。我本來以為這是開開玩笑，老師不見得肯做這種荒唐事情，誰知老師偏偏滿臉堆笑應承了。張燕小姐高高興興行了禮以後，老師對我說：「事先沒有準備，拿不出見面禮。席散以後，你就帶張小姐去泰盛綢緞莊，剪四件旗袍料，量一量，統統記在我帳上。」但是替她找個職業的事，卻不見提起，似乎已經忘了。

又過了一天，景溪先生打電話找我一個人去，才告訴我，替張燕找個事做的事情出乎意料地不順利。寅豐廠恰好有個出納位置空缺，他同鄒經理說起，鄒倒是一口應承的，但是公司董事長、他的堂兄敬塘先生，聽人事方面談起後說什麼也不同意。敬塘先生認為此人來歷不明，不能安插，甚至指責景溪先生大約是活糊塗了。景溪先生十分惱火，但一時又無法多說，這才繞個彎，乾脆認張燕做女兒，同敬塘先生慪慪氣，但是安置的問題，只好以後相機行事。

「這才叫做多管閒事，惹是生非。」亞琴責備我說，「逗程先生兄弟慪氣，還不是你闖下的禍？」

「算我始料未及吧。」我嘆口氣，「『若使桑麻真蔽野，肯行多露夜深來。』敬塘先生一句話，就杜絕了張小

1　女比兒柔不厭多：語本清代梁紹壬纂《兩般秋雨盦隨筆・卷三・清躬道人》王健庵先生〈自遣〉詩：「妻兼婢事休嫌懶，女比兒柔不厭多。」

姐爬上岸的可能。張小姐後來對我說，她和仙樂歌場的合同快到期了，既然這樣，她還是先和漢口或蚌埠方面談談再說，把那邊的場子接下來。也不知為什麼，現在我看到她，會有一種莫名其妙的抱歉心情。」

「我沒有你這麼種好心腸！我是決定豁出去了，那麼從此以後，你心裡只該有觀世音，不許有狐狸精。」

「背後罵人怕不好吧？」

「真對不起。」亞琴笑了一笑，「這是一句話，我用錯了。我知道張小姐是個很不錯的人，我其實也很喜歡她，所以不是有意咒罵她。她既然要走，那麼很好。走之前，我去看看她吧。」

「明天警察局長家裡有個舞會，張小姐諒必會去的。你去不去？」

「我不會跳舞，你看去好還是不好？不是說王雲五院長下了禁舞令，怎麼警察局長還敢開舞會？」

「禁民不禁官，中國歷來就是這樣。我看當然是去的好。」

「那就去。明天，你上我娘家來找我。」

第二十三節

警察局長潘玉麟，辦事圓滑老道，同各方關係都極好，同新聞界尤好，政聲相當不錯。他除了在參議會上述職時，照例受到那些以鳴鞭為業的參議員提出一些不痛不癢的質詢、抨擊外，一般則是譽多毀少，因為天下根本不存在不向雞蛋裡挑骨頭的參議員，而參議員如果默不作聲，又無以面對優厚薪俸和鄉親父老做交代，所以這一層反正是誰都心知肚明的。最使他飲譽的一起案子是：國大代表孫鏡聲先生年已五十開外，獨子在美國留學未歸，侍奉在側的兒媳卻不明不白大了肚子。鏡聲先生本已難免瓜田李下之嫌，何況政敵們借題發揮，刻意攻擊，最後似乎他真有爬灰醜行那樣，一時沸沸揚揚，滿城風雨。兒媳臉上擱不住，投繯自縊，一屍兩命，使鏡聲代表先生的聲望即將完全破滅。潘玉麟親自承辦此案，在同各方面折衝後，終於把姦夫偵查出來。他是這位代表先生的一個遠房侄子，來此懇託他叔叔拖拉提攜，後勾搭死者成姦。讞既定，姦夫自然鋃鐺入獄，鏡聲先生恢復清白之軀，同時也恢復了德隆望重的地位和活動，使他的政敵大失所望。潘玉麟在偵查活動中，難免百密一疏，露出些馬腳來，不好自圓其說，逃不過新聞界細心人的眼睛。但平心而論，死者死於輿論可畏，非謀殺可比，沒有真正的凶手。智者若不成人之美，偏偏同潘局長過不去，又有多大意思？同國大代表存心作對，又何嘗是桑梓之福？更何況姦夫自願入獄吃官司，局外人偏要替他仗義執言，空喊冤屈，豈非多此一舉？因此，也就隨它而去了。

潘局長以美男子著稱，家眷留在湖南老家，據說為的是可以專心致志獻身黨國，才捨棄于飛[1]、天倫之樂。但他年方四十，身強力壯，警察局不是和尚廟，使人難以相信他會耐得住鰥居寡歡的淒寂。盛傳他的小汽車經常在深更半夜載著交際花悄悄直駛潘公館，天明以前又悄悄開回原處，而且坐在車裡的人是經常變動的。潘玉麟看到新聞界中人，只要有機會，就力白此說純屬惡意中傷，聽信不得，而且愁眉苦臉，好像蒙了不白之冤。此時我們反過來

1 于飛：語出《詩經・大雅・卷阿》：「鳳皇于飛，翽翽其羽。」後比喻夫婦和合。

安慰他，君子不以一眚掩大德，床笫間區區私事，實在不足掛齒，交際花非交際就無以生存，不獨局長先生才是入幕之賓。但是當我們準備見義勇為，義務公開為他闢謠時，他又連連搖頭搖手，以為這樣一來反而欲蓋彌彰，還是「見怪不怪，其怪自敗」為好。

王雲五先生入主行政院後，認為戡亂期間，男男女女婆娑起舞，醉生夢死，傷風敗俗，非所時宜，因此簽發了禁舞令。當地執行禁舞令的，責無旁貸自然就是潘局長，但潘局長本人就是個舞迷，公開不能跳，關起門來開派對，老百姓管不著，王院長也無可奈何。如果據此以為這就是「只許州官放火，不許百姓點燈」的最好注腳，我以為亦不盡然。因為潘局長開派對，並不是醉生夢死一陣就此結束，而其實帶有處理公務性質。凡某一案子，牽涉到方方面面，正式開會議決，就要擺開架勢，公事公辦，講話一帶官腔，事情就不好解決。如果開個酒宴，則又嫌大庭廣眾，耳目眾多，滋生不便，以故不如開個派對，把各方面邀來休息休息，讓頭腦冷靜冷靜，之後談談笑笑，酌量活動活動，吃吃喝喝，在心平氣和、靈犀相通的氣氛裡，逐漸引入正題，那就不管有多大疑難，一般總能找到合情合理的解決辦法。這次舞會，邀請的官方人士有地方法院汪院長、檢察署馬首席檢察官、城防司令部富參謀長、縣政府社會科張科長、稅務局沙局長等人。這種陣容，一望可知又將解決一個牽涉到諸多方面的疑難問題。至於到底是什麼問題，我在事先卻不知道。

地方法院汪院長年過六旬，是一名虔誠的佛教徒，他的辦公室供佛燒香，宛若一個經堂。我跑法院新聞時，認識了他，覺得他博大寬厚，是位長者。他信奉大乘教義，以寂滅為旨，不尚因果報應，主張儒釋同源，想必是禪宗一派。不久以前，他在廣福寺設宴招待若干人士，談論說：「釋家枯坐蒲團，猶如儒家占盡寒窗，窮年孜硯，是名普賢；苦行得道，猶如儒家知類通達，誘民化俗，是名文殊；智慧而生慈悲，是名觀音；因慈悲而生普救之心，猶如禹稷飢溺天下，是名地藏；至於如來，不知何自來，不知所自往，從心所欲不逾矩，是名佛。佛就是儒的聖人。窮則獨善其身，達則兼濟天下。推己及人，佛旨和儒家理想根本相同。」我從記者角度，向他請教：「佛捨身割肉以餵禽獸，那麼又是通過什麼紐帶，同世俗中的斷獄決囚、斬絞徒杖結合起來？」他回答說：「懲惡就是拯善，殺人恰恰是為了好生。不殺惡人，善人是活不好、活不下去的。」他答應下山回去後找篇文章給我讀一讀。後來所讀的這篇文章有一段說：「事之好佛事者多惠人，惠人則輕利，輕利則與好義者近之，如此則爭鬥之事可免矣。多好生，好生則博愛，博愛則與好仁者近之。如此則殘忍之事可免矣。多計報感，計報感則福禍榮辱皆歸於所履，如此則無忌憚之事可免矣。」讀罷細思，使我對這位禪宗派的執法人物，既愛且敬畏，還以不深究佛教學理為慚為憾。我對亞琴說：「當然以去為好」，一方面固然帶有趁此機會公開我和亞琴之間的親密關係的成分，另一方面也是想見見好久不見的汪院長，聽聽他的教誨。

潘局長的府邸，同亞琴娘家相去不遠，步行十分鐘也就到了。下午六點半，吃罷晚飯，天色尚早，我就到了亞琴娘家。七八年沒有來過了，這裡的一切還是那麼熟悉，黑油的牆，黑漆的門，黃銅獸環，什麼都沒有改變，連門坎上我用小刀刻出的痕跡也還歷歷在目。但是人事卻大變了，一想起來就會不由自主地感慨萬千。

應聲來開門的是亞琴媽媽。她還是那麼胖，胸懷裡就像放著兩囊水，一走動就晃來晃去，眼角上的金魚紋卻更深了些。她曾經無數次地把我抱在她懷裡，用額角抵著我的額角表示昵憐。但是現在她一時認不出我來，我不再是乳毛未褪盡的毛孩子了。

「你找誰？」她打量了我好一陣，而後認出來了，「你不是阿繡嗎？快進來。啊呀呀，長成一個男子漢了，我竟認不出來了。」

「媽媽這一向可好？」不知為何我的聲音有點枯澀，「我有七八年沒能來看望媽媽了。」

「我還以為今生今世見不著你呢。坐吧，坐吧。」

亞瑟現在是十六七歲叫大不大叫小不小的姑娘了，她還認得出我，羞答答地朝我笑笑，倒了一杯茶給我。

「伯伯呢？」我問亞瑟。

「還沒回來，快回來了吧。」

亞琴從後面房裡走出來，後面跟著她的孩子，兩個人都打扮好了。「走吧。」她對我說，「我等得真有點心焦了。」

「就走嗎？也該坐一坐，好好談談。」亞琴媽媽挽留我說。

「不巧有點事情，」我回答她說，「下回吧。開了個頭，以後會常來的。媽媽不討厭我就很好了。」

「這我知道，亞琴對我說了。可是你本該早點來。那麼，早點回家吧，最好別超過十點鐘。」於是她把我和亞琴送出了大門。我可以看出她帶著一分歡喜但是九分不安的神情。

我第一次發現亞琴是這麼豔麗動人。她穿一件深玫瑰紅凡立丁短袖外套，內穿潔白如雪的雪克斯汀短袖旗袍，肉色長筒絲襪之外，是一雙駱駝底湖色金繡軟緞鞋。孩子穿的是淺藍麻紗海軍式短衣褲，赤著肥茁的腳穿一雙黑皮涼鞋，脖子裡、臂彎裡、腿彎裡滿是痱子粉，手裡捧著他媽媽的塑料荸薺式提包。塑料提包和玻璃絲襪一樣，那時只有美國才能製造。

我不來浪費筆墨形容她的容貌如何如何，因為那是徒勞無功的。文字的作用有個限度，代替不了繪畫或者照相。我國歷史上美女很多，但文學家一律在描寫時採用類比和虛擬的手法，例如目如秋水、眉如遠黛、鼻如懸膽、口如櫻桃、齒如編貝、頸如蝤蠐、髮如烏雲之類。又如沉魚落雁、閉月羞花、傾國傾城、翩若驚鴻、婉若游龍之類，都很抽象，無從捉摸起。即使有些比較具體的，如軟玉溫香啦、回眸一笑百媚生啦、溫泉水滑洗凝脂啦、增一分太長減一分太短啦，也很難給人留下實感而僅僅是些想像。我們從文字記載中可大體知道美女們的一些特徵：西施患有胃或十二指腸潰瘍，王嬙頤上有一顆不大的黑痣，趙飛燕比較瘦小，楊玉環乳腺發達，但是無法知道到底長成一個什麼模樣。外國文學也不比我們強。他們注重寫實，往往具體描述這位美女頸圍、胸圍、腰圍、臂圍各若干公分，臂長、腿長又若干公分，但讀後除可以想見這是個聳胸、細腰、肥臀的異種女性外，其他還是無從揣擬起。有記載指出，某皇后的鼻子如果低一釐米，就將避免一場血流漂杵的爭奪戰[2]。這也同樣沒有用處，看了以後還是不知道她美麗成一個什麼樣子。而且中外標準各不相同，這位皇后的美麗高鼻子，拿到中國來評賞，我看不見得有哪一位好色的皇帝肯為她去發動一場戰爭。

所以我不來做這種徒勞無益的描述，而只簡單地概括亞琴的美麗為「勻稱」兩個字。這不僅指五官端正勻稱，還指頭部、頸部、軀幹和四肢的相勻稱，更指線條的和諧勻稱。現在，打扮和天賦又相勻稱，由此構成的氣度，同她整個人融為一體，尤其相勻稱。這就使任何一位最嚴謹的審美家，對她也不可能挑出一星半點兒瑕疵來。

---

2 某皇后的鼻子：哲學家巴斯卡（Blaise Pascal，一六二三—一六六二）在《思想錄》中評論說克麗奧佩脫拉的美貌影響了歷史：「若克麗奧佩脫拉的鼻子長一吋，或短一吋，世界或許就會不一樣。」

「走吧。」她輕輕說道，挽起小孩，從孩子手裡拿過提包。

但是孩子耍賴不肯走，要媽媽抱。白色雪克斯汀最怕髒，又禁不起揉，穿著無法抱孩子的。於是我伸手抱起了他，但他不要我抱，還是撲向他媽媽。我看看無法可想，乾脆把他舉起來，讓他叉開雙腿騎坐在我脖子上。這種騎坐法也許合了他心意，他咯咯地笑起來，不要媽媽抱了。亞琴看著說道：「這成什麼樣子？」然而別無他法，也就只好讓我們將就著走路。走到西門大橋上，潘局長的公館已經在望。我對亞琴說：「停一停，我不能再走了。」

「太累了吧？」

「累倒是一點也不累，看光景是你兒子把尿撒到我背上了。」

「這下可麻煩了。」她小心翼翼地把兒子從我背上扯下來，可不是，他對準我後頸，從硬領往裡撒了一泡尿，幸好只濕了襯衫、內衣，外衣上倒還沒有濕透，「怎麼辦？」

只好就近買了襯衫、內衣，我抱起孩子，快步折回亞琴娘家，把亞瑟趕出房外，沖洗一過，替換清楚，走了出來，看見亞琴父親正坐在大廳「呼嚕、呼嚕」抽水煙。他按時回家了。

看著這個把我和亞琴弄到如此尷尬境地的罪魁禍首，躲避又已經來不及，我不知該怎麼對待他才好。但是他似乎已經把我的舊惡忘得一乾二淨，滿面笑容地搶先招呼我說道：「是繡世兄吧，多時不見了。請坐。」

我感到為難，囁嚅著在喉嚨口叫了他一聲伯伯，決不定是坐還是不坐。亞琴幫我走出窘境，說道：「不能坐了，快七點了。換好了就走。」

「孩子呢？」我問。

「交給亞瑟帶出去玩了，哪能料到會有這大麻煩。」

亞琴父親問道：「你們上哪兒去？」

「跳舞去，」亞琴漫不經心地做了回答，「潘局長家裡。」

「警察局的潘局長吧？」

「就是他。他請阿繡，阿繡叫我去學。」

「這麼說，繡世兄同潘局長是有交情的了。」他打量著我一身嶄新的灰派力司西裝，點頭讚許說道，「阿繡現在可行時[3]了。」

我實在不想看這個曾經是我丈人的世伯的嘴臉。縣警察局長不過相當於典史，並不是官場中顯赫的職位，何況我只是同典史有點交情，又不是我自己當了典史。世態炎涼，在他身上未免過於濃厚了些。

「走吧。」亞琴催促了一句。

我就勢對這個勢利人說道：「那麼，我走了。」

「走好，走好。」他抱著水煙袋朝我連連拱手，而後親切地關照女兒說道：「早點回來，我來等門。」

居然屈尊等門！我不禁長嘆一聲。蘇秦佩帶六國相印回家，嫂嫂自願跪在地上[4]，原來不是編造出來的謊話，而是社會生活裡一種醜惡現象的真實紀錄。

3 行時：意即流行、時髦和見重於當時。

4 蘇秦佩帶六國相印回家：故事見《戰國策・秦冊一・蘇秦始將連橫》。

第二十四節

第二天一早，亞琴興致沖沖地來找我，說道：「昨晚七點多，他上我娘家去，我們才走不久。他說：『夫妻吵嘴，吵過就算，現在我來接她回家。』我媽不好說我同你跳舞去了，只說：『剛才上了街，也不知道什麼時候回來。』他等了一會兒，把孩子抱了回去，臨走說，今天大約十一點，茶會一散，再來接我。我不想見到他，一大早，我就出了家門，省得囉嗦。」

「我想，你回去也好，不妨和他挑明了談一談。」

「我不想回去。我爸也勸我回去，他說：『夫妻吵嘴，好比牙齒咬痛舌頭，常事一樁。丈夫來接，矮了半截，也就可以回去了。天下沒有不拌嘴的夫妻，我同你媽現在不也會拌嘴生氣？』另外，我爸說，看樣子，他明白了你和我的關係。他問起你是我家什麼親戚。我爸說，你是他過去一個熟人的兒子，常來常往，關係不錯，不過不是親戚。」

「當著女婿的面，你爸爸當然不會承認他早先還認下了另一個女婿。」

「所以我回我爸爸說，要我回去也可以，叫他再用八人大轎來抬，看看我是不是他用錢買來的丫頭。我是看透他了。走一趟，叫一聲，我就回去了？抱走孩子，我就不會再抱回來？」

「那麼你吃過早飯沒有？」

「早吃了。提起早飯，我正要告訴你另一件事情。爸爸吃早飯時對我說：『看來阿繡現在有點市面，你有機會轉告阿繡，有人欠我一筆錢，死活討不回來，存心賴帳。能不能要警察局派個人去捆他一捆，嚇他一嚇，他就會乖乖還出來。』我爸爸還說……」

「我弄不明白，」我聽著有點厭煩，「你爸爸為什麼老把我看得扁扁的？以前他肯定我不會有出息，如今覺得我有點出息了，卻是個包討債的賴皮！」

「你急什麼呢？」亞琴調皮地笑起來，「我話還沒有說完。我說：『爸爸不也欠著別人什麼嗎？你欠阿繡一個人。我的庚帖還在他手裡，他往警察局一送，捆你一捆，嚇你一嚇，你拿什麼還給阿繡？』」

「這倒頂得好，好極了。」

「我爸黑著臉，罵我一聲『女心往外』，扔下筷子就上茶會了。我媽本來聽著不吱聲，爸爸走了，才說：『這樣行不行呢？把亞瑟還給阿繡。亞瑟十七了，再過一兩年就可以出嫁了。你去探探口氣，要是阿繡肯上門入贅，我來同你爸爸商量，讓亞瑟招阿繡做女婿。』」

「這不是異想天開嗎？」我笑起來，「這又不是買領帶，這一條有人挑走，就挑另一條，反正是一個廠的出品。」

「我媽媽心腸好，她憐惜你命苦，又替我著急。怕這事鬧大，收不了場，大家面子上難堪。另外我想我媽媽也許話裡有話。她拐彎抹角告訴我，同你來往要有個分寸，說不準你就是我妹夫。」

「有這種擔心的，不光是你媽媽。」

「哪管得了這許多？自己做端正就是了。人前背後，愛亂嚼蛆的人多得是，哪有那麼多手把人家的嘴一張張捂起來？只是我今天還找不到地方吃飯，上街吃還是自己弄來吃？」

「吃飯地方總是有的。今天不上飯店也不上菜市場，青年黨的蔣先基請客，中午我們一起去。」

「我可不認識蔣先雞、蔣先鴨，怎好去叨擾？」

「國大代表快要改選，青年黨很想擴大聲勢，今天請客，為的是拉選票，你儘管去。要是感到過意不去，你投他一票就算還禮了。」

「人很多吧？」

「我估計不會少於三百人。」

「那還得打扮打扮。」

「這確有必要。蔣太太是十分注意打扮的名女人，見到面我來介紹。潘玉麟舞會上你認識的那些太太，多數也會去，不會冷落你的。」

從此以後，亞琴常同我在社交場所露面。雖然半個月後，她拗不過爸爸媽媽，回了夫家，卻依然同我來往不絕，有時帶著孩子，有時不帶孩子。一段時間下來，外界沸沸揚揚，對我和亞琴出現了各種各樣的議論。有的不明真相，誤把亞琴當作我的太太；有的不詳究竟，事不關己，含含糊糊，不求甚解；有的深知內情，態度不一。和我關係好的，勸我務必謹慎，早做籌謀；和我關係一般的，一笑置之，不表可否；和我關係壞的，冷言冷語，巴不得我鬧出事來，最好跌進監牢裡去。

從我來說，那麼我是陷在歡樂、幸福卻又是煩惱、折磨的深淵裡，愈陷愈深，無以自拔。

亞琴和我在社交場所公開遊宴，我朋友不可能不知道。亞琴說過，他已經明白，他們間的夫妻關係如今只空剩一個名義，而且明白禍首是我。但他不吭氣，不採取任何行動。這種不合常理的沉默，使我不安，同時懷著歉疚。不安來自失望，這是我狠毒的一面。我估計他該暴跳如雷才對，這樣事情就會朝著我預期的對我有利的方向發展。他和她將會大起爭執，終致攤牌。既然他已感到同亞琴實在無法相處下去，那就會提出離婚來，或者同意雙方還是分手為好。但他不走這一步棋，我就摸不清他在想什麼，做什麼打算。於是由失望而疑慮，由疑慮而不安。歉疚來自優柔寡斷，這是我善良的一面。我不是老練的陰謀家，雖然我布置下陷阱，但是對可能的獵獲物卻又表示同情。這不是出於鱷魚眼淚、君子遠庖廚一類又要吃又要裝出仁義道德面孔的緣故，而是因為我那不幸的朋友在這場糾紛中是完全無辜的。即使他有不會和妻子好好相處的弱點，然而沒有我就不可能鬧出如此僵局。他沒有得罪我，而是我在得罪他。要我不心懷歉疚，實無可能。

也就是說，我壞得不徹底，好得也不徹底。這就決定了我在今後必然失敗多於成功。我遇到過若干陰謀家，明明是陰謀家發動進攻，但他必定千方百計找出理由來，說是別人進攻了他，所以他才不得不以牙還牙，以血還血。

話雖如此，但是只要我這位小時的夥伴一出現在面前，我立刻忘記一切，把什麼不安、歉疚以及煩惱、折磨一概拋到九霄雲外，只感到歡樂、幸福無比。天氣炎熱，使我熱得爽快，一場透雨，又使我涼得適意。迎著陽光，當然心胸開朗，遇有陰雲，卻也別有情趣。有酒有肴，不免食指大動，但是只有鹹菜泡飯，同樣可以吃得津津有味。只要亞琴在我身邊，我就感到無往而不「宜」，甚至只要我想起她的音容笑貌，也會感到這人世間是如此美好，這人生又是何等有意義。我忽然覺得什麼人都那麼親切和氣，所以我對別人也更彬彬有禮。就是報社勤務員根發哥，我以前總嫌他顢頇、懶惰，拉不長，搓不圓，壓不扁，按不平，提不起，但這時看起來，卻覺得他按部就班，從容不迫，不慌不忙，有條有理，非常討人喜歡。

我跳不出深淵，掙不脫網羅，就像和亞琴搭上一輛無人駕駛的馬車。馬車完全不管路途上的坎坷、坑窪、草叢、樹兜[1]，只是一個勁地向前飛奔。它可能把我們載到目的地，但也可能在什麼絆腳物上翻個個兒，跌得輪裂轅折，車上人自然也就跟著粉身碎骨，死無葬身之地。

但是天下事畢竟不像我這號不成熟的極端分子所料想的那樣，非此即彼，非黑即白，非上即下，非東即西，而自有它的歸宿和安排。馬車沒有把我們載到目的地，但也沒有驟然翻車出事故，而是來了個急剎車，把我們震得昏頭轉向，半死不活。

1 樹兜：指代樹幹與根部的交界處。

第二十五節

時近陰曆八月，天氣日漸涼爽。三民主義青年團報紙在螽園辦一個打抽豐[1]性質的遊園會，以彌補經營虧空。遊園會聲稱不受禁舞令約束，邀電影明星李麗華、王丹鳳和歌星吳鶯鶯、董愛琳演唱，提供來回車船，供給五道菜的西餐晚飯，門票賣到一石米一張。這樣，除一部分有錢又愛趕熱鬧的人、一部分一心想看著名女明星盧山真面目的人捨得買票入園外，大部分門票是由商會和工業協會攤派的。亞琴丈夫從銀行同業公會攤到一張門票，準備和亞琴一起去看電影明星。亞琴打電話給我，我說：「如果臨時有什麼事情，你同他到設在別墅裡的臨時辦事處去找我。想上去這一天人很多，地方又大，不容易找到人。」

這天下午三點多，亞琴和丈夫到了螽園，檢票人看到亞琴丈夫手拿一張藍色門票，攔住說：「藍票只能進一個人，請補買一張。」一張就是一石米，一個人三個多月的口糧，亞琴丈夫略一躊躇，這檢票人看到亞琴，想起是在哪裡看到過似的，又立刻改口說道：「繡太太，對不起，請進。我剛才沒認出你來。」又對亞琴丈夫說道：「我不知道你陪同繡太太來，請進。」

亞琴丈夫到此地步再也沉不住氣，猛然大發脾氣，把門票撕得粉碎，扔到檢票人臉上，揮手打了檢票人一個耳光。檢票人忽然遭此一擊，剎那間暈頭轉向，目瞪口呆，以為對方大約是個不能惹的特殊人物。站在園門另一側的又一檢票人正想走過來同亞琴丈夫理論，但進園的人很多，推來推去，使他一時脫不開身。亞琴丈夫怒氣沖沖，轉過身子，登上接送遊客的回程車走了，把亞琴撇下不管。亞琴感到狼狽，也感到羞恥，謝絕被打檢票人的解釋和邀請，沉著臉轉身登上另一輛回程車也走了。

稍過片刻，檢票人定下神來，想想這事有點離奇蹊蹺。來客若是特殊人物，為什麼手持藍票而不持紅票？為什

[1] 打抽豐：指向富有的人抽取小利，或藉故向人求取財物。

麼繡太太又過園門而不入？他決定問一問我，弄明白挨這一個耳光的道理。

他託另一個人負責檢票後，走來找我，告訴我經過情形。亞琴丈夫這一怒，想來已積數月之久，突然爆發，猛烈程度可想而知，以致在檢票人的左臉上，還可以看到在一片紅暈之中，泛著四個白手指痕。

我心裡十二萬分過意不去。這一下，是他代我挨的，但是我只好不動聲色。

「我攔了一下，算我不對吧。可是我一看到繡太太就賠了不是，向他告了罪，不也可以嗎？他打我有什麼道理？」他很氣憤。

「他只打這一下嗎？」

「是的。」

「他本來在你另一邊，還可以來一下的。你太囉嗦了。」

「是嗎？這位是誰？」他忽然心平氣和起來，似乎挨這樣一種角色一個耳光，是無須大驚小怪的。

「這你就別問了，反正是我的熟人。不過我覺得他無緣無故打你這麼重，是不對的。」我向檢票人奉上了香煙，替他點著火，以表示我的歉意，「我現在先代他向你道聲歉，請你包涵。另外，當時在你那些朋友中，誰看到打了你？有七八位。好的。我明天辦一桌酒，把這些朋友都請來，我當著這些人的面給還你面子，說清楚這是誤會。他要是還沒有走，我能把他請來就一起請來。你看這樣解決能不能使你滿意？」

「這是當不起的。」他謙虛而又滿意地回答了我。

「那就一言為定。明天中午在楊添興飯店，如何？」

「這就謝謝了。」

這是暴風雨來臨的訊號。對這場暴風雨我還是有準備的，來比不來好，早來比遲來好。因為它必定帶來最後的分曉，只是料不到它用這種方式來臨。那麼亞琴現在怎麼樣呢？她不該怒氣沖沖跟著回去，她該來找我。要知道，我現在已經沒有任何可能去找她，一點可能也沒有。

這一夜，我根本無法好好入睡。最放心不下的是，就是亞琴的處境怎麼樣？他和她會吵到天翻地覆嗎？又或者，會有什麼嚴重的、不可測的後果發生？

第二天上午，不出所料，我的朋友果然來到我的家，面色陰沉，神態嚴厲，一望而知是來問罪的。

「請坐。」我命令自己，要鎮靜！

他不作聲，在沙發裡一屁股坐下來。

我泡上茶，遞上煙。他把茶推過一邊，從口袋裡掏出煙盒，點著了自己的香煙。看到這情形，我只能不作聲。

他吸了兩口煙，就把香煙狠狠地捺熄在煙灰缸裡，對我陰沉沉地說道：「請問，什麼時候開始，我的太太成了你的太太？」他的眼睛帶著血絲，露出凶光，可能是憤怒，也可能是失眠所致。

「你大概指的是昨天在蠡園門口發生的不愉快事情。有人告訴了我，我查問過。檢票人弄不清人頭，誤會了。」

「誤會？」他憤憤不平，「這種誤會，對你，當然輕輕鬆鬆；對我，我還要不要做人？」

「我想，也許不至於牽涉到你做人吧。亞琴陪我在社交場所走動，不是一天兩天了，你不會不知道。」

「她為什麼跟你走？你為什麼帶她到處走？」

「這個問題，你最好問一問你自己。」

我等待著他迎面而來的耳光，但意外的是他這一回卻沒有發作他的脾氣。

「開頭，我知道她時常找你，我很忙，沒有時間陪她出去轉，覺得你陪她出去走走散散心也沒有什麼。以後我知道你不是她家的親戚，但是我覺得你總還是我的好朋友，所以也沒有在意。我怎料到你是衣冠禽獸？」他狠狠盯著我，像頭獵犬，準備隨時一躍撲向獵物的喉嚨。

「你有憑據來肯定我是『衣冠禽獸』嗎？」我給這四個字弄得很不舒暢。

「無風不起浪，我和她現在關係很不正常。」

「那麼我可以問心無愧地對你說，我和亞琴的行為從來就沒超出禮儀許可的範圍。你們關係不正常，我推不了責任，不過我和亞琴絕不想把一頂綠帽子扣到你頭上。」

「那麼你想什麼？」他將信將疑，感到困惑。

「按照合法、合情、合理的原則，來解決我們三者之間的糾紛。」

「你沒有權利提到『合法』兩個字。我提醒你，法院的門開著，倒是我有權利靠法律來保障我的家庭。」

「那就請提起訴訟。但是我請你收集好姦情的證據，否則我就反訴你誹謗。你是不是先請教一下律師，問一問，有哪些法律適用於懲治配偶的情人？構成妨礙家庭罪的條件是什麼？」

「難道你不妨礙我的家庭？」

「構成罪名卻還差得很遠。而且，從我來說，恰恰相反，正是你破壞了我本該有的家庭。可惜我無法控告你。」

「全是胡說八道！」

「我並沒有責怪過你破壞了我的家庭。亞琴在成為你妻子以前，是我的沒有履行解約手續的未婚妻。你並不知道這一點。」

「這更是胡說一通！」

「那麼我讓你看一看證據。」

我到後房箱子裡拿出一隻揚州螺鈿漆盒，盒子用銅鎖鎖著。銅鎖的機鈕分成五節，每節刻五個字，把這二十五個字中間的五個字對成一句詩句，才能打開這把鎖。打開漆盒，裡面是我媽媽的一些重要遺物和寫著亞琴八字的梅紅庚帖。

「你在房裡掛著結婚證書，所以你大模大樣地把她叫做妻子。」我的聲音有點顫抖，「我只一張庚帖，藏在盒子裡。在契約方面，我是輸家，法律不承認訂婚。可是她跟我走，不跟你走，我贏了。你娶到了人，但你沒能抓住她的心。」

「這是我丈人的疏忽。他本該同你們這一方了結清楚，不能這樣失枝脫節。」

「我那丈人一點也不疏忽，他只是有點欺貧愛富的毛病。他曾經想向我贖回這張庚帖……」

「好的，」他點點頭，「現在我來贖。開口吧，多少？我不還價。」於是他摸出隨身攜帶的支票簿，從口袋裡拿出派克金筆。

我趕緊把庚帖放回螺鈿漆盒，套上銅鎖，撥亂機鈕，唯恐他冷不防搶走。我說：「我不是生意人。我覺得天下很多東西是不能做買賣的，庚帖是其中之一。」

「我絕不還價，」他以為我是故擒欲縱，有意哄抬價格，「請開價。」

「不，不。如果亞琴來向我要回，我一個錢都不要就退還給她。」

「奇怪！」

「不奇怪。我反而覺得你很奇怪。你覺得什麼都可以買賣，都是商品，甚至你以為亞琴也是你向丈人買下的。那麼，你何不再用買這張庚帖的錢去買一個妻子。用你說過的話說，你可以再去蓋一個專用廁所。」

他突兀住，臉有點發紅，一下子說不出話來。

「她把什麼都告訴你？」

「可是她什麼都不告訴你，你還不該放棄她嗎？她不愛你。」我展開了攻勢。

他沉默了大約五分鐘。多麼難耐的五分鐘。我凝視著他的嘴，希望他暴跳如雷，希望他摑我一個耳光，而後做出放棄她的答覆。

但是最後他艱難地搖搖頭，回答我說：「不，太可怕了！我該放棄？不！我不該放棄！」

「我不明白。」我著急了，「她幾次說，她想提出離婚。她不愛你！她不接受你的驕橫，她討厭你的盛氣凌人。」我有意刺痛他。

「這不需要用離婚來解決。」他的聲音似乎有點顫抖，「那麼她為什麼不提出來？」

「把提出離婚的權利讓給你。」

他重又沉默不語。

「當然，你也可以不提。你和亞琴可以談一談，達成一個協議。」我有點沉不住氣。

「我明白了，」他沉思著說道，「這是圈套。你布置好了一個圈套，昨天那件事情，也是你事先布置的。你故意指使個人出來，當眾出我的醜，迫使我把頭套進來，你就收緊繩子，把我掛在樹上。」

「不！你不掛在樹上，我就掛在樹上。我和你兩個人總要有一個掛到樹上去的。」

「我不提！我也不協議離婚！」他做了肯定答覆，「我不能放棄她，我們有孩子。而且這要牽涉到許多方面。」

我的心一下子全涼了。我只想到他同意離婚的一面，沒有多想他若不同意我又該怎麼對付，於是一下子就亂了陣腳。

「你太狠毒，」他責備我說，「你不該作弄我。你要摸摸良心。假如你還有一星半點良心，還沒有給狗全吃掉，那麼你說說看，我到底哪一點對你不起？」

他責備得對，然而我不能示弱。我只好說：「在你眼裡，我成不了聖賢的。」

「你少做點十惡不赦的壞事。我從來沒有傷害過你，相反，我同情過你，關照過你，你總不能恩將仇報。」

我心裡很亂，他確實是無辜的。他到底是我的朋友還是我的情敵？我自己也弄不清。我像一個落水者，自知行將滅頂了，但是還要本能地最後掙扎一下。

「你放棄她吧。」我無力地說道，「事到如今，你和她結合在一起還有什麼意思？」

「要是我破壞了你和亞琴的幸福，那也是我無心造成的。可是你現在是蓄意破壞我和亞琴的幸福。亞琴並沒有把什麼都告訴你，我也不像你說的那樣抓不住她。我們也相愛過，也融洽過，相處得也很好。這些她沒有告訴給你聽。夫妻拌一拌嘴、淘一淘氣，哪一家沒有？現在是你在硬擠進來，你一擠進來事情才鬧到這種地步。所以，該放棄的是你，不是我。」

「可是……」我一時語塞。

「你比我好辦得多。你去另找一個姑娘，建立一個家庭，豈不簡單？我還是你的朋友。」他向我展開了進攻。

「你也不難辦多少。」我只能以守為攻，「你另娶一個更柔順、更稱心的妻子，就不會經常拌嘴吵架。你不放棄她，這糾紛又何日可了？你們還是怨偶一對，我們還得痛苦下去。」

「你想的，說來說去只是我和亞琴之間沒有愛情。這不是事實。我從來就不想離開她，也沒有想過她有一天會離開我。我同她相處得不好，這也是有的，我可以調整。你有沒有替我們的孩子想過？離婚的第一個後果，就是她失去孩子，孩子失去媽媽。我還可以再娶，孩子卻不能再找一個媽媽的。你可以奪走我的妻子，也就是從孩子手裡奪走媽媽。從你現在想來『不難辦多少』，但是你會受到譴責。天理不容你，社會不容你，我這一家要永遠詛咒你，你是毒蛇！你如果還是人，那就一定有一天會受到你自己良心的譴責。害人的人不會有好報。因為我是無辜的，我的孩子是無辜的！」

我無言以對。

我輸了一個精光。

「你退出去吧。」他把手伸給我，「如果你退出去，我們就當什麼事情都沒有發生，我們還是朋友。」

「我想你看得出來，我很愛你的孩子，他不會失去媽媽……」我已經處於困獸猶鬥的境地。

「你莫不是在做夢？」他把伸出的手收了回去，「你不覺得你太過分了嗎？那好吧，你殺了我，那就什麼都歸你了。還不光是孩子歸你！」

「你叫我怎麼辦？」我已經全軍覆沒。

「我叫你殺了我，不然你就退出去。我是生意人，乾脆得很。做，就豁出去；不做，就把手縮回來。是殺是退，憑你決定。」

「只能這樣，我不再找亞琴。至於亞琴找不找我，那不是我的事。」

「先做到這一步也行，只要你退出去。」

「你只知道造一隻金絲籠把她養起來，結果你把她趕到我的草雞窩裡。你能不能從這裡去想一想？所以我說，那不是我的事。」

「在這方面，我有缺點，我來調整。為了我們的和解，我們去喝一杯怎麼樣？」他終於露出了笑意。

「謝謝，我沒有這種心情。十二點，我得去請別人喝酒，就是昨天被你摑了一個耳光的檢票人。我答應他，要當眾還給他面子。你要不要和我一起去？」

「我的脾氣是有點不好。不過最好不去，帳我來惠。」

「我理解你當時的心情。算了，你不去也罷，去了反而不好說話。我得問問你，你昨天同亞琴又吵到什麼程度？」

「直到如今，我還沒有見著她的面。想必回娘家了。」

我總算放心了。

把他送走，呆坐半晌，不知道我剛才自己做了些什麼事。沒有一件事是按照事先策畫做下去的，結果把亞琴奉還給了她丈夫，把我的歡樂和幸福斷送光。我為什麼做這種蠢事？什麼力量逼得我非做這種蠢事不可？我無從解答起。我由悲哀而憤怒，由憤怒而沮喪。一眼看去，屋子裡無一不刺眼，無一不礙手礙腳，真想把能摔的東西摔光。臺鐘打響了十二點，使我稍微清醒了一些。我強打精神到楊添興飯店坐了兩分鐘，什麼也沒有進嘴就回到我屋子裡。

不久響起了敲門聲。亞琴進門後先靠著門站著，一臉怒色。

「你們談一談，把我當個皮球，拋過來，接過去，這就是你嘴裡唱的尊重我？」

「他來找你了嗎？」

「你先回答我！」

「我沒有把你拋出去。他剛才用一條看不見的繩子把我的手腳捆起來，從我心上剜走一塊肉。」

「美麗的廢話不解決任何問題。你太懦弱！」

「你不理解我為什麼要幹這種蠢事，我自己也不理解。他拚死保衛他的孩子，他要我殺了他。他知道我不會殺他，不敢殺他。我已經一再慫恿他提出離婚來。他要我退出去，不殺他就得退出去。我是個多餘的人！」我簡直有點語無倫次。

「你就退出去？」

我不回答，我無從回答起。

「那麼我呢？還是沒有我？這事情只要你們談妥就完了？」

「你說吧。」

「你不懦弱，好，收拾一下，我同你一起走！」

「孩子呢？」

「不要了，留給他。」

「這樣行嗎？」

「哪能顧這麼許多？」

「出走，我也是想過的，但我從來沒有把出走當作一個辦法對你說起過。這不是辦法。我和你可以到任何地方去，但是人活下去不僅僅靠衣食住。你現在是在氣頭上……」

「我怎麼料得到你這麼不中用？」

「雙方勢不均、力不敵，我所有的武器只有愛情，他卻有契約的法律力量和輿論的道德力量。就是你的父母、我的姊姊，也明明站在他那一邊。我只能一觸即潰。」

「別說了，我不聽。你毫無勇氣。」

我低頭無語。

「我本來以為，你為了我，可以拋棄一切，犧牲一切……」她哭起來，說不下去了。

她的眼淚把我的五臟六腑打亂了位置，我似乎支持不住了。我怎麼說才好？我能說得清楚既沒有辜負她的一片心又不是捨不得拋棄一切嗎？「自反而縮，雖千萬人吾往矣。」[2]我自反是不縮的，怎麼能一意孤行？愛德華八世為了愛情拋棄王位，那是因為辛普森夫人是個寡婦，這才傳為美談。要是愛德華八世從活著的辛普森先生手裡奪過他的夫人，那就不是美談而是醜聞了。我沒有王位需要拋棄，也沒有任何既得利益可供拋棄。我要忠於愛情，不顧一切和亞琴結合，只要拋棄良心就可以了。但是良心是可以拋棄的嗎？她不是不愛骨肉的人，絕對不是。她想出走完全是氣頭上的考慮不周。失去愛子，她以後是無法忍受的。

「你聽我說。今天的一切痛苦，全是你父親一手造成的，你丈夫沒有責任。但是我現在的對手，是你丈夫而不是你父親。你叫我拿什麼勇氣出來？你不要埋怨我吧，我狠不下心。你丈夫說得對，他是無辜的，我怎麼可以把痛苦強加到無辜者身上？孩子才滿兩週歲。」

說來奇怪，亞琴走進門以後就對我埋怨、生氣、發怒、責備，但是她一在我身邊，我的心情就陡然改變，屋子裡的陳設不再刺我的眼，礙我的腳。著名畫家任伯年[3]畫的、落款是我祖父名字道基的《耄耋圖》，一隻黃白毛相

2 「自反而縮」句：出自《孟子・公孫丑上》。

3 任伯年：任頤（一八四〇－一八九五），字伯年，中國近代畫家。山陰（浙江省紹興）人，故畫面署款多寫「山陰任頤」。任伯年結合中國畫傳統畫法、民間畫法和西洋畫速寫、彩色法，確立了獨自的畫風。擅花鳥畫，兼工人物畫，尤精肖像畫，亦畫山水畫，能塑像。

間的貓，在一株牡丹花下撲一隻飛著的鳳蝶，用沒骨法畫成，不同於畫家常用的勾勒法，不很多見。貓的絨毛如同實物那樣具有質感，鳳蝶的雙翅似乎可以刮下鱗粉。這幅名畫剛才是那麼不順眼，現在卻已恢復了它的完全價值，從構思、格局、筆力到設色，無不顯示畫家的非凡天才和功力。

「那還不如死了好。」亞琴憤憤地說。

「現在恐怕不是死的時候。你丈夫打的那個耳光實在選的不是個合適地方，這種事情已經傳了開去，正在議論紛紛。那麼你仔細想一想，三個人中間忽然死掉一個，後果是什麼？」

「你這也不是，那也不是，什麼才算個是？我來的時候，心裡還明白，還有主意。聽你這麼說、那麼說，現在反而心裡一團糟，什麼主意也沒有了。」

「我也是這樣，一點主意也沒有，我心裡也是亂糟糟的。」

「既然這樣，我只好走了！」她騰地一下站起來，「我走！」

她砰然拉開門，往外就走。

「我求求你，你再待一會兒。」我追出去。

「你拋棄了我！我不想再見到你！」

直到這時我才著急起來，說道：「不，你聽我說……」然而我根本不知道要對她說些什麼。

「過去，是我耽誤了你。」她稍稍回過身來，「既然你把我還給了他，我就不再承擔拖累你的罪名了。我不拖泥帶水，我不會糾纏不清！」

「也許你以後會明白……」

她頭也不回就走了。

我好像從一場噩夢裡醒來，張開眼忽然不見了她，只好返回房裡，忽然大發一場脾氣，把所有陳設都打光，在《耄耋圖》上踩上兩個腳印，而後撲倒在枕頭上，嗚嗚咽咽不知害羞地哭了起來，直到枕頭上染上一灘血漬，才發覺剛才摔東西時弄破了手，但是當時一點也感受不到疼痛。

第二章

第一節

從此以後，我獨往獨來，回到形單影隻的生活裡，每日除了必不可少的編輯活動外，摒棄一切酬酢，只把個人緊鎖在家，飯也少吃，覺也少睡，不知不覺就瘦了一圈。我恪守諾言，不去找亞琴，亞琴也不再來找我。想上去，她的處境更為艱難。這一點無須我有過人的才智才能推斷出來，而且她還可能正在為我的懦弱無用而大生其氣。失戀的況味是一種精神酷刑。肉體上的酷刑，受刑者可以用叫喊來減輕痛苦，實在受不住還會昏厥，進入身體的自我保護狀態。但是精神上的酷刑既不容你叫喊，也不讓你昏厥，只是一味地沒日沒夜地糾纏你、咬噬你，使你站也不是，坐也不是，躺也不是。即使睡著了，也會因種種稀奇古怪的噩夢而醒來，一身冷汗，心臟跳動到似乎要突破胸肌。

如此大約半個月，八月十五，是個大好天氣，皓月當頂，秋空如洗。當地的記者公會按慣例在中秋節組織一次五家報館全體編輯人員的太湖夜遊，約定遇雨順延。總編輯陳其然先生宣布，能早走的人，夜九點半結束工作登船，不能早走的人，各報協議一律在十一點半截稿，乘汽車趕到，十二點正船菜在蠡園草坪上開宴。除留一桌等待各報十位校對先生外，其餘過時不候。陳先生眼見我半個月來鬱結愁悶，無精打采，勸我趁此機會去散散心，九點半就登船。我提不起興致，婉謝了他的關心和盛意。但是十一點過後辦公室燈灺人稀，倍感淒涼，故忽然又改變主意，跟著陳先生上了汽車。

汽車到達，船菜剛剛開始。所謂船菜，顧名思義，就是船上辦的宴席，以魚鮮著稱。當地有一個專為遊湖開設的燈船行業，上焉者，名之為舫，備有女樂，供老爺、大爺、公子哥兒之用，其他者只備酒菜，不備女樂，就不再以舫為名。記者公會雇的船，當然是不備女樂的船，這種船，滿載可容五六十人。輪船發明後，改用小火輪拖曳，至多兩個小時就可到達蠡園。比起蘇東坡遊赤壁要「舉網得魚」[1]，酒還要「歸而謀諸婦」，要方便得多了。

1 「舉網得魚」以下二句：語本蘇軾〈後赤壁賦〉。

船菜中的魚鮮，一律用細篾籠養在船邊，吃時活殺現煮，比城市裡的酒家菜館，更勝一籌。其中有一味膾炙人口的菜肴，名叫「活嗆」，就是用中等大小的河蝦，洗淨剪去鬚腳，用紅豆腐乳汁蘸來生吃。蝦到嘴邊，還在跳動，有的甚至會從盤裡蹦跳到地上，豈有不好之理？沒有吃過這種蝦的人，不免會有茹毛飲血的野蠻感，但是吃過一次之後，也許就會徹底改變觀感，轉而認為這是一種高度文明，毫無茹毛飲血氣息。九月吃蟹季節，一味炒蟹粉也是名菜，做法是用中等螃蟹剝出蟹青、蟹黃、蟹肉，再加調味炒好，佐以薑絲、米醋，實為天下美味之首。八月半螃蟹還沒有上市，這時船上師傅會用鱖魚肉、鴨蛋黃、鹹蛋黃炒成「賽蟹粉」，不但看起來相像，吃起來也幾可亂真。

副刊編輯一桌，空著一席等我，《人報》副刊主編王孫先生旁邊，坐著一位我尚不識荊的小姐。她含笑對我說道：「才子為什麼來得這麼晚？我佳人等你已經很久了。」

我為之一愣，席上八位副刊編輯，有的哈哈大笑，有的噗嗤一笑，也有的板著臉不笑。

這裡得說明一下。所謂才子，不是因為我真有什麼了不起的才華橫溢出來，被人發現而有此美稱，只不過是因為先父命我字子才，進入報界後，好事者把它顛倒過來稱呼我，久而久之，成了個綽號。至於佳人，其實也不能算很佳。她看上去有二十二三歲，身穿淡黃地小紅點綢夾旗袍，天藍薄花呢無領外套，打扮還是文雅的。身材曲線不錯，自踝而上至小腿，而至大腿，而至臀，而至腰，而至胸，乃至頸，都很好，只是肩膀寬些，有點男性化，破壞了和諧與勻稱。臉部的缺點是鼻子偏小，頰上有少許的雀斑。致命傷是下顎過方，而且轉折分明，以致使她的臉很像是歐陽詢用楷書寫的「西」字或「酉」字，在婀娜中顯出剛勁來。最使我看不慣的是，她把頭髮燙得蓬蓬鬆，遠遠望去好像一頭雄獅。

我估計她是三青團[2]報副刊助編沈苡小姐。我雖不認識她，卻已風聞大名。她是蘇州人，過去在蘇州國立社教學院讀書。讀書期間，向《人報》投稿，被王孫先生的前任盧東野先生賞識，提攜她進入當地的作者群。不知什麼原因，沈小姐未完成她的學業，去找三青團書記長姚尹默先生，請他以青年領袖的襟懷關懷她的職業與前程。姚先

2 三青團：三民主義青年團的簡稱，是由中國國民黨領導的青年組織，於一九三八年七月九日在湖北武昌正式成立。首任團長是蔣中正，陳誠、張治中先後任書記長。

生憐才若渴，就請她襄助他報紙的副刊主編蔣惜今先生工作。據說，四十來歲的盧東野先生在任期間，賞識沈小姐後，盧太太聽說經常有這麼個妙齡姑娘上編輯部找盧先生糾纏不清，曾不得不到報館去做了幾次河東獅吼。盧先生後來的辭職他就，一般認為與此有關。蔣惜今先生年已五十多，一千多度的近視眼，本不像沾花惹草的角色，但是沈苡小姐到任不久後，蔣太太也只好深夜不眠，坐在蔣先生辦公室裡等丈夫截稿後一起回家。

對於這樣一位人物，或者說尤物，我僅聞其名而尚未幸會，有兩個原因。一是因為三青團骨幹分子李伯膺在那家報紙上賣弄唯生論，從費爾巴哈談到愛因斯坦的相對論，我覺得跡近牽強附會，蕪雜拼湊，批評了一下，從此關係弄壞了，極少往來。二是因為助編是真正的內勤，不對外，我和她的報館既極少往來，也就無由識荊。但是今晚沈苡小姐給我的第一印象，無論怎麼說都不是很好的。林語堂先生認為，紳士與紳士相處，最好採用豪豬方式，太疏遠了妨礙互相取暖，太親近了又會彼此戳痛。我很贊成，並認為同人相處採取國粹式的君子之交淡如水方式，既不狎昵，也不冷淡，不分男女，一概如此。沈苡小姐在大庭廣眾之間，用開玩笑方式揭開初見序幕，未免使我不習慣，因而我一本正經地用正常的態度向她寒暄：「一向少會，這位貴姓？」

年長而又誠篤的蔣惜今先生代她回答說道：「這位就是沈苡小姐。」

「那麼是久仰的了，幸會，幸會。」我繼續一本正經地寒暄。

豈料沈小姐在我坐在她身旁以後，又冒昧地問了我一句：「失戀的滋味如何？」真使我不痛快到了極點。

「如人飲水，冷暖自知。」我冷冷地回了她一句。

使我改變對她的印象的契機，倒在於宴後的遊樂。她舞跳得極好，又輕又穩。之後到湖邊划船，她划槳也很嫻熟。隨後談到她愛馳馬，愛打網球，這些愛好同我也不謀而合。等到她說起她願意成為我報紙副刊的撰稿人時，我就把初見面的不愉快都拋開了。

「如果我來找你，你歡迎嗎？」她問我。

「我從來不拒絕任何來賓。」殷鑑不遠，我做了謹慎的回答。

「這就是說，」她笑一笑，「離歡迎的程度還有一段距離。」

「那倒並不，」我也笑一笑，「『不拒絕』三個字也包括歡迎的意思在內。請隨時來，不過希望事先來個電話，我好恭迎。」

這晚沒有玩的，只有我的同事、電訊主編周冷秋先生。周先生是位君子，溫溫恭人，生性貪杯，醉了納頭便睡。國民黨軍進入延安，他擬標題，覺得用「光復」或「淪陷」都不妥，同我商量用什麼為好。我說：「『易手』兩字如何？」他欣然採納。見報當天，城防司令部來電話找辛社長，問為何不用「光復」二字。辛找周先生，周先生還沒有醒，離床三尺就能聞到酒味。辛請城防司令部過些時候派人來找周面談。而後一名上校前來，周依然醉態可掬。問明來意，周先生詫異地說道：「易手，就是換了主人的意思，和電訊內容完全相符，為什麼非用『光復』不可？」城防司令部以後查來查去，周冷秋確實和共產黨沾不上邊，嗜酒如命，向不過問政治，憑「易手」二字也無從治罪，只好不了了之。這一晚，周先生把截稿工作交給助編，九點半上船，就向船家要一瓶洋河高粱、一盤鹽水豬舌，坐在船頭上，對月暢飲。上岸以後，船菜開始，他又頻頻舉觴，來者不拒。結果喝得爛醉如泥。有人只好叫船家拿條厚毛毯把他嚴嚴實實裹好，抬到艙裡讓他睡下。遊罷回城，他恰好酒醒，這時天色已經魚肚白了。

沈苡小姐坐船回城時候，也已經很累。她沒講客氣，把她那蓬蓬鬆的頭，枕在我肩上打了一個盹。船停驚醒，她揉揉惺忪的眼睛，撫一撫捲髮，抱歉似的對我說了聲「對不起」，就驅車走人了。

第二節

幾天以後，晚上十一點左右，我接到沈苡小姐的電話，她要我上她報館去一趟，伴送她回家。我問清她的住址，對她說道：「鄙報社恰好位於貴社和尊府之間，如果您能屈尊光臨敝社，我再送您回府。那就省得我多走冤枉路，對此我就感激不盡了。」

大約二十分鐘後，沈苡小姐出現在我辦公桌前，笑盈盈說道：「好大的架子。要我寫稿，還要我自己送上。」

「您請坐。」我趕緊站起來，「您剛才並沒有提到稿子。用過夜點嗎？」

「吃過了。」她看到我坐下來，翻開她的稿子，接著說道，「看樣子，我似乎還要等你看完了才能離開這裡吧。」

我笑起來，收起她的來稿，說道：「很對不起，我失禮了。我有個先睹為快的毛病。請！您請！」

「這就無怪你會失戀，」她站起身，「你根本不懂女人的心理。」

她和我編輯部的夜班先生略事點頭招呼之後，便和我一起下樓出門而去。走到街上，沒走幾步路，她就說很累，乾脆把手挽到我的胳膊彎裡，像親密的情人那樣，把半個身子壓在我肩膀上。

「你累嗎？」

「不，我不累。」我回答說，「晚上是很好的工作時間，精神可以高度集中。」

「我是問，這樣走你累嗎？」

「這一層，我不便說累，我畢竟是個男子漢。當然，如果你能站得比現在直一些，我會感到輕快一些。」

她無動於衷，還是用原來的姿勢一半由我支撐著走路：「你準備怎樣對待我的稿子？」

「我看一看再說。當然，我將採取珍視的態度。」

「這是我的心血。」

「我明白，我不辜負任何一位作者的盛意。」

「你同盧東野有點不一樣。」

「盧先生也會珍惜作者的苦心孤詣吧，這是編輯的起碼道德準則。不過我不學他的樣，發表時不會把你的名字用四號黑體排字。」

「我說的是你對女人的態度同他有點不一樣。我靠著他走不幾步，他就自然而然地把手勾起我的腰，這樣就不至於走得很累。我本來以為你將選用奎號字的。」

「這恐怕需要在您具有馬歇爾、魏德邁、宋子文或者孔祥熙那樣的名望以後。盧先生離開《人報》以後上哪裡去了呢？」

「我不想過問他的事情。」

「他總是您的提攜人吧。」

「我其實不過利用他好色的弱點，踩著他的背爬上了文壇。他的背既不夠硬，也不夠高，已經失去了我的墊腳石作用。」

我頗驚奇於她的率直和大膽，情不自禁發出「哦」的一聲。

「如果我想爬得更高些，我必須選擇另一塊更合適的墊腳石。」

「但是沈小姐，我的背未必比盧先生的更硬更高。」

「這你放心，」她格格地笑著說，「我並沒有選到你頭上。」

「那麼……」

「你還不夠老練，不夠成熟，太嫩了些。嫩了些有嫩了些的用處。這沒有什麼可以大驚小怪，人都得互相利用。譬如現在，我利用你送我回去，你利用我填補一下失戀後的空虛。」

我扭頭看看她那蓬蓬鬆的腦袋，覺得很難理解她在想些什麼。

「我有什麼地方能引起您的注意呢？」我問。

「你很驕傲，我喜歡驕傲的人。」

「那麼真叫我遺憾。我的庭訓是『謙虛』二字，想不到在您看來仍有驕傲之失。驕傲的人論理只會惹人討厭，不會惹人喜歡。」

「驕傲是美德，你恰恰說錯了。我喜歡驕傲的人，而且喜歡征服這一種人。女孩子花了心思征服一個平平庸庸的男人，豈不可憐？」

「原來只是您自命不凡。」

「那就讓它不凡去。到了，就是這一家。請屋裡坐坐。」

「謝謝，我得回去看些稿子，包括大作在內。」

「那好，請自便，再見。」她笑笑，像個外國女明星那樣，瀟灑地拋給我一個飛吻，而後拿出鑰匙開了大門。

這一番談話，使我對這位尤物又有了怪物的感覺。

第二天，我把她的作品一字不改地發向工廠排字，見報的當夜十一點半，她來了電話，要我伴送她回家。

「你這樣對待我的作品，真使我遺憾。」她仍然用手掛在我的臂彎裡，靠在我身上走路，「我本來以為你會發在第一條位置上，結果是報屁股的屁股位置，最末一條。」

「您是行家，壓軸戲才由名角唱，開鑼戲是三四流角色演的，我還用花邊加上了框。您的文章是清麗芊綿的，我一字不改。」

「總算你還有點眼力。」

「不過我不贊成您安排的那一記耳光，於情於理，都不該去動這一下手。我想讀者也未必會接受您的安排，但是又沒法改，我就偷個懶，原文照登。」

「我以為你對打耳光有一種偏見，你給你那情敵一個耳光打怕了。」

「請勿扯得過遠，沒有您說的這回事。」

「怎麼過遠？除非有偏見，否則你不會做出這種評論。我正好要同你討論討論『情理』這兩個字。什麼都按情理辦事，這世界就千篇一律、黯淡無光。生活中有大量不合理的事件，貪污的是宣鐵吾，槍決掉的卻是姜公美；綁架榮德生的是毛森，槍決掉的綁匪卻是水火幫。就是你自己，也何嘗合了情理？有誰聽說過情夫和本夫面對面談判離婚？要合情理，你該退到幕後，指揮你那姘婦同丈夫談判才對。由你出面，事情必然弄到一團糟……」

「這實在扯得太遠了。」我聽不下去。

「我馬上就把它扯回來。」沈小姐笑笑說，「這篇作品其實是夫子自道，你奇怪嗎？」

「不那麼奇怪。不過那個耳光還是奇怪的，打耳光總要有個前提，沒有必要就不打。」

沈小姐在蘇州有一位姓汪的表兄，是建築師，想娶他的表妹。志在千里、氣吞山河的沈小姐，對謙虛的、只會拉扯計算尺的表兄不感興趣。而沈小姐的媽媽卻對這位老實巴交的侄兒十分喜歡，干預女兒一定要答應下來。這樣，當她表兄硬著頭皮向她誠摯地傾訴衷腸時，沈小姐由煩生厭，由厭生怒，不問情由，揮手打了表兄一個耳光，打到表兄一去不敢再露面，打到媽媽傷透了心。結局是，沈小姐離開家庭，進了本地的國立社教學院，以迄如今。

「我有什麼辦法？」沈小姐很有感喟，「主編是主宰稿件命運的權威。」

「萬勿責怪，希望不要一怒就不再來稿。我倒是很愛讀您的大作的，意見是另一回事。」

「這很好，我愛聽甜言蜜語。」

月色很好，下弦月這時正在天心附近。

「蔣惜今出了個新花樣，結果這兩天把我累壞了。他想編一個《滄海遺珠》專欄，也就是到字紙簍去把廢稿子找出來，要我揀其中一句兩句，登在報上，後面排上寫稿人的大名，這可是個好主意。三代以下，未有不好名者，在報上能露個姓名，哪怕只用六號字排，排上的還是滿心歡喜，全不管他寫的是人話還是狗屁。這一下子，發行量連日大增，姚尹默極為稱讚，蔣惜今大為得意。」

「蔣先生至今缺乏子息，」我笑一笑，「他也可能想藉此多積陰德。」

「但是我卻但願這批投稿人死得一個不剩。你不知道我有多苦？我必須被逼得去看那些狗屁不通的東西，還得去找出一句兩句比較不狗屁的東西。我怕總有一天我會淹死在這個『滄海』裡的。」

「這確實是苦差事。」我表示同情。

走過一條弄口，沈小姐提議到弄裡一個廣場前的石凳去坐坐。廣場在我原來讀書的小學門前，學校後面就是亞琴曾經掉進去的小河。奔走衣食，塵務栗六[1]，這地方竟有十多年沒有來過了。風物依舊，卻感到廣場變得意外地小。小時候，我和亞琴或者其他小夥伴在這裡跑跑跳跳，踢皮球、踢毽子，覺得這裡又寬又闊，可是現在重遊舊地，一看卻又窄又小，想不起那時是怎麼回旋而遊刃有餘的。今夜月色不錯，沐著涼風，聽著草叢裡的蟲聲，確實有一種休息的舒暢感覺。況且沈小姐不失為一位很好的清談對手。

「我喜歡尼采，」沈小姐換了一個話題，「尼采也是一個驕傲的人。人應該做超人！」

「問題是，如果都信奉尼采的學說，那麼誰來做普通人？」

「超人始終是極少數。超人具有安享他人對他膜拜、崇敬的勇氣，具有顛倒眾生的意志。這種勇氣，這種意志，還有為完成自己目標所須付出的毅力，不是普通人都具備的。這種氣質，就是驕傲。我第一次見到你，就發覺你有著驕傲的氣質。你不唯唯諾諾，似乎在蔑視我，我喜歡這種驕傲的人。」

「我想你似乎忘記了我是個中國人，是在儒學環境裡成長的人。你說的驕傲，我看成是自信。但我並不蔑視你，並不蔑視一切，只蔑視我認為應該蔑視的東西。我的標準仍然是儒學的仁義禮智信，就是說，我蔑視不仁、不義、不禮、不智、不信。至於對待初見者，我想我也許不會蔑視的。我不想做超人，甚至不喜歡尼采哲學。我覺得儒家替人們規定了很好的人倫原則，敬人者人恆敬之，愛人者人恆愛之。尼采的信徒希特勒的下場，你不也看到了嗎？孟子說，唯『不嗜殺人者能一之[2]』耳。希特勒達不到目的的原因正在這裡。」

「不，我不是同你談論政治、道德、倫理，只同你談談對生活的見解。你好像議論過我自命不凡。」

「恐怕還要加上不甘寂寞。」

「不甘寂寞正因為我寂寞。這一句算是說對了。」

「你感到寂寞？不會吧？」沈小姐進入報界時間並不長久，報界同仁就對她議論紛紛，蜚短流長，怎麼也有寂寞感？我只好姑妄聽之，「你可以自己想辦法排遣寂寞，譬如……」

1 栗六：又作「栗碌」，指事務忙亂。例如清代石壽棠《醫原・自序》：「年來公車栗六，迄無暇時。」

2 不嗜殺人者能一之：語本《孟子・梁惠王上》。

「我確實不習慣於沒沒無聞，所以我信仰尼采。我認為我的使命就是要顛倒眾生。」

「這似乎不現實，顛倒眾生是很不容易的。有幾個人在為你顛倒？盧東野、蔣惜今、你那位姓汪的表兄，此外也許還可以數出幾個人來吧。不過總而言之離顛倒眾生還遠。」

「盧東野、蔣惜今算什麼？兩個老頭，我還不想顛倒這兩位老人家。今晚這種月色，假定我同盧東野或者蔣惜今坐在這裡，讓一個過路人看到，這個人會怎麼想？這一對是父女，還是老夫少妻，還是別的什麼？我上回不是說，你雖嫩了些，但嫩了些有嫩了些的用處嗎？」

「我對你說實話，我不會為你顛倒。」

「謝天謝地，但願你永遠如此。不過，你連吻我一下也不想嗎？這不需要達到顛倒的程度。」

「為什麼要吻你呢？」

「這只需要一個衝動就夠了。月光下，一個少男，一個少女，談得很好，四顧無人，有一個衝動，吻一吻是很自然的行為。」

「要是這兩個人在談愛情，那就另當別論，但是我們目前還來不及談到愛情方面去，我們只是談談各自的見解……」

「愛情有必要空口白話、無休無止地談下去嗎？一次衝動就完成一次愛情。」

「沒有愛情的吻又有什麼意思？」

「那麼，我習慣於堅持我的想法。」

她和我本來好好地並肩坐在一條長石凳上，說完這句話後忽然伸手捉住我的頭，絲毫不管我頸項所能承受的扭轉程度，把我的頭扭到對準她那個裝滿我弄不清楚的思路的腦袋方向去，用她的嘴唇皮狠狠吻了我的嘴唇皮一氣。我猝不及防，被她蓬蓬鬆的頭髮堵住了一個鼻孔，一時之間呼吸大受障礙。

幸而她很快丟開了我那扭得很痛的可憐的頭頸，受阻的呼吸隨著也就恢復到正常了。

「為了不使你生氣，」她似乎意興索然，「我不說剛才我是在吻一具死屍，我只說是吻了一尊石膏像。」

「務請原諒。」我也有點歉意，「剛才我對你說過，沒有愛情的吻沒有什麼意思。」

「算我輸了吧。」她站起身來，「我現在才真正覺得累極了。那個該死的《滄海遺珠》。我們走！你送我回家去！」

第三節

沈苡小姐的作為，出我意外。我感到迷茫、詫異，對她還有點憐惜。平心而論，沈小姐雖不那麼出眾美麗，但是在她那種年齡，吸引人的地方還是有的。青年男女，互相愛慕，終論婚嫁，原是人情之常，當然無可厚非。我只是無法理解她的思想，而且她的豁達不羈使我對她望而生畏。時當二十世紀，我對男女禮教大防那一套，自然不再聽信了，但總覺得男女在相識以後，還是應該正正規規，互相試探試探，看看是否情投意合，再做下一步打算。即如現在不是君子好逑而是淑女好逑，她也應該講點手腕、方法。例如開頭一步，按照常規，她只能在有意無意之間撩撥撩撥、挑逗挑逗，引惹我去移樽就教，敲門、扣環、按鈴。到此地步，她再門開一縫，至多一半，裝模作樣，半推半就，若即若離，請我進去，方為正理。無如她的做法是，門尚未敲，她就大開正門，把我一把拖進去，就像個不設防城市那樣，可以聽憑長驅直入。這就反而使我大驚失色，魂飛天外，各種各樣疑慮叢叢而生。天下只有船去靠岸，哪見岸來就船？堂子裡的婊子還要擺幾桌花酒，碰幾場麻將，才談滅燭留髡[1]。姑娘談戀愛，豈有見面三次就親嘴之理？

我對她的為人處世，也有點不以為然。人貴有自知之明，到什麼山，砍什麼柴，有多大本事，做多大生意，以顛倒眾生為己任，論志固屬氣壯山河，足以驚天地泣鬼神，然而無此能力，力不從心，那也只不過空有抱負而已。大凡一個女人要成為名女人，足以顛倒眾生，那麼在現實裡有三個條件必不可少。一是要真正美麗，傾國傾城，惑陽城而迷下蔡[2]，而不是自以為是。二是要有高超的手腕，八面玲瓏，長袖善舞。三是要有錢，有種種物質手段來

1 留髡：典故出自《史記・滑稽列傳》：「日暮酒闌……主人留髡而送客。羅襦襟解，微聞薌澤，當此之時，髡心最歡，能飲一石。」後因稱留客為「留髡」。

2 惑陽城而迷下蔡：出自先秦宋玉〈登徒子好色賦〉：「天下之佳人莫若楚國，楚國之麗者莫若臣里，臣里之美者莫若臣東家之子。東家之子……嫣然一笑，惑陽城，迷下蔡。」

保證她的氣派、儀範和風度。沈小姐不具備這三個條件的任何一個，所具備的，只是筆底下還好，能寫寫文章，那麼僅憑此點，卻是無法實現她那大志宏願的。我們查查歷史，就可以知道，足以顛倒眾生的女人都不很會寫文章。而會寫文章的女人則留下一個才名，在當時並沒有顛倒眾生，有的際遇還不一定好到哪裡去。要是寫寫文章就能顛倒眾生，那麼外國的喬治·桑、賽珍珠，中國的謝冰心、蘇綠漪早該風靡全世界，然而除文壇之外，知道她們名字的又有多少人？所以沈小姐不去信奉尼采學說，不以超人自居，恐怕會好一些。她只要踏踏實實，勤勤懇懇，在報界奮鬥若干年，那麼按照她的材質稟賦，將來未必不能有某些成就。現在她把自己的志向定得那麼大，大到甚至有點摸不著邊際，卻又絲毫沒有能夠實現的基礎，其實叫做好高騖遠，十有八九要失敗。

我本想找個機會，將這個意思對她直率而誠懇地說一說。雖然自己量德度能，未必就能把她說服，但是出於相見以誠，我覺得若有適當時機，還是應該盡一盡言責的。

無如這一打算，兩天之後，我在一怒之下就把它取消了。

沈小姐同我來往，雖只三次，卻因為都是公開的，所以瞬間即傳播了開去。兩天以後，跑城防司令部新聞的費先生告訴我，今天下午，沈小姐在鳳凰廳喝咖啡，回答了一些同行就我和她來往提出的盤問。沈小姐評論我說：此人頭腦，冬烘至極，陳腐不堪，還沒有進入十八世紀。在談戀愛方面，程度大致相當於一個幼稚園學生。在送她回家的第二天，曾強行吻過她。她看我可憐，也就未予拒絕。她打算用三個月的時間徹底征服我，那時我會把我的人和心悉數交給她支配。

「這是可能的嗎？」我問費先生。

「你怎麼倒過來問我？這可得問你自己。如果你願意，我看有三天時間也就夠了。」

「不是這個意思。我是問，她有可能在大庭廣眾如此肆無忌憚嗎？」

「我絕不撒謊，報導絕對正確可靠。如果我的報導有時不幸與事實有出入，那是城防司令部的責任，不是我的過錯。不信你問顧先生。顧先生當時也在場。」

顧先生是商情記者，在商界和報界都以誠篤溫厚著稱，業餘研究星卜數理。此時剛好顧先生也在場，我問了顧先生，他證實費先生說的都是真的，既未誇大，亦未縮小。

「那麼算我倒楣。」我嘆口氣說，「中秋那天，我本來不想上鑫園去的。結果呢，你看，認識了這個掃帚星。」

「你和沈小姐，從我看來倒也門當戶對，旗鼓相當。如果好好地、正正式式地談下去，豈不也是美事一樁？」顧先生鄭重地勸導我說。

「齊大非偶[3]。」

「這就不對了。既然這樣你就不該強吻她。當然，這不是了不起的事，不能和始亂終棄相比。不過你不該這麼浮躁，我想你會明白君子慎始的道理的。」

「我該怎麼對你說才好呢？不說也罷。君子絕交，不出惡聲。」我不很愉快。

「話怎麼說到這種程度？」費先生插進來說道，「沈苡對征服你還是信心十足的。這樣吧，松年兄何不露一手，看看這兩位有沒有什麼沖煞忌克？有沒有化解辦法？」

「完全可以，而且不收分文。」

我的生辰八字是現成的，但是沈小姐的生辰八字無人知曉。說得高興，顧先生把我的八字單獨排了一排，而後說道：「貴造極好，水火相濟，只是五行缺金，以搖筆桿為生，卻不合宜。從這幾年流年看，你恰好運交桃花，但不是紅鸞照命，命宮不動喜星。照命而論，你還得遲婚才是。這麼說來，我剛才說的美事，恐怕難成。」

「這就承教了，但願如此。」

「我不過照數而談，直言無隱。靈不靈？卻要日後方知的。」

沈小姐既要征服我，那麼在那麼多人面前公開她的意圖又是出於什麼目的呢？她明明知道記者的天性就是唯恐天下不亂，絕不為多事之秋煩惱。把意圖事先洩露給我，對她難道會有好處？這一點我想不出來，費、顧兩先生也找不到解釋。

不過沈苡小姐在鳳凰廳說出難以置信的豪言壯語以後，似乎沒有做出征服我的部署，也沒有任何行動，而是改

3 齊大非偶：典出《左傳・桓公六年》，春秋時齊侯想將女兒嫁給鄭國太子忽，太子以國力懸殊不敢高攀而辭卻，人問其故，曰：「人各有耦，齊大非吾耦也。」比喻婚姻門第不相稱，不敢高攀。

變了出擊方向，改由《人報》副刊主編王孫先生伴送她回家。消息傳來，使我不勝疑惑，始終想不出這在她對我的征服戰中，是一種什麼策略計謀。但我畢竟還有其他許多事情要做，不能成天去猜測別人的心思。既然想不出來，也就立即把它拋開，不去想它。

第四節

這年九月下旬，接到楊素吾先生一張請柬，請柬上說：「庭菊怒放，滿目芳披，忽承玉祁故人惠玉爪大蟹百隻，愧無李百蟹[1]之雅，願與三數友好共持賞。時間定的是中午十一點半。」

我到楊府，不早不遲，恰好十一點半。先我而到的客人，只是起八先生一位。我以為時間尚早，可能客人尚未來齊，但是主人卻說，只差一位了，可以先喝起酒來，邊喝邊等。於是楊師母和她的三個兒子，抬桌搬椅，把酒席放在楊先生的小書房裡。我占了南向靠牆的位置，錢先生坐在東向靠窗的椅子裡。主人獨踞西向一張大木榻上，虛北向一席等待尚未來臨的客人。楊師母端上四隻冷盤做下酒菜，兩個兒子抬來一隻最少可容十斤酒的錫製大酒煲，放在大木榻上。楊師母看看諸事大體就緒，就坐在楊先生旁邊，和我們一起端起了酒杯。

楊師母尊庚多少，我不好問，按理總該大四十幾吧。楊先生喝酒過度，未老先衰，看去似近花甲重逢之年；師母卻又偏偏駐顏有術，哪怕大兒子已比她高出一個頭，但是看上去至多不過三十多歲，這樣就使這對夫妻看來猶如父女。師母讀書識字，學問不比楊先生差。有次夫妻賞鑑米南宮真跡，師母忘記了煮飯；現在她坐在丈夫身旁喝酒聊天，又忘記關照兒子在灶下添柴，直到楊先生提醒，她才趕緊出去吩咐，回來又端起了酒杯。錢先生稱讚這一對夫妻「老而彌嗲」。這個「嗲」字，是江南俗語，不為全國承認通用，字典也不收入，含有親昵、愛憐、撒嬌、甜美等等意義，每種解釋又都不能完整詮釋出它所表示出的意思，很難給以確切注釋。

喝了一會兒，大兒子來報，蟹殼是紅了，不知熟了沒有。楊先生要師母去看一看。我說：「不要師母親自驗看，只要請公子把蟹腳尖折一折，如果脆而一折就斷，就是熟了。但要擔心別燙傷了手。」師母聽說就催兒子如法

---

1 李百蟹：即李瑞清，清末民初學術界、教育界名人，曾任南京著名的兩江師範學堂監督，為近代中國社會培養了無數英才。中年喪妻斷弦後易道裝束髮，居住上海以賣書畫度日，自稱「清道人」。清道人嗜蟹成癖，時人稱之為「李百蟹」。一九一九年去世，葬於南京牛首山。

試驗，楊先生說：「你還得走動一趟，去打個電話，催客人快來。」

「我已經來了。」

書房門口響起的是清脆的女聲，隨後客人自己推門進來，看到我，似乎有點愕然。她可能料想不到席上會有陌生的年輕男客，正同我毫未料到虛位以待的竟是年輕女客一樣。然而絕無躊躇不進門之理，所以她還是走了進來，向楊先生夫婦和錢先生打了招呼，解釋說：「才下的課，所以來遲了。」

「我為你們介紹一下。」楊先生對我說道，「這位是梅珍小姐，章萬源酒坊的女小主人。我們現在喝的就是梅珍送來的太雕。這位是繡先生，《民報》的。」

「幸會，幸會。」我向她點頭致意。

她穿的是醬紅色白花綢夾袍，外罩陰丹士林布[2]罩衫，白麻紗襪，布底黑布搭攀鞋，裝束十分樸素，大約二十來歲，面色紅潤，五官清秀，一個尖尖翹翹的鼻子，使她帶有幾分調皮樣子。不燙髮，只用兩根本色橡皮筋紮起兩條短辮子，垂在耳邊，也不施脂粉，但是嘴唇天然紅豔可愛。

楊先生笑著對她說道：「我早估計你可能有課，所以也沒有等，先喝酒了，但是蟹是要等你來才吃的。你不嫌我不恭敬吧？」

章小姐笑一笑，沒有說話。楊師母向她斟酒時，她拘謹地站起來，連著說道：「不敢當，我自己來。」

「蟹是寒物，不如讓梅珍先喝點酒暖暖胃更好。」楊師母說道。楊先生欣然認為有理。

「這是真正不摻水的太雕，紹興鑑湖水釀的。」楊先生向我介紹說，「而且由梅珍小姐親自挑選，還不讓我付酒錢。」

「怪道這麼醇厚，我本在想這和平常在酒坊喝的為什麼不一樣。」錢先生笑眯眯地對章小姐說道，「梅珍姑娘多喝幾杯，你反正是蜻蜓吃尾巴，自吃自的。」

---

2 用陰丹士林染料染制的布匹顏色鮮豔，耐日曬和洗滌。因陰丹士林藍可取代木藍等傳統靛藍染料，又被稱為「洋靛」。這類布匹自民國早期開始在中國行銷，被廣泛用來製作長袍、旗袍、學生制服等。有段時期，陰丹士林藍布的長袍甚至成為高等學校師生的代表服裝。

「酒坊的酒，問題出在打酒師傅身上。不管你多精明、眼尖，他有本領當著你的面摻進水去。否則章萬源先生也不會發財，梅珍你說是不是？」楊先生一面說一面大笑。

「我不知道。」梅珍小姐有點不好意思的樣子，「我很少管店裡的事。」

「那麼我還有個得寸進尺的要求。」錢先生繼續笑眯眯地說道，「這酒，當然是不錯的。不過紹興有種女兒酒，更好。梅珍姑娘這次請喝太雕，下次能不能請我們喝女兒酒呢？」

章小姐的臉陡然間紅暈起來。我估計這是出於害羞而不是出於喝酒。她很能喝酒，喝前兩杯沒有這麼紅暈。但是我不明白為什麼錢先生的正當請求會使她羞澀臉紅。

「說得是，」楊先生附和道，「紹興女兒酒是出了名的，極其珍貴。」

狀元紅、花雕、太雕、加飯[3]，這些紹興酒我都聽說過，所以我忍不住插了嘴：「女兒酒，卻沒有聽說過，我倒也想追隨兩位先生驥尾，向章小姐叨擾一杯。」

我這麼一說，除章小姐外，都哈哈大笑，笑得章小姐更不好意思。錢先生轉過來對我說道：「這個女兒酒嘛，我倒可以講點兒給你聽聽。」

「我不許你講！」章小姐著急到臉紅得像一隻快要下蛋的母雞。她似乎想站起來，不小心卻碰動了桌面，把錢先生的酒杯碰翻，酒都灑到他的螞蟻布[4]罩衫上。章小姐趕緊把椅子向後退一點，站起來連聲道歉，並熟悉地在房門後的架子上扯下一條毛巾，遞給錢先生。看來，她是這裡的常客。錢先生接過毛巾，擦一擦手，就遞還給她，對罩衫上的酒，連睬也沒有睬它。他那件罩衫上墨水印、稀飯疤、油痕、酒漬原來就不少，根本不在乎添這麼一杯酒。

---

3 加飯：歷史紹興加飯酒古稱「山陰甜酒」、「越酒」，距今已有二千三百多年的釀造歷史。據史書記載，春秋戰國時期紹興即開始釀酒，南北朝時已很有名氣。加飯酒口味香、柔、綿、爽，顧名思義，是在釀酒過程中，增加釀酒用米飯的數量，相對來說，用水量較少。

4 螞蟻布：這是安徽祁門縣特有的一種紡織工藝，俗稱土布，大部分是當地農婦閒暇時間手工針織出來的一種面料。現在市場上銷售的螞蟻布大都機機械化生產了，應用範圍比較廣泛，外套、夾克、保暖內衣都會使用螞蟻布，因此螞蟻布又被稱為螞蟻絨。

「誨人不倦，原是我和你的職責。」錢先生和藹地對章小姐說道，「所以你千萬不要見怪。」而後這位縣立中學國文老師轉向我說道：「紹興大戶人家，有這麼個習慣。生女兒以後，就釀幾罈酒，半埋在土裡，這就叫做女兒酒。到這女兒出嫁，這酒少說已經陳了十七八、二十來年了，於是刨出來……」

「我不來了。」章小姐跳起來，逃到了門外。

這樣我就明白了，對她相當同情。我是個年輕生客，當面開這種玩笑，怎能不使姑娘家難以為情。同時也有點納悶，這兩位一向方正嚴謹的老先生，今日緣何有點佻㒓？

趁楊師母追出去把她拉回來的時候，錢先生津津有味地對我上完他的課：「……在婚宴上請客，這是無話可說的。封泥揭開，裡面只剩三分之一，至多不到一半，這叫做『去盡酒魂剩酒魄』。倒出來，粘呼呼，像麥芽糖，不能喝，要兌上太雕、花雕，當然以太雕為好，才能喝。喝下去，那麼……」他拿起酒杯，似乎這杯裡就是女兒酒，一飲而盡，咂咂嘴說道：「怎麼形容呢？齒頰留芳？太不夠了。那股香氣，上通百會，下透湧泉……」

「你喝過嗎？」楊先生兩眼發了直。

「活了半百有餘，機會不多，只喝過一次。」

「那麼我算虛此半生。梅珍！」楊先生看著被推推搡搡進了房門的章小姐，「逃席是逃不了的，你務必請我喝一次才是。」

章小姐無奈低著頭，紅著臉，沒有應聲，翻了一翻她的眼睛，似乎又羞又喜、又難為情、又無可奈何，沒有文字可以描述這種複雜的神情。我藉著喝酒，埋頭不去看她，以免她更加難堪。

楊師母想把話岔開去，對她說：「走，跟我走，去幫我把蟹拿上來。」

三分鐘後，蒸好的蟹端到桌上，三個男人不禁齊聲喝一聲彩。這是真正玉祁產的玉爪蟹，黃色蟹毛，爪尖無毛，光溜溜像一隻玉簪子，每只長度不算蟹腳足有八九釐米乃至一分米。

「我昨晚夢見吃蟹，今早果然接到請柬。」錢先生眼睛笑得只剩一條縫，「食指大動，也許不是無稽之談。」

說著就拿過一隻，掀開蟹臍，拿出塞進去的一片紫蘇、一片薑，呼嚕一聲，一口把蟹黃吸了一大半。

「請稍安勿躁。」我規勸錢先生，「這蟹，有三樣東西是不能吃的，一個是口器，」我指著蟹黃抱著的一個小薄膜囊，「一個是胃，」我用蟹腳從蟹黃裡挑出一個六角形物體，「還有就是腸。」我再順著胃挑出一根腸管，「現在就可以放心大嚼，保證不肚痛腹瀉。」

楊氏夫婦和梅珍小姐依言尋找。楊師母邊剔邊說道：「口器和胃不能吃，我還知道，卻不知道還有一根腸，這麼說來，『橫行公子竟無腸[5]』這句詩是不對的。」錢先生卻已無處可找胃腸，笑著說道：「看光景它已進了我的胃腸。不過託天之福，我從來就不腹痛瀉肚。」

「繡世兄是學過新學的吧。是不是叫做什麼動物學、解剖學的？」楊先生問我。

「這是庭訓，」我回答說道，「先父是講究飲食的行家。」

「說到令尊大人，」楊先生回憶說，「你說的是有那麼回事。他吃豬肉，凡不成方形的、切得過粗的都不下箸。他說，這是孔夫子遺訓：割不正不食，膾不厭細[6]。」

「這好像有點穿鑿。」錢先生提出異議，「割不正不食，不是指切得不方正吧。」

「穿鑿是有一點，不過他的確很講究，吃鰣魚要除鱗。」

「這就完全不對了。」楊師母也提出異議，「鰣魚一除鱗，油味兩失。」

「你只知其一，不知其二。」楊先生開導其妻子，「除鱗以後，要用銀針絲線一片片串起來，放在魚身上蒸，油味一絲不走，卻無揭鱗之勞。」

「這不麻煩死人了？」楊師母大不以為然，而且未雨綢繆，預防這種麻煩會落在自己身上，「你別指望我這樣弄給你吃，我沒這大耐心。」

說話間，錢先生已吃完第一隻螃蟹，面前一片狼藉，殘渣裡有蟹肉同蟹骨頭嚼作一團，十分可惜。楊先生用一副銅錘、銅鉗，敲蟹螯，剔蟹肉，吃得比較慢。兩位女性吃得比較斯文，只是面前也有狼藉。我也已經吃完，面前乾乾淨淨，蟹骨裝在蟹兜裡，用臍蓋好，螯和腳還可以拼接成原樣，楊先生檢查後，讚嘆我的牙齒猶如鬼斧神工，遠勝他的銅錘、銅鉗，而後若有所思，大聲叫他的三個兒子進來，讓他們拿吃殘的骨頭來看。三位公子面面相覷，

5 橫行公子竟無腸：語本金代詩人元好問〈送蟹與兄〉：「橫行公子本無腸，慣耐江湖十月霜。」

6 「割不正不食」句：語本《論語・鄉黨》。

弄不清父親用意如何，大公子大著膽子回答說：「都吐在畚箕裡了。」

「蠢材，蠢材。」楊先生帶著嘆息，「吃東西，也是有家教的，這都是我家教不嚴的結果。」

「吐到畚箕裡不是很好嗎？回頭我就不用再掃。去，把畚箕拿來，帶塊抹布來！」楊師母不同意楊先生的說法，「你就別吹了，家教，家教，教到同你一樣，還不是一片狼藉！」

「那麼這叫做上樑不正下樑歪。」楊先生轉而大笑起來，「勞你大駕，再拿四隻過來。」章小姐很少說話。楊先生問她，今天怎麼像個緘口金人？她才笑笑說：「我說什麼好？在三位面前，不如聽聽，還多長些見識。」

「那麼我告訴你，」錢先生說道，「李百蟹可能吃的是小蟹，只蟛蜞大小。若吃這麼種玉祁大蟹，有七八隻，管保打倒了他的胃口。我吃幾隻？才五隻，就飽了，不能再吃了。」

「此說甚新。」楊先生表示同意，「頓蟹百隻，可能是誇大其詞。我也很飽，只能再吃半碗香粳米粥了。」

吃罷香粳米粥，撤席，章小姐幫著主婦摘菊花葉泡水、洗手、洗臉、除蟹腥，而後大家重坐，略喝些茶，她就告辭。楊師母把吃剩的十隻左右的熟蟹包好，要她帶回去給章萬源夫婦吃。她謝了一聲，更不推辭，由此可以料知楊章兩家的淵源大概很深。客不送客，我和錢先生在她告辭之際，只顛了顛屁股，以示禮貌，也就算了。

「尚留著活蟹，最好裝在缸裡，用礱糠拌起來，」我說，「這樣可以保證不瘦。這樣掛著，過一兩天，蟹就冇[7]了。」

「什麼道理？」楊先生問。

「道理說不上來，但我家試過，確實如此。若做醉蟹，先母必定點一盞煤油燈，把蟹逐一照過燈再下罐，保證不沙不冇，道理我也說不上來。」

「看來繡世兄是個吃蟹的積年，我請你算是請對了。」

「請我也未必就錯到哪裡去。」錢先生插嘴說。

「所以我收到請柬立刻來府叨擾。」

7 冇：廣東方言，音某[mǒu]；客語音胖[pàng]。沒有的意思。如：火燒茅寮，茅寮冇了。也指農作物等不飽滿、不精實。

「但是繡世兄以為今天就是為吃蟹？起八兄，你說一說。」
「這個嘛，」錢先生接口說道，「蟹自然是要吃的，不過更重要的是讓你見見梅珍姑娘。」
我心裡猛一跳，立刻張口結舌起來。
「你看梅珍姑娘怎麼樣？」楊先生問我。
「我想自然是個好姑娘。」
「既然你這麼說，我就和盤托出告訴你。章萬源先生和我，說得上是老至交了。這一陣，他把他千金的終身，託給了我，我想這可得覓一個適當的人選。恰好在孫先生府上認識你，回去一想，剛剛合適。我還不放心，同章先生談起你，哪料尊大人和章先生，也有幾面之雅，所以不加推託。」
「這可以說是一門上好親事。」錢先生接下去說道。
「多承兩位關照，但是……」
「這我知道，你原來有門親事。但我問了一問，現在只能對你說，往者已矣，來者可追……」
「還有則是男大當婚，女大當嫁，這是正經事。」錢先生做了補充。
「所以我請你來商量，叨擾一杯喜酒喝。」
「是女兒酒，還有我一杯。」錢先生再做補充。
「我也有一杯。」楊師母送章小姐出門，回到房裡，「怎麼樣？繡世兄。」
事情突如其來，我毫無準備，該怎麼回答才好呢？我說道：「三位長輩這麼費心，我確實是感激不盡的。但是僅憑一面，我也無法立刻做個肯定答覆。而且章小姐願意不願意？我怕碰一鼻子灰，不好向三位長輩交代。」
「你問過梅珍嗎？」楊先生問楊師母。
「問了，我怎麼會忘記？我說，你看繡先生怎麼樣？有什麼印象？梅珍紅了紅臉，對我說：『隨你的便。』」
對人的印象，或者好，或者壞，或者好多於壞，或者壞多於好，又或者不好不壞，這些都是有的，唯獨隨人的便而定，則是沒有的，所以我露出了奇怪的神情。
但是楊先生欣然說道：「好，這樣起碼成了五分。」

「你千萬不能按字面解釋來理解梅珍姑娘這句話。」錢先生向我開導說，「她有個習慣，這件事她不同意，她就笑一笑不說話；她若同意，她就說『隨你的便』。」

「所以不是五分，是七分半。繡世兄點點頭，加兩分半，十分，我就來辦事。」楊師母顯得很熱心，「素吾就是男家大媒，起八先生權充女家大媒。」

「怎麼是權充？是正式的大媒。」錢先生鄭重做了更正。

「不瞞三位說，我是一朝被蛇咬，十年怕井繩。現在這位梅珍姑娘，又是個有錢人家的閨女，我哪來恆產？」

「這你可以放心。」楊先生安慰我說，「章先生和你過去那位岳丈不是一回事。」

「梅珍是個好姑娘，你千萬不能交臂失之。」錢先生慫恿我說。

「她脾氣好，性格好，我是深知的。」楊師母介紹說，「今天你看見了，文文靜靜，老老實實，模樣呢，不說她漂亮，總不會難看吧？而且她知書達理，自己賺錢。」

我對章小姐的印象其實是很好的，不能貿然點頭是因為自覺把握不大，這麼好的姑娘還怕找不到比我更好的乘龍快婿，所以我說：「三位長輩能不能寬假些日子，我去找章小姐先談一談，再做確切回稟。到時候，再請三位玉成。」

三位都表同意，認為老事新辦也很好，更穩妥些。楊師母送我出門時，叮囑我說：「你不妨明天就去找她。她在寧紹小學教書，之後你就上我家來。」

第五節

我逡巡多日，還是拿不定主意，沒有勇氣去找章小姐。萬事開頭難，我怕的是第一炮倘若打不響，以後的戲也就無從唱下去。楊師母等了兩天，不見我人影，十分關切，特地到報館來找我，問我進展得怎麼樣。我如實奉告，楊師母認為我大謬不然，那天她和梅珍說好，我會很快去同她碰頭的。而後她教我在找她時應該說些什麼的要領，要我看當時情形隨機應變。既然這樣，我想這關口反正總得過，伸頭是一刀，縮頭也是一刀，只好豁出去了。於是決定明天上午硬硬頭皮到寧紹小學去。

寧紹小學是由寧紹會館改建的，屬於寧波、紹興同鄉會辦的公益事業。學校大門口的「寧紹小學」四個泥堊大字，「小學」二字是新堊的，「會館」二字雖已鑿去，但遺痕卻仍隱約可見。這是一座前清官邸，從大門進去，傳達室後還有一道二門，二門進去，是個天井，石階磚路，兩旁種有天竺、臘梅、梧桐、芭蕉、紫荊、紫薇，其餘空間還植有菖蒲、鳶尾、韭菜蘭、虎耳草，一切整治良好，倒也鬧中取靜。天井後面的前廳，用木板隔成一個大房間、一個小房間、一條通道。大房間門楣上，釘有一塊寫著「教員預備室」的紅字白漆木牌。我按傳達指點，逕自走到教員預備室，看到十多張辦公桌前，只坐著一位教師在埋頭批改作業。聽到有人前來，她才把頭抬起來。於是我看到她面容蒼白清臞，若非大病初癒，就是營養不良所致。我像應召而來的學生那樣，恭恭敬敬問她有沒有一位章梅珍先生。她回答道：「有，現在在上課。」而後抬頭看了看掛在大廳壁上正中的一隻羅馬字面、很可能還是十九世紀產品的大掛鐘，接著說道：「快下課了，請稍候。」說完又埋頭批改作業。

我按這位老師的指點，在章先生桌前坐下，瀏覽了這個教員預備室，印象是「因陋就簡」四個字。十多張辦公桌高低、長短、大小不一，顏色不同，只有古舊是共通的，有可能來自寧紹鄉親家裡的捐贈。章先生的桌子是用黃色泡力水[1]髹漆的小長桌，兩個抽屜，桌面上有很多白色小圓圈。泡力水禁不起熱，那是盛開水的玻璃杯底的

1 泡力水：是英語「polish」一詞的音譯，又稱蟲膠清漆。是一種重要的醇溶性清漆。由蟲膠片或顆粒蟲膠溶於酒精而成。為淡黃至

痕跡。靠壁有一個玻璃櫥，裡面放著些癟了氣的籃球、排球、小皮球、脫了線的網球、歪了嘴的洋號、斷了腰的啞鈴，等等。櫥旁是一張馬虎修復的斷過腿的木桌，上放六七隻熱水瓶。木桌旁是一隻大得驚人的竹篾廢紙簍，一隻痰盂。除此之外，這個大房子裡就別無他物了。

不幾分鐘，下課鈴響，下課的教員陸續回到預備室來。章先生看到我坐在她座位上，似乎有些突兀，不自然地對我笑了一笑。我慌忙站起來，請她就座。

「怎麼辦呢？」她抱歉似的說道，「這裡一張多餘的椅子也沒有。請來會客室坐吧。」

我就在眾目睽睽之下，隨章先生走到預備室旁邊的會客室。下課時間，學生都離開了教室，有些調皮的孩子跟蹤前來，想看看章老師怎麼會見客人，擠到會客室的大玻璃窗前面，最前面的擠在玻璃窗上，把鼻子壓得扁扁的，又討厭，又可愛。分賓主坐定，章先生對我說道：「繡先生有什麼事找我嗎？」

「沒有，」我忽然覺得兩隻手找不到一個安放的合適地方，放在膝蓋上不是，放在木沙發椅把手上也不是，「沒有什麼事。我走過這裡，想起你在這裡教書，所以彎進來看看你。」

章先生沒有回答，也沒有再提問，只是莞爾一笑。這一笑，是感謝我來訪所做的會心微笑呢？還是看到我笨拙所做的不屑識笑呢？我卻捉摸不出來。於是我背上沁出了汗，粘糊糊地貼著內襯的汗衫，很不舒服。稍過一會兒，我才想起楊師母的教導，可以問一問她忙不忙。

「也沒有什麼可忙的，」這回她做出了回答，「反正，上課，下課，到校，回家，備課，改作業，很刻板。繡先生忙吧？」

「也不很忙，」我多少活潑了一些，「也是刻板的生活。也許比起教師來會不刻板些。記者要東跑西跑，接觸很多人。不過我現在不當記者了，是內勤，內勤就比較刻板。」

章先生只是聽，似乎無話可說，無事想問。幸而，我猛地又想起，楊師母指點我可以問她什麼時候有空。

「只有星期天才有空。平常，倒不是很忙，是時間很零碎，天天都有課。」

棕色半透明液體，乾燥迅速。漆膜光亮透明，但不耐日曬與水燙。用於塗飾家具、地板和室內門窗等。

但是她沒有像楊師母預期的那樣反問我什麼時候有空，回答完就閉上了嘴。於是我只好自告奮勇地說道：「那麼，我連星期天都沒有。不過我白天是比較空閒的，工作主要在晚上。」

「是嗎？」她接著敷衍了我一句，「報館的工作是很辛苦的。」

按楊師母的設想，這時候就可以提出邀請：「抽空到什麼地方去玩玩？」具體地點不要說，留給她選擇，以表示尊重對方為好。但我完全可以感到，她的回答是很勉強的。審時度勢，邀請的話到了喉頭，還是被我嚥了下去。我想，既然楊師母是事先和她說好了的，那麼她會不會反過來向我提出邀請，我順水推舟，那就太妙了。然而等了一分鐘，她並沒有這種意思，一直一言不發，我的僥倖打算落了空。

場面相當尷尬，我愈想愈窘，覺得不必再坐在這裡當孩子們的展覽品，活受罪下去了。我說：「打擾你了，感謝你接待我。我可以告辭了。」

「真抱歉，我下節還有課。」章先生立即做了回答，「請原諒我不能多陪你，你走好。」

這同逐客令其實差不了多少，我只好當真起立告辭。昏頭昏腦之際，走出會客室就走錯了方向，向裡而不是向外走。章先生在我背後糾正我說：「請向這邊走，大門在這一邊。」我含羞帶愧轉過身，向她再點點頭，希望能聽到她說一句「下次請再來」或者「什麼時候我來拜訪你」。誰知她說的是：「請走好，恕我不送了。」

連送也不送，這表示她把門關得死死的，可是楊師母卻認為這件事情已經成了七分半哩。

走出大門，一開始像打了個敗仗那樣，灰溜溜地，心裡很不是滋味。幸而走不幾步，忽然恍然大悟，不想於此竟找到了一個明確的答案，信天翁為什麼不抓魚？答案是：牠根本不具備抓魚的能力。沈苡小姐大門洞開，我望而卻步；梅珍先生雙扉禁閉，我又無從破門而入。所以，牠只能伸長脖子等魚從天上掉下來。

這樣一來，我就像哲學家發現全新的哲理奧祕、天文學家發現追索已久的新天體那樣，怡然自得，灰溜溜心情一掃而空，高高興興、神氣活現地向前走去，而且感到肚子有點餓起來。寧紹小學位於東城門外，東北城門距此不遠，那裡有一家菜飯館，物美價廉。所謂菜飯，就是把普通青菜、瓢兒菜[2]、塌棵菜之類，和粳米加上油鹽佐料一

[2] 瓢兒菜：為十字花科蕓薹屬下的一個種，又名塌棵菜。

起煮成粥，下飯的可以是一小碟辣醬，也可以是一塊紅燒排骨或者熏青魚，悉隨客便。這是單身漢最便捷、最經濟的吃飯去處。沿城腳走過京滬飯店，離菜飯館已不很遠，忽然從京滬飯店二樓傳來一聲清脆的女聲：「小叔叔，上哪兒去？」

我一聽就知道這是秀蘭，除她以外沒有人會叫我小叔叔。抬頭一看，果然是她探出半個身子在向我招手。我一眼就看到了她那弧度適宜、嘴角微微向上的美麗大嘴巴。

「叫兩份飯來，上我這兒一起吃吧。我這兒總比菜飯館乾淨些。」

我走到京滬飯店樓梯口，秀蘭已經從樓梯上跑下來，穿著一身水紅綢衫褲，拖一雙皮拖鞋，又俊俏，又武氣，對我說道：「老看不著你，可把我想死了。」

「我這不就來了嗎？」不過我心裡想，這種寒暄也許是在誇大其詞。我自已估計並不具備可以使她為想我而死的條件，料想她也完全沒有必要為想我而送上一條性命，「我不知道你搬過來住了。」

「張燕姊姊走不久，王老闆就把我攆到這種犄角旮旯裡來啦。我不走紅嘛，小叔叔又不肯捧我！」

「王老闆不是答應做隻霓虹燈給你嗎？他不是說你會紅到發紫的嗎？」

「別提他了，提起他我就心煩。他說話從不算數，成天懷裡攥個小算盤摳我的錢，連客人給僕歐的『小費』他也分一份。為了省開銷就不讓我住中國飯店。你幹麼老不來？我正有事找你。」

「什麼事？」

「你猜猜看。」她狡黠地笑起來。

天下有那麼多紛繁複雜的大事小事，叫我往哪裡去猜？我央求說：「這卻無從猜起，你說吧。」

「張燕姊姊有信給你。」

「真的嗎？幾時寄來的？快拿給我。」

「這麼容易就給你？誰叫你老不來。」

「我這不就來了？」

「不是我眼尖叫住你，你會來？」

我無言以對，只好說：「謝謝你啦，快拿給我吧。」

「得有個條件。」

這真沒辦法。子曰：「唯女子與小人難養也。近之則不遜，遠之則怨。」[3]這話不一定對，可是放到眼前來說又是對的。不來，秀蘭就怨；來了，她又不遜，連該給我的信件也不給。我想免不了又要捧她的場了，但是我決定現在就給她一筆錢，到時候讓她自己點自己去。我不想泡在這惡俗的歌場裡，寧可一個人獨酌還清淨些。主意已定，我說：「好，請提條件。」

「看你急成這個樣子。我是試試你的心。你哪有心放在我身上？給你吧。」

她在枕頭下找出弄得一團糟的張燕的信來。

難為張燕，她的信寫得還通順，別字也不多。她感謝我對她的種種照拂，祝願我早日和心上人結成佳偶。而後告訴我，有一位在上海經營沙發生意的錢先生，寫信給她說要專程到蚌埠來同她談一談。她決不定是謝絕他呢？還是答應做他的填房？她希望我回信，能抽空就到蚌埠來玩玩。最後要我代向程先生問安。她知道程先生的難處，所以誠心誠意感謝他對她的關懷和抬舉。這是一封普普通通的問候信，但是可以看出她對我的信任和親切。

我嘆了一口氣，把信攤平、摺好，放在上衣口袋裡。

「你不高興吧？」

「很高興，但是信裡寫的沒有什麼事情可以讓我高興。」

「當然囉，張燕姊姊要談婚論嫁，你能高興嗎？」

「好侄女，你算說對了。」

「不高興的事我也多著哩。」

秀蘭拿出她弟弟寫給她的快信，信上說：「媽媽不小心跌了一跤，昏迷不醒，現在家裡一切都靠鄰居照料。見信就回，特別要多帶錢。」「多帶錢」三個字旁邊，圈著密圈。

---

3 「唯女子與小人難養也」句：出自《論語・陽貨》。

「這麼急的事，你居然不回去？」我不以為然。

「合同未到期，早走要賠錢，這時候哪能賠錢出去？」秀蘭很懊喪，「我先寄了點錢回去。我怎麼會料到媽媽會發急病？積了點錢，做冬衣花了。這兩天正急著要張羅錢，可是偏偏吃進一張退票！」

說著說著，秀蘭掉了眼淚，連忙擦乾，沒有用，還是流出來。

「什麼退票？給我看看。」

支票是裕豐汽油行蔣學文開出的，面額很小，只夠買擔把米，止付理由是掛失。

「這是怎麼回事？這種小票也要止付？」

蔣學文這隻胖豬覬覦秀蘭不是一天兩天了。他本來想把秀蘭灌醉，邀兩個朋友誑秀蘭喝酒，結果是三個男人趴倒在桌子上，秀蘭紋風不動揚長而去。秀蘭搬到不帶浴室的京滬飯店後，洗澡很不方便。當地沒有女澡堂，女人是在家裡的大鐵鍋燒水坐著洗澡的。秀蘭客居，無法這麼做。於是蔣學文對她說，他要到外地去進貨，泰山飯店的房間浴室空著，可以去用。秀蘭心裡有點活動，到泰山飯店問茶房，茶房說：「不錯，蔣先生關照過，他出門採辦去了。」於是她放放心心進房間洗澡，哪料到蔣學文忽然出現，不費怎麼周折就強姦了她。事後，他打了這張支票。

「這不是個流氓兼無賴嗎？」我一聽就火了，「我來辦這件事。」說完我站起來揣起支票就走，「菜飯回來再吃，你先吃。」

我驅車來到裕豐汽油行時，蔣學文正陪著兩個客戶模樣的人吃罷飯，用牙籤剔著牙縫，怡然自得。我告個罪，請他借一步說話。他請客戶模樣的人稍候片刻，和我進了帳房間，關上房門。

「這張支票，」我揚一揚那張擦屁股還嫌不吸水的廢紙，「恐怕是假冒貴行打出來的吧。」

「打倒是我親手打出的，」蔣學文瞥了一眼支票，「沒想到落在繡先生手裡。我來料理。」

「不，支票還是秀蘭的。我是想來請教一下為什麼止付。」

「這個嘛，繡先生是明白的，我用在秀蘭身上的錢夠多了。玩別的女人，我不必花這麼多錢。」

「擔把米，你蔣先生又不是花不起，何苦來這一手？」

「說得是！繡先生來了，我可以料理。你看，是另打一張呢？還是付現錢？」

「請打一張面額十倍的現金支票吧。」

「這是為什麼？」他有點不愉快。

「因為你欺侮了她，又欺騙了她。這很不好。拿點錢出來，按社會通則替她遮遮羞。」

「沒聽這麼說過，她原來就是賣的。」

「如果真能一方願賣，一方願買，我就不來湊熱鬧了。這你是明白的。」

「可以少一點嗎？」

「我不是同蔣先生談交易。」

「請原諒，這要一兩多金子，條斧太辣。我同你總算是相熟的吧？」

「請想一想，這張支票落在她乾爹手裡，你會怎麼樣？我想你有可能送出半爿裕豐行，那就不是一兩多黃金的事了。」

「我明白你們吃報館飯的是些什麼人。」

「明白了就好，你不願意付就不要付。這張票子，下午將由秀蘭交給警察局，而後我就到警察局去一趟，寫條新聞，把你的英雄行為和賴帳止付渲染渲染，商請各報明天登在三版頭條上。這時候你就可以成為一個家喻戶曉的英雄人物。」

「你這是敲詐。」

「話不要這麼說，你算不上是個哀哀無告的老百姓。我們來核實一下，秀蘭可以控告你強姦。我如果對警察局的人說一說，把你關一關再講。這總辦得到吧？那麼，你太太看到新聞會怎麼樣呢？她會不會送監飯給你吃？當然你可以設法交保。那麼，警察局或者法院對你這種有身分的殷實富戶，用這麼一個小數目就放過你？你也請律師證明你無罪，你算算又該花多少錢？你還可以控告我造謠、誹謗，這樣你又得去收買泰山飯店那些茶房。你犯得著嗎？」

「好，我付半數。」他動搖了。

「那麼，再見。我不會討價還價。」我揣起支票站起身來。

「你等等。」

「我告訴你，」我給他一個臺階，讓他下來，「剛才聽說，秀蘭媽病得不輕，我估計是中風。四十來歲的寡婦，守著兩個孩子不容易，夠可憐的。你欺侮了她，你拿點錢出來給她媽媽治病還不行？你是做大生意的人嘛，也可以挑點好事做一做嘛。」

他想了半分鐘，咬著牙說道：「好，我付，就當做好事。」於是打開保險箱，拿出了一條名為小黃魚的一兩重金條，這比我提出的十倍於面額會少一點，不過我想這樣也就過得去了。他畢竟是錙銖必較的生意人。

「你給秀蘭去吧。」

「不，我只付錢，錢的下落，我不過問。」他沒有忘記回擲我一槍，「請把支票給我。」

「也行。」我遞過支票，收起小黃魚，「不好意思，和你計較了。」

「這樣就了結清楚啦。繡先生，你慢請。」

「清楚啦，回頭見。」我對他揚揚手，作禮告辭。

回到京滬飯店，已近下午一點，飢腸轆轆，狼吞虎嚥吃了一碗菜飯、一塊大排骨，意猶未盡，又添了半碗飯，一塊四喜肉。

「多虧了小叔叔。」秀蘭說道，「我本來想只好當給惡狗咬了。」

「這沒有用。你把他當狗，他不會變條狗的。對這種流氓無賴，要卡住他的脖子，逼他乖乖地掏出錢來。這個錢，他愛之如命，賴之作惡。要叫他心痛，叫他難受，才是辦法。另外，我身邊的錢不多，」我掏出來都給了秀蘭，「只代表一點心意。回頭我和你一起去找王老闆，叫他讓你請個假先回去。合同歸合同，只要做滿期就行。」

「我怎麼還能要你的錢？」

「拿著，治媽媽的病，看來很要花些錢的，現在是多一文就好一文。只是，你得替我付了菜飯錢。」

「我得怎麼謝你呢？」

「一個人要朋友，有時也是為了急難中可以有個互相幫助。我不是張燕的客人，也不是你的客人，我們是朋友，你說是嗎？」

她沒有回答，只是用一雙好像龍眼核點上黑漆的眼睛望著我。她忽然變得真正美麗起來，女人只有在真誠的時候才美麗。在她說「可把我想死了」的時候，那只是妖冶、狐媚，一點也不美麗。

第六節

辭別秀蘭，我已經身無分文，只好安步當車，沿城腳一條石子馬路，信步回家。無巧不巧，對面來了一輛人力車，車上人是很久不見面的亞琴和她的孩子。她叫車夫停下來，付了車錢。我抱起孩子，問她：「從哪裡來？」

她從娘家來，回夫家去。一怒離開我以後，又急又惱又氣，還無處申吐，鬱在心裡，竟病倒了，一直住在娘家。這段時間裡，丈夫不斷去看望，去伺候，氣焰大為收斂。一個多月後，她心情好了些，病也隨著好轉，於是回心轉意，回了夫家。今天是妹妹相親之日，她到娘家去幫著拿拿主意。

「為什麼不派人告訴我一聲？那是我的不是，身體現在怎麼樣？」我問她。

「你不是對他說過，你不再找我了嗎？」

「為什麼就沒有例外？」

「想想去死尚遠，也就算了。你又怎麼樣呢？」

「我很好。我們是不是往前走？這裡離我家不太遠，坐一坐再回去吧，好像要下雨。」

路上，我把楊素吾先生為我做媒，今天碰到一個軟釘子，約略但是如實地告訴了她。

秋天天氣多變，早起太陽好好的，中午轉入陰霾，快到我家的時候，太空飄下一滴兩滴小雨來。

「這是朋友從甘肅回來帶來的哈密瓜乾，你嘗嘗。這是真正的廈門文旦，你看，還印著字。」

「太甜了，」她首先嘗了嘗哈密瓜乾，「吃不慣。還是吃文旦吧。你說的梅珍小姐，我想，她看到你才兩回，弄不清你面長面短，那麼你得反過來替她想一想。她又該怎樣對待你？你說的那番情形我看很正常，她沒有拒絕的意思，你還該設法去找她。我真希望她能和你合得來，要能這樣就太好了。」

雨漸漸密起來，巷底由遠而近傳來的胡琴聲，忽然戛然中斷。

「這是阿炳。」我說，「你說的可能對，不過今天總是不宜再去的了，以後再說吧。阿炳大約是到這條巷裡的涼棚躲雨去了，我去把他倆請來躲躲雨，那裡躲得了雨避不了風。」

阿炳是著名的街頭藝人，姓華，名彥鈞，字炳泉，本來是一個道士。道士原是民間音樂的一支重要隊伍，他在以道士為業期間，演奏二胡、琵琶就已到了出神入化的程度，以後他患了青光眼，因失治，近乎瞎了雙眼，連道士也做不成了，只得流落街頭，以說因果和演奏為生。對這樣一位身懷絕技的演奏家，卻沒有人尊稱他一聲先生，只把他叫做「瞎子阿炳」，和哀喪婆、乞丐呆頭、賣五香豆的小販等人，並稱「七怪」。

他生於十九世紀末葉，不知是一八九七年還是一八九八年，是我父親的同一輩人。我和亞琴，七八歲起就喜歡跟在他夫妻兩人後面，聽他一面走一面拉胡琴，一直跟到城中心崇安寺市場，看他獻藝。他通常是拉一段二胡，講幾段因果，或者就最近發生的新聞，添油加醋，就像說單口相聲，而後由老伴托一個藤盤向聽眾收錢，多少不論。但是我們到他拉完二胡，也就溜了，因為我們不愛聽那種只有大人才愛聽的俚語粗話，二來是口袋裡的錢已經進了小吃攤、糖果鋪，不好意思看到他老伴向人求告施捨。他很少演奏琵琶，直到以後我同華先生有了交往後才明白原因。他解釋說：「到崇安寺市場來的聽客，沒有幾個人懂琵琶。」

他那把二胡，又舊又破，除一張蟒皮完好無損、一把琴弓馬尾尚稱齊全以外，琴筒後面的黃楊木雕版已經破損一半，琴軫也只剩一隻，另一支是由他妻子把一塊硬柴用切菜刀劈削而成的。即使琴弦也不講究，但只要不斷在「千斤[1]」以下，他就接起來繼續使用。這把二胡放在舊貨攤上，不見得能值一升兩升米錢，但他卻能用它演奏出和帕格尼尼[2]相媲美的樂曲來。他使用的琴弦與眾不同，外弦是通常的子弦，內弦卻用老弦而不用二弦。套用小提琴弦來說，就是一根E線而另一根是D線。能演奏二胡的人想必能夠明白，這需要多麼嫻熟的弓法和多麼適當的運腕技巧，才能使這兩根粗細懸殊的琴弦的音色和諧一致，又需要多麼高深的功力，才能在第三把琴位、第四把琴位

---

1 千斤：胡琴類的樂器零件，通常在琴筒距軫子的三分之二處，用稍粗的軟絲線圍繞琴桿而紮成，有定音作用。因舉足輕重，故稱為「千斤」。

2 尼科洛・帕格尼尼（Niccolò Paganini，1782年10月27日—1840年5月27日），義大利著名小提琴家、作曲家，歐洲19世紀上半葉音樂史上影響巨大的人物。他的演奏風格以技巧艱深著稱，對炫技派演奏風格的形成有著重要影響。他還是一位多產的作曲家，創作了大量小提琴曲目和吉他曲目，其中《24首隨想曲》尤為著名。

時，不使老弦發出刺耳的噪聲。但是正因為他使用的內弦是老弦，才使他演奏的樂曲格外飽滿、蒼勁而又圓柔。

恐怕很少有人知道，他的琵琶造詣，更在二胡之上。他不留指甲，不用義甲，琵琶弦是用手指尖的胼胝撥響的，這叫做肉聲。和通常的甲聲迥然不同。他的演奏方法，融北派、南派於一爐，自成一家。演奏〈十面埋伏〉，固然宛若干戈相撥，戰馬嘶風，重現兵爭的悲壯；演奏〈春江花月夜〉，卻又輕攏慢撚，從容舒展，令人飄飄而若登仙。他和同時的琵琶名家衛仲樂相比，不如的只是衣服。衛教授演奏時身穿出自名裁縫之手的燕尾服，他則一年到頭穿破長衫、破棉襖。這兩位的最大差別在於衛教授能夠講一整套頭頭是道的樂理，而華先生除了「上尺五工六」外，連「獨攬梅花掃臘雪」這種簡單的西洋音階名也弄不清楚，遑論五線譜。這樣久而久之，知道他琵琶造詣的人愈來愈少了。正和白居易、蘇軾那樣，詩名蓋過了政聲，知道白蘇是大詩人的很多，知道這兩位是好官的卻不多。

天氣好的時候，每到下午，他就肩揹琵琶，手提二胡，由他老伴攙扶著，到崇安寺市場賣藝，老伴手裡則拿著說因果時用的板串。收入不會太多，颳風下雨凍冰落雪更沒有聽眾，生活不僅清苦而且是艱難的，何況他還有個抽鴉片的不良嗜好，老伴有時也會橫下來陪一筒，這就使他更困於衣食。妓院老伴出於好心也希望賺錢，曾經邀請他上妓院去當烏師[3]，使他有個比較安定的生活，他卻像給人刨了祖墳那樣暴跳如雷，把好心的妓院老闆臭罵一頓。他說：「我這把琵琶、這把二胡清清白白，乾乾淨淨，絕不上那種髒地方去操弄。老爺、少爺愛聽可以上崇安寺來，高興丟把子兒，不高興白聽也行。」一些人認為他是個不識抬舉的失心瘋病人，一些人認為他清高狷介，貧賤而有操守，值得世人崇敬。

我認識華先生，是在一九四三年秋天，也就是我離開上海大學就職謀生以後不久。華先生這年在崇安寺說新聞，他說，最近麵粉價錢已經回跌到民國二十六年（一九三七）一樣，只是包裝改了一改，那時是布袋五十斤裝，現在改用牙粉紙袋一兩裝，這一說使飽嘗糧價飛漲之苦的聽眾哈哈大笑，觸怒了日本皇軍和汪精衛政府，「七十六號[4]」打算把他抓起來教訓教訓。他聞風只好逃到南門郊外一個破廟裡躲起來，斷絕了生計。我的朋友黎松壽愛

3 烏師：妓院中為妓女教曲和伴奏的樂師。

4 七十六號：中國國民黨中央執行委員會特務委員會特工總部，為第二次世界大戰時期汪精衛政權奉日軍令設置於上海市的特工總部，因其所在地為上海市上海公共租界滬西越界築路地段（屬於義大利界區）的極司非爾路七十六號（今萬航渡路），又被稱為七

好音樂，也是他的崇拜者之一。我們帶了點錢和食物，在破廟廊下的一個草鋪上找到了他。老伴不在，據他說是張羅吃食去了。這是雅馴的說法，直言之，就是討飯去了。他對錢和食物並不覺得特別可感，而是問：「有沒有帶點大煙來？」他說這幾天只靠吞煙泡過日子，日子特別不好打發。我們感到為難，在我們那種年齡，限於生活圈子狹小，不知道去哪裡才能弄到鴉片。他告訴了地點、找什麼人，要求最好能在下午再來一趟，有一二兩也就行了，至遲是明天上午。我們要他先吃一點糕點，他不肯，有點黯然地說道：「還是等我老伴回來一起吃吧。她跟著我，多少年來風裡來雨裡去，沒過上一天好日子。我不背著她吃獨食，餓就一起餓，吃就一起吃。我能夠向她表示的心意，也就只有這一點點了。」

我們弄到鴉片後，當天下午就專程送去給他。我順手把我父親生前使用過的一支煙槍，帶去送給了他。這是一支翡翠斗、斑竹身、象牙嘴的上等煙槍，對我而言如同廢物，對他而言可能價值連城。果然，他猶如英雄獲得了寶刀、慈母找回了愛子，僅辨明暗的眼珠，似乎忽然射出了光彩。他嗅了又嗅，摸了再摸，抖動著他纖細、靈敏而又焦黃的手指，連聲說：「好槍，好槍。用這種槍抽上一口，也不枉今世在這人間走這一遭。」他不敢相信我會真的把這支煙槍送給他。從他看來，他同我這個毛頭小夥子交情還很淺，不可能達到贈送貴重禮物的程度。在得到確切無疑的答覆後，他才把它收到當枕頭用的小木箱裡去。

以後再去看望的時候，他正用自己的破煙槍躺在草鋪上舒舒服服地抽鴉片，怡然自得。聽出是我，抽完煙後坐起來，略帶一點愧色向我解釋說道：「你送的煙槍，實在太好。我後來想，我沒有福分用這種槍，用了反而會折我的陽壽的。要還給你呢，你又沒有用處。這倒傷了我不少腦筋。我後來才想到，不如叫我老伴拿到我本家華藝珊老鄉紳家去，商量換點雲土[5]來抽，要價是二十兩。你怎麼知道愈有錢良心就愈黑，良心不黑就沒有錢，當不了鄉紳。他只還價五兩，殺了一半，再殺一半。我待不換，卻癮過不去；我待要換，又嚥不下這口氣。以後我老伴跑來跑去，好說歹說，七兩成的交。轉念一想，你不送給我，我這日子也要過下去；承情送給了我，我就何妨全權處

十六號。鄰近上海日本憲兵隊。

5 雲土：俗稱雲南出產的鴉片煙。

理，弄七兩雲土在手裡，也是件好事。省著點抽，這兩個月就對付得過去了。怪只怪我窮，等米下鍋，要不然，二十兩我也捨不得換。不過，這雲土，總是無話可說的，比你買來的強多了，香，勁足，一兩抵得上二兩抽……」

他拿起小紫砂壺喝一口茶，重又躺下去，從一個小銅盞裡，用銅煙籤挑出一小團黑而發亮的鴉片膏，就著蛋殼豆油燈，燒成煙泡，因底盤較大，頂部尖圓，不用眼睛就熟練地把煙泡粘貼到煙斗的一個圓孔上，而後用銅煙籤的尖端，摸著在煙泡上準確地通了一個小孔，煙籤一直插到煙斗壁，於是再就著豆油燈，「吱吱吱」地抽起鴉片煙來。他一口氣吸完，沒有讓一絲煙漏出鼻孔、嘴角，而後端起紫砂壺，喝下一口茶。直到這時候，才有淡淡的煙氣從嘴裡、鼻裡嫋嫋逸出。他是名副其實地把鴉片煙「吃」掉了。他心滿意足地對我繼續說道：「我想你也不會見怪的，你就當送我七兩雲土吧。」

我在涼棚裡果然遇見了華先生和他的老伴，說明來意，他倆欣然同意。這種天氣，可以穿襯絨袍子甚至薄棉袍了，但是他仍然穿著灰竹布單長衫和玄色毛葛夾背心。背心的肩胛部分已經稀疏過度露出了裡子。他有點微微顫抖，嘴唇發青。

「我不知道你搬到這裡來住。」華先生用哆嗦著的手指捋去鼻子下的一綹清水鼻涕，「要知道我就找你來了。」

「你平日好像很少走過我這條巷子。你穿得太單薄了。」

「還好，對付得過去。窮骨頭分外硬氣些。都是天氣不好，老伴說，這巷子有個涼棚，可以躲躲雨。天氣好我就直拔直走路，不想向你這條巷子彎了。」

「不瞞少爺說，他把冬衣都當了。」他老伴插嘴對我說。

「你少囉嗦！」華先生不以老伴為然，「沒有人逼著我當，我做的事我擔待。」

「偏偏又是這種天氣，要下十天八天雨，就有饑荒好鬧了。」老伴嘆了口氣。

「還不是泥蘿蔔洗一段吃一段，我們過日子有哪一回是長安排的？不也過來了？弄不好把當票賣了也就是了。」

「這恐怕不是辦法。」我向華先生說道，「請走好，這裡有石階。這一宅就是我的家。」

華先生摸摸索索走進房間後，說道：「這房裡有人。」

「是少奶奶，還有小少爺。」華先生的老伴自作聰明地向華先生做了介紹。聽到這種熟悉的但又是刺耳的稱呼，我和亞琴無奈地笑了一下。我說：「不是，是我的朋友，帶著孩子來看我。兩位請坐，先喝一口熱茶。華先生知道，我無法請你橫下來抽一筒，請抽香煙。」

「香煙頂不了事，好在我出門總帶煙泡。」

「晚飯是理當招待的，剛才我的朋友已打去電話，不一會兒酒菜就可以送來。我們喝一杯，暖一暖身子。另外……」

「喝酒倒還使得，有糟扣肉嗎？」

「這恐怕沒有。」亞琴點菜，無論如何不會點豬肉的，一問果然，「確實沒有。這不要緊，等送來，關照來人再走一趟就是了。另外一樁事情，」我對華先生的老伴說道，「當票帶在身上嗎？趁現在當鋪還沒打烊，請你走一趟，把冬衣贖出來。」

「每家當票都在我腰兜裡拴著，只怕強盜不怕賊。」老伴摸出三張當票，加上利息也不過幾斗米錢。

「請你快去快回，等著你吃晚飯。」

華先生面無表情，不作一聲，只是慢慢喝茶，抽香煙。我對他說道：「這位朋友是從小和我一起長大的。小時候，我們就跟著你，聽你拉二胡。」

「是嗎？」他有點高興。

「但是那時候我們都不付錢給你。你收錢，我們就溜了。」

「瞎說瞎話。」華先生笑了，「我從來就不向孩子收錢。」

「不過我們當時心裡總有點慚愧。我們又管不住自己，錢不給你給了糖果鋪。」

「哪有孩子不愛吃糖的？不過這位朋友倒也是我的知音。酒菜還沒有來，我拉一曲怎麼樣？」

「當然太好了，」亞琴高興地說道，「太謝謝了。」

華先生從椅子邊摸起胡琴，稍稍調了一調弦，奇妙的樂聲就在房間裡飛揚起來。這樂聲逸出窗外，立刻，離我住處不遠的幾處樓房，窗子次第打開，一些人或倚或坐，或用雙臂撐著頭，靜心傾聽。亞琴正襟危坐，屏息靜氣，就是她不解事的孩子，也被這柔美的樂聲吸引住，倒在媽媽膝間，不作一聲。

他演奏的是題為〈秋思〉的一支古曲。

我說過，文字的作用是有限的。它可以記錄事蹟，表達情感，陳述見解，剖析思想，但是無法代替空間藝術的繪畫，也無法代替時間藝術的音樂。白居易寫〈琵琶行〉，用「轉軸撥弦三兩聲，未成曲調先有情」來形容演奏開始前的調弦；用「大弦嘈嘈如急雨，小弦切切如私語」來形容旋律與和音的同時演奏；用「輕攏慢撚抹復挑」來形容演奏的手法；用「大珠小珠落玉盤」來形容琵琶特具的音色，文字造詣可說已達到出神入化、嘆為觀止的地步。接著他又用「間關鶯語」、「幽咽泉流」來比擬旋律的變化，用「凝絕不通聲暫歇」來描寫旋律的短時間休止，而後用「鐵騎突出刀槍鳴」、「銀瓶乍破水漿迸」來刻畫樂聲再起的特殊聽感；並且告訴讀者演奏的是〈霓裳〉、〈綠腰〉，樂章最後以「四弦一聲如裂帛」作結，但是讀罷以後，仍然無法體會這次演奏到底是些什麼內容，更無法體會演奏所要向人傳遞的是什麼感情。

以白居易的才氣筆力，尚且如此，我自然以藏拙為上，不來描述這首〈秋思〉如何像抽絲剝繭，如何像幽靜細流，又如何蕭疏淒迷，如何纏綿悱惻，即使我煞費苦心描述了，結果還是白說。我只簡簡單單介紹一下我所能體會的這支曲調的內容和感情：秋天的晚上，吹著風，萬籟有聲。室內有燭，搖曳不定；室外月色，樹影扶疏。他浮想聯翩，不能成寐。風敲響著樹，也敲響著鐵馬，使他深感淒涼，於是他忽然醒悟，人生如寄，什麼功名，什麼富貴，都不過是一枕黃粱幻夢；忙忙碌碌，庸庸擾擾，只會被春花秋月嘲笑，試看明朝起來，攬鏡自照，怕又是要添上幾星雙鬢華髮。

這支曲調是消沉的、憂傷的、抑鬱的、頹廢的，然而我喜歡它。我絕不認為天下有正宗這種東西，樂曲更無所謂正宗不正宗。孔丘放鄭聲[6]，未必是明智之舉，因為人不能只聽韶樂。即使韶樂好到可以三月不知肉味[7]，但

6 放鄭聲：語本《論語・衛靈公》：「顏淵問為邦。子曰：『行夏之時，乘殷之輅，服周之冕，樂則韶舞。放鄭聲，遠佞人。鄭聲淫，佞人殆。』」

7 三月不知肉味：語本《論語・述而》：「子在齊聞韶，三月不知肉味。」

是天天聽一種調子，也會厭倦、反感的。目前音樂界中，鴛鴦蝴蝶派[8]攻擊、排擠杭育杭育派[9]，譏笑它簡單粗糙。杭育杭育派則以正宗自居，反過來攻訐對手驕奢淫逸、萎靡不振。我覺得這兩派一樣荒唐可笑。曲調應該包羅萬象，凡絲絲入扣能表達出人類喜怒哀樂中的一種情緒，就都是好曲調。人類不可能千人一面、萬眾一心，更不可能要怒一起怒，要喜一起喜，也不可能一直喜下去、怒下去、哀下去、樂下去。炮火聲裡，一支進行曲可以鼓舞鬥志，杭育杭育派大有用武之地；休息期間，一支小夜曲令人心曠神怡，鴛鴦蝴蝶派同樣功不可沒。正宗斬盡殺絕了異端，這正宗豈不孤獨得可憐？而且也就無所謂正宗。滿園牡丹，一張綠葉也沒有，牡丹恐怕難以存在了吧。

琴聲停止，亞琴才從出神中回過來，說道：「太美了。華先生的手，真是金子打的。」

盲者耳尖，華先生正色說道：「太太，胡琴不僅僅用手拉，還得用心去拉。用手拉的只有音，用心拉的才有韻。我很久沒有拉得像今天這麼『來神』了，我再拉一曲給你們聽。」

他說的「來神」，如果由衛仲樂教授來說，那麼大概會說成「來了煙士批裡純[10]」。

這回演奏的是一支比較難拉的〈古別離〉。第一折，他用全弓演奏，使人想見陽光天氣，雜花生樹，草長鶯飛，一對情人陶醉在大自然中享受人生中的青春幸福。但是人生總不可能自始至終幸福到底，離別的折磨悄然來到了這對情人面前。第二折，他用半弓和抖弓描述出楊柳堤岸、一葉扁舟、波濤起伏的離亭場面，淚眼相看也好，無語凝噎也好，千叮萬囑也好，離別時刻一樣無情到來，一葉扁舟，載著離人，去遠去遠，逐漸消失在視線之外。他運弓的技巧已經出神入化，要多大音量就奏出多大音量，在由強轉弱到漸弱到聲僅可聞的變化裡，使人想見一葉扁舟迤邐遠去，終至不見。在第三折裡，他用水音指法描述出一個月夜情景：晴空如洗，夜涼如水，露欄花欞，思念著遠人的他或者她對影無眠。恍惚間，所思念的人長著翅膀，由遠而近自天下降，但是沒有落地就飛掠而去。「身

8 鴛鴦蝴蝶派：清末民初大都會興建過程中出現的一個承襲中國古代小說傳統的通俗文學流派。

9 杭育杭育派：這是魯迅對詩歌形成淵源的分析。他認為詩歌產生於早期的人類集體性勞動。由於當時生產力水準低下，一項勞動任務往往需要許多人共同參加，為了統一和協調動作就要齊喊號子，例如「杭育杭育」。這裡面有節奏，有衝動（原始的情感），便成為一種原始的詩歌；而且那動作就成為早期的舞蹈。魯迅稱他們為杭育派。

10 煙士批里純：英語「靈感」（inspiration）一詞的音譯。

無彩鳳雙飛翼[11]」，不對，驟然間，似乎自己也從肋下長出雙翅，騰空而起，朝著所思念的人飛吧，飛吧，卻總差一段距離追趕不上……「嘎」的一聲，子弦斷了。

「請等等，還有兩折，用一根弦拉不好。」要是簡單些的曲子，他遇到這種情況，用一根老弦也就對付過去了。他摸了摸子弦，結的結子太多，已經無法再用，於是說道：「我把琵琶上的線換過來。」但是這時酒菜已經送到，我勸他先不急換線，喝起酒來再說。華先生斷然拒絕，酒菜食物非等老伴回來不吃，我不好違拗，只能關照來人趕緊再送一碗糟扣肉來，讓他去撥弄琵琶。幸而他老伴不旋踵間就雙手捧著包袱推門進來，他聽到老伴聲音也就放下了琵琶。

亞琴陪著華先生夫婦略吃一些東西後起身告辭，走出房門後給我一筆錢，要我轉送給他倆，以防真的遇到綿綿秋雨時可以救一救急。我雇來一輛黃包車送她回家，她抱起孩子後叮囑我說：「梅珍小姐那裡，我看還是要去碰碰頭看。你可得把我這句話聽進去。」

我回到房裡，繼續陪華先生夫婦喝酒。華先生問我說：「剛才這位貴相知是……」

「從小一起長大的夥伴，她來敦促我去同另一位小姐相好。這另一位，你也許聽說過，章萬源酒坊的千金。」

「聽說過。」他連連點頭，「這事成功了，喝酒是不必操心的了。」

「不過目前還難說，八字還沒一撇呢。」

「努力為之吧。小兄弟，該成一個家了，也好有個人照應照應。我要沒有這個老伴，日子就難說了。」

「別嚼什麼蛆，」老伴頂了他一句，「你少罵幾句，少衝我發脾氣就阿彌陀佛了。我是前世欠了你的債今生來還。」

「不過我覺得，」華先生置老伴的埋怨於不顧，「你同剛才那位貴相知，好像有點什麼不如意。」

「你比有眼睛的看得還準些。」

「我的心在告訴我，眼睛看不見，心感覺得到，所以我也不去拉那些歡樂的曲調。」

11 身無彩鳳雙飛翼：出自李商隱〈無題〉詩：「身無彩鳳雙飛翼，心有靈犀一點通。」

酒醉飯飽，略坐片刻，雨腳已停，夫妻倆向我告辭。我把他老伴拉過一邊，把亞琴的錢塞給了她，並且用手勢表示不要讓華先生知道，以防又去買鴉片煙來抽掉。他耳朵靈，頭腦靈，一句話就會走漏風聲。阿炳先生這回給瞞過了，換上贖出的寒衣，管自勸我多尋歡樂，少尋煩惱，章萬源千金那裡，跑得要勤快些，伺候得要巴結些，等喝過喜酒，再搭丈夫架子不遲。

街燈雖然不很明亮，卻也把雨後的石子路面照得發出反射光。華先生由他老伴攙著，高一腳低一腳向回家的路上走去。他卸下肩上的琵琶，趁著酒意，和一和弦，錚錚琮琮彈了起來。掄指的花音，在小巷裡分外動聽。那是一支民間小調〈楊柳青〉：

楊柳那個青青，
青青那個楊柳，等你到如今。
年輕的人兒喲，等你到如今。

等你到如今，
春去那個秋來，任時間無情。
年輕的人兒喲，任時間無情。

任時間無情，
奴奴那個心兒，始終是堅貞。
年輕的人兒喲，始終是堅貞。

始終是堅貞，
狂風那個暴雨，吹不死奴的心，

年輕的人兒喲，吹不死奴的心。
吹不死奴的心，
秋去那個春來，再見楊柳青。
年輕的人兒喲，再見楊柳青。

詭譎的阿炳先生是彈給我聽的呢？還是隨便彈彈而已呢？我聽著漸去漸遠的優美的琵琶聲，一時找不到答案。

第七節

我還是按兵不動。這倒不是我生性乖張，拒納人諫。亞琴出於她自己從此可以安心，阿炳出於擾一杯喜酒喝，對於是梅珍還是珍梅，他們未必介意。而我是當事人，碰一鼻子灰於前，自然不敢輕舉妄動於後。這似乎也該算是人情之常。

無如做媒人的，比做新郎的，性子好像還要急些。我去寧紹小學以後，既然不得要領而歸，也就沒有去楊宅報告此行結果。如此幾天以後，楊素吾先生忽然來到報館，問起寧紹小學之行成敗如何。我只得據實以告，楊先生沉吟片刻，沒有指示我下一步該怎麼走，轉而談了一些別的，就告辭了。又過一天，星期六晚上，我接到了章梅珍先生打來的電話。

「你真的是繡先生？」她極其謹慎。

「我的確就是。很抱歉，我們這家報館財力有限，還裝不起可視電話。我想你是章先生。」

對方核對無誤後，才說道：「明天是星期天，我們一些同事要遊惠山去，你能和我們一起去嗎？」

她邀我去？這種好事豈非自天而降？那麼為什麼又要找一批人去？我說：「好吧，我去。」

「明天八點，請在西門橋上等候。」

明天七點半，我忽然自動醒來。按理，過夜生活的人在這時候是不會醒的，於是我明白梅珍小姐對我是有吸引力的。

八點過三分，梅珍小姐步行來到西門橋上。她穿一件還很新的黑白小方格呢旗袍，穿一雙黑布搭攀鞋，辮子打散，髮腳稍捲一捲，顯得樸素、大方、端莊。

「你久等了吧？」她笑了一笑。

「沒有的事。貴同事呢？」

「他們先走了一步，我們約好在二泉亭旁邊會齊的。」

「那好，我們坐車還是坐船去？」

「沒多少路，走去吧。」

由西門橋過棉花巷，上五里街，惠山已經在望，確也不遠。只是一路上，依然找不到話可以交談。談編報，恐怕她不熟悉；談教育，我是徹頭徹尾的外行；談天氣，未免無聊，而且也沒有那麼多天氣可談。章小姐有點彆彆扭扭，同我走得太靠近了，似乎覺得未便如此熟悉，就故意落後一點或者分開一點；離得太遠了，似乎又覺得失卻了一起郊遊的本意，只好趕上我一點或者靠得稍近些。這樣，一條五里街，不到半小時就走完，來到了惠山腳下。

山腳下風大，章小姐把辮子打散是不智之舉，現在頭髮給風吹亂，有的還搭在眼睛上，很不舒服。這倒讓我找到了話說。我說可以用手帕把頭髮紮起來。結果她掏出來的手帕只比巴掌大一點，不夠紮，於是又賜給我一個獻殷勤的好機會，我掏出了我的大手帕。她似若遲疑，然而事出無奈，只好笑著接了過去。這樣果然利索得多，再沒有頭髮遮擋眼睛。

「我看，我們是不是來個倒拔山，從三茅峰上去，頭茅峰下來。吃食店都開在頭茅峰腳下，三茅峰腳下是一片荒野。現在上山，下山則是吃飯時間，那時就不必多走幾里冤枉路找吃食店了。」

「我們原來也是這種打算。」

「那好，也許我們會在山上和貴同事碰頭。」

章小姐很能爬山，布鞋幫了她的忙。我穿的是膠底皮鞋，爬山就吃了虧，結果她先我而到峰頂，我落後了竟有十幾丈。

峰頂上只有兩個孩子在割茅草，茅草是上等柴火。

坐一坐，繼續向二茅峰走去。下坡、上坡的坡度都不大，這樣總算能並肩而行。二茅峰可以遠眺太湖一角，在這裡又沒有遇到她的同事。從二茅峰到頭茅峰，坡度和前相若，但是在頭茅峰頂上，也沒有她的同事。

「我想他們必定是下山吃飯去了。」我看一看手錶，「約好在哪家飯館吃飯呢？」

「我們自己找不到飯館嗎？」她反問我。

這一說正中下懷。郊遊就郊遊，沒事人一大堆幹什麼？談什麼？

「從這裡下去，半山腰有一座廣福寺，在寺裡可以找到飯吃。」

「貴不貴？」

「大不了是青菜、蘿蔔、豆腐、麵筋，貴不到哪裡去吧？」我在撒謊，那是吃膩了魚翅、海參的達官貴人的去處，和尚不收飯錢，但是要布施。

寺院很大，很壯觀。山門是一個大石鋪廣場，護欄上刻精緻的蓮座和卍字圖案，正中一隻大鐵香爐，鑄明實重二千另四十八斤，想不出是用什麼方法弄到半山腰來的。爐腳上狻猊栩栩如生。「栩栩如生」這四個字並不貼切，因為這種動物只存在人們的想像中，世上無實物可供查對。牠是「龍生九子」之一，媽媽據說就是非洲產的獅子，性好煙火，所以用來做香爐的裝飾。

走進山門，兩旁是身高二丈有餘的魔家四將，各持稀奇古怪的兵器，對人怒目而視，被人稱作四大金剛。正中的布袋和尚則笑顏常開，一團和氣，但站在背後的韋陀，卻又金盔金甲，手持金杵。雖然不像四大金剛那麼凶相畢露，卻也神態嚴厲，一副保鏢模樣。這種景象，和時下的政壇，倒也相仿。大人物都是笑容滿面、可愛可親可敬的，但他身旁身後，都有一批保鏢，手持匣槍、快慢機，一聲令下，隨時可以把你的身體打成一隻蜂窩。不過據佛典，韋陀是「符檄用徵召」的意思，也就是傳令兵兼文書，來中國後，什麼時候調入衛隊，我就不清楚了。

從山門進去，一片大磚廣場，左是晨鐘樓，右是暮鼓樓，對面就是前殿。在這裡，我遇見了知客和尚，他向我合十問訊，居然口稱繡先生，使我不能不佩服他記憶力的卓越。我還是在好幾個月前，應法院汪院長邀請在此吃過一席酒席，而且當時我並非主要客人。他邀我去耳房喝茶，表示願意陪我隨喜。我謝了他的好意，請他為我準備兩個人的飯食，就開在耳房裡。我自己陪章小姐到處看一看，而後回耳房來吃飯。知客和尚連聲說好，轉身關照備膳去了。

前殿供奉的是五百羅漢。羅漢多，塑得就很小，只有百貨公司的大號洋娃娃那麼大，但是塑得很精細，或笑或嗔，或妍或媸，或立或坐，竟沒有一尊是相同的，難能可貴。

前殿向裡，又是一片大磚廣場，對面是中殿。中殿前半，供奉的是十八羅漢，降龍伏虎的都在這裡。據佛典，羅漢的職司，在於保護佛國的無上法。既稱國，自然有等級，所以羅漢的頭銜是有差別的。十八羅漢中，十六位是大羅漢一級，最後兩位則只是尊者一級。如果硬套到民國的軍銜上，那麼前十六位大概相當於上校，勉強進入高級軍官行列，後兩位只相當於中校。至於五百小羅漢，那就是少校和各級尉官了。從容貌來看，大小羅漢大體上都是印度人，只有十八羅漢中的一位，鼻樑從眉間就開始隆起，很可能屬於已從世界上消失的馬雅人。他怎麼從南美洲到印度佛國服役的？佛典上未見記載。

中殿後半，供奉的是魚籃觀音，粉白黛綠，塑得實在漂亮，看去賞心悅目。她光著一雙潔白的天足，踏在粉紅間白的蓮座上面，露出雪白如藕的手臂，挽一隻魚籃，盛一條金紅色大鯉魚，面帶微笑，慈祥可親。分立兩旁的，一個是身穿五彩兩重心字宮衣的龍女，手捧一隻淨瓶，一個是腳蹬風火輪的善財童子，雙手合十向觀音頂禮膜拜。兩人臉龐相似，不知者將誤以為是兄妹或姊弟，可能是雕塑者疏於考據的罣誤。菩薩在佛國裡的地位相當高，只比佛低一級，但觀世音菩薩到底是男是女，迄無定論。宋朝以前，都把觀世音認作男子，甄龍友把觀世音稱為美人，說成「巧笑倩兮，美目盼兮，彼美人兮，西方之人兮」[1]，這才開始有了觀世音是女人的說法。吳承恩著《西遊記》本甄龍友說，於是觀世音是女菩薩這一點，達到家喻戶曉的地步。因為世上畢竟看小說、聽說書的人多，究佛史、讀筆記的人少，寡不敵眾。

中殿以後，又是一片大磚廣場，對面是正殿，石階石欄，挑簷圓柱，匾額大書「大雄寶殿」四字，出於蘇州知府裴大中之手，氣勢磅礴。殿旁一口大銅鐘，鑄明實重一千另二十斤，還是乾隆年間所造。鐘上一個螭鈕，昂首張口，鑄得活龍活現。鐘旁懸一根撞鐘木杵，刻成鯨魚模樣，卻不唯妙唯肖。鯨不會有鱗，木杵偏偏刻上魚鱗狀裝飾，有類畫蛇添足。螭也是龍的九子之一，生性好吼，住在海邊，每逢鯨魚來犯，就大吼大叫，聲聞百里，所以用作銅鐘的裝飾。

大殿正中，供奉的是佛國最高領袖釋迦牟尼佛，法相莊嚴，慈眉善眼，兩耳垂肩，盤膝而坐，面帶微笑。兩旁

---

1 「巧笑倩兮」句：出自《陔餘叢考・卷三十四・觀音像》：「南宋甄龍友題觀世音像云：『巧笑倩兮，美目盼兮。彼美人兮，西方之人兮。』」

是站立著的他的助手迦葉和阿南。佛典說，釋迦牟尼寂滅時，把佛法傳給迦葉，迦葉應是佛教第二代的首領。雕塑者於此，完全忽略了比例，站著的助手，還不到坐著的領袖肩膀高，使我不能心服。因為人即使有偉大與渺小的人格之分，高低與尊卑的地位之別，但身材的懸殊，是不會如此過大過小的。大殿左右側各有一個雕工精美、木質上乘的佛龕，右側供奉文殊菩薩，他被塑成捲髮絡腮鬍的中年漢子，騎在一頭和現實世界裡的獅子完全不同的捲毛獅子身上，法相既彪獷卻也嫵媚。左側供奉著普賢菩薩，他被塑成長髮長眉，有三分像老婆婆的瘦弱男子，騎在一頭白象身上，法相既莊重卻又可親。有筆記[2]說：「普賢，觀音姊也。」但習慣上似乎無人把普賢當作女菩薩來看待。

正殿裡蓮幡飄蕩，香煙繚繞，莊嚴肅穆，怪只怪我六根不淨，四大未空，既無夙緣，也乏慧心。目前又一心向佛教所不恥的、最污穢的愛情苦海裡鑽進去，所以即使身臨聖潔的佛門寶地，卻仍無出世之想。偷眼看看梅珍小姐，她似乎也只有欣賞雕塑、讚嘆清淨的神情，沒有恍然覺悟、從此斬斷情緣的皈依佛門之念。

正殿後面，是僧眾的生活活動區域，儼然一座「清律堂」，位於僧眾廬舍的正中間。堂裡有一張虎皮交椅，一張長公案，兩旁羅列著竹杖、木板、戒尺、繩鞭等刑具，後側是一間牢房，和正規監獄一樣，牢門上方赫然漆著狴犴[3]的張牙露齒的頭像。狴犴也是龍生九子之一，傳說是龍和虎所生，生性好守，所以用作門衛的標誌。大戶人家門口的獸環，似虎非虎，其實也就是狴犴。僧眾中有人違反清規戒律，就被帶到「清律堂」來，由執法僧審理。按情節對照僧規決定如何懲罰，除了沒有斬、絞外，徙、流、笞、役都是有的。

看了僧眾的住處以後，本想再去看看飯堂，但這時知客和尚找到我，說可以用膳了。於是我和梅珍隨知客和尚到位於大殿和中殿間東向一側的耳房。耳房的陳設十分潔淨、典雅，正中一副全綾裱達摩祖師一葦渡江圖，畫筆蒼勁，兩旁是何子貞[4]真跡「鐵肩擔道義，辣手著文章」對聯，挖鑲綾裱，價值連城。紫檀木長几，一頭放一隻桃花

2 積按：何筆記不詳。據查，中國民間傳說中也有此說法：在涪江中游有一個興甯王國，國王妙莊王夫婦和他們的三位公主受到佛祖敕封，得道成佛以後，興甯國中大小事宜，全都交由丞相處理。丞相按妙莊王旨意，輕徭薄賦，藏錢糧於民間，所以深受萬民愛戴。一日，興甯國百姓呈上萬民書，要求丞相為莊王建廟，為觀音、普賢和文殊三姊妹塑像。

3 狴犴：傳說其重義氣、好訴訟，能明辨是非、仗義執言。《潛確居類書》云：「狴犴，其形似虎，有威力，故立於獄門上。」

4 何子貞：何紹基（一七九九－一八七三），字子貞，號東洲，別號東洲居士。晚清詩人、畫家、書法家。早年是阮元門生。其書法以顏真卿為基礎，又雜以上古篆籀、隸等風格，駿發雄強，獨具面貌。亦首創書法的執筆方式，即「回腕法」。

心木大理石插鏡，一頭放一隻鈞窯大花瓶，瓶插天竺和菊花。南北壁上是四幅烏梅木框、黃楊木雕的梅蘭竹菊畫屏。長几前的紫檀小方桌上，已擺好一隻細頸錫酒壺，兩隻定窯影青瓷酒杯，兩雙鑲銀烏梅木筷，兩隻小拼盤，一盤是洋菜伴金針拼素火腿，一盤是鹵生麩麵筋拼白斬素雞。在這麼一種環境、氣氛中淺斟細酌吃素菜，可說是一種非凡享受。吃罷生煎素排骨、炸素子雞，端來了香粳米飯，上了口蘑湯和紅燒素鯽魚。我不能不佩服燒飯和尚的手藝高超，他們使用的原料無非就是百頁、豆腐皮、馬鈴薯、薏仁、蓮子以及香蕈、木耳，卻成了幾可亂真的排骨、雞塊或者鯽魚，而且實在好吃。要是素菜都能做出這種口味，那麼屠豬宰雞這種殺生罪孽，確實是毫無必要再去犯的。

吃罷不久，知客和尚重又來到，問我和梅珍小姐要不要去看看乩壇。我說：「扶乩是道家的法術，佛門怎麼也扶乩？」他說：「並不盡然，道家、佛家都扶乩。他迎他的仙，我請我的佛，道並行而不悖。」我問：「所請何佛？」他說：這不一定，要憑佛的旨意，今天是文殊菩薩和白居易同來。」這一來我就惶惑了，請教他：「白居易何時成了正果？」他回答說：「儒釋同源。」我似通非通，向他告罪說：「一時實在想不起有什麼困惑需要佛祖指點迷津，就不去了。」知客和尚有意無意地說道：「終身大事，也可以求佛祖指點的。」我想一想，覺得文殊菩薩在青年時代可能沒有同印度姑娘談過戀愛，向他請教終身大事跡近問道於盲；白居易既有老婆也有能歌善舞的小老婆，道不同，不相為謀。所以看看梅珍小姐，徵求她的意見說：「你的意思呢？」

她笑一笑，沒有說話。

按錢起八先生的解釋，這表示她不同意去乩壇。於是我對知客和尚說道：「承教了。諸多打擾，謝謝，就此告辭。」知客和尚聽後，滿臉堆笑，拿出捐助簿。我拿過來，寫道：「樂捐香油五十斤。」他不嫌少，只是告訴我，汪院長寫的是五百斤。我說：「哪能將天比地？」他就不再多言，把捐助簿又拿給梅珍。我心裡罵聲「禿賊可惡」，手裡則把捐助簿又拿過來，添上「梅珍小姐樂捐香油五十斤」。於是知客和尚收起捐助簿，笑嘻嘻地把我們倆送出山門。

「你看，寺院也是注重營業的。」我一面下山一面說。

「知客僧看上去就有點勢利。」梅珍小姐同意我的看法。

「人都要吃飯，和尚同樣要吃了飯才能唸經。我聽說這個寺院的收入是很不錯的，老方丈手下有兩三百和尚種地、收租，除此之外就是香火、佛事，更大的收入來自廣結善緣，到處募化，舉辦素筵也是一種收入來源，乩壇帶有擴大影響的廣告性質。」

「不是說佛門是四大皆空嗎？」

「說是這麼說，出家人裡，也有人比在家人更忙的。」我很高興終於和梅珍小姐找到了話題，「王阮亭有一條筆記說：某方丈向他訴苦，說他整日得同官府豪門應酬，實在忙死了。王阮亭回答說：『大和尚如此忙碌，何不出家？』[5]佛既然有國，那就當然有外交、內政要辦。你沒有看到那些竹杖、木板和牢門？和尚也要用刑罰來維持統治。」

「那麼做和尚也是一種職業？」

「不僅如此，有的宗教甚至操縱政治。」

一路下山，一路談談說說，想不到從和尚身上找到了開始交談的話頭。

下山以後，我們到了二泉亭，那裡仍沒有她的同事在等我們，於是來到寄暢園，找一張石凳小坐一下。這裡樹老石怪，水榭曲橋、亭臺假山，疏密得宜，雖然久年不加修葺，有點破敗，卻依然如在圖畫中。

「遺憾的是，始終不能和貴同事會齊。」

「你以為真有一批同事在等我們嗎？」她笑了一笑。

「那麼只是你……」說了這五字後，我立即覺得自己是一個不可救藥的笨蛋。

「楊先生說，」她不看我，看著一叢因風搖擺的苦竹，「你對他說：『一朝被蛇咬，十年怕井繩。』是嗎？」

「是的。章萬源先生的財產，不是一個祕密。」

「那麼，如果你知道，我不是他的親生女兒，沒有繼承權，只有一份嫁妝，你會怎麼樣？」

5 王阮亭言：事見袁枚《隨園詩話》卷十一第十六則：「有僧見阮亭先生，自稱應酬之忙，頗以為苦。先生戲云：『和尚如此煩擾，何不出家？』聞者大笑。」

「我知道或者不知道，都一樣，而且知道了更好。因為我毫無恆產。那天認識你以後，我最大的顧慮，恰恰在於我覺得我配不上一位富戶人家的千金。」

「所以你在我面前擺闊氣，一頓飯吃掉一百斤香油。一個小學教員一個月還賺不到一百斤香油。」

「這出於我估計錯誤，我本來以為你吃厭了油膩葷腥。」

「居家過日子，有錢的時候要想著沒有的時候。我原來的家是窮人家，正因為這樣……」

她忽然不說了，我不好催她說下去，只是亂點頭，對她說：「我一點也不知道這些。總之，我很高興你不是將來章萬源酒坊的女老闆。這是由衷之言，這太好了。」

她把大手帕還給了我，說道：「我們可以回城去嗎？」

「好的，回去吧。」我心裡陡然產生了無窮的希望。

第八節

我用了一些時間，瞭解到有關梅珍小姐的一些情況。

她本來是北鄉陸區橋陸姓農民的女兒，六歲那年北鄉鬧蟲災，農作物顆粒無收，父親挑一副擔子，一頭挑著她，一頭挑著她弟弟，逃荒來城，恰好歇腳在章萬源先生的酒坊門前。

章先生原籍紹興，是當地釀酒業的知名人物，可惜沒有子息。髮妻是紹興人，已經故世，續弦是當地人，久久沒有夢熊[1]徵兆。章太太在門口看見逃荒的這一家後，一半處於憐憫，一半出於為自己打算，想把弟弟買下來。農家看重男孩子，只願意售出女孩。章太太看著女孩子雖然衣衫襤褸，眼屎鼻涕，頭髮雜亂，倒也眉清目秀，活潑可愛，想想陰功積德，必得好報，也就不得已求其次，買下了女孩子。當時言明，訂的是絕賣契，以後就不相來往了。章太太的算盤是，真不成器，將來可以當作丫頭使用；如果成器，可以當作女兒，將來尋個女婿，總比膝下空虛為好。何況，說不定這女孩子命好，「領弟進門」的可能也是有的。

果然，兩年以後，章太太居然乳脹腰粗，懷起孕來。這件普通到不能再普通的事情，當時卻偏偏引起了一陣竊竊私議。原來外界盛傳章先生患的是冷精症，

這種病在治癒前，哪怕討一百個老婆，除非有人越俎代庖，自己卻是養不出孩子來的。但是章先生本人深信這完全是自己辛勤耕耘的結果，竊竊私議漸漸也就平息。十月期足，章氏夫妻得到了一個既不像爸也不像媽的男孩子，於是謠言再起。其中一個最離奇卻最可信的說法是，章太太瞞過丈夫，買通一個婦科醫師，從某個不知名的男子身上取得精液，做了人工受精手術。無奈章先生老來得子，歡喜還來不及，對謠言充耳不聞，謠言終於在「見怪不怪，其怪自敗」的作用下重歸平息。既不像爸也不像媽的公子，就得到了繼承章先生一切財產的毋容置疑的權利。

1 夢熊：又稱夢兆熊羆，指生男孩的預兆。語本《詩經・小雅・斯干》：「大人占之，維熊維羆，男子之祥。」

在沒有梅珍弟弟之前，章太太對梅珍確是疼愛的，如今有了親骨血，對梅珍的疼愛不免要差了些，但是念她「領弟進門」有功，所以仍然把梅珍當作女兒看待，加以栽培，讓她讀到高中畢業。但是把財產遺留給梅珍的初衷已經取消。章氏夫妻商定，梅珍沒有繼承權，在她出嫁時，可以得到一份豐厚的嫁妝。

章先生是生意人，愛錢如命。他一向批零兼營，零售熱酒店就開設在他家樓下，生意十分興隆。熱酒店只雇帳房先生一名，打酒師傅一名兼跑堂。按理，熱酒店的加一小帳和小費收入，應歸帳房和打酒師傅、跑堂分得，但章先生這也不放過。他自己畢竟是大老闆，不好弄一個分小帳的為人不齒的惡名，於是把章太太、梅珍、小兒子都算作熱酒店夥計，小帳按人頭均分，實際上分得了五分之三。章先生對待自己和對待別人一樣刻薄，嗶嘰長衫只有一件，出客回來立刻換上布長衫，省吃儉用，一個銅板在他眼裡竟有磨盤那麼大，暮年好不容易得來的兒子問他要點零花錢，也像挖去他的心頭肉，好說歹說，才肯從他控制的五分之三小帳裡拿出少許來。在他看來，人生在世就是為了積錢，愈多愈好，到自己嚥氣後悉數傳給兒子，才不枉此生，除此以外再也別無目的。梅珍當然更不敢向他要零花錢，這就是酒坊千金不得不去當一名清苦的小學教師的原因。女孩子長成大姑娘後，天性使然，總不免要打扮打扮，衣裳鞋襪、胭脂花粉，又哪樣不要拿出錢去？向家裡要不來，只好自己去掙，確實是萬不得已而又無可厚非的。

梅珍當了小學教師後，據說，為了保住職位，加入了三民主義青年團，由此和一位名叫煥群的幹部相識，並且有過超出同志、友誼的關係。煥群先生是北鄉堰橋人，精明強悍，足智多謀，深得姚尹默書記長的倚重，綽號「堰橋虎」。往來一年多，被梅珍父母發覺，使章氏夫婦大吃一驚。他倆一致認為，兒子尚小，是龍是虎，還在未定之天，忽然就招一隻「堰橋虎」做女婿，他兒子豈是姊夫的對手。這辛辛苦苦、克勤克儉掙來的家業，難保沒有改姓的危險。所以再三再四嚴厲警告梅珍，絕不許再同煥群先生交往下去。另外又拜託楊先生，請他物色一個合適的東床人選，就按原定諾言，趕緊把她打發出去，以杜後患。

梅珍小姐是否真正同煥群先生斷了往來？我和章氏夫婦同樣深為關心。問章氏夫婦，據答梅珍還總算是聽話的好孩子，以後是不相交往的了。問本人，梅珍小姐說，她同煥群先生雖有過往來，卻屬團內同志性質，並沒有談情說愛，父母一反對，她和他都覺得沒有必要瓜田李下，惹人說三道四，所以如今除在團員集會上偶爾見到外，別無任何往來。惠山之遊中，我曾看到梅珍手指上有一隻鐫著「CYP」三個洋字的金戒指。這是姚尹默在經手某漢奸案件時發了一筆財，打成一批三錢重的戒指分給手下幹部佩戴的。梅珍小姐只是普通團員，何來此物？這時候想起，婉轉問了梅珍，她解釋說，戒指並非幹部才有。發給幹部佩戴後，團員議論紛紛，指責書記長不該厚此薄彼，有違總裁「袍澤同沾」的教誨。姚尹默為息事寧人起見，打了一批兩錢重的，半價賣給團員。她戴的是用半價買來的，比發給幹部的輕了一錢。從此以後，她乾脆不再戴這種戒指了，對我說：「我把它收了起來，這個月拿到薪水，我把它改打一隻名字戒指，你看好不好？」聽此一說，我猶如大伏天吃下一盅冰淇淋，舒坦極了。有沒有改打？以後也忘了再問。

而後漸漸發現，梅珍確如楊師母所說，是個文文靜靜、溫和柔順的好姑娘，始終像初見那天一樣，多聽少說，要言不煩，在我心目中的地位顯著擴大。她看來也很喜歡同我接近，不唯星期六、星期天總來找我，就是平常日子的晚上，也來約我出去散散步、談談心，非經催促，說我工作未完，她總不肯遽然離開。有次無心透露，在家覺得很悶，和父母找不到知心話講，和弟弟也只能講講功課、作業，真想早一天離開養父母家。

某些文學家，愛把他筆下的女孩子比作「依人小鳥」。我對梅珍，後來也有這種感覺。當然，文學上的比喻，不可能都是完全確切的。這「小鳥」二字就微嫌籠統了些。如果這小鳥是麻雀、告天子[2]，一天到晚老在你耳邊嘰嘰喳喳，叫個不停，那也會令人心煩的。如果是八哥、鸚鵡，成天人云亦云，調嘴學舌，那就更糟，簡直令人討厭了。像梅珍這樣的姑娘，婉約可愛，善解人意，又對人非常依戀，應該比作什麼「小鳥」才好？我查遍脊椎動物門鳥綱各目各科各屬各種，也始終沒有找到答案。

是人就有缺點，梅珍的缺點在我看來就是錙銖必較。廣福寺一頓飯吃了一百斤香油以後，她一定要問明價格，才肯就座，昂貴一點，馬上拖我走開。買條手帕，可以挑半個小時；論斤秤賣的，秤尾稍平一些，她就不要。衣服做好買好，捨不得穿，壓在箱底裡，日常還是穿陰丹士林布旗袍和布搭攀鞋。論理，節儉是美德。這種怕花錢的姑娘，可說打著燈籠，踏破鐵鞋，想找還沒有地方找。但我擔心的是，這種習慣，可能來自她對章先生的耳濡目染。

2 告天子：清代時百靈鳥別名，又稱叫天子、朝天柱、天鷚等。鳴聲悅耳動聽，性喜集體棲息，通常以昆蟲和種子為主食。

再進一步，就是吝嗇，就是刻薄；律己尚可，待人卻是不足取的。「一粥一飯，當思來之不易；半絲半縷，恆念物力維艱」[3]，是一回事；「刻薄成家，理無久享」[4]，又是另一回事。不過轉念一想，從她來說，將來換個環境，也許總能有所改變。從我來說，我單身日子過慣了，花錢一向大手大腳，這恐怕也得看成是個大缺點，將來有她來管一管，應該沒有什麼不好。

這一天，我約梅珍到公園坐坐，時間是下午三點左右。她在電話中說，有空準來。要是三點過後還不能來，就是臨時有事走不開，不必再等，晚上她會到報館來找我。我在池邊茶座等過三點，情知她不來了，正想離開，《人報》副刊主編王孫先生忽然出現在我面前。

王孫先生在報界，是有點名望的中堅人物，年方三十二歲。所惜者是，他一過而立之年，就躺在名望身上不再刻苦求進，把他的副刊弄得四平八穩，了無特色，而把主要精力不恰當地放在賭博和女色方面。四平八穩，也有可能是他與生俱來的氣質。他賭起錢來也是四平八穩，只贏不輸，卻也從無大贏。他一表人才，很討女人歡心，然而又能四平八穩，從未因此引起他人夫妻失和。即如沈苡小姐轉而請他伴送回家以後，不久就傳出了蜚短流長，但他太太並未步盧、蔣二太太後塵，做出某些行為來讓人笑話，也就使蜚短流長無以得到證實。只是好色之徒不免惡果，螺旋菌[5]和球菌[6]的交替侵襲，逐漸使年紀輕輕的王孫先生喪失了生育能力。這一點從他太太養出一個女孩後再也養不出第二個孩子，可以百分之百地得到確證。

我同王孫先生交談之際，無巧不巧，迎面走來沈苡小姐。她穿一件全新的綠呢外套，依然保持著過去的態貌——十分苗條的身材頂著一副略帶男性化的肩膀和一個我難以理解的腦袋。王孫看到沈苡，好像有點慌張。沈苡在向我點頭招呼以後，板起臉對慌裡慌張的王孫說道：「我找你好多天了，諒你總逃不出這個城市。」

池邊茶座比較冷僻，情侶大都擇此喝茶談心。沈小姐這麼一說，我才明白王孫先生之所以出現在這裡，也許同

---

3 「一粥一飯」句：出自《朱子家訓》。
4 「刻薄成家」句：出自《朱子家訓》。
5 螺旋菌：暗指梅毒。梅毒是一種細菌型的性傳染病，病原體是螺旋菌菌種梅毒螺旋體的一種亞種。
6 球菌：暗指淋病。淋球菌又稱淋病雙球菌、淋病奈瑟菌，是導致淋病的病原菌。

躲避沈小姐有關。從四平八穩出發，太顯眼的地方，這幾天他大概是不敢去的。

「我都在嘛。」王孫先生和解地說道，「我又沒有故意躲開你。」

「你連報館都不到，託病在家編稿子，還敢說沒有故意躲開？」

看看氣氛不對，我說道：「我還有旁的事，先走一步。你們請談。」

「你無須迴避。」沈小姐勸阻我，「我正要當著第三者的面同他把事情說清楚，好有一個中見。」

「這裡怎麼好談？」王孫有點愁眉苦臉，「這裡終究是大庭廣眾，雖說人不很多。」

「地點可以任你挑揀。」

看光景，他們要談的事是相當嚴重的，否則不會一方氣勢洶洶，一方畏畏縮縮。蜚短流長，也許事出有因。我本來打算迴避，沈小姐既說無須，我就立即轉而產生了好奇心。唯恐天下不亂的記者心理，我也是有的。我說：「我在新華旅館有個長租房間，招待外地撰稿人用的。恰好這兩天空著，不知是否合適？」

兩位都說可以，於是三個人一起到了新華旅館。茶房沖了茶，退出以後，沈小姐立即開門見山，問王孫先生道：「我要你考慮的事，你考慮得怎麼樣了？」

「這是辦不到的，」王孫憂心如擣[7]，「你原諒了吧。」

「辦不到也要辦到。一時辦不到，我可以給你時間。」

「這不是時間問題。」王孫先生還是小心翼翼地使用哀求口氣，「我有困難，我怎麼對妻子開口？我沒有絲毫理由可以離婚。所以這是我無法辦到的事情，你還是原諒了吧。」

「我絕不會原諒！」沈小姐的口氣斬釘截鐵，「你既有膽量，現在你得負責。」

「如果說到責任，那麼，我想你也會有些責任的。」在對方步步緊逼之下，王孫的口氣稍稍強硬了一些，「不過，這個責任，還是讓那瓶威士忌去負算了。當時的情形，固然缺乏第三者可以證明，但是我想你也會記得起。」

「算了？能算了嗎？」

7 憂心如擣：語本《詩經・小雅・小弁》：「我心憂傷，惄焉如擣。」

「我們能不能從另外的途徑來謀求解決？我不是一個毫不負責的人。」

「你說怎麼解決？」

「我付錢給你，我在這方面一向不吝嗇。」

「你在放屁！」沈苡小姐又發了火，「我把處女之寶給了你，你想付錢了事？不行，你得同我結婚。」

「請原諒我直說，黃熟梅子賣青是不好的。我指白日起誓，我沒有這種感受。所以，在付錢方面，我也只能按一般女人的價格來計算，不會按處女的價格計算。」

沈苡小姐這一下勃然大怒，揚起右手，摑了他一個耳光，清脆可聽。

我弄不明白哪一方說的話可信，當時只想到，如果我不在場，那麼這個耳光也許可以不了了之。我在，王孫當然會感到失了光彩丟了臉，所以他不能發怒也只能發怒了，但是他不敢還手，我估計這同他四平八穩的氣質又有很大的關係。他只能把一腔怒火發洩到他順手可以抓到的東西上去。他手裡剛好端著一隻玻璃茶盅，首先把它猛擲到地板上去，「哐啷」一聲，立即滿地板玻璃碎片外加茶葉、茶水。這還不解憤，又拿起一隻空玻璃盅摔破在地板上，到茶房聞聲進來，他才把抓在手裡的茶壺放回原處。

我對茶房說：「現在還沒有你能做的事，暫且請回。等這位先生氣平些，離開這裡以後，再勞你來收拾一下，把損失開在我帳上。」

「很對不起，」王孫先生猛醒過來，覺得自己失態了，「我來賠帳。」

「我看不必了。要是我不在這裡，你本來是不至於去摔茶盅的，所以還是我付錢好。」

「理當我賠，我一定賠。」王孫先生說著趁機跟茶房出了房門，一溜煙走了。

沈苡女士卻沒有追出去把他揪回來的意思，她看著我，問我說：「都看到了吧？」

我感到痛心，耐著性子嘆口氣說道：「廢話！我又不瞎！一齣毫無道理的鬧劇。」

「這一下耳光，你覺得怎麼樣？」

「你不見得給王孫用酒灌醉了吧？」我不以為然地說道，「不過是你翻悔了，才打了他一個耳光。這有什麼怎麼樣不怎麼樣的？」

「你從哪一點斷定我在翻悔？」

「要是你不翻悔，那麼我實在不明白你為什麼要打這麼一下子。」

「我不妨告訴你，我當時被他的瀟灑、溫柔迷住了，開始有點衝動，要他去買一瓶威士忌來。我像坐滑梯那樣，既然滑下了一半，也就只好一直滑到底，隨他去了。這沒有什麼可以翻悔。我後來是恨他一文不值。他是一條公狗，必要時他可以拖一條母狗去睡覺。」

我聽不入耳，厭煩地打斷了她的話，不屑地說道：「但是你剛才還說要同他結婚。」

「那是故意出個難題給他做，傷傷他的腦筋，出出我憋在心裡的一口惡氣。我像小孩子學走路那樣，跌了一跤，這當然和地板無關，但是我仍然要用腳去蹬地板，怪地板不好。至於結婚，那麼我結過十八次婚以後，第十九次也還輪他不到。」

我看著她直搖頭。

「他一文不值，我從來沒有想過去愛他，只是利用他滿足我當時的需要。你親眼看到了，他不敢還手，只敢摔茶杯。他要是勇敢點，驕傲點，還擊我一巴掌，我馬上就會抱著他親嘴，不管你在不在旁邊。」

「你是在玩火！」我被她激怒了，「你這種玩世不恭的態度遲早會毀了你自己！」

「你說得完全不對！」她反駁我，「恰恰相反，我認真對待生活，嚴肅地考慮過。」

「你自告奮勇跳到舞臺上去耍火把，目的只是博看客對你喝一聲彩來。」我攔住她的話，「但是最高明的演員也會失手。火把掉下來把你燒個焦頭爛額，那時看客是不會憐憫你的。」

「你怎麼會把王孫不值得我去愛，同玩火、玩世不恭聯繫起來？我真不懂你的想法。」

「我勸你趁早結束你的胡鬧。」

「你老是以為你都正確，我總是大錯特錯的，這真使我遺憾。其實，你現在認為正確的東西，都是我拋棄了的東西。我不是在胡鬧。我打了他一個耳光，絕不是出於你想的翻悔，而是出於發洩氣憤。我有保衛自尊的權利。」

「一個姑娘，在你學會保衛自尊以前，還是先學會保衛貞潔為好。」

「貞潔？」

「一個明明不自尊的人，硬要裝出自尊的模樣來，能保衛住？」

沈苡女士也被激怒了。她拿起衣架上嶄新的綠色呢外套，「呼」的一聲披在肩上，衝我說道：「和你沒法談下去！貞潔？衛道士先生，再見吧，你去大肆張揚我不貞潔吧。」

她打開房門，衝出去了。

我趕出房門，在她背後說道：「我不見得同你一樣，有到鳳凰廳去吹噓一通的好習慣。你請放心。」

她已經到了樓梯口，聽到這話，停了一停，然後頭也不回，一陣風地下了樓梯。

第九節

當天晚上八點左右，忽然接到沈苡女士的電話。她要我暫時放一放手頭的工作，到新華旅館去一下，她在我房間裡等我。

下午那一場鬧劇，使我膩煩透了。男女之間耳光打來打去，好萊塢電影裡多得很。它經過編劇苦心構思，導演細心推敲，演員精心揣摩，這一巴掌一般都能打得有聲有色，有情有節，有道有理，看著讓人痛快，深感無此一巴掌，這部電影就將遜色不少。但是沈苡打王孫的那一巴掌，哪怕她在身段、姿勢、手法方面都模擬了好萊塢明星，卻毫無道理可言，看著只讓我有噁心、嘔吐的感覺。

「我並沒有邀請你再進入我的房間。」我回答得很不禮貌。

「請原諒。」她回答說，「有事同你商量，又不能到報社來找你，所以我對茶房說起，要用一用你的房間。他倒二話不說就開了門。」

這怪物想幹什麼呢？難道到這種地步還不放棄征服我的念頭，把我看成是又一個色中惡魔？這就太不知人也太無自知之明了。

「請下不為例。」我掛上了電話。

電話鈴又響起來，還是她：「話還沒有說完，你就掛斷電話，太蠻橫了吧。」她不緊不慢地又說道，「我確實有事相求，你來吧。」

「我可以為你效什麼勞呢？」

「我病了。」

這怪物不知又在耍什麼花招？下午不還好好地、神氣活現地打人嗎？哪能病得這麼快、這麼突然？不過天有不測風雲，人有旦夕禍福。在她走後的三個多小時裡，忽然得急病的可能也不能說絕對沒有。她孤身客居，舉目無親，既然相識，那麼去看一看、問一問還是應該的。

擱開稿件、紅筆、剪刀、漿糊，到新華旅館時，她和衣靠在床欄杆上，抽著香煙，眼望著天花板在想心事。看到我，才欠身坐起並端坐，看去沒有一絲病容。

「你病啦？」我勉強按捺住性子，「哪裡不舒服？」

她沒有直接回答我的問題，朝我笑一笑，埋怨我性子太急，下午老是打斷她講話，使她無法在那時就對我說明病情，只好留到現在來商量。等我明白她患上了一種什麼病以後，我對她打王孫一個耳光才覺得可以理解，因而對她轉而抱有多少可以原諒一點的態度。

「這有什麼辦法？」我嘆息說，「正常的婚配，帶來生育的麻煩；不潔的苟且，帶來疾病的苦惱。做個女人確也不容易。不過你同我商量也沒有用，這得找大夫。」

「我怎麼對大夫講？」她感到為難，「想起這我就恨死王孫。」

「醜媳婦總得見公婆面，有病總得找醫生。這不是女人應有的裝飾品，必須想法徹底醫治好。」

「我請你來商量就是為了怎麼去治病，你能不能幫個忙？」

「我也想不出辦法來，我怎麼對醫生說？」一時間我也覺得很為難。

「惹上病，不在意料中。請你來，無非是病急亂投醫。當然你幫助也是可以的。」

我想了一陣，對她說道：「這樣吧，你先等一等，我去去就來。如果不行，我再想別法。」

我驅車到了我的同學、心臟外科醫師姚承璋家裡。他是東京帝國大學醫科畢業生，現在開著一家設備尚稱完善的私人醫院。這時候，他已經歇診休息，躺在安樂椅裡同坐在他近旁靠背椅裡打毛衣的護士小姐談天。

「你是難得來找我的，請坐。」

「無事不登三寶殿。不是不找你，是你這項職業使我望而卻步。」

「凡吃五穀的都會生病，所以我選擇醫生這個職業。人可以一世不看報紙，卻不會一世都不生病。我勸你以後平時都來燒燒香，不要大難臨頭方才抱佛腳。我起來。」

他做出一個要起的樣子，護士小姐聽說也放下手裡的活計。我連忙制止，說道：「都請按照原樣躺好、坐好，不要小題大做，隨便談一談就好。」而後改用日本話說道：「有一種叫做Gonorrhea[1]的病，該怎麼治為好？」

「我還是起來的好，」姚醫生搖搖頭，「我得先檢查一下。」

「有這種必要嗎？」

「完全有。我料到你遲早會生這種毛病的，你早該結婚啦。你上那邊去，把幕布拉上，把褲子解開。」

我料不到會碰到這種場面，連忙說：「請原諒，我不是病人，我沒有生這種病。」

「那麼是怎麼回事？你不是病人？那你是來叫我出診？這不行！這種病不屬於急診範圍，它也不會把人弄到躺下起不了床的。」

「實不相瞞，患者是女性，未婚，所以不免羞答答，不敢來求診。」

「這關你什麼事？」

「就算我見義勇為吧。」

「全是胡鬧！我不想跟著你胡鬧。不應該膽大妄為於先，扭捏作態於後，既然做出來了，還害什麼羞？你叫她明天來門診掛號。這種病拖上幾天死不了人的，只是難受點罷了。否則我不管這個事，你另請高明。」

我知道他的脾氣，所以撒謊說：「我們是不是設想一下，當時她不幸處於暴力之下。」

「這樣當然還算情有可原。」姚醫生有其老實可愛的一面，輕信了我，「不過我仍然懷疑這個流氓會不會就是你，那麼檢查一下還是有必要的。怎麼樣？你自己斟酌去。」

「流氓是誰，我看還是讓警察局去認定。」我婉言拒絕，「請你告訴我怎麼治療就行了。」

「要治也不難，新發明的盤尼西林，雖然很昂貴，但它是制服淋球菌的特效藥，比磺胺類藥物好，一般注射十西西（cc）油劑就能見效。要根治，當然要看具體情況，加大劑量，多花錢。另外，要注意局部清潔，用藥物洗滌。也有無效的，那是因為球菌對盤尼西林產生抗藥性，所幸目前由這種菌株造成感染的病例還不多。總而言之，治病不是問一問就了事的。否則醫生還有什麼必要存在？我以為，科學的昌盛發達正在助長淫亂。斯普拉愛

[1] 指淋病。

純[2]對螺旋菌有特效，盤尼西林對球菌有特效，但是梅毒患者、淋病患者不見減少，反在增多。我是專攻心臟外科的，可是你不妨看看我這裡的病歷紀錄，病人裡十個有七個央求我治花柳病，現在連未婚姑娘也患這種病，實在是怪事一件，匪夷所思。」

他可能還要滔滔不絕地演說下去，我只好截斷他的話頭，搶著說道：「你所說到的這一類有關社會道德風氣方面的事，我們能不能放到以後去詳細討論？你說醫生是絕對必要的，這正好是我的來意。我們現在來商量，怎麼替她治病？又可以無須她出乖露醜，可以不可以？」

而後商定，他和護士穿隨身服裝，將器械藥物放在普通提箱裡，隨我到新華旅館，由他指揮，由護士操作。到了旅館，我領護士進房，做了不露姓名的簡單介紹，隨即退出，和他在帳房間喝茶。姚醫生用日語特地關照說：「剛才有一點沒有提及，那就是在患者未徹底治癒以前，應該絕對禁止房事。」聽得出來，這句話是把我也包括在內的。我笑一笑，未置可否。因為我愈是向他力白此事和我不相干，他就對我懷疑愈深，倒不如假裝糊塗，讓他摸不透我的深淺。大約半個多小時，護士從房裡出來，我雇車恭送兩位回府，而後走進房去。沈女士坐在床沿上，似若不好意思地朝我笑了一笑。我向她轉告了醫生囑咐，請她這幾天內就留在這房間裡，等候護士的到來，直到醫生認為無須再治為止。具體時間由護士方便而定。

「你大概沒有旁的吩咐了吧？那麼我該編報紙去了。」

「你能再坐些時候聽我把話說完嗎？」

我看看錶，說道：「能不能在十一點前把話說完？我將不打斷你的說話。」

「我下午生氣走了，後來想想，這很不好。爭論不需要用意氣來解決。你的想法和我的想法距離很遠，這是事實，也不奇怪。兩個頭腦有同樣的想法反而不多見，但你總覺得你是對的，我是錯的，這一點我無法接受。你那種盛氣凌人的態度更讓我可笑。你之所謂對，並不等於你想的都是天經地義、絕對真理，只不過是大家都這麼想、這

2 積按：斯普拉愛純即莎普愛思，並不是抗生素類藥物。該藥物主要用於治療早期老年性白內障。估計作者理解有誤，在此指阿莫西林。

麼說、這麼看的。你不敢越雷池一步，人云亦云，你才覺得自己對。我之所謂錯，並不等於我想的都是謬種流傳、妖邪妄逆，只不過是我敢想人之所不敢想，敢說人之所不敢說，敢做人之所不敢做，獨樹一幟，不同流俗，於是你和別人才覺得我錯，這是毫無道理的。未必你對我錯，說不定還是我對你錯。」

我只聽，不說。

「你錯在哪裡？我先說貞潔。從你來說，我是不貞潔的，那麼你無疑是貞潔的了。這是事實嗎？貞潔是什麼東西？它不是概念，是一種物質，一次性交以後，一次手淫以後，乃至一次遺精以後，它就不復存在。這樣一種脆弱的東西，能保衛住嗎？可是你居然說，姑娘若要自尊，首先要保衛貞潔，能講得通嗎？你很推崇的那個張燕，保衛不住她的貞潔，可是你又說她很懂自尊自重，你豈非矛盾百出，從何自圓其說？你自己貞潔不貞潔呢？據你自己看，是貞潔的，可是我說，你早就不貞潔了。你起碼總遺過精吧？你總是夢見你唯一的愛人才遺精的嗎？要是你也在胡思亂想，夢見別的不相干的女人走了陽，你能自詡是百分之百的貞潔之人嗎？」

「再說，你大聲疾呼，姑娘得保衛貞潔，那麼男子呢，他該不該保衛貞潔？你可就閉口不談了。我在你眼中當然就是不貞潔的，那麼王孫在你眼中又如何？他對他妻子講過貞潔沒有？你向他大聲疾呼過務必保衛貞潔沒有？姑娘必須要，男子可以不要；妻子必須要，丈夫可以不要。幾千年來，社會以男子為中心，大家都是這麼種看法，你跟在別人後面，搖旗吶喊，自以為是，豈不可憐？豈不可恥？男女要不要平等，要不要平權？我指責你的頭腦還沒有進入十八世紀，我錯在哪裡？」

「貞潔和保衛連在一起，那就是說，你承認貞潔畢竟是自有的東西。既屬自有，自己為什麼不能處理？我愛給誰就給誰。旁人能管得著？我給王孫是錯的，那麼一定要給你或者你同意了的人才不錯。天下有這麼個理嗎？」

「再說，假定我必須留著貞潔以便把它交給我日後可能有的丈夫，那麼在男子中心社會裡，我那日後的丈夫沒有多大可能把他的貞潔交給我，那麼請問，憑什麼我要這麼傻？我寧可把我的貞潔交給一條狗，這就是我對幾千年來不合理現象的抗議。你的頭腦束縛在幾千年來的老規矩裡，早給弄得七顛八倒了。我不過把顛倒了的東西稍稍放正一點，你就從那個習慣了顛倒的腦袋出發，硬說我放正了的東西反而是顛倒的。那麼，這是你錯？還是我錯？」

我不作聲。

「我們還有個爭論不休的問題：愛情。從你看來，愛情是神聖的，至高無上的，是不能褻瀆的，價值還是永恆的。我呢，我以為它不過如此，是人生過程中不可避免的出於生理需要的心理活動，很現實，普普通通，和餓了就吃飯一樣，一次衝動就產生一次愛情。凡事一涉及神聖，就和上帝一樣，虛無縹緲，等於沒有。唐玄宗和楊貴妃，有沒有愛情？據說有。你貪我戀的時候，怎麼沒有？當然有。是永恆的嗎？對不起，一點也靠不住。你相信白居易，你就是天字第一號笨蛋。那是當唐朝的臣子，吃了皇帝的俸祿，只好昧著良心，胡說八道一通，討好討好皇上。事實明擺著的是，唐玄宗可以保住楊貴妃的性命，當時只要當著六軍的面宣布退位就行。他退位了嗎？另一條路，他可以和楊貴妃一起上吊去，怕什麼？二十年後不又是你恩我愛的一對好夫妻？可惜唐玄宗畢竟是聰明人，不像你是個傻瓜。他極其冷靜地、現實地處理了愛情問題。只要保住皇位，他還是有機會同另一個美人到長生殿去，發誓生生世世為夫婦的。我喜歡唐玄宗就因為他現實。他明知楊玉環是他兒子的小老婆，之後她又和安祿山通姦，但是他從不要求楊貴妃對他講什麼貞潔。他同小姨子反正也不乾不淨，兩相扯平。」

「你那神聖的、至高無上的愛情在哪裡？我看同樣虛無縹緲得很。人家很現實，很聰明，現在說不定她正倦乏了，躺在丈夫懷裡甜甜蜜蜜呼呼大睡，你卻只好在夢裡同她暢暢快快談情說愛，神遊於六合之外。」

我還是不作聲。

「另外，我的確在鳳凰廳說過那番話。從總的來說我不是吹牛，沒有說錯。現在看來錯只錯在對你有點估計不足，料不到你的驕傲建立在頑固和無知的基礎之上，所以三個月也許太急促了些。但是你可以等著，我遲早要征服你，征服你的標準是你不再頑固，由無知變得有知起來。但這不是說我要嫁給你，嫁給你是另一回事。」

說到這裡她才停一停。我問了一句：「還有嗎？」

「還有就是這個病。沾惹上這個病，不在意料之中。但是大人不會因為打嗝不再吃飯，小孩不會因為跌痛不再走路，吃一塹才能長一智。向幾千年來的不合理抗議、挑戰，必然要做出犧牲。滑梯滑到一半，只能向下滑而不能向上滑。這同萬有引力有關，不是人能控制的。所以我才說，你可以去大肆張揚我的不貞潔，我不在乎。」

「還有嗎？」

「沒有了，暫時沒有了。」

「那麼，再見。」

「再次感謝你的幫助，請走好。」

回到報館，看見桌玻璃下放著梅珍寫的一張字條。電訊主編周冷秋先生在她八點半前來時，告訴她他不清楚我因何事匆匆而去，也不清楚我何時才能回來，桌上的東西沒有收拾，那麼是會回來的。梅珍等了半個小時，留下這張字條，要我明天上午十點再到池邊茶座去。我嘴裡沒說，心裡卻罵了沈苡一句：「真是個掃帚星！」

第十節

我在池邊茶座等來梅珍以後，感到公園過於曠敞蕭颯，涼氣逼人，要她上鳳凰廳去坐一坐，喝喝熱咖啡。她問清楚每杯價格以後，多半是因為從未去過，表示可以去見識一下。

我對梅珍說起了沈苡女士其人其事，只略去她患病不說。

「昨晚我聽了沈女士許多高論，回到報館已過十一點了。沈女士詞鋒犀利，對我的批評，有些是對的，但是她的思想，不但片面，而且過激，我不表贊成。」

「貞潔只是一個觀念。幾十萬以前的人類，沒有這種觀念，孩子只認識媽媽，不認識爸爸。那個時候人類除了能直立行走、製造簡單工具以外，和獸類還沒有多大區別，形不成貞潔觀念。一直到幾千年前，有了私有財產，社會由母系中心轉到父系中心，才產生了自己的財產必須確定無疑地由嫡裔繼承的要求，這才使女方的貞潔成為必要，目的在於不讓另一個男子來弄亂自己的血統。從我國中古時代的情形來看，在財產繼承不受損害的前提下，對女人的貞潔並不苛求。嫪毒同秦始皇母親私通，秦始皇並不深究；西施隨范蠡而去，人不以為忤，都是例證。一直到宋朝，陸游的妻子、范仲淹的母親都曾改嫁，婦女再醮並不被認為可恥。所謂三從四德、從一而終、貞節牌坊之類，是南宋理學占了思想統治地位以後才興起的。它以輿論壓力為主，輔之以暴力，為禍婦女一千多年，這是殘酷的，不合理的，不人道的，應該打倒，而且已經被打倒了。民國以來，還有哪一位女性去爭立貞節牌坊的榮譽，我看是沒有人了。」

「但是，打倒了貞節，打倒了理學，並不等於我們就必須提倡淫亂，退回到人獸難分的蒙昧狀態去。人類從亂交，到群婚，到夫妻制婚姻，有優生學的考慮，也有社會學的考慮。它不是哪一個人靈機一動，隨隨便便就想出來的，而是根據當時的社會經濟情形約定俗成，大家覺得有此需要，比較穩妥，才形成了制度，成為社會通制，這裡並不存在顛倒不顛倒的問題。一個三角體只能用面著地才能維持穩定，如果覺得面著地是顛倒的，腳著地才算不顛倒，那麼這個三角體能穩穩地站在那裡嗎？」

「我對沈女士所說的貞潔，並不是朱熹所說的貞節。我們還是生活在私有財產社會裡，社會作為人類經濟活動的天地，必須有秩序。愛情不分男方、女方，都要求獨占，所以貞節打倒了，男女雙方的貞潔觀念卻就產生了。貞潔觀念符合財產繼承的經濟要求，也符合愛情獨占的生活要求。它也不是什麼人靈機一動隨隨便便就想出來的。人們為什麼總是歌頌愛情的忠貞不二？為什麼總是鞭撻朝秦暮楚、荒淫無恥？我想道理應該就在這裡。」

「貞潔當然要求男女雙方都遵守，必須反對男方要求女方單方面守貞潔。但是沈女士用女方的性放縱來反對男方的單方面要求，我認為始終是不對的。矯枉何須過正？我們反對娼妓制度，難道能用再建立一個男妓制度的辦法？這樣必然天下大亂，社會再也不得安寧。沈女士的性放縱替她自己帶來了什麼呢？竊竊私議，道路側目，自取恥辱，如此而已。可惜她自己認識不到罷了。」

「你看，昨晚上她和我講了多少話，現在對你說的還只是其中的一部分。我又不好一走了之，結果只能失約了，很對不起。你來評評，是她對？還是我對？」

「我想你是對的。」梅珍給了我肯定的回答。

這個回答鼓舞起我的談興，我又說道：「你知道我有一些朋友是赤色分子。我曾經問過他們，你們主張廢除私有財產，那麼財產公有之後，又該建立什麼樣的婚姻制度？他們說的和國民黨說的完全不一樣。他們不主張杯水主義的公妻制，而仍然實行一夫一妻制，夫妻完全平等，同時要求對方貞潔。所以我覺得沈女士的主張是荒誕的。中國人終究有自己的文化傳統，接受西方階級鬥爭學說的共產黨似乎也不接受美國社會的性放縱。」

「在這些方面，我懂得很少，」梅珍小姐有點抱愧似的回答我說道，「我很少參加團的活動。」

我忽然想到，也有可能是她不願意和我在這種公開場所談到敏感話題，她畢竟是個三青團員，所以我轉個話題，說道：「我只是想向你解釋清楚，為什麼昨晚累你空等了半天。我一句也沒有反駁沈女士，我同她想的好像距離過遠，對她說了也等於白說。你怎麼不喝咖啡？」

「喝了一點。」梅珍笑笑回答我說，「喝不慣，聞起來還不錯，很香，可是喝了，卻很苦。」

「那麼我招呼拿一杯茶來，我們談點別的吧。」

「隨你的便。」
「我想談談你父親。我同你父親見了幾次面，據楊先生告訴我，承你父親見重，他對我別無意見，但是不知為什麼，我不太喜歡你父親，他市儈氣很重。」
「我也不喜歡我父親，這你是明白的。我現在和他撐不開船頭。」
「這我明白，你母親看來會好些。」
「也不見得。」
「這怎麼說呢？」
「我怎麼說呢？」梅珍似乎鬱鬱不樂，「總之，不是親骨肉，隔一層肚皮隔一重山。」
「我們就在這裡吃個午飯好不好？我有句話要對你說一說。」
「你說吧，我不餓，等一下回家吃也來得及的。」
「還是一邊吃一邊說吧。」我按了招呼僕歐的信號鈕，關照拿兩客西餐。僕歐應聲流水般拿來了餐巾、調味瓶、刀叉調羹、酒杯和牙籤筒。
「這該怎麼對付才好呢？」梅珍有點茫然。
「餐巾掛在領子上，刀是切割和刮奶油、果醬用的，可代替筷子，調羹的用處和中國一樣。你要是不習慣，我就關照拿一雙筷子來，反正這裡只有你和我兩個人。」
「不，我試一試。」
「第一道菜，總是冷盤，用刀叉調羹都可以。下一道，可能是湯，裝在碟子裡。你不要笑話，這是西洋習慣。以後遇到雞鴨魚肉，就用刀切開。刀拿在左手裡，叉拿在右手裡，按住切小，叉進嘴裡，就行了。刀不要進嘴，吃雞鴨允許用手指幫忙，其他最好不用手。」
「那還不如一雙筷子哩。」梅珍擺脫了憂鬱心情，「吃頓飯，要半桌子家私，實在太囉嗦，最後還得用手指。」
僕歐拿來叫做色拉（編按：即沙拉）的冷盤，打開葡萄酒瓶替我們斟滿杯子以後，就退出去了。我舉杯說道：
「請喝乾這杯酒，我現在要對你說一句心裡話。」

她臉上忽然紅暈起來，可能她已經猜到我要說的是什麼話。

「我們認識有三個月了。今天我正式向你求婚，希望你不拒絕我。」

「請等一等，」梅珍有點慌張的樣子，我不知道她為什麼會慌張，「你也許不會愛我。你看得出來，我配不上你……我這麼土裡土氣，連刀叉都不會用，又不會喝咖啡……」

「你怎麼會有這種想法？」我和善地笑起來，「好的，等一等，你慢慢想一想。」

「你愛我，你願意同我結婚，這是很好的。」梅珍似乎有點口齒不清起來，大概還沒有從慌張裡恢復過來，「我也是不是不願意，但是……我很怕你。我配不上你的。」

難道她在婉轉地拒絕我嗎？

「我也很怕你哩。」我覺得不宜在她拒絕的時候放鬆攻勢，但是氣氛應該緩和一點，「前回吃素飯，你批評我擺闊氣。今天吃西餐，我又怕你會批評我趕時髦。我們最好不要這樣怕來怕去。我願意相見以誠，我們以後要互相尊重，互相體諒，互相關懷，互相愛護。」

「不是這樣。不，我不是這個意思。我是怕你會拋棄我，你以後會拋棄我的。」

「我不明白。你怎麼已經想到了以後？我真這麼可怕嗎？」

「請別誤會，」梅珍忽然無緣無故紅了眼圈，像要掉淚，「我沒有說你是個可怕的人。這一切都是我的擔心。我配不上你，哪一點我都配不上你。你不要愛我更好些。」

她正式拒絕了我。

「你是不是在婉轉地告訴我，你不愛我？」

「我向你賭咒我沒有這個意思。」梅珍著急地含了淚，「我是愛你的，只是又怕你，很怕……」

「我還是不明白。」

「這是因為我說不明白。我心裡很亂，亂極了。」

「那我怎麼去回覆楊先生？楊先生和你父親，都在等待著我的回覆。」

「先不要對他們說起吧。」

「他們都知道今天我會向你徵求意見。我總得告訴他們，你拒絕了我。」

「我求求你不要對他們說，什麼也不要說。我不拒絕你，我沒有說拒絕你。」

這就奇怪了。

「那麼，我能不能這樣來理解你的意思：你認為眼前時機還不成熟。」

「不！」她回答說，但是馬上又說道，「也許是這樣。」

「看來，我們得換一個話題。」我由於捉摸不透梅珍的心思而陷入尷尬，輕輕嘆了一口氣。

「隨你的便吧，」梅珍重又悶悶不樂，「談談別的也好。」

但是經過這一番波折，雙方搜遍枯腸也找不到一句能說的話來。結果這一頓飯吃得很不愉快。最後又來了咖啡，一絲香氣也沒有，剩下的只是一杯苦水。

「我送你回家好嗎？」

梅珍坐著不動。等僕歐結帳退出以後，才低聲說道：「你別生我氣，我心裡很亂、很難受。你別送我走。我愛你，比愛我自己還深些，但是你不要愛我。」

「我沒有生氣。你的婚姻當然得由你自己決定，我只有等待的權利。我說送你回去，不是碰了壁以後就不想同你在一起了。而是只要我們還不結婚，我們就總得分手，不能廝守在一起。我想大概在你心裡，還有個解不開的疙瘩。你最好不要亂，要靜下來，想一想，把疙瘩解開。只要你願意，我隨時都希望和你見面，和過去一樣。」

當天我仔細檢查了我和梅珍的交往，找不到有任何地方足以使她產生怕我的心理。沈苡女士批評我在談情說愛上只不過是個幼稚園學生，也許很正確。梅珍既願意愛我，又不准我愛她，我就缺乏足夠的經驗來估計出原因何在。如果把這歸之於女孩子的裝腔作勢，恐怕講不通。從我看來，她不像是裝腔作勢、欲擒故縱。事實上，她也無須再使出裝腔作勢這一手。所以我只能從好壞兩個方面來估計。從壞處想，這無非是梅珍對我其實不感興趣，但又不願意傷我的心；從好處想，三個月的相處不能算太久，我和她還達不到「人之相知，貴相知心」[1]的程度，所以

1 「人之相知」句：出自漢代李陵〈答蘇武書〉。

她放心不下，怕我日後也許會見異思遷，喜新厭舊。這樣看來，大概還有必要繼續交往一段時間，到她明瞭我確實抱著相與終身的願望後，才是我想向她提出求婚的時機。

第十一節

冬天的江南，每每有幾天小陽春天氣，連日晴好，日麗風暖，穿夾衣都會感到燠熱，落盡葉子的梅桃杏李忽然會綻放出幾朵鮮豔的花朵。幾天以後，朔風怒號，連日陰霾，氣溫驟降，接著冰封雪飄，進入真正的嚴冬酷寒季節。

我穿著一件襯衫編輯稿件時，接到沈苡女士的電話。她說要在明天早上回蘇州去看望媽媽，現在住在泰山飯店。如果我撂得下工作，希望我去一趟。我回答說，將在半小時後到達飯店。

我順路買了點土產，作為饋贈她媽媽的禮物，大約晚十點半到了她的下榻處，應叩門聲開門的沈女士剛剛浴罷，穿一件藍白條相間的長浴衣，拖一雙皮拖鞋，濕漉漉的頭髮，臉龐上泛著浴後特有的光潔紅潤。

「你比約定的時間早到五分鐘。」她笑吟吟地對我說。

「君命召，不俟駕[1]。」

「未必是由衷之言。你買這些幹什麼？」

「聽說你回家省親，為你高興。『吃盡滋味鹽好，走遍天下娘好。』我是孤兒，更知道媽媽的可貴。祝你們母女相見幸福。」

「謝謝祝頌，但是禮物敬璧。」

「我再拿回去嗎？我不會讓你無功受祿。你回來的時候，不妨帶一盒松子糕給我吃，要真正采芝齋的。」

「我現在先請你夜宵。」她隨手拿起電話，要樓下的酒家立刻把酒菜送來。爾後告訴我說：「我發了點小財，

---

1 「君命召」句：出自《論語・鄉黨》：「君命召，不俟駕行矣。」翻成白話就是說：君主下令召見孔子，他不等車馬駕好就先步行過去了。

姚尹默把那個該死的《滄海遺珠》的獎金發給了我。恰好我收到媽媽的信，她想看看我。我又想，你幫了我不少忙，趁我手邊有錢，我也得表表心意。我想你不會向我收那筆醫療費吧。」

「這裡有個道理。敝同窗是個精明人，他對窮人可以不收錢施診給藥，但是只要有機會，看準對象，收起錢來卻也從不心慈手軟。幾年下來，落了個好名聲，又發了財。你這種情況，我估計他會狠狠敲你一筆，所以不如歸我付，他只能收回藥本。這不值提起，值得提起的是你痊癒了吧。」

「據醫生說是完全好了，這當然得謝謝你。」

酒菜很快送到，一隻什錦腰圓大拼盤，排成平面展開的鳳凰圖樣，顯示出廣式酒家的特點；還有一盤雙爆脆。看到這種頗對胃口的下酒菜，我禁不住喝了一聲彩。

「請！」沈女士為我和她自己斟滿杯，招呼我說，「想不到天這麼暖。你寬寬衣，不必拘束。你看，我也沒有換好衣服。」

我脫下上衣，搭在椅背上，拉鬆了領帶，端起了酒杯。

「人生得意須盡歡[2]，」沈苡舉起酒杯說道，「乾上這一杯。」

「且慢，這是烈性酒，我恰好又餓了，我先吃菜。而且，你也許不知道，我很不得意，得意看來並不那麼容易。」

「那麼不妨改一改，人生失意須盡歡。你哪一方面不得意？」

「說不清楚，」我喝了一口酒，酒很好，「總而言之感到空虛。」

「因為你那竹籃打水式的失戀嗎？」

「不完全是。我有時甚至懷疑整個人生，弄不明白人活著為了什麼。」

「我不打算同你談人生之類的問題，在這方面我們分歧太大，無從談起。愛情之類的問題也不打算談，那簡直就是南轅北轍，牛頭不對馬嘴。我們不如找些旁的還能夠談得來的話題談談，譬如媽媽，又譬如詩，而你，恰恰是

[2] 人生得意須盡歡：語本李白的樂府詩〈將進酒〉：「人生得意須盡歡，莫使金樽空對月。」

個詩人。」

「如果你把我看成詩人，那就說明你只是喜歡詩而不懂詩。成為詩人應該是我日後的目標。」

「謙虛同虛偽，往往是一對孿生子。」

「由此可見，我們的分歧似乎無處不在。」

「不！我們總可以找到共同語言的。比如，你總喜歡李白的作品。」

「很對。」

「這不就沒有分歧了嗎？又比如，我很喜歡李商隱。你呢？你看，這裡又沒有分歧，我甚至以為你有一些詩在模仿李商隱。」

「模仿李商隱有困難，我還不夠格。他才情華美，功力獨到，遭遇拂逆，心境複雜，這才形成他寫的詩的獨特風格。沒有他的條件，硬去模仿，恐怕會畫虎不成反類犬[3]。不瞞你說，有人批評李商隱是獺祭魚[4]，搬弄故典，我不同意。有些事情，不好直說，只好用故典來喻寫。這我倒是深有體會的。你指的模仿，可能就是指有時我也要獺祭魚一番。但是這只不過是一種方法上的借鑑。」

「我喜歡李商隱，是喜歡他目光犀利，倒不欣賞他的獺祭魚本領。『海外徒聞更九州，他生未卜此生休』、『此日六軍同駐馬，當年七夕笑牽牛』[5]，四句就剝下唐玄宗的皮，痛快極了。你可以把他同白居易比一比。你會發現，白居易是在用他的幻想力去欺騙那些頭腦簡單的糊塗蟲。」

「是嘛。」

「我同意你的看法。我還從沒有聽到過這種痛快淋漓的評論，請乾這一杯。」

她和我碰了碰杯，一飲而盡：「你不要老著眼於我們之間的分歧，要多看看我們之間的協調。」

3 畫虎不成反類犬：語本《後漢書卷二十四馬援列傳》：「效季良不得，陷為天下輕薄子，所謂畫虎不成反類狗者也。」

4 獺祭魚：語本南宋吳炯《五總志》：「唐李商隱為文，多檢閱書史，鱗次堆積左右，時謂為獺祭魚。」

5 「海外徒聞更九州」四句：出自李商隱〈馬嵬二首〉。

「對馬嵬坡事件，詩人的評價一向是不一致的。有的說『當時多有軍中死，自是君王不動心』[6]，有的又責備陳元禮『不管三軍管六宮』[7]。我欣賞的是鄭畋那首絕句：『終是聖明天子事，景陽宮井又何人？』[8]正面替皇上開脫，比白居易用詭詞掩蓋要好。掩蓋也許是必要的，但歸根結柢是徒勞的。天下總有一些明眼人。我記得你說過唐玄宗和楊貴妃之間並不存在愛情，這一點我很同意。其實，宰相鄭畋說的也就是這麼種意思。」

「李太白、李商隱、白居易、鄭畋都是後人，對死了的皇帝恭維也好，抨擊也好，關係不大。只有李太白，才能當面諷刺當今皇帝：『宮中誰第一，飛燕在昭陽』[9]、『借問漢宮誰得似，可憐飛燕倚新妝』[10]。李隆基抬舉他，他偏不識抬舉。你想想，李太白後來投奔永王璘去了。」

「深得吾心。」

「既然這樣，你想必討厭杜甫。」

「恐怕不能說討厭，我想是不那麼喜歡。」

「那麼我是討厭。我一聽說他是詩聖，對他的印象就壞透了。偶像沒有一個是好東西，全是人盲目崇拜捧出來的。忠君愛國，這還得了？正統派一齊來捧，謚之為聖。一成為聖，其他的人只好緘口箝舌，不敢說個『壞』字。在不明真相的局外人看來，於是成為百分之百的好。這叫混淆是非。杜甫做過幾首好詩，成聖以後弄到無詩不好，我獨獨不服氣。我舉個例，『兩個黃鸝鳴翠柳，一行白鷺上青天』[11]，是好詩嗎？這種詩我一晚上可以寫兩百首。」

「不過切忌走另一個極端。杜甫的古風是好的。」

6 「當時多有軍中死」句：出自宋代李覯的七言絕句〈讀長恨辭〉。
7 不管三軍管六宮：出自袁枚〈再題馬嵬驛・其一〉：「萬歲傳呼蜀道東，鬻拳兵諫太匆匆。將軍手把黃金鉞，不管三軍管六宮。」
8 「終是聖明天子事」句：出自唐代鄭畋〈馬嵬坡〉。
9 「宮中誰第一」句：出自李白〈宮中行樂詞・八首之二〉。
10 「借問漢宮誰得似」句：出自李白〈清平調・其二〉。
11 「兩個黃鸝鳴翠柳」句：出自杜甫〈絕句・四首其三〉。

「就是古風，我也寧可讀『君不見黃河之水天上來』、『呼兒將出換美酒』[12]、『忽如一夜春風來』[13]。我對忠君愛國、人民疾苦，沒有多大興趣。你對暴政不滿，你就起來反對，別怕殺頭；你擁護皇上，一切都好，萬歲萬歲萬萬歲，你就做你的官，別去管疾苦不疾苦。又要做官，又裝出悲天憫人的模樣，杜甫的不可愛，就在這裡。這一點使他的詩有雙重性格，互相矛盾。一重，頌揚官軍，因為官軍替他收回了薊北，於是他涕泗滿面，濕了衣衫，可以回家做官去了。一重，反對官軍，因為官軍要拉夫抓丁，據他說是擾了民。他卻不去想一想，打仗要死人，要有飯吃，不拉夫，不抓丁，誰替他把薊北收回來？我要是皇帝，我可不讓他當拾遺官。」

「聞所未聞，」我愉快地說道，「我再敬一杯。」

「謝謝賞識。」她又一飲而盡，「你最近有新作嗎？」

「沒有。不，有是有的，我為你寫了一首，不過那是詞。」

「為我？太難得了。為什麼不見發表？」

「不供發表用。」

「既然為我而寫，當然要讓我拜讀拜讀。」

「那是在罵你。」

「只要罵得對，罵得痛快，罵得恰到好處，就是好文章。陳琳一篇檄文[14]，可以癒阿瞞[15]頭風之疾。只是駱賓王罵武則天，有的地方如同隔靴搔癢。『更衣入侍』[16]，這有什麼了不起？皇太子要她陪著睡覺，她敢不答應？何況老頭子又有毛病在身。」

「我可不知道我是陳琳還是駱賓王。」

---

12 「君不見黃河之水天上來」二句：出自李白樂府詩〈將進酒〉。
13 「忽如一夜春風來」句：出自唐代岑參〈白雪歌送武判官歸京〉。
14 陳琳一篇檄文：指漢魏時期陳琳所作〈為袁紹檄豫州文〉，後人簡稱〈討賊檄文〉）。
15 阿瞞：曹操，字孟德，小字阿瞞。
16 更衣入侍句：語本唐代駱賓王〈為徐敬業討武曌檄〉。

「再說吧，你先唸給我聽聽。」

「那好，我唸。『荒草衰煙迷曲徑……』」

「你等等，我得寫下來。荒草、衰煙……下一句？」

她寫來的是：

〈蝶戀花．秋蝶〉

荒草衰煙迷曲徑，聞說人間，曾有花如錦。今夜月明枝弄影，紅稀綠暗秋霜冷。

轉眼未愁冬漸近，不學蠶蛾，解吐絲無盡。卻為尋芳輕惹恨，露濃已損雙翅粉。

她讀了一遍，笑著對我說道：「也好，也不好。你一半是陳琳，一半是駱賓王。」

「何以見得？」

「這上半闕，是好的，不僅好，而且是太好了。你替我寫出了我自己萬萬寫不出的心境。是呀，是呀，『聞說人間，曾有花如錦』，可是我看到的是什麼呢？都是『紅稀綠暗秋霜冷』。這下半闕，就隔靴搔癢了。這完全是你的口氣，一點也不像是我的口氣，你無非是些老觀念：這不要臉的騷貨，風流一夜，結果惹了一身病。你說，我說得對不對？」

「我寫得太直率。不過，這裡很難使用古典來隱喻。」

「既然為我而寫，得像我的口氣才對。這下半闕，要改一改。我看你寫到這種光景，也算難為你了。要你改，大概是辦不到的了。我自己來改，怎麼樣？」

「歡迎之至。」

「那麼讓我想一想。」

她站起來，點一枚香煙，在房間裡踱了幾步，坐下來，拿起了鋼筆：「這第一、第二句，姑留著。這第三句，『解吐絲無盡』，我才不作繭自縛哩。要改。該作『猶穿翩躚裙』，怎麼樣？最後兩句，自然要改的了。『但得寒樹一抱溫，縱死庭前亦甘心。』好不好？」

「這確實是你的口氣了。」我大聲笑起來，「只是平仄和韻都不行。這首是仄韻詞，『裙、溫、心』偏偏是平聲字，『心』還是下平聲，和『裙、溫』叶不到一起去。」

「這得費你的心去調一調，我在平仄聲韻上不行。」

「我可不來傷這個腦筋了，」我把它揉成一團，扔到痰盂裡，「這總成不了傳世之作吧。」

僕歐敲門進來，送來一碟雞肉蝦仁燒麥。她關照他明天再來收碗盞，勸我吃點點心。我說，油膩膩的，不吃了，等會兒包起來帶給媽媽吃吧。

「總起說來，我對你這首詞是不滿意的。『荒草衰煙迷曲徑』，好像是在作什麼懷古詩呢。那麼我們還是喝酒。我看到你另外一些詩，寫得令人滿意些，可惜看上去那些是寫給你那個躺在別人懷裡的愛人的。」

「過於刻薄。」我搖搖頭。

「我不過照實而言，當然也不是首首都好，我欣賞的是你的白描：『深深院落溶溶月，一樣傷心莫倚樓。』『對燈忽有茫茫感，中酒不勝惻惻寒。』還不錯。我可不欣賞你那些獺祭魚。雖然你下了功夫，可是晦澀難懂，佶屈聱牙，令人頭痛。」

「這應該說是中肯的評論。」

「有的白描，也有毛病。『樽前清淚枕前夢』、『詩思和淚到燈前』、『醒歌醉哭原無奈』、『子夜墨研潮眼淚，丁冬人奏斷腸歌』等等，你就不害臊？哪有男兒淚比婆娘尿還多的道理？真叫我肉麻！」

「這好像超過了評詩的範圍。」我笑著說。

「一點也不。總而言之，我讀你那些詩，獺祭魚也好，白描也好，一概有肉麻的感覺。你那感情活像是一條狗，一條搖尾乞憐的狗。」

「罵得好！」我大笑了。

「值不值一杯酒？」

「值，完全值。」

「那好，請！」她為我和自己斟酒，碰杯乾了，「你罵我罵夠了，我不過才開了頭。」

「請你罵下去，我洗耳恭聽。」

「你親手編織一道羅網，把你自己、她、她丈夫套起來，纏起來，解不開，掙不脫，弄得大家氣氣惱惱、哭哭啼啼、吵吵鬧鬧，不得安寧。你居然還恬不知恥，以什麼靈的享受自欺自慰，真正叫豈有此理而竟有此事。這就是我對你那些詩的總評。換了我，我是不會像你這麼辦理的。我要麼不糾纏進去，要麼不管三七二十一，靈也要，肉也要，一併享受了再說。你反正是在叫人做烏龜。一隻精神上的烏龜，和一隻實質上的烏龜，又有多大區別？」

「話雖然尖刻了一些，不過也許沒有說錯。」我沉吟著說道。

「旁觀者清而已，值一杯嗎？」

「這似乎不值，」我笑了起來，「這只表明你對那些詩的反感。」

「這出於妒忌。你把荒草衰煙的調子收起來，留著憑弔漢武帝、唐太宗去。你把傷秋病酒、樽前枕前的調子拿過來，奉獻給我，我哪裡還有什麼反感？豈止沒有，我還會安慰安慰你哩：親愛的，外面風大，別傴樓啦，小心傷風感冒鬧咳嗽。進房來吧，別用眼淚去磨墨啦，那有多髒。別做夢啦，我還在你身邊呢。之後我會掏出手帕來，把你那一文不值的眼淚都擦掉。」

我不覺大笑，說道：「這勉強不來。你明白，感情不能隨隨便便給這個人，給那個人。」

「完全明白，但你不能禁止我妒忌。妒忌不只屬於女人，你們男人一樣善於妒忌。比如說，妒忌我的男人還少嗎？我的頭銜多得很，妖姬、蕩婦、騷貨、淫婦，不一而足，不殺簡直不足以平民憤。為什麼？因為我把淫蕩給了別人，沒有給他，還有點看他不上眼，他就只好乾著急，妒忌，用罵我來洩憤。我要是給了他，對不住，調子馬上完全改變，他只怕我淫蕩得還不夠，妖姬、蕩婦之類全部取消，另贈頭銜，叫做什麼心肝、寶貝、小天使、安琪兒。你看看，這可恥的妒忌會把是非黑白顛倒到什麼程度？我不還是原來那個我嗎？這樣你就不難理解，為什麼我對你那些詩的反感會有那麼深。」

「這很深刻，很透徹。」

「值得浮一大白嗎？」

「完全值得。」我為她和自己斟滿，一飲而盡。

你一杯，我一杯，一瓶酒差不多了。我感到周身輕鬆，心情舒暢，恰到好處。燈光柔和，酒眼惺忪，沈苡女士變得美麗妖冶起來，頭腦似乎也不像先前那樣費解了。同她做長談，不失為一種享受。我從來沒有遇到像她那樣的長談對手，雖然我和她免不了總有分歧。推開杯筷，沈苡女士和我在床前的沙發裡坐了下來，喝著茶，抽著煙，半靠半坐，充分領略酒足菜饜、談吐融洽的樂趣。

「稿子都發齊了吧？」她問我。

「發齊了。」

「有別的事嗎？比如說，有什麼人等你。」

「沒有。」

「聽說你新近在同一個什麼人談戀愛。」

「有這麼一回事。不過目前來看還不太順利，我還弄不清楚她的心思。」

「但願如此，我很寂寞哩。」

「你得確定一個對象下來，不能老是像現在這樣……」

「我想不到那麼遠。今晚你不要走吧。」

「但是你明早要乘車。如果我同你談到天亮……」

「為什麼要談到天亮？」她嬌媚地朝我笑一笑，勾住我的肩，用嘴唇貼上了我的嘴唇。

我的酒在湧上來，酒精會使人失卻把持，我陶醉在異性的溫馨裡，抱住她，熱烈地回吻她。她可以明顯地感到現在她不是在吻一具死屍或者石膏像，眼角上掛起了一個滿意的笑意，拿起我的手，把它放在她僅穿一件浴衣的胸懷裡，輕聲鼓勵我：「這，都是你的。」

說來可憐，從我出生到現在這個時候，還沒有任何一個女性給我這樣一種待遇。我曾經吸吮過媽媽和阿菊的乳房，但那是嬰兒、孩提對母性的依戀，純正而毫不涉及狎邪，現在卻是完全不同的另一回事。沈女士胸前的這兩塊肉塊，堅實而又柔軟，同我的感覺敏銳的手指雖然還隔著一層薄薄的洋布做的胸罩，卻依然具有如磁石隔著木板吸引鐵針，無可抗拒的作用。血不斷湧向太陽穴，心跳得就像一隻加足燃料的高速引擎。這時候我似乎已經順著梯級攀上滑梯的頂峰，再走一步就到滑板，一下子就可以滑到底了。

「你怎麼呢？」沈苡半開半閉著眼睛，齉聲齉氣地敦促我坐到滑板上去，等待我向她那不設防的城市長驅直入。在這千鈞一髮之際，我幸好來得及看一看餐桌。餐桌上放著一瓶特殊樣子的方瓶洋酒，差不多只剩一個底。那就是王孫先生要它負責任的威士忌。

「這鬼婆娘！」我立刻驚醒過來，她大概從未放棄過「征服」我的念頭。她知道從正面進攻是不可能得手的，於是她尋找偷襲的機會，小心翼翼地避免和我發生任何衝突，引誘我在不知不覺中落入圈套。她用威士忌把我灌到昏頭昏腦，再用肉的感官刺激使我徹底降服。可以預見到，一覺醒來時她將一絲不掛地躺在我懷裡，獰笑著問我：「如何？衛道士先生！你的貞潔現在在哪裡？我的衝動論正確不正確？你算個什麼東西？你還不和王孫一個樣？打你一個耳光你只敢捧茶杯。」

我能甘心於一敗塗地嗎？從她在鳳凰廳口出狂言算起，到今天還不足一百天。

我驀地放開她，從她懷裡抽出手來，站起身來。

「你要怎麼樣？」她也警覺了。

「回去！謝謝你的款待。」

「不行！」她站起來，撲向我，狠命抱住我的腰，「不能回去！」

我試圖拉開她的手，拉不開，反手用不出力氣。我輕輕說道：「你放開手，請尊重點！」

「你要侮辱我到什麼程度？」她著急了，聲調有些異樣，「你侮辱得還不夠嗎？」

「我絲毫不想侮辱你。事情一牽涉到實質，我們的分歧就再也無從調和起。」

「我絕不讓你走開，你應該顧全我的尊嚴。」

我只掙脫一隻手，不遑細想，用中國古老的傳統方式，摑了她一巴掌。雙方距離過近，這一耳光打得極其軟弱無力。從姿勢方面來說，國粹也不如好萊塢方式美觀大方，但也已經夠了，足以使她鬆開雙手了。她掩住面孔，撲倒在就近的床上，肩頭和背部有些顫動，大約是哭了。

我居然不知道發生了什麼事情，也不知道為什麼會發生這種事情。看到她哭，有點慌，有點不忍心。我站立不動幾秒鐘，硬硬心腸，從餐桌邊的椅背上取下上衣，搭在臂彎裡，走出房門，而後輕輕地把門關好。

第十二節

轉瞬就是冬至節氣，江南進入滴水滴凍的嚴寒季節。冬至前一天，梅珍送來二十個冬至團子，這種家常的但又不尋常的禮物，勾起我對家庭溫暖的壓抑不住的憧憬。打從我媽媽去世，姊姊出嫁，全家星散，我就無法再吃到家裡做的糯米糰子了。我約她在這一年中最長的夜裡，找個地方去玩一玩，但是我提議的地方，她都不想去。京劇場鑼鼓太吵，令人心煩；電影院未換新片，老片她看過了；評彈場沒頭沒尾，聽著無味；咖啡館開支太大，何苦花大價錢買一杯苦水喝。她想去的是不必花一分錢的公園，那裡又安靜又稱心。我料定在這寒氣砭骨的冬至夜，坐在四面透風的公園石凳上，肯定冷得要命，然而絕無違拗的可能，只好趕緊穿上一件好幾斤重的厚呢大衣，拿給她一條大羊毛圍巾，要她連頭髮帶脖子都嚴嚴密密包起來。既然她耐得住冰冷靜寂，我自然不能不捨命奉陪到底。

公園裡遊客寥若晨星，除我們一對外，走了大半個園子，只看到六名遊客，分作三對，全是同我們年齡相若的青年男女。看上去凍得夠嗆，但是精神飽滿，情緒愉快，絲毫不把寒氣冷風放在心上。從這三對遊客的角度來看我和梅珍，想上去大概也就是這麼一種光景。

「很感激你想到送點糰子給我。我從小就愛吃，特別是豆沙餡的。」

我並無諂媚的意思：「可是這些年來，只能到姊姊家或者朋友家去吃一點。也不知哪一年可以吃自家做的。」

「包糰子並不很難，明天我再挑些豆沙餡的給你。」

「是你親手包的吧？」

「媽媽也一起包，但是我得向她算清該出的錢。」我感到不好理解，一家人為什麼要把錢分得這麼清。我很想說：「上我家來替我包吧，錢歸我出。」但是我不敢說。

我們在池塘邊一叢叢密密的木槿樹圈裡找一條水泥長凳坐下來，不是因為累，而是因為這裡還多少可以避開一陣陣撲面如利刃的寒風。水泥凳冰冷堅硬，無法稱之為享受，只是如果心裡有一把愛情之火正在燃燒，那麼也還可以忍受下去，對付過去。

「還是不說我家那些不愉快的事吧。」梅珍把腋下夾著的一個紙包遞給我，「本想和糰子一起拿給你，只是還差幾針沒結完，今天下午才趕完的，明天你就穿上好不好？」

打開紙包，就著不遠處一盞路燈的微弱光線，看到的是一件天藍粗羊毛絨背心，編織得密密實實。

「也不知道合身不合身？要不合身，我再改一改。」

一股暖流流過全身，忽然之間似乎不感到冷了，摸著毛絨衣似乎竟能摸到織進每個線圈裡去的柔情蜜意。我說道：「送些什麼給你好呢？我笨得很，除開寫寫字，別的什麼都不會做，只會買現成的東西。」

料不到這句隨口而出的話把她惹惱了，她問我道：「送你一樣東西，是指望你回送一樣東西嗎？」

「當然不是。投之以木桃，報之以瓊瑤[17]，……」

可能她不知道下面兩句是「匪報也，永以為好也」，呼地站起來，走到池塘邊，怨氣沖沖地說道：「送一樣東西，只聽到冷冰冰的一句回送一樣東西。我明白，你心裡還裝著你的亞琴，沒有我的位置。要不然，你……我回去了。」她恨恨地去踢一塊小石頭，石頭骨碌碌地滾進池塘裡，噗通一聲，在這靜夜裡特別響，把她自己和我都嚇了一跳。

我還從沒有看到她發過脾氣，怔了一怔，站起來拖住她，讓她重新回到木槿樹圈裡坐下來，而後忽然恍然大悟，小說不是告訴過我，在這種情況下，女孩子希望得到的是無聲的愛撫，而不是有聲的贈物許諾嗎？我怎麼把這也忘了？主意既定，膽子倍壯，我一把抓住她，伸長嘴巴就想去吻她。不過事情並不那麼簡單。她把大羊毛圍巾包著的頭，一下左，一下右，搖得像個撥浪鼓，休想吻得著。我想小說家大概只能做某些原則指導，具體實行這得靠自己斟酌情形變通辦理的，左右不過兩三寸的地方，你往哪裡躲去？我橫一橫心，乾脆抓牢她的頭，直到她差點喘不過氣才罷休。謝謝小說家，這一著確實有用，她安靜了，不惱了。

我自以為得計，心裡洋洋得意，偷眼看看她，看到她眼睛裡忽然出現一泓淚水。小說家指出，這是幸福的眼

17 「投之以木桃」句：出自《詩經・衛風・木瓜》。

淚。賈寶玉說，女兒是水做的，和泥做的男人不一樣，不幸福要掉淚，太幸福也要掉淚。所以我開頭絲毫不以為奇，覺得一切非常正常。但是她不多久就掉下了大滴眼淚，肩頭也有些顫動，我就有點驚慌起來了。因為小說家於此又只是原則地提一提，有幸福的眼淚這回事，至於這種眼淚是否始終噙在眼角不往下掉，或者有時也會掉下來，萬一掉下來又該掉多少，小說家都沒有交代清楚。再後來，我發現她是在認認真真地哭，哭得那麼傷心，哪有幸福可言？這一下我就驚慌失措了。

「原諒我，」零度天氣裡我藏在麂皮手套裡的手心緊捏著一把汗，「要是剛才冒犯了你，你就原諒我魯莽吧。」

「不。」她搖搖頭。

「那你怎麼哭了呢？」

她不回答。

「別哭吧。你一哭我就心煩意亂，六神無主。」

她還是不回答。她似乎想強抑住不哭，但是那種樣子反而使我更難受。

「我剛才可能衝撞了你。可是我是愛你的，我不是朝秦暮楚的小流氓，我說過我想娶你，我會永遠愛你。相信我吧。」

「不！」

她只回答這一個字，讓我摸不著頭腦。什麼「不！」？不願嫁給我？還是不相信我？弄不清楚。

「那麼你能不能不再哭？」

「你叫我怎麼辦？」她答非所問地一面哭一面說了這一句。

「很好辦。答應我，嫁給我，說不出口點個頭也行。」

但是她繼續抽抽搭搭地哭，既不回答，也不點頭，只是哭的勢頭弱了一些。

如此大約又過了五六分鐘，我就沒有耐心了，看來我不是個溫柔角色，我說：「老是這麼哭，也不是事情。你說要回去，那你就擦擦眼淚，我送你回去。」然而她又賴著不站起來。

「我想，很可能你心裡存在著什麼委屈。你能不能把它說出來？不一定要對我說，你回去對媽媽說也是可以的。往往有這種情形，把積在心裡的事情找一個人說一說，會輕鬆許多。」

這有點效驗，她總算漸漸停止哭聲，但還是不開口。

「能對我說一說嗎？」

不回答。

「那麼，你願意講，就講；暫時不想講，就不講；一直不想講，那就不要講。可是我們現在怎麼辦呢？總不能就這麼坐在冷風裡，一個哭，一個聽著哭。我剛才說了，我願意娶你。你能不能做個表示，好讓我心裡踏實些。」

又過了三分鐘，她才帶著哭泣後特有的聲調對我說道：「你說……」但是她沒有說下去。只是看到我可憐的祈求眼光後，才下決心用我只能勉強聽到的聲音繼續說道：「你說，你永遠永遠愛我？」

「是的。我是再三考慮後才這麼說的，我是個穩妥的人。」

「你覺得我也是個穩妥的人嗎？」

「我覺得你也是。素吾先生、楊師母向我介紹你的時候，也是這麼說的。」

「萬一我不是呢？」

「哪能呢？」但是我聽出了她也許話中還有話。

「你真的不會拋棄我？不管怎樣也不拋棄我？」

「我想你大概不至於要我賭個咒，賭咒毫無意義。」

「那麼你……」

她又不說了，真急人！不過我明白，她現在想對我說的，一定是一個蘊藏在心底裡的祕密。這個祕密只有在她絕對信任一個人以後才會對這個人說，否則她寧可把它帶進棺材去。所以我要用反激法來鼓勵她一下，我說：「要是你覺得我不可靠，你不說也罷。」

「那麼你在知道我……」

停了兩分鐘，她下定了決心，鼓足了勇氣，湊著我的耳朵，用只比蚊子叫聲大一點的聲音說道：「你在知道我……我是……是個失了身的人以後，你也不拋棄我嗎？」

這蚊子般的聲音，實際上是一聲晴天霹靂，把我震得腦袋嗡嗡響，霎時間亂了方寸。

「你在說什麼？」我吃驚得瞪大了眼睛，「你這是從何說起……？」

她不讓我看到她的臉，把臉埋在我的大衣墊肩上，好像那是一堆沙。

很快我就恢復了常態。我明白了，章先生為什麼那麼急於把她打發出去？楊先生為什麼可以推薦誰就是誰？我這個窮小子為什麼竟能不費吹灰之力成為富商的乘龍快婿？梅珍為什麼又愛我又怕我？恐怕和梅珍現在說的這句話都有關。那麼，我現在該怎麼回答她？我想，她對我是信任的，否則她不會講出來。她可能帶有孤注一擲的心理，覺得我也許會原諒她，只好不顧一切對我直說。她估計到我也有可能不原諒這種難以原諒的事，哭了半天無奈才說，也就可以理解的了。由此我肯定她是個善良老實的姑娘，不長於欺騙。她只要狡黠一點，也可以對我瞞騙下去，事到臨頭，總是可以花言巧語哄過去的。騎自行車或者跳跳蹦蹦弄破了既薄又脆的處女膜的姑娘不也大有人在嗎？但是她沒有耍手段，而是坦率地說出來，讓我抉擇。

我必須慎重對待。如果我冷笑一聲，拂袖而起，揚長而去，那麼後果可能是在這公園的池塘裡或者某棵樹上，明天早上有人會發現她的屍體。沒有人會認為她的死由我而起，我不必負什麼法律責任，但是我將為曾經粗暴對待這個信任我的老實姑娘而受一輩子的良心譴責。「我明白了。」我平平靜靜、和和氣氣地對她說，把她帶著一雙羊毛手套的冰冷的手放到我的大衣裡去，讓她放下心來再說。

她不理解我明白了什麼，驚慌地把頭抬起來看我，於是我看到了她臉龐上的淚痕、羞意和焦急，還有她眼睛裡的祈求和希望。

「是那個三青團分子造的孽嗎？」我語調柔和地用小小聲調問她。

「不是，」她重又把臉埋在我的肩頭，「是我堂兄。」

「怎麼回事呢？你爸爸媽媽從沒說起這麼一個人。」

「他病了，我好意去看他。他說病好了些，調一杯樂口福給我喝，他自己也喝了一杯。我喝了覺得有些頭昏，以後就不知道了。醒來時他躺在我身邊。我明白發生了什麼事，急哭了，跳起來，狠命地打他。他說，別打，我愛你，我會娶你。你是抱來的，我和你沒有血緣關係，可以結婚。」

「後來為什麼他又不娶你呢？」

「他死了。他病重起來，很快就死了。」

「有誰知道這件事嗎？」

「媽媽後來知道了，跟著爸爸也知道了。」

「他們怎麼說呢？」

「媽媽打了我一頓，罵我不要臉，害了他一條命。真冤枉死人了。」

「別人知道嗎？」

「爸爸媽媽都不敢聲張出去，我自己當然不敢說。」

「你今天也不講出來，不更好嗎？」

「我勸你不要愛我，我不配，可是你又不聽。這不難死我嗎？你想想，我怎麼開得了口？我又怎麼能不對你講明？」現在她用帶著淚珠因而亮晶晶的眼睛看著我，似乎露出忐忑不安的神情。

既然如此，那麼梅珍是完全無辜的，罪過在她那個貪色致死的堂兄身上。但是人一死，也就無從追究起了。

「梅珍，你聽我說，」我把她的手握得更緊些，「你沒有責任。剛才，你什麼也沒有說，我什麼也沒有聽見。你明白我的想法嗎？我不知道，是這樣；知道了，也還是這樣。你這件事情，從現在開始，已經和你堂兄一起給埋進土裡去了，今後我和你還有你爸爸媽媽誰也不要再提到它。」

我恍惚看到她的臉紅了一紅，清清楚楚聽到她噓出了一口氣。她似乎由於緊張、焦慮一下子全部消失了，變得柔弱無力，一頭栽倒在我懷裡。

「我同以前一樣真心實意愛你，你不要拋棄我，我也不會拋棄你。」我輕輕撫著她的頭髮，吻她的淚眼，嘗到了一絲鹹味：「我去找楊先生，給他一個答覆，說你已經同意做我的妻子。我們儘快建立起一個家來，你就可以和章先生撐開船頭了。」

她溫順地點點頭，身子一動也不動，接受我的愛撫，好像沉浸到真正的幸福裡去了。我感到同樣的幸福。如果她是幸福的，那麼我的幸福也許會比她更多些。

「你現在還怕我嗎？」我輕輕吻了吻她紅得鮮豔的嘴唇，這是屬於我的了。

「你會不會罵我不貞潔呢？和罵沈女士那樣。」

「我會囫圇吞棗、膠柱鼓瑟地來理解這兩個字嗎？你和沈女士是根本不同的兩個人，也是根本不同的兩回事。」

「可是你知道我怕了很久嗎？我總是怕你知道以後就看不起我，從此不理我。偏偏你在鳳凰廳還要對我講那些話。我知道你不是對著和尚罵賊禿，可是我還是怕得心裡跳。」

「這倒真的是言者無心，聽者有意。其實我那天講那麼多話，是怕你怪我失約不高興。」

「你太好了。」她深受感動。

我和梅珍相依相偎，坐在冷氣裡很久很久，誰也不想離開誰。只可惜愛情的熱力雖然可以在一段時間裡抵禦住寒冷，但要一直抵禦下去卻還辦不到。夜一點點深，寒氣一點點濃，我開始在厚呢大衣裡直哆嗦，腿發僵，手腳冷得發痛發麻，實在挺不住了。梅珍也是這樣，這才想到不能再坐下去了。該回家了，不過這時已過半夜一點，公園大門在十一點就已落鎖了。

不想法回去，我們有可能雙雙凍死在公園裡。

我走到大門邊園警宿舍門口打門，打了一刻鐘，才聽到園警被吵醒翻身的聲音。

「誰啦？」

「是我。」

「我知道你是誰？」

「遊客嘛，勞駕你把園門開一開。」

「沒聽到我打落鎖鈴？」

「好像沒聽見。」

「莫非你聾了。玩昏了頭你就痛痛快快玩一整夜吧，明天五點我準開門。」

「冷得很哩，請你通融一下。」

「不通融！你就不會爬牆出去？」

爬牆是個辦法，可是梅珍呢？我說：「我不會爬牆，你只當做個好事長命百歲吧。」

「這裡梅子、桃子熟的時候連孩子都會爬牆進出，你倒不會？我不開！」

我問梅珍：「怎麼辦？」她略一猶豫，對屋裡說道：「周伯伯，能不能幫個忙？」

「很好，還有個女客。你們玩去吧，我不幫忙。」

「是我，我是梅珍。」

「哪個梅珍？是不是章萬源的閨女梅珍？」

「正是。」梅珍接著輕輕對我說道：「老酒客，他認識我。」

「這真要命！」他咕嚕了一句。於是我聽到床架有了聲音，他坐起來穿上衣服，開亮燈，找到鞋，彳彳亍亍開了房門。一陣冷氣使他打了個大噴嚏。

「你害我感冒可怎麼說？梅珍姑娘。」他提著鑰匙，看到我，又說道：「你莫不是《民報》什麼先生？記不起來了。不說了，我明白了。明天找你爸說去。」

「明天的酒帳記在我帳上。」他哆哆嗦嗦開了園門，被窩替他蓄積的溫熱這時早按熱傳遞定律散發完了，使我心裡十分過意不去。

「就這麼便宜？」他一面發抖一面發笑，「不弄杯喜酒喝我就肯開門？」

「這是一定的，不過明天的酒帳我還得先付一次。」

梅珍卻紅了臉，沒有說話。

第十三節

當地的《導報》轉歸青年黨蔣先基先生所有後，總編輯也轉聘翔雲先生擔任，副主編殷虹、副刊主編梁風，年齡約長我些，都是我的好友。陰曆十二月初，《導報》八名編輯記者義結金蘭，見證是翔雲先生，我被聘為贊禮。結義儀式十分熱鬧，形成了新聞界和遊藝界的聯歡會，我邀梅珍同去參加，一方面讓她看看熱鬧，一方面也帶有公開關係的意思。梅珍說，她不便為這點子事請假，上完課就來，有可能晚一點，不要等她。

孫、殷、梁三位先生對我的婚姻表示關切。我約略告訴他們說，素吾先生為我做媒還是很順利的，章先生已經一口應承，商定婚期在來年元宵。雙方略有爭執的是婚禮規模的大小。章先生反而力主不宜鋪張，要為女兒女婿日後過日子打算。但是素吾先生覺得這恐怕是為他自己該拿出多少錢來做陪嫁打算。這事反正好商量，預料是會圓滿解決的。

殷虹先生已經結了兩次婚，髮妻不追究丈夫重婚，法院也樂得不管。他第一次結婚在四年以前，有了一個三歲的兒子，妻子清秀正派，夫妻關係卻一直不很正常。他難得回家，後來甚至把每個月的薪水叫勤務員送到他妻子手裡，就算盡了丈夫之道。妻子卻從不過問丈夫的行蹤，曾經有人懷疑莫不是妻子別有外遇，但調查結果，是她恪守婦道，清清白白，規規矩矩，除了兒子之外，她不同任何男人往來，不管這男人是老是少，是俊是醜。這種夫妻關係有何必要維持？為什麼不離婚？別人只能做種種猜測、推想，沒法說出一個究竟。

殷虹先生生得英俊健壯，交際手腕高明，經濟收入不惡，是一個文雅的流氓、正經的蕩子、可愛的壞蛋，不少歡場女子爭相追逐，卻得不到妻子的歡心，實在使人難以理解。這個謎底，直到半年多前，才由他自己對我說了出來。

半年多前，有一對歌女姊妹循例到各報拜客，姊姊名叫梁小鳳，妹妹名叫梁小鸞。小鳳長眉入鬢，笑顏迎人，宛然一朵黑牡丹。小鸞白得出奇，甚至接近慘白，大概身體不很健康，和她姊姊絕無相似之處。兩位到《導報》社時，我恰好在座，看到殷虹和小鳳，一見面就互相有點失魂落魄的樣子。果然，兩人走後，殷虹招待我吃晚飯，飯後約我一同去梁氏姊妹處「回拜」。這是鬼話。從沒聽說報人會屈尊回拜這種歡場女子的，顯然是此君別有用心。但是吃了別人的嘴軟，何況此事也無傷大雅，我也就去了。梁氏姊妹分居兩室，大概是便於交際。殷虹把我推進妹妹房裡，他自己只去「回拜」姊姊一人。我同這位白得出奇、談吐也平庸得出奇的小鸞妹妹實在無話可談，五分鐘後就興盡而返，找殷虹準備一同回去。他和小鳳姊姊，正談得投機，我一進門，小鳳不免要款茶敷衍。我看看情勢似乎不宜相擾，一分鐘後就向二人告辭，獨自回報社編報去了。

第二天早上不到八點，殷虹就來敲我房門。我看見他就發了火，說道：「要是不相干的人來敲門，我無法責怪他。你也是吃這碗飯的，總該知道現在不是找我的時候。」他陪笑說，有要事同我商量。他本人一夜未眠，就是現在也毫無睡意。不把憋在心裡的話找一個人說說，他會憋死的。說話的對象，他想來想去還是覺得我最為合適。

「好吧。承你見重了，說吧。」

「你以為愛情是個什麼東西呢？」

「我請問，你是真有要緊事呢？還是存心和我作對？」我發怒了，「我昨夜，不，今晨三點才上的床。」

他請我稍安勿躁，因為他所說的要緊事同愛情分不開。

「我二十七歲了，但是我從來沒有遇見愛情，我的妻子不愛我，弄得我愛她也無從愛起。我父親抱孫心切，在我二十三歲時替我討了一門親，不過與其說她是我的妻子，還不如說她只是我父親的媳婦。結婚那天我和她第一次見面結成冤家，直到現在還是水火冰炭，兩不相容。」

我不發火也不想睡了，這正是我弄不明白的問題。我開始按常規給他禮遇，沖茶遞煙，還問他吃了早飯沒有。

「我和她雖然互不相識，但是一般來說，因為有一條異性相吸的定律在起作用，所以像我這種包辦婚姻造成的夫妻，也是會相親相愛起來的。少男總想愛個少女，新婚那天，客人散完，房門關好，我不免動手動腳起來，表示我對她的一點情愛。誰知她板起面孔對我說道：『你走開！不要碰我！不許你碰我！』我給弄得像個丈二和尚摸不著頭腦。不管我好說歹說，軟騙硬嚇，她一味不肯，後來只好撕破臉皮，對她用了強硬的手段。我以為生米煮成熟飯，一夜夫妻百日恩，她總會對我說一句：『我愛你。』但是她眼淚汪汪，娥眉倒豎，對我說的是：『滾你的！我恨死你了！』」

我表示無法理解。

「當時我也無法理解。總之，新婚成了冤家以後，一直就冤家到現在，不用強硬，你就休想。可是你想一想，這種二十四肋骨根根抖動的事情，怎能一味強硬？那真是索然無味，還不如不做。後來才知道，她有毛病，叫做性感冷淡症，無藥可醫。我既不能怪丈人，也不能怪父親。這種病把脈不出，顯微鏡找不出，藥水驗不出，愛克斯光也照不出，只有結婚才試得出來。我丈人倒不是存心掛羊頭賣狗肉，把白開水當高粱酒賣給我，他自己也不知道他閨女有這麼種該死的怪毛病。我父親當然也不知道，而且討媳婦不是買西瓜，不能拍開來一看不中吃就包退包換。」

我不住點頭，表示我明白了。

「我的愛情無處兜售，煩惱極了。我本來想，天下女人有得是。這就是我放蕩的由來。然而仍舊煩惱不堪。女人有得是，這話不算錯，問題是這麼多女人沒有一個對我有愛情，對這種女人根本無須用強，乖乖地自己會湊上來，但她不是為了愛我，是為了向我要錢。那些上等的：『老殷，你答應的鑽戒呢？皮大衣呢？金鐲子呢？拿來！』中等的：『殷先生，節期到啦，有本欠帳摺子，替我付一付。』下等的，更糟：『殷老闆，請頓飯吧，給包煙抽吧。』錢，錢，錢，沒有一個不要錢。要是你能從這種女人身上得到愛情，那你就能從肉鋪子的砧板上、百貨公司的櫃檯上乃至香煙雜貨鋪上，得到充分的愛情享受。」

我認為這倒不失為見道之言。

「所以我還是苦惱，深深苦惱。這苦惱，到昨晚算是結束了。我昨晚和小鳳談了整整一夜，連報也沒有回去編。天亮到工廠去看看，梁風做了好事，替我把稿發了。聽說翔老把我罵了個狗血噴頭，說我不該失職。我不是喜歡失職，以前就從沒有失過職。我也想到要回去把稿發一發，無奈走不出去。滿屋子都是愛情，鋪天蓋地，把路全都堵了。你想想，光我一個人的就夠多了，可是還要加上她的。要是我的錢和我的愛情一樣多，那麼本城的大財主其實只配替我擦擦皮鞋。」

我同情地點點頭。

「愛情是什麼東西？我現在找到了答案，是小貓！你養過貓沒有？那是找不到的畜生。你不知道牠在屋頂上還是在地板下。牠也有可能在灶邊煨火，或者也有可能在樹上抓麻雀。你不找牠呢，牠忽然就在你腳邊鑽出來，或者跳到你膝蓋上。我遇見小鳳，得到愛情，就是這麼一種情形。」

我笑到連腰都直不起來。

「這不可笑。我和她都不骯髒，都很純潔。我沒有愛過女人，她沒有愛過男人，我和她一樣是貨真價實的初戀，瓶裝原封，一滴水不摻。你現在完全可以把我和小鳳剝光獻到祭壇上去做犧牲，擔保絕不會褻瀆神明。我們昨晚談愛情，談家世，談婚姻，不談淫邪。我們要照章辦事，按嚴格規矩、手續辦理結婚。」

「我認為這也很好，但和我不相干。我不過問他人的閨幃私事。」

「正因為同你相干，我才照本宣卷，和盤托出。現在我來同你商量一件要緊事情。我和我妻子離婚，那是辦不到的。我老頭子和她老頭子都在，提都別想去提。這點小鳳表示理解，不成障礙。差是差一個人去對我妻子說起一聲，疏通一番。她能點個頭，日後就好相見。這個人，我想來想去，非你不行。」

我考慮一陣，以為殷家嫂子既然和他絕無感情可言，那麼這件事也許並不難辦，所以答應去一趟。誰知他這一家子的事情，是我無論如何也弄不清因而無論如何也估不準的。殷家嫂子差一點要把我轟出大門，只是格於「不斬來使」的原則才照顧到我一絲顏面。她要我轉告他留點神，不回家便罷，一朝回家，莫怪她擰出他的卵黃來。他愛找小房就去找，不過最好祕密著點。她今天知道，明天就會帶一幫人去洗成白地。

我向殷虹一一覆命，歉疚於自己無力玉成美事。殷虹又留我吃飯，安慰我說：「這樣就很好了。我只要求你做到這一步，下一步，當然要我自己去做。」

殷虹回家以後，襯衫給撕成一片片，臉上給抓出一條條，但是幸而卵黃完好無損，沒有給擰出來。殷家嫂子最後做出重大讓步，條件有四：一，這騷貨只有小老婆名分，絕不允許「兩邊大」。二，凡家中紅白喜事一概由正室出面，小老婆無權干預。三，盡一切可能不讓正室與騷貨見面，否則莫怪正室無情。四，正室的日用開支增加一倍。

從這以後，殷虹確實收起放蕩心，不再到處鬼混，挽回了名聲，爭取到了輿論的同情。消息傳來，小鳳已經懷了孕，深居簡出，理家井井有條。

現在且說這天儀式結束，宴會開始，一共安排了三十多桌。梅珍還沒有到來，翔雲先生關照在我旁邊留出一個座位。媽媽病癒新從上海回來不久的秀蘭，坐在我左邊。她說：「媽媽總算起床了，要謝謝你，只是落了個左手抖動不止的後遺症。」我說：「你別謝我，倒過來我要謝你。你不知道，上回我來上海，你是救了我一條命的。」秀蘭不知道為什麼白了我一眼，說道：「別亂嚼蛆！」我說：「我這是真心話。」秀蘭說道：「你會有真心？我才不信哩。你要你張燕姊姊去救你的命吧。」她這麼一說，我順勢問她：「有張燕的訊息嗎？」秀蘭說道：「收到過她一封信，要我告訴你，有空到蚌埠去看看她。」我說：「這個我倒知道，她也有信叫我有空去一趟。只是不方便，到南京還要擺渡到浦口換車，路上來回得花兩天，一時沒有這麼多時間。算了。」

這種聚會明顯帶有大家藉機樂一樂、熱鬧一番的意思。秀蘭兩杯酒下肚，興致來了，要和我鬥酒，說要一杯對一杯，看誰先告饒。我連忙說：「我現在就告饒。我哪裡是你的對手？」翔雲先生說：「兩杯對一杯還是可以的。」我央求說：「不好，不好。鬥酒鬧事，等會兒梅珍小姐要來，還是斯斯文文喝吧。」我看看進口處，希望梅珍馬上出現，但是那裡沒有人影。

「好，我就兩杯換你一杯。」秀蘭說道。

李紅梅看到我身邊空著個位子，從隔壁桌坐過來，聽秀蘭這麼說，問我道：「這還像句話嗎？」

李紅梅以勸酒、逼酒聞名，幸好她自己不很能喝酒。我說道：「這樣吧，秀蘭兩杯，紅梅一杯，我一杯。誰告饒，就罷休。」

「這更不像話啦。」李紅梅嚷起來，「乾爹、爺叔評評理，一個男子漢要兩個婆娘三杯酒才換他一杯！」

「這當然不行。」翔雲先生一向袒護李紅梅小姐。

「小叔叔心口不一，架子又大得很。」秀蘭撇撇嘴說道，「秋天到上海來，我好心找佩雯、湘漪請他喝夜酒。他說要搭船，死乞白賴不肯喝。」

翔雲先生替我幫腔，說道：「這倒不能怪他，跌進黃浦江不是好玩的。」

「乾爹別信他，誰知道搭船是真是假？他還有句話：『我只喝媚湯不喝酒。』」

大家聽了都笑。我連忙分辨說：「我哪有說過這句話？別聽她胡編亂造。」

「現在上哪裡對證去？反正有這句話就成。」李紅梅神氣活現站起來：「秀蘭，過來！今天要你小叔叔媚湯帶酒一起喝。」說罷用手臂框住我的脖子，說道：「你喝一口，把殘酒灌他。再拿一杯給我，我喝一口，也灌他。」我無法掙脫，兩杯殘酒一半倒在嘴裡，一半倒在脖子裡。在一片哄笑聲中，我連忙扯過餐巾擦乾脖子，領子還是給弄濕了半圈，狼狽不堪。秀蘭樂不可支，把頭頂在我肩膀上；李紅梅得意萬分，俯頭問我：「媚湯加酒的滋味怎麼樣？」

就在這尷尬萬分的時候，僕歐把梅珍領到了我桌邊。秀蘭這才坐好。我趕緊站起，向席上做了介紹，李紅梅得知空著的席位原來是她的，也就回到自己的席上去了。

「請坐，梅珍小姐可來遲了。」翔雲先生笑著對梅珍說道，「恐怕你不認識我，我卻認識你。我和尊父大人是老相識，也是寶號的常客。記得那時你只比桌子高些，不過現在模樣倒沒有大改變，辮子還是那麼個樣式。」

「這位是總編輯孫翔雲老先生。」

梅珍紅著臉，恭恭敬敬叫了一聲「孫伯伯」。秀蘭不等我介紹，就自報家門說：「小嬸嬸，我叫張秀蘭。」梅珍更紅了臉，站起來叫了一聲「張小姐」。

梅珍的到來確實起了解圍作用。我這一席，中老年人居多，秀蘭和李紅梅的鬥酒對象，只能是我。梅珍一來，她倆得知鬥不下去，就轉到別桌胡鬧去了。這樣也好，我們餘剩的九個人，斯斯文文、安安靜靜地享用了一頓美餐。

宴席未散，跳舞開始。《導報》副刊編輯梁風先生請梅珍小姐跳舞，梅珍連忙笑著搖手說：「我是不會跳舞的。」梁先生看看我，我說：「請你看看她的鞋子便知。」梁先生看到她穿著自己紮底的毛邊黑布搭攀鞋，也就信了。轉而要削蘋果給梅珍吃。梅珍說：「我自己來，太不敢當了。」

冷不防，秀蘭又出現在我面前，一臉紅暈，滿嘴酒氣，說道：「這麼好的音樂，小叔叔、小嬸嬸怎麼不跳舞去？」我說：「梅珍小姐不會跳。」秀蘭說道：「這又不難。小嬸嬸，我教你。」梅珍笑一笑，不說話。我說道：「大侄女，安靜點吧。我看你醉啦，回頭跌倒在池子裡鬧笑話。」秀蘭說道：「我醉啦？我現在還可以兩杯換你一杯。」我笑笑說：「喝酒喝到說大話，那麼也就差不多了，你歇一會兒吧。」秀蘭說道：「我本來倒想坐一坐、歇一歇，你這麼說，我偏要找你跳。這慢四步，剛好當作飯後散步。」她把我從椅子裡拉起來，對梅珍說道：「小嬸嬸，你不跳，我就占你的先啦。」

我看看梅珍，猶豫不決。梅珍大大方方說道：「我不會跳，你去同她跳吧。」

秀蘭跳舞是無可挑剔的，哪怕滿嘴酒氣，還是又輕又穩，只是姿勢大成問題。她的顴骨離我的下巴至多不會超過三釐米，胸膛相距恐怕不足兩釐米，轉身之間，要不接觸碰撞是不可能的。

「秀蘭，」我得擺脫開這種惹是生非的距離，「你怎麼老叫她小嬸嬸？」

「她不久不就是小嬸嬸嗎？」

「不過現在總以不叫為好，她臉上擱不住。你叫她章小姐就不行？」

「行當然行，不過不親切。」

「你能離我稍稍遠一點嗎？」

「這樣不是很好嗎？」

「你既然知道，過不久她就是小嬸嬸。」

「怕小嬸嬸吃醋吧？」

「又來了，是章小姐。你明白了就好。」

「這有醋可吃嗎？乾乾淨淨跳舞，就要吃醋，這日子以後怎麼過？叫她吃醋的樣子我還沒拿出來呢，不信你試試？」

於是她乾脆用臉貼緊我的臉，用胸膛貼緊我的胸膛，好像用膠水和我粘在一起似的，並狡黠地笑著說道：「這時候她要吃醋，那麼還可以說是情有可原。」

「你怎麼啦？」我大吃一驚，趕緊伸長脖子去找梅珍，背上滲出了汗珠，雖然天氣是夠冷的。還好，她和翔雲、梁風兩先生在說著什麼，似乎並沒有留意舞池裡的動靜。

「幹麼這麼大驚小怪？剛才那種樣子她就吃醋，那就待在家裡別出門。」

「你能不能多少想著點我的難處？」

她就像影子一樣亦步亦趨，我一個人休想能改變這種膠著狀態。這句話總算起了作用，她離開我一點，恢復到原來那種令人懸心的危險距離，回答我說：「好吧，照顧著你點。膽只有芥菜子那麼大，還要我救你的性命哩。」

「今天你好像很高興。」我輕輕嘆口氣。

「那麼是不是要看到你就一臉不高興才好？」

「我哪是這個意思？」

「剛才你說什麼來著？要我救你的命，救什麼命？你來不就得了？我住老地方，今晚上來也可以。我欠著你的情，我可不想來世做牛做馬報答不清。」

「啊呀呀，你把我的話想到哪裡去了？你明明知道章小姐不久就是小嬸嬸。」

「這有什麼？別說你們還沒有結婚，有老婆的，纏著我的還少嗎？你來吧，我就是喜歡你還沒結過婚。」

我只好轉而埋怨這支波羅乃茲舞曲[1]的作者，他寫得這麼牽絲扳藤，枝蔓蕪雜，沒完沒了。好容易盼到小鼓聲像爆豆一樣響起來，樂曲完結，我把秀蘭送進座位，幸虧梅珍小姐還在那裡同梁先生談著什麼。

舞曲再起時，梅珍起身告辭，向主人說明下午還要上課。我送出雇車，她也沒有叮囑我非離開這個群雌粥粥[2]的是非場所不可。我轉身走回大廳，忽然被三青團報社記者沈昱先生叫住。他告訴我的消息令我既不安，又意外。

「你送走的小姐該是章萬源酒坊小主人梅珍小姐吧。你知不知道她是煥群先生的相好？你別怪我多嘴，我的辦公桌和彥洲總編輯的辦公桌只有一板之隔。前幾天，煥群先生來找彥洲先生，談到梅珍小姐現在已經完全變了心，全不念半點舊情。章老頭在辦嫁妝，看來無可挽回了。彥洲先生的意思是，終究是同志，先千方百計爭取梅珍回心轉意，不到萬不得已，不宜採用激烈手段，把事情鬧大了總不能說是上策。章老頭那裡，我會相機去疏通。你是不是提防著點？」

「非常感謝你的關照。」我說，「煥群先生和梅珍小姐有過來往，梅珍小姐是說起過的。只是這個激烈手段是

1 波羅乃茲（英語：polonaise 波蘭語：polonez，chodzony），又被譯為波洛奈茲或波洛內茲，是一種四分之三拍子，中等或偏慢速度的舞曲，源於波蘭。

2 群雌粥粥：語本唐代韓愈〈琴操〉十首之八：「當東而西，當啄而飛，隨飛隨啄，群雌粥粥。」後用以比喻婦女聚集，聲音嘈雜。

什麼呢？是暗殺嗎？」

「我知道的，只是這麼多。再多一句，沒有了。事不關己，偶然聽到，況且那時候我也不知道煥群先生的對頭就是你。」

「彥洲先生來赴會了嗎？」

「好像沒有來。蔣惜今倒是來了，還沒有走。」

「沈小姐也來了嗎？」

「和我一起來的。她走了，看樣子，她沒有征服你吧？」

「別提這種事了，她這個人不好理解。」

「我有同感，我對這個人連興趣都沒有。聽說，上海有個報人叫鳳三的，這幾天到這裡走親訪友，偶然遇到沈苡，居然又是一拍即合。好，我先走一步，我不會跳舞。」

沈昱先生走後，我獨自坐下來想了一想。沈先生也是CYP的重要幹部，和我卻只是泛泛的同行關係，為什麼手臂會朝外彎？他有沒有受命而來的可能，用「激烈手段」來嚇我一嚇，要我放慢腳步，以便彥洲先生向章老頭去疏通。這「激烈手段」又是什麼？十成有八九成可能是暗殺。殺誰？殺梅珍還是殺我？估計是殺我。殺我以後可以套給我一頂紅帽子，事後查出我不是共黨分子，那麼錯殺一個也沒有大罪名；殺梅珍會麻煩些，彼此是同志，煥群先生恐怕脫不了干係。此所以彥洲先生覺得不是上策。

那麼章老頭會不會一疏就通？我想不會。事關章氏財產，有可能的是疏而不通，這樣還得使用「激烈手段」。那麼，從疏而不通到使用激烈手段，需要多長時間？

答案都是不定數，我只能採取兩個對策，一是加快籌辦婚事，搶在煥群先生動手之前，一是在箱底裡找出毛瑟手槍，以防不測。

第十四節

沈苡女士從蘇州看望媽媽回來，派人送來兩盒采芝齋松子糕，使我尷尬萬分。那天晚上，我一時情急，不多考慮，揮手打她一個耳光，實在是毫無道理的。我頑固地死抱著信條不放，不惜用女人的眼淚和尊嚴來免於自己慘遭敗北，只能說明我的不情、執拗和冷酷。進一步說，我的粗暴行為其實是我示弱的流露。聖賢者柳下惠在有女人坐懷時，採取「你坐你的，我自不亂」的君子態度，既不推她走，更不打她跑，這才是真功夫，涵養到了家。而我在涵養方面，卻只是個「未入流」。情急也者，正好表明我自己也不信任自己，唯恐再糾纏下去就會把持不住，輸個精光，所以我竟產生不出大獲全勝的感覺，心情十分複雜、矛盾。

上海來的馮鳳三先生，作品格調不高，論者只把他和馮玉奇之流的黃色文人相提並論，或者一笑置之不論，但是偏偏讀者多，稿酬高，而且名氣大，在上海報界兜得轉。我沒有請他撰稿，所以也沒有專誠接待他，只是在《導報》社宴請他時見過一面而已。幾天以後，鳳三先生出了一個不光彩的紕漏。他在泰山飯店的住房被警察深夜打開，和沈苡女士一起從熱被窩裡給挖了出來。目擊現場者說，桌上放著一隻沈女士愛喝的威士忌方瓶，大概還有三分之一沒有喝完。

這事情是一名叫魯如玠的記者搗的鬼。魯先生雖有家室，卻對沈女士覬覦已久，有可能魯先生當不了沈女士的墊腳石，所以沈女士沒有把他放在眼裡。於是不出沈女士所料，他被妒忌弄到喪失理智。他在九點多看見她進入鳳三先生住房，兩個小時還不離開，而且黑了燈，就告訴了警察局。

事有湊巧，巡官在樓下帳房間裡詢問這對野鴛鴦時，我恰好路過泰山飯店門口，看到大冷天氣還有閒人挨挨擠擠看熱鬧，知道大概發生了什麼事。隨後看到鳳三先生和沈女士不幸正是眾目睽睽之下的被圍觀主角。我和這位巡官相熟，請他借一步說話。我問巡官打算怎麼處置，巡官說：「既然逮著了，也就只好帶到局裡去，明天再說。」我對巡官說明這對野鴛鴦的來龍去脈。問他能不能不做風化案看待，而交記者公會去處理？巡官說，這事情是魯先生一手挑起的，他本人並不空閒，不是吃飽了飯沒事做才來驚醒這兩位的好夢。既如此，他樂得不管閒事，明天把詢問筆錄轉給記者公會，但要問一問魯先生。於是找魯如玠，魯不見了。巡官不滿意地咕嚕了一聲，同意釋回野鴛鴦，帶兄弟離開了泰山飯店。鳳三先生又羞又惱，漫不經心地謝了我一聲，回房收拾行李上火車站去了。沈苡女士行若無事，同我打了招呼，也離開了泰山飯店。

記者公會接到警察分局送到的筆錄後，理事長孫德仙先生憤慨之至，他對沈苡的放蕩痛心疾首很久了。他同監事長、一些理事、監事交換意見之後，決定開一個會，把她開除出會了事。監事長季錫林先生甚至打算籲請警方向縣府申報，把她驅逐出境，不准再在此地出現。

記者公會全體理事、監事出席了處分沈苡的會議，各報副刊主編而不是理事、監事的列席會議。沈苡來到之前，處分已由出列席者表決通過。開除沈苡會籍，尚在討論之中。多數意見認為，季監事長提出的驅逐出境處分，須經縣府公布告示，過於嚴峻，不宜採納，還是留給她一個餘地好。對我提出的嚴重警告處分，多數意見認為太輕，不應採納。三年之病當用七年之艾，處分輕了對她沒有好處。

沈苡來到以後，德仙先生宣布會議開始。他含蓄地提到這一風化案件，對警方記錄在案感到痛心、羞恥，引咎自責之後，提出公會應該由此整頓紀律，以正社會視聽。監事長錫林先生接著起立講話，提出應該處分沈苡，把她開除出記者公會，請會議討論通過。德仙先生循例要求大家發表意見。有不同意見也可以，並且提出通過以前，可以聽一聽沈苡女士的意見。

「我有不同意見。」我應聲起立講話，「我到現在還認為，如果因為這種過失，就非開除會籍不可，那麼能繼續留在公會裡的人必將屈指可數。沈苡記者只因為是女性，有這種過失就被看作驚了天、動了地，這是很不公正的。我無意為某一個人開脫，但是處分必須公正，也就是犯同樣的過失，得到同樣的處分。那麼，我們應該捫心自問，先問一問自己有沒有不可告人的行為。假如沒有，你們就否決我的意見。否則，我的意見應該受到重視，給沈苡記者一個嚴重警告處分也就可以了。」

「這是什麼話？」錫林監事長很不以為然，他沒有料到我固執到這種程度，因為我的意見一提出來就早給否決了。

「這是公正話。」我不接受德高望重、倚老賣老的季監事長的訓斥語氣，「我自己以為我有資格留在公會裡。季先生理所當然，也是屈指可數的人士之一，那麼，季先生也應該來一個徹查，看看我們這支可尊敬的隊伍還能剩下多少人，而且這些人必須問心無愧。」

「繡先生並非理事或者監事。」季監事長咕嚕著說道。

「那麼何必徵求不同意見？我完全可以不列席會議。我舉個例，魯如玠先生今天沒有到會。我覺得魯先生這個舉動是很不明智的。在座的先生哪一位能擔保魯先生品行無懈可擊？援引沈先生的例子，他不早該離開我們的團體嗎？」

「我請繡先生發言要講求分寸。」王孫先生這時起身，四平八穩地講了一句非常得體的話。王先生是報界的權威人士，他這句話可以被理解為他在維護季先生的權威，但是我明白，他聽到我拋出魯如玠，擔心我第二個把他拋出來。這是對我的暗中央求。

「好的，我將盡可能抑制我自己。」我何嘗想開罪一大批人，不過是季錫林「這是什麼話」那種腔調，使我難以入耳而已，「我們還可以回想一下離開這裡的盧東野先生，公會似乎沒有追究過這位風流的有婦之夫有沒有什麼風化問題吧？」

德仙先生看到會議被我搞亂、搞糟，同季監事長交換一下意見，而後起身說道：「現在請沈苡先生談一談意見。」

沈苡本來管自抽她的煙，好像這裡討論的事情同她無關，聽德仙理事長這麼一說，泰然自若、儀態萬方地站起來說道：「剛才聽了幾位先生的宏論，我絕沒有想到自己竟犯下了彌天大罪。其實事情是平平常常的，我認識鳳三先生後，那天去找他，談到這麼個大城市，竟使我有透不過氣的感覺，不是道貌岸然，就是油腔滑調；不是假裝正經，就是笑裡藏奸。我說我想到上海去看看，那裡有沒有我安身之處？鳳三先生表示同情，他說他和馮亦代、王雪塵等先生有些交情，回上海後可以想法把我安插到某家報社去。他提議喝酒，我指明要了威士忌，我喝慣了這種酒。之後感到有些疲倦，我就睡下了，和鳳三先生睡到一起去了。這不是很自自然然、平平常常的事嗎？我沒有丈夫，按理是不會有人能管束我同誰睡在一起或者不同誰睡在一起的。使我吃驚的是，我忽然之間有了你們這群老老少少的丈夫，包括繡先生在內。你們一致不准我同鳳三先生睡覺，睡了就要開除會籍，嚴重警告。這真是怪事。據說，警察是魯如玠這個混蛋去叫來的。為什麼？為的是我拒絕過他的非分要求。他霸道到不許我有選擇的權利，那麼是不是我應該像娼妓一樣來者不拒、有求必應，才維護了各位先生嘴上唱的風化呢？我同鳳三先生兩廂情願，好好睡著，關上房門，放下帳子，又沒有當街宣淫，犯了什麼風化呢？鳳三先生自稱尚未結婚，未婚男女同床睡覺只犯了『姦非』罪。《六法全書》訂明飭回交家長管束。各位先生竟不讀法律書？這同風化何干？各位先生口口聲聲維護風化，你們自己的風化在哪裡？王孫先生居然大言不慚，附和開除我的會籍，你也不問問自己夠不夠資格說話？我一接到鳳三的電話或者書信，就會到上海去。要開除會籍，你們就別費口舌，開除了吧。嚴重警告，警告我什麼？警告我到了上海以後，還是不准同男子睡在一起嗎？又或者事先必須徵求你們的同意才行？這可就是故意作難我了。我可沒有想到繡先生這麼個聰明人竟想出了一個笨辦法。」

會議給她弄到鴉雀無聲，季監事長給她氣得吹鬍子、瞪眼睛，但是說不出話來。這著名的騷貨沒有把他這權威放在心上，權威也就無處可施威。德仙理事長大失所望，只好順水推舟，說道：「既然沈先生表示即將離開這裡，那麼這個會就開到這裡了。對她怎麼處分，以後從長計議。」

實際上也就是不了了之。

從此以後我就沒有見到過沈女士。幾個月之後，我接待上海報人蔡蘭言先生時，蔡先生說：「她是條泥鰍，到處把水搞渾。小馮央求王雪塵，王雪塵接受她當記者，還不到半個月，這家報紙的另一個記者歐陽，在咖啡館和小馮打了一架，打破了小馮的頭。看在王雪塵面上，這事情才沒有張揚開去。太子來『打虎』[1]，王雪塵派她去採訪，她有本領去吊蔣經國的膀子？太子不見得是不吃肉的齋戒和尚，無奈她那幾粒雀斑妨礙了她的前程，以後弄到太子辦公室打電話給王雪塵，要他立即另派記者。我聽說，她在這裡也是鬧得烏煙瘴氣，一塌糊塗。我非常佩服王先生的容人雅量。她好在不是我的女兒，要是我女兒，我早把她勒死了。」

1 太子來「打虎」：指一九四八年八月到十一月期間，中國總統蔣介石委派其長子蔣經國前往作為中國經濟中心的上海督導實行財政經濟改革、抑制日趨嚴重的通貨膨脹的活動。期間，蔣經國立下「只打老虎，不拍蒼蠅」的壯志，並鼓勵部下六親不認地執法，逮捕了六十餘上海經濟界人物。

王雪塵先生與蔡先生截然不同。我向他問起沈苡女士時，他說：「她還是一個可造之材，私生活荒唐一點，和年齡也有關係。我請她的目的，是為我的報紙工作，不荒怠工作我就不好多加指責。你們那裡容不下她，我又打發她走，她怎麼辦？我能看著一個可造之材因為我不能容人而有可能走向墮落、毀滅嗎？」

一九四九年夏天，王雪塵先生猝發心臟病去世，我去上海弔唁，遇見鳳三先生，但是不見沈苡女士。問起時，這位小馮先生說道：「她嘛，我也不太清楚，只聽說她走了，到香港去了。是最近才去的。」

第十五節

臘月初八是達摩禪師一葦過江的日子，當日必起北風。這一天，當地風俗是家家戶戶「撣簷塵」，把屋子裡裡外外、上上下下掃洗乾淨，迎接新歲到來，不分信佛的、不信佛的，中午都煮一頓菜粥吃。沒錢人家可以用粳米加青菜、蘿蔔、芋頭、蠶豆煮，有錢人家可以用香菇、扁尖、木耳、薏米、葛仙米煮。不信佛的人家更可以用肉丁、雞丁、火腿丁、魚片、蝦仁、蟹粉煮，出嫁女兒都回娘家幫助掃洗，中午吃了菜粥再回夫家。

亞琴帶著孩子，在娘家吃罷菜粥，順路來我家看我，問起和梅珍的事進展得怎麼樣。我說：「今天你若不來，一兩天內我也會硬著頭皮上你家的。現在萬事俱備，只欠東風。這東風就是錢。」亞琴回答說：「這好辦，你要多少就來拿多少。」

我向她解釋了不得不借錢結婚的緣故。

章萬源先生的心思，梅珍知道得比我多，她像間諜那樣一五一十告訴了我。他託楊素吾先生關照我諸事務必省儉，聘金不必下，要下也不要多下，他自會辦一副嫁妝，讓梅珍帶過來。這一點，梅珍告訴我不是為我和梅珍著想，而是為他自己著想。陪嫁看聘禮，他的諾言是可大可小的。我這邊不下聘禮，嫁妝就可以由著他的意思去辦，一萬也是一副，一百也是一副，到時我就無法計較，而按照章先生的肚腸，又是無法指望他會屙出一堆大糞來的。梅珍沒有繼承權，這已經是不公平的了。現在連嫁妝也要由著他的意思辦，梅珍想起來就很不甘心。所以，我託素吾先生言明，聘是一定要下的，男方不能過分草率，虧待他的千金，五十兩黃金的聘禮，恐怕不能再少了。至於梅珍過門時帶多少嫁妝、岳家給多少開箱錢，這隨章萬源先生出手，男方絕無爭執。女兒是賠錢貨，不獨章家如此。章氏夫婦聽說嚇了一跳，面有難色，但又無法拒絕。折中結果，章先生敲定聘禮不要超過二十兩黃金，他在這個尺寸內去辦嫁妝，打點「一底一面」的開箱錢。

「大話我是說出去了，我哪有二十兩黃金積蓄？所以要你撐一撐腰，借給我。」

「完全可以。我回去對他說起一聲，你隨時來拿，反正是過過手的事情嘛。這一層我是沒有想到的，我想到的是另外一件事。」
「什麼事？」
「這隻鳳戒指，按理，這該歸梅珍，但是想來想去捨不得，所以今天特地來同你商量，你能不能同意把我買的這隻送給她。」
她捋下一隻鑽石戒指，大約一克拉重，比鳳戒指值錢多了。
「我想不必了。我可以另送一隻給她，這點錢我是有的。」
亞琴忽然噁心嘔吐，嘔出一些菜粥和清水。我以為菜粥吃了容易作酸，天又冷，準備拿些胃藥給她吃。她說無須，過一會兒會好的。大約又「病兒」了，而且可能是「惡病兒[1]」。
「不久，你和梅珍也會有孩子的。照顧著她點。做女人不容易，養個兒子，就是一隻腳跨進鬼門關。」
我無話可說，只好托著孩子的頭說：「媽媽要養弟弟了。有了弟弟，媽媽就不喜歡阿原了。」
「你騙我。」孩子瞪著淡青色眼白的、純潔可愛的眼睛看著我，撲在媽媽懷裡，問媽媽說：「媽媽喜歡阿原的。」
亞琴攬著孩子，說道：「乖孩子，媽媽喜歡阿原，也喜歡弟弟，都喜歡。」
「騙人，」孩子勝利地笑了，「你撒謊！」
亞琴對我說道：「孩子是條掙不脫的鎖鏈，會把夫妻鎖住的。」
「不過你送的禮物太重。」
「千難萬難才結的婚，收起來吧。這一隻，等阿原結婚，我給他媳婦戴去。」
門上突然響起敲門聲。
我開了門。站在門口的，是梅珍。她笑盈盈地，穿一件全新淺青灰色毛絨外套，深藍色斯博鐵克斯毛料面長袖

1 蘇南土語，指懷上男孩。

駝絨旗袍，長筒翻毛黑紋皮皮鞋，衣服才從剪刀口下拿來，皮鞋第一次著地，質料、樣式，和名伶雲豔霞小姐穿的差不多。那天結義聚餐，她和雲小姐談了一些時候，大概談的就是服飾問題。現在有可能是她向我暗示，瞧她那麼土裡土氣，學時髦還不快得很？

看到亞琴在，她呆了一呆，笑容立即消失不見了。

「請進。」我料不到出現這種尷尬場面，「我來介紹……」

「是章小姐吧，」亞琴放開孩子站起來，滿面笑容招呼說道，「快請進。」

「這位是亞琴太太。」我對梅珍說。

「亞琴太太，你好。」梅珍有禮貌地點點頭，「謝謝，我不坐，我還有事。」

「還是坐一會兒吧。」我說。

「不，學校同事邀我去做客。」梅珍勉強恢復了笑容，「順路走過這裡。我同事想借一部詞律看，我知道你有，代她來借一借。可以嗎？」

「完全可以，我現在也不常用。」我從書架上拿下《萬紅友詞律》，用報紙包好，遞給梅珍，「慢慢看，只要求不弄到摺角皺邊。」

「那麼我代她謝謝你。我走了，你們坐。」

「不，我應該走了。」亞琴說道，「章小姐不妨坐一會兒再走。」

亞琴看看我，我毫無主意，也不知道她看看我是什麼意思。於是亞琴遲疑地對梅珍說道：「你請走好。客不送客，恕我不送了。」

孩子聽到媽媽說「走好」，跟著對梅珍揮揮手說道，「阿姨走好。」

這可把梅珍逗笑了，她向孩子揮揮手說：「真是個乖孩子。我走了，再見。」

她走出門口，亞琴對我小聲說道：「你怎麼不送？我是客，你可不是客。」

我處在這個尷尬場面裡不知所措，亞琴一語提醒，我才想到，對，我不是客，我得送。

梅珍已經走過天井，到了照牆口，聽到腳步聲，回頭一看是我，冷冷說道：「你出來幹什麼？」

「我送送你。」我陪著小心。

「你不送，我不會走嗎？快回去。冷落了她，我當不起罪過。」

她拔腳就走，連頭也沒有回一回。

討了個沒趣，訕訕回到房裡，亞琴笑著對我說：「很漂亮的一個姑娘，真的好好向你恭喜祝賀。不過眼看著這裡快要沒有我的坐處了。」

「不會這樣的吧。」

「她說她做客去了。」

「我該走了。我想她還會來，我得讓一讓才對。萬一她再回來看到我還賴著不走，就不好了。」

「只有你這個傻瓜才相信，她明明來找你，看到我在，借個由頭，賭氣走了，你等著她來問罪吧。」

「她很少打扮得這麼時髦的，我想有可能確實是去做客。」

「你連『女為悅己者容』也忘了。不和你多扯了。阿原，跟媽媽回家去。」

亞琴走了以後，我專誠等了一會兒，不見梅珍返回。我想，女人就是心細、心多，這不明明是上同事家做客去了？所以也就按時上班去了。

迎著寒風下班回家，已過十二點，初八的月亮早已西沉，同宅人家早已入睡，宅裡漆黑一片。我進入大門，摸過長廊，走過照牆，進入天井，順手摸出打火機，想藉著這一點光亮來打開房門鎖。火光一閃，影影綽綽瞥見房門口似乎蹲著一個人，這個人不因我的腳步聲而驚動，顯然不是小偷。

激烈手段！

這念頭像電一樣閃過我腦海，緊張趕走了寒冷，我像頭受傷的羚羊連忙後退一步，躲到照牆背後，迅速拔出了手槍。幸虧沈昱先生事先告知，否則我現在將束手待斃。但是我不敢搶先開槍，火光將暴露我的位置。我得等對方打出第一槍，再朝火光閃處開槍，才有殺死對方的把握可言。

那麼，天下有這麼種愚鈍遲緩的刺客，不在我打亮打火機的一剎那搶先開槍，卻偏偏好整以暇、從容等著我走到他身邊才動手的先例嗎？這麼一想，我就懷疑自己是不是在神經過敏，房門口也許沒有蹲著任何人，不過是我眼花看錯了而已。但是謹慎小心總不會錯，我仍然躲在照牆背後朝著房門口低低喝問了一聲：「誰？」

「是我。」

天哪！那分明是梅珍的聲音。

接下來，她質問我說：「幹什麼那麼鬼鬼祟祟、見鬼見神似的？」

「怎麼是你呢？」我比剛才更緊張得多，心跳得厲害，手發抖，說話也哆哆嗦嗦了。幸虧我沒有不管三七二十一就朝人影開槍，扳機扣一扣，現在怎麼收拾？

「這裡我不能來，只有她才能來嗎？」聽得出來，梅珍餘情未平。她怎麼會想到我在這兩三秒裡的複雜心理？我再去摸打火機，糟糕，慌亂中，不知丟到哪裡了。漆黑一團，到哪找去？我趕緊摸出鑰匙，開了房門，打亮電燈，將梅珍扶進房去。「看你凍成這個樣子？」我又著急，又憐惜：「明天就不能來？」

「明天我有課。」她也冷得直哆嗦。

「那就不能上報館來？」

「報館不是說話的地方。」

「你看，嘴唇都凍紫啦，手像冰塊。」

「我凍死了你就清淨啦。」

「要知道我不一定每天都回來，今晚要是不回來……」

「那就讓我凍死在你門口算了。」

她從來沒有對我發過脾氣。亞琴太太說得一點不錯，現在她問罪來了，說話斬釘截鐵，絲毫不留回旋餘地。我趕緊用棉被把她擁起來，推她坐在鋪著棉墊的藤椅裡，再沖一杯煉乳，讓她逐漸暖和起來，而後再找來木炭生火。木炭剩下不多了，不過燒一爐還是綽綽有餘的。紅紅的火焰暫時趕走了冬夜的寒冷，過一會兒，她的臉色、嘴唇都回過來了。

普羅米修斯現在還在受難，我對他的崇敬和感激卻是真誠而由衷的。偉人總是自己挨盡苦難，而把溫暖、幸福、安樂留給他人。自己占著幸福不放，卻把苦難推給他人，就是渺小的偉人了。

她一進門，就把我下午包給她的紙包丟在桌上，連縛著的麻繩也未解開，那就是《萬紅友詞律》。

「餓了吧？吃點餅乾吧。」我陪著小心。

「你說過，你永遠愛我，是真的嗎？」她把餅乾推過一邊。

「真的。」

「那你做的又是什麼？」

「圍繞這一句話去做。」

「這麼說我就不必來找你。我已經睡了，睡不著，不把話說清楚，我睡不著。」

「你多心了吧？」我央求說，「別誤會我。」

「誤會？親眼目睹了的也是誤會？我自己也是喝一點酒的，可是哪有撲在別人肩頭上喝酒的道理？我不懂跳舞，可是總沒有粘在別人身上跳舞的道理吧？你以為我沒有看到？我看見了。我不講，我不想和這些人相提並論。」

「你說的是秀蘭小姐吧？」我笑了，「你有些說的是對的。她們有點壞習氣，叫你看不慣，但是你不能只責備她們自輕自賤，社會也要負責任，這是飢餓造成的結果。秀蘭小姐死了父親，母親體弱多病，家徒四壁。她當過打線工，想養活母親和弟弟，但是戰亂不已，物價飛漲，百業蕭條，工資微薄，她辦不到。前不久母親中風，如果她不是歌女，母親如今可能不在世了。所以我對秀蘭說：我對這些姊妹是『都做哀鴻一例看』。我認識她們，是職業上的原因，報館是惡勢力的一種，她們害怕惡勢力，又需要依賴惡勢力，但是我還不至於墮落到去欺侮她們的地步。我幫助過秀蘭，秀蘭也幫助過我。她對我特別好些，親切些，那是有的，不過若說這就是愛，就是男女曖昧，我覺得不對。」

「好吧，算你能言善辯吧。那麼你和亞琴太太至今還這麼明來暗往的，難道也有職業上的原因？」

「這是另一回事。她是嫁出女兒，今天回娘家過臘八，順路來，問問我和你的事。我對她說：『你今天不來，一兩天內我就要硬起頭皮上你家去，向你挪筆錢用。』她是一口答應了的。那麼你想想，她是在玉成我們呢？還是在破壞我們的愛情？這麼一大筆款子，我不向她挪借，誰又肯借給我？你說你順路來，拿走我一部書；她說她順路來，留給我一樣東西。她要我把東西轉送給你，你卻一肚子不愉快，容她不下。」

「她要送東西給我？」

「是的，」我在枕頭底下拿出那枚鑽石戒指，「她說要把這留給你。拿著吧。」

「我不要！我才不稀罕她的東西。」

「別同她慪氣，怪我說得不完整。這很難三言兩語說清楚，以後詳詳細細說吧。反正，戒指本是我家的東西，我媽媽給了她。現在她歸還給你，我想這也是應該歸還給你的。」

「既然是你家的東西，你就這麼隨隨便便地給我，說聲『拿著吧』就行了？」

「那麼要怎麼給呢？」我表示不解。

「那你就該親手把它套在我右手無名指上。結婚那天，先拿下來，再在儀式上由你親手套在我右手中指上。」

給一隻戒指，還要這麼多囉嗦，我不能不感到自己太缺乏經驗了，於是我慎重其事地按她的吩咐辦好。這樣，她才轉嗔為喜，吃起餅乾來。時近半夜一點，她大概確實餓了。

這時候產生的問題是，這麼晚，這麼冷，她怎麼回家？這是第二次了。第一次，從公園回家。她告訴我說，至少打了半小時門，也不好怪酒店夥計睡得太死，以後是媽媽下樓開的門，一面開，一面發抖，一面罵，說以後再要半夜開門，絕不開，凍死在門外算了。

「你離家時對媽媽說起是上我家來嗎？」

她點點頭。

「那麼可不可以這樣？你就不回家，到後房歇歇去。明天上午你有課，現在離天亮也只有五六個鐘頭了。我目前只有兩條棉被，只夠一個人蓋。我就在這裡烤烤火，看看書。等天亮，你去上班，我再睡。」

「我也烤烤火等天亮算了。」

「一面上課，一面哈欠連天行嗎？」

「兩條棉被，你一條，我一條，就不行？」

「那就冷得誰都別想睡。不要緊，我熬慣夜，你胡亂睡一下。電燈開關在床頭邊。」

我把她帶到後房，走回來，想向火盆裡添一把炭，卻只剩幾塊了。我坐好，用大衣把自己圍起來，隨手拿過《萬友紅詞律》。

「小山重疊金明滅，鬢雲欲度香腮雪。」[2]沒有意思。

「便縱有千種風情，待與何人說？」[3]沒有意思。

「捲簾西風，人比黃花瘦。」[4]沒有意思。

「想佩環月夜歸來，化作此花幽獨。」[5]沒有意思。

「人生如夢，一樽還酹江月。」[6]也沒意思。

「憑誰問，廉頗老矣，尚能飯否？」[7]還是沒有意思。

怎麼搞的，好像看不進書哩。

這時候，後房傳來了聲音：「你看書，就非得在前房看，在後房就不能看嗎？陌生地方，陌生床，我怎麼睡得著？」

我起身，披上大衣，走到後房去，對她說道：「把燈熄了，好好睡，總可以睡得著的。」

「不要熄燈，我有點害怕。你坐在這裡陪著我吧。」

「好的。」我用報紙把燈光擋住，使它不直射到枕邊：「睡吧，快閉上眼睛。」

她依言閉上眼睛，不多久又張開來，對我說道：「你冷嗎？坐到床沿上吧，多少也有暖氣。」

確乎很冷，冷氣直鑽進褲管去，換上棉鞋穿也沒有用，腳好像浸在冰水裡。火盆快熄了，一大半成了白灰，只剩一點點紅火。

---

2 「小山重疊金明滅」句：出自唐代溫庭筠〈菩薩蠻〉詞。

3 「便縱有千種風情」句：出自北宋柳永〈雨霖鈴〉詞。

4 「捲簾西風」句：出自北宋李清照〈醉花陰〉詞。

5 「想佩環月夜歸來」句：出自南宋姜夔〈疏影〉詞。

6 「人生如夢」句：出自北宋蘇東坡〈念奴嬌·赤壁懷古〉詞。

7 「憑誰問」句：出自南宋辛棄疾〈永遇樂·京口北固亭懷古〉詞。

「睡吧，明天得去上課。」

她依言閉上了眼睛，但是不多久又張了開來，說道：「你坐著挨凍，我能睡著嗎？」

「你就別管啦，閉上眼，睡！」

她依言又閉上眼睛。我看見她肩頭沒有塞嚴密，替她掖好，這一來她又張開了眼睛，探出手來摸摸我的手，說道：「啊呀，好冰！」她的手倒是滾熱滾熱的。我說：「不要緊，你管你睡。」

「不，我起來。」她坐起來要穿衣服。我還是把她按進被窩裡去，自言自語說道：「我們難道能睡到一起？我們還沒有結婚。」

一頭秀髮披散在枕上，她眼睛裡露出一種異樣的光彩。

「隨你的便吧，總不成還得我請你！」她伸手拉熄了電燈。

第十六節

一覺醒來，天已大亮，梅珍已經起身，坐在床邊，看到我醒來，羞怯地說道：「還早呢，你又沒有事要做，再睡睡吧。」

「不，我得起來啦，事情多著呢。」我坐起身，披上衣服。冬晨的凌冽寒氣，卻又不禁使我留戀被窩裡的溫暖。我和她四目相對，柔情而靦腆地笑了一笑。

「這都是我不好，」梅珍羞怯怯地說道，「我怎能知道你還是頭一次呢？」

「那你又怎麼想？」

「你真叫我噁心。秀蘭啦、亞琴太太啦，哪條貓兒不偷腥？」

「不偷腥的貓兒也有。」她的手在冷氣裡早已冰凍，我讓她的手在我腋下取暖，「我養過一條獵狗，一條很好的狗。我帶牠去買菜，牠替我把菜籃銜回來，守著，不讓任何人走近菜籃。籃子裡有牠吃的肉，牠不吃，要等我丟給牠牠才吃。牠知道，這個是牠該吃的。」

「這真是有其狗必有其主，可是我……」她羞得撲在我胸前。

「為什麼又提起這？」我撫著她的頭髮，「這老早該埋進墓裡去了。你不必懸心，以後也不要懸心，我會管束自己。我何嘗是個聖賢？不過是一篇小說告誡了我。是誰寫的我忘了，福樓拜？還是莫泊桑？他談到一個不負責任的小夥子，在某地旅館和一個旅館年輕女茶房好上了，而後他丟開了她，二十多年後舊地重遊，他想起了這段豔遇，想尋訪她，這時候他已經是參議員。當地人告訴他：先生，你找不到她了。二十多年前，她難產，生下了一個兒子後死了，誰也不知道這兒子的父親是誰。參議員知道這就是他和她的兒子，又無法相認，於是在看到這小流氓時給了他一些錢。好心的當地人知道後勸參議員先生說：『以後不要再拿錢給這個渾小子，他有錢就買酒喝，現在他喝醉了正在驢窖裡打滾。』那麼你想一想，梅珍，看著自己的兒子在驢窖裡打滾卻又無法認他，心裡是什麼滋味？一個人為什麼要貪一時歡愉而後自責自疚一輩子？」

「看來我並不瞭解你。」

「穿破三條裙還摸不透丈夫的心理。慢慢瞭解吧，好在我這個人還不難瞭解。你讓我起來吧，你還得吃早飯。」

「不，我得趕緊去上課，路上隨便買點東西吃也是可以的。」

「不去上課吧，你陪著我。」

「這不好，我該走了。」她掙脫開我，站起來，用手掠了掠有點蓬亂的頭髮。

「我把鑰匙給你，今晚你再來吧。」

她不理睬，拿起我的折了好幾根齒的木梳，對著鏡子，略略梳齊整了頭髮。

「不早了，得走了。我告訴你，在結婚以前，你可別指望有第二次。」

她回頭笑了一笑，走出房門，踏過一天井濃霜走了。

我起身以後，就到姊姊家裡，請她打點做主婚人，並且幫我們買買東西，做做準備。姊姊頭縛一條毛巾，手執長柄雞毛撣，正在撣簷塵，看到我就說道：「來得正是時候，初八不來初九來，我恰好把撣簷塵推遲一天，撞著算你倒楣。接過去，幫我撣一撣，馬上完了，我且歇歇。」

我心不在焉，接過撣帚，敷衍了事撣了一撣，就想停下來說正事。姊姊說道：「早著哩，拿吊桶去打井水來，地板要掃一掃，洗一洗。」有求於人，我只好一一依言照辦。姊姊大聲喝道：「用點力擦！地板不是喬其紗[1]，擦不破的。」

「我還沒有吃早飯。」我想出一個理由為自己腳軟手酸辯解。

「都什麼時候還沒吃早飯？」姊姊接過拖把，「泡飯在鍋裡，不夠熱自己到灶裡去添把草，菜在菜櫥裡。」

---

1 喬其紗：又稱喬其縐，一種絲織物，以強捻縐為經、縐為緯織造。喬其紗為法語「georgette」一詞的音譯。喬其紗質地輕薄，富有彈性，具有良好的透氣性。

捧著飯碗，我趁機說道：「明年元宵，我要結婚了，今天來請你去當主婚人。」姊姊高興得連地板也不擦了，支著拖把，問我為什麼不早說。我說：「早些時候還定不下來，總得定下來才能說。」姊姊說道：「這倒也是，我總算盼到了這一天。謝天謝地，我可以歇歇肩了。有了大媳婦，我就可以把擔子交給她了。」姊姊照老例嘮嘮叨叨要我省儉，不要亂花錢。媳婦進了門，很快就會添丁增口的，未雨綢繆，總不會錯。但是婚禮可以辦得熱鬧些，張揚些，讓那些把我們家瞧扁了的人看看。我們家到底又撐出一個門面來了。為此之故，她願意掏出所有積蓄，在所不惜。她要我在臘月祭祖時，把梅珍帶來吃飯。她去通知妹妹，我電告在南通的弟弟，今年一定要全家團聚在一起好好過個年。

我的弟弟，頂替我進入南通縣南北雜貨號當學徒時，才十三歲，今年已經二十，是個謹慎小心、樸實無華的小夥計，勤奮自學，謙讓恭順，經理對他相當器重，店裡同事對他口碑也很好。妹妹今年十五，媽媽去世那年，她才七歲，由姊姊撫養。姊姊出閣那年，表叔收養了我妹妹，把妹妹帶去南通。妹妹十一歲時，表叔忽然把她送給一家布莊老闆做童養媳，「小開」才十四歲。起先弟弟來信說，這家布莊倒也殷實，獨資經營，表叔雖然有點自作主張，卻也無可厚非。這年秋天，弟弟忽然來了一封急信，告知這「小開」竟然是個紈絝子弟，十八歲就逛窯子，不知出了什麼事又給警察抓走了，花錢才保出來，現在得趕緊把妹妹領回家去，其他就顧不得那麼多了。妹妹回來以後，我和姊姊打算讓她讀書，她說十五歲了再讀小學四年級，面子過不去，況且她又不愛讀書，不如去學一門手藝，將來也有飯吃。我和姊姊想想也對，覺得可以。要做官不容易，要做工還是不難的。不久她進了織布廠當養成工，工頭叫她專學平布。

祭祖那天，我和梅珍一起到姊姊家。妹妹請假一天，來同將來的大嫂見面。她本在廚房和親家婆一起弄菜，聽說嫂嫂來到，連忙拿著炒勺趕出來，高興得一味傻笑，問長問短，提湯泡茶，把炒菜忘了。親家婆到處找不到炒勺，急得在廚房裡大叫，沒有炒勺，眼看鍋裡的菜就要烤糊。妹妹才說一聲「該死」，三步併作兩步，把炒勺送回廚房去。

姊姊看到梅珍秀氣、大方、溫和，服裝樸素，不施脂粉，滿心歡喜，和南通來的弟弟一起陪著梅珍說話。說話間，姊姊無中生有，指責我性情暴戾，脾氣倔強，固執不化，她自己有時也會被我氣得掉眼淚，所以日後如有衝撞梅珍之處，還要梅珍海量包涵，萬萬不要同我計較。梅珍聽後，笑了一笑，不做回答。我就知道姊姊此說純屬過慮，她根本沒有把這幾句話當作一回事情。弟弟比較木訥，不善言詞，坐在一旁多聽少說。

不一刻，菜肴做好，排開桌位，姊姊對梅珍囑咐說：「祖宗雖遠，祭祀不可不誠。我這一家，吃了日本鬼子的虧，父母相繼去世，衰敗得很快。祭祖大事，這幾年都是我這嫁出去的女兒越俎代庖。現在好了，總算盼到大弟弟成家了，以後的祭祖，就要歸長子長媳接過去。今天我請你來，就是要你先看一看。祖先的牌位，我以後開列出來。」於是她要梅珍幫著排碗筷酒杯，斟酒上菜，我和弟弟爇紅燭，點炷香，燒錫箔紙錢，向祖先作揖、磕頭。

姊姊接著囑咐梅珍說：「這碗鯽魚湯，是為媽媽特備的。媽媽生前省吃儉用，最愛吃的無非就是鯽魚湯。可是她去世時，我家窮得要命，連買條鯽魚也買不起。現在，明知媽媽吃不到了，只好向媽媽表表小輩的心意也就是了。今天勞你端上去，從左手裡上菜，不要碰動座椅。一碰動，媽媽就走了。這樣也好讓媽媽高興高興。媽媽要活著，看到你，真該不知多麼高興呢？」說著說著，姊姊和梅珍的眼圈都紅了，姊姊掉下了眼淚。

這一天，除了這一節有點感傷以外，其餘就全是歡樂。團聚吃飯的時候，有說有笑，十分親切和睦。姊姊尤其高興，欣慰地說道：「大弟弟成了家，小弟弟也要接著上來，再過些時候，妹妹出嫁，這樣就好了。我見著爸爸媽媽，也可以交代了。」弟弟說：「這也不急，我還小些。」姊姊說：「不小了，可以找起來。」弟弟說：「怎麼找？到處是南通姑娘，一口江北話。」妹妹也說：「我才不嫁哩。」姊姊說道：「你現在多大？再過三年，不替你找婆家，你的嘴要不噘得能掛油瓶才算怪。」妹妹說：「那也不要你去找，我自己會找。」姊姊說道：「你看看，都一樣倔，都要自己找。其實，媽媽生前託媒替我找，也不錯嘛。楊師母做媒，不就替我送來了個好媳婦。」

一直到臨別，姊姊和梅珍還是親親熱熱攀談不完，真不知哪裡來這麼多話要說。這大約就是姊姊平日所說的緣分。她和亞琴，沒有三句話好講，和梅珍，卻又講不完。這莫不是我命中註定當娶梅珍為妻。臨別時候，姊姊拿出一條翠鏈，替梅珍掛在頸項上，說道：「做個見面禮吧。我家沒有什麼好東西留下來，這條翠鏈，據說是滿翠，媽媽再艱難，也捨不得賣掉，現在當然要歸給你了。我記得還有隻鳳戒指，紅寶石鑽鑲的，媽媽當年給了亞琴，只好當作丟到水裡去了。」我忍不住插嘴說：「那也不是這回事，初八那天，她換給我一隻鑽戒，梅珍現在就戴著。」這一說糟了，姊姊馬上刨根問底，問為什麼不還原物。審時度勢，我若說明真相，很難預料後果，幸虧我還沒有老實到糊塗的地步，撒謊說道：「這麼多年，亞琴說沒地方找出原物來了。」姊姊才無奈地說道：「看到她，要她再找找看。鑽戒再值錢，也不能頂替傳家的東西。我們不占這個便宜。」梅珍知道鑽戒的來歷，對我翻了個白眼，弄不清楚是什麼意思。

回去路上，梅珍覺得我姊姊、妹妹都容易相處。我說，我弟弟也很好，很重兄弟感情。父母死得早，必須相依為命，感情就特別深。由此看來，窮不完全是壞事。窮了，兄弟姊妹沒有財產可奪，反而是以手足之情為重，相親相扶持。反過來，那些富貴人家，兄弟姊妹間為了權利、財產，彼此爭奪，水火不相容，甚至殺來殺去，仇恨比冤家還深。我想他們的祖宗、父母，在九泉之下也不會安息的吧。梅珍談到，她和她弟弟，雖說不上好，卻也不親切，更不互相關心愛護。自己的親父母是個什麼情形？自己有沒有親兄弟？這一切都不知道。有時想起來，總覺得自己孤苦伶仃，無依無靠。

「結婚以後，我們去找你親父母好不好？」

「你說好，我說不好，有這個理嗎？可是我都記不起是哪個村子了。」

「慢慢詢問，總可以找到的吧。」

「到了陸區橋，我想該記得起怎麼走回家的路的。」

「這就好。不知為什麼，我對你養父母也沒有什麼好感。家裡總得有一個老人，俗話說，家有一老，勝如一寶。」

「我也這麼想，不過我在章家可真住怕了哩。」

「這裡是岔路口了。向東，是章萬源家；向西，是我的家。我得上班了，你怎麼樣？」

「我回家。」

「哪一個家呢？」

「當然是我自己的家。」她嫣然一笑，向西走了。

我高興地叫住她，向她交出了房門鑰匙。「我一結束工作就回來，點心也不吃報館的了。你看著辦吧，回頭見！」

第十七節

臘月十五以後，請吃年夜飯的紛至沓來。當地習慣，未婚者只能上別人家吃年夜飯，卻不具備請人吃年夜飯的資格。陰曆二十三祭灶前一天，我接到亞琴丈夫的電話，約我晚上去吃飯。中秋以後，我就沒有再上他家去過，有點躊躇。他說：「氣頭上說的話，還能認真一輩子？你還要不要我上你家來喝喜酒？要不要我明年吃你的年夜飯？話對你挑明了講，那二十兩黃魚，可是我名下劃出來的，和亞琴不相干。你自己去想明白，不來拉倒！」

壬午級友，這晚來了不少，團團坐下，連主人主婦，合共三桌。和我來往密切的，除流亡在外的常祖蔭、在南京任簡任官的馮玉岱、在北平做進出口生意的楊光輝、在美國學成行醫的孫彥外，王祖瑩、孫家驤、秦載如、嵇逢儒、諸啟楣等都來了，但是這些人中具備請吃年夜飯資格的還不多，各有各的苦衷。

王祖瑩肖豬，這年二十五歲，是名聞遐邇的王興記餛飩館和均益百貨公司的小老闆。王家的財富，靠他媽媽坐在門口一隻一隻包餛飩慢慢積累起來。積二十年，達到獨資開設百貨公司的規模。又五年後即今年，達到營造房產、開設參藥行的規模。王興記餛飩的有名在於湯好，一樣用豬骨頭、鱔魚骨頭、蝦殼熬湯，別家熬不出王興記那樣的味道來。祕訣何在？王家從來祕而不宣。對此，同行間謠諑紛紛，有說王興記是用蚯蚓熬的湯，有說餛飩餡裡混有蚯蚓肉。謠諑的目的當然在於中傷，因為這種俗稱為地龍的蠕形動物，雖然營養豐富，但古今中外都未列入食譜，一些人看著甚至想著都會噁心嘔吐，所以除某些病人非吃不可外，無人敢去問津。然而事實勝於雄辯，王興記的包餛飩、熬湯過程全部公開，聽人參觀、檢查、監督，中傷終於失敗，生意一直不衰。

王祖瑩不結婚的原因之一是有肺結核病，女家一聽到「癆病」兩個字就退避三舍，任你把金山銀山堆在門口也不敢答應攀親。另一原因在他本人身上，他是共產黨祕密黨員，對那些沒有政治理想的平庸女子，根本看不上眼，也就只好陽春白雪、曲高和寡。去年春天，他到了失卻嗓音的危重階段，父母憂心如搗，把價貴如金的美國新發明特效藥鏈黴素當自來水那樣灌進他血管裡，他才由此起死回生，而且奇蹟般地日漸好轉，如今已能四處走動。

今晚為了防止傳染，他向主人多要一副筷子、調羹、盛菜碗，夾菜和進嘴分開。說來遺憾，我到此為止，竟還沒有信仰，對信仰的力量，更是一無所知。佛教徒為了信仰，茹食、不娶、勞作、立關、面壁，吃盡人間辛苦而不渝堅貞，一旦圓寂火化，向人間留下幾顆舍利子而去。對此我是不理解的。現在看到王祖瑩身患痼疾沉痾，依靠父母愛子之心，用大量剝削所得，仰仗帝國主義科學發明，才活了下來。然而信仰絲毫不改，仍在暗中日夜盤算如何奪取政權，消滅資產階級，把二十五年來剝削所得如數交還無產階級。父母重則上斷頭臺，輕則被放逐到國外當白華。這是否也是一種反哺之道？我又是不理解的。

孫家驤的不結婚，原因是投機失敗，比較單純。他在上海做股票生意的全盛時期，春夏秋冬有五十六套培羅蒙[1]師傅縫製的西裝替換穿著，加上英俊瀟灑，鄰里未婚姑娘追逐他的很多。他最終選中了漂亮、溫柔但是家境欠佳的邱姓姑娘。雖還沒有正式獲得女婿地位，卻把她媽媽和她弟弟一家四口的衣食住行、供書上學都包了下來。這時候邱家媽媽對這沒上門的姑爺真是百般疼愛，噓寒問暖，遞茶打飯，既像傭婦丫環，更像親生媽媽。但是好景不長，在宋美齡操縱的一次統一丙種公債跌風中，他得不到南京方面的祕密情報，看漲不看跌，做多不做空，到期交割，一夜之間成了窮光蛋，負債累累，差一點要上國際飯店二十四層去跳樓。如今回到故鄉，當了一個「十隻黃貓九隻雄，十個先生九個窮」的中學老師。

他失敗以後，邱姓姑娘不知道他已經完了，還去找他。他對她明說現在他比她還窮，因為她沒有負債而他負著有可能一世也清償不了的債。她哭了，走了。他沒有挽留。他的看法是，喪失了金錢，也就喪失了一切。在這種情況下還要同姑娘牽絲攀藤下去，後果只能是再去跳樓。具有炒股投機勇氣的孫家驤不失為一個「抓得起、放得下」的男子漢，對白白丟在邱姓姑娘身上的錢毫不感到可惜。他說：「如果我不花這筆錢，那麼這一次失敗照樣會把這筆錢一掃而空，絕不會因為不花就留給我。邱姑娘沒有說要拋棄我，我從來不責備她。相反，是我拋棄了她，當然不是我喜歡拋棄她，所以但願她也不責備我。我是人不是狐狸。這株葡萄我本來是能吃到的。我用金錢做墊腳，只

1 培羅蒙：上海著名西服公司，創建於一九二八年，以西服、大衣為代表，憑藉技術精湛，選料新穎，風格獨特而聞名中外。創辦者為許達昌（一八九五—一九九一）先生。

是因為她說等她畢了業再結婚才沒有結婚。但是我不幸失去了墊腳物，葡萄就太高了，攀不著了。我就賭氣不吃，而且說，葡萄是甜的，一點也不酸，不過只能留給攀得著的幸運兒去吃。」

秦載如還沒有結婚的原因是太胖，天性純孝又使他失卻了難得的機會。他家是當地的望族，父親是金融界的名流，母親生下八個兒子，意猶未盡，還把我認作乾兒子。他當時體重在七十五公斤左右，愛吃，然而不愛付錢。同學上菜館、酒樓或點心店，請他他必到，不請他他也自到，吃完以後，照例不付錢，只是呆坐一旁，連個掏口袋的假動作也不做。如此既久，我們深感他只進不出，老不出血，肥胖程度必將有增無減，對他的健康不利，故想作弄他一下，叫他出出血才好。於是串通好，定下一桌魚翅宴，約他吃飯，看看差不多了，八個人託故先走，剩下我和他兩個。我勸他放杯大嚼，推說去小便，也溜走了。我們以為這一回他非出血不可，結果他還是沒有付錢。第二天酒樓夥計拿著他簽名背書的帳單向我收了帳。原來他看到我一去不回，方知不妙，卻不動聲色，把跑堂叫來，問他說：「你該認識繡先生吧？」跑堂說認識。於是他說：「今天繡先生請客，有事先走，託我在此料理。你把帳單開來。」之後他拔出鋼筆，在帳單背後簽上名，寫道：「此帳由阿繡照付，小帳另結。」他連小帳也不付就揚長而去。

但是我們對他不但毫無討厭情緒，反而極表尊重。因為他不是吝嗇，而是不願把錢花在據他說是無謂浪費的飲宴遊樂之中。孫家驤投機失敗急需相當於四十件棉紗的款項料理債務，打電報給級友會求援時，我們感到數字過大，無不面面相覷。這時秦載如義形於色，說道：「還等什麼？救命要緊，立即回電，兩天後匯出。四十件分作四份，我出一份，祖瑩一份，亞琴丈夫一份，其餘一份，你們九個人去分攤，兩天內交齊，不許討價還價。」而後他眉頭不皺，當場開出了票額相當於十件棉紗的即期支票。

乾媽愛子心切，不責備她這兒子過於肥胖，致使姑娘看到姑爺的影子就裹足不前，而是責備我們同學只顧自己，不肯替秦載如盡心盡力。常祖蔭勉為其難，在電力公司職員群中，找到一位瘦弱的姑娘，體重有可能在四十五公斤以下。兩相見面以後，瘦弱姑娘居然對胖漢無所畏懼。喜出望外之餘，也有點疑惑，進一步打聽以後，據說姑娘似乎墮過胎，保住了命卻把身子弄壞了。秦載如宅心仁厚，吩咐不管所聞是真是假，誰也不許張揚，而後回覆姑娘家裡派來的媒人說：「姑娘不幸過於瘦弱，賤軀卻有不斷增重趨勢，有負盛意，務請垂諒。」他認為，倘非赤兔馬，絕無以載身軀沉重的關雲長。

不久我在法院找到一位赤兔馬型的書記趙姑娘，體重六十五公斤，結婚以後，可望迅速增重到和關雲長不相上下的程度。雙方見面以後，都很滿意，關雲長拜訪赤兔馬，赤兔馬回訪關雲長，樂得我乾媽逢人就稱讚我，自詡收我做乾兒子絕沒有錯。不想有次胖漢來訪時，胖姑娘正在洗腳，她一見心上人來到，趕緊把腳擦乾，直著嗓子叫她媽媽倒去她的洗腳水，本人歡天喜地接待胖漢去了。從此以後，秦載如不出惡聲同趙書記中斷了來往。我乾媽急得要命，他說：「媽媽，你年紀一年大如一年了。你有八個兒子，加上阿繡，一共九個。假如你以後每晚上都要替媳婦倒掉九盆洗腳水，自己還有一盆，你會累壞的。」我不以為然，覺得可以向她開導開導，洗腳水應該自己倒掉。像這種千里駒，並不是唾手可得的。他說：「看人要從細小處去看，從大事情去看，根本看不準。談戀愛時候，一般都會想方設法不暴露自己的真面目。對方的信誓旦旦，你不妨聽一聽，但是不能忽略細小處無意流露出來的情節，這才是真面目。多謝你費心奔走，我覺得自己在這方面很難有指望，但是我又不能因為難有指望就撿到籃裡都是菜。這樣有可能後患無窮。」

嵇逢儒的家人也是當地望族，嵇三閣老的後人。父親早逝，母親含辛茹苦撫養大了他和他的兩個姊姊，一個妹妹。他的戀愛幾乎沒有波折，兩年以前，他在滬江大學物理系攻讀期間，做胃切除手術住進同濟醫院，為此只好推遲畢業時間，卻意外獲得了醫院護士之花劉小姐的傾心。其間，嵇逢儒忽然心血來潮，覺得劉小姐大他一歲，情緒有點不穩，對我透露說：「人無遠慮，必有近憂。我十九，她二十，這不要緊；我廿九，她三十，也還過得去；我三十九，她四十，就有點不妙；我四十九，她五十，簡直不堪設想。」這以後他對劉小姐就有些疏遠。劉小姐始則茫然不解這冤家為何忽然無緣無故變了心，繼而大哭一場，遠道前來，求助於我，要弄清究竟。我吐露了實情，勸劉小姐先不要難過，能治嵇逢儒的，只有她媽媽，媽媽說東，他不敢向西，要是他媽媽和他想到一起去了，你再大哭一場還來得及。劉小姐收淚道謝而去。第二天，他媽媽乘車到上海，把嵇逢儒罵了個狗血噴頭。他媽媽說：「這麼個好媳婦，你不要，你還想要誰？你不想想你開刀以後，是誰沒日沒夜看護你？是她的班她在，不是她的班她還在，沒有拿一分錢護理費。大一歲要什麼緊？你是二月養的，她是十二月生日，大你還不到三個月。俗話說：『女大一，黃金堆屋脊。』[2]想找大一歲的還不好找哩。我是認定她做媳婦的了。你要另找姑娘就別做我的兒子。」嵇逢儒這時只能裝癡作呆，把一桶髒水全倒在我身上。他對媽媽說，這件事全是阿繡在鼓搗、攛掇，他本人可從來就沒想到過要拋棄劉小姐。

明年夏天嵇逢儒就要畢業，英租界電話局已經預先向他定聘。這時也就是他和劉小姐的佳期，他覺得完全趕得上在明年臘月請大家吃年夜飯。

「你們這一對，可真是珠聯璧合。」早已結婚生子的諸啟楣對嵇逢儒和劉小姐大為讚嘆。

「你和蔣韻清太太不也是珠聯璧合嗎？」亞琴說道。

「你稱讚賤內是珠，是璧，我很感謝。但我差得太遠，你看看我這兜腮鬍子。我要是顆珠，那是帶著毛的珠。我要是塊璧，那是發了黴的璧。」

「你就別謙虛了。」亞琴笑著說，「沒有鬍子，像個太監，又有什麼好看？」

「好看不好看，還得問問韻清太太。」亞琴丈夫湊趣說道。

「請別取笑我這個鄉下女人吧。」韻清太太羞怯地說。

諸啟楣的家是東亭鎮有名的大戶，父親是中醫，有兩百多畝田、一家藥鋪。他剛滿十八歲時，父親就迫不及待聘華埭鎮蔣姓大戶的十六歲女兒韻清小姐為媳，商定過兩年結婚。如期，父親來城要兒子回鄉成婚，兒子聽也不聽就撇下父親走出門去了。他憤憤不平地告訴我說：「我老頭，實在老到悖時了，也不問問今年是哪一年，到了什麼時代，照搬老黃曆，辦這種父母之命、媒妁之言的封建包辦婚姻，置兒女幸福於不顧，實在太不應該。」

可憐的郎中先生耐著性子在城裡找了半個月，不知道他兒子究竟在哪裡。他明白，兒子有一批甘為朋友兩肋插刀的肝膽兄弟在掩護，憑他那麼個鄉巴佬，人生地不熟，住半年也未必找到的，於是託我幫忙，說道：「我倒不是一定要啟楣回去成親，只是他該回去看一看。中意呢，就成親；不中意，我再想法退親。我也不能耽誤別人家閨女一輩子。我老了，這麼大個城市，哪能敲著鑼一條條街區叫魂？千萬拜託你這位世兄，把我這番意思說給他聽，叫

[2]「女大二」句：另有一說：「女大一，抱金雞。妻大二，黃金堆屋脊。」

他務必回鄉一趟。」原來老郎中過於武斷自信，定這門親時，這當事人相親的手續也未履行，老人家自己相一相就做主定下了，所以也可以說如今是在自食其果。

我覺得老郎中這番話也有道理，事情不容忽視，好好壞壞，總要有個了斷，避而不見不是辦法，於是把兄弟找齊，一起共商良策。諸啟楣覺得這裡頭難保沒有陰謀詭計，一到鄉下，身不由己，族長公親一大堆，勢單力薄，恐怕不是這幫封建餘孽的對手，那時就不妙了。但是兄弟們一致認為，應該回去一趟，光明磊落表明一個態度，趁機可以向鄉親宣傳演講一番，控訴封建包辦買賣婚姻，爭取自由幸福。反封建要反得有個樣子，既反就不怕，要怕就不反，豈有反封建戰士怕封建餘孽之理？何況腳到底長在自己的肚子底下，能去，也就能回。捆綁成不了夫妻。牛不喝水，誰有這大力氣把牛頭按到水裡？

諸啟楣最後同意明天就回去看看，後天從東亭到華埭，向對造表明態度後回東亭，再後天就可以回城。隨後大家議定，今日易水餞行，由阿繡接受老郎中委託而起，帳還是阿繡去付。但荊軻活著回來，例當接風，錢該誰出？大多數意見認為由秦載如付比較合適。略有爭執之後，秦載如答應可以考慮，因為這和無謂的飲宴遊樂在性質上是不同的。

結果等到第十二天，諸啟楣才精神抖擻、揮灑自如地出現在我面前，交給我一張大紅請帖，說道：「家父命我向你鄭重致謝。我同意和蔣韻清小姐結婚，這是請帖，請你務必光臨。」

諸啟楣的自由戀愛對象，是一家洋行的會計葉小姐。葉小姐固然儀態萬方，美麗可愛，但吃洋行飯的人，眼睛生在囟門上，對土頭土腦、滿腮鬍子的鄉下小財東，不一定就放得到視界之內，諸啟楣在她那顆芳心裡的地位，是有也可以，沒有也無所謂的。他回家以後，第二天奉父親之命，跟媒人到了華埭，同蔣小姐首次晤面，一見之後，魂靈兒立刻飛向天外。原來蔣小姐是華埭鄉「一隻鼎[3]」，比他夢寐以求的葉小姐還要漂亮，而且眼睛生在眉毛底下，並不高傲自賞，只是不梳披肩髮，不穿協和服，不像葉小姐那樣有輪廓分明的曲線而已。談話之間，他問蔣小姐，如果他竟不回來，她會怎樣看待這門親事？蔣小姐本著三從四德的封建原理，羞怯怯地回答說：「那就是我命

3 一隻鼎：上海話中的常用的俚語，用來形容一個人或事物十分出色、傑出、非常厲害。

不好，註定要做望門寡，只好認了。」他那好不容易回到軀殼的靈魂，被這句話弄得震顫不已，覺得她如此一往情深，純潔真誠，若竟辜負，就不能算是正常之人了。於是這位反封建戰士一觸即潰，向蔣小姐跪地繳械投降歸順。

「我們有個很大的缺點，」他又像自責，又像責備別人那樣說道，「那就是教條主義氣息過濃。這也難怪，我們畢竟都還年輕，經驗和閱歷都還不足。」

「你能不能把那個『們』字拿掉？別人我管不著，至少我是力勸你回去看看再說的。你打了敗仗你就自己負責，別把不相干的人拖進去。」

「我沒有失敗，你這種看法證明你確有教條主義。我回鄉一趟，在克服教條主義方面前進了一大步。我希望我們能同樣不斷進步。」

荊軻雖然屈膝投降，接風還是照樣舉行，他在席上一一發了請帖。對他忽然同意結婚，大家毫無意見，聖賢也有錯誤，改了就好，何況這種錯誤害的只是他自己，害不著別人。但是對他所說的教條主義人人有份，群情激奮，公議應予懲罰，全體下鄉賀婚，從前三朝吃到後三朝，整整吃七天酒席。秦載如拒絕支付接風費用，認為付了只是當個冤大頭，他沒有那麼傻。後來只好由諸啟楣自己去接自己的風，秦載如還是白吃一頓，保持付款零紀錄。

亞琴丈夫替我宣布了元宵和梅珍小姐結婚的消息，大家無比高興，祝賀我人財兩得。我說：「一切都靠朋友幫襯，以後還請多多關照，請帖在過完年後一一奉上。明年此時，我當和拙荊在舍下恭候各位光臨。」大家以今晚我沒有帶她同來為憾，亞琴說道：「我見過，是個很秀氣、很文靜的姑娘。」我說道：「不差幾天了，醜媳婦總要見公婆、叔伯、姑子面的。」

辭別主人夫婦，各自歸散，我和秦載如，與孫家驤同路。開始下起雪來，路上鋪起一層薄薄的積雪，踩著令人舒適。每個人呼出的氣息都凝成一團白霧，但下雪天不算太冷，不像化雪天那樣凌厲砭骨。

「你表示出你的度量，沒有表示出你的明智。」我對孫家驤說道，「邱姑娘拒絕了你嗎？你應該徵求她的意見的。」

「她媽媽是拒絕了我的，我認為理所當然。愛情和婚姻不是一回事。愛情是自然行為，產生、發展或者消失，並不總同金錢發生關係。婚姻卻是社會行為，社會是經濟關係構築起來的，它的行為也就必然同經濟聯繫到一起。

我嘗到過金錢的甜頭，就懼怕失去金錢的苦頭。得失只在一念之間。如果我不做多而做空，那麼現在我將會得到你們的羨慕而不是同情和勸慰。不，不說它了，這是命運。」

「說起命運，我想起來了。今年秋天，有個不是星相家的星相家替我算了一命，他說我這幾年是運交桃運而命宮不動喜星，結不成婚。他甚至說我是遲婚的命。現在看來他算得不準。」

「這不奇怪。」孫家驤漫不經心地解釋說道，「算命先生本領參差不齊，學問有高有低。」

「你說呢？」我問秦載如。

「我於此一竅不通，無話可說。你需要我幫什麼忙嗎？」

「謝謝，暫時無須，有事再請。我得拐彎了，去結束一下工作。再見。」

第十八節

梅珍在我姊姊家參加我家的祭祖以後，到小除夕，和我一起生活了十多天，和諧協調，使我感到無比美滿幸福。只是到了大除夕，她才想起必須回到自己的家去和養父母過年，否則就太不像話，會招惹議論了。當地習俗，定親以後到結婚以前，女婿是不能上岳家更不能在岳家住宿的，去了的叫做「貓腳女婿」，意思是肯定會「偷魚吃」。雖然去了不算犯法，但會給人留下笑柄。梅珍像隻依人小鳥那樣，自投羅網，驅之不去，我自然樂得「循規蹈矩」，連年賀禮也派根發哥送到章家，裝出一副不偷魚吃的正人君子模樣。章氏夫婦心裡明白，眼開眼閉，「女大不中留」，只要大除夕坐在一起吃年夜飯，交代得過去，也就無話可說了。

抗日戰爭以前，我家父母雙全還過得去的時候，每到年關，媽媽就會請人來蒸年糕。蒸年糕是非常忙、非常麻煩的一件大事，先要有人來把糯米、粳米按二八或三七比例洗淨晾乾，之後等待兩個壯漢抬一臺大石磨來磨粉。石磨的直徑將近一米，要它轉動，壯漢得用一根粗大的硬木棍，插進石磨邊上的洞眼裡，之後將它頂在自己的肚子上，向前走動。兩個人輪換著不停地轉圈子，半天還磨不完五斗米。磨出粉以後，還要用細羅篩篩去粗粉。從洗米到磨成糕粉，一般要用兩天時間。我和弟弟趁磨粉人抽袋煙、歇口氣的工夫，也想去磨粉，儘管我們兩人用盡力氣，漲紅面孔，石磨也不過懶洋洋地勉強轉動了幾寸，而後換得了磨粉人的干涉和媽媽的呵斥。他們怕我們不小心弄斷好不容易用明礬和鐵焊在石磨圓心洞眼裡的鐵製磨心。磨心一斷，粉就無法磨了，修復要花很多時間。磨粉人至多允許在他推磨的時候，讓我們用另一根硬木棍插在另一側的洞眼裡，跟著他轉圈子。這不要我們用什麼力氣，但是同南郭先生吹竽完全一樣，反而提不起我們的興趣，轉了七八圈至多十幾圈後，索然無味，也就自動作罷。

蒸糕那天，矮媽媽、阿菊要預先把門板、長桌、床擱板等洗抹乾淨備用，而後伺候燒火，把廚房裡燒得一片霧氣騰騰。蒸糕師傅揎衣捋袖，和粉和糖上甑，糕粉熟後，倒在門板上，配上醃製好的蜜桂花、蜜玫瑰，用力揉搓成糕，再用絲線割成方磚或房磚大小，趁熱蓋上一個蝴蝶、蝙蝠的食紅圖案印，抹上麻油，於是我們一家齊上陣，把製成的年糕一塊塊移到長桌、飯桌、床擱板等等之上去攤涼。蒸糕師傅還能用一隻飯碗做簡單工具，做出一隻隻「元寶」、「壽桃」，又快又好看。這是祭祖和供財神用的。最後一甑是蜜糕，配料特別講究，要加入板豬油、核桃肉、瓜子以及各色蜜餞，專供父親吃，不許孩子染指。其實我對年糕、蜜糕、「元寶」、「壽桃」一概興趣不大，愛吃的是倒在門板上還沒有加工的糕坯，俗名叫做「長粉」。「長」是生長、成長的「長」，不是長短之「長」，意思是吃到它又長了一歲了。蒸一甑，吃一小團，熱氣騰騰，燙到拿不到手。等師傅動手做蜜糕，我早把長粉塞滿肚子，直到喉嚨口，不想也不能再吃任何其他東西。

媽媽還在大年初一做茶葉蛋，以備初二開始款待來客之用。這倒不費什麼事，把一批雞蛋煮熟，敲裂蛋殼，但不剝下來，而後煮一鍋綠茶，加入八角茴香，把雞蛋放進去再煮，之後就放在微火上保溫，發出特別好聞的香味。剝開後，蛋白上滿是褐色的碎瓷紋，別致又好看，蘸細鹽吃，味道又香又美。

我對梅珍說道：「也不知道什麼道理，這裡有房子，有家具，被鋪、衣服、碗盞俱全，卻算不了一個家，而只是單身漢的宿舍、住所。看來沒有女人就成不了家。你過門以後，我們要把家像模像樣地按照夫妻敬愛、上慈下孝、兄弟友悌的標準建立起來。看來，家是一個倫理概念，財富不是不需要，卻又不是主要的。亞琴太太家是早上起來吃燕窩，吃牛奶雞蛋，我和你清茶一杯，大餅油條豆腐漿，哪家幸福呢？」梅珍同意我的看法，說道：「我們章家，錢也多到用不完，可是我在我那個家裡，從來就體會不到幸福。現在應該可以熬出頭了吧。」

然而，在我沉浸在對家的憧憬和嚮往的同時，煥群先生的「激烈手段」也在一步步實施之中。梅珍大概沒有回心轉意，章萬源先生保衛財產的執著恐怕也不可能一疏就通。

梅珍到初七上午才來到我的住所，顏色憔悴，滿面憂慮，一個星期不見似乎瘦了好些。我高興而又疑慮，問她是否病了。她搖搖頭。問她是否過年太忙累壞了，她不回答。問她是否又在家裡碰到了不順心的事情，她未置可否，只是眼圈一紅掉了淚。我想肯定又是和老兩口慪了氣，說道：「算了，別往心裡去，再過幾天，船頭不就撐開了?別難過。」

「沒有不順心的事，爸爸媽媽最近對我還好。」

「這就對了嘛，好來有個好散。那麼你是另有心事吧？」

「沒有。」

可是她無緣無故一直在掉淚。

我有了經驗，不到萬不得已，她輕易不會把心事說出來，追問也沒有用。所以我說了句「新年新歲的，別哭嘛。沒有心事就好。」也就算是安慰她了。但是我心裡想，怎麼會有沒有心事就掉淚的道理？你愛掉就掉一陣眼淚再說，真有心事，你不對我說又對誰說？

果然，她不久後告訴我，寧紹小學校長沒有續發聘書給她，她弄不清原因就失業了。我反而笑起來說道：「不發就不發，這也值得掉眼淚？你專心一志做新嫁娘就是了。總不至於餓著你吧。就算如今的姑娘時髦講個經濟獨立，那麼我還有點朋友，總可以找到事做，說不定還強如當個小學教員。『人手足刀尺。……小貓三隻四隻，白布五匹六匹。』[1]淨吃些粉筆灰。」

「我不是這個意思。做得好好的，從來不失職，校長沒有理由不要我。」她用手背去抹眼淚。我趕緊用手帕替她擦乾，就勢把她抱在懷裡，說道：「爭什麼？我還是那句話，不發就不發。我一轉年最上勁的是去催家具，就是去年祭灶那天同學合送的那套柳桉家具，樣子是不錯的。該死的老闆說，最遲十二、最快初十才能送到，誤不了事。當然，他也有難處，手下人新年裡一開賭就昏了頭，不過元宵很難見到人影。」我放開她，拿出姊姊送來的幾套衣料：「質地不錯，花色不知道你中不中意？姊姊說，她和世泰盛夥計說好的，不中意可以去換。你看看，怎麼樣？現在馬上裁，可以趕出來的。」

「先放著吧。」她似乎不熱衷，「衣服我自己有，怕還穿不完。」

「你的叫嫁妝，」我故意逗樂說，「那是穿一穿就要收起來的。好女不穿嫁時衣[2]。」

然而她還是樂不起來，而且似乎眼圈又紅了一紅。

有的人只要有一點不愉快，就存在心裡放不開，梅珍很可能就是這樣的人。我要她別悶在這房子裡，出去走走

1 「人手足刀尺」句：小孩啟蒙書，第一頁教認字，第一句就是「人手足刀尺」。

2 好女不穿嫁時衣：語本《儒林外史》第十一回：「小姐道：『好男不吃分家飯，好女不穿嫁時衣。』」

散散心，順便上家具店再催催，一起去吃頓午飯。她說她不想出去，也不餓，陪我坐坐就好。我嘆口氣說：「為這點小事，愁壞了身體，可真不值得。」

是不是我的關懷終於感動了她？她忽然漲紅了臉，倒在我懷裡，要求我再親熱她一次。

「你今晚住在這裡不行嗎？」

「不好，媽媽會罵的。」

「你不住了十來個晚上嗎？」

「媽媽知道我在這裡，才沒有打。我該怎麼說才好呢？」

這也沒有必要囉嗦，只要她不愁、不哭，愉快起來，我自然不吝嗇我能做到的一切。

這樣一來她的情緒似乎好了些，不那麼愁容滿面了，於是我自作主張煮了點麵條，伺候她洗過臉，梳過頭，勸她也吃一點，順便向她徵求了家具一旦送過來該怎麼布置陳設的意見。她說：「你看著辦，就按你的意思擺設，我都可以。」

大約下午兩點，她說：「我得回家去了。」

「好吧。」我沒有挽留。這裡實際上已經是她的家了，房門鑰匙早就給她了：「我確實還要睡一睡，你在這裡，我根本沒法睡得著，今天連午睡都沒有睡得著。我晚上還要工作。」

但是她並不馬上走，磨磨蹭蹭地，癡癡地看著我，好像又要掉淚。

「你今天是怎麼啦？」我不理解了，「解聘就解聘，別把這放在心裡，你是不是還有別的事在心裡磨不開？」

「沒有。」聽來她的語調也還正常，「那麼，我走了。」

我挽著她手臂，送出門，送出巷口，想送到她家附近。她在巷口阻止我，要我回去好好睡一覺，當我依言轉身的時候，她又把我拉住，用我前所未見的深情的眼色凝視著我足足有兩分鐘，而後用近於顫慄的語調說道：「我走了！」在她轉過身軀的時候，我瞥見她似乎又在掉淚。我不很放心，捉住她的臂膊，沒有錯，她的眼淚已經掛在臉頰上，不等我開口，她哽咽著說道：「你回去，我沒什麼。弄不清楚心裡為什麼總是很難受，不要緊的，別為我擔心。」說完她一邊抹淚，一邊走了。

「真怪！」這個念頭一閃而過，但是我沒有接著仔細去追究這天發生的一切。我正深深地留在歡樂、幸福、憧憬的嚮往裡爬不出來，而樂極生悲是一條規律，在生活中總會發生。釀成不幸的原因因人而異，於我則是輕信，由輕信而疏忽大意。大風起於萍末。疏忽大意也就無從見微知著。

初八上午九點，根發哥匆匆來敲門，我還沒有起床。他說：「章萬源酒坊來電話，有急事找您，要我立即打電話過去或者親自去一趟。」我問誰打來的電話，他說：「不清楚，是個女人的聲音。」我問：「什麼事這麼急？」根發哥說：「我沒有問，她沒有說。」

電話接通，梅珍媽媽劈頭就問：「梅珍在不在你那裡？昨晚有沒有睡在你那裡？」我說：「梅珍是昨天十一點上我家來的，下午兩點多就說要回家去了。她還沒有回家？」梅珍媽媽失聲說道：「啊呀不好了，梅珍丟了。你馬上來，我把什麼都告訴你。」

這麼個大人，丟了？我一時急得六神無主，直到話筒發出「嗡嗡」的聲音，我才想起梅珍媽媽早就掛斷了電話。

第十九節

梅珍媽媽不擅長說話，從她嚕嚕嗦嗦、顛顛倒倒、重重複複的敘述裡，可以整理出來的是：初四下午，梅珍媽媽忽然看見煥群先生在她店門口轉來轉去。梅珍住在沿街樓上，也看到了。晚上關店後，梅珍對媽媽說：「別理睬，我不下樓，也不出門就是了。」這一夜，母女兩人都沒有睡好覺。初五，梅珍接到一封信，看完後倒在床上哭，也沒有吃飯。梅珍媽媽問：「到底是怎麼回事，信上說些什麼？」梅珍不回答，只是哭起來，說：「我只好去死。」梅珍媽媽說：「你要死我不管，只是別人聘禮都送來了，你別害我，不能死在我家。兩家人家，你挑一家去死。」

話雖這麼說，但畢竟從小養了十七八年，故一面把家裡、店裡的繩子、利器都收了起來，一面只好向章老先生直說出來，向老頭子討個主意。章萬源先生說道：「我也沒有辦法想，又不能把梅珍一劈兩半。按我的意思辦，我貼出一副嫁妝；不按我的意思辦，穿著隨身衣服走，以後就別回來了。」初六早上，梅珍要出門，問她上哪裡去，她說：「信上約今天到縣總部去，當著書記的面把事情說清楚。」回來已經兩點多，沒有在家吃飯。初七，也就是昨天，梅珍媽媽說：「繡先生還睡在鼓裡，你得去說一說情形，好好歹歹，總要同他商量一下。」梅珍又哭了起來，說道：「現在叫我對阿繡怎麼說？」哭了半天，快中午十一點才出門去，至今沒有回來。梅珍媽媽本以為梅珍是來找我的，夜晚不見回來，又以為我把她留住了，心想這樣一來也好，我總會拿出一個解決辦法來的，倒睡了個安穩覺。今天起來想想又不放心，所以打個電話到報館找我，梅珍要是確實在我家裡，那就問問我拿的是什麼主意。

我聽到這裡，心裡完全亂了，一點主意也拿不出來。梅珍媽媽看到我傻傻的、六神無主的樣子，打電話給楊先生，請他過來一起商量怎麼辦。

什麼叫著急？在此之前，我竟是不瞭解的。經過這場變故，才明白著急源於情況不明。情況既明，也就不著急了。這年秋天，弟弟急信來說，表叔自作主張，把妹妹送給某家做了童養媳，現在發現這男孩子十八歲就嫖妓宿娼，得趕緊把妹妹領回來。姊姊要我在半個月內辦完這件事情，我說：「我連夜就走，先到上海，搭上達豐輪，睡一覺，明天可到天生港的。」

當夜到上海，買了船票，才七點，離開船還有五個小時，就到以影星陳娟娟[1]為首開設的「四姊妹咖啡廳」喝咖啡消遣。無巧不巧，看到秀蘭和兩位小姐也在。她介紹過兩位小姐的名字，印象不深，聽過也就忘了。她問我此來何為，我如實相告，反問她要不要同我去南通玩玩。她說目前媽媽的病雖然已經脫離危險期，卻也走不開，不去了。於是跳舞，跳到九點，秀蘭請我去喝夜酒。我說：「輪船十二點開，別誤了。」秀蘭說：「保證誤不了。」於是四人喝起酒來，又說又笑，好不熱鬧，忘乎所以。等我突然想起此來不是為陪秀蘭喝酒，跳起來趕到碼頭，達豐輪開出已近二十分鐘。

我面對滔滔黃浦江跺腳，肚子裡把秀蘭罵個狗血噴頭，然而已無可挽回，發狠把船票撕了。本想明晚搭另一班輪船，轉而一想，不如搭車先回，明早搭內河船到十一圩，擺渡過長江到南通更快。於是搭當夜夜車回去，先到報館，看了看請人代發的大樣，覺得很累，倒在樓上宿舍床鋪上睡了，也是合該有事，睡下不久就鼻塞身重，發起燒來，起不了床。想來是多喝了酒，在黃浦江吹了風受了寒，不由得又在肚子把秀蘭痛罵一頓。

只過一天，我才知道秀蘭是不該給我如此惡毒咒罵的，她是我的救命恩人，我該向他她磕個頭才是正理。達豐輪開出以後，快到天生港附近，忽然沉沒在江裡，據估計有四百多乘客罹難，到發稿為止，已撈到的屍首為一百多具，其餘屍首可能已被江流沖向下游。

我姊姊知道達豐輪沉船消息後，一算，我恰恰是這條江輪的船客。這一急非同小可，立即發電報問弟弟，我到達沒有。弟弟收到電報，這一急也非同小可，立即趕到天生港向輪船公司查問旅客名單。公司答覆說：「很對不起，旅客名單只有飛機、海輪才有，江輪可是沒有的。先生若有親屬不幸遇難，還是請到江邊去認一認屍首，看

---

1 陳娟娟（一九二九—一九七六）：原名陳素娟，祖籍四川樂山，生於馬來安（今馬來西亞柔佛），香港電影演員、導演。中國影壇上一位傑出的童星，被譽為中國的秀蘭・鄧波兒。代表作品有《為國爭光》等。

看在內不在內。若不在內，要煩耐心等一等，公司還在繼續打撈。再不然，可以沿江看一看，一路都有零散屍首被撈上來的。若還沒有，那就是悶在艙裡浮不上水面來，公司也就力不從心、愛莫能助了。」弟弟硬著頭皮，領著妹妹，同尚餘八十多具死屍一一照了面，沒有。弟弟渾身酥軟，流著淚回電報向姊姊報稱我失蹤，不敢用「凶多吉少」四個字，而後以找尋兄長為名，帶妹妹上了開往上海的輪船，坐在船頭上，看看能否恰好發現哥哥漂浮的屍體。

姊姊接到弟弟回電後大哭一場，急得一口水也喝不下去。她肯定我十成有九成九已經淹死，但還抱著零點一的希望，就是我當夜未能成行。憑著這零點一的希望，她先上我的住所，看看門戶緊鎖，心裡一陣緊縮，倒抽一口冷氣，望門又哭了一場。而後走遍我朋友各家，接受了每個朋友的渺渺茫茫的安慰，流淚而去。最後出於無奈，到了她發誓今生不願相見的亞琴家裡，低聲下氣向亞琴請教。亞琴這時候還對我窩著一肚子惱火，一聽之下，嚇了一跳，惱火轉為著急。她提醒我姊姊，報館後樓有個宿舍，有我一張床鋪，若這裡還不見人，那就不堪設想了。亞琴要和姊姊同行，被姊姊婉辭拒絕。亞琴要求我姊姊，萬一我還在，那就勞肯轉告我一聲，給個音訊給她。姊姊走後並未轉告，不知是忘了，還是故意。

姊姊走到報館後宿舍樓梯上，兩隻腳不知不覺發了軟，心像要從嘴裡跳出來，手也抖了。她遲遲疑疑推門進來，看見我居然若無其事地安然躺在被窩裡，先是驚呼一聲「啊呀」，接著長嘆一聲，在我床邊「撲」的一聲坐下來，渾身瑟瑟發抖，寬慰地笑了大約二十秒鐘，而後勃然大怒，柳眉倒豎，雙目圓睜，手指直指我額角，斥罵道：「你是個活死人！你怎麼能不上我家來一趟？」

素吾先生夫婦和起八先生大約在四十分鐘後到了章萬源先生家裡，都感到意外、不快和沉重。楊先生問清了這些天來的情形，楊師母說：「我不是再三問過梅珍，她說她同煥群早已斷絕往來了嗎？」楊先生沉著臉說道：「現在要講現在的話。廢話說一萬遍也沒有用。」三位長者估計，梅珍在煥群家裡的可能最大，自殺次之，離家出走的可能近乎沒有，她無處可去。那麼梅珍怎麼去的堰橋？是煥群挾持她去的還是她自願跟煥群走的？無法做出估計。三位長者商定一是要探明梅珍的下落，二是向警察局報失蹤案，問一問昨今兩天有沒有發現自殺女屍。

我還是擺脫不開迷亂，也不敢對四位長輩明說出來，現在可以斷定，梅珍初七是為和我訣別而來的。去堰橋也好，自殺也好，她來以前已經做出了決定。然而我想不出為什麼她竟必須這麼對待我。她拋棄我，沒有任何理由，而且不能採取這種拋棄方法。我也想不出煥群究竟憑什麼本領，能逼迫她跟他走，或者逼迫她自殺。所以我倒接受可能近乎沒有的離家出走的估計，在煥群的壓力下，她悄悄躲到一個什麼地方去，過一陣，事情冷了，她再回來同我相見。那麼，這就是天老爺給我的報應。我害我姊姊、弟弟、妹妹急得五內俱焚，天老爺就叫梅珍來急我一急，叫我嘗嘗著急是個什麼滋味。報應之說我本不信，現在看來卻是真有報應才對。不過，直到昨天她還是始終不肯說出實情，這又是為什麼呢？

我獨自胡思亂想，精神恍惚，對四位長輩怎麼商量，竟也茫然不知，直到楊先生確定梅珍媽媽和楊師母立即趕到堰橋探聽消息，他立即到城中分局報案，問我這麼辦怎麼樣時，我才從胡思亂想中回到現實世界來，愁眉苦臉地說道：「你說怎麼好就怎麼好吧。」

起八先生看到我直著雙眼，只是發愣，神氣大變，嘆息道：「繡兄完全亂了。」

「這樣，你兩個馬上準備上堰橋，我和起八兄與繡世兄上我家再說。帶上十斤太雕。」

我糊裡糊塗到了楊先生家裡，楊先生吩咐燙酒，勸我說：「急也沒有用，只能等梅珍媽媽回城再說，看梅珍在不在堰橋，再做道理。現在暫且只當沒有這回事，喝上幾杯。」

我哪有胃口喝什麼酒，還是這個小書房，還是這些桌椅杯筷，味道卻全變了。擋不住兩先生你一杯我一杯有心灌酒，「酒入愁腸，化作相思淚」[2]。我很快酩酊大醉，也不顧丟人出醜，嗚嗚咽咽哭了起來，後來想必是兩先生伺候我在那張大木榻上睡下了。

朦朦朧朧間，梅珍忽然推門進來，還穿著陰丹士林布罩衫、布搭攀鞋，紮著辮子，鮮豔得無須唇膏的紅嘴唇露出狡黠的笑意。我失聲說道：「總算把你盼回來了！你害得我急到這個模樣。」我要披衣下床，她把我按住，坐在床沿上，說道：「別起來，你再睡睡。醉得這麼厲害，誰准許你喝這麼多酒的？」我埋怨說：「怎麼可以這樣？你也得說明了去向再走。」梅珍說道：「你光有嘴埋怨我，你怎麼就不對姊姊說起一聲你回來了呢？」我說：「這不

2 「酒入愁腸」句：出自北宋范仲淹〈蘇幕遮〉詞。

能比。我是一時疏忽，又發燒，你是存心嚇唬我。」梅珍說道：「不嚇唬你一下，能試出你的心來嗎？我知道你心裡到底愛誰？」我發了急，說道：「我起來，我拿心給你看。」大概是喝醉了，腿腳不怎麼聽使喚，起不了床，不過不知道怎麼一來我手裡果然有一把水果刀，我當胸就刺了下去，並不那麼疼。梅珍拚命拉住我的手說道：「我不要看了，我相信你了。」我說：「不行，這回你看清楚了，省得以後再囉嗦。」梅珍只是拉著我的手不放。

掙扎之間，轉眼醒來，眼前沒有梅珍，拉著我的手的是楊師母。窗口射進一縷冬日的陽光，這時已是初九早上，她才從堰橋乘汽車回城不久，看到我的手掉在被外，替我放回被窩，驚醒了我。

楊師母對我說了此行結果。梅珍確實在煥群家裡，但是只見到人，說不上話。煥群派人把梅珍關在房間裡。她聽到媽媽和楊師母的聲音走到門口，就給人拖回去了。煥群先出來接待客人，對梅珍媽媽和楊師母說，他是迫不得已才出此下策，請梅珍媽媽原諒。梅珍媽媽看到梅珍給人拖了回去，氣得一時說不出話來。楊師母就說：「你要梅珍也可以，那就應該好好談，不能這麼莽撞行事。」煥群說，不是沒有好好談過，家長就是不答應，他才和女兒商量。女兒願意跟著來堰橋，他自然不會把她推出門去，談不上是莽撞行事。楊師母說：「梅珍在城裡，父母許配了人家，男家下了聘，如果男家撒賴要人，父母該怎麼對付？你要梅珍，也要讓梅珍回城，商議退了親，你再來迎娶，才是正理。」煥群說：「人都來了，親自然退了。他下多少聘禮，我也下多少聘禮，這事情好說。」楊師母說：「這就豈有此理了，哪有先扣人再下聘禮的做法？你得叫梅珍出來，交給我們帶走，以後的事以後再說。」煥群笑笑說：「別以為我是傻子，我是按常理提過親的，現在只好請你們海涵了。」這時候，煥群媽媽和煥群妹妹走了出來，招呼客人，煥群就走進房裡去。煥群媽媽陪著小心，說道：「煥群總算是個實心孩子，為了梅珍，苦惱到現在，現在急昏了頭，衝撞你們各位，請務必原諒，萬萬不要怪罪。我們也是正正經經的人家，梅珍來了，和我這女兒同住在這間房裡。不結婚，我不會允許他們圓房。過去的事，別提它了。實在沒有辦法，煥群才變了個法子，把梅珍請來再說。親家總是親家，你們還是海量了吧。」說話間，煥群走了過來，拿出了鑽戒和翠鏈。煥群媽媽說道：「我們雖是鄉下人，也不敢虧待梅珍，請兩位先去看看新房。梅珍來後，提出還要點東西，我已經吩咐下去，元宵節前一定可以置辦齊全。金珠首飾，我們也是備好了的。這種什麼鑽戒，是外國貨，鄉下的確沒有見過。不過梅珍既然喜歡，賣田賣地，我們也會去買一隻來。這兩樣，就勞煩你兩位親家去退了吧。」說來說去，就是不讓梅珍露面。我和梅珍媽媽無法可想，本打算當天回來，卻已誤了車船時間，只好應邀權住一夜，聽說他們趕緊把梅珍轉移到另一家人家去了。堰橋鎮哪一家都和煥群家沾親帶故，要見到梅珍根本沒有可能，今天早上一早就乘汽車回了城。

鑽戒和翠鏈，現在放在楊先生書桌上。

情況已明，現在我倒不著急了。夢境刺痛了我的心，現實刺傷了我的心，我由悲哀轉向憤怒，站起來說道：「欺人太甚，我上堰橋去！」

「那幫人有槍。」楊師母提醒我。

「我也有。」

「不能去！一個人一枝槍有什麼用？」楊先生開導我說，「而且，你用什麼名義去？人家理睬你嗎？你在城裡，他奈何你不得。你送上門去，他就不在乎你了。你又沒有三頭六臂，白白送掉命是有份的，別的沒有你的份。」

「那就束手無策了？」

「辦法只有打官司一個。」

「遠水怎能救近火？這邊打官司，那邊早結婚了。」

「不光這樣，這官司還不好打。得把章先生請來，由他出面告綁架，遞上狀紙。我就去疏通，連夜派警去捉人，這才來得及。」

起八先生用一個小時多才把章先生請到楊府。他無論如何不想打官司，因為衙門裡的人沒有一個是惹得起的，誰又能為一個養女就送出半份家產。他不管這件事。他沒有玩花樣作弄人，禍是女兒惹下的，他沒有責任。收了聘金，可以退還。他現在只有一個辦法，一等梅珍和煥群結婚，就立即請律師依法辦理和梅珍斷絕養父女關係的手續。這花不了多少錢，不像打官司那樣花起錢來沒有底。做生意要緊，誰有那麼多時間上法庭？

楊先生嘆口氣說道：「那麼我是一點辦法也拿不出來了。」

困獸猶鬥，我站起來說道：「我上警察局告綁架去。」

潘玉麟局長剛好在局，我向他請教警察局管不管綁架的事。他看出我神情不正常，以為我真遇到了不幸的麻煩事，正色說道：「當然該管。你請坐，我馬上叫書記員來。」我說：「怕來不及，你能不能馬上派一隊武裝兄弟，跟我去救人？」局長說道：「這麼說你是有線索的了，這就更好了。不過急是急不來的，你先把事情經過談一談，誰給綁了？時間地點？綁者是誰？可能在哪裡藏身？同夥幾人？武器情況？肉票可能不可能轉移？立個案卷，我再來考慮一個營救方案，偵察清楚，才能派出武裝團隊。」

真沒有辦法，急驚風偏碰著慢郎中，我只好從頭說起。

「這可真把我難住了，請等等。」局長聽我說了個開頭就打斷了我的話，強忍著笑說道，「這可不屬於警察局該管範圍，這不能說是綁架，怎麼說呢？」他用四個手指頭有節奏地輪流擊打著辦公桌：「老法叫做搶親吧，新法大概叫做三角戀愛糾紛。你真不幸，真叫我萬分同情。但是我不能為你效勞，有力氣沒地方使。她現在還是章萬源的女兒。女兒出走了，失蹤了，其實並沒有失蹤。那麼報案人還只能是章萬源，不能是你。我甚至不能根據你所說的立案偵察，因為於法無可據。我現在只好向你做一個朋友的勸告，乾脆放棄她算了。我無法幫你把她追回來，更無法把她原封不動地追回來。你明白我的意思嗎？她還是初七去的堰橋，今天已經初九。」

我實在精疲力盡，這一晚在姊姊家裡胡亂睡了。第二天再到楊先生家裡，楊先生雖然也很生氣，卻沒有氣糊塗，他勸我認輸，得讓人處且讓人，退一步海闊天空，凡事以息事寧人為上。本領再大，把梅珍奪了回來，日後恐怕也是糾紛百出，日子很難寧靜的。他反過來向我表示歉意，說他僅憑章先生一句話，就來多嘴多舌，討來一場沒趣。我連忙說：「你說哪裡了？說媒人也不能包養兒子。我自己早有所聞，卻又大意失了荊州，這才辜負你一片好心。咎在我不在你。」於是料理退婚，向警察局銷案。所幸請帖尚未發出，笑話鬧得還不很大。退婚第二天，章先生不聽楊先生勸阻立即刊登出和養女梅珍斷絕一切關係的聲明。事關財產，楊先生和我都無從置喙，只好長嘆一聲。錢先生書生氣十足，發誓從此以後再不到章萬源酒坊喝酒、買酒。

但是事情到此並沒有完全結束。

第二十節

元宵這天，觸景生情，難免心情沮喪，精神委頓，下午三點不到，我就走到報館，想用發稿來暫時忘卻煩惱。剛進辦公室，電訊主編周冷秋正在一面獨酌，一面看中午收來的電訊，抬頭看到我，忽然說道：「你怎麼不早來十分鐘？十分鐘前，我接到梅珍小姐從北門一家參藥號打來的電話，她急著找你。我告訴她，你還沒來，要她馬上到報館來等你。」

我無法相信這是事實，但是冷秋先生是我至交，絕無在這件事情上開我一個玩笑之理。這家參藥號距報館步行約二十分鐘，乘黃包車只要七八分鐘。我坐下來等了十分鐘，不見梅珍到來。電訊主編也急了，說道：「怎麼回事？上門口看看去。」於是他陪我一起走到門口，仍沒有看見梅珍。我說：「這是一條直路。有可能她不到報館來上我家去了。鑰匙她沒有交還我。請你守候她，我上參藥號去看看，再回家看看。你看到了她時，就叮囑她千萬不要走開。」

我拔出手槍，上了子彈，打開保險，拿著放在褲袋裡。一路上始終不見梅珍，走到參藥號後，一問，沒有錯，剛才是有一位盛裝小姐來借打電話的，看上去有點焦急。放下電話，出門以後，店夥計理所當然不知道她的去向了。

我家裡也沒有她，章萬源酒坊也沒有她，我姊姊家也沒有她。這一圈兜下來，花去大約一個小時，回到報館，電訊主編還坐在傳達室裡鵠候。

「怪事。」冷秋先生對我說。

「是件怪事。勞你的駕了，不知該怎麼謝你才好。」

正月十七，梅珍的信寄到了我家裡。

信上說，初七下午離開我家後，出門不多遠給煥群截住，另外兩個三青團員把她推上汽車，直奔堰橋。初八看見媽媽，但是煥群不讓她和媽媽見面說話。一到堰橋，她就失去了人身自由，無法走出大門，直到元宵辦婚禮，親友滿堂，無人再看守她，她才瞅了個空子，溜了出來，恰好趕上長途汽車，到了城裡，在一家參藥號借電話打給我。我不在，她在走向報館途中，煥群帶人乘汽車趕到。她賴著不走，行人圍上來觀看，警察也來了。煥群拿出派司[1]，對警察說是團內糾紛。行人一聽說三青團團內糾紛，立刻散開了，警察也不管了。她就被重新推上汽車，開回堰橋。

她說：「我同你的交往中，有很多過錯，正是這些過錯，使我不能不在現在自食其果。我開始懊悔，但現在已經來不及了。我背叛你，比不背叛你，也許對你更好。你當我死了吧。希望你不久能找到比我更好得多的妻子。」

她又說：「初八我媽媽來以後，煥群曾說，結婚後就帶我回娘家，由我自己來向你說明真相，取得你的諒解。我很矛盾、很苦惱，覺得不能到結婚後再來見你，一定要在元宵節前找到你，說明一切。這樣一來，他不守信用，翻悔了，說既然章先生同你斷絕了父女關係，你還有什麼娘家？根本沒有必要回城，而且今後不許再見到你。如果不聽，他會立即槍殺我、槍殺你，而後他自殺。他很凶暴，我相信他會這麼做的。所以你今後還是當我死了吧。」

這封信首先帶給我的是氣惱和憤怒。

梅珍吶梅珍！初七那天你為什麼不把真相說出來？卻說什麼為了學校不續發聘書而發愁。那時候我還完全有辦法對付，大不了草草結婚就遠走高飛一段時間，度完蜜月回來，你煥群還有何計可施？元宵那天你為什麼又要借打電話耽誤時間，你直接到報館、到我家、到我姊姊家都可以，他開著汽車怎麼進得了小胡同？何況他不可能知道我和姊姊的住處。

當然我首先該死。沈昱先生早對我發出警告我竟不認真追究下去，把「激烈手段」只理解成暗殺，對梅珍初七那天的反常也只以「真怪」兩字了之。一著之失招來滿盤皆輸，根本原因則是自己太懈怠、太無能，結果猝不及防，束手無策。

這封信接著帶給我的是哀傷。失落的一切，又何等可以懷念！這張椅子她坐過，這張桌子她抹過，鋼精鍋上留

[1] 派司：英語「pass」一詞的音譯，指通行證、出入證、護照等。

著她的指印，枕衾裡留著她的體氣。她曾經替我趕走孤獨，她曾經給我旖旎溫馨，然而現在都化作痛苦的追憶。

我連一個妻子都保不住，我居然無力對付敵人的陰謀。我得面對多少譏嘲訕笑，我有什麼顏面和必要活在世上？死吧。我要用死來擺脫痛苦，用死來表示我不怯懦，用死來湔洗我蒙受的恥辱。

氣憤、惱怒和哀傷纏得我失去了理智，我拔出槍來朝左胸開了一槍。「禿」的一聲，撞針撞上了彈尾，但是槍並沒有響。

這是一顆臭彈，大約是存放過久了。我推上了第二發，但是忽然之間，我又消失了死念。梅珍的來信，還有一些疑問。

元宵結婚，十七我收到信，這封信極有可能寫成於十六。結婚第二天，煥群在哪裡？新娘有足夠充裕的時間寫這麼一封長信給我嗎？如果煥群知道她寫這封信而且容許她寄出，那麼這是為什麼？

她說，她有很多過錯，什麼過錯？是什麼原因，足以逼她在明知大禍臨頭的情況下，居然不對我講出真相，不和我商量對策？她的臨去凝望、落淚，現在想來，明明是在同我訣別。也就是說，她在初七這天，就決心背叛我，因為背叛比不背叛好。這又是為什麼？

疑問沒有弄清，我死了也是個糊塗鬼。

我把槍口移向窗外，扣動了扳機。

這一槍卻響了，彈頭用眼睛看不出的速度穿過玻璃，在對面白牆上留下一個黑黑的小窟窿，彈尾的氣浪，把窗玻璃震成碎片。

「蒼天有眼，祖宗有靈，我命不該絕。」我自言自語說道，「是枝好槍。要是臨陣瞎了火，死得才冤呢。」

這枝毛瑟槍買來時只有五發子彈，我把尚餘三顆全部放完，只響了一顆。於是我去買來二十五發新子彈，裝滿兩隻槍梭，打了五發，發發都響。

「煥群先生，我們不妨等著看看到底誰打死誰！你總不能縮在堰橋一輩子吧。」

然而接下去始終沒有發生類似美國西部電影的街頭槍戰那種荒唐事情。我不知道煥群先生是否認識我，我卻從來沒有見過此人，所以即使他不可能不上城來，而且說不定曾經同我擦肩而過，我也不可能掏出槍來。如此既久，我這隻鬥輸了的公雞，故態復萌，重又懈怠起來了。「怒髮衝冠」這四個字可能本來就有點誇張，而且「怒」字和「愛」、「恨」、「愁」又很不相同。「愛」可以「綿綿無盡期[2]」，「恨」可以「人生長恨[3]」，「愁」可以「剪不斷，理還亂」[4]，唯獨「怒」只能「一怒」、「勃然大怒」，具有瞬時性和爆發性。人絕無可能一天怒上二十四小時，更無可能長年累月一直怒下去。怒髮真的衝了冠，我想不久也會倒伏下來，因為頭髮也在受著地心引力的影響。

不但如此，漸漸地，我甚至開始有點同情煥群先生起來。梅珍自此以後似乎沒有再在城市露過面，至少我從沒有再遇見過她，她留給我的疑問始終是疑問，但是以後偶然聽到的、存心問到的一些蛛絲馬跡，也可以提供一些不很明確卻還合情合理的解答。

二月，偶然遇到在汪精衛政府任過自治指導員的吳銘先生，我問他在何處得意。他說：「得什麼意？沾了個紹興人的光，在寧紹小學當個校長，混口飯吃而已。」我說：「你那裡原來有個章梅珍先生吧，是你辭掉她的吧？」他說：「這你就不明就裡了，我怎麼敢辭掉她？她老頭子是學校董事，本人和三青團關係很深，教書也認真，又是半個學期聘書期未滿，沒有辭掉的道理。那是她那位未婚夫找上門來說的，馬上要結婚了，家在鄉下，很遠，來不了。他千對不住、萬對不起要我中途另找教員。我想不答應恐怕不行，三青團的紅人我惹不起，橫橫心，同意了。」我問：「此人什麼時候來找你的？」吳先生說：「反正是新年，初三、初四我就記不準了。總之是開學前，我還來得及找代課教師。」我又問：「你告訴過章梅珍先生嗎？」他說：「沒有，無須告訴她。她若有便，這個學期內她還可以來上課。你頂著我問這些幹什麼？難道這也是新聞？」

回春後，我在章萬源酒坊照樣喝酒，脫下上衣，露出天藍色毛絨背心。跑堂不知是有心還是無意對我說道：「這還是梅珍的手藝吧。去年冬天，她坐在帳臺上，我看到過她打了兩件，花紋一樣，另一件是栗殼色，先打好，

---

2 綿綿無盡期：出自唐代白居易〈長恨歌〉：「天長地久有時盡，此恨綿綿無絕期。」

3 人生長恨：出自南唐後主李昱〈相見歡〉詞：「林花謝了春紅，太匆匆。……自是人生長恨，水長東。」

4 「剪不斷」句：出自南宋李清照〈相見歡・無言獨上西樓〉詞。

包好送出去了。你這件後打，也是打好就送出去了。」

這兩件偶然聽來的事情，使我開始懷疑梅珍對我說的話不一定都很實在。我像談家常那樣，同梅珍媽媽閒談，問她有幾個外甥、幾個侄兒？她說：「章老闆有個哥哥，過世了，留下三個兒子，沒有女兒。大侄子近四十了，掌管大伯留下的酒坊，在紹興有點名氣，生意不錯。第二個大學畢業後就在北平成家立業，三十多了吧。二侄媳是北邊人。小的沒能養大，一場痧子[5]發不透，跟他爸爸走了。要活著，該近三十了吧。這兩個侄子，都有家累，難得來看望叔嬸的。嫂嫂倒還在，跟大兒子過，聽說行動已經不便，很少出門，也沒有來過。」

這番話使我啼笑皆非，爽然若失。在這個關鍵問題上，我的決定竟是根據無中生有的不實之詞做出的。梅珍吶梅珍，你怎麼可以對我、對你自己，還有煥群先生開這麼一個玩笑呢？

不過我在表面上不露絲毫神色，繼續平平靜靜地問梅珍媽媽說：「梅珍新年收到的信裡，究竟說了些什麼？怎麼她一收到信就突然來了個翻天覆地的大變化？」梅珍媽媽說道：「我也是一再問起的，梅珍不肯說，只是哭。問急了，她說，還是死了好，還結什麼婚？結婚也是個死。」我說：「信呢？」梅珍媽媽說道：「她怎麼也不肯拿出來，貼身收起來了。也不知道後來撕了沒有。」我有意無意說道：「她走得倉促，若沒有撕去，說不定會留下來，我能不能找找看？另外，她借走我一些書，若沒有帶去，能不能物歸原主？」梅珍媽媽說：「這倒是應該的，我帶你去看看。」於是她引我進入了梅珍的樓上住房。

章萬源先生確實吝嗇，這麼大一個姑娘的「香閨」裡，居然沒有一件像樣的家具，梅珍睡的是一翻身就會嘰嘰嘎嘎響的最簡陋的竹床，馬桶的紅漆大都已經剝落，有可能還是清朝中晚期的產品。她沒有留下一張有筆跡的紙片，我的照片、我和她合拍的照片還壓在桌玻璃板下面，借去的書都在竹書架上，一部金箔寫的《金剛經》和一部鍾繇楷書碑帖卻遍找無著，諒必是帶走了。看上去，她不像是倉倉促促而像是縝密考慮後才離開家的。箱子裡只有破衣服、廢棄物，沒有一件好衣服。

於是我專門去訪問沈昱先生，向他請教發給 CYP 戒指的事情。他在取得我絕不對任何人講，以免造成意想不

---

5 痧子：麻疹的別稱，見《麻證新書》，又稱痧疹。是小兒常見的一種傳染病，是由感染麻疹時邪引起的一種急性出疹性傳染病。

到的麻煩的保證後說，戒指只限於幹部佩戴，只打過一次。普通團員太多，無法按人頭發放。我說：「以後不是又打了一批，半價賣給團員嗎？」沈先生詫異地說道：「你從哪裡聽說有這種事情的？我們目前至少有一千多團員，每人兩錢，要六斤多黃金；每人三錢，要近十斤黃金，姚書記長沒有這麼大財力吧。我想不會有這種事，他賠不起這麼多金子。」

照此看起來，梅珍在重大關節上，對我說的都不是真話，有的甚至是大有出入的。這樣，我極有可能真的如姚尹默所說，是一名硬擠進她和煥群之間的第三者，一度起了強行拆散他們的惡劣作用。咎也許不完全在於我，但我也不能辭其咎。章先生絲毫不尊重養女的感情和固有權利，楊先生不明就裡把朋友的託付看成是無比信賴，導致我無端成為章先生保衛財產的工具，最終成為犧牲品，蒙受了一次感情上的重大痛苦，喪失了我好不容易保持住的貞潔。

煥群先生不像是始亂終棄的儇薄青年，他愛梅珍出於真誠，沒有玩弄她的成分。梅珍小姐也是愛煥群的，姚尹默所說兩人已經同居過可能確是事實。她是在迫不得已的情況下無奈才遲遲疑疑愛上我的。章先生若不從中作梗，她就無須移愛於我；既然她想到了愛我，她就必須講些與事實有出入的話，把真相遮蓋起來。這未必就是大了不起的過錯，換一個女人，說不定也會像她一樣那麼做。她的過錯，從我的角度來看，是不該優柔寡斷，腳踩兩隻船。直到冬至，她還在游移不定，一件栗殼色毛絨背心旨在拉住煥群先生，一件天藍色背心的用處，是試探我會不會原諒一個姑娘通常不為人原諒的過失。這一天以後，她才對我死心塌地起來，然而煥群先生對她沒有忘情。腳下的兩隻船很快就要分開，權衡利弊，這時候，她又只能跳到煥群先生的那隻船上去，否則她只好往水裡一跳。跳到煥群先生的船上以後，她過去和我往來的責任在父母，煥群先生不好追究，追究起來，三言兩語就能搪塞過去。但是往我這隻船上一跳，煥群先生其實無須動刀動槍，把真相抖出去，就足以使事態無法收拾。所以她在信上說：「背叛我比不背叛我更好。」應該說，這確是一個有利於三方的妥當決定。由此我懷疑，初七這天其實沒有誰硬把她推上汽車，也許是她只能身不由己地自己上汽車去了堰橋。

當然，她也是痛苦的，她畢竟是一個善良的女人。她想在結婚以前再見到我，請我原諒她。於是煥群先生准許她寫一封信含糊其詞地向我做了說明。

這些無疑只是猜測，到底怎麼樣？只有梅珍本人才說得清。但也有可能連她自己也說不清，因為感情是沒有人說得清、講得明的東西。但是這麼猜測也就夠了，它足以使我由懈怠而進一步逐步復歸於平靜。

第二十一節

在這紛繁雜沓的人世裡，平靜很短暫，起伏波折卻是經常的。人的本身，首先給上帝弄得過於複雜，不知什麼道理，上帝要莫名其妙地把人分成兩種性別，一到相當的時候，男性就不斷地製造精子，女性就定期地排放卵子。這精子和卵子，又毫不安分守己，無時不在想結合起來以完成「生」的使命。結合的方式，本來也還簡單易行，可是又有個社會作怪，自有規律卻又捉摸不住的社會因素，干涉著結合方式，於是把本來簡單的事情搞得千變萬化，未可逆料，往往造成種種煩惱、痛苦甚至不幸。「欲除煩惱須成佛，各有姻緣莫羨人。」[1]睿智的、大徹大悟的哲人把「生」理解為人世間一切痛苦的根源，提出「六根清淨」的辦法，正本清源，以達到「度一切苦厄」。可是我連個沙彌也還不是，成佛看來渺茫得很。另一條除煩惱的途徑是，男性可以「去勢」，女性可以「幽閉」，徹底摘除「六根」中最不安分守己的「一根」，完全堵塞住出入通道，天下無疑立即可致太平，但這一方法在本質上是用另一種痛苦代替這一種痛苦，不屬於解脫，除偶用於專供特殊使喚之用的太監，治療某種疾患，或者特殊的刑事處罰，不適用於一般人。我是一般人，這條路也不能走。這樣，就註定我不久後又得經受一次煩惱，無法保持平靜。

《導報》副總編輯梁風先生，和歌女柳鶯小姐關係密切。柳小姐只二十歲，明眸皓齒，心直口快，唱起歌來金聲玉振，響遏行雲，也是紅歌女。江南四月，重又鶯飛草長，雜花生樹，梁先生接到柳小姐從漢口發來的電報，要他準點到火車站接南京來車，說明張燕同來。署名阿玉，這是柳鶯的乳名。梁先生來電話告知，問我去不去接。我說：「禮多人不怪。指明接車的雖然只有你，我同去，諒來不會有錯。」

來客到站已是晚上十點多，張燕看到我在月臺上，沒有感到意外，好像有點高興，但也看不出特別高興的神情。我第一次握住她的手，問她怎麼又到漢口去了。她說，和蚌埠的合同期滿以後，剛好漢口來請，也就去了三個

1 「欲除煩惱須成佛」句：出自民國張恨水章回小說《啼笑因緣》。

月，阿玉就是在漢口碰到的。這次王經理去漢口，把她倆一起請來舊地重遊。這兩位，風塵僕僕，性格不同，一個沉默寡言，一個談笑風生。我對張燕告罪，說：「實在抽不出時間到蚌埠來看你，請原諒。這次你來了，我一定要多陪你到處走走。」她既不責怪，也不表明可以原諒，只笑一笑，說道：「好吧。謝謝。」柳鶯和梁風從車站走到中國酒家下榻處的十多分鐘裡，吱吱喳喳，沒有停過嘴。

梁風備酒洗塵，兩位來客從漢口坐船到南京，在南京換車，旅程辛苦，又不會喝酒，十二點才過，柳小姐就趕我和梁風走，她要睡覺了。「我倦欲眠卿且去[2]」，直率得可愛。張小姐說：「哪有這個道理？叫人家來接人就要來，叫人家回去人就要去。你兩位慢慢喝，我陪你們。你愛睡你就睡覺去，吵不著你。」

柳小姐說：「你要我當著兩個大男人的面脫衣服？」

梁風趕緊說：「好好好，這就走。」

我說：「有個折衷辦法，我和你找個空房間繼續喝下去，兩位小姐安心休息，豈不各得其所？」於是把茶房找來，將酒菜搬出兩位小姐的房間，順便把女人喝的葡萄酒換成高粱酒。

梁先生長於論文，目光如炬，筆大於椽，只是不長於韻文。我有律詩贈他，前兩句是：「若從亂世數文章，惟子與余可頡頏。」那是自吹自擂的惡習，其實我是絕對寫不過他的。自吹自擂人人都說不好，但遍觀世人，卻又沒有一個不自吹自擂的。有的人把「不是我吹」四個字做開場白，其實接下去仍然是自吹自擂，只是程度不等。有人是七分本領三分牛屄，更多的是三分本領七分牛屄。如果一分本領也沒有，純屬牛屄，那就是騙子，又當別論。至於十分本領毫不吹牛的，不是沒有，但為數不多，鳳毛麟角而已。我自己估計是「七三分」之輩，要我一點都不吹，卻也辦不到。這時還是四十年代末期，文壇風氣尚算正派，自吹自擂固然有，但形成小集團互相吹捧，以求漁利的文人倒還沒有。這天夜裡，我和梁風喝得暢暢快快，酒酣耳熱，他說不妨寫首詩以資紀念。我寫了一首律詩，下半首是：「流螢簾下撐微醉，輕絮風頭頌小山。殘夜繁燈明驛路，有人載酒迎雲鬟。」梁先生說，景是寫出來了，情卻平平。

---

[2] 我倦欲眠卿且去：語本唐代李白〈山中與幽人對酌〉：「我醉欲眠卿且去，明朝有意抱琴來。」

第二天，來賓休息，我設宴洗塵，把翔雲先生、殷虹先生、小凰太太也請來，張燕小姐款款在我身邊坐下時，忽然之間，我無端產生了強烈的、難於抑制的欲念，有點心神不寧起來，幸虧在外表上是看不出來的。很可能這是梅珍太太留給我的「後遺症」。上帝並沒有允許亞當偷吃禁果，但他偷吃也可能同高等動物例在春天發情有關。想起「春叫貓兒貓叫春[3]」那首偈語詩，志明和尚不也苦於「老僧亦有貓兒意，不敢人前叫一聲」嗎？覺得自己只要在人前不叫，那麼也就無可厚非了。觥籌交錯之際，自然又要作詩。梁風評前詩「情卻平平」，自然今天應該在「情」字上下功夫。於是我寫的下半首是：「迢遞逆知懷興寐，去來都叫入新篇。停尊滿欲向卿問，倘念繡珠猶少年。」

梁風看了說道：「胡扯。」

翔雲先生看了說道：「也還可以嘛。『向卿問』的『向』是仄聲，仄起詩用『猶少年』的『猶』補，還是可以的。只是『興寐』的『興』是平聲，不好。『興寐』對『新篇』也對不過，還要推敲推敲。」

言為心聲，翔雲先生當然不知道我心裡在想些什麼東西，兩位小姐識字不多，當然更不知道我在「胡扯」些什麼。

梁風先生自有他的煩惱。他很愛柳小姐，所以我用晏小山「輕絮風頭[4]」那首詞作了詩句，但是梁老太爺是個冬烘學究，說什麼也不同意有個歌女來做媳婦，理由是：「這一號女人不是替我們這種人家準備下的，我們家一無人做高官，二無人做富商，養不起。另一方面，柳小姐父母雙全，家累很重，有這麼一個出眾女兒，父母難保不想要一個好價錢。」梁先生一則父命難違，二則對柳小姐的婚姻觀瞭解得不很透徹，斷定不了她在忠誠的愛情和可能的金錢之間最終將做出何種選擇，所以常常為此輾轉反側。第三天，他來問我：「如果小姐『唸』了，怎麼辦？你真去一問，張燕一唸，煩惱會不會又落到你身上？」

我說：「尊見何嘗不是，但我和你之間的情形有所不同。雙方都無父母，自己說了算，這就好辦得多。張小姐

3 春叫貓兒貓叫春：語出明代志明和尚所做組詩〈牛山四十屁〉其一。

4 輕絮風頭：指宋代晏幾道〈清平樂〉詞：「暫來還去，輕似風頭絮。縱得相逢留不住，何況相逢無處。去時約略黃昏，月華卻到朱門。別後幾番明月，素娥應是消魂。」

對待婚姻，曾經對我談過想法，問題似乎不大。現在成問題的是不好去問她。這層隔閡，是我自己造成的，無法怪別人。去年三月我認識她時，和亞琴一家的糾紛懸而未決；八月她回上海歇夏，九月去蚌埠，梅珍又闖進了我的生活，所以我一直把她當朋友看待。如今東也不成，西也不就，才把主意打到她身上。她心裡會怎麼想？會不會有疙瘩？話得往實裡說，我只是個偽君子。『都作哀鴻一例看』，別人是哀鴻，我自然高出一等。『明珠未必終塵壤』，看起來倒也宅心仁厚，但是細究起來，向這顆明珠提供歸宿的人，是不把自己算進去的。因為在我內心深處，她畢竟是殘花敗柳，而我要的，卻是含苞欲放的蓓蕾。現在回過頭去想想，我心裡如果老早有個張燕，把她看作和我平等的人，真正而不是虛偽地尊重她，那麼我接到她的來信，早上蚌埠去了，梅珍的事也就可以避免發生。然而再想一想，沒有梅珍，我也還會自視清高，還會莫名其妙地『都作哀鴻一例看』。所以，說來說去，是不是冥冥之中真有一個定數。昨天寫那首詩，是『欲問』，問一問她會不會原諒我。是『很想問』，卻又不敢問。還有一層意思是，你就姑『念』我少不更事吧。我這隻花瓶如今缺了口，掉了耳，像隻遍體裂紋的碎瓷瓶，真不知道哪朵花肯給插到這隻破瓶裡來？所以也許我並不是在『胡扯』。」

梁先生覺得我還誠懇，前倨雖然不好，後恭卻也來得及補救，同意找個機會，和柳小姐一起去探探口氣。我擔心阿玉嘴巴不緊，到處張揚，萬一不成，又討個沒趣。梁先生說道：「這你不必擔心，我自有道理。我想的是萬一成功，而且你們過得很好，倒可以拿來轉變轉變我老頭子的腦筋。風塵中人，也不個個都不好。」

這天張燕和柳鶯出場演唱，我和梁風各送一隻花籃。柳鶯為梁風唱一支英語的〈藍色多瑙河〉。她沒有學過英語，那是梁風替她用漢字注上音，一句句教出來的，苦得要命，總算有了回報。張燕為我唱的是題為〈初戀〉的老掉牙的歌，歌詞是戴望舒先生寫的，開頭幾句是：

我走遍茫茫的天涯路，
我望斷遙遠的雲和樹，
多少的往事堪重述？
你呀，你在何處？

……

結尾是：

我終日灌溉著薔薇，

卻讓幽蘭枯萎！

她唱得非常好，可以說是聲情並茂，但我聽著卻如芒刺在背。她是有意唱的嗎？如果是，那麼她是在同情我？還是在埋怨我？我低聲對梁風說起，梁風說道：「別神經過敏，我還沒對阿玉說起這件事。你放心，我有把握。」我說：「全仗鼎力了。日後有用得著兄弟的時候，兩肋插刀，肝腦塗地，在所不惜。」

張燕一出場，沒幾天，陳福康就像蒼蠅嗅著蜜糖那樣前來捧場，繼續糾纏不清。這種鍥而不捨、不達目的絕不罷休的精神，無疑很好，但是手段卑劣，卻又令人反感。消息傳來，陳福康所求不遂，沉不住氣，帶一幫人來「開」張燕小姐的「汽水」，沒等她唱完，噓聲四起，王經理聞聲連忙出來打圓場。陳福康氣勢洶洶，要王經理轉告張小姐放明白點，老子的錢是用命換來的，不是偷來搶來的。她明白就好，要我跪著接她也行；還是不明白，老子砸了你的場子，毀了她的臉，別怪老子翻臉不認人。限她三天給老子回話！

果然王經理風風火火來找我，問我能不能想法把這件事情擋過去。我說：「這個你倒不要發愁。陳福康不是王敬玖，拔光牙的老虎吃不了人，他是虛聲恫嚇。回頭我打個電話給榮軍軍官總隊隊長，請他先勸勸陳福康，賣命錢省著點用，做個本錢將本求利為上，別花光了走投無路，派到梅園、鑫園去看大門，就沒有意思了。再打個電話給北區憲兵隊隊長張文普，請他約陳福康吃頓飯，張小姐去陪一陪，這事就過去了。」

王經理說：「這樣就好，開銷我來出。」

我說：「總不能叫張文普掏腰包吧？我知道，他沒有什麼錢，他這個人不會弄錢。」

晚上，張燕打電話來，要我明天上午十點到中國酒家餐廳等他。我趁機醜表功，告訴她這件不愉快事情很快就會過去。她一反常態，連謝都沒謝一聲，就像我理當為她效勞似的，只叮囑說：「好吧，明天一定要準時來，我同你談一談，這事情也就解決了。」

這真像章回小說裡經常說的，踏破鐵鞋無覓處，得來全不費工夫。梁風、阿玉功不可沒。我興奮得幾乎整夜睡不著覺，一直在打腹稿，第一句話應該怎麼說？事情當然要原原本本對她說清，要取得她的諒解，但重點在哪？又該怎麼不露痕跡地使她相信，她在我心裡還是早有位置的？這些還沒有全想好，別的想法又來了。是打扮整齊去好呢？還是就這樣隨便去為好？聽說有位女性公開擇偶，選中的是沒有刮鬍鬚的應徵者。她的理由是，這個人不掩飾自己的真面目。但是張小姐會不會覺得不刮鬍子是不禮貌、不尊重她呢？諸如此類，想個不停，直到早上四五點鐘才閉了閉眼睛。

一覺醒來，時光不早，我仍然梳理打扮得乾乾淨淨、齊齊整整、大大方方，驅車來到中國酒家餐廳。張燕已經獨自坐在四方小餐桌前。連忙看手錶，十點差兩分，還好，沒有遲到。我訕訕地走過去，張燕客氣地站起來，微笑著請我就座。我惴惴然坐下，盤算著準備好的話是否能說得更委婉一些。還沒有想完，僕歐遞來了清茶，因為現在還不是吃飯時候，所以他倒不來囉嗦，知趣地立刻離開。

「我請你吃頓便飯。」張小姐先我開了口，「等一會兒梁先生、阿玉也會來。請你提早來，是因為有些話，得背著他倆對你說。房間裡免不了有人囉嗦，就挑了這個地方。」

「很好，很好，這裡好。」似乎有個什麼東西，把我的心揪到了喉嚨邊，我緊張得要命。

「前天，阿玉把你的意思告訴了我。你真把我為難死了，我一時之間真不知道該怎麼對你說。」

「往直裡說，別拐彎抹角。」

「是的，往直裡說，只好這樣，可是又不好說。」

「不好說就不說，你點個頭、搖搖頭不就行了？」

「我不能點頭，你原諒我吧。」

我一下子好像跌在冰窖裡。我何嘗不是聰明人，聰明了過頭，一切都估計錯誤。不過這樣一來我反而不緊張了，心給安放到原來位置上。我說：「不能點頭是你有難處，不能搖頭是怕傷我的心。是不是這樣？不，我不傷心。我挨打擊慣了，你不是第一個傷我心的人。」

「我又不會說話。往直裡說，從哪裡說起？不說就走，讓你不明不白，我又對不住你。真難。」

「那當然是說了好。怎麼，你要走？」

「下午就走，車票都買了，合同也料理好了。我欠你那麼多，想來想去，總得和你告個別，還有梁先生。」

「怎麼能這樣做？就算我不該託阿玉……」

「你又錯了，」張小姐反而靦然一笑，絲毫不理會我的焦急，「你該託阿玉對我說一聲。她一說，我心裡的一股悶氣沒有了。」

「我不懂。」

「我自己也不懂。不過，我懂得現在是我該走的時候了。歡場裡，五年就是一世，鬼也是十八的俏。我今年二十三歲，還有多少風頭可出？不瞞你說，我急著要有一個歸宿。我有個妹妹，你是知道的，她也大了。姑娘大了就要談戀愛，朋友是同班的同學，如今一起考進了滬江大學。妹妹埋怨我，他家裡不那麼同意他們把戀愛談下去，為的只是她不該有這麼個當歌女的姊姊，哪怕你坐在家裡，名聲也總比拋頭露面賣笑好聽些。我也是會生氣的，上學得花多少錢？還是那麼一所好大學。我不賣笑，你就有錢當大學生？不過回頭一想，人家說的也在理。賣笑總是骨頭賤，誰家喜歡媳婦有個賤骨頭的姊姊？我既然為了讓妹妹讀書去當歌女，現在自然應該為了她能嫁人就不再當歌女。我又不能坐在家裡等著山空海乾，只好先嫁人。」

「那就嫁人吧。」我噓出一口長氣，「這很對，別再拋頭露面了。」

「另外也不必瞞你，我愛過你。遇到你之前，沒有人像你這麼關照過我。你和老團長一樣，在我心目裡是個好人，只是我弄不清你的想法，好像你也不知道我在想些什麼。在湖邊荒島上，我怕得睡不著覺，老是擔心一隻野狗、一條蛇竄進那扇關不密的破門怎麼辦。我把你當作唯一的依靠，那時我多麼需要你，真想你能緊緊摟住我。這不費你什麼事，你掉個頭睡就行，再不然你叫我掉個頭也可以。哪料到你是塊木頭。」

「不，我不是木頭，我心裡閃過壞念頭。」

「我明明告訴你，魚得自己去抓。魚掉到身邊就夠好的了，難道還得掉到你喉嚨口，你只要伸長脖子吞一吞？

我只好想，你是不愛我的，我沒人家那麼有福氣。戲本子上說：『我本將心託明月，誰知明月照溝渠？』[5]」

我嘆口氣說：「那時候，我也有難處。」

「我知道。我更清楚你的為人，所以我還沒有完全死心。我站在旁邊，比你看得清楚，你們長不了。我沒有看錯吧？我到蚌埠以後，錢先生幾次說要來。我回信說，別忙著來，我很快會回上海的。於是我特地寫信給你，要你來一趟，我把機會留給了你。你怎麼回的信？『走不開』，這樣我才真正死了心。你心裡沒有我，我卻需要嫁個人。我寫信給錢先生，說：『你來吧。』」

「你沒有告訴阿玉？」

「沒有。我告訴她幹什麼？她嘴快，我不愛多嘴多舌。」

我無話可說。

「到現在，你又說你在愛我，你叫我怎麼辦？我去對錢先生說，以前我答應的都不算。行嗎？你要愛我你怎麼不挑個時候？」

我還是無言以對。我想起第一次見到她的情景，她的美麗嫻雅一下子把我吸引住，使我心甘情願替她喝下十六杯酒。我想起第二天見到她的情景：「這世界是顛倒的。」此話勾起了我的好奇心，故跟她到了她住所。我想起我和她在龜山，她蹲在湖邊想用手帕抓川條魚。我想起她在住所為我縫襯衫紐扣，一時找不到剪刀，她俯首在我胸前，用牙咬斷了絲線。我又想起她和秀蘭送我去上海時，我驚訝於她說的：「有了老婆的想討小老婆，沒有老婆的又不想結婚。」我還想起我和亞琴送她去蚌埠，亞琴送給她一副鑲珠金耳環。假如現在已經發明出比光速還快的火箭，我真願意乘上這種火箭，追過時間的進程，把已經流逝了的這些事情再瀏覽一遍、兩遍、幾遍。

她因為發燒而躲過王敬玖軍長的糾纏，以後診斷患的是間日瘧[6]。我去看望她，她孤零零地悄悄睡著，滿臉緋紅，寒顫已過，正在發汗。沒有人伺候，追逐她的人不露面了。我請來了姚承璋醫師，守候著她，等她睡穩了才離

5 「我本將心託明月」句：出自元代高明的《琵琶記・第三十一出・幾言諫父》。

6 間日瘧：依感染人類的瘧原蟲特性，可分為間日瘧、三日瘧、惡性瘧（又稱熱帶瘧）、卵形瘧；其中以間日瘧及惡性瘧最常見。

開。間日瘧不算大毛病，打打針、吃吃藥就很快好了，只是瘧後頭痛和喪失味覺把她弄得痛苦不堪。姚醫師告訴我一個祕方，鮮建蘭葉煎湯服用有特效。建蘭出在福建，江南多草蘭、慧蘭，藥店沒有鮮建蘭出售。我好不容易打聽到栽蘭專家、中醫池養卿老先生有幾盆建蘭，千求萬求，老先生才忍痛剪下七八片老葉子給我。我趕緊煎好湯送去，她看著我羞怯怯地笑了一笑。

「你是不愛我的」、「你心裡沒有我」，恐怕不完全符合事實。但是現在不需要解釋了，我只能自己懊喪，我是一個多麼高明的戰略家啊！

在龜山上，我不進攻。

在病榻旁，我不進攻。

在她俯首咬斷絲線的時候，我不進攻。

在她說「沒有老婆的又不想結婚」的時候，我不進攻。

在她要我到蚌埠去一趟的時候，我還是不進攻。

「你要愛我你怎麼不挑個時候？」她問得對。我選擇了一個多麼好的時機，終於向她發動了進攻。這還叫我說什麼？

但是張燕小姐似乎並不理解我正在悔恨，還在把責任推到我身上。「你比陳福康更可怕。對付陳福康容易，我惹你不起總還躲得起。你呢，不好對付，對你一點辦法也沒有。我又沒有第二個妹妹。我真恨你，你為什麼偏偏對我這麼好？可是你又不把我放在心上。你知道我為你生了多少悶氣？你自己想想，你是不是比陳福康更壞？」

「是我不好。」我心裡恰像打翻了一個調味盤，什麼味道都攪雜在一起，「我太傻，只識字，不識人，害了自己，還要害你生這麼大悶氣。」

「不過我也想，你是讀書人，我大字不識幾個，你想什麼我不知道，我想什麼你不知道，往後過日子恐怕也成問題。錢先生還實在些。我是在上海認識他的，原先嫌他年紀大了點，今年三十一了。他只管做他的沙發生意，我當然不懂做買賣，但想上去這比做學問容易些，以後要插手進去也不會很難，日子會好過很多。他為人很好，前妻沒生孩子就過世，也不麻煩。他答應我家裡的事我說了算，妹妹上學是正事，要錢儘管拿。這樣就夠好了。我答應他，我會扎扎實實伺候他一輩子，窮也罷，富也罷，我絕無半點異心，哪怕有朝一日去討飯，他和孩子吃飽了有剩我再吃。」

善良、樸實、純潔，然而在我的潛意識裡卻是殘花敗柳。我怎麼有眼無珠到這種程度？要到哪一天才會識人？我真想捶胸頓足、大鬧一通來發洩我的懊惱、痛苦，無奈這裡是公眾場合，不容許我放肆忘形、胡作非為，我也不敢用輕率、無禮來增添張小姐的不安，而且有些早客已經三三五五入座，僕歐開始打起精神接待。梁風和柳鶯也一路爭論著什麼走了進來。柳鶯尖著嗓子說道：「我說你根本就不懂什麼。一個人只有在高興的時候才想唱歌，不高興的時候一句也唱不出來。怎麼能相信電影？那是導演在胡扯。電影上才有某個人一面流淚一面唱歌的鏡頭，不把話說完早該死的人也不死的鏡頭。這……」她一屁股坐下來就問我們：「怎麼樣？該談得一清二楚了吧。」

張小姐似若歉然地笑了一笑不回答，我神態蕭條地點了點頭。梁先生說道：「多此一問。別胡鬧，胡鬧有個時候。」

「誰胡鬧了？」柳鶯小姐回敬梁風說道，「問一問，談清楚了就喝酒吃飯，我有點餓了。還沒談完就談下去，我餓著肚子陪著聽。就是不許哭，別在這裡丟人現眼。誰愛哭，回頭一個到車上去哭，一個到我房間裡去哭。」

張燕叫僕歐過來，吩咐說：「那就上菜吧。」

我問柳鶯：「進來時候，你和梁先生爭論什麼？」柳鶯說：「別提了，這麼個副總編輯，一竅不通，還不如我通。」梁風只笑了一笑。

僕歐很快拿來了冷盤和葡萄酒，替四個人把酒斟好。我說：「加一瓶高粱吧。」梁風說：「可以，我也不愛喝甜兮兮的酒。」

張燕搶著舉起酒杯說道：「感謝兩位先生關照，向兩位敬一杯。我不會喝，喝一口。」

柳鶯說道：「喝乾！現在怕什麼？喝倒了嗓子也無所謂。你反正跳出了苦海，早登……早登什麼？」她轉臉問梁風先生：「是不是極樂世界？」

「又胡說了。」梁風報之以微笑，「是彼岸，彼此彼此的彼。早登極樂世界是咒罵別人，不能亂說的。」

「我也膩煩透了。」柳鶯鄭重其事地說道，「十八歲我來時吃歌女飯，今年第三年，才懂得這碗飯不是人吃的。表面上看，吃得好，穿得好，錢來得容易，可是誰知道內心裡的痛苦？生張熟魏，管他是流氓、惡棍，都算是老爺、少爺，頤指氣使，稍微應酬不到，羞辱跟著就來。笑不出的時候，要裝笑臉；唱不出的時候，逼著你唱。哪有什麼精神生活？梁先生倒好，說什麼淌著眼淚也能唱，還有電影為證。」

「那就找個人嫁給他好了。」張燕笑了起來，我頓時鬆了口氣。

「嫁給誰好？」柳鶯問張燕，「梁先生好不好？我說不好，老抬槓，一竅不通。我看還是我替你嫁給繡先生算了。」於是她轉過臉來問我：「你要不要？反正你還留著個空檔，又在乾著急。」

「你大概是要梁先生打破我的頭，」我也給逗笑了，「沒良心的才會說梁先生不好。」

「電影裡還有為了女人決鬥貼上一條命的哩。我愛看熱鬧，誰打破誰的頭，我管不著。」

虧得柳鶯這張嘴，別宴氣氛轉向正常，我們三人祝張小姐一路平安，日後生活幸福美滿。但是時間好像有點不正常，吃罷已近下午兩點，離開車時間只剩兩個小時。我老是懷疑伽利略的擺的等時性學說會不會哄騙人。如果你在等一個人或者很無聊時，時間特別長，也就是這種時候，擺的速度在放慢。如果在送一個人或者忙得要命時，時間又特別短，也就是這種時候擺的速度在加快。擺的等時性，大約只在什麼事情都不發生的時候才正常呈現出來。我幾次想對張燕說：「住幾天再走吧，車票退不掉扔掉就是了。」但話到喉嚨口，都把它吞下去了，只化作兩句詩句：「若留可肯遲歸去，嫁後料知不是今。」

張小姐和柳小姐上樓回房稍事梳洗，張小姐叫茶房把行李送到樓下帳房間，回到餐廳坐下喝茶。上上下下，走進走出，折騰了一下，伽利略的擺愈來愈不像話，談沒幾句，竟是三點多了。

張燕小姐說：「我這就去車站等吧。告辭，再見了。」

梁風先生說道：「我送你上車站。」

柳鶯小姐說道：「沒有你我的事。你上樓到她床鋪上去躺躺，我上場子去說一聲，今天只唱夜場，就回來。」

我說：「我雇車去。」

張小姐說道：「行李都交帳房間打行李票去了，還雇什麼車？才幾步路，我自己走走就可以了。你也去躺躺。」

柳鶯搶著說：「別躺我床上，又是煙氣，又是酒氣，一股男人臭，我受不了。」

我笑笑說：「那好，我陪你上火車站，省得阿玉小姐討厭。」

我和張小姐在候車室的長木椅上坐下來，悵然若失的心情油然而生。張小姐說道：「現在才忽然想起來，你要專門替我去向程先生稟明一聲，謝謝老先生對我的諸多關照。」

我趁機說：「你自己去說不更好？今天就別走了。」

張小姐說道：「我想到過，後來想一想，不好，這樣又要破費他老人家的，所以我還是託你轉告一聲好，剛才卻忘了說。還有，遇見亞琴太太，也請轉告一聲，謝謝她。」

我說：「我竟來不及去置辦一些禮物送給你。太突然了，我怎麼想得到？我本來以為，你總可以在這裡住上幾個月。」

張小姐嘆口氣說道：「我自己也沒有想到，一切是太突然了。不過我該走了，你原諒我吧。」

事到如今，我已別無想望，只巴望火車能在哪個區間出故障，我就可以和張燕小姐多盤桓一些時候。然而克盡厥責的可尊敬的司機、司爐存心和我作對，一秒不差地轟轟烈烈把「飛快車」正點開進了站。剪票進站、上車，「飛快車」只停靠三分鐘。我把她送進座位，只來得及說一句：「和錢先生一起來玩吧。」車廂裡的催客下車鈴就響了。

她點點頭，伸出手，說道：「會來玩的，我不會忘記你的。」我只有三五秒的握手時間，火車就鳴起起動笛。匆匆跳下車，隔著車窗，我看到她對我揚揚手，而後很快消失不見，火車愈去愈遠。

我垂頭喪氣，無精打采地回到中國酒家，柳鶯已經回來。梁風端坐在沙發裡，隨口問一句：「送走了？」

我頹然回答道：「送走了。」

「看你那副丟魂失魄神氣，活該！」柳鶯對我說道：「當初你搭什麼臭架子？送走？是你趕她走的。我不去好心好意替你多那一句嘴，她不一定會走。合同不到期就走，她要賠錢。你難道不知道？」

「知道，她不想再增加我的痛苦。」

梁風先生對柳鶯說道：「你少說些話吧，他心裡不會好受。」

我說：「不要緊，說吧，罵吧。其實我挨打擊慣了，再來點痛苦好像也無關緊要。」

柳鶯問道：「她對我說些什麼嗎？」

「沒有。」我還沒有從迷惘中擺脫出來，但是忽然又改口說道：「說了，她說：『你回去告訴阿玉，別再像我這樣，把話存在心裡不說。這樣會誤事的。』」

「白嚼蛆！」柳鶯瞪了我一眼，「你給我滾！你兩個都滾！」

「不慌，阿玉小姐。」我說道，「你說得對，一個人在高興的時候才唱歌，傷心的時候唱不出。但是這個人可以作詩。」

「那好，你先別滾，作你的詩去。」

我拔出鋼筆，傻傻地坐著，腦袋裡好像裝著一桶漿糊，除了那兩句，寫不出一個字來。

第二十二節

從上年陰曆八月到這年四月，我接連經受三次感情上的打擊，真虧得我有一副鋼鐵般的神經，才能忍受得住。亞琴離開我，帶給我的是哀愁，但事先我就把失敗打在算盤裡，失敗真的來到，還容易挨過去。梅珍離開我，帶給我的是憤怒，失敗雖在意外，但寧人負我，毋我負人，失敗的英雄仍不失為英雄，心理上還可以平衡，更容易挨過去。獨獨張燕離開我，帶給我的竟是窩囊情緒。她倏然而來，飄然而去，看似平常，實則這一擊最為沉重，因為思前想後，我竟一無是處。「此情可待成追憶，只是當時已惘然。」[1]誰也沒有叫我「惘然」，張燕本人更曾提醒我不要「惘然」，這就只能完完全全歸之於作孽。懊悔也者，是自己對所犯錯誤做心靈上的裁判。法官做裁判，你還可以不服上訴，而自我裁判，卻不容你逃避。所以，哪怕神經似鋼絲，也禁不住這麼反覆折過來，拗過去，「戛」的一聲，它還是斷了。

失戀的況味，倘非身受，無法測知。嵇逢儒有位族叔，大名叫一個「宏」字，大不了我幾歲，在校時學業優良，體格強健，風流倜儻，琴棋書畫，樣樣來得，似乎必成大器，誰想到他同一位名叫祝娟如的大家閨秀談戀愛不成以後，一蹶不振，很快淪落成了卑田院[2]中人物。他先是吸海洛因，以後又注射鴉片，弄到三分像人，七分像鬼。嵇家是望族，父親眼看兒子不成材，硬起心腸，把他扭送警察局強制戒毒。他在監牢滿地打滾，聲嘶力竭十多天，戒了毒，前後養了三個月，滿面紅光出來。但是不久就故態復萌，重又成為癮君子，沒有錢就四處小偷小摸，附近一帶人家不敢把能拿得動的任何東西放在戶外過夜。這回父親忍無可忍，只好當他自己沒養過這個兒子，把他驅趕出門，他就當了乞丐。在學校期間，他和我有些交情。他對我慘慘地說道：「我這是慢性自殺。只有祝娟如再

1 「此情可待成追憶」句：出自唐代李商隱〈錦瑟〉詩。
2 卑田院：本是佛教僧人收養老弱殘疾者的地方，後引申為乞丐收容所。

愛我，我才不吸毒。」祝小姐在他還像個人樣的時候，就已心存別屬，如今要她愛上這個形容枯槁、鶉衣百結的乞丐，無疑是絕不可能之事，所以他也只好在慢性自殺的路上愈走愈遠。

有次他來找我，傳達不讓他進門，他就坐在地上死等不去。我聞訊出去看看，他手裡拿著一副自己畫的寫意山水，說願意情讓給我，但是索價同元代名家倪雲林的寫意山水相差不多。大凡書畫墨寶一類，總帶有「人以物傳，物以人傳」的意思。顧愷之、王羲之、展子虔、王摩詰、李思訓、蘇、黃、米、蔡，以至鮮于樞、文徵明、唐寅、鄭燮、鄧石如、吳昌碩，名氣大，書品、畫品高，成為無價之寶，有價也極為高昂；趙佶、于謙、弘曆、鄭孝胥、翁同龢等輩，因為是帝王將相一流人物，也足以流傳鑑賞；即如蔣介石、汪精衛、陳公博，哪怕字寫得不一定好，然而總算是個人物，吉光片羽，也會有人願意出價收藏。唯獨嵇宏先生的山水，姑不論是否也還可以或者不知所云，只要一經考證作者是個吸毒癟三，那就絕對無人敢裱起來，掛出去。以故我攤開略一瀏覽，口稱「不錯，不錯」，立刻捲起來，給了他十倍於宣紙的價錢，大作也就敬璧了。他其實沒有賣斷給我的意思，收好錢，神態蕭索卻又慎重其事地對我說道：「我怕是挨不過這個冬天了。此身別無長物，只有一把骨頭，因為吸透了海洛因，還值幾個錢。府上離祝小姐家不遠，我的死地，就挑在她家門口，為的是讓你早起路過可以看到。你一看到，就勞駕你搶著收一收屍，別讓縣裡的收屍隊收走，而後請你按照這個號碼打個電話去，叫他們來扛走，向他們拿一筆款子，他們會把我的骨頭洗乾淨，碾成粉，兌到海洛因裡去賣錢的。你拿到款，去打一隻金戒指，代我送給祝小姐，務必看著她戴在手指上。這也是我終究能夠親近她了。款多打大一點，款少就打小一點。一切拜託，我相信你是個君子人。」

這囑託過分離奇了些，而且涉及銀錢過手，諸多不便，我不敢貿然一口應承下來，勸他好死不如歹活，能挺得住還是以掙扎下去為好。但是對他如此一往情深，卻留下了深刻印象，覺得他那至死無悔不渝的堅定不拔，雖有點一廂情願，畢竟是難能可貴，是我所不能企及於萬一的。

我沒有完完全全步嵇宏後塵，而採取了比他那種方法更慢得多的方法，沉湎酒麴。一段時間裡，狂飲無度，有時小醉，有時大醉，無日不醉。大抵初喝下去，是飄飄然的感覺；再喝下去，就開始兩眼朦朧，似近似遠，似彼似此，似是而非，漸入麻木不仁境界；復喝下去，那就物我一體，渾然忘機，弄不清楚是酒在我肚裡，還是我浸在酒裡。只要不醒，那麼什麼憂愁、什麼煩惱、什麼苦悶，確實都沒有了。

一般說來，我的酒德還好，醉了尚無佯狂假癲、大呼小叫、打人罵人等惡劣表現，而是納頭便睡。有次喝了一斤多洋河高粱，著實醉了，走出酒店，行不多路，好像已經到家，摸著床鋪，躺倒便睡。一覺醒來，寒意襲人，滿天星斗，原來不是睡在家裡，而是睡在大石橋的橋埯上，身邊還有條大黃狗，蜷縮身體，用牠那毛茸茸的背，頂著我的肚子，還在呼呼大睡。我翻身坐起，仔細看時，才明白我在走到石橋後，曾經吐過，石級上還有若干吐出物殘留著。這隻貪嘴的畜生，大概餓了，把我的吐出物舔吃殆盡，於是牠也無可救藥地醉了。如果不說牠醉得比我還厲害，那麼起碼也可以說牠醉得同我不相上下，以致我已醒來，牠卻還高臥未起。一開頭我感到在這初春的夜裡，牠用自己的體溫護住我的腹部，盛情可感，因而輕輕撫摸牠的背脊，以表謝忱，可牠毫不理睬。後來我忽然感到我竟醉到這步田地，同一隻畜生頭挨頭、背靠肚睡在一起幾個小時，未免有失體統和尊嚴，因而毫無道理踢牠一腳。這時牠也不過略略抬了抬尖尖的頭，茫然環顧一周，在肚子裡小聲嘀咕了幾句，就趕緊把頭縮回肚子邊，用尾巴圍好，重又呼呼入睡了。

還有一次，我居然還能走回家，而且摸出鑰匙，打開房門，但是忘了還有門檻，絆了一跤，所以是跌進房去而不是走進房去的。又不知怎麼一來，把張木椅子碰翻，人跌倒在椅子靠背上。我本來還想過應該睡到床鋪上，但轉念一想，也沒有非睡在床鋪上不可之理，不如就此睡了，省得囉嗦。於是我像一座拱橋那樣，頭朝下、腳朝下、肚皮朝上在椅子靠背上睡了足足四個小時。論理，採取這樣一種非常睡姿，醒來以後，我將頭昏眼花、腰酸背痛，甚至爬也爬不起來才是，但是這些災難都未出現，不過頭上稍稍擦破一塊油皮而已。我把這一點向姚承璋醫師說起，姚醫師說，醉漢很不容易跌傷，這是有文獻可查的。但這是什麼道理？人醉後身體保護機制有無變化？目前還沒有研究出來。文獻載明，羅馬有位醉漢，下樓梯時從第十三級起滾到落地一級，安然無恙。而就在同一處，另一位未喝酒者不小心踏個空，從第十一級滾到第五級就停止，比醉漢少滾一半，但是他給送進了醫院，腰椎用石膏固定了四個月。

酒之為物，也好也不好，好與不好的界線，在於一個「度」字。這一特點，當它一問世，就被大禹[3]這位至賢至明的聖人發現了，但我屬於愚不肖一類，真正理解這個「度」字，還是此後相當遙遠的事。細究其故，恐怕又和我讀書不求甚解、而有些書恰好做了誤導有關。施耐庵寫《水滸傳》，把武松概括成喝一分酒有一分力氣，喝十分有十分力氣，也許可以算作誤導之一例。如果仔細讀書，那就能夠發現，老虎一叫，武松「酒都化冷汗出了」。施耐庵自己並沒有認為酒都化成了力氣，武松打虎的力氣，實際上是急出來的。人急了力氣猛增，如今已由科學做出證明，一個平平常常的人，在大火燒近屁股時，一用力，拉彎直徑一點五釐米的窗戶鐵條，鑽出去逃離了火海。事後再叫他拉，他竟拉不彎一釐米的鐵條。飛將軍李廣把石頭看成老虎，一急之下，箭鏃沒入石頭，第二天再射，不急了，箭鏃就進不了石頭。記載把這歸於酒醉，也許又是誤導之一。文事方面，被譽為神來之筆的〈蘭亭集序〉，據傳是王羲之的酒後揮毫之作。這一酒後，我想應該是恰到好處的酒後，揮毫才能如此興會淋漓。如果是過量之酒的酒後，書聖頭重腳輕，兩手發抖，連筆也拿不穩，恐怕是寫不成字的。

沉湎酒麴，無日不醉的第一個惡果，是我忽然得了頭痛毛病，頭痛起來，腦袋似乎裂成兩半，雙眼發黑。趕緊請教姚醫師，他的處方是：戒酒，永安堂虎標頭痛粉一包。這頭痛粉還真靈，服下後幾分鐘人就恢復如常。第二個惡果到十年後才顯露出來，我忽然得了十二指腸潰瘍症；醫生指出病因與烈性酒有關，最後以做胃部大部切除術了事。這時候才回憶起，《太上感應篇》[4]早有明示：「色為刮骨鋼刀，酒乃穿腸毒藥。」等我明白酒是毒藥之一，已經遲了。

飲過量之酒的唯一好處，也許是科學還沒有研究結果的「醉漢不易跌傷」，但能不能當作好處看待恐怕也可商榷。因為人無法預知自己何時跌傷，從而未雨綢繆做好醉酒準備的吧。

但是當時促使我對沉醉酒麴開始有所節制的，是亞琴的支持。六月，天很熱了，亞琴拖著愈來愈重的身子，意

3 大禹：指大禹戒酒防微事。典出明代張居正編撰之《帝鑑圖說》：「夏史紀：禹時儀狄作酒。禹飲而甘之，遂疏儀狄，絕旨酒，曰：『後世必有以酒亡國者。』」

4 《太上感應篇》：作者不詳，道教善書，託稱太上老君所授，是流傳最廣的善書。其內容主要取自於東晉葛洪所著的《抱朴子》，起源時間不詳，最早可知的紀錄來自於南宋。

外地上我家來看我。她面色憔悴，說自己剛從醫院做產前檢查回來，聽人說過近來我行為乖張，對我放心不下，因醫院距我家只有幾十步，故特地前來看看。妊娠惡阻[5]把她弄得焦頭爛額，醫生也拿不出仙方靈丹，產期預計在秋涼之後，那時若能順利養下孩子，人才會舒坦起來。

「人家說的一點不錯，你果然又在喝酒。」她皺著眉頭說道，「你知道人家是怎麼說你的？年紀輕輕，正事不幹，倒成了酒鬼。」

「正事還是在幹的。」我辯解說，「本來我也喝點酒，現在無非多喝了些。哪個背後不說人？隨人家說去吧。」

「別強辯！應酬往來，逢年過節，喝點酒不是不可以，怎麼能像你現在這麼種喝法？酗酒無度，成天醉醺醺、糊裡糊塗，你還能做什麼正事？真不知道你為什麼要這麼作踐自己，壞了名聲又傷了身體。」

「你說的何嘗不是，但我自己也不知道為了什麼。」我長嘆一聲，「總之，空虛，寂寞，百無一用，偏偏冷秋先生的辦公室又在我對面，他總是說：『天下事、國事、家事，管他娘！來一杯，怎麼樣？』」

「你別扯上冷秋先生。你是你，他是他。」

「近朱者赤，近墨者黑，近酒者自然就會喝。」

「少油腔滑調吧。」亞琴著急起來，「看在我面上，你別再喝了吧。我知道你心裡不好受，可是看到你這麼沉淪，我心裡不好受，你知不知道？說來說去，總是我害苦了你。」

我為之一怔。我怎麼能在她身體痛苦之外，再叫她心裡難受？我只好放下杯子，推過一邊，說道：「好吧，不喝。但是我求你同樣別扯上自己，沒有誰害苦我，只能說我是命該如此。我並不相信命運之說，不過在找不到解答時，用命運來解釋，心理容易平衡。」

「也要怪梅珍小姐沒有良心，怎麼可以熱辣辣地無緣無故一走了之？我記得臘八月那天來，你這裡還像樣些。現在看看，又亂成了什麼樣子？」

亞琴艱難地站起來。我知道她是想替我再拾掇一下，連忙站起來，說道：「不不不，我自己來。客人不喜歡邋

[5] 妊娠惡阻：妊娠後出現噁心嘔吐，頭暈厭食，或食入即吐者，稱為「惡阻」。也稱子痛、病兒、阻病等。

邊的主人，我記得。」
「收拾清楚了，自己心裡也舒坦得多。」
「很對，很對。不過你身子不方便，得我自己來。你不必去怪梅珍，她有她的難處。她也是痛苦的，但是她必須一走了之。你不清楚內情。」
「你清楚？」
「也不是很清楚，更無須一清二楚，男女感情無法說得清楚。從我來說，『夫子之道，忠恕而已矣』[6]，我應該持忠恕的態度。我始終覺得梅珍不是壞女人，她確有她的難處。」
「我也不是要你苛求自己，你愛恕就去恕，我只要你不酗酒。你怎麼還睡的木棉枕？買個竹枕的錢也喝進了肚子？真混！枕頭上也是一股酒味。」
「沒有時間上街買。再說，等我用得著枕頭，一般天氣比現在涼得多。」
「少喝馬尿，不就有了時間？拆下來洗乾淨，回頭就去……這是槍！」她驚叫起來：「你哪來的槍？」
「別亂動，有子彈！」
「把這放在枕頭邊有什麼用？」她臉色似乎蒼白了些。
「槍的用途不多，不是用來殺人就是用來自殺。」
「那麼你是要殺人？還是要自殺？」
「不，這一切都過去了，不值得再提了。我不好好活著嗎？」
她似乎很疲憊，在床鋪上坐下來，我趕緊從床角抱走了發著黴味的過冬棉被。她叫我把彈夾退下來，而後分別一一裝進了她的提包，愀然不樂地說道：「別胡鬧了。我無法對你說你該想著我點，可是你該想想你爸爸媽媽，想想你姊姊，不能只想著你自己，逞著性子胡作非為。他們會對你怎麼看？怎麼說？你想過沒有？」
我無話可應，怔怔地看著她，想了很久。她看著我，帶著祈求的神情。我轉過身去，把桌上的酒瓶、酒杯扔到

6 「夫子之道」句：語本《論語・里仁》。

了窗外，地上一片碎玻璃，發出高粱酒的香氣。

亞琴這才滿意地露齒一笑，說道：「替我雇輛車，我要回去躺一躺了。也不知道前世做了什麼孽，今生投個女胎來受這種報應。你就振作起來吧，也好讓我安心些。你就當是對我發善心，做好事。人總要有善心，做好事，才會有好報應。」

後來知道，她背著人把我的手槍和子彈都扔到她家的水井裡去了。

然而我和嵇宏其實差不了多少，收斂不久就又故態復萌。空虛感、寂寞感、百無一用感無從消弭，酒和酒杯卻唾手可得，再加上同冷秋先生天天必須見面，他總是誠誠懇懇、和顏悅色地都勸我說：「來一杯，怎麼樣？」

凝對何堪共惘然，關懷謝汝似從前。
醒歌醉哭原無奈，聲戀色迷劇可憐。
不肖知應遭白眼，負恩未必為青錢。
春庭寂寞梨花滿，卻上高樓看月弦。

不過人非草木，亞琴一番諄諄囑咐，也不是全無作用。從此以後，一杯在手，忽然想到她的容顏憔悴、皺著眉頭規勸我的情景，也就適可而止了，出乖露醜的事，沒有再發生過。

但是人還是振作不起來。知道需要振作起來，是在這年十一月。

第二十三節

九、十月間，號稱有黃金儲備的國民黨政府中央銀行發行的金圓券走上法幣老路，不斷貶值，老百姓固然叫苦連天，連敲詐勒索機會不多的一部分公務員日子也不好過。縣政府建設科科長在均益百貨公司看到美國著名箭牌襯衫，覺得很中意，挑了兩件，沒有付錢，而是扔下一張名片，說聲「憑此到縣政府來收帳」就走了。店夥計對世情不太通曉，當真去縣政府向這位朱科長收了一大筆金圓券，使油水不多的朱科長極不痛快。沒過幾天，朱科長就以違章建築為由，派刑警把均益公司老闆也就是王興記餛飩店老闆抓進了刑警隊。

王祖瑩找到我，問我有沒有辦法先把他尊大人保釋出來再說。我說：「你家蓋房子到底有沒有違章？違了有違了的說法，不違有不違的說法。」王祖瑩答稱絕無違章情事。我說：「這就好辦，我立即去找科長談談。」

朱科長是個大學生，三十上下年紀，膽子不大，不完全是個壞人。梅村鄉是共產黨活動頻繁的地方，縣長徐淵如帶保安隊去震懾震懾，要朱科長同行當副手。既屬震懾，就要殺人。殺誰好？因手頭沒有共黨分子，故只好把兩個外地流竄來的攔路搶劫犯充當共黨分子槍決了。槍決犯人例要辦個勾決手續，徐縣長大約出於心虛，把這手續委託副手去辦。朱科長不敢違拗，但要他親手送這兩個罪不該死的人歸陰，確也有慊於心，所以拿硃筆的手一直發抖，臉無血色，和兩個死犯的臉色相差無幾，連「有無遺言」這句話也忘記問。他勾完把硃筆一扔，死犯倒還挺得住，自己卻支持不住了，跌跌撞撞回房，往床上倒下，連午飯也吃不下去。

上樑不正下樑歪。為了邀功，縣長枉法殺人；為了洩憤，科長自然枉法抓人。違章建築屬民事範圍，例先通知，通告違章方自行糾正。逾期不糾正，再由建設科傳呼或到場處理，或強行糾正，或罰款了事，一般是不至於要捕人法辦的。現在科長派刑警抓人，自己先違了章。

見到朱某，我先說明王興記老闆是我姑丈，聽說給刑警抓了，十分不安，想來弄清楚他到底是異黨案發還是刑事案發，才好打點。來人沒有出示任何證件，抓了就走，也不知道什麼道理。臨出門說了句是朱科長的差遣，所以才來討教。朱某一聽慌了，說道：「當時科裡沒有人，我對隊副說了聲，王興記老闆有違章建築情事，你派個人請他來問一問。我可沒有說抓人。」

我說：「那麼是誤會了？」

朱某說：「是誤會了，誤會了。」

我說：「可以不可以就請來問一問？」朱某說「可以」，但馬上又改口說道：「繡先生來了，就先不問了。請稍候一下，我打個電話過去要他們把人送過來，你領你姑丈寧家再說。」

王祖瑩問我為什麼面子這麼大，一去就把人帶回來了。我說：「恐怕和朱某立不正、坐得歪有關係。他膽子小，不敢重蹈前教育局長覆轍。」王祖瑩又問我對此有何感想。我說：「這姓朱的太可憐，敲詐勒索也要有道，就和盜亦有道一樣。為了兩件襯衫就發籤抓人，不僅僅丟了自己的臉，而且丟了國民黨官員的臉。簡直不足掛齒。」王祖瑩搖頭嘆息。

我說：「幾千年來，老百姓都怕官，官也就更無法無天，專挑軟的欺。其實尊大人當時可以先要來人拿出拘捕文書看看，弄清是什麼案由。違章建築關刑警什麼事？幾千年來，官員驕橫跋扈、貪贓枉法也不變，全不理會『爾俸爾祿，民脂民膏』[1]八個字，衙門堂堂八字開，有理無錢莫進來。太子『打虎』，不了了之。為什麼？無官不貪，無隸不污，一個個都辦了，還有什麼人替他老子去賣命？他那個王朝怎麼維持下去？所以現在只能靠『下民易虐，上蒼難欺』另外八個字。氣數盡了，它也就亡了，於是改朝換代，改了換了不久，一切走上老路，就再改再換。一部中國歷史，不就是這麼寫下來的嗎？看來，現在已經到了改朝換代的時候。」

十一月，王祖瑩忽然又來找我，告訴我常祖蔭從金華回來了。我說：「他現在回來幹什麼？你隱蔽得很深，他可是明令緝捕的人，國民黨的細作並不個個都是酒囊飯袋，抓住了還不是白白送掉一條命？」

王祖瑩說：「他說無可奈何才冒險回來的。他那支部隊在金華給國民黨軍隊圍困了，突圍時，左臂中了一槍，

---

[1] 「爾俸爾祿」句：宋太宗趙光義書寫〈戒石銘〉十六字，敕令立於各州縣衙門前，其言曰：「爾俸爾祿，民膏民脂，下民易虐，上天難欺。」據宋代景煥的《野人閒話》一書中載，這個〈戒石銘〉乃精簡版，五代十國的蜀主孟昶頒行郡縣者多達二十四字。

夜色昏暗，和隊伍失散。現在急需治療，治好後再上蘇北去歸隊。」

我說：「這可難了。城防部有令，任何醫院、醫師收治槍傷患者時，一律即時上報，否則同坐。我不會醫傷，又無法擔保我認識的醫師中誰能守口如瓶。」

王說：「這不要緊，我是久病成醫，打打針、換換藥還行。只是要一個安全的地方把他掩護起來。」

我說：「你家裡房子多，還有剛蓋好不久的房子，隨便騰個地方不就行了？」

王說：「不行，我們研究過的，不能住在我家裡。」

我說：「我那裡更不行，前後兩間房，後房沒有門也沒有退路，前門一堵死，只好束手待斃。」

王說：「你辦法多，另外想想辦法看。」我想了一會兒，說道：「置之死地而後生，可能也是辦法。乾脆叫他住旅館去。我有個空房，倒從來無人查房。北區警憲特都知道，但不來囉嗦，好像他們從不懷疑我和共產黨會有瓜葛。」

王祖瑩說道：「我們再研究一下，不行我就不來了，行就和祖蔭一起再來。」

兩個小時以後他們雙雙來到，於是三個人同去新華旅館，脫衣一看，祖蔭左臂似是貫穿傷，沒有傷到骨頭，只是傷口已經化膿，局部紅腫發亮。祖瑩用蒸餾水沖洗後，抹上雷夫諾爾[2]黃藥水，包紮定當，叫他脫下褲子，注射盤尼西林針劑。久病成醫者畢竟本領不大，沖洗時、注射時都把祖蔭弄得齜牙咧嘴，卻又不敢叫痛，其狀慘不忍睹。幸虧傷者正當盛年，抵抗力、恢復力都強，一個星期後，也就收口結痂了。

常祖蔭療傷期間，苦口婆心勸我改變生活態度，走上革命道路。

「我和你都是苦孩子出身，」他說，「我們曾經不得不靠獎學金才能繼續讀點書，長大後又不得不為衣食奔走。我正是在貧困中找到中國共產黨，從黨的教育、黨的事業中認識到自己的前途的。可是你至今沒有理想，缺乏信仰，不去同工農大眾結合起來，於是產生了你所說的空虛感啦、寂寞感啦、百無一用感啦，總之是些亂七八糟連你自己也說不清楚的古怪感覺，標準的資產階級個人主義。這很渺小、很可憐，你所追求的甚至超越不出動物的生

2 有殺菌功效的藥劑。

存、繁衍這一類簡單本能。連這點點簡單的本能追求也不能盡如人意，於是你消極、頹廢，甚至荒唐、胡鬧，行為不檢，爛醉如泥，為人齒冷。這些年你幹了些什麼呢？渾渾噩噩，風花雪月，詩酒流連，紙醉金迷。你自己看起來大概很風雅吧，可是從我看來，這叫做醉生夢死，行屍走肉，在社會上、政治上起的作用是為國民黨塗脂抹粉。」

「你會不會持論太苛刻了些？國民黨清楚我不是共產黨，我想你這個共產黨也會清楚我不是國民黨。」

「我想持論並不苛刻，我並沒有說你已經到了不可救藥的程度。實不相瞞，我一開頭不敢貿然來找你，和祖瑩商量，祖瑩說他比較瞭解你，你不是賣友求榮的人，對國民黨統治也不滿意。而後我們談論了你一下，覺得從政治上界定，你是落後，還不是反動，是可以團結、教育、改造的對象。」

「我聽不太懂你這些新名詞。朋友不是為了有朝一日可供出賣才去結交的，我們的傳統道德標準很樸素，以賣友求榮為恥。在這種情況下收留你治傷，第一是我估計到沒有人懷疑我和共產黨會有牽連，第二是也做好了萬一出毛病就和你一起赴難的打算。我不喜歡政治，我這麼做也沒有什麼目的，不過想必你也看過《搜孤救孤》[3]這齣戲。這是最崇高的友誼。」

「但是你還得學會把這種友誼放到『為了一個理想』的高度去認識。」

「這很困難。」我說，「誠如君言，我沒有理想。我們朋友一場，你是我的朋友，偶遇危難，幫一下忙是很自然的。我不想捲進黨爭裡去。你昨天認識的那位張文普隊長，他也是我的朋友，如果他有危難，我同樣會毫不猶豫幫他的忙。他和你看到的他那位妻子，都是藍衣社[4]分子，他妻子是國防部保密局的情報分析員。在睡覺的時候，她是他妻子，起來以後，是他的監視人。她把他的一言一行、一舉一動，一絲不漏報告上峰。張文普也是個人，他不理解，很痛苦。他是個高中畢業生，抗戰期間，憑一時血氣之勇，進了藍衣社，進了以後，才知道藍衣社的規矩

3 《搜孤救孤》：改編自中國古典戲劇《趙氏孤兒》，講述春秋時期晉國大夫趙氏因奸臣陷害而慘遭滅門後，醫師程嬰撫養趙氏孤兒長大並報仇雪恨的故事。

4 藍衣社：三民主義力行社的別稱。最早由一些黃埔軍校學生組成，強調擁護蔣中正以建立其「在全國人心目中的至高權威和信仰中心」為目標，以蔣中正的「力行哲學」為基礎，仿效法西斯主義。自一九三二年正式成立；到一九三八年因「發展到過於龐大，而失去其以暗配明的作用」及對日抗戰的開始，該社於該年解散。

是死而退出。在政治眼裡，張文普不是人，而是一個工具、一架機器，不允許他有人性、感情。但是他不是壞人，至少不完全壞人。他連錢都不會弄。」

「這正好反映出你一貫分不清敵我友。這不是黨爭，是階級鬥爭，是新制度必須要取代舊制度的你死我活的鬥爭。既然是鬥爭，那就首先得分清敵方、我方和友方，無奈你不覺悟，在這場鬥爭中找不到你應有的位置，這卻是危險的。你應該清楚，解放戰爭已經進入蔣管區，蔣介石還能支持多久？你可以不喜歡政治，但是政治會左右你。新制度一到來，你很可能會向隅而泣[5]，成為一隻無人理睬的喪家犬。」

「你說的確實是冷酷的現實。我或者向隅而泣，或者可以跟徐子炎先生去臺灣，他已經奉命到臺灣去加強那裡的軍統工作，條件是我加入藍衣社。我實在不明白蔣大總統為什麼會輸得這麼快、這麼慘，幾百萬軍隊、六十億美元撐不住他的腰，最近把濟南又弄丟了，軍師陳布雷也油盡燈枯，自殺身死了。莫不是真到了氣數？」

「這一切是民心向背的結果。政府敲骨吸髓，官吏貪污盤剝，把人民激怒了。人民選擇了我們，我們依靠人民群眾無窮無盡的力量贏得了這場戰爭。我們的坦克、大炮、汽車都是蔣介石拱手相送的，別說六十億，六百億也沒有用。」

「我當然沒有義務和必要陪蔣大總統去殉葬。」

「所以當務之急是你不能再消沉下去，必須拋棄過去種種譬如醉生夢死的態度，尋求新生活的到來。蔣介石的末日快到了，世界並不因為他的末日到來而進入末日。你要自己做出選擇，自己做出回答，是改造思想、改造立場迎接新制度？還是醉生夢死等待向隅而泣的日子到來？」

「你讓我想一想。」

「理所當然。你還可以去找祖瑩談談，弄清楚他視萬貫家財如敝履的道理。我誠懇希望你很快和我們走到一起來，這是我的為友之道。」

常祖蔭說走就走而且不告而別以後，王祖瑩借給我兩本重新裝幀過但是一眼看不出破綻的書，一本是《易經注

5 向隅而泣：語出西漢劉向《說苑・卷五・貴德》。後泛稱孤獨絕望的哭泣。

解》，中間夾著毛澤東的〈論聯合政府〉，一本是《楚辭今譯》，中間夾著毛澤東的〈新民主主義論〉，開始了我的啟蒙教育。一個新天地開始展現在我腦海裡，使我很快遠離了杯中物。我漸漸振作起來，願意跟上新時代的步伐，沒有必要再用酒來麻痺自己。另外，這種書不好讀，喝了洋河高粱之後，昏昏沉沉，也無法讀書。

我介紹常祖蔭和張文普認識，純屬偶然。張的妻子恰好從南京回來探望丈夫。憲兵隊長不是大官，沒有人替他整治官邸，他又不長於敲詐勒索，自己置不了房子，平時只在營房安身。妻子來了，只好住旅館，恰好也住到新華旅館，看到我和常祖蔭、王祖瑩。通緝常祖蔭的命令是城防司令部發出的，我估計張文普不一定看過，看過了也未必記得住通緝令上印刷本就不精的常祖蔭尊容，因此大大方方介紹說，這兩位是生意上的朋友，來此做點買賣。張文普握握手，果然信以為真。這一來，常、王兩人有點不安，同我商量要不要換一個旅館住宿。我覺得無須，不換旅館更好，危險只出在相遇的一瞬間。既然他一下子不認識常祖蔭，也就不可能在陪伴妻子的黃金時刻，抽空去苦苦回憶什麼時候、在哪張通緝令上，曾經見過這麼一張模模糊糊、似是而非的臉蛋來。不如行若無事，反過來主動上門，約他夫妻倆過來搓幾圈麻將，叫幾個「嚮導女」好好招待招待，顯現氣派，讓他更深信不疑。常、王想一想，覺得不無道理，但腰纏萬貫的王祖瑩，居然沒有摸過麻將牌，對賭錢一竅不通。張文普夫妻只能算一家，我一家，常一家，還是「三缺一」。

我說：「有了，把浙江興業銀行主辦會計陳正帆找來，他有『賭王』之稱，也是我介紹給張文普的。這時更好做手腳，讓他夫妻只贏不輸，興高采烈，忘乎所以。不過這所有開銷，祖瑩得包下來。」

王祖瑩說道：「只要不出事，錢儘管用。」

我說：「這可是幾十件箭牌襯衫的事。」

王祖瑩笑笑說：「刀口上的錢都值得。」

正帆先生聰穎伶俐，頭腦緻密，過目不忘，看到人出什麼牌，就能大致捉摸出對方手上的牌。這天晚上，張文普夫妻如約過來消遣消遣，她要什麼牌，上家陳正帆就打什麼牌給她，連和三副，手氣大順，結局是唯一大贏家。夫妻倆滿心歡喜，把共產黨在逃犯和潛伏犯認作了新結交的朋友。此後幾天，鄰室而居，同桌而餐，沒有任何閒雜人等敢來囉嗦半句。

正帆先生這年二十八歲，獨身，賭博是一大公餘愛好，但不是唯一愛好，無博可賭時，就搖留聲機聽唱片，看書寫詩。常祖蔭不告而別後兩個多月，戰爭發展之快，令人瞠目結舌，華東地區解放軍已經陳兵江北，蔣介石無奈宣告「隱退」。這時候，陳正帆拿給我一首詩，題目是〈寄歌者黃絮音〉。

冬來春已近衣襟，尚撥爐灰苦苦尋。
佛意斛愁何處起，傷喉杯酒不能深。
忽聞帝受[6]辭宗廟，漫對臣佗[7]布腹心。
流水高山陶寫慣，可堪掛作壁間琴？

我讚賞不已，說道：「詩不錯，可是腹心布錯了。你苦苦尋什麼？」

正帆先生說道：「詩無定解嘛。我布錯在哪裡？你說說看。」

我說：「絮音和你同齡，倒也匹配，無奈羅敷自有夫，還接一連二養下三個女孩子，要弄過來掛在你壁上，麻煩多極了。」

正帆先生說道：「這些我知道。女人結了婚，免不了生兒育女。掛這張琴自然得把這三個琴穗子一起掛起來。」

我說：「那麼她丈夫呢？」

他吃了一驚，說道：「不是死了嗎？」

我說：「誰告訴你的？她丈夫好好活著。他原是上海音樂學院高材生，專攻小提琴，怎奈時運不濟，和他妻子一樣英雄無用武之地，如今在上海舞廳當個『洋琴鬼』混口飯吃。人欲橫流，拜金逐利，誰愛聽交響曲、詠嘆調？

6 稹按：在古代歷史或架空歷史的背景下，指的是君王。在耽美文中，作為受的一方存在，雌伏與他愛的人。
7 稹按：古代一種用來裝運貨物的車，車上常有許多人，人們在車上爭吵不休，各執己見，形容眾人爭論不休，意見不一。

黃絮音的造詣未必不如周小燕、郎毓秀，但是只好溷跡歌場，年齡大了，過冬連件皮大衣也撈不著。不過她家庭還是和睦幸福的，丈夫體格強健，若無意外事故，幾十年裡不那麼容易撒手西歸吧。」

他不解地說道：「怎麼會有人說，這可憐的小寡婦帶著三個孩子，艱難得很哩。」

我說道：「這我就不清楚了，不過我請你相信，賭博、理財、作詩，我都不如你，獨獨消息，我會比你準確些。」他有點懊喪，要把詩箋撕去。

我攔著說：「這首詩可能是傳世之作，傷時感事，情景交融，對仗工整，用典貼切，首句用英國詩人雪萊詩句[8]入律詩更妙。留著吧。布錯了腹心，咎在情報有誤，無傷大雅，而且你那用心也可嘉。你有沒有一筆錢？」

他有點詫異地說道：「錢總會有一點的，你怎麼有此一問？」

我說道：「有錢就送件大衣給她，皮的、仿皮的都行。世道就是這樣，只重衣衫不重人，身上穿得軟披披，家裡沒有夜飯米。場面上沒有大衣過冬，你知道會有多寒酸。」

正帆先生同情地說道：「這話說得是，我偏偏想不到這一層。這樣吧，昨天我剛好贏了一筆錢。這是空白支票，勞你駕陪她去買一件艾爾派克海狐絨的吧，現在正流行。千萬別說是我送的。」

我說：「那我該向她說是誰送的？」

他說道：「她若問起，你就說，弄不清楚是哪個灰孫子送的。不就行了？」

我說：「這倒不錯，是這個理。」

正帆先生又說道：「我真說不清楚現在是心裡高興還是不高興，不過我很想喝一杯酒，有酒嗎？」

我說：「很抱歉，很久沒買也沒喝了。上街去吧。」

他問：「怎麼，你戒了酒？這該是條新聞哩。那麼你不陪我喝一杯嗎？」

我說：「不，今天破戒。為了黃絮音的皮大衣，為了你的高興或不高興，陪一杯，只一杯。傷喉杯酒不能深。好詩！」

---

8 雪萊詩句：指雪萊〈西風頌〉：「冬天來了，春天還會遠嗎？」

第二十四節

蔣介石「引退」後，京滬一線江防，仍由蔣氏嫡系湯恩伯總其責，鼓吹長江天塹，投鞭不可斷流。我這城市的城防，由湯的親信毛森負責，夜十一點到晨七點宵禁，非持城防司令部通行證不能出城門，半夜每每警車呼嘯而過，失蹤案時有所聞，監獄人滿為患，郊區阡陌間時見屍體橫陳，有說係國民黨方面處決的共黨匪徒，但也有說係共黨方面處決的國民黨特務，局外人難明究竟。社會上，金圓券重蹈法幣覆轍，物價猶如脫韁之馬，早市和晚市相差一大截。發行初期能買一頭牛的金圓券，三個月後買不到一隻大餅，銀元、銅板漸漸又出現在流通中，小額交易和支付甚至可以以白米代替貨幣，民怨沸騰，瀰漫著一股「時日曷喪，予及女皆亡」[1]的絕望心理。但是酒樓、菜館、舞廳、妓院裡，軍政官員和商賈中人照樣日日笙歌、夜夜元宵，似乎鼎革之變竟與彼等無尤。細心人可以發現，商賈中人的臉孔已經改變，吃金融飯、投機飯的商人少了，與江防、城防有關的建築商驟然大增，糯米列入軍用物資斷市，都被用來搗入混凝土裡修築堡壘。一些有身價的人相繼悄悄出國，把財產轉移到大陸以外，但也有一些有身價人士毫無動靜，不知心裡打的是什麼算盤。

使我難以平靜的、不可思議之事接踵而至。一月底，十天以前把蔣介石當商紂看，要把黃絮音女士當壁間琴掛起來欣賞的陳正帆，忽然深夜來訪，要我立刻帶他出城。我說：「這種時勢，非比尋常，若無急事，明天再辦吧。」

陳先生說道：「不急就不來找你了。實不相瞞，我是中共地下黨員，組織剛才通知，今夜必須全部轉移出城。」我大吃一驚，一下子竟合不攏眼皮。這位精通賭博，才情不凡的詩人是地下共產黨員！感慨之餘，一時未及作答。

---

1 「時日曷喪」句：出自《書經・湯誓》。

「簡單地回答我，能？還是不能？」

「能，不過得稍候片刻。我只有一張通行證，另一張，想法在二十分鐘內借到手，而後和你一起出城去。」

二月中旬，國民黨黨團報紙銷量大跌，無法維持，自動宣布停刊，十幾名同仁自己辦一張《同仁報》，爭取到了讀者。我所在的報館，名義上是民辦的，但背後接受中統津貼，吞吞吐吐，銷量銳減，也到了難以為繼的窘迫境地。辛社長和同仁協商裁員，我覺得我那風花雪月的副刊已被讀者唾棄，表示可以離開，轉到《同仁報》去。辛同意，派記者莫遠仁先生兼編副刊。莫先生是盡人皆知的親藍衣社分子，迎新送舊後，我替醉態可掬的莫先生穿上大衣，在大衣口袋裡，無意發現一疊紙，翻開一看，又吃一驚，這些是中國共產黨入黨志願書，大約十來份，尚未填寫，估計莫先生應該是共產黨方面的一名組織幹部，不僅僅是共產黨員而已。

四月十九日，記者送來一條新聞稿，標題已經擬好，赫然是「匪諜楊素吾昨落網」八個字。我簡直無從相信起，國民黨是否抓人抓紅了眼，以致把年已知命的東山酒徒也當共產黨間諜抓起來？轉念一想，不對，不對，我不是明察秋毫的人，也有可能實有其事，這就只能佩服共產黨無孔不入的本領了。於是想到此事既已發生，我必須立即去看看楊師母，問明情況，安慰安慰，並且商量一個營救辦法出來。匆匆趕到楊宅，一進門，兩名便衣立刻用兩把駁殼槍頂住我胸膛，機頭都是打開的，厲聲問我是什麼人，來此幹什麼。我一看，不認識，答稱是記者，來採訪。一名便衣接過證件，驗明無誤，打量著我說道：「禁止採訪，這裡沒有你的事，請回吧。」看這勢頭不對，我只好轉身走了。

這一夜，我為楊先生擔心起來。他受得住監獄的折磨嗎？會不問情由就槍斃他嗎？有什麼辦法可以營救？問記者新聞來源是哪裡，記者說是刑警隊。問人關在哪裡，記者說不清楚，可能是刑警隊吧。但是匪諜案犯也有可能立即轉解城防部的。想來想去，只好打算明天一早先把楊先生的下落探問出來，弄清案情如何，才能想法營救。

二十日一早，我先到縣政府，遇見社會科張科長，張科長劈頭告訴我說：「確息，共產黨部隊今天已經發動渡江戰役，但江陰渡口還沒有動靜，徐縣長去城防部了，關照我立即做好準備。」

我說：「我不是來採訪新聞的，是向你請教，楊素吾現在關在哪裡？」

張科長說：「我不知道哇。抓這個酒鬼幹什麼？」

我說：「是刑警隊抓的，你看今天報紙頭條。」

張科長說：「那就上刑警隊去問問吧。我現在只管撤退，撤退以前處決不處決一批犯人，等徐縣長回來再說。」我一時著了急，問道：「哪天撤？」

張科長笑笑說：「我怎麼管得著這種大事？不過我想，前線挺住十天半個月總是可以的。」我稍稍放下心來，走到刑警隊，一問，楊素吾先生當天就被轉解城防部監獄了。

於是趕到城防部，徐參謀答稱，他也不知道楊素吾關在哪裡，這種時候實在沒有心思來管這種小事。既然抓來，生死存亡，那就由楊家祖宗積不積德來決定了。他說：「我可以向你透露，毛將軍上前線督戰去了，去向不明。我奉命留守，銷毀文件，做後撤準備。事情一大堆，忙著哩。『後撤』兩個字不能見報，你是行家，會明白輕重的。」

不得要領，心急如焚，卻毫無辦法。此行的收穫是知道解放軍已經開始渡江，我這城市無險可受，只要江陰、常熟失守，從這裡撤退是勢所必然的事。但是二十日一整天，始終未聽見炮聲、槍聲，閭閻不驚。夜裡，城防部新聞處送來一條新聞，內稱匪軍試圖渡江，遭國軍強大炮火攔阻，少數竄上岸的匪軍士兵已被就地殲滅。

二十一日夜九點左右，解放軍大約一個連占領了火車站，不知道是從北還是從東、從西來的。扼守火車站的國軍一槍未放，撤到運河以南的城郊，躲入工事，距解放軍先頭部隊大約百來米。解放軍沒有進攻的跡象，國民黨守軍也不像有迎擊的打算，暫時呈對峙狀態。縣參議會裡的鄉紳耆宿未赴國外的，分赴城防部、縣政府請命，要求下令撤退，保全城市。奇怪的是，不知從什麼時候起，首腦機關已闃無一人，縣參議會議長兼商會會長錢某只好親自同駐軍的郭旅長連夜碰頭，商會季副會長率兩名《同仁報》記者拿白旗越過雙方工事，到火車站找解放軍首長商量不要進攻，留出時間讓錢會長同守軍商量撤退事宜，以保全這一繁華地帶和整個城市。解放軍的長官和哨兵很難辨識，都是一身黃土布軍裝，一樣的紅星黃軍帽，一樣的紅領章，唯一不同處是，哨兵拿步槍，長官腰裡插枝駁殼槍。時過十點，論理不是吃飯時間，部隊也不見得和過夜生活的紳士、淑女那樣，有吃宵夜的習慣，但這位不知官階的解放軍長官，卻在指揮士兵擔水煮飯，空地上排開三隻大行軍鍋，燒得煙霧騰騰，和電影裡軍官作戰時照例圍在作戰地圖或者沙盤前面指指點點的鏡頭完全不同。火車站完好如初，按理水箱裡是有水的。長官用山東腔發牢騷說：「他娘的，什麼都好好的，就是把水放空了，擔一擔水要走半里地。」季老先生鞠躬如也申述來意後，解放軍長官同意在明天中午十二點前不進攻，但守軍必須在時限前撤退完畢。接著問季副會長守軍有多少。季副會長不清楚，隨行的記者回答可能是一個旅，裝備比較好。長官說：「謝謝啦。這一個旅，我們包了。」看來士氣很高。

這一邊，錢會長請郭旅長率部撤退，非打不可，可以另找一個易守難攻的好陣地，千萬不要打城市巷戰。郭旅長倒也同意，但需要二百兩黃金「開拔費」。錢會長覺得一時三刻，籌不到這麼多，說：「一百兩吧。」旅座說：「不行，不行，開拔費拿你兩千兩也不為多，二百兩是已經想到你一時籌集有困難了。槍炮一響，打掉你一家百貨公司，就不止二百兩吧。」偏偏季副會長風風火火趕到，說明解放軍正在煮飯吃，暫時不會發動進攻，進攻時間定在明天中午。

郭旅長問：「你看到多少人？」

季副會長說：「天這麼黑，哪裡弄得清？三口行軍鍋在煮飯，旅座總算得出多少人。」

郭旅長略加思索，說道：「這更不行了。明天中午脫離接觸，要另加加急費一百兩。」

錢會長說道：「旅座有所不知，發金圓券那陣，老百姓都奉命手持黃金換了金圓券，留在手頭的不會很多。你也要照顧我的難處。兩百兩就兩百兩，這加急費還是免了。要不然，請旅座派輛卡車來，我湊幾十麻袋金圓券給你，倒好辦得到。」

旅長說：「我要金圓券幹什麼？」

錢會長強硬起來，說道：「旅座實在不通融，我就不管這件事了。我連夜通知全城百姓疏散。你們把這裡打個稀巴爛，死的死，傷的傷，殺的殺，燒的燒，我也只送上我的一條命，自己的那一份產業。」這一來，旅長卻軟了下來，同意兩百兩成交，明天上午八點交足，他一收到就發出開拔命令。至此，雙方作禮告別。

二十二日上午九點，駐守城北和城內的國民黨軍，四人一列，攜槍帶械，整整齊齊出南門而去，還用了不到半個小時。中午十二點過一點，解放軍也攜槍帶械，成一路縱隊，自北門而入，出南門而去，到了傍晚才走完，人數自然不是一個連，大概後續部隊到了。這樣，我這座城市就在閭閻不驚、完好無損的情況下宣告解放。只是因為一時情況不明，敢於上街看熱鬧的老百姓還不多。幾天後，消息傳來，郭旅長那個旅，撤退到解放軍的包圍圈裡，旅長就擒，身邊二百兩黃金首飾如數繳獲，璧還了縣商會。又過幾天，解放軍才正式舉行入城儀式，也有坦克，也有榴彈炮，老百姓知道大局已定，於是萬人空巷，又打腰鼓，又扭秧歌，鑼鼓喧天，盛況空前，歡迎解放軍仁義之師。學生齊唱〈解放區的天是明朗的天〉、〈你是燈塔〉、〈團結就是力量〉。

二十二日下午，軍管會命令《同仁報》停刊，人員各自回到原來報社，聽候接管。《同仁報》首席記者黃景先生為此專門前往軍管會晉見管主任，請求收回成命，讓《同仁報》繼續出版發行。管主任很可能想不到會有公然抗命的人如此坦陳己見，頗感意外，問黃景先生代表哪個方面說話。黃先生答稱：「我也是黨員。」

管主任說：「黨多得很。你是哪個黨的？國民黨還是共產黨？還是其他黨？」

黃先生說道：「我是共產黨的。」

管主任說道：「你是共產黨員就好辦了，堅決執行軍管會命令去。你回去說，軍管會不承認《同仁報》，以後的報紙，歸軍管會負責出版，沒有你們同仁的事。」

怎麼又出了一個共產黨員黃景先生？我著實給弄糊塗了。但同時我也明白了，我所企盼的但又一點也不瞭解的共產黨時代已經開始，可怕的「紅帽子」再不會給人帶來殺身之禍，而成為人見人羨的「桂冠」了。於是我忽然想起楊素吾先生，他現在還活著嗎？他是怎樣戴上這頂「桂冠」的？我現在應該上他府上去看看、問問了。

門庭依然如故，照例不閉鎖。推門進去，走過小天井，一眼就見到楊素吾先生衣冠不整，盤坐在木榻上安然喝酒，不覺驚喜交集。

「我到家還不到三個小時，你就來了，盛情，盛情。四天監獄生活，沒喝上一滴酒，這滋味可真不好受。一到家，孩子他媽就催我洗澡、理髮去晦氣，我說：『先別管這些，快燙酒來要緊。』」

「這就好了，這就好了。」我意外地大感欣慰。他不僅活著，而且看上去不像吃過皮肉之苦。

楊先生自己也不明白為什麼會有這四天牢獄之災，他說，他從來就沒有同共產黨方面的任何人接觸過，不是共產黨員，自然也不是共產黨的情報人員。出事那天傍晚，他照例在章萬源酒店喝酒，縣刑警隊隊長王春泉在旁邊一張桌子和幾個朋友小酌。按規定在酒店裡莫談國事，但當時是那麼種緊張混亂局面，不談國事在事實上也是不可能的。談論從共軍到底能不能打過長江來開始，認為打不過來的、打得過來的都有，莫衷一是。繼而有人提起，共軍的厲害，在於人海戰術，不能小看了。人一喝酒，每每忘乎所以。王春泉說：「血肉之軀，管個屁用。打仗還要靠大炮、坦克取勝，濟南、徐州，共產黨都是用大炮轟開來的。瞞得過老百姓，瞞不了我。」刑警隊長不是等閒人物，這麼一說，敢說個「不」字的人就不多了。楊先生偏偏不買這個帳，仗著酒力說道：「『人海戰術』這四個字，說明的是個人心向背問題。共產黨能有這麼多人替它賣命，國民黨卻要抓壯丁拉夫差，這結局不就明擺著了？」這時有人說：「照你這麼說來，這千里江防竟是守不住的？」楊先生說道：「你別說渾話，我沒說守不住。江防何止千里，上海到南京就有七百里，國民黨也來個人海戰術，隔一步派一個兵，不就守住了？」

當夜九點多，王春泉就派刑警把醉醺醺的楊素吾抓走。第二天早上，楊素吾和同日被捕的前縣長范鐵僧，用麻繩綁起，轉解到城防司令部。城防司令部看了看押解文書，連問也沒問，就把兩名人犯送進了監牢。二十日這天，還有牢飯送來吃。二十一日開始，不知為什麼，停送牢飯。餓到二十二日下午快三點，一個解放軍來到，押著一名看守打開牢門，對照案卷清點人犯，當場就把楊素吾和范鐵僧釋放了，其他若干還來不及一一認識的難友也放了。

「不錯，不錯，我在監獄裡迎接了解放。」楊先生爽朗地大笑起來，「真正的解放。解放軍遲些日子過江，說不定我就糊裡糊塗給國民黨槍斃了。總之是禍從口出，有驚無險。我楊某大難不死，恐怕還有一段後福要享。不過你知道范鐵僧怎麼也給抓了呢？不知道？我也不知道。後來是范鐵僧自己偷偷告訴我的。他這個剿匪起家的老縣長是共產黨的老盟友，你說怪不怪？他搞了個孫文主義同盟，據說政治主張啦、宗旨啦，和共產黨差不多。你弄得清楚這些事情嗎？」

「我弄不清楚，最近一段時間來我弄不清楚的事情太多了。」

「是呀，是呀。范老縣長還對我說，要是能活著出去，他歡迎我參加孫文主義同盟。你猜我怎麼回答他？我說：『我自己有個主義，劉伶主義。自古聖賢皆寂寞，唯有飲者留其名。死便埋我，縱橫捭闔，翻手為雲覆手雨，我不行。我不幹這種事。』你怎麼樣？」

「這一年多來，我的思想好像起了點變化。有一點我是清楚的，改朝換代了。我還年輕，我應該跟著中國共產黨，為中國人民做一點有益的事。也有一些朋友在幫助我。」

「很好，很好，人各有志，那麼你現在在做什麼打算？」

「不很順利。現在才知道我離開《民報》是不明智的，共產黨承認《民報》，不承認《同仁報》。《民報》已經沒有我的名字。剛才軍管會的一位解放軍同志告訴我，我不合軍管會的留用規定，要我自謀出路。」

「哦，這確是沒有想到的。」

「這也不是什麼火燒眉毛的急事。解放才幾天，軍管會當然弄不清楚我是阿貓還是阿狗，那就先放一放。反正我打定主意要跟共產黨走的。」

「我們這樣一談倒提醒了我，改朝換代了，社會基礎變了。我怎麼活下去？酒總是要喝的，一個老婆，三個兒子，還有四張嘴，怎麼辦？你說得對，不是火燒眉毛，且放一放，看一看，從長計議，船到橋頭總會直，車到山前必有路。管它哩，先喝酒再說。孩子他媽，看來我是得洗個澡，身上好像有蝨子。」楊先生伸手到衣服裡抓了一陣，摸出一個白蝨：「該死！還是老白蝨。活到這麼大，我還是第一次身上長白蝨。這狗娘養的王春泉。」

第二十五節

當地解放後，王祖瑩出任城區第一任區長，陳正帆匆匆見我一面，告訴我即將到蘇州集中，待機參加上海市軍管會工作。常祖蔭未從蘇北渡江而來，聽王祖瑩說奉調北平做青年團工作去了。王祖瑩身體差，城區工作千頭萬緒，累得很。我身體不錯，卻又無所事事，閒得慌，於是自告奮勇幫助他做些他認為可以交給我做的事，無任何報酬，自己吃飯。五月，上海解放。六月，王祖瑩開給我一張介紹信，要我到上海以社會青年身分報考華東隨軍服務團，正式參加革命工作。一切順利，張榜公布錄取，通知七月初到江灣復旦大學的松莊宿舍報到，隨身行李不要超過八公斤，以利行軍。

對我來說，這就是我人生道路上昨死而今生的一個里程碑。我把投筆從戎、行將遠離的大事告訴了多年來患難與共、休戚相關的姊姊。姊姊不但不反對，而且竭誠支持，要我去函弟弟讓他立即返回，兄弟姊妹好好聚首一次，為我送別。她向我追述了她不得不隱瞞十年的一則往事。

媽媽去世後，我一家星散，姊姊帶著七歲的妹妹在劉莊小學教書，參加了共產黨領導的江南抗日義勇軍一個支隊的宣傳隊。這支隊伍在艱難困苦中同日本侵略軍打過幾次硬仗，有過戰績也有過失利，聲名大振，深得農民擁護。但是國民黨領導的忠義救國軍在江南也迅速擴展勢力，明裡暗裡排擠這支共產黨隊伍。在日、汪、蔣三方軍隊夾擊下，最後江南抗日義勇軍不能不轉移到蘇北去另闢根據地。姊姊沒有同行，奉命留在劉莊。不久以後，忠義救國軍一支隊伍偵知姊姊是潛伏下來的「江抗」分子，欲加逮捕，多虧劉莊村長幫助，姊姊才沒有落入虎口，得以攜妹妹逃回城市，但是從此和「江抗」失卻了聯繫。

姊姊患肺結核，沒有能力像王祖瑩家那樣使用貴如黃金的美國鏈黴素，而是吃吃雷米封、異煙肼之類的藥物，一時很難治癒。她惋惜地說道：「我要是沒病，沒有這兩個孩子拖累，也就參加革命工作去了。我去不了，你就去吧。參加革命去不會錯，以前我不敢對任何人說，現在可以說了。我在的那支部隊裡，都是些好人，他們有主義，有理想，有紀律，為了窮苦人的翻身解放不惜犧牲自己。我們其實也是窮苦人，民國二十年國民黨的白銀政策擠倒了爸爸的那家銀號，民國二十六年日本人打中國，窮死、拖死了媽媽，民國三十七年三青團的人奪走了梅珍，出盡了我們家的醜。國民黨沒有給過我們家什麼好處。你現在跟共產黨走，才算是走上了正道。我希望你從今以後一條道路走到底，為窮苦百姓也為自己幹點事業出來。我擔心的倒是，這兩三年你在報館裡混，會不會混壞了？吃得了吃不了革命道路上的苦？會不會當逃兵？」

我說：「也不知什麼原因，這半年多來，我的空虛感消失了，覺得生活有了意義。你所說的革命道路上的苦，無非物質生活上苦一些吧。粗茶淡飯、土布衣服，我想我還是可以對付過去的。至於梅珍，我早就覺得她的離去是好事而不是壞事。當時我是受了《中庸》的影響，『得者失之漸，君子厄之；詬者失之漸，君子安之。』[1]現在看來，確實如此，她跟了我，生兒育女，反倒成了累贅。你不提起她也就罷了，一提起，倒添了我幾分不安。她丈夫是堰橋一虎，共產黨能容得了他嗎？他也會像姊夫那樣，不知去向了吧。那麼，梅珍的日子恐怕也是不好過的。」說到這裡，我問姊夫最近有沒有消息。姊姊搖搖頭說道：「沒有消息，隨他去吧。」

我不理解的是姊姊怎麼會從一個「江抗」戰士成為如今的「小乘教義者」。姊姊說道：「大概是環境使然吧。人離開了組織，心理會起自己也說不清楚的變化。結婚以後，又陷進了婆婆媽媽、柴米油鹽醬醋茶的日常生活，日積月累，最後只能相信一切都是命中註定。做惡事必有惡報。現在還不是一一報應不爽？蔣介石當不了總統了，你姊夫行蹤不明了，梅珍日子不好過了，做壞事的都不可能有好下場。六十年風水輪流轉，下民易虐，上蒼難欺，抬頭三尺有神靈。善惡到頭總有報，不是不報，時候未到；時候一到，一切都報。你務必記住，這一生要做好事，不做惡事。」我說：「這是自然的。革命就是一件大好事，今後我一定盡心盡力去做好事。」

到江灣去報到的前一天，我專程到亞琴家裡向她夫妻倆告別。這裡和我四年前第一次來時見到的沒有什麼變化，依然像一隻巨大的首飾匣子，桃花心木家具在枝形吊燈的光

---

[1] 積按：不知出處為何，大意是那些得到了某些東西的人，如果逐漸失去這些東西，君子會感到困厄或不安。那些受到責罵或批評的人，如果逐漸失去這些負面的影響，君子會感到安心或平靜。

線下閃閃發光，富麗堂皇。唯一的變化是亞琴手裡抱著一個新添的女孩，十個多月了。我已經不是這裡的常客，女孩和她哥哥不一樣，和我很生分，怎麼也不肯我抱她。我逗她，她就往媽媽懷裡去不理我。

說明來意，夫妻倆都感到意外，亞琴更是覺得我這是異想天開。

「我想不是。我是聽從祖蔭、祖瑩的勸告，重新選擇道路，才同他們走到一起去的。這裡也有你一份功勞。去年梨花時節，你不是當面罵我年紀輕輕，成天酗酒無度，不幹正事的嗎？我覺得你罵得對，我就改了。」

「別把我扯進去，我沒有叫你不酗酒、幹正事就非出遠門不可。你那個什麼隨軍服務團當然是跟著解放軍走的了，要打仗嗎？」

「不知道。我們要去的南方現在還沒有完全解放，仗免不了要打吧。」

「那不是有危險嗎？」

「希望沒有。你可能不知道，祖蔭是挨過子彈的，我看過他的傷口。這顆子彈再往右偏十來公分，恰好是心臟。這就只好算他命大福大了。我問祖蔭：『你想到過有危險嗎？』他說：『哪裡有空去想這些？革命總會有犧牲。』我現在就借用他的話來回答你倆的關心。不幸我遇上了危險，只好算我命蹇福薄，請你倆記著我的好處，不念我的舊惡，我也就瞑目了。」

「別說這種不吉利的話。」亞琴丈夫阻止我信口開河，「在我這裡吃飯，我們來餞行，祝你平平安安、囫囫圇圇回來。你得去多久？」

「不知道，我什麼都不知道。總得三年兩載吧。反正仗總要打完的，打到全中國解放，隨軍服務團也該解散了。那時我自然而然回來了。」

「我關照把飯開到這房間裡來，我們來喝點酒。」

「還是陳了五十年的白蘭地吧？」

「哪來這麼多？你記性真好。」我的朋友笑了，「貴州的茅臺，怎麼樣？」

「不是說一飯之德莫忘嗎？客隨主便，行。」我轉向亞琴，又說道：「今天可以一醉嗎？」

「喝吧，喝吧。我總是想，你也許註定的是東飄西蕩的命。」

「很可能是。不過這一回，心情完全不一樣。過去我過過流浪生活，那時最苦的是迷茫，人像大海中一葉孤舟，不知道岸在哪一個方向。這一回，心裡有目標，很踏實，有引路人，有那麼多同伴，所以沒有一點孤獨感。這不是苦，是樂，更不是漫無目的的東飄西蕩。」

「那麼你的目的是？」亞琴問。

「在新社會裡尋找我的位置。你罵得很對，我還年輕，不該自甘頹廢。其實是我們都還年輕，我們都要在新社會裡找到自己的位置。國民黨無可挽回地失敗了，一個執政黨給別人打倒推翻是很痛苦的，它不會甘心認輸，還在想打回來，但是我不相信它能打回來。它是自己用貪污遍地、通貨膨脹、民不聊生、喪盡民心把自己打敗的。不是戰略、戰術上的權宜撤退，它已經被國人唾棄了。那麼，接著而來的問題必然是共產黨按照它自己的意圖來建立各盡所能、各取所需的新社會。社會必定會發生天翻地覆的大變化，每一個人都面臨著何去何從的選擇。這種變化現在還不明顯，那是因為仗還沒有打完，全國還沒有完全解放。但是很多人都已經感覺到，而且已經做了選擇。一些人跟國民黨撤退了，一些人害怕共產黨清算鬥爭逃出了國境，一些人積極擁護共產黨，歡迎新社會的到來。我的選擇是很自然的。國民黨無恩與我，共產黨無仇與我，我沒有財產可給清算，沒做傷天害理事可供鬥爭。各盡所能、各取所需的主張我完全可以接受。在舊社會，我不也是盡了能才拿到報酬嗎？」

「你說的在理。」我的朋友同意我的看法，「我二姑丈曾經同我商量過遷不遷到香港去。這是一件大事，我同媽媽談來談去，下不了決心。後來看看榮德生一家都不走，錢老先生家也沒有動靜，這才打定主意不遷了。共產黨要清算，總得先清算這些大戶吧，我急什麼？到香港人地生疏，打開一個局面又談何容易？不過，我聽說去的人還是不在少數，我們級友裡好像也有七八個到香港、美國去了。」

「只能說人各有志。」我說，「你大概記得起貴本家的再芳小姐。這裡解放不幾天，她來找我，勸我和她結伴去上海，再去香港謀發展。她說她喜歡自由，適應不了共產黨統治下的生活。她認為我應該也是個嚮往自由的人。我感到不好理解。她對『華人與狗不得入內』是很憤慨的，為什麼現在忽然偏要去英國殖民地？共產黨畢竟還是中國人組成的，能比英國佬更可怕？當然，這一層意思我沒有說出口來。我勸她先走，容我準備準備，我隨後就來。」

「沒想到你還會耍滑頭。我對你直說，我心裡也不那麼踏實。解放了，太大的變化目前還沒有，只是上海最近把證券大樓一封，銀錢生意不太好做了，我現在就靠傍著老丈人做做糧食生意。軍隊確實不擾民，幹部也和氣，軍管會保護工商業，這些都很好。但是有人告訴我，共產黨先甜後苦，還是提防著好，它向著窮人，不向著財主闊佬。也有人說，解放軍不拿群眾一針一線，這一針一線，值多少？他拿去幹什麼？他要拿，就來個連鍋端和掃地出門。保護工商業是養肥了再宰。另外，軍管會把物價猛漲推在工商界囤積投機頭上，我想也不對。囤積得再多，只能保本，工商界哪有本領印發那麼多鈔票引起漲風？所以，我總在盤算，以後做生意，還得在政府裡找到個靠山，心裡才能踏實下來。」

「不知道為什麼我心裡也不踏實起來。」亞琴說道，「我是婦道人家，本來想，國民黨去也好，共產黨來也好，礙不著我什麼事。如今聽人說，共產黨是窮人黨，只向著窮人，鬥爭地主老財狠哩。現在它還騰不出手來，等它騰得了手，你們有錢人家就難說了。後來看了歌劇《白毛女》，心裡就更不踏實了。傷天害理的事我從不做，我也沒有虧待過窮人。他是成天賺錢，將本求利，也沒有傷天害理過。可是真要鬥爭地主老財起來，就怕有嘴也說不清楚。我想想，他家祖上在梨花莊有兩百畝地，到他媽手裡，賣了錢給他和人開錢莊了。太湖邊還有些零星地，聽媽說，二十六年抗日戰爭一開始就收不到租，湖匪鬧得很凶，誰也沒有膽子敢去收租，要賣也賣不出去，年年倒要向縣政府交錢糧。現在才明白，國民黨說的湖匪就是共產黨的游擊隊。我就對他說，趕緊把地契送到軍管會去吧，留著這東西，有朝一日把我們當作地主老財鬥，就像那個黃世仁，戴頂紙帽子，反綁起來，可就糟了。這回他倒很聽我的話，拿著地契上了軍管會。軍管會的同志還客氣，可是沒有收，對他說，還不知道有個什麼政策，你先完納錢糧再說。真難死人。」

「我可沒有本領來解消你們的疑慮。」我有點有歉於心，「我對共產黨也是不瞭解的，並不比你倆高明多少。我目前只是通過祖蔭、祖瑩這兩個共產黨員來認識共產黨，覺得共產黨的政治思想和宗旨，和《禮記》的『大同』思想相吻合。如果共產黨在中國實現『天下為公，選賢與能，講信修睦。故人不獨親其親，不獨子其子，使老有所終，壯有所用，幼有所長，矜、寡、孤、獨、廢疾者皆有所養，男有分，女有歸。貨惡其棄於地也，不必藏於己；力惡其不出於身也，不必為己。是故謀閉而不興，盜竊亂賊而不作，故外戶而不閉』，那麼對比我們在國民黨、汪精衛統治下所看到的、經歷過的哀鴻遍地、餓殍盈野、爾虞我詐、巧言令色，富者田連阡陌，窮者無立錐之地，有權勢者驕奢淫逸，無權勢者哀哀無告，不是美好得多嗎？為了建立這樣一種美好的社會，我們個人又有什麼不能捨棄的呢？我想，解放到今，才七十來天，情況還很複雜，社會上什麼樣的謠言都有。你倆還是抱著信任共產黨、擁護共產黨的態度為好。譬如保護工商業，總比蘇聯十月革命後消滅資產階級溫和得多吧。軍管會至今沒有動你們一根毫毛，總該算得上說到做到了吧。地主不地主，我可弄不清楚，你最好過些日子去找祖瑩談談。他是共產黨的人，比我知道得多。他身體支持不了，當不了區長，要休養一段時間再說，不過我想他談話的力氣還是有的。他家的情形和你家的差不多。他怎麼辦，你跟著他做，不就行了？」

「這話說得是。我們光顧說話，連酒都不喝了。你請，潤潤喉嚨再說。」我朋友似乎從我這裡得到了一些慰藉，「你知道我們級友裡出了幾個共產黨員？」

「目前是七個。你可能想不到，胖子載如也是共產黨員。」

「這可太好了。這是個好消息，載如和我有過生意往來，我和他比和祖瑩更親近些。」

「載如入黨也不奇怪。」我說，「你該想得起，他本來和我拉沙某在武進辦過醬油廠，後來股東失和拆股回來，載如拉祖瑩出了武進股東的份子。結果，祖瑩倒過來拉載如在廠裡辦個地下黨聯絡站，神也不知鬼也不覺。直到解放了，祖瑩才告訴我。這事要怪我心胸狹窄。回來時，我曾想到過向你拉股份，不想沙某排斥了我，我就不來多惹是生非了。」

我從祖蔭、祖瑩還有其他幾個地下黨員身上，看到了我的前途，他們捨生忘死為了什麼？共產黨內像他們這種優秀人物又該有多少？所以我完全相信，全中國是一定會解放的，新社會是一定會建成的，只是時間問題吧。這一點，連秀蘭小姐也感覺到了。她說，滿街扭秧歌、打腰鼓、唱進行曲，沒有人跳交際舞、聽流行歌了。她只能走嫁人這一條路，誰能養她就嫁誰。

「歌場、舞廳現在都還開著？」亞琴問我，「秀蘭小姐還在這裡？」

「不，都歇業了。軍管會是沒有命令取締的，但是社會心理好像已經開始變化，往日有經濟能力支撐這類娛樂場所的人，不是銷聲匿跡了，就是不敢放肆了。它也就無法維持下去。目前就是旅館、飯店、茶館之類的生意也很蕭條，行旅客商不多，大約都在等待觀望。」

「這沒有錯，如今我也不上茶會去，生意都是暗盤，局面好像還不明朗。」

「秀蘭小姐這個人是個糊塗蛋。當然很難怪她，她才二十一歲。能回上海時她不走，到她想回上海時火車卻斷了，回不去了。歌舞廳一關門，老闆撒手不管，她困在旅館裡急得直哭。好不容易才打聽到了我的下落，問我現在怎麼辦才好。一時之間我也毫無辦法，不過想想她舉目無親，確也值得同情。賺點錢，是要養家糊口的，誰說得準火車哪天能通上海。萬一付不出旅館費豈非逼她走上邪路？再說，她又來遲了一步，再芳小姐已經繞道走了，要不然叫她結伴同行也還不錯。後來忽然想起，我姊夫一解放就不知去向，叫她住我姊姊家裡去倒是可以的，於是我把她帶到姊姊家裡，告訴她如不嫌粗茶淡飯，且安心住下來等上海解放吧。」

「你不也有個家？」我朋友說。

「不能住我家裡。我和她的關係幾句話沒法說清楚，草草率率往我家裡一帶，事情就更說不清楚。我現在想的是革命，不想把她那一家揹起來捆住我的手腳。」

「看樣子，你是想在革命隊伍裡找對象吧？」亞琴說道。

「沒有這種想法。我說過，也許會去三年兩載。總之，全國解放了，我就退伍，退伍了就回來，回來了再找對象也還來得及。」

「真的？」亞琴說道。

「當然是真的，只是時間說不準，這不是我說了就算的事。我想，在這三年兩載裡，肯定會發生許多變化。我希望我們的友情不變，但願人長久，千里共嬋娟。你們也要變一變生活方式，跟上時代，為建立天下為公的共產主義社會出一份力量，在新社會裡找到自己的位置。好嗎？」

「說得好！」我朋友很受感動，「我們乾了這一杯！明天幾點的車，我們來送行。」

「送君千里，終有一別，不勞遠送了。今晚我會住到姊姊家去，我弟弟、妹妹都在。明天我就從姊姊家啟程了。」

像一九四五年八月二十日晚上那樣，我們三個人坐在原來那張桃花心木的小圓桌旁邊，所不同的是，我不是無可奈何地、懊惱地、虛偽地舉杯向他祝賀，而是充滿信心地、爽朗地但又惜別地舉杯一飲而盡。

「我會回來的。我一回來，就將立即來看望你們倆。」

釀小說141 PC1151

我是誰？

作　　者　胡修之
整　　理　胡　積
責任編輯　吳霽恆
圖文排版　黃莉珊
封面設計　嚴若綾

出版策劃　釀出版
製作發行　秀威資訊科技股份有限公司
114 台北市內湖區瑞光路76巷65號1樓
電話：+886-2-2796-3638　傳真：+886-2-2796-1377
服務信箱：service@showwe.com.tw
http://www.showwe.com.tw
郵政劃撥　19563868　戶名：秀威資訊科技股份有限公司
展售門市　國家書店【松江門市】
104 台北市中山區松江路209號1樓
電話：+886-2-2518-0207　傳真：+886-2-2518-0778
網路訂購　秀威網路書店：https://store.showwe.tw
國家網路書店：https://www.govbooks.com.tw
法律顧問　毛國樑　律師
總 經 銷　聯合發行股份有限公司
231新北市新店區寶橋路235巷6弄6號4F
電話：+886-2-2917-8022　傳真：+886-2-2915-6275

出版日期　2025年6月　BOD一版
定　　價　600元

讀者回函卡

Printed in Taiwan

國家圖書館出版品預行編目

我是誰?/胡修之著. -- 一版. -- 臺北市 : 釀出版,
2025.06
面； 公分. -- (釀小說 ; 141)
BOD版
ISBN 978-626-412-097-5(平裝)

857.7 114005147